国家社会科学基金项目"地域文化视野中的两湖现代文学研究"（项目编号：14BZW112）成果

地域文化视野中的
两湖现代文学研究

刘保昌◎著

中国社会科学出版社

图书在版编目(CIP)数据

地域文化视野中的两湖现代文学研究/刘保昌著. —北京：中国社会科学出版社，2022.5

ISBN 978-7-5203-9963-0

Ⅰ.①地… Ⅱ.①刘… Ⅲ.①中国文学—现代文学—文学研究 Ⅳ.①I206.6

中国版本图书馆CIP数据核字(2022)第049382号

出 版 人	赵剑英
责任编辑	郭晓鸿
特约编辑	杜若佳
责任校对	师敏革
责任印制	戴 宽

出　　版	中国社会科学出版社
社　　址	北京鼓楼西大街甲158号
邮　　编	100720
网　　址	http://www.csspw.cn
发 行 部	010-84083685
门 市 部	010-84029450
经　　销	新华书店及其他书店

印　　刷	北京明恒达印务有限公司
装　　订	廊坊市广阳区广增装订厂
版　　次	2022年5月第1版
印　　次	2022年5月第1次印刷

开　　本	710×1000 1/16
印　　张	38.25
插　　页	2
字　　数	628千字
定　　价	218.00元

凡购买中国社会科学出版社图书，如有质量问题请与本社营销中心联系调换
电话：010-84083683
版权所有　侵权必究

目 录

导言　文学的地域版图 ………………………………………………（1）

第一章　地域文化与文学研究 ……………………………………（8）
第一节　穷究天人：中国传统学术路径 ………………………（8）
第二节　"道异风同"：西方的认知 ……………………………（15）
第三节　经纬两分：南北论与东西论 …………………………（24）
第四节　地域文化视野与文学研究 ……………………………（43）

第二章　两湖文学：作为整体感觉文化区 ………………………（55）
第一节　共同地理基础 …………………………………………（56）
第二节　政区变迁的历史沿革 …………………………………（58）
第三节　文化认同与整体感觉文化区 …………………………（63）
第四节　两湖地域文化流变 ……………………………………（72）
第五节　两种文化精神 …………………………………………（86）

第三章　对两湖历史的文学呈现 …………………………………（99）
第一节　民国初期的认知 ………………………………………（100）
第二节　政治形态的两湖历史书写 ……………………………（103）
第三节　文化形态的两湖历史书写 ……………………………（111）
第四节　人性形态的两湖历史书写 ……………………………（121）
第五节　人物形象·文体建构·史识表达：《鸟之声》 ………（131）
第六节　存在、复仇、人文、仰望：伍子胥的四种历史形塑 ……（143）
第七节　重塑楚狂：《张居正》 …………………………………（150）

· 1 ·

  第八节 璀璨的晚霞与苍凉的日暮:《曾国藩》……………（173）
  第九节 武陵王历史传奇 ………………………………（197）

第四章 两湖武陵地域书写 ………………………………（213）
  第一节 沈从文的边城世界 ……………………………（214）
  第二节 时空书写与哲学升华:李传锋的武陵情怀 …（240）
  第三节 土家女儿的创造:叶梅的文化乡土书写 ……（255）
  第四节 地域魔幻:孙健忠的武陵山野 ………………（270）
  第五节 家园万岁:蔡测海的深情 ……………………（277）
  第六节 太阳下的风景:黄永玉的"朱雀城" …………（282）
  第七节 新的综合:田耳的佴城叙事 …………………（298）
  第八节 重塑巫地传奇:马笑泉的梅山 ………………（309）
  第九节 芙蓉镇与木兰溪 ………………………………（317）

第五章 两湖中部地域书写 ………………………………（332）
  第一节 黎锦明"蓬勃着楚人的敏感和热情" …………（332）
  第二节 叶紫"经历过"的悲愤 …………………………（336）
  第三节 益阳:周立波的"新型牧歌"与农业合作化叙事 …（344）
  第四节 晓苏的"油菜坡" ………………………………（359）
  第五节 吕志青先锋叙事的地域空间结构 …………（378）
  第六节 从山林到江湖:陈应松的跨地域书写 ………（390）
  第七节 挽歌与绝唱:刘继明的荆州书写 ……………（401）
  第八节 江汉平原:刘诗伟揭开"南方的秘密" ………（422）
  第九节 在场与超越:达度的地域风情史诗 …………（427）

第六章 两湖东部地域书写 ………………………………（438）
  第一节 洞庭湖:彭家煌的"地方色彩" ………………（438）
  第二节 平江:彭见明的田园牧歌与浪漫传奇 ………（441）
  第三节 汨罗:韩少功的"文学之根" …………………（450）
  第四节 黄梅:废名的诗意风俗 ………………………（467）
  第五节 黄冈:刘醒龙的小镇经验 ……………………（478）
  第六节 大冶:田禾的乡村诗歌 ………………………（498）

第七节　王榨:林白的文学"道场" ………………………………（510）
　第八节　里份和大院:方方的武汉书写 …………………………（529）
　第九节　吉庆街:池莉的市井传奇 ………………………………（549）
　第十节　生猛的新市民:何顿的长沙书写 ………………………（562）
　第十一节　长沙:何立伟的日常叙事 ……………………………（573）

第七章　诗与思:审美意义与思想价值 ………………………………（579）
　第一节　现代地域文化书写的理论认知与创作实践 …………（579）
　第二节　精神传统与思想表达 …………………………………（582）
　第三节　审美呈现与创作得失 …………………………………（586）

主要参考文献 …………………………………………………………（591）

后记 ……………………………………………………………………（604）

导言 文学的地域版图

文学之有地域性，是一个古老而又新鲜的话题。在某种程度上说，地域性是文学与生俱来的品格。文学是"以语言文字为工具形象化地反映客观现实的艺术，包括戏剧、诗歌、小说、散文等"。① 所谓客观现实，就是具体时间、空间规定中的现实（历史）存在。由此可见，地域性是文学的先天品质与重要因素。文学总是要直接或者间接地反映人类生活，而人类生活总是离不开特定的地域范围，诚如恩格斯所说，在人类的各种生活方式之中，总是离不开他们与地域环境之间的关系。② 毫无疑问，地域与文学具有重要的意义关联。

古往今来，世界文学的地域版图色彩斑斓、琳琅满目，是民族性、地方性、传统性、客观性的生动活泼的具体呈现。

我们阅读古希腊神话、"荷马史诗"、古罗马戏剧和诗歌，总会感到一股浓郁的地中海气息扑面而来。那奥林匹斯山上的雷霆霹雳，古希腊险峻群山之巅的阳光冰雪，茫茫大海上咆哮怒吼的滔天巨浪，撒丁海上塞壬美妙诱人的歌声，赫勒斯蓬海面上希腊联军的如林帆樯，特洛伊城连绵起伏的雄伟雉堞，那些为了自由和尊严而战的斯巴达勇士，那些在露天浴场曝晒阳光、在角斗场欢声雷动的罗马市民，那些皓首穷经学以致用在庙堂滔滔雄辩的哲人政治家，那些出入沧海风波弗远不及追求利润的行商和航海家，无不给人留下深刻的阅读印象。

---

① 中国社会科学院语言研究所词典编辑室编：《现代汉语词典》第5版，商务印书馆2005年版，第1428页。

② 参见［德］恩格斯《路德维希·费尔巴哈和德国古典哲学的终结》，《马克思恩格斯选集》第4卷，人民出版社1972年版，第229页。

地域文化视野中的两湖现代文学研究

地域风景、风情、风物和地域内人们的风骨、精神、风貌有机交融，形成文学的地域性和民族性的独特风格，共同构建出有如夏夜繁星般璀璨夺目的世界文学天宇。

马克思说过，希腊神话"是已经通过人民的幻想用一种不自觉的艺术方式加工过的自然和社会形式本身"。① 高尔基也有过类似的表述，神话是一种经过人们"艺术概括"的自然，包括地域范围内的自然现象、生产生活、与自然的斗争等。② 神话是地域内人们现实生活、生产、斗争的曲折反映，此后的写实性史诗和戏剧更是以逼真地再现地域生活景观和现实斗争场景作为主要诉求，如海上航行、海难事件，地中海各国之间的战争、婚姻关系、政治斗争、生产方式、风俗习惯等，俱得以活灵活现地记载和表现，既是文本的生成背景和人物活动的舞台，也是推动文本走向的不竭动力。人们对诸神的回忆，遍布希腊的山川大地。③ 希腊的山山水水，港湾、海角、山峰、河谷既是英雄们活动的舞台，也是英雄们的活动对象，留下了无数人文的印记，"山水以人名，人以山水名"，彼此作用，自然的人化与人化的自然交融一体，于此不难想见，人类的一切神话史诗既是"神"话，也是"人"话，也是"史"话，也是"地域"之话。

中世纪英雄史诗《裴欧沃夫》《罗兰之歌》《尼伯龙根之歌》《伊戈尔远征记》等叙说民族兴衰，地域风景、风俗、风情得以纤毫毕现地生动展呈。文艺复兴时期彼特拉克的《歌集》对意大利人文主义思潮下的现世劳动和凡尘爱情顶礼膜拜，弥漫着此岸和此在的人间烟火气息；薄伽丘的《十日谈》以一百个故事的叙事形式，立体呈现了意大利人民丰富的情感生活和壮丽的自然风光，民间气息和尘世俗趣时时洋溢于文本的字里行间；塞万提斯的《堂·吉诃德》忠实反映、记录了西班牙当时的社会风貌、人情习俗和重大事件④，地域特色是这部世界文学名著恒久的艺术魅力的重要来源；"说不尽的莎士比亚"的悲剧、

---

① [德]马克思：《〈政治经济学批判〉导言》，《马克思恩格斯选集》第2卷，人民出版社1995年版，第29页。
② [苏联]高尔基：《论文学》，孟昌等译，人民文学出版社1978年版，第97页。
③ [法]马里奥·默尼耶：《希腊罗马神话和传说》，梁启炎译，漓江出版社1995年版，第8页。
④ 朱维之、赵澧主编：《外国文学简编》（欧美部分），中国人民大学出版社1999年版，第78页。

导言　文学的地域版图

喜剧和历史剧创作，综合观之，就是一部英国、北欧的城市和乡村、历史和现实的"百科全书"，地域知识和生活细节弥漫于文本之中，成为其艺术虚构世界的无所不在的真实背景。

18世纪丹尼尔·笛福《鲁滨逊飘流记》，斯威夫特《格列佛游记》，托比亚斯·斯摩莱特《蓝登传》，席勒《阴谋与爱情》，卢梭《忏悔录》，歌德《少年维特之烦恼》《浮士德》，等等，亦莫不是建基于地域文化背景之上的民族精神的形象反映。

在19世纪的浪漫主义洪流中，拜伦的长篇诗体小说《唐璜》，描写主人公唐璜的亲身经历，他穿行于广袤的英国、西班牙、希腊、土耳其、俄罗斯大地；小说多角度多侧面地表现了欧洲的历史与现实生活，地域性特征十分鲜明[1]。

浪漫主义文学以擅长描写异域风情著称，《恰尔德·哈洛尔德游记》自由出入于各个历史时期，在辽阔的欧洲大地上自由穿行于苍茫大海和群山峻岭之间，以诗人的主体性情感一线串珠。值得注意的是，拜伦的英国视域下的主体选择与变形塑造，地域文化成为其写作的"前在"立场。雨果的《巴黎圣母院》《悲惨世界》对巴黎生活场景的立体呈现也让小说细节丰满、引人入胜。

地域文化书写真正引起读者广泛关注，具有文本叙事的重要功能，成为文学艺术水平的重要衡量标准和美学原则，始于19世纪以来的现实主义小说创作。恩格斯对现实主义文学有过一个经典的概括：现实主义文学在细节的真实之外，还要求"典型环境中的典型人物"[2]的真实性。可见，包括细节、环境、人物形象等在内的客观真实性，是现实主义文学创作的重要准则，这种真实不仅在于文本中的真实细节的呈现，更在于立足于客观真实的地域自然之中的真实环境和真实人物的再现。从此，地域风景风物风情和地域日常生活昂首阔步走进文学殿堂。文学作品中的地形地貌、民风民俗、人文环境，凝聚于人物形象身上的地域性格和地域文化精神等成为小说叙事的重要内容。如勃朗特三姐妹小说中的英国乡村的山庄、古堡、磨坊；司汤达的《红与黑》中巴黎不夜

---

[1] 朱维之、赵澧主编：《外国文学简编》（欧美部分），中国人民大学出版社1999年版，第167页。

[2] ［德］恩格斯：《恩格斯致玛·哈克奈斯》，《马克思恩格斯选集》第4卷，人民出版社1995年版，第683页。

地域文化视野中的两湖现代文学研究

城的通宵舞会、欢场宴饮等。巴尔扎克将自己视为"法国社会"的书记员,①以真实再现法国地域自然、环境、人物、社会生活为终生志业。其卷帙浩繁的《人间喜剧》,由两千多名人物形象构成了长长的巴黎画廊,恩格斯高度赞许巴尔扎克的创作,认为他超越了千千万万个自然主义作家左拉,是伟大的"现实主义大师",因为他为人们提供了一部真实的关于法国社会的"卓越的现实主义历史"。②福楼拜的《包法利夫人》副题就是"外省风俗",小说中的具体地名虽为虚构,但所写风俗细节却又无往不是真实,完全可以视为一本法国外省地方风俗志。狄更斯的成长小说《大卫·科波菲尔》精细描述英国城镇底层人物生活,寄宿学校、工厂、监狱等底层人生场景,笼罩着浓郁的悲凉色彩;哈代的《绿荫下》《还乡》中的英国田园牧歌情调和对爱敦荒原的工笔描绘,已经成为一种永恒文化精神的象征。

果戈理、高尔基、屠格涅夫、列夫·托尔斯泰、陀思妥耶夫斯基笔下苍茫浑厚古朴广袤的俄罗斯大地,契诃夫小说中那些谨小慎微战战兢兢地生活着的俄罗斯"小人物",肖洛霍夫的《静静的顿河》中那条冰河开裂地动山摇的哥萨克河流,赫尔岑、爱伦坡笔下群雄啸聚指点江山的麻雀山;罗曼·罗兰、亨利·巴比塞、安德烈·纪德笔下的法国立体社会;托马斯·曼、黑塞、雷马克笔下的德国民族性;萧伯纳、高尔斯华绥、毛姆、劳伦斯笔下的英国城乡;德莱塞、杰克·伦敦、辛克莱、斯比贝克、马拉默德笔下的美国东西部;加西亚·马尔克斯笔下以马孔多小镇为代表的魔幻神秘的拉丁美洲;紫式部《源氏物语》描写的日本都城上层贵族生活,川端康成笔下寒风凛冽晶莹剔透的雪国世界;《一千零一夜》记载的神话传说、奇谈怪论,色彩斑斓,精彩地再现了阿拉伯世界的"社会面貌和风土人情"③,等等。

我们将视线收回来,就会发现中国文学史也无处不在闪烁着地域性的光辉。如《诗经》十五国风采辑各地民歌,屈骚"书楚语,作楚声,纪楚地,名楚物"(宋人黄伯思《东观余论》),《左传》《国语》《战国

---

① [法]巴尔扎克:《巴尔扎克全集》第1卷,人民文学出版社1984年版,第8页。
② [德]恩格斯:《恩格斯致玛·哈克奈斯》,《马克思恩格斯选集》第4卷,人民出版社1995年版,第683页。
③ 朱维之、赵澧主编:《外国文学简编》(欧美部分),中国人民大学出版社1999年版,第209页。

·4·

导言　文学的地域版图

策》遗留下先秦时代各地诸侯史书的真实记录,《史记》、汉乐府、南北朝民歌、唐宋八大家游记散文、明代公安派竟陵派前后七子吴中四才子唐宋派诗文、清代桐城派散文等,皆带有鲜明的地域文化特色。而明清小说、戏剧创作,更是以写实性的细节工笔描绘出地域风俗人情,为文本平添诸多风情与魅力。如《金瓶梅》《海上花列传》描写市井风情和倡优生活,冯梦龙、凌濛初的"三言二拍"由书写传奇转向描摹日常,《红楼梦》交织着北京城从天潢贵胄到普通百姓生活的"百科全书"式的丰富知识。现当代文学史上鲁迅、周作人笔下的浙东故乡风情和刑名师爷气派,萧军、端木蕻良笔下雄犷苍凉的东北黑土地,老舍小说淳厚的胡同"京味",沈从文笔下的边地湘西,新感觉派小说的上海声色,赵树理的山西味道、晋阳气息,孙犁笔下充满诗情画意的白洋淀,周立波小说如山茶花盛放的益阳风情,沙汀、李劼人笔下麻辣喧嚣的天府饮食和市井民俗,汪曾祺淡雅沉静的大淖水乡,刘绍棠古道热肠的运河人家,张承志雄浑苍劲的草原和黄河,李杭育的葛川江的水上人家,莫言文学世界中汪洋恣肆的高密东北乡的烈火般燃烧的红高粱,苏童、叶兆言重叙历史篇什中在月色下缓缓驶过秦淮河的夜半航船,李准小说中承受深重苦难的黄泛区人民,陆文夫、范小青的苏州市井,贾平凹的商州山民,李锐、郑义的吕梁太行,王安忆、金宇澄的上海市井里巷,周大新的"南阳小盆地",阎连科的瑶沟乡民政治,刘恪的峡江红帆船楚风浩荡,等等,莫不让人拍案叫绝,引人回味叹为观止。

正所谓"十里不同风,百里不同俗"。同样是书写陕西,路遥的《人生》《平凡的世界》和高建群的《最后一个匈奴》中的黄土高原雄浑苍凉秦风浩荡,陈忠实的《白鹿原》里的关中大地土厚水深儒风淳郁,而贾平凹的《浮躁》《秦腔》中的陕南商洛却是青山激流浪漫灵秀,地域分野所导致的文化差别,在三秦大地上也是如此风格殊异。同样是书写山东,张炜的《古船》《柏慧》《家族》《九月寓言》中的宗族责任感与道德理想主义具有鲜明的儒家理性色彩,而莫言的《红高粱家族》则带有浓郁的浪漫主义的狂放色彩:深秋的大地上,高粱"红成洸洋的血海",太阳"像血一样地从高粱地里冒出来",莫言小说遍布撼人心魄的"血色"意象,齐鲁大地如此风情殊异,地域分野造成了无可漠视的文体特征差异。在两湖地域,西部南部是苗族、瑶族、土家族等民族居住区,沈从文、黄永玉、古华、孙健忠、蔡测海、叶蔚

· 5 ·

林、李传锋、叶梅、吕金华、马笑泉、田耳、于怀岸等作家善于书写民族地域的传奇人生,笔下的民情风俗文化精神颇富"域外"风情,往往成为现实日常之外的别有寄托的"文字乌托邦"和想象奇观;陈应松笔下的神农架奇峰高耸,别有天地,巫风弥漫。在两湖中部地域的文学世界里,周立波的益阳山村,韩少功的汨罗水乡,谭谈的涟源矿山,彭见明的洞庭湖区,陈应松、刘继明、刘诗伟、达度的荆州江湖,李叔德、王雄、王建林的襄阳古今世界,已然成为鲜明的文学符号。更早的黎锦明的小说,则以湘潭晓霞山为背景,笔致奇崛,融狂躁、激越、暴烈、蛮狠于一体,被鲁迅誉为"蓬勃着楚人的敏感和热情"①;彭家煌的小说,多描写洞庭湖区普通民众的生活,茅盾评价其中篇小说《怂恿》具有"浓厚的'地方色彩'",这种地方色彩综合表现于小说文本中的土语、方言、对话、动作、人物、故事,是 20 世纪 20 年代"最好的农民小说之一"②,在现代乡土小说写作史上具有示范意义。在两湖东部,是一片苍莽连绵的群山,近代以来又是一片鲜血浇灌的热土,刘醒龙的"大别山之谜"和"圣天门口"小镇沧桑,邓一光、何存中的革命英雄传奇,何顿笔下长沙会战的铁血画卷,牛维佳、望见蓉小说中的武昌首义,革命历史题材的作品层出不穷,频谱杨柳新曲。而以武汉、长沙的现实生活作为书写对象的都市题材作品,近年来更是成为读者关注的焦点。方方、池莉、彭建新、姜燕鸣笔下的武汉世俗人生与汉口的"风花雪月"交相辉映;何顿的小说零距离地描摹出一批长沙新市民阶层的"原生态"生活,都市风情与地域味道紧密结合;何立伟善于书写长沙市民生活的点点滴滴,刻画精细,妙趣横生,却又充溢着浓郁的人间温情。在书写两湖地域的历史文化题材领域,唐浩明的系列长篇小说《曾国藩》《张之洞》《杨度》,熊召政的长篇历史小说《张居正》,李叔德的"唐代诗人三部曲",杨书案的先秦诸子系列长篇小说,王芸的长篇散文《穿越历史的楚风》,王开林的散文集子《百年湖南人》,等等,皆写出了楚人的风骨和楚文化不屈抗争的精神。即使是在地域性特征最不明显的诗歌创作中,我们也很容易从两湖诗人的诗作

---

① 鲁迅:《〈中国新文学大系〉小说二集序》,《鲁迅全集》第 6 卷,人民文学出版社 1981 年版,第 249 页。

② 茅盾:《现代小说导论(一)》,《中国新文学大系导论集》,岳麓书社 2011 年版,第 101 页。

导言　文学的地域版图

中读出屈原"哀民生之多艰"或者李白"凤歌笑孔丘"的传统流脉。

地域书写为文学增添了鲜明的个性，无限丰富的具体性促进了文学的整体繁荣。研究两湖地域文化与文学的关系，至少需要阐释以下几个方面的问题：第一，从两湖现代文学的地域书写内容中，探究地域风景、风物、风情和精神风骨得到了怎样的呈现；第二，两湖现代文学与地域文化精神的历史传承和现实创造；第三，两湖现代文学的美学取向与地域传统文化的意义关联；第四，地域文化书写的继承、嬗变与创新；第五，两湖地域文化与文学审美风格的形成；等等。宋人马存在《赠盖邦式序》中分析《史记》奔放雄奇、深沉激愤的文风形成原因时，认为司马迁"奔放而浩漫""停蓄而渊深""妍媚而蔚纡""感愤而伤激"文风的养成，得益于其纵横神州大地的行旅，尤其是在故楚之地上的壮怀激烈的游历，亲身领略了楚地山川上：大江的狂澜，汉水的惊波，云梦的涵混，洞庭的风涛，九嶷的芊绵，巫山的嵯峨，阳台的朝云，苍梧的暮烟，沅湘的屈祠，南楚的斑竹……①文章幸得江山助。于此可见，两湖地域对于文学的影响何其重要而深长。这种影响，宛若亘古长风，雄浑浩荡，吹拂两湖大地，直到现代依然强劲如斯，未曾消歇，惊采绝艳、绚烂多姿、沉痛悲郁、苍凉奇峭的楚风仍然被视为两湖现代文学的卓异风格。

就让我们带着上述粗浅的观感，走进风光旖旎的现代文学的两湖地域。

---

① 马存：《赠盖邦式序》，冯其庸等选注《历代文选》下册，中国青年出版社1963年版，第125—126页。

第一章　地域文化与文学研究

穷究天人，既是中国传统学术路径的主流，也是西方学术的通衢大道。从中心、边缘论，南北、东西论到地域文化论，学术界走过尘霜扑面崎岖坎坷的漫长征程。回溯文学史，我们会发现，中国地域文学流派的真正形成，始于宋代的江西诗派，自此以后地域文学蔚成风气。而从地域角度研究文化和文学，则是宋代以后高潮迭起不断推陈出新的学术现象。面对丰富驳杂博大精深的文学史传统，我们所需要做的，就是辨析概念、梳理源流，厘清文学地域论的学理性内涵和外延，为接下来的文本阐释、理论建构和审美观照打下基础。

第一节　穷究天人：中国传统学术路径

"究天人之际，通古今之变，成一家之言。"这是司马迁修撰《史记》的源初目标和终极理想。在《报任少卿书》中，司马迁以沉郁顿挫而慷慨激昂的笔调回忆古往今来那些不以富贵骄人，却以"倜傥非常"名世的仁人志士：拘而演《周易》的文王、厄而作《春秋》的孔子、放逐之后写作《离骚》的屈原、失明后写作《国语》的左丘明、膑脚后撰写《孙子兵法》的孙膑、谪贬迁蜀后写出《吕氏春秋》的吕不韦、囚秦后写作《说难》《孤愤》的韩非子……接下来直抒胸臆，陈述自己撰写《史记》的本意，也是"意有郁结"，故而"述往事，思来者"，"亦欲以究天人之际，通古今之变，成一家之言"[①]，于此显示出

[①] 司马子长：《报任少卿书》，载王友怀、魏全瑞主编《昭明文选注析》，三秦出版社2000年版，第538—539页。

第一章 地域文化与文学研究

强烈的文化自信,个人尽管历经磨难度尽劫波,人生的意义却可以寄托于纸墨长久流传。这是埋藏于古往今来一切写作者内心深处的不宣之秘。

其实,这也未尝不是太史公修撰《史记》的学术方法论。从上引太史公书信《报任少卿书》中更易见出真性情的"夫子自道"来看,历史叙述中的"天人之际"和"古今之变",至少蕴含三层意义:一是"天人"空间与"古今"时间相结合的时空二维结构,是《史记》关注的重要维度;二是"天人之际"和"古今之变"强调了"天人关系"和"古今关系",即人与环境的互动性和古今之间的流变性,"天"与"人"之间、"古"与"今"之间,皆形成一种有效的对话关系,而绝非凝固的、静止的机械决定论;三是贯注着司马迁强烈的主体生命意识,他以修撰史著作为自己剩余生命的全部精神支撑,身家性命和生存意义全部托付于此,是其念兹在兹的人生志业,在"天人"和"古今"的双重观照中始终有一个主体性意识鲜明的"发于情,肆于心"[①] 的"我"存在。《史记》能够成为"史家之绝唱,无韵之《离骚》"[②],良有以也。

此种研究方法,无疑是对先秦诸子学的推陈出新,具有"元典"性意义,的确值得我们深长思索。事实上,"究天人之际",有囊括天地的宽阔胸怀;"通古今之变",有雄视古今的穿透视野,一直是中国历史叙事的宏大追求。"天"与"人"相对应,即是"人"以外的一切因素,皆可以视为"天",包括地质地貌、气候物产、人文传统、风俗习惯、方言俗语、民间传说等,皆是"人"的对象性存在。从地域角度研究文化和文学,也是一脉历久弥新的人文传统。《尚书·周书·泰誓》云:"惟天地万物父母";《周礼·考工记》记载:"天有时,地有气,材有美,工有巧,合此四者,然后可以为良。"《诗经》采辑十五国风,以地域划分界线,既有邶、鄘、卫、王、郑、齐、魏、唐、秦、陈、桧、曹、豳等国别体民歌,也有周南、召南等地域体民歌。其中周南、召南民歌传唱于长江、汉水流域。国风是地域风俗民情的真实再现。以地域方位来区分,东区包括《齐风》;南区包括《周南》《召南》《陈风》;西区包括《秦风》《豳风》;北区包括《魏风》《唐风》;中区

---

① 鲁迅:《汉文学史纲要》,《鲁迅全集》第9卷,人民文学出版社1981年版,第420页。
② 鲁迅:《汉文学史纲要》,《鲁迅全集》第9卷,人民文学出版社1981年版,第420页。

包括《郑风》《卫风》《邶风》《墉风》《王风》《桧风》《曹风》，地域分布呈现出花瓣形结构，而又各具特色，风姿绰约。民歌是地域的歌唱，具有鲜明的地域特色，其中的刚柔缓急，凝重飞扬，都与地域水土气候息息相关，如《齐风》刚烈，《二南》浓艳，《秦风》慷慨，《郑风》柔媚，莫不是地域内社会风俗的呈现。很难想象《女曰鸡鸣》的"琴瑟在御，莫不静好"；《子衿》的"一日不见，如三月兮"；《野有蔓草》的"有美一人，清扬婉兮"等表达男欢女爱情调的诗句会出现在北国塞外的秋风马背上。反之亦然！明人屠隆在《鸿苞集》中说："声以俗称。"清人魏禧在《容轩诗序》中以"土风"作为论诗的根据，"土风"不同，诗歌相异。《左传·襄公二十九年》记载吴国公子季札，前往鲁国听乐观舞之后的感受，体现了地域文化的宏阔视野，值得我们充分重视，僻处东南一隅的吴国公子季札，顾曲知音，观舞知义，富有高深的诗歌乐舞修养，至少在鲁国史官看来尤其难能可贵的是其正统的乐而不淫、哀而无伤、德美兼备的雅俗观，竟与鲁国儒家文化的主流观念一致，这一点在今人看来当然不乏商榷之处，但其以地域文化类型区分乐舞的视角和方法，则无疑是可行的，具备极强的可操作性。春秋时代齐相晏婴出使楚国，楚王有意刁难，晏婴以机智化解了一场外交"风波"，其核心意旨就是"南橘北枳""齐善楚盗"[1]，虽然只是一则寓言故事，却也明确指出了南北水土、风俗的地域差异，及其所导致的风俗民情的文化差异。《国语·鲁语下》有"沃土之民不材"与"瘠土之民向义"的判断，明显带有朴素唯物主义观点，因为有沃土和瘠土的分别，直接导致人类生产方式和劳动强度的区别，进而影响到人们"不材"或者"向义"的性格生成。《管子·水地篇》将民性的不同归因于"地"与"水"的不同。《礼记·王制篇》宣称："广谷大川异制，民生其间者异俗。"古人将天地之气作为民性民心的统帅和根据，如《孟子·公孙丑上》张扬"至大至刚""直养无害"的"浩然之气"[2]；《庄子·知北游》宣称"通天下一气耳"[3]；汉代郑玄认为各个地域不同的"地气"造成了"民性不可推移"[4]。地域不同，天地之气

---

[1] 参见《晏子春秋集释》卷6《内篇杂下》，中华书局1962年版，第392页。
[2] 《孟子·公孙丑上》，（宋）朱熹撰：《四书章句集注》，中华书局1983年版，第230—231页。
[3] 《庄子·知北游》，王先谦撰：《庄子集解》卷6，中华书局1987年版，第186页。
[4] 参见（明）邱濬《大学衍义补》卷145，文渊阁四库全书本。

亦不同，由此塑造的民性、民风、民心亦绝不相同。《尔雅·释地》以地势论证人物的一般性格，颇有道理，当然难免抽象空疏。《荀子·荣辱》将人性风俗之异，归结为"积靡使然"，是"注错习俗之节"的不同，而并"非天性"，不是"知能材性"的不同，并非一切皆由先天所决定，这种思想无疑是对种族论、天生君子小人论、华夷之辨等偏狭观念的超越。

凡此种种，皆有朴素唯物主义的倾向。西汉司马迁在《史记·货殖列传》中指点江山月旦众生，就是从地域文化角度进行分析的，在历数关中之民、巴蜀之民、三河之民、中山之民、齐之民、临淄之民等地域物产与民情风俗的区别，论及两湖地域时，则说：西楚"其俗剽轻，易发怒，地薄，寡于积聚"①；南楚"其俗大类西楚"，"好辞，巧说少信。江南卑湿，丈夫早夭，多竹木"②；等等。此种论断，今人仍然时相征引，无论地域内外，谁谓不当？刘安在《淮南子·坠形训》中列举神州大地上的八方物产和地域内人们的不同性格，这是古代人们对地域区别的感性认知，也是实践经验的总结。东汉班固的《汉书·地理志》如此定义"风""俗"："凡民函五常之性，而其刚柔缓急，音声不同，系水土之风气，故谓之风；好恶取舍，动静亡常，随君上之情欲，故谓之俗。"③ 在考索天下郡国地域沿革的"历史叙述"中，将自然环境与人文环境紧密结合，民情风俗与地域文化息息相关，如秦地与秦人、河东与虞人、桑间濮上与卫人等，④ 此等叙述风格和研究方法，是由二十五史所承载的历史叙事及其注重天人之际的研究传统所决定的，在正史中一脉相承。唐代魏征《隋书·文学传序》历数成名作者，如江淹、沈约、任昉、温子升、邢子才、魏伯起等，皆以籍贯置前，强调了地域文化对其创作的重要意义。总的来看，地域文化影响了创作风格的形成，"江左宫商发越，贵于清绮；河朔词义贞刚，重乎气质"⑤。河朔、江左文学各以其气质理深、清绮文华取胜，魏征主张"各去所短，合其两长"，但是如此"文质斌斌，尽善尽美"的综合理想一旦实

---

① （西汉）司马迁：《史记》，岳麓书社1988年版，第936页。
② （西汉）司马迁：《史记》，岳麓书社1988年版，第936页。
③ （东汉）班固：《汉书·地理志》，中华书局1962年版，第1640页。
④ （东汉）班固：《汉书·地理志》，中华书局1962年版，第1665页。
⑤ （唐）魏征：《文学传序》，《隋书》，中华书局1999年版，第1163页。

· 11 ·

现，必然会消减原先的文学的地域魅力和文体特征，是否可行，尚需在创作实践中摸索斟酌。或者说，南北文学融合的理想必待特出卓异之士才能实现。宋代及其以后，中国文学史上的诸多流派，有不少是以流派创始人的出生地域来命名的，比如宋代以黄庭坚为首的"江西诗派"，由徐照、徐玑、赵师秀、翁卷组成的"永嘉四灵"；明代以袁宏道、袁宗道、袁中道为首的"公安派"，以李东阳为首的"茶陵派"，以钟惺、谭元春为首的"竟陵派"；清代以方苞、姚鼐、刘大櫆为首的"桐城派"，以恽敬为首的"阳湖派"，以朱彝尊为首的"浙西派"，以张惠言为首的"常州派"等。而在文学史上，那些以地域命名的诗文集子，则更是不胜枚举，如《吴都文粹》《成都文类》《湖州词征》等。① 明清画派，亦是如此，浙派、吴派、常州派、"扬州八怪"、"金陵八家"等，数不胜数，莫不以地域得名。如此命名，无疑强调了地域文化的重要意义，潜藏着重要的关乎创作风格特征的地域文化的信息密码。明代杨慎在《升庵集》中肯定了自然环境对于文化、文学的重要影响力，同时也指出了人文环境的重要作用，他针对《管子》《汉书》等著作中关于"水土"决定论的论述予以发挥，认为人性并非"水土所能囿也"，强调了"君之令"和"师之教"的重要作用，也就是地域内影响文化发展方向的人文环境同样不容忽视，因此其论说更多地具有"时代环境"的历史意义。李东阳在《麓堂诗话》中同样也以"气运"和"习尚"来概括文化重心的南移过程，② 文化重心由北方的秦晋，向南方的荆楚、吴越转移，这是一个漫长的历史过程，在明代已成不可逆转的文化潮流，南方文化和创作日益兴盛，就是重心南移的必然结果。清代李淦在《燕翼篇·气性》中将天下分为"三道"，相应地划分为三种人：北人、东南人、西南人。北人"性质直，气强壮，习骑射，惮乘舟"，其长处是俭朴好义，其缺失是愚蠢暴悍；东南人"性敏，气弱，工文，狎波涛，苦鞍马"，其长处在于繁华好礼，其缺失在于轻薄侈靡；西南人"性精巧，气柔脆"，"其俗尚鬼"，长处在于好斗而智慧，缺失在于诡谲善变。③ 将天下三分，将南方二分为西南和东南，分判的

---

① 曾大兴：《文学地理学研究》，商务印书馆2012年版，第10页。
② 李东阳：《麓堂诗话》，《历代诗话续编》下册，中华书局1983年版，第1377页。
③ 李淦：《燕翼篇·气性》，《檀几丛书》第2集，上海古籍出版社1992年版，第259页。

第一章 地域文化与文学研究

依据都是陆、水地貌之关系，地理分殊，风俗各异，得失两兼。同样是自然山水胜境，又有灵秀、险隘、幽峭之别，对文学风格和诗人性情的影响也各不相同。沈德潜在《芳庄诗序》中就区分了永嘉、蜀中、永州等地山水的不同导致创作风貌的殊异，认为地域风物的差异，总是深刻地影响着地域内人们的创作。① 需要指出的是，人们对于地域文化的相关认知，也是历史化的结果。清人归允肃在分析仕宦之"好尚"时，以岭南为例，通过对比分析，指出岭南地域今昔的巨大变化过程，"与唐宋间大异"②，随着经济、社会、文化和交通的发展，昔日荒凉贫困之地，已成花柳繁华之域，故而仕宦"欢然趋之"。人们对于地域文化的认知，也就相应地发生了改变，这种趋势就是日益"具体化"。传统意义上的文学南北论，如"南多风雅，北多雄健""南多卑靡，北多伧父"③，云云，倒显得空疏虚无、陈腐滥调。

近代以还，随着列强入侵，中国人被迫打开世界视野，传统意义上的家国天下观念逐渐过渡到现代民族国家观念，在此过程中，地域文化作为民族国家的隐喻，日益受到重视，论述地域文化与文学关系的大家甚众。海内学者，以刘师培、王国维、汪辟疆最为特出，三种代表性的著作呈现推陈出新之状。

刘师培在《南北学派不同论》（1905年）中纵向梳理东周时代以来的中国学术，在地域上大体分为南、北两派学术，北方多山，"地土硗瘠"，交通不便，北国人民，"崇尚实际"，坚忍不拔；南方多水，"土壤膏腴"，交通方便，南国人民，"崇尚虚无，活泼进取"。④ 在刘师培的学术史视域中，北方人民的国民性决定了倡导修身、力行的儒、墨学术的兴盛；而南方人民的国民性决定了崇尚虚无、避世的老庄道家之学的兴盛；在其论述中，南方就是楚国，是地道的水乡泽国，"北有江汉，南有潇湘"，南国学术，"遗弃尘世，渺视宇宙"，崇尚自然，力主谦让，多有隐逸色彩，如接舆高歌，沮溺避世，许行力耕，屈原

---

① （清）叶燮、薛雪、沈德潜：《原诗·一瓢诗话·说诗晬语》，人民文学出版社2005年版，第245页。
② 归允肃：《赵云六倚楼游草序》，《归宫詹集》卷2，光绪十三年刊本。
③ 茹纶常：《容斋文钞》卷9，嘉庆四年刊本。
④ 刘师培：《南北诸子学不同论》，《刘师培辛亥前文选》，李妙根编，朱维铮校，中西书局2012年版，第319页。

避俗①。在刘师培看来，"学术因地而殊"，南学、北学相区分的根源，在于南方泽国与北方山国的区别；在其论述中，楚国之学，直接就是南方学术的代表。而在《南北文学不同论》中，刘师培则从南北声音分殊的角度，详论"音分南北"，南方为楚，北方为夏，"夏为北音，楚为南音"，因此，"南方之文，亦与北方迥别"，进而推究南北地域环境对文学创作的影响，"大抵北方之地，土厚水深，民生其间，多尚实际；南方之地，水势浩洋，民生其际，多尚虚无。民崇实际，故所著之文，不外记事析理二端。民尚虚无，故所作之文，或为言志抒情之体"。②记事析理和言志抒情的分野，既是文学内容的殊相，亦是文学体式特征的区别。

王国维的《屈子文学之精神》（1906年）既关注到南、北文化、文学的不同之处，也关注到南、北文化、文学的交流融通性，体现出更为鲜活灵动的流变意识。首先，王国维将春秋以前的政治思想，分为帝王派和非帝王派二派，帝王派"称道尧舜禹汤文武"，又可以称为近古学派、贵族派、入世派、热情派、国家派，以孔子为代表人物；非帝王派则称道"上古之隐君子"，又可以称为远古学派、平民派、遁世派、冷性派、个人派，以老子为代表人物。两派学术，主张各异，常相反对，不能调和。其次，王国维将文学也分为南、北两派，南方派以老、庄、列为代表，主要是散文的文体；北方派以《诗经》为代表，主要是诗歌的文体。北方派志"在改作旧社会"，重在实践，坚忍强毅；南方派志"在创造新社会"，长于思辨，想象丰富，各有短长。最后，王国维将大诗歌（伟大文学）的产生的希望，寄托在南北文学的交流融通之上，他认为屈原就是一个成功的代表性人物。"北方人之感情，诗歌的也，以不得想象之助，故其所作遂止于小篇。南方人之想象，亦诗歌的也，以无深邃之感情之后援，故其想象亦散漫而无所丽，是以无纯粹之诗歌。而大诗歌之出，必须俟北方人之感情，与南方人之想象合而为一，即必通南北之驿骑而后可，斯即屈子其人也。"③ 屈原

---

① 刘师培：《南北学派不同论》，《刘师培辛亥前文选》，李妙根编，朱维铮校，中西书局2012年版，第320页。

② 刘师培：《南北文学不同论》，《刘师培辛亥前文选》，李妙根编，朱维铮校，中西书局2012年版，第346页。

③ 王国维：《屈子文学之精神》，《王国维文集》第1册，中国文史出版社1997年版，第30页。

第一章　地域文化与文学研究

的天才创造，根植于南北文学优秀基因的交流和综合的深厚基础之上，是生长在南北文化互相交融取长补短的优化改良的土壤之上的一朵奇花。

汪辟疆的《近代诗派与地域》（1934年），探讨地域文学派别的划分标准是"五常之性"，"水土之情"，风俗和方言，以此为根据，他将天下诗歌以地域为界划分为六派：一是湖湘派；二是闽赣派；三是河北派；四是江左派；五是岭南派；六是西蜀派①。六派诗家之中，又以"湖湘派"居首，因其能"卓然自立蔚成风气"，"领袖诗坛"。以地域划分天下文学派别，无疑是对此前较为笼统、粗疏的南、北文学论的超越。

由上观之，"究天人之际"与"通古今之变"具备同等的重要性，是驱动前现代中国学术（文学）前行的两轮，二者相互为用，缺一不可，可以视为中国学术（文学）的本体性特征，时空交织形成了中国文化（文学）传统中稳定的"以史为干，以地为支"②的知识结构模式。

第二节 "道异风同"：西方的认知

无独有偶，西方文化史上也不缺乏类似的观点。诚可谓"东海西海，心理攸同"。

古希腊神话中的诸多神灵、英雄人物及其生活背景，就明显地带有地中海的自然和人文环境的特征。马克思指出："任何神话都是用想象和借助想象以征服自然力，支配自然力，把自然力加以形象化；因而，随着这些自然力实际上被支配，神话也就消失了。"③ 脚下的大地、头上的星空和人们所在的社会组织形式、共同心理结构等，规定、制约着神话的历史形态。我们甚至可以说，对于早期人类而言，自然环境与地域文化对神话（早期口头文学）的影响力要远远超过后世人们摆脱自然支配力之后的任何文学创作，因为前者是直接的作用，后者则是作为

---

① 汪辟疆：《近代诗派与地域》，《汪辟疆说近代诗》，上海古籍出版社2001年版，第14页。
② 杨义：《文学地理学的渊源与视境》，《文学评论》2012年第4期。
③ ［德］马克思：《〈政治经济学批判〉导言》，《马克思恩格斯选集》第2卷，人民出版社1995年版，第29页。

文化心理结构在发生作用。

从荷马史诗《伊利亚特》和《奥德赛》的记载来看，荷马对于大地和宇宙有一整套成熟的想象：大地如同凸面的圆盘，四周是波涛浩渺的大洋。"大地被空气包围着，诸神所居之山峰有纯洁的大气，名之为以太"，"诸神掌管着自然界的一切现象：宙斯有'驱云神'、'聚云神'和'雷神'等称号，他发射雷电，任意决定风向；而伊俄拉斯则是司风之神。波赛顿则职掌地震，他的绰号叫做'摇撼大地者'"。① 荷马对宇宙的想象、对诸神及其功能的设计，莫不源自地中海周边实际的地理物候，因此带有鲜明的地域现实特征。

公元前 5 世纪希罗多德在《历史》② 中认为，人类历史过程中发生的一切，都可以用自然地理来解释，地质地貌气候环境等提供了历史文化的背景和舞台，历史事实只有与自然地理相联系才有意义。

希波克拉底的《论空气、水和环境的影响》认为，空气、水和地理环境决定了生活在该地域内的人们的身体和性格的形成，因此具有决定性的影响力，他采用比较研究的视域，进行由外而内、由物及人的推论，认为幅员辽阔、气候多变的地域往往拥有千变万化的地形地貌；而那些幅员狭小、气候变化不大的地域则往往景色单调、千篇一律，"这种情况也同样适用于人性。人类的相貌可以分为树木茂密和水源丰盛的山岳型、土壤贫瘠的缺水型、草场沼地型、开阔且排水良好的低地型几种。在这里存在着多样的环境对体质的同样影响，如果环境差异很大，体型的差异亦相应有所增大"。③ 很显然，这种因"环境差异"所导致的人们的"体型差异"，不仅存在于国与国之间，而且存在于同一个国家的不同地域之间。

柏拉图认为，人们的性格和智慧都是由人们所处的地域内的气候所决定的。亚里士多德认为，不同的纬度决定了人类是否可以居住和生存，自然环境不仅是人们的生存背景，也是制约人们的社会存在的关系体系，决定着人文环境的生成。在《政治学》中，亚里士多德从地理

---

① 参见［苏］波德纳尔斯基《古代的地理学》，梁昭锡译，赵鸣岐校，齐思和审，商务印书馆 1986 年版，第 4 页。
② 参见［古希腊］希罗多德《历史：希腊波斯战争史》，王以铸译，商务印书馆 1959 年版。
③ 转引自［英］阿诺德·汤因比《历史研究》，刘北成、郭小凌译，上海人民出版社 2005 年版，第 69 页。

第一章 地域文化与文学研究

位置的角度,比较了欧罗巴、亚细亚和希腊的民族性的优劣,认为欧罗巴人偏热情,亚细亚人偏理智,只有希腊民族兼具热情和理智,这种论述是后世殖民种族论和西方中心论的理论来源之一。①

16世纪法国人文主义学者让·博丹在《论国家》中认为民族心理皆由其"自然条件的总和"所决定,这种自然条件的总和范围宽广。值得注意的是,博丹不仅关注到了自然地理意义上的不同纬度造成的气温差异,而且关注到了不同经度之间由于距离海洋的远近不同所造成的湿度差异,也就是说他既主张南、北文化不同论,也主张东、西文化不同论。尤其难能可贵的是,博丹还注意到了人类活动对于大自然的反作用力,自然条件与人文环境相互激荡、共存互生,体现出一代人文主义学者的辩证思维和对人的主体能动性的倡扬。

18世纪法国启蒙思想家孟德斯鸠认为,国家制度和文化类型都由人们所处的地域内的气候所决定,气候才是世界的最高权威,因此人们应该根据气候条件的不同来制定适合本地域人们的法律。南北纬度差异和东西经度差异所导致的气候差异,是其论著所关注的重点。孟德斯鸠认为,寒冷让人增加力量,体力充沛;炎热让人松弛,心神萎靡,因此,高纬度和近海的国家和民族,容易追求自由,如靠近两极的自由的小民族和海岛民族等;低纬度和远海的国家和民族,容易产生专制,如墨西哥和秘鲁等。这种分殊,在孟德斯鸠看来,都是由不同地域的不同气候所决定的;气候决定了人们的气质性格,人们的气质性格决定了他们的法律和政治制度选择。② 从世界范围来看,气候决定论已成为一种影响力极大、影响范围极广的理论。

德国学者温克尔曼在《古代艺术史》中将古希腊艺术的繁盛和卓越的原因归结为地域气候的影响、政治统治方式、人们的思维习惯和方法,以及古希腊人尊重艺术的风俗,这就将地理气候、政治体制、思维方式、社会风习诸方面的因素都综合考虑进来,颇具思辨性的光辉。地中海的漾漾清波和蓝天白云,培育了古希腊人强健的体魄和清朗的精神,而"就希腊的政治体制和机构来说,希腊艺术的卓越成就的主要原因就在于自由","自由是重大事件之母,是政治变革的根源,是希

---

① [古希腊] 亚里士多德:《政治学》,商务印书馆1965年版,第359—361页。
② [法] 孟德斯鸠:《论法的精神》,曾斌译,京华出版社2000年版,第234—235页。

· 17 ·

地域文化视野中的两湖现代文学研究

腊相互大动干戈的根源"。① 自由成为一切艺术创造的本质和象征,当然也要付出政治变革甚或战争的代价。

十八、十九世纪之交的法国斯达尔夫人,一生追求真理仗义执言,饱受政治流亡之苦,经常不得不流亡海外,转徙各地,因此见多识广,将各个民族和各个地域进行比较,就是其论著的题中应有之义。② 文化比较研究的视域,产生于转徙各地的逃亡经历。需要指出的是,斯达尔夫人提出的南北文学不同论,并非僵硬的、静止的存在,而是一个互相融合的动态性过程,她注意到"萎靡不振的南方民族""在与北方民族混杂的过程中",汲取了创造的力量,增强了智能的灵动性③。在备受关注的南北文学不同论以外,斯达尔夫人还擅长于作地域内的比较文学研究,她将古希腊文学与古罗马文学进行了精细的比较研究:从文学地位来看,希腊人重视文学,而罗马人轻视文学;从文学起源来看,希腊文学起源于形象思维,而罗马文学则起源于哲学;从文学功能来看,希腊人视文学为娱乐,而罗马人视文学为工具;从文学趣味来看,希腊人喜欢轻松的文学,而罗马人则喜欢严峻的文学;从修辞论辩方法看,希腊文学较张扬,罗马文学较克制;从文学气质来看,希腊人热情奔放,而罗马人内敛深沉。

19世纪德国哲学家黑格尔在《历史哲学》中,开宗明义地说:产生民族精神的前提,"就是地理的基础"。他认为世界历史的真正舞台位于北温带,具体来说,就是欧洲大陆;而世界历史舞台的中心,则是地中海地区,因为此地有犹太教和基督教的圣地耶路撒冷,有回教徒的圣地麦加,皆是人类信仰的精神摇篮。再往西走则有特尔斐、雅典、罗马、亚历山大里亚、迦太基,"所以地中海是旧世界的心脏"。黑格尔将地球上的所有地理环境,大致划分为三种类型:一是干燥的高地,同广阔的草原和平原;二是巨川、大江所经过的平原流域;三是和海相连的海岸区域。高地上的民族,以游牧为生,经常向其他地区发动洪水般的冲击和劫掠;平原上的民族,产生了四大文明古国,即中国、古印

---

① [德]温克尔曼:《古代艺术史》,转引自[英]鲍桑葵《美学史》,张今译,商务印书馆1985年版,第316—317页。

② [丹]勃兰兑斯:《十九世纪文学主流》第1册,张道真译,人民文学出版社1997年版,第95页。

③ [法]斯达尔夫人:《论文学》,徐继曾译,人民文学出版社1986年版,第107页。

度、古巴比伦、古埃及，它们以农业为生计，"是文明的中心"，但是却"还没有开发的独立性"；海岸区域，则"表现和维持世界的联系"，地中海就是其中的典型代表，在此，黑格尔高歌一曲激情澎湃的"大海颂"：大海激荡起人们征服和掠夺的雄心，鼓励他们从事商业，追求超越庸常的利润，而平原地域的人们不敢冒险，顺从大自然的法则，春种秋收循规蹈矩，终生束缚在土地上一事无成，海上的人们依靠一叶扁舟，还有他们的勇敢和沉着，"船——这个海上的天鹅，它以敏捷而巧妙的动作，破浪而前，凌波以行——这一种工具的发明，是人类胆力和理智最大的光荣"①。黑格尔的"地中海"中心说，无疑带有强烈的欧洲主体性、中心论的偏见，有失偏颇，我们的关注重点是其从地域角度论证民族精神的研究方法。

法国学者丹纳在《艺术哲学》中认为人类历史上的所有物质文明和精神文明的产生，都取决于三个要素：种族、环境和时代。所谓"种族"，即是种族的特性，也就是生物学意义上的遗传性，带有该种族的基因密码，是潜藏在种族生理和心理深处的原始印记，无论世事如何沧桑变幻，种族的原始印记都不会消磨，表现为种族"血统"和种族"智商"，是一种"永久的本能"，比如蒙古人的骁勇，犹太人的智慧，希腊人的艺术天分，英国人的沉静恬淡刻板，法国人的酷爱幻想乐观好奇，等等。地域内种族的遗传，是民族发展的"原始地层"，是民族的"永久本能"，它非常牢固，漫长的历史时间也无法撼动分毫，"在一切形势一切气候中始终存在"②。丹纳认为，各地域不同的艺术气质总是与地域内人们的身体气质和结构紧密相关，各种遗传的种族性质总会在文艺表现中得到不同程度的再现。不同的地域环境，会直接塑造不同的民族性格，比如住在寒冷潮湿地带长期不见太阳的北方民族，人们往往容易产生忧郁情绪，消解的办法是饮酒狂欢、暴食格斗；而居住在阳光普照或者风景明媚的海岸的人们，则健康开朗、活泼好动，发展航海和商业，喜好雄辩、科学和文艺。丹纳对尼德兰绘画风格与希腊雕塑风格的形成过程进行考察，认为这种风格的殊异，与它们所处的自然环境息息相关。因为尼德兰人居住在寒冷的北方，终年水雾弥漫，而希

---

① [德] 黑格尔：《历史哲学》，王造时译，上海书店出版社1999年版，第96—97页。
② [法] 丹纳：《艺术哲学》，傅雷译，人民文学出版社1963年版，第217页。

地域文化视野中的两湖现代文学研究

腊人生活在阳光灿烂的地中海,因此尼德兰人慎重安详,希腊人活泼奔放,表现在艺术风格上也就各有千秋,由此折射出自然环境的迥异其趣。而在同样的地域内,大自然环境并没有发生大的改变,却由于人文社会环境的变化,往往产生不同的文化类型和艺术风貌。丹纳考察了希腊悲剧的兴起与消亡过程,当希腊人推翻波斯人的暴政之后,建立了共和城邦,此时,希腊民族精神昂扬向上,以埃斯库罗斯为代表的希腊作家们,创造了希腊文学的黄金时代。其后,随着马其顿人的入侵,希腊沦陷,民族精神一蹶不振,曾经灿烂辉煌的希腊文学宛若划过长空的流星,在电光石火的短暂耀眼之后,永远地消失在遥远的夜空。因此,环境决定了艺术的生成、发展与消亡。① 所谓"时代",就是特定时间段内的民族"精神气候"。丹纳认为精神气候与大自然气候具有相似性,也存在着优胜劣汰的法则。如同地域内的大自然环境"选择"适宜生长的物种一样,地域内的"精神气候"也会"选择"适宜的文化类型和艺术才能,只有那些与"精神气候"适宜的文化、文学、艺术类型才能茁壮成长,否则易遭压制冷藏甚至还会被无情淘汰。精神气候与艺术家的关系是相辅相成的,那些与时代方向不一致的才能,往往会被压制或者被迫转变方向。艺术家往往有敏锐的洞察力、深刻的表现力、宏阔的想象力,在悲伤、压抑的年代,艺术家"所描绘的色调更加阴暗",创造的悲伤作品也会引起读者广泛的共鸣;反之,快乐、幸福的年代就会有表现快乐、幸福的作品出现,同样会引发读者广泛的共鸣。艺术总是现实生活的反映。

丹麦勃兰兑斯的《十九世纪文学主流》是对丹纳学说的"生动而又有创见的发挥"②,对法国、德国、英国文学的阐释与其地域文化背景紧密相连。

英国历史学家巴克尔在《文化史》中认为,气候、土地、食物是决定国家或民族文化发展的重要前提,他举例分析印度的贫穷落后,就是由于炎热的气候条件所决定的。

以法国社会"书记员"自称的现实主义文学大师巴尔扎克、浪漫

---

① [法]丹纳:《艺术哲学》,傅雷译,人民文学出版社1963年版,第133页。
② [丹麦]勃兰兑斯:《十九世纪文学主流》第一分册,张道真译,人民文学出版社1997年版,第2页。

第一章　地域文化与文学研究

主义文学大师雨果、自然主义文学大师左拉等人，创作路径各异，却又在地域与文学的关系认知上，殊途同归，不约而同地认定文学是环境的产物。

巴尔扎克在《人间喜剧·前言》中谈到自己的创作目标，就是要写出法国社会的"风俗史"①。巴尔扎克认为，人物性格的多样性，来源于生存环境的多样性，这一点与动物的多样性极为相似。动物的多样性取决于其生长的环境；人物性格的多样性同样取决于环境。人类"千殊万类"②的生活形态和性格组合，为作家提供了丰富的创作资源。

雨果也认为文学是社会环境的产物，只不过人类的社会环境经过了三个阶段——原始时代、古代、近代的发展，文学因此也相应地进行了三个阶段的变迁。雨果在《克伦威尔·序》中将人类的发展过程，与个体的人的发展作类比推理，皆有生长、发育、成熟和老迈的过程。在人类的幼年时期，原始时代的人们"离上帝很近"，一切思索莫非神启，上帝、心灵和创造三位一体，孤独的幽思和奔放的梦想，推动着早期诗人们的自由创造。接着，人类活动的范围扩大，"宗教变部族，部族变民族"，冲突、战争、侵犯、仇杀、迁徙、流浪，诗歌反映时代、反映历史，史诗产生了，出现了伟大的荷马。此即雨果所说的人类的成人时期来到了，此期的文学都"带有史诗色彩"；接着是人类的"老迈之年"，出现了充满道德说教的宗教，宗教告诉人们，人是二元的存在，一种是向上的神性；一种是向下的兽性，于是美与丑、光明与黑暗、忧郁与活泼、物质与精神相互冲突，于是产生新的文学种类——浪漫主义文学。③ 雨果此论，固然是为浪漫主义文学张目，但其从社会环境的历史变迁中推衍文学演化的思维路径，则无疑具有浓郁的唯物主义的思辨色彩。

左拉是自然主义文学的代表作家。自然主义文学就是将"近代科学公式运用到文学上去"④的创作方法。而左拉则将自己的小说称为实

---

① ［法］巴尔扎克：《人间喜剧·前言》，《文艺理论译丛》1957年第2期。
② ［法］巴尔扎克：《人间喜剧·前言》，《文艺理论译丛》1957年第2期。
③ ［法］雨果：《克伦威尔·序》，《雨果论文学》，柳鸣九译，上海译文出版社1980年版，第22—28页。
④ ［法］E. 左拉：《家常事》，金满成译，黑龙江人民出版社1983年版，第43页。

· 21 ·

地域文化视野中的两湖现代文学研究

验小说,地域环境和文化对其小说创作具有重要的、决定性的意义。左拉主张对社会环境有必要进行物理和化学研究式的客观分析,因为社会环境是由活着的人所造成的,而活着的人必然"绝对地服从物理和化学的规律",实验小说写作就是要充分关注遗传学、生理学与精神感觉的关系。① 对地域范围内的人们作生理学、遗传学和社会环境的研究,构成了左拉小说的"科学"基础和前提。

德国地理学家拉采尔的《人类地理学》认为,人类和动植物一样,都是自然环境的产物,人的活动、发展和分布,都受到自然环境的严格限制。他将环境的决定作用归纳为四个方面:一是决定了地域内人们的生理结构;二是决定了地域内人们的心理状况;三是决定了地域内的社会组织结构和经济发展情况;四是决定了人类对地域的选择,人类的迁徙和分布最终都由环境所决定。拉采尔是"地理环境决定论"的典型代表,对美国地理学家森普尔、文化学者亨廷顿等人的学术观点生成影响较大。

地理唯物论有其合理的、有价值的思想成分,但"地理环境决定论"本身却存在着重大的认知偏颇。冯天瑜等人将其理论失误归纳为三点:第一,地理环境决定论脱离了人类文化特定的时间范畴,进行夸张性地放大和无限制的发挥,有失偏颇;第二,地理环境决定论有意忽略了从自然界到人类文化之间的若干中介性的因素,过于"直线化、简单化、夸大化",结论有失片面;第三,地理环境决定论视大自然为人类社会存在的外在性因素,这种内外截然两分的二元对立式思维,不符合人类历史发展的客观实际。② 于此可见,地理环境决定论对人的主观性、能动性并没有给予充分的关注,当然是错误的,因为文化就是"自然的人化",是人类征服、改造、认知自然的社会实践过程,是人类创造的主观能动性与自然环境、社会环境交互作用的辩证统一的历史过程。

如何正确地理解地理环境与人类文化之间的关系?如何有效规避"地理环境决定论"的缺失和荒谬?经典马克思主义认为,在人类文明的起源阶段,某一地域内的环境对于生长于其中的人类共同体的物质生

---

① [法]左拉:《实验小说论》,张资平译,新文化书局1930年版,第181—182页。
② 冯天瑜、何晓明、周积明:《中华文化史》,上海人民出版社1990年版,第25—26页。

第一章　地域文化与文学研究

产活动情况具有决定性的作用，进而决定了那个人类共同体的文明类型和发展方向，不同的人类共同体所处的自然环境各不相同，生产资料和生活资料也各不相同，由此决定了其生产方式、生活方式、物质产品"也就各不相同"。恩格斯对古代欧洲大陆与美洲大陆的自然条件和社会历史发展情况做过比较研究，认为欧洲大陆与美洲大陆的地域环境千差万别，欧洲大陆适于驯养的动物和适于种植的谷物种类繁多，而美洲大陆适于驯养的动物和适于种植的谷物却少得可怜，如此，两个洲的居民"便各自循着自己独特的道路发展"，所产生的文化类型和面貌也就大相径庭。经典马克思主义认为，地理环境对于人类文化的影响，主要是作为人类的劳动对象而实现的；地域环境决定了物质生产活动的类型、方式等，进而影响到人们的社会生活、政治生活和精神文化生活；人类社会的物质生产，是地域环境影响人类文化发展的重要中介。在具体的学术研究层面，经典马克思主义十分重视地域环境的作用。例如恩格斯在《爱尔兰史》中就是从爱尔兰的地域环境、气候、土壤、矿产等角度切入，然后进行经济、社会、历史研究①。毛泽东的《中国革命和中国共产党》开篇第一章《中国社会》，就是从中国的领土、地貌、矿产、国境线、人口、民族、历史、文化成就等自然环境方面开始论述的②。由此可见，真正的马克思主义者从不漠视地理环境的影响；不同于"地理环境决定论"的是，马克思主义者同时注重人的主观能动因素，注重物质生产的中介力量，诚如列宁所说："地理环境的特性决定着生产力的发展，而生产力的发展又决定着经济关系的以及跟随在经济关系后面的所有其他社会关系的发展。"③ 恩格斯在《自然辩证法》中对人与自然的关系做过充分的辩证分析："我们不要过分陶醉于我们人类对自然界的胜利。对于每一次这样的胜利，自然界都对我们进行报复。"④ 这段论述已经成为生态文明建设和环境保护主义者经常征引的"金句"和"宝典"，它对于自然环境与文化生成关系的认知不无启思

---

① 参见［德］恩格斯《爱尔兰史》，《马克思恩格斯全集》第16卷，人民出版社1979年版，第525—549页。
② 毛泽东：《中国革命和中国共产党》，《毛泽东选集》第2卷，人民出版社1991年版，第621—622页。
③ 参见《列宁全集》第38卷，人民出版社1963年版，第459页。
④ ［德］恩格斯：《自然辩证法》，《马克思恩格斯选集》第4卷，人民出版社1995年版，第383—384页。

地域文化视野中的两湖现代文学研究

性价值。

毫无疑问,马克思主义关于人与自然环境的关系的论断,是对此前人类智慧的科学总结和提升,也是指导我们从地域文化视角研究文学创作的重要思想资源,它启示我们:第一,自然环境在地域文学的肇始阶段,曾经在题材内容、表现形式、作品风格等方面发挥重要的决定性的作用,是后世文学创作的"基因"性前提和基础;第二,由自然环境和人文环境构成的地域文化对作家创作的影响,是通过作家的主体选择和创作实践这一"中介"来实现的,因此,作家的主观能动性值得我们给予充分的关注,作家艺术表现的审美效果和思想价值的高低仍然是我们衡量文学创作成就的重要尺度;第三,文学创作实践和文学作品是地域人文环境的重要组成部分,参与了地域文化的动态建构过程,成为"后来者"的前行路标或者志在超越的对象;第四,如同人类对大自然宜采取适度开发、生态保护的原则一样,文学创作对地域文化资源也不宜开采过度,不宜标签化、神秘化、概念化、极端化,不宜有意营造耸人听闻的文化奇观,不宜外在植入"他者"视域的变形想象,艺术真实仍然是一切优秀文学作品的重要衡量标准。

第三节 经纬两分:南北论与东西论

在论证地域文化与地域文学的关系时,学术界存在着两种颇有影响、广为流传的学术观点,这两种观点依据经纬线划分文化类型,即"南北论"与"东西论"。

事实上,在"南北论"和"东西论"产生之前,人类社会曾经普遍存在着"中心"与"边缘"相对峙的文化心理。中心文化就是那些文化成就较高影响力较大处于文化输出地位的地域文化,边缘文化就是那些文化成就较低处于被影响和文化接受地位的地域文化。此前,世界史学界将"文化原生型"的国家,概括为"四大文明古国",即古巴比伦、古埃及、古印度、中国。最近百年来,世界史学界提出更具综合性的概念"四大文明区域",即东地中海文明区域——埃及、美索不达米亚、希腊、亚述、腓尼基等;南亚次大陆文明区域——印度及其周边;东亚文明区域——中国、朝鲜、日本、越南等;中南美洲印第安文明区域——玛雅、印加、阿兹特克等。无论是"四大文明古国",还是"四

第一章 地域文化与文学研究

大文明区域",在很长一段历史时期内,在该地域内都存在着一个高势位的具有强大影响力的文化中心。例如,在先秦时代的中国,就有所谓的"华夷之辨",当时人们的"天下"观念,是由"中国"和"四夷"构成的。中原文化是农耕文明成熟的高峰,中华是文质彬彬的礼仪之邦,东夷、西戎、南蛮、北狄则是野蛮之邦,四夷之人或者从事采集,或者从事游牧,或者从事渔猎,在中原人眼中就是"不火食""不粒食"的未开化的野蛮人。以农业文明为核心的华夏文化,长时期处于文化优势地位,"裔不谋夏,夷不乱华"(《左传·定公十年》),"夷狄之有君,不如诸夏之亡也"(《论语·八佾》);孟子更是宣称,"吾闻用夏变夷者,未闻变于夷者也"(《孟子·滕文公上》)。《荀子·王制》云:北海有走马、吠犬;南海有羽翮、齿革、曾青、丹干;东海有紫紶、鱼盐;西海有皮革、文旄,"然而中国得而用之"。"中国"就是"四海"之"中心"的国度。这个文化中心,具备强大的辐射力和影响力,"敷文化以柔远"(王融《三月三日曲水诗序》),最终形成多民族统一的强大王朝。"四夷"的地域范围也随之扩大,渐行渐远渐深,在中心文化征服、影响、同化边缘文化的过程中,中华文化圈的轮廓日益显明。其他三个"文明古国",或者其他三个"文明区域",情况也与之相类似。在此意义上,我们亦可将"四大文明区域"称为"四大文化圈"。封闭性是文化原生形态的"四大文明区域"的产生前提,"四大文明区域"长时段的彼此隔离是其文化类型迥异、特征鲜明的客观保证。从分散到整体,这是近代以来世界历史的发展趋势,但这并不意味着地域文化价值的消减和意义的消失。

需要指出的是,中心和边缘永远只是一组相对的概念,二者可以互相置换,沧海桑田此起彼伏才是人道正道。诚如王夫之在《思问录》中所说,汉代以前的吴、楚、浙、闽等蛮夷地域,至明末已成为"文教之薮";而从前的"中夏"之地如齐、晋、燕、赵,至明末已成荒凉边陲。如果我们放宽历史的视界,举目四海,以千年作为衡量评估的时间单元,那么文化中心和文化边缘地位的交替置换,亦莫不如是,"华夷"互易,屡见不鲜。新的文化中心不断出现,新的文化高峰不断崛起,世界文化史天空因之群星璀璨。

文化、文学"南北论"和"东西论"产生于文化交流之际,产生于文化中心的转移之时。也就是说,只有当传统的文化中心地位受到挑

地域文化视野中的两湖现代文学研究

战,新的文化类型奇峰崛起之时,才会有文化、文学的"南北论"和"东西论"的产生,其产生时代要晚于"中心、边缘论"。斯达尔夫人的南北文学不同论,黑格尔的东西文化论,各种地理环境决定文化论的学理根据虽然都是纬度上的南北差异或者经度上的东西差异,但是其背后潜藏的则是人口迁徙、经济发展、文化生长等诸多自然地理环境之外的人文因素变化的事实。

一 南北论

南北论是中国文化史上的显学,论述者众。《晏子春秋·内篇杂下》有"南橘北枳"之说;《中庸》记载孔子言论,比较南北强弱,"宽柔以教,不报无道",是南方之强;"衽金革,死而不厌",是北方之强。南朝刘义庆《世说新语》记载东晋学者的言论,虽是只言片语,其中的南北文化特征的区分却十分明显,如褚季野说:"北人学问,渊综广博";孙安国说:"南人学问,清通简要。"支道林说:"自中人以还,北人看书,如显处观月;南人看书,如牖中窥日。"颜之推《颜氏家训·音辞》探讨南北士民语音不同的表现、得失及其原因,说:"南方水土和柔,其音清举而切诣,失在浮浅,其辞多鄙俗;北方山川深厚,其音沉浊而鈋钝,得其质直,其辞多古语",由此语音的差异,推论及人物风尚,"冠冕君子,南方为优;闾里小人,北方为愈"。

明代谢肇淛《五杂俎·地部》引《绀珠集》语句,崇西北贬东南之态度十分鲜明,东南人剽而不重,靡食偷生,懦脆少刚;西北人毅而近愚,饮淡轻生,沉厚而慧,挠之不屈。唐顺之在《东川子诗集序》中说:"西北之音慷慨,东南之音柔婉,盖昔人所谓系水土之风气。"王骥德在《曲律》中说:"南北二调各不相同,南方柔婉,以色泽胜;北方沉雄,以气骨胜。"徐渭在《南词叙录》中讲说听曲的切身感受:"听北曲使人神气鹰扬,毛发洒淅,足以作人勇往之志",听"南曲则纡徐绵眇,流丽婉转,使人飘飘然丧其所以守而不自觉"。[①]

明清之际思想家王夫之在《思问录》中论证华夷之别时,则注意

[①] (明)徐渭:《南词叙录》,《中国古典戏曲论著集成》第3卷,中国戏剧出版社1959年版,第245页。

第一章　地域文化与文学研究

到了二者的互换过程，其立论视角即是南、北分际，他将南、北文化地位转换的时间，划在汉代，"三代以上，淑气聚于北，而南为蛮夷。汉高祖起于丰、沛，因楚以定天下，而天气移于南。……故三代以上，华夷之分在燕山，三代以后在大河，非其地而阑入之，地之所不宜，天之所不佑，人之所不服也"（《读通鉴论》）。黄宗羲在《明夷待访录》中亦持类似观点，"秦汉之时，关中风气会聚，田野开辟，人物殷盛；……今关中人物不及吴、楚久矣"。文化重心作纵向度的转移迁徙，已是不争的事实。

方以智在《物理小识》卷一中说："不独地气，天气亦然。如中国处于赤道北二十度起至四十度止，日俱在南，既不受其亢躁，距日亦不甚远，又复资其温暖，禀气中和，所以车书礼乐，圣贤豪杰，为四裔朝宗。若过南，逼日太暑，只应生海外诸蛮人；过北，远日太寒，只应生塞外沙漠人；若西方人所处……与中国同纬度者，其人亦无不喜读书，知历理；不同纬度……诸国，忿鸷好杀，此又一端也。"这是以纬度上的南北差异，来论述东西方民族及其文化的异同，在此，文化东西论明显让步于文化南北论，东西文化的差异性要远远小于南北文化的差异性。南北纬度差异共同孕育了东西文化，这就实际上否定了所谓的"以远西为郯子"的中源西流的谬说。

南北诗风、文风的差异性，经常也是论者们所关注的对象。清人孔尚任评说北人之诗，认为其长在于隽永，其失在于浮夸；南人之诗，其长在于婉讽，其失在于奢靡。[①] 姚鼐在《复鲁絜非书》中说北方之文富于阳刚之美，如雷霆闪电，长风出谷，崇山峻崖，决川奔马；而南方之文富于阴柔之美，如日升东方，清风云霞，幽林曲涧，鸿鹄飞天。这是南北文学的风格差异，十分显明。

近代刘师培论述中国文学起源阶段的《诗经》所录诗作，也"区判北南"，得出"诗分南北"的结论，"雅、颂之诗，起于岐丰，而国风十五，太师所采，亦得之河、济之间，故讽咏遗篇，大抵治世之诗，从容揄扬；衰世之诗，悲哀刚劲；记事之什，雅近典谟。北方之文，莫之或先矣。惟周、召之地，在南阳、南郡之间，故二南之诗，感物兴怀，引辞表旨，譬物连类；比兴二体，厥制益繁，构造虚词，不标实

[①] 孔尚任：《古铁斋诗序》，《孔尚任诗文集》卷6，中华书局1962年版。

地域文化视野中的两湖现代文学研究

迹,与二雅迥殊。至于哀窈窕而思贤才,咏汉广而思游女,屈、宋之作,于此起源。《鼓钟》篇曰'以雅以南',非诗分南北之证欤?"① 刘师培视荆楚文学为南方文学的典型代表,"惟荆楚之地,僻处南方,故老子之书,其说杳冥而深远。及庄、列之徒承之,其旨远,其义隐,其为文也纵,而后反寓实于虚,肆以荒唐谲怪之词,渊乎其有思,茫乎其不可测矣。屈平之文,音涉哀思,矢耿介,慕灵修,荒草美人,托词喻物,志洁行芳,符于二南之比兴;而叙事纪游,遗尘超物,荒唐谲怪,复与庄、列相同。南方之文,此其选矣"。② 同时,刘师培也论证了后世南北文学的缺失,说:"大抵北人之文,猥琐铺叙,以为平通,故朴而不文;南人之文,诘屈雕琢,以为奇丽,故华而不实。"③ 在某种意义上来说,"特点"往往也是"缺点"。

　　王国维则从南北学术思想的融合成就了屈原的创作高度的视角展开论说,认为"屈子南人而学北方之学者也","虽南方之贵族,亦常奉北方之思想",而其"丰富之想象力,实与庄、列为近"。④ 南北文化的交流融合,早在先秦时代即已开始,真正的文化高峰往往是不同形态的地域文化的竞争冲突与交会融合的结晶,是不分此畛彼域的强劲主体的融合创造精神的表达。

　　梁启超的南北文化认知也非常深刻。他在《论中国学术思想变迁之大势》一文中论证,北地苦寒,谋生不易,因而"重实际,切人事,贵力行,重经验",在学术上追求修身齐家治国平天下;南地温和,谋生较易,因而"常达观于世界以外",甚至轻世、玩世、厌世,不切实际,轻视礼法,不重经验,不崇先王。⑤ 这种"务实"和"达观"的概括,的确道出了北方人和南方人不同的文化心理特征。具体到文学创

---

　　① 刘师培:《南北文学不同论》,《刘师培辛亥前文选》,李妙根编,朱维铮校,中西书局2012年版,第347页。
　　② 刘师培:《南北文学不同论》,《刘师培辛亥前文选》,李妙根编,朱维铮校,中西书局2012年版,第347—348页。
　　③ 刘师培:《南北文学不同论》,《刘师培辛亥前文选》,李妙根编,朱维铮校,中西书局2012年版,第352页。
　　④ 王国维:《屈子文学之精神》,《王国维文集》第1册,中国文史出版社1997年版,第30页。
　　⑤ 梁启超:《论中国学术思想变迁之大势》,《饮冰室合集·饮冰室文集》第7册,中华书局1989年版,第18页。

作，南北双方各有文体上的比较优长，梁启超在《中国地理大势论》中说："长城饮马，河梁携手，北人之气概也；江南草长，洞庭始波，南人之情怀也"；北人善于创作"长江大河，一泻千里"的散文；南人善于创作"镂云刻月，善移我情"的骈文。南诗北文，各有胜场，文体朴野与繁艳的分别，来源于南人北人之间不同的气概和情怀，其根子仍在于地域环境及由此产生的生产、生活方式的殊异。梁启超也注意到了南北文学发展过程中的交融合流现象，他指出，随着后世交通的日益便利，南北双方的文人墨客，足迹遍及天涯，走南闯北，冲州过县，或为生计，或为理想，交流日繁，往来于五湖四海，传统社会的地域限制被不断打破，囿于封闭性基础上的南北文学的风格区别日趋式微，南北文学一体化的趋势也日益明显。

鲁迅的散文《雪》对照性地描写"江南的雪""滋润美艳之至"，而"朔方的雪"却"永远如粉如沙"地纷飞[1]。鲁迅既论南北风物的殊相，也论南北人性格的优劣：北人的优点是厚重，缺点是愚蠢；南人的优点是机灵，缺点是狡猾，并引顾炎武《日知录》中"'饱食终日，无所用心，难矣哉'，今日北方之学者是也。'群居终日，言不及义，好行小慧，难矣哉'，今日南方之学者是也"的说法，断定"就有闲阶级而言，我以为大体是的确的"[2]。南北人各有优缺点，相互之间"并不视为同类"，其中有历史的原因，也有地域之间因为山重水复的阻隔所导致的文化疏远的原因。

王瑶则从"写景成分"的角度比较南北文学史的差异，认为中国诗歌"从三百篇到太康永嘉，写景的成分是那样少"，根本原因就在于"北方黄土平原"的风景缺少"美丽的刺激性"，相反南方"楚辞诗篇之所以华美"，自然离不开"沅澧江水与芳洲杜若"的"美丽的刺激"[3]。地理因素是客观的存在，文学总是对客观世界或直接或间接的反映。

杨义在《重绘中国文学地图通释》中举例分析蒙古诗人萨都剌的词作《百字令·登石头城》："石头城上，望天低吴楚，眼空无物。指点六朝形胜地，唯有青山如壁。蔽日旌旗，连云樯橹，白骨纷如雪。一

---

[1] 鲁迅：《雪》，《鲁迅全集》第2卷，人民文学出版社1981年版，第180—181页。
[2] 鲁迅：《北人与南人》，《鲁迅全集》第5卷，人民文学出版社1981年版，第435—436页。
[3] 王瑶：《中古文学史论集》，上海古籍出版社1982年版，第119页。

江南北，消磨多少豪杰。"分析其特殊的心理感受，强调其采用"一江南北"的空间维度的重要性。"他讲的是北方民族和南方民族之间的关系，以及它们之间的战争。"① 于此可见，南北分殊已然成为少数民族诗人的文化认知自觉。值得注意的是，在萨都剌的文化观念中，南北分判的界线是那一脉亘古东流的长江，并非保卫中原的绵延万里的北国长城，文化南北的区分自有公论，根源于约定俗成的文化认知心理，此亦是文化环境的重要组成部分。

当代地质学家周昆叔也特别强调南北环境的殊异及建基于此的文化殊相，粗犷豪放的北方人民创造了古朴深沉的北方文化；圆通灵敏的南方人民创造了轻灵秀美的南国文化，他认为"人及其人创造的文化是植根于环境中的，是环境起了重要作用的杰作，是环境的效应"。② 南北文化的差异，正如"坦荡的黄土高原"与"山回水转的环境"之间的巨大反差。尤其是从总体性角度来看，更是如此。

南北文化不同论同样屡屡出现于西方学者的论述中，兹列数例以作证明：古希腊学者希波克拉底在《论空气、水和环境的影响》一文中说，居住在酷热气候中的南方人，相对于生活在寒冷气候中的北方人来说，性格更加活泼，体格更加健壮，声音更加清明，性格更加温和，智力更加敏锐，南方的物产也比北方的物产更加丰富，但是，"在这样温度里居住的人们，他们的心灵未受过生气蓬勃的刺激，身体也不遭受急剧的变化，自然而然地使人更为野蛮，性格更为激烈和不易驯服"。③

孟德斯鸠认为气候因素决定了地域内人们的性格，特别炎热的气候肯定会损减人们的力量和勇气，因而当地居民秉性怯懦，难免沦落为奴隶；相对来说，生长在寒冷气候中的人们，其精神和肉体均得到大自然的反复锻炼，增长了生活和抗争的勇气和力量，能够克难奋进，追求自由，反抗被奴役的命运，充满了英雄主义气概。④ 南北气候所导致的人们性格和文化的分野，于此可见一斑。

美国建国之初，杰斐逊在写给友人沙特吕的信件中，将美国南北两

---

① 杨义：《重绘中国文学地图通释》，当代中国出版社 2007 年版，第 33—35 页。
② 周昆叔：《环境考古研究》，科学出版社 1991 年版，第 7 页。
③ 参见 [苏联] 波德纳尔斯基《古代的地理学》，梁昭锡译，赵鸣岐校，齐思和审，商务印书馆 1986 年版，第 60 页。
④ [法] 孟德斯鸠：《论法的精神》，曾斌译，京华出版社 2000 年版，第 234—235 页。

地人们的性格特征作了归纳，南北人的性格分殊于对比中格外凸显：北方人——冷静，严肃，不沾酒，勤勉，有毅力，独立，力保自己与他人自由，有私心，欺诈，迷信宗教，伪善；南方人——暴躁，嗜酒，怠惰，不可靠，不独立，尊崇自己的自由、践踏他人自由，大方，诚实，忠于自己的良心，没有特殊的宗教狂热。①

斯达尔夫人认为世界上存在两种性质完全不同的文学，一种是南方文学，以荷马为开端，包括希腊、意大利、西班牙、路易十四时代的法兰西文学；另一种是北方文学，以莪相为起源，包括英国、苏格兰、德国、丹麦、瑞典、冰岛、斯堪的纳维亚文学。②她进一步指出：南北文学不同的根源在于其各自不同的地理环境，北方寒冷的地理环境和"阴霾而暗淡"的气候条件，决定了北方民族的忧郁气质，痛苦萦怀，因此想象格外丰富；而南方温暖的地理环境和明丽开朗的气候条件，决定了南方人的欢乐气质，活泼健朗，在南方诗人们的笔下，总是活跃着"清新的空气、丛密的树林、清澈的溪流"等迷人的意象。③南北文学风貌不同、精神不同、气质不同、源流不同，根源即在于南北自然环境的不同。斯达尔夫人通过对温克尔曼的创作进行个案研究后指出：每当温克尔曼"看到雪景、白雪覆盖的尖顶、烟雾缭绕的房屋，心中便觉得郁闷不乐。他觉得一旦不能呼吸那诞生了艺术的南国空气，似乎连欣赏艺术也不可能了"④。对于生性敏感的作家来说，南北方的气候、地理的差异，的确对其创作影响极大。

丹纳将同属拉丁民族的法国和意大利作对比性论述，依据仍然是南北文化的分野：北方民族的代表是法国，重实际，重社交，更善于思辨、推理、谈话；南方民族的代表是意大利，重虚无，重独处，更善于形象表达，诉之于感觉，善于音乐、绘画创作。⑤

类似的南北文化不同论，在中西方文学史上代不绝书。

---

① ［美］凯瑟琳·德林克·鲍恩：《民主的奇迹——美国宪法制定的127天》，郑明萱译，新星出版社2013年版，第94—95页。
② ［法］斯达尔夫人：《论文学》，徐继曾译，人民文学出版社1986年版，第145页。
③ ［法］斯达尔夫人：《论文学》，徐继曾译，人民文学出版社1986年版，第106页。
④ ［法］斯达尔夫人：《德国的文学与艺术》，丁世中译，人民文学出版社1981年版，第24页。
⑤ ［法］丹纳：《艺术哲学》，傅雷译，人民文学出版社1963年版，第78页。

二 东西论

中国文化史上的东西之判要早于南北之别,南北论是后世南北政权对峙才形成的"效果史"(伽达默尔语)观念,也是经济重心、文化重心南移后的产物。正如金克木在《文艺的地域学研究设想》中所分析的那样:早期中国,商、周、秦、汉时代,东西论占主流地位,武王伐纣、平王东迁、太公封齐、六国合纵等,均立足于东西分野。①《孟子·离娄下》曾云:"舜生于诸冯,迁于负夏,卒于鸣条,东夷之人也。文王生于岐周,卒于毕郢,西夷之人也。"孟轲本意固然在于消泯中心与四夷判然分野的对立,张扬其唯才是举和四海皆有贤良的主张,但其论述过程中的东西对举的思维和观照方式,则可以视为文化东西论的早期形态。

在描述中华文化中心的转移过程时,冯天瑜等勾勒出数千年的迁移轨迹,"大体沿着自东向西,继之又由西北而东南的方向转移"②。文化中心的转移,与作为政权中心的都城的转移大致同步和同向。这种对于文化转移大势的描述,是切合历史实际的。我们可以说,在三国以前,中国文化史上的东西之判是十分显明的。如夏商都城在山东,西周崛起于关中;战国时代的"合纵"与"连横",本质上仍是关中秦国与山东六国之争;两汉时期的政治文化中心在关中与山东之间迁移,当时论者对于山东与山西人才类型的差异存在普遍性的"共识"。当时中国东西方的分界线,就是河南崤山。三国以后,中国文化南北论逐渐占据上风。

从世界史视野来看,文化东西论并非孤立的存在。根据方豪《中西交通史》③考证,最早在公元前7世纪,沿着阿尔泰山和天山之间的崎岖山道,往西经过伊尔库什,北越乌拉尔岭,沿伏尔加河流域上溯,进入顿河,直达黑海,绵延数千里的水陆商道上,驼铃阵阵,桨声欸乃,往来着古代欧洲和亚洲的行色匆匆、满面风霜的商人。可见,东西

---

① 金克木:《文艺的地域学研究设想》,《读书》1986年第4期。
② 冯天瑜、何晓明、周积明:《中华文化史》,上海人民出版社1990年版,第43页。
③ 方豪:《中西交通史》,上海人民出版社2015年版。

方世界并未被茫茫戈壁瀚海和雄峻高山阻隔,至少在不间断的转运商人之间传递着欧亚大陆的消息。考古材料证明,先秦时期的楚国墓中出土的蜻蜓眼玻璃珠,也来自古希腊;从楚国到古希腊之间,以蜻蜓眼玻璃珠的出土为标志,俨然存在一条蜿蜒迤逦的商道,可称为"南方丝绸之路"。①

西方人关于东方的记载,史不绝书。公元前4世纪克提希亚斯将中国人称为"赛里斯人"(丝国人)。公元1世纪,罗马人普林尼在《自然史》一书中记载了关于"赛里丝国"的传闻;斯库夫在《厄立特里亚海航行记》中称中国为"秦国",这是今天China(中国)一词的起源。公元4世纪,玛尔塞林认为赛里斯人(中国人)保守、不懂战争、从不贪婪、不信鬼神、喜欢修身养性等。这些记载,传说成分居多,可能来源于丝绸之路上的风尘行商,或者因罪逃的天涯亡命客,准确性当然谈不上,相反总是难免变形的夸张和闪烁的修辞。

13世纪中期元帝国建立,版图横亘整个欧亚大陆,东起太平洋,南讫印度洋,西到波罗的海,北至北冰洋,四海之内,莫非王土。此后一百多年,西方传教士、旅行家、商人、技师,往来东土,车马络绎,不绝于途。意大利旅行家马可·波罗的《马可·波罗游记》,又名《东方见闻录》,被称赞为"世界一大奇书",该书描述中国富丽繁华的"金粉文明",天堂般富足的苏杭,帝国高明的统驭之术,中国人优良的国民性传统,等等,在他笔下中国宛若一方世外桃源黄金世界。《马可·波罗游记》点燃了西方人从海上寻找东方世界的雄心,哥伦布就是其中之一,只是他误打误撞发现了美洲。约翰·柯拉《大可汗国记》、鄂多立克《鄂多立克东游录》、马黎诺里《马黎诺里游记》、约翰·曼德维尔《曼德维尔爵士漫游记》、保罗·托斯加内里的系列信札及其绘制的航海图等,逐渐揭开了笼罩在东方世界之上的神秘面纱。

随着哥伦布横渡大西洋发现美洲、达·伽马绕过好望角发现印度、麦哲伦完成环球航行,地理大发现让地理学意义上的"世界的地中海"观念灰飞烟灭,东西方世界的全球性观念逐渐建立。文化意义上的"东西论"正式起步,迄今已近五百年。

事实上,东西论存在双重视域。在东西方文化产生大规模的实质性

---

① 刘保昌:《楚地"蜻蜓眼"式玻璃珠》,《中国文物报》1996年3月24日。

交流以前，奇观化的想象、功利化的选择、片面化的夸张、本位化的偏视等，一直流淌于东西方学者的笔端。

如从西方视域看东方，海涅如此称赞歌德的《西东诗集》，"包含着东方的思想方式、感情方式"，弥漫着浓郁的"香气馥郁、情绪火热"的东方气质，"西方已经厌倦了它那僵冷枯瘦的唯灵主义，又想到东方健康的肉体世界去恢复元气"①。但是，海涅却又在《论浪漫派》中说：中国，那是一个"飞龙和瓷壶的国度"，人们尖头尖脑，蓄发辫，留指甲，打躬作揖，性格老成，使用单音节语言，长年紧绷着脸，傻里傻气，愚蠢可笑。② 这是19世纪鸦片战争之前海涅对中国人和中国事物的夸张性想象，表现出相当程度的隔膜，而这种隔膜在当时的东西方社会都颇具代表性。似乎文化史上存在过两个海涅。如此矛盾，如此分歧，却又如此真实，正是东西方各自视对方为"异域""他者"的文化观念的具体表现。

以德国学者论述中国文化为例。德国学者夏瑞春编辑出版的《德国思想家论中国》③，收录莱布尼茨、康德、赫尔德、黑格尔、谢林、马克思、恩格斯、梅林、雅斯贝尔斯等人的相关论著，时间跨度从17世纪到20世纪，汇聚了各个时段的各种代表性的学说。莱布尼茨推崇中国的政治制度，认为最理想的开明君主应该以康熙帝为楷模；他受《易经》直接启发而发明的二进制数学系统对后来的计算机技术产生革命性的影响。克里斯蒂安·沃尔夫因为多次发表赞美中国自然神学的演讲而被他所执教的哈勒城驱逐。而利希滕贝格尔则对中国文化进行漫画化的讽刺；赫尔德把中国文化比喻为一具周身涂满防腐香料的木乃伊。黑格尔无情地批判了中国人的奴性，认为中国人的国民性，在于讲求实际，不作精神上的探求，人民自轻自贱，甘为奴隶，驯顺听命。④ 歌德在青年时代无情地批判过遥远的中国人及其文化观，到晚年却又将中国文化加以理想化的想象，如他在同爱克曼的谈话中就说："中国人在思想、行动和感觉方面几乎和我们一样，使我们很快就感到他们是我们的同类人，只是在

---

① ［德］海涅：《论浪漫派》，张玉书译，人民文学出版社1979年版，第52—53页。
② ［德］海涅：《论浪漫派》，张玉书译，人民文学出版社1979年版，第107页。
③ ［德］夏瑞春编：《德国思想家论中国》，陈爱政等译，江苏人民出版社1997年版。
④ ［德］黑格尔：《历史哲学》，王造时译，上海书店出版社1999年版，第143页。

他们那里一切都比我们这里更明朗、更纯洁，也更合乎道德。"① 这种想象的位移令人深思。皮埃尔·索内拉特批判中国缺乏真正的艺术和科学，也缺乏艺术和科学的生长环境，贫困限制了学者们的天才创造，绘画、雕塑、几何、建筑、音乐……无一可取，被推为圣人的孔子，也只不过写出了几本关于道德伦理的书籍，"不过就是些把令人费解的事情、梦幻、格言警句和古老的童话与一点点哲理糅合在一起的混杂物"。② 这种文化观，无疑带有鲜明的"他者化"的立场和"奇观化"的视角，却也真实清晰地反映出当时西方人的东方认知倾向。马克思、恩格斯、梅林的相关论述，表明19世纪下半叶的中国"主要具有军事战略上的意义"，他们的兴趣点明显"不再是中国的文化"。③ 马丁·布伯、雅斯贝尔斯则回归文化立场，从学术史角度重新挖掘中国传统哲学资源，这也是世界文化发展潮流中东西文化对话的题中应有之义。

在16世纪以前漫长的历史岁月里，中国人对于西方世界的认知，主要来源于丝绸之路的商贩的传说，毕竟唐代景教的传入、元朝疆域横跨欧亚，所导致的东西文化交流为时短暂。明代中叶以后，西方文化东传进入中国，基督教义、古希腊哲学科学、教育学、自然科学、进化论、政治学、经济学、马克思主义、实证主义、人文主义等学说纷至沓来，依照科学技术和方法论、政体比较、国民性研究、经济基础比较、学术文化比较研究、文化心理深层结构等顺序演进，体现出主体选择的文化能动性和功利主义的价值理性。明清学者徐光启、李之藻、方以智、黄宗羲、顾炎武、李锐、焦循、梅文鼎、王清任等主张以西方科学理性精神代替中国传统经验主义，尤其注重数学、天文、地理、历法、几何学等方面的研究，主张通过学习西方先进科学知识，达成"师夷长技以制夷"的国家强盛的目的。

鸦片战争以后，学者魏源、王韬、冯桂芬、郭嵩焘、郑观应、谭嗣同、康有为等人注意到中西政体的差异，在专制政体和民主宪政之间，表现出鲜明的价值偏向，如王韬就明确主张君主立宪，郭嵩焘主张以

---

① ［德］爱克曼辑录：《歌德谈话录》，朱光潜译，人民文学出版社1978年版，第107页。
② ［德］夏瑞春编：《德国思想家论中国》，陈爱政等译，江苏人民出版社1997年版，第271页。
③ ［德］夏瑞春编：《德国思想家论中国》，陈爱政等译，江苏人民出版社1997年版，第273页。

"西洋政教为本",郑观应主张实行议会制度,魏源盛赞西方政体的公正和民主,等等,借鉴西方政治经验成为当时学者心中一剂救世的良方。梁廷枏在《合省国说》中盛赞美国民主制度,尤其推崇其体现"民心之公"的严明法制。此种议论,无疑是建立在东西政体的比较之上。而被孙中山视为先驱、被毛泽东视为"向西方寻找真理"的洪秀全发起的太平天国运动因为奉行基督教义,引发了本土文化守旧派的激烈反弹,曾国藩《讨粤匪檄》以"扶持名教"为己任,视"耶稣之说"为仇寇,耶教与孔教的冲突达到了你死我活血肉相搏的地步。

戊戌变法失败后,严复、邹容、章太炎、梁启超、鲁迅、陈独秀、李大钊等人主张"开启民智","以愈愚为急务",国民性研究成为当时的文化主题。其前提当然是中西文化之间巨大的比较差异,如严复在《论世变之亟》中认为,中国人重三纲五常,亲亲,讲孝道,多忌讳,尊主,一道而同风,重节流,追淳朴,美谦屈,夸多识,重天数;而西方人倡平等,尚贤人,众讥评,公治天下,隆民,党居而州处,重开源,求欢悦,务发舒,尊新知,恃人力。邹容在《革命军》中则以疾雷破山之势呼吁"革命必先去奴隶之根性"。1903年《浙江潮》以连载的方式发表浙江留日学生撰写的《国魂篇》,大力倡扬陶铸"国魂",前提有三:"察世界之大势","察世界今日之关系于中国者奚若","察中国今日内部之大势",这就是要在东西民族性比较研究的基础上,铸造中国本土的民族精神。金天翮的《国民新灵魂》对比分析西方列强的民族精神或曰国魂,强调国魂的极端重要性及其伟大意义,认为日本国魂是"华美高尚樱花"、俄罗斯国魂是"凌厉挚鸷荒鹫"、英吉利国魂是"高掌远跖神奇变化猛狮"。① 与西方民族雄强奋发精神相对照的是中国民性的萎靡不振和衰落低迷,中国人沉沦于——官、财、烟、色、鬼、博、游、战——的迷魂阵之中,无法自拔,所谓中国魂只有奴隶魂、仆妾魂、囚房魂、倡优魂、饿殍魂、摇尾乞食之魂。而曾几何时,我中华民族国魂浩荡,鹰扬于天壤之间,巍巍昆仑,浩浩黄河,风后力牧,大败蚩尤,"驱除蛮族,扩张势力",更不用说汉唐盛世万国来朝的繁荣强大景象。如何铸造新的国魂?金天翮主张兼采东西文化的优秀传统,铸造"气吞云梦,口吸西江,指现须弥,胸蟠五岳"的

---

① 壮游(金天翮):《国民新灵魂》,《江苏》1903年第5期。

"山海魂","但祈战死荣,不愿生还辱"的"军人魂",多生气、重实际、忘利害、多创异的"游侠魂",不惜流血牺牲以求平等博爱的"社会魂","以贼杀为目的,以侦探为手段"的"魔鬼魂",通过五魂铸造,培育国民新精神。① "五魂"之说,现在看来固然不无沙文主义、铁血主义的嫌疑,但回归历史现场,置于积弱积贫落后挨打的中国背景之中,这种主张却无异于暮鼓晨钟,催人奋进。

此期,梁启超接连撰写《新民说》《新民议》《论中国人的缺点》《十种德性相反相成义》等篇什,反复申说中西国民性比较研究及改造国民性的伟大意义,目的在于探寻中国腐败堕落的根源,参照世界上其他发达民族,找到病根,医治沉疴,在自警自厉中奋勇前行,他呼唤"中西文明结婚"生下合乎世界发展潮流兼具中西文化优秀基因的"宁馨儿"。张扬国魂或曰民族魂,是当时有识之士的共同主张。梁启超1899年率先提出"中国魂"的概念,认为当今要务是"制造中国魂";梁启超的学生蔡锷在《军国民篇》中视国魂为建国大纲和"国民自尊自立之种子",世界先进民族皆有自己的国魂,如日本之"大和魂"②。梁启超比较中西国民性的优劣,寄托深沉的家国之念和强烈的强国之愿。梁启超主要从以下五个方面立论:一是西方人敢于冒险,而中国人"安静,持重,老成","以冒险为大戒,以柔弱为善人";二是西方人追求自由,中国人甘做奴隶,"吾民以奴隶自居,不可言也";三是西方人合群,中国人是一盘散沙,不知"群"为何物,"群"为何义;四是西方人倡公德,中国人偏于私德,"束身寡过","人虽多,不能为群之利";五是西方人重自然,中国人重人伦,格局太小。梁启超分析了中国人的国民劣根性的产生原因,在于五个方面,"一曰大一统而竞争绝","二曰环蛮族而交通难","三曰言文分而人智局","四曰专制久而民性漓","五曰学说隘而思想室"。梁启超的东西文化不同论,闪耀着科学主义的思想光辉。1902年发表的《地理与文明之关系》从地理环境角度解释东西文明的起源及其发展的不同特征,颇有实证性,颇具说服力。梁启超认为,人类文明产生于"地力丰饶"之地,四大文明古国都是如此,大河平原成为人类文明的摇篮,只有在大河平原,才有

---

① 壮游(金天翮):《国民新灵魂》,《江苏》1903年第5期。
② 奋翮生(蔡锷):《军国民篇》,《新民丛报》1902年第7—8期。

发达的农业生产,但是,农业文明为什么最后集体衰落了呢?梁启超借用黑格尔的理论,将其概括为:水性使人通,使人合;山性使人塞,使人离,傍水之地交通便利,依山之地交通堵塞,交通不便就没有竞争,没有竞争也就不会有进步,因此亚洲长期弱于欧洲。大陆文明不敌海洋文明。①1920年,"不惜以今日之我难昔日之我"的梁启超,欧游归来发表著名的《欧游心影录》,将西方人一战后的消沉情绪,归因于"科学主义"的破产,认为"纯物质的纯机械的人生观"把欧洲全社会"都陷入怀疑沉闷畏惧之中",造成了"弱肉强食"的现状,"这回大战争,便是一个报应",因此他主张用东方文化救苦救难,拯救那些正在"哀哀欲绝地喊救命"的西方人。这种文化批判立场的转换,固然有其内在的逻辑发展理路,但这种文化方向的"陡转",文化价值判断的"突变",却令人侧目,其合理性令人思量。

陈独秀《敬告青年》开篇即采用中西文化、国民性的对比研究方法,认为中国人"少年老成",英美人"年长而勿衰"永葆青春的光华。他以"六义"号召青年:"自主的而非奴隶的""进步的而非保守的""进取的而非退隐的""世界的而非锁国的""实利的而非虚文的""科学的而非想象的"。②在陈独秀看来,老态龙钟故步自封与青春勃发昂然进取,正是东西方文化精神截然不同的表现,只有永葆青春的新鲜活泼精神,才能免除在新陈代谢的"生存竞争"中被淘汰的命运。他认为东西方民族的根本思想"各成一系",如"水火之不相容",东、西对举主要表现为四个方面:战争与安息;个人与家族;法治与感情;实利与虚文。③在此基础上,陈独秀提出"文学革命"的三大主义:推倒雕琢的、阿谀的贵族文学,建设平易的、抒情的国民文学;推倒陈腐的、铺张的古典文学,建设新鲜的、立诚的写实文学;推倒迂晦的、艰涩的山林文学,建设明了的、通俗的社会文学。④

1917年李大钊的《美与高》借用蔡元培演讲中使用的"美"与"高"的概念,概括希腊民族和日耳曼民族的不同特征,所谓"美",

---

① 梁启超:《地理与文明之关系》,《新民》1902年第1期。
② 陈独秀:《敬告青年》,《新青年》1915年第1期。
③ 陈独秀:《东西民族根本思想之差异》,《陈独秀文章选编》(上),生活·读书·新知三联书店1984年版,第97—100页。
④ 陈独秀:《文学革命论》,《新青年》1917年第6期。

"即系美丽之谓";所谓"高","即有非常之强力"。李大钊在东西比较文化的视域中,呼吁通过"教育",恢复民族国民性中有过的"北高南美"的优良认知传统:葱岭雪山,长城连绵,黄河奔流,浊浪滔滔,燕齐鲁豫,平野漫漫,充满崇高的力量;洞庭云梦,兰蕙芷苣,山水湖沼,花木园林,楼台村落,星罗棋布,充满美丽的诱惑。① 李大钊还在《动的生活与静的生活》《东西文明根本之异点》等文章中,分析东西文明的不同特征,认为西方主动,东方主静;西方文明属于"北道文明",东方文明属于"南道文明",这就将东西文化差异问题与南北地理环境不同论联系起来了。② 李大钊的东西文化殊异论当然难免"对比性的片面夸张",但其以"南北"论"东西"的思路却在当时的众多论述中独树一帜,别开新面,发人深省。

在五四新文化运动以后的东西文化论战中,前期以辜鸿铭、林纾、杜亚泉为代表,后期以梁漱溟、章士钊、张君劢为代表的东方文化派;与以胡适、杨铨、丁文江为代表的西方文化派和以陈独秀、李大钊、瞿秋白为代表的唯物史观派,分属两个阵营,展开激烈论战。其实,东方文化派并非绝对地排斥西方文化,而是主张中西"会通",以中为主,以中化西,如此"则其主义主张,往往为吾国固有文明之一局部,扩大而精详之者"③,"使其融合于吾固有文明之中"④。在此意义上来看,杜亚泉理想中的孔孟式的文化"统整"路径,与张之洞的"中体西用"说颇多相似之处,其偏颇仍在于对东西文化性质优劣的误判之上。杜亚泉本身是一名自然科学家,能够看到西方科技的优长,也看到了西方科学主义的缺失,所以,他在《静的文明与动的文明》《战后东西文明之调和》《答〈新青年〉记者之质问》等文章中,认为中国的传统文明,"足以救西洋文明之弊,济西洋文明之穷",因为西方的科学主义并不关注精神生活,只追求物质生活,浓郁如酒,腴美如肉,易于中毒,而中国文明淡泊如水,粗粝如蔬,正可以疗治西方文明的"中酒与肉之毒者"。⑤ 但是,人生在世,不能一味地饮水食蔬,为营养计,为享受

---

① 李大钊:《美与高》,《言治》1917年第1期。
② 李大钊:《东西文明根本之异点》,《言治》1918年第3期。
③ 杜亚泉:《迷乱之现代人心》,《东方杂志》1918年第4期。
④ 杜亚泉:《迷乱之现代人心》,《东方杂志》1918年第4期。
⑤ 杜亚泉:《静的文明与动的文明》,《东方杂志》1916年第1期。

计,有时还得喝酒吃肉,方称快意。虽为戏语,但亦足见东方文化派的偏颇。

与东方文化派针锋相对,西方文化派中的丁文江对貌似客观中允的中西合璧的新玄学展开无情的批判,胡适主张重新估定一切价值走实用主义的路径,要"睁开眼睛来看世间真相",积极张扬科学精神。在《易卜生主义》一文中,胡适猛烈批判那些"不肯睁开眼睛来看世间真实现状"的自欺欺人的人们,明明是男盗女娼、赃官污吏、病入膏肓,却睁眼说瞎话赞为礼仪之邦、清正廉洁、一点毛病没有,如果真正要改良社会和政治,首先就得承认社会和政治有病。解决的办法,就是倡扬实事求是的科学主义精神。

以陈独秀、李大钊、瞿秋白等人为代表的唯物史观派,采用唯物史观解释东西文化、社会的差异,认为经济基础是决定文化类型的根本性因素。如陈独秀就以"气候土地"等地理环境的不同,来解释东西文化面相和品格的不同,中国产生了孔子,印度产生了释迦牟尼,欧洲产生了耶稣,各个民族都会产生不同的伟大人物。"中国的土地气候造成中国的产业状况,中国的产业状况造成中国的社会组织,中国的社会组织造成孔子以前及孔子的伦理观念",这是孔子产生于中国的根本原因;同样的,地处热带的印度人民"素具悲观性质",释迦牟尼佛正是这种悲观性质的产物;地多临海,贸易往来,自由迁徙,勇于进取的社会组织产生了耶稣,"他们所在的社会都有支配他们思想的力量"①。土地气候—产业状况—社会组织—伦理观念,东西方不同的文化学说借此顺序产生,这种观念与经典马克思主义文化观已十分接近,只是尚没有关于人类历史实践的重要作用的明确表述。后来,陈独秀在《答张君劢及梁任公》一文中补充说:社会现象的变迁以及社会心理的产生,根本的最初的原因都是物质的,"为因果律所支配",明显是对此前论断的补苴罅漏。"穿衣吃饭"的物质需求,是东西方礼法制度产生的根本原因,东方文化偏于"伦理的道义",西方文化偏于"美的宗教"。陈独秀坚决反对那种用中国的旧道德医治西方现代病的主张,认为种种"科学无用论""西洋文明破产论",都是虚妄的想象,"是新文化运动

---

① 陈独秀:《新教育是什么》,《独秀文存》第1卷,亚东图书馆1922年版,第568—569页。

一个很大的危机"。① 其实,"科学无用了"的论断固然过于偏颇,但是"西洋人倾向东方文化了"的论断却并没有过于失真,正如当时"东方人倾向西方文化了"的时代风尚一样,东西方世界的相互瞻望、相互打量、相互借鉴在人类历史上一直是一个起起落落的过程,根源于东西方文化内部生长的需要,"他者"的视域和资源、"他者"的刺激和触动正是文化自体健康成长的"内在需要"。

在五四新文化运动的伟大历史实践中,李大钊的马克思主义修养越发成熟。在《我的马克思主义观》《应考的遗传性》《物质变动与道德变动》《由经济上解释中国近代思想变动的原因》《精神解放》等重要论著中,李大钊进一步发展了他在《动的生活与静的生活》《东西文明根本之异点》等文章中的观点,历史唯物主义和辩证法的科学方法的使用臻于化境,无愧于"中国传播马克思主义思想第一人"的赞誉。李大钊主张用人道主义改造人类精神,用社会主义改造经济组织,②充分体现了辩证唯物主义的理论成熟度。只有将形而下的经济组织的改造,与形而上的道德改造相结合,才能创造出人类生活的新天地。《物质变动与道德变动》首先借鉴达尔文的"进化论"考察人类道德的起源,认为人类道德是在人类征服大自然的生存斗争中因为团结协作的需要而产生的,接着应用马克思主义唯物史观考察人类道德的变动是"随着物质变动而变动的"。最后得出四项研究结论:第一,人类道德中包含动物本能;第二,人类道德随着社会需要的变动而变动;第三,人类道德有新旧之分,新道德的产生和发展是历史的必然规律;第四,人类道德随着物质的变动而变动,新道德产生之后绝不可能"复旧"。③此种论述,无异于是对一战后甚嚣尘上的以中国传统旧道德拯救西方物质文明衰落的历史唯心主义观点的当头棒喝,陶醉于以旧道德救世的迷梦中的国人也该警醒了!与物质开新相伴随的必然是道德开新,绝没有物质变动不居而道德永恒常在的道理!当前的新道德是"人的道德、美化的道德、实用的道德、大同的道德、互助的道德、创造的道德"!④地无分南北,人不分东西,物质经济的发展决定了人类文化思想的发

---

① 陈独秀:《新文化运动是什么》,《新青年》1920年第5期。
② 李大钊:《我的马克思主义观》,《李大钊全集》第3卷,人民出版社2006年版,第35页。
③ 李大钊:《物质变动与道德变动》,《新潮》1919年第2期。
④ 李大钊:《物质变动与道德变动》,《新潮》1919年第2卷第2号。

展，这就是李大钊唯物史观指导下的科学认知。李大钊的相关论述，超越了当时东西文化论的时代局限，指示出人类发展一体化的未来方向，置于当下仍然具有重要的历史、理论和现实意义。

三四十年代东西文化之争走向深入，学术文化品格日益凸显，与民族解放战争相伴随的中国传统文化的现代重建，成为仁人志士艰难探索的主流。史学界发生过关于"亚细亚生产方式"的争论，何干之的《中国社会史问题论战》，郭沫若的《中国古代社会研究》，吕振羽的《中国经济之史的发展阶段》《史前期中国社会研究》《殷周时代的中国社会》，邓拓的《论中国社会经济史上的奴隶制问题》等论著就是这次争论的理论成果，揭示出人类社会发展的一般历史规律，中国也不例外。钱穆、贺麟、冯友兰、金岳霖、唐君毅等人致力于传统儒学的浴火重生，道咸以来的"中体西用"说，并不因为时代变迁而沉寂，如钱穆通过对西方文化中的希腊、希伯来人生观的冲突性的对照，主张"持两用中"[1]，他注意到了西方文化的两重性，却又只是关注和强调了儒家文化的中和性，而任何文化类型其实都包含着复杂多元的因素，其中不乏互相冲突甚至完全矛盾之处，持两用中固然不错，持多用中也不为错，然而历史实践中的"中"路究竟在哪里呢？传统文化中的儒墨道法兵名阴阳家的"中"路在哪里？东西文化交融的"中"路在哪里？新儒家诸子对传统儒学道路的坚守和申发，其实正是一条偏离了东西文化交融"中"路很远的路径。

而胡绳的《理性与自由》、毛泽东的《新民主主义论》则描绘出中国传统文化走向世界、走向未来的光辉前景，从而为近代以来持续不绝的东西文化之争画上了圆满的休止符。毛泽东以五四运动为界线，此前为旧民主主义文化，此后为新民主主义文化，是民族的、科学的、大众的文化，是中华民族的新文化。[2]《新民主主义论》关于新民主主义文化的相关论述，既是对近代以来东西文化论争的历史概括，也是中国共产党人民族文化自觉意识的初建；既是建立抗战统一战线的历史需要，也是指导文化现代化建设的纲领性文献，体现出价值理性与工具理性、

---

[1] 钱穆：《东西人生观之对照》，《文化与教育》，广西师范大学出版社2004年版，第25—26页。

[2] 毛泽东：《新民主主义论》，《毛泽东选集》第2卷，人民出版社1991年版，第706—709页。

认知理性与实践理性的统一。

20世纪80年代以来，伴随着中国改革开放和世界经济一体化的发展步伐，文化东西论又以传统文化热、国学热、海外新儒家、"冲击—反应"论、东方主义、后现代主义、后殖民主义等理论形态出现，历史的长河总会不时出现小小的回流，如果只是盯着小小的回流看，就会让人感到一切仿佛重回起点，但实际上绝非如此，诚如西哲所言：人不能两次踏入同一条河流。面向现代化的改革和面向世界化的开放，已经成为浩浩荡荡不可抗拒的历史洪流。文学也是如此。韩少功认为19世纪的俄罗斯文学和20世纪的日本文学，之所以巍然崛起，得益于东西方文化的双重、双面影响。[1] 东西方民族可以相互借鉴、相互补充、相互促进，却绝不能故步自封独守一隅，更不能假文化特殊性之名行抱残守缺甚至反动专制之实，这已成为"不证自明"的人类公理。但是，即使是这条今天看来已然无须证明的公理，真正要在现实世界中彻底落实，前面已有数千年曲折认知的漫长历史，后面也还将有千千万万志士仁人的努力抗争；东西交融取长补短要想成为全人类各民族的共识并在此基础上消解互为"他者"的文化立场，切实走出一条东西文化和谐交融的新路径，路途遥远，艰难繁剧，犹如俟河之清！

第四节 地域文化视野与文学研究

地域文化与文学发生意义关联，诚可谓源远流长。地域观念的形成，至少可以从神话《山海经》时代算起，下经十五国风，汉魏人物志，两晋先贤耆旧传，宋元方志，明清志书等，直到民国府县志，当代分省域文化史和文学史著等，代不绝书。但是，文学的地域流派真正开始形成并引起世人的广泛关注，得到读者的广泛认可，则是以宋代江西诗派的形成为标志。[2] 作为中国文学史上的第一个文学流派，江西诗派的形成并非地域的结盟，而是风格的凝聚和观念的结合，正所谓"诗江西也，人非皆江西也"[3]。但是，江西诗派毕竟是文学史上第一家以

---

[1] 韩少功：《文学的"根"》，《作家》1985年第4期。

[2] 祝尚书：《论南宋文学的东西部差异》，《四川大学学报》（哲学社会科学版）2000年第5期。

[3] 杨万里：《江西宗派诗序》，《诚斋集》卷79，四部丛刊本。

地域冠名的诗派，其间隐含的地域文化观念和凝聚的地域向心力自然不容小觑，标志着地域观念在诗歌创作和文学领域的明朗化，因此具有划时代的文学史意义。宋代以前，文学的地域观念十分稀薄。倒是抽象的南北论、东西论、中心边缘论，弥漫于学者的论述空间。如魏晋南北朝品评文学、人物时的关注重点在于籍贯和门阀，如博陵崔氏、荥阳郑氏、陇西李氏、琅琊王氏、温县司马氏、陈郡谢氏等世家大族，颇有声名。《世说新语》记载魏晋风流名士的逸闻轶事和玄言清谈，这部志人小说除了指出南北学风、语音习俗的不同之外，并没有以地域论文学。唐朝大历年间的诗家三派，繁盛一时，也只是以诗人身份的不同作为依据，划分为台阁官僚、地方官僚、方外之士三个诗人群体，并非地域诗人群体。从宋代开始，文学与地域关系日益密切，以地域冠名的文学流派层出不穷。如南宋永嘉四灵诗派，立意打破江西诗派以学问为诗的樊篱，直宗晚唐，别开新面。有宋一代，孔延之编撰的《会稽掇英总集》、程遇孙等编撰的《成都文类》、郑虎臣编撰的《吴都文粹》等，在在标志着当时人们对于某籍地域文化的自觉认同。明代诗坛有吴派、越派、徽派、闽派、五粤派、江西派等诗歌流派，又有公安派、竟陵派等散文流派，还有郭子章的《豫章诗话》开启了以地域观念塑造、凝练诗歌传统的文学史论著撰述之先河；清代则有桐城派、阳湖派、常州派、阳羡派、虞山派、河朔派、吴江派、浙西派等诗文流派，更有关中三李、湘中五子、浙西六家、吴门七子、越中七子、畿辅七名公、娄江十子、岭南三大家、江左三布衣、江西四才子等以地域合称的文学"集团"，表明以地域划分文学流派，在明清时代已然成为压倒传统的以思潮和重要作家为主导的划分方法的新趋势，清代郡邑诗话如张泰来《江西诗社宗派图录》、裘君弘《西江诗话》、梁章钜《南浦诗话》等至少有30多种[1]，地域诗学的范围也由本地诗人歌咏本地风物之作，扩大至外地诗人歌咏本地风物之作，如此，宦游文学也被纳入地域诗学的研究范围。明清时代传统意义上的文化、文学南北论，逐渐让步于文化、文学地域论，此中原因，蒋寅认为是"疆域划一"促进了"南北沟通和交流"，人们"对地域文学传统"产生"多样性感知"，"地域传

---

[1] 蒋寅：《清代郡邑诗话叙录》，《古典文献研究》1993—1994年合刊，南京大学出版社1995年版。

统观念正是在这对他者的认识中逐渐明确起来,并反过来陶铸人们的审美趣味,影响人们的创作观念的"。① 没有"他者",就没有"自我"!人们正是在看到了"他者"的基础上,才开始真正确证、认识"自我",促进自我文化认同。此时,也正是世界范围内东西文化进入实质性交流的阶段,对中国本土文化的认知,同样也离不开对作为"他者"的西方文化的感知。在此意义上,我们可以说,正是文化"他者"所昭示的差异性,才让我们能够更准确更深刻地把握文化"自我"的本体特征。独在异乡为异客,每逢佳节倍思亲。一个人只有漂泊异乡,离开故乡之后,才能更深切地体味故乡。

近代以来,从地域文化角度研究文学创作,逐渐形成潮流。1901年梁启超接连发表《地理与文明》《中国地理大势论》《地理与文明之关系》《近代学风之地理的分布》等论文,认为人们所处的自然地理环境的不同,决定了人们的人文地理环境的不同,进而影响到文明、学风、精神和风俗的差异。1905年刘师培发表著名的《南北文学不同论》,以水土之异论述南北民族的性格差异及其精神趋向,并认为南北文学的交会融合是历史的必然趋势。1906年王国维发表《屈子文学之精神》,以屈原卓尔不凡衣被千古的文学成就为例,证明南北文学合流"通南北之驿骑"的极端重要性。1934年汪辟疆的《近代诗派与地舆》以地域为界划分出六个诗歌流派,从自然环境论证人性风习,进而归纳出流派诗歌的不同创作风格,研究结论令人信服。1943年唐圭璋发表《两宋词人占籍考》②,对北宋南宋词人的籍贯进行考证,按省籍作出数量统计,从中梳理出词人词作的创作风貌与地域之间的关系,各地词风之异于此比较研究中一目了然。1950年胡小石发表《南京在中国文学史上的地位》③,纵向考察南京城的文学史地位,认为南京"战国末期,地属东楚",创作受《楚辞》影响较多;而"南京文学之显著于世,当自孙吴以后","南京文学之最高发展,实为东晋以下南朝时期之诸代",论文从山水文学、文学教育、文学批评之独立、声律及宫体文学等四个方面,对南京文学史进行系统梳理,"叙其特色",是一篇较有分量、

---

① 蒋寅:《清代诗学与地域文学传统的建构》,《中国社会科学》2003年第5期。
② 唐圭璋:《两宋词人占籍考》,《中国文学》1943年第2期。
③ 胡小石:《南京在中国文学史上的地位》,《胡小石论文集》,上海古籍出版社1982年版。

较有影响力和说服力的地域文学研究成果。

20世纪80年代，陈正祥的学术专著《诗的地理》和《中国文化地理》相继出版，立即在学界引起轰动，其中关于中国文化中心的转移的相关论述，关于诗人分布的定量和定性分析，关于诗人和词家籍贯及其人生行程轨迹的地图绘制，关于诗词作品对自然物候和交通状况的描写等，俱开一时风气，直接带动了地域文学研究的热潮。1986年金克木发表《文艺的地域学研究设想》，提出地域文学的研究构想，认为过去的文艺研究只是专注于"历史的线性探索，作家作品的点的研究；讲背景也是着重点和线的衬托面；长于编年表而不重视画地图，排等高线，标走向、流向等交互关系"，进而提出要"作以面为主的研究、主体研究，以至于时空合一内外兼顾的多'维'研究"，再"扩大到地域方面，姑且说是地域性的研究"[1]；他提出地域文学研究可以从分布、轨迹、定点、播散等四个方面展开。这篇论文堪称地域文学研究的经典之作，在理论和方法论层面指导了当时及其以后的地域文学研究实践。1990年袁行霈出版《中国文学概论》[2]，专列一章论述"中国文学的地域性与文学家的地理分布"，揭示出一条文学史的发展规律，那就是："中国文学一个时期地域性相当突出，另一个时期地域性又淡化下去而融入文学的民族特色之中，并为民族特色增加新的成分。"通过对历代文学家的地理分布的考察，袁行霈认为，荆楚、河南、江西、长安、金陵、江浙、大都、邹鲁、蜀中、岭南等地是文学中心，文学的地域性值得文学史家给予充分的关注。1995年曾大兴出版《中国历代文学家之地理分布》[3]，分设九章纵向考察自周秦讫于清代的文学家的地理分布状况，后设两章论述文学家地理分布的格局、特点及规律。该著有效地结合了宏观与微观、定性分析与定量统计、文学研究与区域文化研究[4]，这部实证性极强的研究著作，在文学地理学研究领域产生较大影响。严家炎主编的十卷本《二十世纪中国文学与区域文化丛书》1995年在湖南教育出版社出版，这是地域文化与现代文学研究的重大突破。严家炎在丛书《总序》中指出，以往人们对于地域文化的理解，过于局限于

---

[1] 金克木：《文艺的地域学研究设想》，《读书》1986年第4期。
[2] 袁行霈：《中国文学概论》，高等教育出版社1990年版。
[3] 曾大兴：《中国历代文学家之地理分布》，湖北教育出版社1995年版。
[4] 陈贻焮：《序》，《中国历代文学家之地理分布》，湖北教育出版社1995年版，第2页。

"山川、气候、物产之类自然条件",却对地域内的"历史沿革、民族关系、人口迁徙、教育状况、风俗民情、语言乡音"等人文环境缺乏关注,研究成果也就容易流于机械和肤浅,事实上,"地域对文学的影响,实际上通过区域文化这个中间环节起作用。即使自然条件,后来也是越发与本区域的人文因素紧密联结,透过区域文化的中间环节才影响和制约着文学的"。[①] 这个观点无疑是经典马克思主义唯物史观的具体体现,地域文化对文学创作的重要影响,首先当然是通过自然条件起作用,其后是通过,并主要是通过地域内的人文条件而起作用。这一认知在丛书的撰写中得到了鲜明而生动的体现。1997年樊星《当代文学与地域文化》[②] 出版,上篇"北方文化的复兴",包括齐鲁的悲怆、秦晋的悲凉、东北的神奇、西北的雄奇、中原的奇异;中篇"南方意识的崛起",包括楚风的绚丽、吴越的逍遥、巴蜀的灵气;下篇"城与城",包括京味小说论、海味小说论、津味小说论、汉味小说论、苏味小说论。从论述结构来看,该著是对文化南北论的拓展深化,在文化南北划界而治的版图上,聚焦地域文学的光辉,又有对城市文学的"点"的观照,点面结合,兼顾东方文化和西方文化的对比研究,对国民性问题尤其开拓深透,而在行文中追求文学性、知识性和哲理性的统一,体现出厚重的文史哲不分家的传统学术品格。该著对当代文学创作的"地域文化热"寄予厚望,认为在"现代化大潮冲刷传统文化记忆"、各种"脱离实际的空论迷惑人们的时候",地域文化书写捍卫了记忆的尊严、显示了理性的力量。陶礼天的《北"风"与南"骚"》[③],辨正朔,论南北,提出文学"感觉区域"等概念,是对地域文学研究的理论深化。陈尚君《唐代诗人占籍考》[④] 考证翔实,搜罗完备,已成为唐代地域文学研究者的案头必备参考资料。1999年《涪陵师专学报》开办"重庆文学史"研究专栏,接连刊发十数篇研究重庆地域文学的论文,如吴福辉《地域文学史的难题》、李敬敏《重庆地域文化与重庆文学》等,在地域个案文学研究领域开掘较深。1999

---

① 严家炎:《二十世纪中国文学与区域文化丛书总序》,《理论与创作》1995年第1期。
② 樊星:《当代文学与地域文化》,华中师范大学出版社1997年版。
③ 陶礼天:《北"风"与南"骚"》,华文出版社1997年版。
④ 陈尚君:《唐代诗人占籍考》,《唐代文学丛考》,中国社会科学出版社1997年版。

年何西来发表《文学鉴赏中的地域文化因素》[1]，从文学作品携带的地域文化信息、作家的地域文化心理素质、读者的地域文化心理素质、鉴赏时的外部地域环境、地域文化环境影响的复杂性等层面展开论述，认为地域文化因素是影响文学鉴赏的外部诸因素之一。其影响通过作品、读者、环境三个方面得以体现。作品中的地域文化风格，主要来自作家对自然环境和人文环境的描写，以及对作品中人物的文化心理、肖像、动作的把握。在作品风格的形成中，作家的地域文化心理素质、地域文化知识积累，以及对不同地域文化传统和特色的敏锐感受力，起着关键的作用。读者所处的特定地域文化环境对其鉴赏的进程也有不可忽视的影响。"作品、读者、环境"是文学鉴赏的"必备条件"。这是研究文学接受史视域中的地域文化因素的一篇重要论文。

进入21世纪，地域文学研究形成持续性的热潮。2001年乔力发表《地域文学史研究刍议暨山东文学流变研究例试》[2]，明确主张地域文学研究应以省域为中心，考察的对象应该包括三个方面：一是本省域作家的创作；二是客籍作家在本省域生活时期的创作；三是以本省域作为主要空间背景的创作，论文结合山东省文学史的发展流变过程予以解析，无疑是对当时方兴未艾的省域文学史写作实践的理论总结与提升。胡阿祥发表专著《魏晋本土文学地理研究》[3]，这本断代地域文学研究专著，聚焦魏晋时期文学与地域的复杂关系，由文学作品入手，甄别作家籍贯，制作作家地域分布地图，探讨地域文化对文学创作的重要影响过程，比较各地域文学创作面貌的差异，勾勒地域文学在交流融合互动中的演变状况。在研究方法上，力求做到文、史、地多学科的有机交融，开创了一条断代地域文学史研究的新路径。2002年郝明工发表《区域文学刍议》，提出研究区域文学需要有大文学观念和大文化观念。[4] 李敬敏发表《地域自然环境与地域文化和文学》[5] 和《全球一体化中的地域文化与地域文学》[6]，认为文化在"与时俱进"的发展变化过程中，

---

[1] 何西来：《文学鉴赏中的地域文化因素》，《文艺研究》1999年第3期。
[2] 乔力：《地域文学史研究刍议暨山东文学流变研究例试》，《东岳论丛》2001年第6期。
[3] 胡阿祥：《魏晋本土文学地理研究》，南京大学出版社2001年版。
[4] 郝明工：《区域文学刍议》，《文学评论》2002年第4期。
[5] 李敬敏：《地域自然环境与地域文化和文学》，《文学评论》2002年第4期。
[6] 李敬敏：《全球一体化中的地域文化与地域文学》，《西南民族学院学报》（哲学社会科学版）2002年第5期。

始终有一些恒久的稳定的因素代代承传，强大的"文化基因"正是"地域文化的顽强的生命力所在"。张泉发表《新中国以前北京地域文学之概观》[1]，周晓风发表《区域文学——文学研究的新视野》[2]，曹道衡发表《略论南朝学术文艺的地域差别》[3]，在地域文学研究的宏观理论层面和具体地域文学事相层面进行双向拓进。李浩相继发表学术专著《唐代三大地域文学士族研究》[4]和《唐代关中士族与文学》[5]，从地域文化与文学的关系入手，运用"地域—家族"相结合的研究方法，聚焦唐代关中、山东和江南三大地域士族文学，考察士族籍贯行止、人生迁徙、婚姻教育、科举考试、入仕经历、牛李党争等问题，考论结合，提出了一系列发人深省的新见解。2003年曾大兴发表《中国历代文学家的地理分布——兼谈文学的地域性》[6]，对谭正璧编撰的《中国文学家大辞典》所收录的中国古代6388位作家的籍贯（曾大兴在论述中将籍贯认定为出生地）按照周秦、两汉、三国西晋、东晋南北朝、隋唐五代、宋辽金、元代、明代、清代的历史顺序进行统计，江苏以1339位作家居于榜首，浙江以1294位作家居于第二，江西以555位作家居于第三，以下依次为河南、山东、福建、河北、安徽、陕西、山西、湖北、上海、四川、湖南、广东等省。论文对历代文学家的地理分布重心进行考察，认为周秦时期文学家的重心在山东、河南和湖北；两汉时期则为陕西、河南、河北、山东、江苏、安徽、湖北等省；三国西晋时期则为陕西、河南、山西、河北、山东、江苏和安徽等省……论文进而总结出历代文学家的分布规律，那就是文学重心往往处于四个地域：京畿之地、富庶之区、文明之邦、开放之域。2005年李浩发表《地域空间与文学的古今演变》[7]，认为文学研究在注重古今演变的历史研究中，应该重视文学中的地域空间因素，可以从贯穿性、假定性、制约性、差

---

[1] 张泉：《新中国以前北京地域文学之概观》，《北京社会科学》2002年第1期。
[2] 周晓风：《区域文学——文学研究的新视野》，《中国文学研究》2002年第4期。
[3] 曹道衡：《略论南朝学术文艺的地域差别》，《南京师范大学文学院学报》2002年第3期。
[4] 李浩：《唐代三大地域文学士族研究》，中华书局2002年版。
[5] 李浩：《唐代关中士族与文学》，中国社会科学出版社2003年版。
[6] 曾大兴：《中国历代文学家的地理分布——兼谈文学的地域性》，《学术月刊》2003年第9期。
[7] 李浩：《地域空间与文学的古今演变》，《陕西师范大学学报》（哲学社会科学版）2005年第3期。

别性、矛盾性五个方面考虑，我们要警惕都市化、现代化及全球化对文学地域性的消解，防止文学的水土流失、文学荒漠化的出现。这种对于地域文学的生态多样性的强调，绝非杞忧。2012年杨义发表《文学地理学的渊源与视境》①，认为文学地理学是一门极具活力的学科分支，是一片值得广大学者投入心力耕耘的学术沃土。文学地理学使文学研究"接上地气"，与中国历史文化和现实生活的第一流资源实现无隙对接，敞开了区域文化类型、文化层面剖析、族群分布，以及文化空间的转移和流动四个巨大的空间，于其间生发出"七巧板效应"、"剥洋葱头效应"、"树的效应"和"路的效应"。"一气四效应"，乃是文学地理学在辽阔的文化空间中，为我们的研究输入的源源不绝的学理动力。同年发表的《文学地理学的三条研究思路》②，认为文学地理学可以从新的视角为文学研究拓展研究视野和方法，存在三条研究思路：一是从整体性思维考察可以展开一个很大的思想空间，横贯整个中华辽阔的地域，具有覆盖性、贯通性和综合性，有助于还原文明发展的生命过程；二是从互动性思维考察相互关系的思维特征，在关系中比较和深化意义，在分中求合、交相映照、特征互衬、意义互释；三是从交融性思维出发，可以贯通诸端，融化创新。在此前后，迄于当下，景遐东出版《江南文化与唐代文学研究》，杨义出版《文学地理学会通》，戴伟华出版《地域文化与唐代诗歌》，汤江浩出版《北宋临安王氏家庭及文学考论》，陈庆元出版《文学：地域的观照》，曾大兴出版《文学地理学研究》，李仲凡、费团结出版《汉水流域新时期小说研究》，黄道友出版《地域文化与新时期湖北文学》，张伟然出版《中古文学的地理意象》……与此同时，省域文学史著作如雨后春笋竞相出版，如陈伯海、袁进《上海近代文学史》，王文英《上海现代文学史》，崔洪勋、傅如一《山西文学史》，王齐洲、王泽龙《湖北文学史》，陈庆元《福建文学发展史》，陈书良《湖南文学史》，李少群《山东文学通史》，范培松、金学智《插图本苏州文学通史》，吴海、曾子鲁《江西文学史》，唐先田、陈友冰《安徽文学史》，王嘉良《浙江文学史》，等等。从地域文化角度研究文学的学术成果众多，不断推陈出新，已然成为文学研究领域的

---

① 杨义：《文学地理学的渊源与视境》，《文学评论》2012年第4期。
② 杨义：《文学地理学的三条研究思路》，《杭州师范大学学报》（社会科学版）2012年第4期。

一个无法忽视的巨大存在。

仅从上述挂一漏万的描述中,我们便足可感知从地域文化角度研究文学的学术盛况,与其他任何一门新兴学科的成长时期一样,浩如烟海的学术论著总是难免泥沙俱下,也总是难免受到来自各方的不断的质疑和责难,这是学术生长的正常现象,某种意义上甚至是学术成熟所必需的考验。关于地域文化与文学研究,有两个问题需要辨析。

第一,时代与地域。时代与地域的关系,就是时间与空间的关系。在中国古代文学史中,时间与空间同样受到重视,天人之际与古今之变,同为富有远见卓识的文学家们所探索的重要对象。从短的时间段来说,一年四季的交替转换对文学创作也会产生重要影响。如南朝萧绎在《答湘东王求文集及诗苑英华书》中说:在韶丽春阳中,树花发,莺鸣和,"藉芳草而眺瞩";在"玉露夕流,金风多扇"的秋天,"登高而远托";在夏天"倦于邑而属词";在冬天"睹纷霏而兴咏"。从长的时间段来说,一代有一代之文学。如明人冯时可在《雨航杂录·两汉文章》中说:"西汉简质而醇,东京新艳而薄,时之变也。"屠隆在《诗文》中纵论历代诗文特征时说:"虞夏之书浑浑尔,商书灏灏尔,周书噩噩尔,汉文典厚,唐文俊亮,宋文质木,元文轻佻,斯声以代变者也。"好的文学,总是将时代与地域有机地交织在一起。诚如陆机在《文赋》所揭示的创作规律,好的文章,创作之初"皆收视反听,耽思傍讯。精骛八极,心游万仞",能够令人产生"观古今于须臾,抚四海于一瞬"的阅读快感。如果我们仔细地阅读文学史,就会发现,文学的易代的伤感总是伴随沉郁的家国之痛,家国哀、人生恨总是交织在一起。如杨慎《临江仙》"青山依旧在,几度夕阳红";纳兰性德《长相思·山一程》"山一程,水一程,身向榆关那畔行,夜深千帐灯。风一更,雪一更,聒碎乡心梦不成,故园无此声"。进入现代社会后,"空间被认为是静止的、被动的"[①]。在小说叙事学研究领域,我们对时间问题倾注了太多的热情,相对来说对空间的关注太少。如英国作家伊利莎白·鲍温所说:"时间是小说的一个主要组成部分。……凡是我能想到的真正懂得、或者本能地懂得小说技巧的作家,很少有人不对时间因素

---

① 范铭如:《文学地理:台湾小说的空间阅读》,台北:麦田出版、城邦文化事业股份有限公司 2008 年版,第 15 页。

加以戏剧性的利用的。"① 这似乎可以算是现代小说写作的不传之秘。相反的观点也有不少,比较典型的如刘再复在《文学大观笔记二十一则》之六中说过:"德国哲学家谢林说艺术勾销时间。他没有说,艺术可以勾销空间。不管文学,还是艺术,都是站在空间向度上,而不是站在时间向度上,也就是说,人在人的内心深处与人性深处,时间没有意义,一瞬间与一万年没有分别。"② 这至少说明,在作为关注、表现人的内心和人性的文学艺术表达中,空间不可以被勾销,意义甚大。事实上,时间作为一种"先验的直觉形式",只有以空间作为基础才能被聚焦和固定,正如空间只有以时间为基础才能被聚焦和固定一样。文学中的时间与空间相互依存、无法分割。我们在文学研究中,仅仅只是注意历时性的线性研究是远远不够的,它不能有效地解释何以同是先秦时代,《诗经》与《楚辞》的巨大区别;何以同是盛唐王朝,李白与杜甫诗歌的迥异其趣;何以同是明代,还有复古派与性灵派的审美分殊;何以同在现代文学史的天宇中,还有李劼人的成都市井、沈从文的湘西风情、张爱玲的上海里巷、新感觉派的都市霓虹等群星闪烁。

　　第二,关于区域文学、地域文学、文学地理学的概念。2020年7月,笔者在中国知网上采用主题词检索的方式,分别对期刊论文和博硕士学位论文中使用的相关主题词的数量进行统计,其中,关于"地域文学"的期刊论文1903篇、博硕士学位论文134篇;关于"区域文学"的期刊论文761篇、博硕士学位论文34篇;关于"文学地理学"的期刊论文462篇、博硕士学位论文75篇。于此可见,学术界对于"地域文学"概念的认知度,要明显高于"区域文学"和"文学地理学"。这三个概念,都指向"文化区"的划分,"相邻或相近社会文化的趋同倾向造成某些地域中文化的相似性,称之为'文化区'"③。学术界一般将文化区分为形式文化区、功能文化区和感觉文化区等三种形态,其中形式文化区是一种或多种相互间有联系的文化分布的地域范围,在空间分布上具有集中

---

① [英]伊丽莎白·鲍温:《小说家的技巧》,吕同六译,《20世纪世界小说理论经典》上卷,华夏出版社1995年版,第602页。
② 刘再复:《文学大观笔记二十一则》之六,《审美笔记》,生活·读书·新知三联书店2014年版,第153页。
③ [美]罗伯特·F. 墨菲:《文化与社会人类学引论》,王卓君、吕迺基译,商务印书馆1991年版,第251页。

的核心区与模糊的边界线的特征。功能文化区是根据政治或者某种社会功能组织起来的空间区域，如行政区、教区或经济区等。感觉文化区是人们对于某种文化区域的共同认知，它不仅被地域内的人们认同，同时也被区域外的人们广泛认可。文学地理学的概念，多在古代文学研究范围内使用；地域文学的概念，多在现代文学研究范围内使用；区域文学的概念，则多在当代文学研究范围内使用。打通现代当代的文学研究，如20世纪文学史研究，往往混合使用区域文学和地域文学的概念。区域文学与现实政治、文化建设距离太近，有不少省域、市域、县域的主政者出于文化建设、文化旅游、地方经济繁荣、社会综合发展的现实需要和发展目标，提出文学强省、文学强市、文学强县的建设口号，组织本区域内的专家学者挖掘文献史料，编撰本区域的文学史，这种强化本土文化自信、提高本地域民众文化素质的出发点当然无可厚非，但从学理性来讲，这种区域文学史却只不过是区域版的"中国文学史"，是本区域内的作家和客籍作家的创作的大杂烩似的"拼盘"，这类著作因此缺乏文学史著必需的学理依据。即使省域文学史著作中贯穿古今的地域文化的串珠红线，也是一种人为构造的"虚假的统一系列"，诚如俄国形式主义文论家迪尼亚诺夫所说，"是某一种体系中的有一定用途、起一定作用的一个或者几个文学要素的不合理的抽象，是对在其他体系里的具有另外用途的同样的要素的缩减，缩减之后，突出了那些有一定用途、起一定作用的文学要素，根据这种要素组成了文学演变系列"[1]。显然，这是一种人为剪裁的结果，并不符合文学史的发展实际。作为领土区划或者社会区划的区域，具有现实功利性和行政自洽性，却不宜作为文化区域的划分标准，文化区域的划分自有文化生长和历史发展的内在标准和客观规律。文学地理学从其研究内容和学科定位来看，更适合于在古典文学研究范围内展开。如胡阿祥将文学地理学的研究对象分为两种，一种是"以历史诗赋作品证历史地理，是一种以历史地理为研究目的的文史地结合"；另一种是"运用地理学的理论与方法，探讨历史时期文学现象的地理分布、组合及其变迁，揭示文学与地域的关系，明确文学发展过程中的地域分异规律，则是一种以文学为研究目的的文史地结合"[2]。杨义在

---

[1] 参见董学文《西方文学理论史》，北京大学出版社2005年版，第278页。
[2] 胡阿祥：《魏晋本土文学地理研究》，南京大学出版社2001年版，第173页。

研究现代小说史时,使用"地域文化"的学术概念,而在其转向古典文学研究时则提出了"文学地理学"的概念及其研究方法,其来有自,良有以也。如果在现代文学研究中采用文学地理学的研究方法,势必会显得支离破碎,因为现代作家俱为东西南北人,行踪飘忽不定,不少作家漂洋过海,异国谋生或者多年求学异邦,人地关系复杂,文学空间呈折叠状态,文学地理的界线模糊,同时,文学地理学概念"带有很深很重的地理学痕记",会丢失部分"文学地域性研究的意义"[①],因此我们在现代文学研究中不采用文学地理学的学术概念和研究方法,而采用地域文化和文学的视角。

---

① 王祥:《地域文学性质、特点及其他》,《沈阳师范大学学报》(社会科学版) 2013 年第 3 期。

第二章 两湖文学:作为整体感觉文化区

两湖文学宜于作为一个整体看待,西部为"武陵"文学,中部为平原水乡文学,东部为山地文学,书写武汉、长沙的都市文学,从地理位置上看隶属两湖东部地域。视两湖文学为一体,根本原因在于两湖属于同一个感觉文化区。我们知道,文化区一般可以分为形式文化区、功能文化区和感觉文化区。形式文化区是一种或多种相互间有联系的文化特征分布的地域范围,在空间分布上具有集中的核心区与模糊的边界线的特征。功能文化区是根据政治、经济或某种社会功能组织起来的空间区域,如行政区、教区或经济区等。感觉文化区是人们对于某种文化区域的认同,这种认同感被区域内外的人们广泛认可。两湖地域在先秦时代属于同一个形式文化区,即楚国文化区,有以郢都为中心的文化核心区;在历史上长期隶属于同一个行政区划范围,属于同一个功能文化区。而从两湖自然地理、史籍方志、文学文本和民众认同等层面来看,两湖地域更是一个作为整体存在的"感觉文化区",其整体"共名"即为"楚"。两湖四周环山,长江、汉江、清江、湘江、资江、沅江、澧水等江河纵横,"茫茫九派流中国",江汉平原、洞庭湖平原号为"九州粮仓",共享"湖广熟,天下足"的美誉,形成整体感觉文化区的地理基础;两湖地域东周时代同属楚国,到秦代分属黔中郡、长沙郡和南郡,两汉同属荆州,唐朝分属淮南、山南及江南道,宋朝分属荆湖南路和荆湖北路,元代大部属湖广行省,明代同属湖广布政使司,清代同在湖广总督治下,辛亥武昌首义、湖南首应,其后共同经历新文化运动、北伐、抗战、湘鄂赣苏维埃政府等,形成整体感觉文化区的共同政区基础。两湖地域还具有相似的人文环境,官员、学者、作家、艺术家等彼此往来频繁密切,由此形成相似的文化禀赋和传统文化背景,拥有共同的文化心理认同和相似的民间习俗。从历史的众数和文化生成发展的时空共性层面,结合两湖人文环境与整体文化认知,我们认为,两湖文化难分此畛彼域,"两湖是一家",因此很有必要从地域整体的角度,研究其文化与文学的互动关系。"大知观于远近"(《庄子·秋水篇》),我们不能拘囿于湖南、湖北现行行政区划的局限,而无视在漫长历史演进中累积形成的两湖整体文化感觉和文化认同。只有将两湖地域作为整体感觉文化区来看待,许多过往习焉不察或者纠结繁复的文化事相才能得到理性的阐释,许多执着于现行行政区限制的文化史、文学史解说的偏颇与凿枘才能得到合理的纠正。

第一节 共同地理基础

以长江中游的洞庭湖为界,分为湖南、湖北两省。

湖北地跨东经 108°21′—116°08′、北纬 29°02′—33°6′。东邻安徽,南界江西、湖南,西连重庆,西北与陕西接壤,北与河南毗邻。东西宽约 740 公里,南北长约 470 公里,面积 18.59 万平方公里。湖北省处于中国地势第二级阶梯向第三级阶梯过渡地带,地貌类型多样,山地、丘陵、岗地、平原兼备,地势西高东低,呈三面高起、中间低平、向南敞开的马蹄形。西、北、东三面被武陵山、巫山、大巴山、武当山、荆山、大洪山、桐柏山、大别山、幕阜山等山地环绕。全省最高峰为神农架上的神农顶,海拔 3105 米。中南部为江汉平原、鄂东沿江平原等。湖北河流以长江、汉江为主,支流纵横,湖泊众多,有"千湖之省"之称,尤以长湖、三湖、洪湖、白露湖著名。主要为亚热带湿润季风气候,日照充足,热量丰富,降水丰沛,雨热同期,四季分明。湖北是我国重要的产粮区之一,粮食作物以水稻、小麦为主,其次为谷子、高粱、薯类等杂粮;经济作物则以棉花、油料为主,其次为麻类、烟草、药材等。江汉平原是全国最重要的粮棉油产区之一。湖北畜牧业以猪、牛、羊养殖为主。渔业以湖泊、水库养殖为主,是我国著名的淡水渔业基地之一。

湖南地处东经 108°47′—114°15′,北纬 24°38′—30°08′,东边有幕阜、武功诸山系与江西交界;西边有云贵高原连接贵州;西北边有武陵山脉毗邻重庆;南边有南岭与广东、广西相邻,北边的洞庭湖平原与湖北接壤。东西宽667公里,南北长774公里,面积21.18万平方公里。其中,平原277.86万公顷,盆地294.12万公顷,丘陵326.22万公顷,山地1084.72万公顷,水面135.37万公顷。湖南东、南、西三面山地环绕,中、北部地势低平,整体呈现从东南西三面向北倾斜开口的马蹄形。主要山脉东部为罗霄山,南部为南岭,西南为雪峰山,西北为武陵山,其中武陵山主峰壶瓶山海拔2099米,为湖南最高峰。衡山系五岳中的南岳。湖南中部为衡阳盆地、株洲盆地,湘北为洞庭湖平原、河湖冲积平原。号称"三湘四水",湘江、资江、沅江、澧水流注洞庭,其中湘江为湖南第一大河流。洞庭湖是我国第二大淡水湖。湖南属于亚热带湿润季风气候,雨量丰富,降水充沛,四季分明。湖南也是我国重要的农业生产基地,与湖北共享"湖广熟,天下足""九州粮仓"的美誉。粮食作物以水稻、小麦、薯类为主,水稻产量位居全国之首。经济作物以棉花、苎麻、油菜、茶叶为主。家禽畜牧业以猪、牛、鸡、鹅养殖为主。淡水鱼养殖以青、鲤、草、鲢、鳙、鲫等为主,是我国重要的淡水鱼产区之一。

  中国古代行政区域分界的一般原则是"山川形便"[①]。从地貌上来看,湖北呈现为南向度开口的马蹄形状,湖南呈现为北向度开口的马蹄形状,两省域都不是一个完整的自足的区域,因此都不具备充分的完整性。也就是说,仅仅从地貌的山川形便的程度上来考察现行两省域形成的地理基础,是不能予人以充分的有说服力的解释的。相反,南、北两个向度的马蹄形状,合起来倒是一个完整的四围高、中间低的圆圈,其整体性由四周环列的高山构成。从桐柏山始,崇山峻岭迤逦蜿蜒,分别是大别山、幕阜山、连云山、罗霄山、武功山、南岭、雪峰山、武陵山、七曜山、大巴山、武当山等,环抱着两湖省域内的众多河流和广袤平原。两湖区域内,丘陵、岗地、河流、湖泊、平原纵横交错,物产丰富,气候相同,种植养殖及畜牧渔业种类也大体相似,地域共性要远远大于地域差异性。这是两湖地域整体性的形成基础。

  而横贯湖南、湖北的中轴线,正是神秘的北纬30°线——人类早期文明的生成地带,宛若地球的红飘带,串连起一系列人类文明的摇篮和古国。在这条纬线上,由西往东,在东经31°有尼罗河三角洲的金字塔

[①] 参见周振鹤《体国经野之道》,上海人民出版社2019年版,第139页。

林，东经35°处有古城耶路撒冷——犹太教与基督教的圣城，不远处即是耶利哥古城，在东经45°处则有古巴比伦，在东经71°附近有古城哈拉巴。东行进入中国境内后，在同样的纬度，西有"阳光之城"拉萨，往东进入长江流域，上游巴蜀文化灿烂辉煌，中游荆楚文化与日月齐光，下游吴越文化闪耀绝世风华。[1] 两湖同属中游荆楚文化，因此，从文化地理层面来看，共性明显的两湖地域也更适宜于作为整体性的观照对象。

第二节 政区变迁的历史沿革

神话时代，史不足征，存而不论。夏王朝时期，夏文化的影响已经到达两湖地区。[2]《史记》记载夏禹时期"三苗大序"，"三苗"即为"南蛮"，表明此时两湖地域的部落集团已被夏王朝征服。

商朝建立后，两湖地域纳入商朝版图。《史记·周本纪》记载："伯夷、叔齐在孤竹，闻西伯善养老，盍往归之。太颠、闳夭、散宜生、鬻熊、辛甲大夫之徒，皆往归之。"表明商朝末年，楚人始祖鬻熊曾经归附"西伯"，西伯即后来的"周文王"。西周时期，湖北湖南境内已出现诸多小国，最著名者当属楚国。《左传·昭王十二年》云："昔我先王熊绎，辟在荆山，筚路蓝缕，以处草莽。"楚国虽小，但雄姿英发，势头强劲。

春秋战国时期，南方诸国逐渐统一于楚。湖南、湖北同属于楚国，设置封君，建立郡县，"被纳入封建国家行政管理体系"[3]。

"六王毕，四海一。"[4] 秦王嬴政统一中国后，废除分封制，将全国分为三十六郡，郡下设县。湖北大部属南郡，西北、北、西南各有一部分属汉中、南阳、长沙、黔中和九江郡，并设立若干县。湖南地区设置

---

[1] 参见张正明《在北纬30°线两侧——长江流域人类早期文明背景透视》，《长江论坛》1996年第6期。

[2] 本节政区变迁的材料，参考章开沅、张正明、罗福惠主编《湖北通史》，华中师范大学出版社1999年版；伍新福主编《湖南通史·古代卷》，刘泱泱主编《湖南通史·近代卷》，宋斐夫主编《湖南通史·现代卷》，湖南人民出版社2008年版；等等。

[3] 伍新福主编：《湖南通史·古代卷》，湖南人民出版社2008年版，第131页。

[4] 杜牧：《阿房宫赋》，吴楚材、吴调侯编选《古文观止》中册，上海古籍出版社2006年版，第350页。

有黔中郡（沅澧流域）、长沙郡（湘资流域）、洞庭郡（洞庭湖区）。将故楚之地分裂而治，与其说是高明的统治之术，不如说是对"楚虽三户，亡秦必楚"预言的警惕和害怕。

西汉实行州、郡、县三级制，与封国并行。湖北属南郡、南阳、江夏、庐江、汉中等郡。湖南境内则设有武陵郡、桂阳郡、零陵郡和长沙国。王莽新朝曾废长沙国改立长沙郡，桂阳郡改南平郡，武陵郡改建平郡，零陵郡改九嶷郡。东汉时皆恢复原郡名，只是长沙不再立国，改为长沙郡。东汉时期湖北则沿置南郡、南阳郡、江夏郡以及汉中、庐江郡等。但在历史上更具影响力的还是汉武帝设立的十三刺史部，湖北、湖南大部同属荆州刺史部。扬雄《荆州牧箴》云："杳杳巫山，在荆之阳。江汉朝宗，其流汤汤。夏君遭鸿，荆衡是调。云梦涂泥，包匦菁茅。金玉砥砺，象齿元龟。贡篚百物，世世以饶。战战栗栗，至桀荒溢"，"南巢茫茫，多楚与荆。风骠以悍，气锐以刚。有道后服，无道先强"。① 两湖并称荆州，在两汉时期已经成为习惯。

在三国时期的湖北大地上，魏、蜀、吴争夺荆州，后魏、吴分置江夏郡、武昌郡、南郡、宜都郡、建平郡、武陵郡、长沙郡、襄阳郡、南阳郡、南乡郡、义阳郡、魏兴郡、新城郡、上庸郡等。湖南大地上蜀汉和东吴竞相角逐，往来争夺，零陵、武陵郡属蜀，长沙、桂阳郡属吴。后零陵、武陵郡归入东吴版图，并增置南郡、临贺郡、衡阳郡、湘东郡、天门郡、昭陵郡等六郡。表面上来看，三国争雄，九州幅裂，但荆州由于被白热化地反复争夺，成为当时的"天下之重"，两湖一体的重要战略地位竟被突出、放大到无以复加的高度。

两晋时期，湖北大部仍属荆州之江夏、襄阳、南郡、建平、宜都、义阳、南乡、南阳、上庸、新城以及南平、长沙、天门、武陵、魏兴等郡，开始侨置州、郡、县。西晋时，湖南分属荆州、广州。东晋偏安江左，湖南分属荆州、湘州和江州。南朝宋、齐和梁前期，湖南分属湘州、郢州和荆州。陈朝时湖南分属荆州、沅州、湘州。

南北朝时期，湖北湖南主要属南朝范围，仍设州、郡、县，侨置州、郡、县增多，变更频繁，建制紊乱。

隋朝统一后，先撤销侨置州、郡、县，大业三年（607）又行恢复。

---

① 扬雄：《荆州牧箴》，《扬雄集校注》，张震泽校注，上海古籍出版社1993年版，第329页。

今湖北除西北部分和东部一隅外,绝大部分隶属荆州,统领南郡、夷陵、竟陵、沔阳、清江、襄阳、春陵、汉江、安陆、永安、江夏等郡。隋开皇九年(589)江夏郡曾一度改称鄂州,治江夏,后来鄂州又成为治所。今湖北简称鄂即源于此。湖南省境设立八郡,分别为:长沙郡、武陵郡、沅陵郡、澧阳郡、巴陵郡、衡山郡、桂阳郡和零陵郡。

唐朝初期,全国分为十道,后增至十五道。湖北东部为淮南道,东南部为江南西道,西南部为黔中道,西部为山南东道。改江夏置鄂州,并改京山、富水置郢州,另有襄州、随州、均州、房州、峡州、复州、全州、蕲州、安州、黄州、沔州等十五州。后设山南东道节度使、荆南节度使、武昌节度使,分领各州。湖南区域内,则在武德四年置潭州总管府,管辖潭州、衡州、永州、郴州、连州、南梁州、南云州、南营州等八州。武德七年改总管府为都督府,统辖潭州、衡州、永州、郴州、连州、邵州和道州。太宗朝始设道,道下设州(或郡),州下为县。湖南分属山东南道、江南西道和黔中道、黔州都督府。广德二年又置湖南观察使,行政史上的湖南之名即来源于此。

五代十国时期,湖北境内的襄、均、房、随、郢、复、安七州一直属于五代,黄、蕲、鄂三州初属吴,后属南唐;黄、蕲二州复又归后周。江陵地区的南平国建都江陵,据荆、归、峡三州;施州属蜀。此期,马殷据湖南,立楚国,国都为长沙府。楚国境内分为二十八州一监,在湖南境有十三州一监,即潭州、岳州、郴州、朗州、辰州、溪州、邵州、锦州、澧州、叙州、衡州、永州、道州和桂阳监。"城头变幻大王旗",政权变更频繁,两湖地域分裂之散乱,正如同其时山河之零碎。

宋代在湖北中部设荆湖北路(行政史上的湖北之名始自此),设立鄂、复、峡、归诸州和江陵府、德安府以及荆门军、汉阳军等(辖县三十三个),占湖北大部分地区,荆湖北路安抚使治江陵;北部设京西南路,有随、金、房、均、郢诸州和襄阳府以及光化军等(辖县十九个);东部约以长江为界,北部属淮南西路,有蕲、黄二州(辖县五个),南部属江西南路,为兴国军(辖县三个);西部的施州属夔州路;鄂西南为羁縻州。宋初湖南隶属江南道,后来分属荆湖南路和荆湖北路。荆湖南路安抚使司置潭州,即今长沙市。两宋时期,湖南地域共置十二州郡、三军、五十九县,其中潭、衡、永、郴、道、邵等六州,桂

· 60 ·

阳、茶陵、武冈等三军隶属荆湖南路；岳、鼎、澧、辰、沅、靖等六州隶属荆湖北路。

元代在全国设立三个中书省、十一个行中书省。今湖北境内，长江以南属湖广行省（置江夏，今武汉市武昌区），设有武昌路、兴国路、汉阳府与归州；长江以北属河南行省，有襄阳路、黄州路、蕲州路、中兴路、峡州路和安陆府、沔阳府及荆门州；西北部一隅属陕西行省，西部夔州路、羁縻州属四川行省。元代湖南亦属湖广行省，分设十四路三直隶州，即岳州路、常德路、澧州路、辰州路、沅州路、靖州路、天临路、衡州路、道州路、永州路、郴州路、宝庆路、武冈路、桂阳路和茶陵州、耒阳州、常宁州。元代在今湘西少数民族聚居地实行土司制度，设置有十多个长官司或蛮夷长官司，分别隶属思州军民安抚司、新添葛蛮安抚司和四川行省永顺等处军民安抚司。

明代全国划分为十三个布政使司。今湖北湖南全境基本上隶属湖广布政使司。湖北设有武昌府、汉阳府、黄州府、承天府、德安府、荆州府、襄阳府、郧阳府。湖南设立长沙、衡州、永州、宝庆、辰州、常德、岳州等七府，澧州、茶陵州、桂阳州、道州、武冈州、沅州、郴州、靖州等八州，平江、慈利、桃源、龙阳等五十六县。另外，在少数民族聚居地区仍然设立土司，如永顺军民宣慰使司、保靖州军民宣慰使司等。

清朝初年仍然沿用明制。至康熙三年（1664）湖广分治，大体以洞庭湖为界，南为湖南布政使司，湖南独立建省。雍正二年，改偏沅巡抚为湖南巡抚。至此，现行的湖南省行政区域作为独立的地方一级政权组织基本确立下来。清代湖南总计分四道、九府、四直隶州、五直隶厅、六十三县、七散州、一散厅。直隶州、直隶厅直接隶属道与省，而不由府管辖。县以外设有散厅、散州，受府节制，相当于县一级。洞庭湖以北为湖北布政使司，定为湖北省，省会武昌。是为湖北省建省之始，省名从此确立并沿用至今。湖北领武昌、汉阳、黄州、安陆、德安、荆州、襄阳、郧阳等八府，湖北省行政区域之概貌已经基本形成。至清末，湖北省共领武昌、汉阳、安陆、襄阳、郧阳、德安、黄州、荆州、宜昌、施南等十府和荆门直隶州、鹤峰直隶厅、六十县、六散州、一散厅。在湖南、湖北两省之上，设有湖广总督，总督府驻武昌，一度改名为湖北、湖南总督，是清朝九位最高级的封疆大臣之一，总管湖北和湖南的军民政务。

民国年间,湖北省总体区划变化不大。1912年,废除府、州、厅建制,重新划分政区,省下设立道、县两级政区;1927年,废除道一级建制,实行省、县两级行政区;1932年于省、县之间增设行政督察区;至1949年,湖北省设立一市,即武昌市;汉口市为国民政府直辖;八个行政督察区、六十九个县。1950年1月湖北省全境获得解放。民国初年,湖南分为三路,1914年分为四道、七十五县。1922年,湖南撤销道制,仅存省、县二级。1937年设立行政督察专员公署,以专员兼任驻地县长。全省划为九区,1940年又划为十个行政督察区。1949年8月5日湖南和平解放。

1949年后,湖南、湖北同属中南局、中南地区、华中地区。在2004年提出的中部崛起战略中,两湖同时吹响了中部大开发的进军号角。武汉城市圈与长株潭城市群成为推进中部崛起的重要战略支点,"中三角"联手打造中国经济新增长极,洞庭湖生态经济示范区致力于环洞庭湖区域的生态保护和绿色生态产业发展,湖北来凤与湖南龙山等两湖相邻地、县域合作步伐加快,区域整体规划、协调发展意识明显增强。土家族作家杨盛龙创作过题为《龙山来凤》的散文,认为这两个虽然分属两省、相距却只有七公里的县城,"同为土家族聚居区,语言服饰相同,风土民情无别,同饮一酉水,一起摆手,彻夜对歌,喝油茶打糍粑,哭嫁跳丧",自古以来就是一家人,"两县人往来串门走亲戚,通婚结亲家,节庆酒酣,赶集交换,情趣充溢",[①]和谐相处,往来密切,比翼双飞,龙凤呈祥。两湖省域合作从此步入快车道。

两湖分治建省始于清初,时间并不太久,有清一代却又共同隶属湖广总督治下,两湖似分实合,人们一般习惯将湖南、湖北两省统称为"楚省"[②];两湖地域互属的现象十分常见而且长久,比如宋代的湘、资流域属于荆湖南路,沅、澧流域属于荆湖北路,明代沅水流域仍然属于湖北道,也就是说,"在湖南单独建省以前,沅澧流域一直属于湖北的行政范围"[③],对这些地域的人们来说,两湖实在难分此畛彼域;而从

[①] 杨盛龙:《龙山来凤》,《民族大家庭》1994年第Z1期。
[②] 周积明:《文化分区与湖北文化》,《江汉论坛》2004年第9期。
[③] 张伟然:《三湘风采》,沈阳出版社1997年版,第4页。

历史的众数来看，两湖地域大多时候同属于一个高层行政区域，存在着共同的地域经济、政治和文化认同，这也是两湖地域更宜于作为整体性观照对象的重要原因。

第三节 文化认同与整体感觉文化区

整体感觉文化区是地域内外的人们因地理的、政治的、经济的、历史文化的、社会习俗的共性或趋同性，积久形成的对于某一地域的共同文化认同。学者张伟然认为，感觉文化区"是人们对于文化区域的一种体认，既存在于区域内居民的心目当中，也得到区域外人们的广泛承认"，"事实上，这一问题对于中国文化可能更为重要。因为中国的历史文化传统如此深厚，文化的地域分异情形更加复杂，有许多包含独特历史文化内涵的区域概念，诸如南方、北方、楚、秦、晋、燕赵、齐鲁、吴越、巴蜀，以及塞北、江南、岭南之类，其实都可以归属于感觉文化区或曰乡土文化区的范畴，只不过其体认方式较为独特而已"。[①] 在此，现有省域的概念就显得过于固定化、单一化、狭隘化，而缺乏必要的历史生动性和文化认同性。

毫无疑问，地域内人们的普遍的、共同的文化认同，是整体感觉文化区的形成基础。由地理的、政治的、经济的、历史文化的、社会习俗的等层面的共性，凝聚成相对稳定的地域文化认同，才是构成整体感觉文化区的核心精神。正是由于有了这种地域文化认同，两湖地域才能穿透漫长岁月中分分合合的历史迷雾，成为相对稳定的、具备超越性的整体感觉文化区域。对于四海漂泊的客子来说，感觉文化区就是魂牵梦萦的故乡，就是浓郁的挥之不去的乡愁的源头。

整体感觉文化区同时还是地域统一性的精神性基础。中国有一句古语，"天下大势，分久必合，合久必分"。分分合合，貌似是中国漫长历史的宿命。如果说久合之后的"分"，是地域军事、经济、政治、民族等发展失衡的结果，那么，久分之后的"合"，则源于人心思治的统一性追求，其精神性基础即为地域内的整体感觉文化的先行存在和地域内人们的共同心理认同。

---

① 张伟然：《湖北历史文化地理研究》，湖北教育出版社2000年版，第175页。

两湖整体感觉文化区是两湖地域文化统一性的基础，它形成于先秦楚国时代。两湖整体感觉文化区的源头在于"楚"。"楚"既指楚国，也是指楚民族，亦是指楚文化，是一个三位一体的复合型概念。"楚"是两湖文化、历史的源头，更因其处于人类的"轴心时代"而备受后人的推崇。我们知道，在论述世界文化的早期发展历程时，最有代表性的是雅斯贝尔斯的"轴心时代"理论，这一理论认为，在公元前800年到公元前200年，世界范围内几乎不约而同地产生了一些最不平常的文化事件，中国有孔子、老子、墨子、庄子、列子等诸子百家，印度有《奥义书》和佛陀，伊朗有琐罗亚斯德，巴勒斯坦有以利亚、比赛亚、耶利米等，希腊有荷马、巴门尼德、赫拉克利特、柏拉图、修昔底德、阿基米德，等等。① 由此构成了世界文化、历史的"轴心时代"。"在这一具有高度创造力的时期，宗教和哲学天才们为人类开创了一种崭新的体验"，实现了"人类精神的重大突破"。② "轴心时代"对后世的影响是深远的，以后人类的每一次新的飞跃都要"回顾这一时期，并被它重燃火焰"③。这一理论既强调了世界文化、历史的整体性特征，同时也为各种不同的文化、历史类型的发展预留了多样化的生存时空与富于弹性的阐释空间，因此被广泛接纳。"轴心时代"的楚文化是人类历史文化的高峰之一，被两湖人士共同接受与长久仰望也便在情理之中，这一共同的文化认同感已然内化至后人的血脉之中，成为地域内人们的文化徽章和历史记忆，从来不需要想起，永远也不会忘记。

"楚文化是以中原文化与江汉土著文化的融合为基础，随着新地域的扩展而不断充实、升华所形成的一种富有特色的区域文化。其文化地域虽然广阔，但秦国白起拔郢以前其文化中心一直在汉西地区，呈现出自北向南的移动走向。"④ 作为"上层建筑"的文化，其中心的转移变迁总是离不开经济基础的转移变迁。楚文化的发祥地在楚君熊绎时代的

---

① ［德］卡尔·雅斯贝斯：《历史的起源与目标》，魏楚雄、俞新天译，华夏出版社1989年版，第9页。
② ［英］凯伦·阿姆斯特朗：《轴心时代——塑造人类精神与世界观的大转折时代》，孙艳燕、白彦兵译，海南出版社2010年版，第2页。
③ ［德］卡尔·雅斯贝斯：《历史的起源与目标》，魏楚雄、俞新天译，华夏出版社1989年版，第14页。
④ 刘玉堂、赵毓清主编：《中国地域文化通览·湖北卷》，中华书局2013年版，第6页。

第二章 两湖文学:作为整体感觉文化区

沮漳二水流域,其地在今汉水支流蛮河流域①,至其后世第四代熊渠期间,"甚得江汉间民和",文化活动区域已经扩展到江汉之间。《左传·哀公六年》记载楚昭王言论:"江汉沮漳,楚之望也。"明显可见楚文化的影响范围已由沮漳二水,往东向南扩充至更为广阔的江汉流域。随着楚国都城南迁至纪南城,郢都在四百余年之间见证了楚国的强大辉煌和衰败落寞,长江中游的"楚才"们,分别以各自不同的方式参与了这个伟大而残酷的历史进程,在广袤的历史舞台上挥洒热血贡献智慧,产生了一大批"大写的人物",留下了一大批精美绝伦、成就卓越的文化艺术成果,成为两湖地域人们的骄傲。

两湖整体感觉文化区的形成,除了有"楚文化"这个高起点、强凝聚力的文化源头,还有三国时代的"荆州"地域文化的重要影响。众所周知,荆州概念首见于战国时期,学术界一般认定为成书于战国时代的《尚书·禹贡》,将天下划为九州:冀州、兖州、青州、徐州、扬州、荆州、豫州、梁州、雍州,"荆及衡阳惟荆州,江汉朝宗于海,九江孔殷,沱潜既道,云梦土作乂。厥土惟涂泥,厥田惟下中,厥赋上下。厥贡羽、毛、齿、革、惟金三品,杶、干、栝、柏,砺、砥、砮、丹,惟菌簵楛,三邦厎贡厥名。包匦菁茅,厥篚玄纁玑组,九江纳锡大龟。浮于江、沱、潜、汉,逾于洛,至于南河"。"禹别九州,随山浚川,任土作贡",山川形便是其区划九州的依据。荆州包括荆、衡阳、江汉、九江、沱潜、云梦等两湖地域,亦可视为两湖整体感觉文化区的区域共名。从上述引文来看,西周以前的荆州,土质不好,物产不丰,但水产和矿产资源丰富,富有别具一格的南国特征。扬雄《荆州牧箴》也说:"杳杳巫山,在荆之阳。江汉朝宗,其流汤汤。"于此可见,荆州的中心乃在长江中游的南北两岸地域。这是战国时代关乎荆州的概念。到了三国时代,英雄辈出,草莽鹰扬,荆州因为地处魏蜀吴三国势力的最前沿,备受瞩目。《三国演义》中刘备借荆州,关云长大意失荆州,张飞夺武陵,赵云袭桂阳,关公战长沙等故事,对于中国人来说,妇孺皆知,耳熟能详,更是两湖地域人们津津乐道的传奇。勇武、智慧、忠诚、信义等三国传统文化精神影响、激荡着一代又一代的两湖后辈,在各不相同的时代完成不屈的人生和壮阔的伟业。

---

① 参见石泉《齐梁以前古沮、漳源流新探》,《武汉大学学报》1982 年第 1—2 期。

有明一代，朝廷设立湖广行省，湖南、湖北两省域明确地隶属于同一个高层行政级别，在政治、经济、文化等各个层面交往频仍，进一步夯实了利益攸关的两湖整体感觉文化区的形成基础。而两湖经济，尤其是两湖农业突飞猛进的发展，已经在全国范围内形成了两湖一体的集体认知，备受世人瞩目。宋人苏轼在《乞免五谷力胜税钱札子》"浙西水灾"条中记载："使江西、湖北雇船运米以救苏、湖之民，益百余万石。"[1] 表明当时湖北水稻种植产量较丰，除自给之外，还有余力赈济苏、湖之民。在中央集权的专制时代，经济的发展当然离不开政治的保障。明朝前期吏治比较清明，政府推行一系列有效的政策措施，以保证农业生产的大发展，从而使得两湖经济，特别是农业生产获得了长足进步，"湖广熟，天下足"开始取代"苏湖熟，天下足"。[2]《地图综要·湖广总论》记载："楚因泽国，耕稼甚饶，一岁再获，柴桑吴楚多仰给焉。谚曰：湖广熟，天下足，言土地广沃，而长江转输便易，非他有比。"[3] 明代"湖广熟，天下足"的民间谚语，当然并不表明当时两湖经济已经超过苏湖，因为苏湖地域此时更多地转向桑蚕养殖，丝绸生产获利更丰，其经济总量仍然高于两湖；这个谚语只是表明两湖农业发展水平已经大幅提高，还有就是在当时人们的观念认知中，湖广（两湖）本为一体。在明人的观念中，有"荆蛮、闽越、六诏、安南，皆昔为蛮夷，今入中国"的认知，表明两湖地域在明代已经被中原汉文化圈接纳认可。在文教方面，以科举考试的解额来看，明代朝廷将两湖合在一起，湖北每科占七成，湖南每科占三成，时间既久，后来定为例规："湖北文盛，每科得解额十七，湖南杂徭僵荒略，仅得十三，以为例。"[4] 清同治《桂东县志》记载："往岁阻洞庭，乡试不上十人，分闱后争自劝学，登甲乙者不绝。"此前湖南士子必须到湖北赴考，因为有汪洋浩渺、浪惊涛险的洞庭湖相隔，经常发生考生覆舟遇险的事故，以至于湖南士子视赶考为畏途，宁愿不参加科考也不敢冒风涛之险；分闱后湖南士子登科者人数明显上升。两湖合闱不利于湖南士子，一方面是客观存在的历史事实；另一方面，是"经济基础决定上层建筑"理论

---

[1] 苏轼：《乞免五谷力胜税钱札子》，《苏轼文集》第3册，中华书局2002年版，第991页。
[2] 伍新福主编：《湖南通史·古代卷》，湖南人民出版社2008年版，第635页。
[3] 吴学俨、朱绍本等：《地图综要》内卷，南明弘光元年刊本。
[4] 毛奇龄：《西河集》卷78《明正治卿中奉大夫兵部右侍郎徐公传》。

第二章 两湖文学:作为整体感觉文化区

的题中应有之义,经济发展水平相对较低的湖南地域其文教水平亦相对较低,同时也是"后之视昔"的历史视点的前移,因为在明清时期两湖仍然共同隶属于湖广行省、湖广总督治下,两湖省域分治始于清初,至民国以后,省域自主意识逐渐增强,但两湖整体感觉文化区的认知并不因此而摇撼。

从历史的纵向度来看,两湖整体感觉文化中心的转移皆有向流域下游转移、集中的趋向。长江以北的湖北,文化中心的迁移轨迹是从沮漳往江汉,从荆襄往武汉,无独有偶,长江以南的湖南,文化中心的迁移也遵循着类似的规律。在三湘四水中,"湘水流域出人最早,且一直最为密集,其中五代以前集中于上游,宋代以后向中下游逆转。其次是沅水流域,一直集中于中下游。资、澧二流域出人较晚且人物稀少。从全省来看,四水下游的洞庭湖区明代以后有所发展","如果以分布的地点而言,全省明显存在两个历代都出人较多的中心。一是东部的长沙,二是西部的今常德,其人物数量一直比较突出,尤以长沙为多"①。载之于正史列传之中的人才数量的多寡,无疑是衡量当地文化水平高低的重要标准。两湖文化中心不约而同地向流域下游集中,在长江中游地区集聚的趋势十分明显,亦可视为两湖整体文化区向心力与日俱增的表征。

如果要用一个概念来作为两湖整体感觉文化区的主体认知与客观存在范围的徽标,那无疑就是"楚"。《史记·货殖列传》记载:"夫自淮北沛、陈、汝南、南郡,此西楚也。其俗剽轻,易发怒,地薄,寡于积聚。江陵故郢都,西通巫、巴,东有云梦之饶。陈在楚夏之交,通鱼盐之货,其民多贾。徐、僮、取虑,则清刻,矜己诺。彭城以东,东海、吴、广陵,此东楚也。其俗类徐、僮。朐、缯以北,俗则齐。浙江南则越。夫吴自阖庐、春申、王濞三人招致天下之喜游子弟,东有海盐之饶,章山之铜,三江、五湖之利,亦江东一都会也。衡山、九江、江南、豫章、长沙,是南楚也,其俗大类西楚。郢之后徙寿春,亦一都会也。而合肥受南北潮,皮革、鲍、木输会也。与闽中、干越杂俗,故南楚好辞,巧说少信。江南卑湿,丈夫早夭。多竹木。豫章出黄金,长沙出连、锡,然堇堇物之所有,取之不足以更费。九嶷、苍梧以南至儋耳

---

① 张伟然:《三湘风采》,沈阳出版社1997年版,第24页。

者，与江南大同俗，而杨越多焉。"需要指出的是，文中的"江南"，《史记集解》徐广曰："高帝所置。江南者，丹阳也，秦置为鄣郡，武帝改名丹阳。"《史记正义》按："徐说非。秦置鄣郡在湖州长城县西南八十里，鄣郡故城是也。汉改为丹阳郡，徙郡宛陵，今宣州地也。上言吴有章山之铜，明是东楚之地。此言大江之南豫章长沙二郡，南楚之地耳。"《史记正义》说法当为正解。唐代以前的江南，皆指长江中游以南的地域，而非后世所称的长江下游以南的地域。西楚、东楚、南楚，是所谓"三楚"大地的由来，范围广大，今湖北、湖南乃是其中心地域。

《汉书·地理志》记载："楚地，翼、轸之分野也。今之南郡、江夏、零陵、桂阳、武陵、长沙及汉中、汝南郡，尽楚分也。周成王时，封文、武先师鬻熊之曾孙熊绎于荆蛮，为楚子，居丹阳。后十余世至熊通，是为武王，浸以强大。后五世至严（庄）王，总帅诸侯，观兵周室，并吞江、汉之间，内灭陈、鲁之国。后十余世，顷襄王东徙于陈。楚有江汉川泽山林之饶；江南地广，或火耕水耨。民食鱼稻，以渔猎山伐为业，果蓏蠃蛤，食物常足。故呰窳偷生，而亡积聚，饮食还给，不忧冻饿，亦亡千金之家。信巫鬼，重淫祀。而汉中淫佚枝柱，与巴、蜀同俗。汝南之别，皆急疾有气势。江陵，故郢都，西通巫、巴，东有云梦之饶，亦一都会也。"两湖地域同属"楚分"之中，当地物产常足，居民"不忧冻饿"，却也无千金之家，唯有此种不善"积聚"、重祀信鬼、满怀浪漫的楚人才能创造出超拔世俗灵秀浪漫的楚文化，孰谓偶然？

到魏晋南北朝时期，楚地一度具有极其重要的战略地位。盛弘之《荆州记》云："自晋室东迁，王居建业，因以荆扬为京师根本之所寄，楚为重镇。"东晋王朝以长江中游的两湖地域和长江下游的扬州作为都城根本，因此视楚为定国安邦的重镇。南朝诗人江淹《望荆山》吟道："奉义至江汉，始知楚塞长。南关绕桐柏，西岳出鲁阳。寒郊无留影，秋日悬清光。悲风桡重林，云霞肃川涨。岁晏君如何，零泪染衣裳。玉柱空掩露，金樽坐含霜。一闻苦寒奏，再使艳歌伤。"此处楚塞，指荆山，因其为古代楚国郢都的北边屏障，故有此称。

在唐代诗歌中，频繁出现的"楚"字已经成为艺术意象，其东西南北界限皆得到明确指认，其地域范围大致相当于今湖南湖北两省域。

楚地北界，其标志是商山。杜甫《寄张十二山人彪三十韵》云："商山犹入楚，源水不离秦。"耿湋《送郭正字归郢上》云："济江篇已出，书府俸犹贫。积雪商山道，全家楚塞人。大堤逢落日，广汉望通津。却别渔潭下，惊鸥那可亲。"李涉《再宿武关》云："远别秦城万里游，乱山高下出商州。关门不锁寒溪水，一夜潺湲送客愁。"诗作描写诗人远离长安南下时去国怀乡之离愁别绪，武关是秦国的南塞，商山即为楚国的北塞。楚地西界在巫峡、西陵峡一带，有杜甫《小园》诗句"由来巫峡长，本自楚人家"，《秋峡》诗句"江涛万古峡，肺气久衰翁。不寐防巴虎，全生狎楚童"，可为明证。陈子昂《度荆门望楚》诗云："遥遥去巫峡，望望下章台。巴国山川尽，荆门烟雾开。城分苍野外，树断白云隈。今日狂歌客，谁知入楚来。"杨炯《西陵峡》诗云："绝壁耸万仞，长波射千里。盘薄荆之门，滔滔南国纪。楚都昔全盛，高丘烜望祀。秦兵一旦侵，夷陵火潜起。四维不复设，关塞良难恃。洞庭且忽焉，孟门终已矣。自古天地辟，流为峡中水。行旅相赠言，风涛无极已。及余践斯地，瑰奇信为美。江山若有灵，千载伸知己。"于此可见，西陵峡、巫峡为荆楚西边门户，是巴楚的分界线，逾此界线，顺流而下，则江汉、洞庭遥遥在望。两湖地域共属楚地的文化认知，在唐代十分显明。楚地东界在大别山，罗隐《西塞山》凭临古迹，悼伤往事，题下小注为"在武昌界，孙吴以之为西塞"，诗云："吴塞当时指此山，吴都亡后绿屏颜。岭梅乍暖残妆恨，沙鸟初晴小队闲。波阔鱼龙应混杂，壁危猿狖奈奸顽。会将一副寒蓑笠，来与渔翁作往还。"楚地的南界，则包括整个湖南地域，张九龄《南还以诗代书赠京师旧僚》有"士风从楚别，山水入湘奇"的诗句，诗僧齐己《过鹿门作》有"政从襄沔绝，诗过洞庭空"的诗句，皆以"楚"与"湘"、"襄沔"与"洞庭"对举，采用互文的修辞，表明两湖实为一体，存在"政绝""诗空""士风别""山水奇"的文化共性。学术界习惯将唐代江南地域文学划分为湖湘文学、江西文学和吴越文学[①]，两湖文学的整体性和特殊性得到凸显。

宋人对于两湖地域的整体感知，与唐代的情形大体相似。享祚较短的元代在两湖地域的行政区划比较混乱破碎，有学者认为"乖戾到了

---

① 参见景遐东《江南文化与唐代文学研究》，人民文学出版社 2005 年版。

一个空前的程度"①，但楚地整体感觉文化区依然存在，在诗作中仍有频繁的表达。或者可以说，两湖地域行政区划越是破碎，两湖民众的整体认同感便越为强烈。

明代湖广行省范围与今湖南湖北地域大致相当。《明史·地理志》记载："禹贡荆、扬、梁、豫四州之域。元置湖广等处行中书省，又分置湖南道宣慰司属焉。又以襄阳等三路属河南江北等处行中书省，又分置荆湖北道宣慰司并属焉。太祖甲辰年二月平陈理，置湖广等处行中书省。洪武三年十二月置武昌都卫。八年十月改都卫为湖广都指挥使司。九年六月改行中书省为承宣布政使司。领府十五，直隶州二，属州十七，县一百有八，宣慰司二，宣抚司四，安抚司五，长官司二十一，蛮夷长官司五。北至均州，南至九嶷，东至蕲州，西至施州，距南京一千七百一十五里，京师五千一百七十里。洪武二十六年编户七十七万五千八百五十一，口四百七十万二千六百六十。"②明代湖广行省的地域范围，与历史中的两湖整体感觉文化区几乎能够重叠，这是整体感觉文化区能够存在的根基。而由于历史和现实的原因，明人认为当时湖广行省的文化重心仍在江陵，所谓"湖广古荆州地，襄邓抗其头颅，蕲黄引其肘腋，江陵制其腰腹"③。

清代分省之后，两湖省域意识日益增强，但"楚"依然作为两湖人士的文化区域共名，被广泛使用，体现出整体感觉文化区域的强大认同感和文化向心力。湖南人王湘绮在宜昌登舟入川之际，在日记中发出"颇惜去国"之感叹，显见是将湖北省域视为其魂牵梦萦的"故国"。两湖一体，于此明矣。清人顾祖禹在《读史方舆纪要》中论述道："湖广之形胜，在武昌乎？在襄阳乎？抑在荆州乎？曰：以天下言之，则重在襄阳；以东南言之，则重在武昌；以湖广言之，则重在荆州。"这是从天下、东南、湖广三个层面立论，在以内陆为政治主体的时代无疑具有其历史合理性和现实意义。鲁之裕修《湖北下荆南道志》记载："楚地星分翼轸，兼湖南北言也。"楚地包括湖南湖北，其意明也，这是当时世人的共识。章学诚《章氏遗书》云："凡称楚者规方几五千里，史

---

① 张伟然：《湖北历史文化地理研究》，湖北教育出版社2000年版，第283页。
② 张廷玉等：《明史》第1册，中华书局1999年版，第717页。
③ 陈全之：《蓬窗日录》第1卷，顾静标校，上海书店出版社2008年版，第98页。

传人物不得其邑里者，皆号楚人。"这是指极盛时代的楚国范围。韩年遐《永州府志序》云："楚地广袤六千里而遥，西黔中巫郡，东夏州海阳，南洞庭苍梧，北泾塞郇阳"，"唯大湖南北幅员既广，本朝以两台长分抚鄂渚、星沙，而以一制府统辖之，郡邑虽分，省志则一，示不失楚旧服也。""郡邑虽分，省志则一"，"不失楚旧服"，此种表述，符合两湖分省之后两湖人士的共同认知心理。

自从咸同军兴以后，湖南的文化云蒸霞蔚，一发而不可收。湖南的人才一批批、一群群，风起云涌。早在同治初年，世人就强烈地感觉到这种迹象："楚省风气，近年极旺。自曾涤生领师后，概用楚勇，遍用楚人，各省共总督八缺，湖南已居其五：直隶刘长佑、两江曾国藩、云贵劳崇光、闽浙左宗棠、陕甘杨载福是也。巡抚曾国荃、刘蓉、郭嵩焘皆楚人也，可谓盛矣！"其中，曾国藩胞弟两人，各得五等之爵，为有清二百余年中所仅见，以至于有人要"为楚人惧""为曾氏惧"。此后每次历史潮流、每回社会风浪，都有湖南人手把旗帜潮头立，"功业之盛，举世无出其右"。①

于此可见"楚""楚省""楚才""楚人""楚勇"等概念经常被用来指称湖南。张之洞任湖广总督期间，修建铁路，开办汉阳铁厂，兴建经心书院、两湖书院，改革军政，振兴实业，两湖人才鼎盛，财赋称饶，成为中国后期洋务新政的中心地域，备受时人瞩目。

辛亥革命志士具备鲜明的"楚魂意识"。《湖北学生界》发刊词云："吾楚昔之为天下重也"，"吾楚之影响于全局者，若斯其大也"，"庸知夫中国将来不为地球第一强国，吾楚不为文明之中心点也"。1911年10月10日武昌首义，次日成立湖北军政府，废除清帝年号，改国号为中华民国；10月22日，湖南革命党人和新军率先响应，武装夺取长沙，建立湖南军政府。在湖北、湖南的积极影响下，江西、山西、云南、浙江、江苏、广西、广东等地相继发动武装起义，成立军政府，辛亥革命浪潮席卷全国，清朝帝制轰然解体。至民国时代，两湖自治运动风生水起，人才辈出。在五四运动、北伐、大革命、抗日战争、解放战争等烽烟岁月中，两湖休戚与共，并肩协力，书写了光辉篇章。在此阶段，"楚"或"楚地"仍然是两湖的共名。

---

① 张伟然：《三湘风采》，沈阳出版社1997年版，第21—22页。

两湖地区有一句俗语:"民歌的流传,隔山不隔水。"两湖相邻地域往往拥有共同或者相似的民俗风情,如农林渔牧等生产习俗,衣食住行等生活习俗,婚丧嫁娶等礼仪习俗,四时八节等岁时习俗,祭祖巫术等信仰习俗,等等,洞庭湖烟波浩渺,却不能隔绝两湖习俗的趋同,长江水滚滚东逝亦非阻断两湖人们往来的天堑。楚人陈应松在小说中写道:"湖南湖北是一家,都有匪性,都吃辣,打架都能下狠手。你骂'妈妈鳖',他骂'娘的逼'。一样的不讲道理,一样的义气为重,一样的说'一炮个'(十个)。"[1] 两湖地域相似的民俗风情和价值观念,在现代文学中得到了丰富多彩的表现。

"楚"作为两湖整体感觉文化区的核心概念和两湖人士的共同地域认知,从近年来湖北简称为"楚"的建议一直得不到普遍认可,并引发轩然大波这一事实中亦可得到反证。刘玉堂先生率先主张湖北的简称应由"鄂"改"楚",他撰文列举了"八大理由",分别从时间、空间、历史、文字学、沿革、习惯、心理、民俗等方面详加论证。[2] 客观地说,这八条理由,揆诸典籍,察于现实,皆堪称可信可立之论,然而始料不及的是,此论甫经发表,立即引发群议嚣嚣,在所有反对的意见和理由中,除了觉得更换"简称"兴师动众劳民伤财,最大的意见"公约数"就是认为"楚"概念一直包含湖南湖北两省域,而不能"以偏概全"地单独拿来作为湖北的简称;以"楚"称湖北,湖南人不答应;同样以"楚"称湖南,湖北人也不会答应。于此可见,即使是在两湖分省而治后的三百五十年,即使是在众多媒体已经习惯于以"湖湘"命名湖南文化、以"荆楚"命名湖北文化的当下,"楚"依然是两湖地域的共名,概指湖南、湖北,为地域内外的人们广泛认同,不会产生歧义,两湖仍可以、也应当视为一个整体感觉文化区。两湖现代文学亦可作如是观。

第四节 两湖地域文化流变

毛泽东《贺新郎·读史》词曰:"人猿相揖别,只几个石头磨过,

---

[1] 陈应松:《夜深沉》,《一个人的遭遇》,花山文艺出版社2013年版,第214页。
[2] 刘玉堂:《湖北的简称应为"楚"》,《政策》2002年第2期。

小儿时节。"两湖地域文化，若要追根溯源，我们得将视线投向烟云缥缈的远古时代。据考古研究，世界上真正的人类大约产生于距今300万年左右，即地质年代的第四纪的早更新世初期。能否制造和使用工具，是人与动物的根本性区别，也是人化自然的开端，是人类文化史的起源。此时是旧石器文化的起点。考古学界习惯上认定：距今300万年至100万年之前的早更新世，为旧石器文化早期的最早阶段；距今100万年至10万年之前的中更新世，为旧石器文化早期的中、晚阶段；距今10万年至1万年的晚更新世，为旧石器文化的中、晚期阶段。此后进入新石器文化时代。云南元谋猿人系迄今发现的中国最早的人类化石，距今170万年前后。两湖地域迄今发现的最早猿人化石则是郧县猿人，距今约70万年至80万年。① 其后有与北京猿人大致同时的郧西猿人、距今20万年左右的早期智人——长阳人。两湖地域的旧石器文化遗址，有距今28.4万年的大冶石龙头文化，距今20万年至10万年的浏阳永安遗址、津市虎瓜山遗址，距今10万年至5万年的新晃遗址、澧县鸡公垱遗址，距今5万年前后的丹江口石鼓后山遗址、江陵鸡公山遗址、房县樟脑洞遗址，距今1万年至5万年的芷江小河口遗址、石门燕儿洞遗址，等等；新石器文化遗址，则有距今9000年前后的澧县彭头山遗址，距今7500年前后的城背溪文化（宜都、枝江），距今5300年至6300年的大溪文化（东起洪湖，西至渝东，南到澧县、常德、汨罗、长沙，北达荆山），距今4600年至5000年的屈家岭文化（东起大别山，西达三峡，南至澧水中下游和洞庭湖西北部，北到豫西南），距今4000年至4600年的石家河文化（以江汉平原为中心，北起豫西南，南抵岳阳），公元前2400年前后的长江中游龙山文化（较屈家岭文化范围更广，向东北部和南部均有较大开拓），等等。

自新石器文化中期开始，中华文化即已进入"传说"时代。传说时代的两湖地域文化充满悲情色彩，因为两湖地域不断成为战败者、失意者的人生归宿。缪凤林《中国通史要略》云："炎、黄之世，南有黎、苗，黎、苗南服，大抵上古之时，江汉之区皆为黎境。"② 蚩尤是九黎部落联盟的首领，被黄帝、炎帝联手擒杀。九黎部落分散逃往两湖

---

① 杨宝成主编：《湖北考古发现与研究》，武汉大学出版社1995年版，第10页。
② 缪凤林：《中国通史要略》第1册，商务印书馆1944年版，第29页。

各处。此后，活动中心位于两湖地域内的汉水中游一带的炎帝神农氏①，也在涿鹿之野战败后被黄帝诛杀，一部分融合为华夏部族，另外一部分被迫南迁，转徙于两湖地域。②因此，两湖地域多有蚩尤和炎帝的传说，民间信仰风俗虽历数千年仍可以发现其中隐藏的若干历史密码，如苗族祭"枫神"、供"剖尤"、张"蚩尤旗"；南楚地域多有炎帝陵庙，"烈山泽而焚之"的农业生产方式，炎帝神农遍尝百草的传说，云云。南下两湖地域的炎帝部落集团中，有一支祝融部落，最终成为"楚人的始祖"③。虽然《离骚》称屈原为"帝高阳之苗裔兮"，《史记·楚世家》将楚人祖先的谱系推溯至"高阳"：高阳—称—卷章—重黎，"重黎"即祝融，但是这种后人建构的谱系却并不可靠，楚学专家张正明先生在《楚史》中对此有过精细而深入的考证，他的研究结论是，楚人的始祖迄今只能追溯、认定为祝融，堪称有理有据的不刊之论。《山海经·海外南经》记载："南方祝融，兽身人面，乘两龙。"作为"火正"，祝融的职责一是观象授时，二是点火烧荒，三是守燎祭天。④尧、舜、禹三代，两湖地域生活着三苗部落，《战国策·魏策》记载：三苗部落的所居之地，"左彭蠡"，"右洞庭"，南文山，北衡山。经史家考证，文山已不可考，衡山并非今天的南岳衡山，而是雉衡山。三苗为九黎的后裔，尧帝征伐三苗，于丹水之浦大败三苗联军；舜帝南征，"崩于苍梧之野"，葬九巅，即今零陵⑤，两湖地域留下诸多有关舜帝及其二妃女英、娥皇的传说和遗址；大禹治水，南征三苗，"茫茫禹迹"，也在两湖留下许多遗迹和传说。

夏、商、西周时代，生活在两湖地域的三苗、百越、百濮、虎方、象氏、风夷等部落，不断承受来自北方的武力打击，两次战争之间，交叉以怀柔之策，分化瓦解势所难免。商代在黄陂盘龙城设立当时最大的军事据点，以期牢固地控制江汉地域，当时称为"南土"。被武力打散的三苗遗部之一的荆楚部落，在干戈与玉帛交织的岁月中，侥幸存活，在江汉地域不断发展壮大。商代武丁"奋伐荆楚"，深入江汉腹地，楚

---

① 张正明、刘玉堂：《湖北通史·先秦卷》，华中师范大学出版社1999年版，第135页。
② 伍新福主编：《湖南通史·古代卷》，湖南人民出版社2008年版，第48—49页。
③ 张正明：《楚史》，湖北教育出版社1995年版，第2页。
④ 张正明：《楚史》，湖北教育出版社1995年版，第8页。
⑤ （西汉）司马迁：《史记·五帝本纪》，中华书局1959年版，第44页。

人遭受沉重打击，几乎一蹶不振。荆楚部落在酋长鬻熊的带领下，以宜耕宜牧的膏腴之地——丹阳为据点，休养生息，积聚力量。经过三代人的持续努力，荆山沮水成为荆楚部落的龙兴之地，《史记·楚世家》记载："熊绎当周成王之时，……封以子男之田，姓芈氏，居丹阳。"至此，荆楚得到周王室的正式承认。时间在公元前1010年前后。楚君号为"子男"，方圆五十里，是真正的蕞尔小邦。周边有卢、罗、邓、唐、庸、曾、厉、权等邦国林立，其中不乏周天子的同姓诸侯国。生存条件十分艰难，筚路蓝缕，以处草莽。立国之初，一穷二白，生活寒苦，环境荒凉。到熊绎的孙子继立时，周昭王还曾御驾亲征，讨伐荆楚，结果"丧六师于汉"[①]，"王南巡不返"（《太平御览》卷八七）。汉水天堑和突然降临的狂风暴雨，帮助楚人赢得了胜利。周昭王在渡汉水时船覆溺亡。王嘉在《拾遗记》中记载"汉阳诸姬"邦国有投吊风俗，目的就在于祭拜南征不归的周昭王，每到暮春上巳时节，当地人奉以时鲜甘味，用兰草杜衡包裹，投入水中，以惊蛟龙鱼虫，这种风俗要早于后代楚人的投吊屈原。或者可以说，投吊风俗相同，不同的只是投吊的对象发生转换。

楚人惨淡经营，不断开疆拓土，从楚君熊绎到熊渠之间的150年时间，楚人走出荆山沮水，统一了整个江汉平原。熊渠善战，有勇力，《新序》记载他曾射石饮羽，臂力非凡。熊渠最大的功业是取得伐鄂胜利，从此，长江中游的铜矿资源为楚人所有。110余年之后，楚武王熊通执掌楚国权柄，灭权国，创县制，得志汉东，西征北伐，逝世于征伐的路途之中。继立的楚文王，率领楚军渡汉水，出方城，入中原。《史记·楚世家》记载楚成王时代"楚地千里"，北上与齐国争霸，与晋国战于城濮，楚师失利。楚庄王一鸣惊人，饮马黄河，问鼎中原，在邲水大战中打败晋军，一雪楚成王之耻，确立霸主地位。楚庄王六传至昭王，吴师入郢，楚国几乎遭受灭国之灾。申包胥哭于秦庭，七日七夜，终于搬来秦国救兵，楚国侥幸渡过危机。进入战国后，楚惠王实现楚国中兴，威王时楚国达到鼎盛，"成为东周第一大国"。《史记·苏秦列传》记载纵横家苏秦的说法，当时楚国"地方五千余里，带甲百万，车千乘，骑万匹，粟支十年"，号称"天下强国"，其版图"西起大巴

---

① 徐坚等：《初学记》第7卷《地部下》引，中华书局1962年点校本。

山、巫山、武陵山，东至大海，南起五岭，北至汝、颍、沂、泗，囊括了长江中下游以及支流众多的淮水流域"①。战国七雄并立，后期真正能够与楚国抗衡的是秦国，所以纵横家苏秦和张仪都说："楚强则秦弱，秦强则楚弱，其势不两立。"②但是，楚怀王听任秦国攻取巴蜀而不顾，坐失良机，是其最大的战略失误，从此秦国日益强盛，又误中张仪离间之计，合纵联盟瓦解，楚国上层贪腐盛行国势江河日下。秦楚丹阳大战，八万楚师被歼。靳尚得宠，屈原被黜。楚师接连失败。怀王于武关被秦人囚押，坚决不肯割让尺寸山河，最终客死秦国。此后，秦将白起攻入郢都，屈原怀沙沉水。公元前223年，秦将王翦、蒙武攻灭楚国。六王毕，四海一。秦始皇焚书坑儒，隳名城，杀豪杰，销锋镝，陈利兵，暴力下的专政，至此达于巅峰。然而，哪里有暴政，哪里就有反抗。"楚虽三户，亡秦必楚。"楚人陈胜、吴广、刘邦、项羽等人聚众起义，抗击秦朝暴政，六国民众云集响应，赢粮景从。秦亡于公元前207年，楚人建立了长治久安的大汉帝国。六国皆有亡国之痛，为何亡秦伟业由楚人最先发动，并由楚人最终完成，原因无非五种："楚地最广，楚人最多，此其一；楚人对秦人仇恨最深，此其二；楚人反压迫、反奴役的斗争精神最强，此其三；楚文化水平最高，气魄最大，此其四；楚人有混一夷夏的传统，容易团结东周其他各国的遗民，此其五。"③

　　东周时代，以两湖地域为中心的楚文化勃兴，成就之高，堪与同时期的古希腊文化媲美，在当时的东西方世界，"它们齐光竞辉，宛如太极的两仪"④。张正明先生认为楚文化美轮美奂的高堂邃宇，由六大支柱构成，一是青铜冶铸，二是丝织刺绣，三是髹漆工艺，四是老庄哲学，五是屈诗、庄文，六是美术乐舞。⑤其中，前三项是物质文化；后三项是精神文化。物质文化形态的楚文化对后世的影响，主要体现在工艺、技术及审美装饰风格方面；精神文化形态的楚文化对后世的影响，则要广泛和深远得多。如楚美术乐舞对中国艺术史的影响，至今尚在发

---

① 张正明：《楚史》，湖北教育出版社1995年版，第290页。
② （西汉）司马迁：《史记·张仪列传》，岳麓书社1988年版，第546页。
③ 张正明：《楚史》，湖北教育出版社1995年版，第392页。
④ 张正明：《古希腊文化与楚文化比较研究论纲》，《江汉论坛》1990年第4期。
⑤ 张正明：《楚文化史》，上海人民出版社1987年版，第3页。

挥作用，我们在风靡全球的湖北省歌剧舞剧院演出的《编钟乐舞》中依然能够感觉到浓郁鲜明的浩荡楚风。而老庄哲学和屈赋庄文对后世文学、哲学则产生了直接的、重大而深远的影响。

"汉文化就是楚文化，楚汉不可分。"① 短暂的秦王暴政是被楚人推翻的，长治久安的大汉王朝也是由楚人建立的。项羽被围，"四面楚歌"，英雄末路的霸王悲吟《垓下歌》："力拔山兮气盖世，时不利兮骓不逝。骓不逝兮可奈何！虞兮虞兮奈若何！"汉高祖刘邦，醉酒，击筑，唱《大风歌》："大风起兮云飞扬，威加海内兮归故乡，安得猛士兮守四方？"汉武帝刘彻，汾河泛舟，中流饮宴，歌《秋风辞》："秋风起兮白云飞，草木黄落兮雁南归"，"欢乐极兮哀情多，少壮几时兮奈老何"。这些都是典型的楚歌楚调。鲁迅《汉文学史纲要》说："楚汉之际，诗教已熄，民间多乐楚声，……盖秦灭六国，四方怨恨，而楚尤发愤，誓虽三户必亡秦，于是江湖激昂之士，遂以楚声为尚。"也就是说，楚人的英雄主义的功利行为，带动了浪漫主义的楚声的流衍传播。如果说汉朝的政治、经济制度承续秦制，那么汉朝的文化尤其是文学艺术则是继承楚制，这已经成为文化史家的共识。因此，文化史上楚汉相连，如李泽厚在《美的历程》中以"楚汉浪漫主义"命名、王齐洲在《湖北文学史》中以"楚声兴隆"概述两汉文学艺术。汉代两湖地域的文学家如贾谊、王逸、黄香等辈的创作，可以视为屈原、宋玉楚辞创作高峰的流风余脉。

楚汉浪漫主义不仅存在于文人士大夫的创作之中，在民间社会亦然。楚庄王时代有《优孟歌》传世："贪吏可为而不可为，廉吏可为而不可为。贪吏而不可为者，当时有污名；而可为者，子孙以家成。廉吏而可为者，当时有清名；而不可为者，子孙固穷，披褐而卖薪。贪吏常苦富，廉吏常苦贫。独不见楚相孙叔敖，廉洁不受钱。"优孟是楚庄王的宫廷弄臣，善于讽刺，在当时很有名气。楚国贤相孙叔敖一生清廉，家贫如洗，以至于其子要"披褐而卖薪"才能维持生计，优孟觉得太不公平，于是穿戴孙叔敖的衣冠，模仿孙叔敖的言行，出入宫廷，招摇过市，果然引起楚庄王的注意，他便借机向楚庄王进谏，为孙叔敖的后人求得优恤。这首《优孟歌》本意在于为孙叔敖鸣不平，却又在客观

---

① 李泽厚：《美的历程》，生活·读书·新知三联书店 2009 年版，第 72 页。

上讽刺了颠倒黑白、良莠不分的世情,其长短交错的句式,使用灵活的虚词,寄意深远的讽刺,充沛激昂的情感,正是荆楚歌谣的典型特征。

最为充分地体现了成熟荆楚歌谣特征的作品,当属以荆楚歌谣形式翻译的《越人歌》:"今夕何夕兮?搴洲中流。今日何日兮?得与王子同舟。蒙羞被好兮,不訾诟耻。心几烦而不绝兮,知得王子。山有木兮木有枝,心悦君兮君不知。"这首《越人歌》,根据《说苑·善说》的记载,是楚王子鄂君子晳泛舟时,听到越人的歌唱,觉得旋律优美,而叫人用楚语翻译出来的。游国恩将该歌的创作时间,定为"前550年"[①],时当楚康王十五年。《越人歌》的原作如下:"(今)日兮,我遇何日?舱中何人?王府王到?王知遇,我谢恩。何日乎?大王!同我(再次)游逛,弟魂(心)乐乎。"[②] 两相比较,我们就会发现,楚语版的《越人歌》无论是在诗歌表现形式上,还是在诗歌表现内容上,都是对越语版的《越人歌》的整体性超越,通过"翻译"实现了对原作的重新加工和创造,传世的《越人歌》就是楚语版的。全歌分为三层,递进地表达了对王子的爱慕之情,"兮"字语助词的采用,十分灵活,既加强了语气,也让全歌婉转生动起来,如"山有木兮木有枝,心悦君兮君不知",极富表现力和旋律性;同时也以"枝"谐音"知",树木尚且有"枝"(知),而你却不知,兴中有比,比中有兴,意境深远,一唱三复,十分感人。这首楚语版的《越人歌》,在中国文学史上具有重要的历史地位,受其影响、得其灌溉的诗篇,不计其数。

《渔父歌》稍晚于《越人歌》,载于《吴越春秋》卷三,系公元前522年伍子胥奔吴国时,听到江上的渔父所唱的歌词:"日月昭昭乎浸已驰,与子期乎芦之漪。日已夕兮予心忧悲,月已驰兮何不渡为?事浸急兮将奈何!芦中人,芦中人!岂非穷士乎?"这位等待着伍子胥过江的渔父,一定是伍子胥的故人!他在江上焦急地等待着伍子胥,日光流转,月华急驰,心中万分担心、忧愁和悲伤,终于在漫天的芦花中,等到了神疲气沮的伍子胥,他高兴地叫起来:芦中人,快来渡江吧。渔父

[①] 游国恩:《楚辞的起源》,参见朱自清《古诗歌笺释三种》,上海古籍出版社1981年版,第45页。

[②] 林河:《〈九歌〉与沅湘民俗》,上海三联书店1990年版,第14页。

的心情是复杂的，焦虑、抱怨、担忧、伤感，这是一首发自内心的自由而真实的歌唱！其句式有三言、五言、七言、八言，错落参差，自由而灵活，正是典型的荆楚歌谣的特点。

关于楚狂接舆也有楚歌流传下来，《史记·孔子世家》记载，孔子于公元前489年来到荆楚，遇到楚国狂人接舆，接舆高歌而过，其歌辞曰："凤兮凤兮！何德之衰！往者不可谏兮，来者犹可追也！已而已而，今之从政者殆而！"《庄子·人间世》也载其事、其歌。处于两湖地域的故楚大地，物产丰富，生存较为容易，生活能够自给自足，加上荆楚人民多有奇思妙想，爱好思想自由，所以隐士也较其他地方为多。接舆就是楚国隐士之一，他躬耕陇亩，佯狂不事产业，他所唱出的歌谣，立意在于对以孔子为代表的"圣人"及其事功予以嘲讽，同时也表现出自身高蹈飞扬不拘泥于世俗的志向，带有鲜明的道家文化的价值取向。

另外还有一首《孺子歌》，载《孟子·离娄上》："沧浪之水清兮，可以濯我缨。沧浪之水浊兮，可以濯我足。"从歌谣内容来看，应该是荆楚隐士所作，具有道家避世的风采。由小孩子唱出来，说明这首歌谣在荆楚大地上流传广远，妇孺皆知，《楚辞·渔父》中记载渔父劝说屈原与世浮沉、和光同尘而不成后，鼓棹高歌，唱的也是这首歌谣，故而又名《渔父歌》。从中可以看出，这首歌谣在荆楚大地上具有广泛的"群众基础"，广为传唱。

荆楚歌谣，对于屈骚的产生具有重大而积极的影响，其传承关系是一望可知的。难怪王国维会在《人间词话》中说："《沧浪》、《凤兮》二歌，已开楚辞体格。"

荆楚歌谣起于南国，是荆楚人民实际生活的真实反映，其抒情性较强而叙事性较弱，许多流传下来的歌谣经过了文人的润色，显示出文人借鉴民歌并发展民歌的历史功绩，而荆楚本土风格独具的民歌资源则宛如尚待雕琢的璞玉，是南方辉煌文学成就的前提和基础。

六朝时期的两湖地域诗人，以庾信和阴铿最为著名。庾信八世祖庾滔当年为避"永嘉之乱"随晋室南渡，从此定居江陵。庾信代表作《哀江南赋》历叙梁朝兴亡及其个人身世。描写梁朝统治者的腐朽无能和自相残杀，以及将士们英勇牺牲的事迹，皆凄婉动人。阴铿诗作一反宫体诗轻艳淫靡的诗风，而"神采新澈，辞精意切"，写景、咏物、怀古、念乡是其常见主题，笔触细致，打动人心。杜甫在《与李十二白同寻范十隐居》诗中称赞李白"李侯有佳句，往往似阴铿"；又在《解闷》诗中夫子自道，云："孰知二谢将能事，颇学阴何苦用心。"在中国诗歌史上，阴铿与何逊齐名，二人皆擅长炼字推敲，匠心独运，堪称一代诗宗。

六朝民歌中有不少反映下层劳动人民爱情生活的作品，善于结合劳动来描写爱情。如被列入"杂曲歌辞"中的一首《西洲曲》，格外突出："采莲南塘秋，莲花过人头，低头弄莲子，莲子清如水。"诗作构思巧妙，感情真挚，通篇以与少女的服饰、举止、心情相适合的四时景物，和谐地衬映她的轻灵行止和心理状态，构成一幅色调鲜明婉媚的图画。全诗五言，四句一韵，语语相承，首尾相顾。当属南朝民歌中最成熟、最精致阶段的产品。唐代温庭筠有诗云："西洲风色好，遥见武昌楼。"西洲究竟在哪里？有学者据此诗推断，可能就是今日汉阳鹦鹉洲。①

从文化面貌上来看，盛行于六朝，而被后人称为"魏晋风度"的名士风流，明显是对汉代"罢黜百家，独尊儒术"文化传统的叛离和反弹，其精神支撑就是老庄道家文化，文化史上谓之"老庄玄学"。如《三国志》《晋书》分别记载阮籍"才藻艳逸，而倜傥放荡，行己寡欲，以庄周为模则"，堪称六朝士风表率。嵇康在《与山巨源绝交书》中直接宣称"老子、庄周，吾之师也"，并详细分析出山做官就会有"必不堪者七，甚不可者二"，因此坚决拒绝做官，有意过上"服黄精""求长寿""游山泽""观鱼鸟"的放任自在生活，但是，此种一厢情愿的理想终究不为追求"名教之治"的司马昭所容，以"言论放荡，非毁典籍"罪名将其捕杀，《世说新语·雅量》记载嵇康东市临刑前，从容弹奏一曲后世失传的《广陵散》。代表魏晋名士精神的《广陵散》虽然失传，但却从此在中国文化史的璀璨星空上长久回荡，老庄保全真性追求自由的精神种子从此撒播于中国人的心间，成长为儒表道里的人格心理结构。

唐代文化与汉代文化颇多相似之处，都是建立在"分久必合"的政治、经济、社会、文化、思想的大融合、大统一的基础之上。沿波讨源，其文化根基和来源，很大程度上都是继承了楚文化传统。蔡靖泉分

---

① 王齐洲、王泽龙：《湖北文学史》，华中理工大学出版社1995年版，第177页。

析说，唐人"自觉地弘扬以楚文化为主导的汉初政治文化"，"在许多方面和相当程度上继承楚文化传统而发展"。① 道家"无为而治"的思想，在唐初受到高度重视和大力实施，"贞观之治"就是其结出的硕果。如同汉代一样，"无为而治"并没有保持长久，一旦天下大治，帝王的雄图霸业总会如春天的野火熊熊燃烧。开元盛世之后，安史之乱接踵而至，中唐、晚唐，由盛而衰，流年急景，雨打风吹，江河日下。李唐将道教奉为国教，道家文化经典受到格外的重视。同时，在六朝得到全面发展的佛教，在唐代日益兴隆，天台、法相、华严、净土诸宗派勃兴，尤其是援老庄道家玄学入佛学的禅宗，蔚为大观，晚唐以后成为最具影响力和生命力的主流佛教。当然，这一切都无法改变儒学独尊的传统地位。六朝时期一度式微的儒学在唐代全面复兴，"学者慕响，儒教聿兴"。兼收并蓄的文化大融合，创造了唐代文化不可复制的辉煌。有唐一代，两湖地域文学的重心在襄阳。初唐杜审言、盛唐孟浩然、中唐张继、晚唐皮日休等诗人前后相继，文运昌隆，襄阳在诗歌中被反复歌咏，襄阳城、鹿门山、万山、岘山、鱼梁洲、高阳池等名胜风物，成为诗人们歌咏的重要题材。如杜审言《登襄阳城》："习池风景异，归路满尘埃。"孟浩然《夜归鹿门歌》写道："鹿门月照开烟树，忽到庞公栖隐处。"皮日休《橡媪叹》直面晚唐动乱岁月给人民造成的深重苦难，揭露治人者对人民的残酷剥削和压迫，"狡吏不畏刑，贪官不避赃"，写得尤其深刻感人。襄阳之外，还有江陵诗人岑参，其边塞诗豪迈雄健，苍凉悲壮，而更大的光荣当属两湖地域的诗人过客们，李白、杜甫、白居易、杜牧、王维、元稹、韩愈、柳宗元、李商隐等90多位诗人都曾在两湖留下光辉诗篇，他们在两湖地域的停驻游历、与本土诗人的酬唱交游、对山水名胜的歌咏感怀等直接影响、参与了两湖地域的文化创造。尤其是诗仙李白，"酒隐安陆，蹉跎十年"，写下《江上吟》《襄阳歌》《渡荆门送别》等中国文学史上不朽的诗篇。李白不仅在两湖地域写下了他大多数具有代表性的作品，而且其创作多方面受到楚地作家屈原以及庄子的影响，继承和发扬了以庄、骚为代表的楚文学之风。诚如龚自珍在《最录李白集》中所说："庄屈实二，不可以并，并之以为心，自白始。"《江上吟》写道："仙人有待乘黄鹤，海客无心随

---

① 蔡靖泉：《楚文化流变史》，湖北人民出版社2001年版，第424—425页。

白鸥。屈平辞赋悬日月，楚王台榭空山丘。"这是对屈原辞赋价值的高度认同，也是对尘世功名富贵的鄙夷不屑。李白所处的时代正是"盛唐"，国家强大，鼓荡着其功名雄心，而政治危机则激发了其改变现实的热望。在传统儒家思想的影响之外，李白还受到浓厚的道家思想的影响，因此，他热衷用世，同时又怀抱着功成身退的愿望。能够充分反映李白这一抱负和意趣的作品，就是他在安陆写下的《代寿山答孟少府移文书》，在文中，他以"天为容，道为貌，不屈己，不干人"，"巢由以来第一人"自命，申说自己"达则兼济天下，穷则独善其身"的人生理想。在襄阳写下的《与韩荆州书》，则高度概括了他的人生经历，集中体现了他的性格特征，"虽长不满七尺，而心雄万夫"。同时，李白钟情于寻仙和山水，漫游无数名山大川，足迹踏遍整个荆楚地域，乃至当时的神州大地，因此具有豪迈、开阔的胸襟，这对于他阔大诗风的形成无疑具有重要作用。他在两湖地域写下的诗作，如："朝辞白帝彩云间，千里江陵一日还。两岸猿声啼不住，轻舟已过万重山。"(《早发白帝城》)"天门中断楚江开，碧水东流至此回。两岸青山相对出，孤帆一片日边来。"(《望天门山》)诗作准确地捕捉到了两湖地域大自然景色的壮丽秀美，辅之以大胆神奇的想象，由此再现出荆山楚水的风景和神韵，读来令人心旷神怡。由于李白在两湖地域生活时间较久，加之他善于从多个方面多个层次学习当地民歌，取其精华，因此对流行于两湖地域的乐府民歌——"西曲歌"的创作形式多有采用，如《乌夜啼》《襄阳歌》《江夏行》等，俱为中国文学史上的名篇，是作家创造性地化用地域文化、文学传统资源的成功案例。

晚明时代，两湖地域文化迎来了又一个高峰。随着明代资本主义的萌芽和发展，思想文化界逐渐活跃，王阳明的心学极力张扬主体意识和独立意识，反对思想禁锢和言论钳制，为明代中后期的思想解放运动开启先声。万历年间，两湖地域成为思想文化最为活跃的地域之一。其中最著名的文学流派是公安派和竟陵派，精神导师则是客居两湖讲学著述达二十年之久的启蒙主义思想家李贽。李贽在黄安（今湖北红安）、麻城（今湖北麻城）生活近二十年。他的两部最重要的著作《焚书》和《藏书》，都在这段时间写成。[①] 李贽的文学主张集中体现在《焚书》，

---

① 詹成文、李建奎：《红麻史话》，华中师范大学出版社1991年版，第41—42页。

"天下之至文,未有不出于童心焉者",而"童心"就是"真心"(《焚书·童心说》)。因此,他主张文学创作不能受到任何有形或者无形格套的束缚,主张"发乎情性,出乎自然"。文学史上的公安派,正是受到李贽思想的影响,应运而生。"公安三袁"以袁宏道文名最盛,成就最高,被视为公安派主将。袁氏兄弟也曾走过拟古的道路,后来因对一些理论问题感到困惑,经李贽的朋友焦竑介绍,到麻城龙湖向李贽求学问道,历时三月有余。通过这次访学,袁宏道不仅接受了李贽的哲学思想,也接受了他的文学理论主张,从而改变了自己的创作方向。对于这个转变过程,袁中道有着生动的描述:"先生既见龙湖,始知一向掇拾陈言,株守俗见,死于古人语下,一段精光不得披露。至是,浩浩焉如鸿毛之遇顺风,巨鱼之纵大壑,能为心师,不师于心;能转古人,不为古转。发为语言,一一从胸襟流出,盖天盖地。"(《珂雪斋集·吏部验封司郎中中郎先生行状》)。李贽对袁宏道期望甚为殷切,许之以"英灵男子"美誉,认定其将来能够继承自己的学业衣钵。由此可见,公安派文学理论的哲学基础,是建立在李贽启蒙主义思想之上的。公安派坚持文学的进化发展观,因此对文学复古思潮极力抨击,认为近代诗文"卑极"的原因,就在于因循守旧,不思进取,其实,文不必秦汉,诗不必盛唐,代有升降,法不相沿,"各极其变,各穷其趣"(袁宏道《叙小修诗》)。公安派最重要的文学主张就是"性灵说"。袁宏道主张"独抒性灵,不拘格套"。袁中道称赞袁宏道的诗文:"从灵源中溢出,别开手眼。"(《珂雪斋集·吏部验封司郎中中郎先生行状》)袁宗道也在《雪花赋引》中明确提出"性情之发,无所不吐"的观点。很显然,公安派大力倡导的"独抒性灵,不拘格套""性情之发,无所不吐"的文学观,就是要求文学作品应表现天真自然的趣味和真实的思想感情,这与李贽的"蓄极积久,势不能遏""发乎情性,出乎自然"几无二致。他们的"性灵说",无疑是对李贽"童心说"的继承和发展。这对于那种没有思想,没有感情,专门模拟古人词句而拼凑成诗的复古主义倾向,无异于当头棒喝。

然而,公安派的文学主张也有其局限性,主要表现在以下几个方面:对于文学的功能,只强调描写自然之景和抒发个人之情,而对作家的主体意识与社会客体的关系缺乏足够的认识;形式主义地看待新与变,以至于对"时文"——八股文也表现出赞赏;片面强调"信腕信口",导致其末流的"俚俗肤浅"①。不过,这些局限性同他们对中国文学史的巨大贡献相比,是瑕不掩瑜的。公安派的文学理论及其创作都对当时和后世产生了重要影响。如清代袁枚、龚自珍,近代黄遵宪等人都在不同程度上接受过公安派文学的影响。到五四新文学运动时期,公安派的文艺理论和创作实践因缘际会,重获生机,尤其是在反对复古主义思潮的文学运动中又一次发挥了重要作用。

  荆楚腹地的另一个文学流派——竟陵派直接继承了公安派反复古主义的旗帜,这个文学流派以钟惺、谭元春等人的竟陵(今湖北天门)籍贯著称,竟陵派也提倡抒写"性灵",却又对公安派"必于古人之外,自为一人之诗以为异"的轻率、粗俚予以纠正,追求"幽情单绪,孤行静寄"的美学表达,致力于创造含蓄幽深的诗文之美。文学史家认为,竟陵派在大力张扬"独抒性灵"的同时,又力矫公安派"近平近俚"的流俗,不失为明智之举;但是,他们因此而过分强调"幽深孤峭"的艺术风格,也难免就会产生一批晦涩险怪、神秘费解的作品。文学史上的矫枉过正,往往如斯。

  近代两湖地域文化最突出的特征是经世致用实学的盛行。经世致用思潮肇始于晚明,是对甚嚣尘上的宋明理学高言性命、空谈性理的末流的反动和深化,如徐光启力主"实学",认为"方今造就人才,务求实用"。黄宗羲、顾炎武、王夫之批判宋明理学的义利相分、知行分割的儒学异化方向,力求回归正途,注重"经邦济世之学"。湖南衡阳人王夫之,更是自称与屈原情感相通,其《九昭》序说:"有明王夫之,生于屈子之乡,而遘闵戢志,有过于屈者。"这无疑是一种强烈的地域文化认同。王夫之尤其注重史学的"经世致用"功能,在《读通鉴论》中推崇史著的价值,在于其功用,"述往以为来者师";同时他也提出了评判史书优劣的标准,那就是要在"记载徒繁"的历史叙述之中,拨云见日,探求"经世之大略",否则,"恶用史为"?史著对于世道人心究竟会有什么作用呢?推崇史书的"经世"功能,正是王夫之经世致用的实学主张。此时,伴随"康乾盛世"的"宋学"和"汉学",也已走向穷途末路。两次鸦片战争之后,内忧外患,危机四伏。整饬吏治,改革弊政,研习西学,抵抗侵略,成为广大民众的共同呼声,经世

---

① 吴志达:《明清文学史》(明代卷),武汉大学出版社1991年版,第504页。

致用思潮由此风起云涌、遍行九州。在龚自珍、林则徐、魏源、曾国藩、张之洞等人的倡议和主导下，经世致用实学思潮成为时代主流。在实学思想指导下，曾国藩、左宗棠、胡林翼等两湖人士成就了前无古人的事功伟业，连同其"湘乡派"的文学主张、修身治家方法等，皆对近代以来的中国人形成广泛影响。与此同时，由公安派、竟陵派高举旗帜的晚明人文思潮，也日益深入人心，"治生""言利"不仅不再是士人的耻辱，反而得到大众的充分肯定。只要不是顽冥不化、抱残守缺的拘迂之士，都视正当的"治生"和"求利"为人生的重要价值和目的。钱大昕在《十驾斋养新录》中专列"治生"条目，"与其不治生产"，"毋宁求田问舍"。陈确在《学者以治生为本论》中也明确主张："勤俭治生洵是学人本事。"毛奇龄在《析客辨学文》中批评宋明理学存天理灭人欲之说，认为"耳目口体，与生俱来，无去之理也"。经世致用之"用"，在家国天下的情怀之外，自然也包括日常人生、吃饭穿衣的"用"。

"一篇读罢头飞雪，但记得斑斑点点，几行陈迹。"① 在对两湖地域文化史作了匆忙的巡视之后，我们可以得出以下几点观感：第一，两湖地域文化史上有三个高峰，即楚文化、晚明文化、近代经世致用文化，三种文化凝聚为典籍载体后，对两湖乃至整部现代文学史产生持久而重要的影响。第二，文化发展具有融合性、叠加性、辩证性、互择性，每一次文化高峰的产生，都是文化大融合、思想相激荡的结果，文化繁荣需要一个较宽松的政治、舆论环境。第三，两湖地域文化的"地域性"特征，既有原生性也有次生性，既有原创性也有交融性，在我们今天看来，最具原生性和原创性特征的楚文化，事实上也是当时"混一华夷"的文化交融的结果，因此我们完全没有必要纠结、追求、凸显、强调两湖地域文化的独特性，而要在开放性视域中发现地域文学的价值。第四，地域文化发展史自有其内在的平衡性功能，即使是在某种文化主张和方向成为主流和共同价值选择之际，另外一种"反向"的文化潜流也无时不在潜滋暗长，正是这种正与反、明与暗的文化方向的对峙，最终保证了文化发展的平衡，并为下一次的文化否定积聚力量。第五，"落地的麦子不死"，文化一经产生，就会成为后人可资援引和利用的

---

① 毛泽东：《贺新郎·读史》，《红旗》1978年第9期。

资源。如林语堂在论述明清散文中的性灵派时就说："大凡此派主性灵，就是西方歌德以下近代文学普通立场。性灵派之排斥学古，正也如西方浪漫文学之反对新古典主义。性灵派以个人性灵为立场，也如一切近代文学之个人主义。其中如三袁弟兄之排斥仿古文辞，与胡适之文学革命所言，正如出一辙。这真不能不使我们佩服了。"① 在比较文学的视域中，地域文化也因此具有了世界性的文化革新品格。同时，种种"误读"亦在所难免。林语堂就批评过金圣叹对庄子的"误读"，金圣叹在《水浒传序三》中说："夫庄生之文何尝放浪，……彼殆不知庄生之所云，而徒见其忽言化鱼，忽言解牛，寻之不得其端，则以为放浪"，"庄生之文精严，……何谓之精严？字有字法，句有句法，章有章法，部有部法"。林语堂据此论道："庄生，文之最放者，取其最放，而诬以精严，裹其女足，授以尖鞋，使天下之士赖句法章法裹足尖鞋以效庄生，岂非滑天下之大稽乎？"② 高见卓识如金圣叹者，尚且会有如此"误读"，遑论余子。而真正的经典，总是阐释不尽的，在绵延不尽的阐释中，各种"误读"依然会层出不穷，而我们仍将在持续"误读"中抵达地域文化真理的彼岸。

第五节 两种文化精神

在讨论地域文化精神时，人们总是习惯于从先秦时代的地域文化中寻找线索，这种"万事从头说起""自从盘古开天地，三皇五帝到如今"的叙事方法正是典型的中国传统叙事学的特征。作为两湖地域文化源头的楚文化精神究竟是什么？学者们进行深入探讨做出过多种阐释。如魏昌先生将楚文化精神归纳为五个方面："筚路蓝缕，艰苦创业精神；眷恋故土，报效族国精神；勇于进取，自强不息精神；博采众长，努力创新精神；以民为重，廉于社会精神。"③ 也有学者将楚文化归纳为五种精神，但表述上略有不同："筚路蓝缕的艰苦创业精神、追新逐奇的开拓进取精神、兼收并蓄的开放融会精神、崇武卫疆的强军爱

---

① 林语堂：《论文——读〈近代散文钞〉》（上篇），《论语》1933年第15期。
② 林语堂：《论文——读〈近代散文钞〉》（上篇），《论语》1933年第15期。
③ 魏昌：《楚学札记》，湖北人民出版社2003年版，第90页。

国精神、重诺贵和的诚信和谐精神。"① 张正明先生将楚文化精神概括为三种："一是不惮躐等破格的进取精神，二是不分此畛彼域的开放精神，三是不厌追新逐奇的创造精神。"②《荆楚文学》则将荆楚文化精神在广度和深度上作了双向开拓，最终将此精神归纳为四个方面：开放进取、忠君爱国、思辨求真、尚玄自适。③ 结合两湖地域文化的发展实际，联系两湖历史文化传统与现代地域特征，我们可以将现代两湖地域文化精神概括、化约、提炼为两个主要方面。

第一，热心向洋、九死未悔的外向进取精神。

现代两湖文化以辛亥革命为开端，"敢为天下先"的首义精神从此影响、激荡着一代又一代的两湖人民反抗暴政、奋勇前行。革命文化是民国时期两湖地域文化的主潮。传统中国文化史意义上的"革命"，是指天命鼎革，最早载于《周易·革卦·彖传》：天地革，四时成，汤武革命，顺天应人。现代文化史上的"革命"，则可以分为广义和狭义两种：广义上的革命是指推动事物发生根本变革，引起事物从旧质到新质的飞跃；狭义上的革命主要是指社会变革和政治革命。民国两湖地域文化的革命意义，既有改朝换代、打倒封建专制主义的破旧立新之义，也有改良旧俗、建设现代文化的推陈出新之义。这种破坏与建设兼具的双重性质造成了两湖现代文化的多元化色彩。有鉴于此，罗福惠认为，在传统儒家主流文化崩毁之后，民国湖北文化缺乏主流文化的有效引导，从而"造成社会不安和群体素质下降"，"传统主流文化崩毁"，"新的主流文化"没有形成。④ 从文化类型上来看，民国两湖地域文化中的亚文化类型，如青年文化、科技文化和商业文化等，的确存在着"边缘化"、"附庸化"、"畸形化"和"发展不足"的问题，除了传统主流文化被破坏、新的主流文化尚未建立的原因之外，也还有时间过于紧迫、新旧转换过于匆忙等原因。同时，我们更要注意到其积极的一面，即传统儒家主流文化的崩毁也正是民国两湖地域文化勃兴的前提和基础，青年文化、商业文化和科技文化等种种亚文化类型之间也存在着时代与地域的共性。我们认为，民国两湖地域的学术、文学、艺术、教育、科

---

① 王生铁主编：《楚文化概要》，湖北人民出版社2013年版，第193—303页。
② 张正明：《弘扬楚文化之四种境界》，《今日湖北》2004年第1期。
③ 刘玉堂、刘保昌：《荆楚文学》，武汉出版社2018年版，第37—39页。
④ 罗福惠：《湖北文化发展起落的历史考察》，《江汉论坛》1994年第10期。

技、宗教、风俗等文化类型，如同当时两湖的经济、政治一样，同样具有鲜明的革命性。革命文化就是民国两湖文化的时代"共名"。旧的被打倒，新的在建立，摧枯拉朽之余，苍茫大地上渐显新绿的草色，在此过程中，民国两湖文化弥漫着一股强劲的热心向洋、九死未悔的外向进取精神。在由新文化运动、两湖自治运动、联邦理论传播、对工农群众的宣传鼓动、在内容与形式两方面进行创新的文艺创作、苦心孤诣的学术探索、现代新闻报刊出版业的创建、现代学校教育与"特种教育"、抗战时期的文化宣传、"第二条战线"的开辟等组成的时代文化洪流中，两湖文化界人士与时代同行，呐喊、抗争，歌哭与共，血泪飘零，不少人甚至付出了生命的代价。家国天下的江山豪情，"虽九死其犹未悔"的上下求索，为了实现自由解放"咬定青山不放松"的坚定执着，此类文化精神在新的时代被重新唤醒。在现代两湖地域，楚文化传统尤其是屈原"哀民生之多艰""九死未悔"的爱国情怀，与"楚虽三户，亡秦必楚"的爱国主义豪情，在新的历史阶段重焕生机，成为两湖地域人们精神的共名，于此可见，两湖地域文化精神的传统谱系从未斩断，具有鲜明两湖地域特征的"屈原"式的传统文化精神在新的时空条件下一次又一次地焕发出璀璨夺目的光辉，影响、激励着一代又一代的两湖人士万里驰驱，奔走呼号，舍身救世，为国效命。

第二，冷眼观世、思辨自适的内向掘进精神。

我们知道，荆楚大地上自古以来多特立独行之士，以至于在中国文化史上，有一个名词"楚狂"，专门用来指称这种现象。在常人看来，神龙见首不见尾的"楚狂"总是带有若干神秘色彩，他们或隐居于野，或隐居于市，不见用于官方，不逐利于市井，为了实现"消极的自由"甘愿放弃尘世的欢乐。《庄子》记载一个楚国的"畸人"——黄缭，"问天地所以不坠不陷，风雨雷霆之故"。可以视为早期的"天问"；《论语》记载楚狂接舆的一曲高歌："凤兮凤兮，何德之衰？往者不可谏，来者犹可追。已而已而！今之从政者殆而！"楚狂洒脱不羁的风采，令千载以下的盛唐大诗人李白心折不已，《庐山谣寄卢侍御虚舟》以"我本楚狂人，凤歌笑孔丘"自命；李白"酒隐安陆，蹉跎十载"，绝非偶然，他对两湖地域是有感情的，对楚文化是有很强认同感的。以持身严谨著名的"百代文宗"韩愈在《芍药歌》中也咏道："一樽春酒甘若饴，丈人此乐无人知。花前醉倒歌者谁，楚狂小子韩退之。"以

第二章 两湖文学:作为整体感觉文化区

"楚狂小子"自称,可见韩愈对楚狂的欣赏态度。两湖大地上不仅民间狂人极多,而且在位居高堂的君王和重臣中,也多有狂人。如《左传》记载楚庄王听到宋人杀死楚国外交大臣申舟的消息后,"投袂而起。履及于窒皇,剑及于寝门之外,车及于蒲胥之市",于此不难想见楚庄王的狂傲和冲动!楚人精神独立之狂,足以惊天地、泣鬼神!老庄文化在荆楚文化谱系中更是一个巨大的历史存在,其影响远逾荆楚大地,在世界文化史上也占据重要地位。《庄子·秋水》描写楚王使者与庄子的对话,"庄子钓于濮水"得天地自然之乐,楚王使者请庄子出山为官,庄子持竿不顾,以庙堂神龟为喻,反问使者:"宁其死为留骨而贵乎?宁其生而曳尾于涂中乎?"庄子就是一个自愿"曳尾涂中"的隐士。重视此"生"的意义,是庄子哲学的重要命题。同样是垂钓,姜太公钓于渭水,庄子钓于濮水,其用意和境界何其不同!老庄文化的精神向度不是"外向"的,而是"内向"的。在主动关闭了通往外面世界的大门之后,一片内在精神的自由天地便呈现出来。《庄子·逍遥游》开篇描写北海鲲鹏,"怒而飞,其翼若垂天之云","水击三千里,抟扶摇而上者九万里",这是何等雄奇的想象、何等博大的精神世界。庄子的这种视角,非常高远,好像整个宇宙都处在他悲天悯人的俯视之下。鲲鹏的意象,震撼人心,其大"不知其几千里也",其翼"若垂天之云",其飞"抟扶摇而上者九万里"。老庄思想、哲学的意义,是无,是做减法,是退让,是持静,以此保证内在的精神自由。这一文化传统对其后的中国文化史,尤其是对学术、文学、艺术创作影响深远。在某种程度上,我们也可以说,惊采绝艳、宛若夏夜星空一般繁丽闪烁的楚文化,正是这种精神自由的具象表达。有鉴于此,英国艺术史家苏立文说:"如果前223年获胜的不是来自西方的凶猛的秦国,而是这些相对来说文化程度更高、更开化的人们(笔者注:指楚国人)的话,中国文化的轨迹将会发生何等变化!"[1] 在现代动荡的历史岁月中,两湖文化史上那些专心致志于文化创造,坚守文化岗位的学者、作家、艺术家、教育家、科学家等,亦无一不是中国文化史上薪火相传的"传灯人"和现代文化的"创造者"。同时,也有一批文化人有意识地与大时代保持

---

[1] [英]迈克尔·苏立文:《中国艺术史》,徐坚译,上海人民出版社2014年版,第65—66页。

距离，在烽火岁月的救亡主潮之外，致力于个体精神完善、人格提升和文化深度开掘的文化启蒙和学术研究工作，积极探索"个人"价值、追求审美现代性的实现，其苦心孤诣的努力和在文化史上的长远性意义，也同样值得充分肯定。

需要指出的是，热心向洋、九死未悔的外向进取精神与冷眼观世、思辨自适的内向掘进精神，并非永远处于不可调和的对峙状态中。比如在李白身上，就兼融了庄子的飘逸出世与屈原的执着入世精神。对于现代两湖文化来说，庄屈也并非绝然二分式的对立性存在。尤其是考察具体的两湖文化创造者主体时，这种兼融入世与出世精神的现象经常可以见到。我们可以说，生活在现代历史时期的两湖文化人，很少有人能够真正摆脱时代的影响，因此他们在学术、文学、艺术、教育、科技等领域的创造和奉献，也就必不可免地带有鲜明的时代色彩，炽烈的爱国主义情感往往会在最需要冷静和客观的学术研究成果和文学创作中表现出来。比如"新月派"诗人闻一多的诗歌创作，有感伤绝望的气息，有唯美神秘的色彩，在诗歌"三美"的探索和实践中，与革命文学派的创作分道扬镳，渐行渐远渐深，代表了诗歌美学的另外一种风范。但仅从诗歌创作题材来看，闻一多的诗作既有诗集《红烛》中对李白的礼赞、对雨夜孤雁的书写、对青春和爱情的歌咏，也有诗集《死水》中《发现》《一句话》等篇什对黑暗社会的控诉和鞭挞。而学者时期的闻一多，从其研究成果的字里行间来看，既有对中国古代文化之真相的冷静探索，也有对抗战时期国家文化前途的深深担忧。这种"外向"与"内向"的复杂纠结，闻一多也是感觉到了的，他说："我近来最痛苦的是发现了自己……不能适应环境"，"我就不能不转向内走"。① 他一头钻进故纸堆，成为一个优秀的古典文学研究者，但他还是无法忘记国家、民族、人民正在遭受如水深如火热的灾难，因此，他推崇屈原"是中国历史上唯一有充分条件称为人民诗人的人"，是"真正的人民诗人"。他说：

> 我们要注意，在思想上存在着两个屈原，一个是"竭忠尽智以

---

① 闻一多：《给饶孟侃先生》，《闻一多全集》第12卷，湖北人民出版社1993年版，第281页。

事其君"的集体精神的屈原，一个是"露才扬己，怨怼沉江"的个人精神的屈原。在前一方面，屈原是"他自己的时代之子"；在后一方面，他是"一个为争取人类解放……斗争的参加者"。他的时代不允许他除了个人搏斗的形式外任何斗争的形式，而在这种斗争形式的最后阶段中，除了怀沙自沉，他也不可能有更凶猛的武器，然而他确乎斗争过了，他是"一个为争取人类解放而具有全世界历史意义的斗争的参加者"。如果我也是个"屈原崇拜者"，我是特别从这一方面上着眼来崇拜他的。①

闻一多最终走出书斋，由"庄子的崇拜者"变身为"屈原的实践者"，拍案而起，慷慨就义。

总的来看，两湖文学史的重要传统是由老庄道家一脉与屈原一脉共同组成的，前者婉约阴柔，逍遥出世，后者豪迈阳刚，积极入世。从先秦时代开始，两湖文学就形成了两支对立互补的文学流脉，一脉以屈原、岑参、王夫之、曾国藩、谭嗣同、陈天华、闻一多、胡风、田汉、叶紫、周立波、曹禺、聂绀弩、绿原、曾卓等为代表，热心向洋、九死未悔；一脉以老庄、孟浩然、公安派、竟陵派、沈从文、废名等为代表，冷眼观世、从容自适，这两个文学世界二元耦合，宛如太极的两仪，共同构成两湖文学美轮美奂的高堂邃宇。

而对于处在文学史长河下游的民国两湖文学来说，两湖文学史上的两个脉络清晰的传统已有融合的趋势，在民国文学创作中，有机地融合家国情怀和个人情怀，有机地交织宏大叙事和个体叙事，有机地编织金戈铁马和小桥流水画面，在现实题材中营造有节制的浪漫，等等，这已经是现代两湖文学史上一切成功之作的不传之秘。

救亡与启蒙的二重奏是民国两湖文学的主旋律。民国初期，在辛亥革命首义、首应之区的两湖文学界，活跃着一批革命家和学者，如胡石庵、刘成禺、陈曾寿、樊增祥、黄侃等，他们书写家国情怀，多采用旧体诗词的文体形式。这些诗词创作中潜藏着浓郁的爱国情感和革命激情，闪耀着新旧时代转换中一代知识分子救亡图存的思想光芒，值得我们格外珍惜。辛亥革命以后，尤其是1915年新文化运动、1917年俄国

---

① 闻一多：《屈原问题——敬质孙次舟先生》，《中原》1945年第2期。

十月社会主义革命浪潮波及中国以后，两湖地域涌动一股红色革命思潮，以毛泽东、董必武、陈潭秋、恽代英、林育南、黄负生等人为代表的红色革命作家，身兼多种身份，既是革命理论宣传家，又是革命运动实践家，同时还是两湖现代文学的开创者。"革命"与"文学"的结合，为民国时期的两湖文学带来别样的风采。同时，两湖作家也在乡土文学创作中展露自己的才华，如黎锦明的小说《复仇》《高霸王》等"蓬勃着楚人的敏感与热情"①，彭家煌的小说《怂恿》则因其"浓厚的'地方色彩'"，活泼形象的方言，多种多样的人物，错综复杂的故事情节，而被茅盾誉为"那时期最好的农民小说之一"②。

30年代的中国文学具有三个明显的特征：第一是文学的空前政治化；第二是马克思主义文艺理论的广泛传播和初步运用；第三是左翼文学与自由主义文学分庭抗礼，"共同丰富着30年代的文学创作"。③ 在此期两湖文学创作中，废名的乡土小说写作在继承中西文学悠远娴雅传统的同时，再造了新文学乡土小说的写作传统，其现代禅诗创作也风格独异；曹禺剧作"生命三部曲"的发表和上演，成为现代文学史上轰动性的文化事件；丽尼在大时代中歌吟"悲哀与忧伤"，征服了无数迷惘而感伤的青年的心灵；胡秋原的"自由主义文论"则在文艺的"人性自由观"和"美学自由观"之外，开辟出一片"马克思主义文艺自由观"的新天地，拓展了30年代文艺争论的理论深度。田汉的剧作从探讨人生问题转向左翼文学阵营，直面时代风暴，歌颂时代英雄。丁玲、白薇、谢冰莹、袁昌英等女性作家皆走出个人的哀怨、家庭的束缚，勇敢地走进大时代的风雨历程。沈从文的小说则从湘西一隅出发，建构出一个博大的关乎全民族的人类学意义上的精神世界。叶紫的小说《丰收》，篇制短小，描写农民"丰收成灾"的苦难生活，却被鲁迅在《叶紫作〈丰收〉序》中誉为"太平世界的奇闻"，盖因其小说的字里行间澎湃着浓烈的楚人的血性和酷烈，两湖地域文化特色被其强化到了极致。

---

① 吴康、蒋益、吴敏、刘泽民：《湖南文学史·现代卷》，湖南教育出版社1998年版，第153页。
② 茅盾：《现代小说导论（一）》，《中国新文学大系导论集》，岳麓书社2011年版，第101页。
③ 钱理群、温儒敏、吴福辉：《中国现代文学三十年》（修订本），北京大学出版社1998年版，第191页。

40年代文学从主题上来看，救亡主题绝对性地压倒了启蒙主题。一方面，在此时段的前面八年是伟大的全民族的抗日战争时期，随后又发生了三年人民解放战争，值此民族解放战争、人民解放战争的特殊时期，救亡图存毫无疑义地成了文学的重要表现主题；另一方面，战争条件下造成的国统区、解放区、沦陷区及上海"孤岛"等文学分割局面的存在，也在客观上保证了现代文学中的启蒙叙事传统不绝如缕。同时，我们必须注意到，救亡与启蒙本身并不矛盾，二者具有相同的斗争目标，那就是实现民族解放，争得人民自由。在抗日战争时期，武汉、长沙一度成为全国抗战的中心，"文协""第三厅"成立后，领导了全国抗战文艺工作，书写了可歌可泣的历史篇章；湖北红安人叶君健[①]将毛泽东的《论持久战》翻译成英文，将鲁迅、丁玲、姚雪垠等人的抗战小说翻译成"世界语"在海外发行，引起海外读者对中国抗战的高度关注；胡风和"七月派"两湖诗人群以主观战斗精神突入现实，其创作形成中国现代文学史的"一座崇高的山"[②]；闻一多在40年代完成了其从学者到民主斗士的身份转换，以生命为代价书写了最后的自由诗篇；聂绀弩的杂文创作则被认为深得"鲁迅风"的神髓，所达到的高度迄今无人超越。整体来看，40年代的两湖文学，具有以下几个明显的特征：一是救亡与启蒙的文学主题相互交融，共同促进；二是两湖作家的活动范围遍及中国和海外，尤其是在抗战年代，两湖作家上下求索，不遗余力，甚至不惜牺牲生命，争自由，求解放；三是现代文学流派已经不再局限于地域的限制，流派成员的共同的文学志向和相似的文学趣味和追求，已经成为文学流派得以形成的重要条件，如"七月派"虽然包括两湖诗人群，但显然是一个突破地域限制的开放的文学流派；四是文体齐备，40年代的两湖文学作品，除了小说、诗歌、戏剧、散文、报告文学创作之外，还有此前文学史一直较少关注的童话等文类也获得长足发展，如湖北汉川人严文井（1915—2005）就在40年代出版过童话集子《南南和胡子伯伯》《丁丁的一次奇怪的旅行》等，书写战争年代天真的儿童们对于未来美好生活与世界和平的热切向往，弥漫着

[①] 叶君健（1914—1999），湖北红安人，笔名马耳，创作过世界语短篇小说《岁暮》、英文长篇小说《山村》、长篇童话小说《雁南飞》等，是我国著名作家、翻译家、国际文化交流活动家。

[②] 龙泉明：《中国新诗流变论》，人民文学出版社1999年版，第516页。

一股浓郁的对于弱小群体的人文关怀。

　　两湖地域文化的不同精神向度，在当代两湖地域文学中仍然得到鲜明的体现。在小说创作方面，姚雪垠长篇历史小说《李自成》描绘明末农民起义的波澜壮阔的历史画卷，人物形象鲜明，笔触奇伟，色彩瑰丽，情节生动，场面宏阔，震撼人心。任光椿系列长篇历史小说"时代三部曲"《戊戌喋血记》《辛亥风云录》《五四洪波曲》，唐浩明系列长篇历史小说《曾国藩》《杨度》《张之洞》，熊召政《张居正》，映泉《楚王三部曲》均聚焦两湖地域的历史事件和历史人物，将地域文化风情、风俗、风景与地域历史人物、事件有机融合，诗史合一。杨书案长篇历史小说《老子》《庄子》等着力复活楚文化史上的高峰人物，将典籍文献与地域风情、民间传说有机结合。张扬《第二次握手》、莫应丰《将军吟》都是"文革"时期的"地下写作"，作者冒着生命危险，对"文革"进行了反思和批判，体现出屈原式的忧国忧民情怀。古华《芙蓉镇》于地域风俗文化和日常人生的民情书写中再现时代风云。鄢国培"长江三部曲"《漩流》《巴山月》《沧海浮云》书写长江航运历史，形象地展现三峡地域文化，气势恢宏，堪称巨作。李尔重《新战争与和平》以编年体形式精心描摹抗日战争的历史全过程，讴歌英雄伟业，批判败类行径。孙健忠《醉乡》表现民族文化传统的历史性转换过程。水运宪长篇小说《雷暴》《庄严的欲望》分别描写蔬菜行业、水利电力工业的艰难改革历程。彭见明《大泽》开掘洞庭湖区深厚的地域文化资源。叶蔚林《在没有航标的河流上》以作为自然河流的"潇水"隐喻社会历史河流，描写六七十年代楚地乡土的复杂面貌。谭谈《山道弯弯》歌颂地域内传统女性勤劳善良、默默奉献的优秀品德。周立波《湘江一夜》从普通人的视角观照我军高级将领的日常生活，成为勇闯禁区的优秀短篇小说代表作。何立伟《白色鸟》在诗情画意中凸显"文革"的残酷性和反常性。刘舰平《船过青浪滩》以沅水险滩的凶险恶浪，喻指滩上船家人们坚韧刚强的生活态度。陈应松"神农架"系列小说有楚辞惊采绝艳的绚丽风采。李传锋、王月圣、叶梅长期关注和书写武陵地域苗族、土家族的民族风情，刻画历史进程中民族文化心理和精神嬗变的曲折历程。邓一光《父亲是个兵》《我是太阳》，何存中《姐儿门前一棵槐》张扬革命英雄主义豪情，以两湖地域东部山地文化作为叙述背景，为小说平添多少旖旎风情。刘醒龙《异香》《返祖》

《倒挂金钩》《圣天门口》再现大别山的风土人情，试图解开其中历史、文化之"谜"。韩少功《爸爸爸》《归去来》《女女女》，姜天民《牌坊的倒塌》《祖传丹药》等"白门楼印象"小说展开文化寻根的艰难旅程，《马桥词典》更以150个词条的形式丰富立体地建构了"马桥"（湖南汨罗）地域文化的"百科全书"。残雪《黄泥街》《苍老的浮云》等小说现代主义气息浓郁，却又巫风弥漫。蔡测海《远处的伐木声》书写地域文化尤见功力。何顿《我们像葵花》零距离地描写长沙市民生活，充满人间烟火气息。方方《风景》《万箭穿心》《春天来到昙华林》，池莉《烦恼人生》《你以为你是谁》《生活秀》，彭建新"红尘三部曲"《孕城》《招魂》《娩世》着力描写武汉市民的立体生活，城市地标、市井方言、里巷风情得到充分展现。刘富道《南湖月》、楚良《抢劫即将发生》、映泉《同船过渡》、李叔德《赔你一只金凤凰》等题材虽小，却能小中见大，两湖地域的风景民俗、市井风情、乡村俚语、城乡日常生活得以生动展呈。在诗歌创作方面，歌颂乡土、乡村生活是一种潮流，如石太瑞的诗歌《欢乐的节日，欢乐的歌》《峒河放筏》讴歌苗家山寨的幸福生活。管用和、刘不朽的《山寨水乡集》歌颂江汉平原、鄂西山村人民的幸福生活。饶庆年《山雀子噪醒的江南》、梁必文《杨梅雨》书写江南水乡水墨画般的"一抹云烟"的淡淡乡情乡恋，笔触清秀绮旎，情调轻灵欢快，田园风味十足。政治抒情诗也是一股重要的潮流，如向阳湖干校诗人的"地下写作"揭露"文革"的荒谬、表达宁折不弯的诗人主体的韧性抗争精神。牛汉《半棵树》《华南虎》，绿原《给天真的乐观主义者们》愤激尖锐，饱含嘲讽，精神挺立，百折不挠。白桦《阳光，谁也不能垄断》、叶文福《将军，不能这样做》、熊召政《请举起森林般的手，制止！》批判部分位高权重者在政治、社会生活中迷失自我、鱼肉人民、背叛革命初心的可耻行径，抒写革命老区人民曾经的奉献与当下的贫困，政治关怀十足。刘益善《我忆念的山村》是"乡村忧愤诗"的代表作，心心所念是农民的苦难、乡村的疾苦、农业的落后，饱含批判精神。田禾《喊故乡》从"回忆"的视角书写苦难的大地，苦难的乡村，苦难的亲人，贯注燃烧的激情。黄永玉诗集《曾经有过那种时候》批判"文革"荒唐岁月，情调激昂，语词辛辣。谢克强《三峡交响曲》则以洋溢的激情歌颂三峡水利工程这一"人类惊世的杰作""历史显赫的经典""时代瞩目的史诗"，笔墨酣畅，情绪饱满，阳刚豪放。在散文创作方面，碧野《月亮湖》《红莲记》《四望山下》描写江汉平原"春种秋收，水稻金黄，麦浪滔滔，棉花过头，瓜果飘香"的乡村生活，泥土气息浓郁。王维洲、任蒙的文化散文立意高远、反思深刻。野夫《乡关何处》《江上的母亲》以亲历者的悲恸书写特殊岁月的残酷和荒诞，撼人心魄。叶梦的散文集《湘西寻梦》《遍地巫风》《风里的女人》深得楚文化精髓，多采用巫性思维下的跳跃式写作结构和叙述语言，引人入胜。王芸《穿越历史的楚风》、王开林《百年湖南人》、徐志频《经营天下的湖南人》为历史上的楚人塑像，文笔优美，细节生动，意象鲜明，画龙点睛。

　　一部现代两湖文学史，有多少文艺家曾经经历了"外向"与"内向"、"集体"与"个人"、"进取"与"深掘"的选择的彷徨与苦闷，有多少作家曾经在热心向洋、九死未悔的外向进取精神与冷眼观世、思辨自适的内向掘进精神之间艰难抉择。因此，我们从地域文化视角研究两湖现代文学时，尤其需要有"了解的同情"立场，既能体贴文化创造主体苦心孤诣的努力之中蕴含的爱国深情，又能理解救亡图存运动中文化人的启蒙诉求和求真、求美的终极性冲动，同时还要对烽火岁月中的"日常"文化生活和文化消费活动给予充分的关注，如此才能真正回归历史现场，再现复活一个鲜活的现代两湖文化空间，我们的研究也因此才能够真正具有坚实的"及物"的论证基础。分别以屈原和老庄为开端的两湖地域的不同传统文化脉络，激情与理性、热烈与冷静、庙堂与江湖、超越与世俗等，既壁垒森严界限分明，又你中有我相互交织，辉映着两湖现代文学的璀璨星天。

　　两湖文化在历史长河中不断流变迁衍，文化精神薪火相传不断推陈出新，大传统与小传统、远传统与近传统、文本传统与民间传统互相影响、互相促进。从文化有效性的角度来看，两湖地域文化事实上主要存在着三种形态，即楚文化、少数民族文化和经世致用文化。这三种文化形态对两湖现代地域文学都产生了重要影响，并对应于三个文化板块，即两湖中部、西部（武陵）、东部地域。以文献典籍作为主要载体的楚文化，对文学的影响主要以老庄道家哲学和屈原辞赋的文本载体来完成，而且这种影响远远不止于两湖地域。处于两湖地域边隅的少数民族文化则是活着的历史文化样态，其中也包含不少楚文化的历史遗存。按照张正明先生的说法，两湖边地正好处于"中国最大的文化沉积带"，至今还活跃着古代文化事象的神秘踪影和线索,虽然久经沧桑,有些已经发生了变形或变异,但"情与貌,略相似"。这一认知,已被现代文学研究者接受。如刘起林就认为楚文化的影响从未消失:"秦汉以降,楚文化……潜隐到民间世界之中,凝成了弥漫于这方水土的氛围,渗入生生死死于这块土地的人们的精神血液。特别是在偏远封闭的苗、瑶、土家族等少数民族地区,楚文化更是以巫术、传说、民俗、民风、方言等方式隐曲而实实在在地保存着,还通过民歌、民谣、地方戏等形式,传达和传播着其渊源久远的神韵。"[①] 近代以来盛行于两湖地域的经世致用文化的源头一般会被追溯到屈原那里,中间经过周敦颐、胡安国、理学集大成者王夫之的理论探讨和学术总结,至近代魏源、陶澍、贺熙龄、贺长龄等学者的出现,经世致用之学已然蔚为大观,并具有"开眼看世界"的宏阔视野。他们反对程朱理学玄谈义理的空疏,反对汉学过于注重考据的烦琐,旗帜鲜明地提倡治国平天下的经邦济世之切实有用的学问。而真正推动经世致用文化成为万众瞩目的焦点和重心的,主要还在于曾国藩、左宗棠、胡林翼、张之洞等人经世致用的事功实践,这些人或为两湖籍人士,或在两湖地域建功立业,影响所及,两湖现代文学作家几乎都充满壮怀激烈的人生豪情,即使是在创作中富含老庄道家色彩、一向以谦谦退守姿态小心翼翼自保的沈从文,也在私人信件中真情流露,充满强悍的自信,甚至有不失雄强的骄傲:"所谓湖南精神若只知'打仗'或'打架',那未免太小了。我以为真的湖南精神应奠基于做人态度。要紧处是对工作理想在任何情形下都不放松,谈改造尤其是能用耐心和勇气去求实现。努力时永远不灰心,学习中永远不自满,小小成功永远不自骄,困难来临时永远有办法去克服战胜。"[②] 这种对"湖南精神"的自觉追求和体认,背后明显有近代以来地域经世致用文化作为支撑;当然,此中亦有道家哲学轻生死任自然的达观心态。总的来看,经世致用文化是在近代以来西方强势文化的冲击和挑战下,中国本土生长出来的致力于适应时代需求实现富国强兵目的的文化类型,"从'师夷长技以制夷'的决心到洋务运动,从维新变法到辛亥

---

① 刘起林:《"文学湘军"的演进与格局》(上),《求索》2017年第2期。
② 沈从文:《给驻长沙一个炮队小军官》,《沈从文全集》第17卷,北岳文艺出版社2009年版,第350页。

革命，从'五四'新文化运动到马克思主义的传播，它构建了一种兼容中西、实现文化转型的近代文化"①，两湖人士于此历史性转换过程中居功甚伟，两湖现代文学中的一脉主流也因其贯注着鲜明的经世致用精神、家国天下雄心、忧国忧民情怀而气势豪迈、慷慨苍凉、忧愤感伤，写下了涕泪飘零、壮怀激烈的篇章。

---

① 熊晓辉：《历史语境中湖湘文化内涵解析》，《三峡论坛》（三峡文学·理论版）2013年第2期。

第三章 对两湖历史的文学呈现

1911年10月，末代湖广总督瑞澂在武昌首义的急骤枪炮声中，仓皇弃城，远遁上海。两湖作为一级行政单位的历史至此结束。进入民国后，临时大总统孙中山颁布《中华民国临时约法》，宣称"中华民国领土为二十二行省、内外蒙古、西藏、青海"[①]；1927年南京国民政府成立，正式实行省、县二级行政体制。[②] 湖南、湖北分省而治，成为中央政府下属的两个平级省份，省域意识逐渐抬头。作为一种"想象共同体"，省域历史文化、精神特质等被不断构建和凸显。梁启超曾在《新民说》中指出："凡一国之能立于世界，必有其国民独具之特质，上自道德法律，下至风俗习惯、文学美术，皆有一种独立之精神。"[③] 国家、民族的"独立"需要有"国民独具之特质""独立之精神"，省域、县域的相对性独立亦复需要有类似的特质和精神。湖南、湖北的"独具之特质""独立之精神"，在民国年间被反复"发现"和"重构"，成为一种不约而同的省域"文化自觉"。在两湖现代文学作品中，两湖历史上的重要人物、重大事件，亦被浓墨重彩地反复书写、不断推陈出新，以此寄托着地域内人们"重燃火焰"再现辉煌的理想和希望。尤其是对楚庄王、伍子胥、张居正、杨涟、曾国藩、武陵王、陈连升等历史人物的书写，更是赢得了地域内外读者的热烈追捧和广泛认同。两湖现代文学史上的历史书写，主要存在以下三种形态：政治形态、文化形

[①]《中华民国临时约法》，《临时政府公报》1912年3月11日第35号。
[②] 傅林祥、郑宝恒：《中国行政区划通史·中华民国卷》，复旦大学出版社2007年版，第63页。
[③] 梁启超：《新民说·释新民之义》，《饮冰室合集·专集》第3册，中华书局1936年版，第182页。

态、人性形态。

第一节　民国初期的认知

1920年1月5日，陈独秀发表《欢迎湖南人底精神》的演讲，其篇幅简短，却寄意深长：

> 湖南人底精神是什么？"若道中华国果亡，除非湖南人尽死。"无论杨度为人如何，却不能以人废言。湖南人这种奋斗精神，却不是杨度说大话，确实可以拿历史证明的。二百几十年前底王船山先生，是何等艰苦奋斗的学者！几十年前曾国藩，罗泽南等一班人，是何等"扎硬寨"，"打死战"的书生！黄克强历尽艰难，带一旅湖南兵，在汉阳抵挡清军大队人马；蔡松坡带着病亲领子弹不足的两千云南兵，和十万袁军打死战；他们是何等坚韧不拔的军人！湖南人这种奋斗精神，现在哪里去了？
>
> 我曾坐在黑暗室中，忽然想到湖南人死气沉沉的景况，不觉说道：湖南人底精神哪里去了？仿佛有一种微细而悲壮的声音，已渐渐在一班可爱可敬的青年身上复活了。我听了这类声音，欢喜极了，几乎落下泪来。
>
> ……
>
> 不能说王船山，曾国藩，罗泽南，黄克强，蔡松坡，已经是完全死去的人，因为他们桥的生命都还存在。我们欢迎湖南人底精神，是欢迎他们的奋斗精神，欢迎他们奋斗造桥的精神，欢迎他们造的桥比王船山，曾国藩，罗泽南，黄克强，蔡松坡所造的还要雄大精美得多。[①]

这是对近代以来"经世致用"文化传统的回溯和张扬，尤其是"几十年前"湖南人爆发出来的群体性的奋斗精神，更是近百年来湖南历史上最为璀璨夺目的光辉，陈独秀以这种奋斗精神相号召，对于凝聚

[①] 陈独秀：《欢迎湖南人底精神》（1920年1月5日），《陈独秀文章选编》（上），生活·读书·新知三联书店1984年版，第480—481页。

人心、鼓舞士气，毫无疑问，具有重要的意义和极强的魅惑力。

无独有偶，1922年9月4日，"笔锋常带情感""别具一种魔力"的梁启超也在武汉大学发表了题为《湖北在文化史上之地位及将来之责任》①的著名演讲，结合历史文化，对进入民国尚只有十年历史的湖北文化进行了"迟迟不进化"的批评，并提出了殷切的希望。

在演讲的开篇，梁启超回顾了他与湖北的渊源关系："我是戊戌以前到武昌一次，住了十天的。记得那时是张文襄督鄂，敝同乡梁节安（鼎芬）主持湖北学政，开办两湖书院，想我担任一二门功课，可惜那时在湖南办时务学堂，无机会来湖北来，与湖北教育界接近。"梁启超第一次来武昌时，颇具礼贤下士之风的、时任湖广总督的张之洞，准备破例打开署衙的中门，鸣礼炮欢迎，终因属下认为以此方式对待"布衣"后生，礼数过高而作罢。张之洞将梁启超延入书房，纵论天下古今事，二人慷慨豪迈，意气风发，相见恨晚。张之洞拟请年仅24岁的梁启超出任两湖书院教习，月薪1200块银圆。梁启超则以《时务报》事务繁剧婉拒，但对此番知遇之恩铭记心间，寄书张之洞时称："宁为知己之感，实怀得师之幸。"

梁启超接着回顾了湖北文化在中国文化史上的重要地位和卓越成就，指出湖北文化的独特价值，堪与北方黄河文化分庭抗礼，中国文化是二元的，一为黄河文化，二为长江文化，"北方刚健笃实，南方优美活泼"，南方文化的代表是湖北和江苏，"但江苏是后起的"，"江苏不过受湖北的影响罢了"。显然，梁启超将湖北文化视为南方文化的代表。同时，梁启超还在文化比较的研究视域中，称道湖北文化具有"沟通南北"的特殊功能："湖北不独能代表长江文化，并能沟通黄河文化。……一面自己产生文化，一面又为文化的媒介者。""不能不说湖北所贡献及遗留的功劳是最大的。"于此可见，梁启超对湖北文化史地位和功能的评价之高。这种研究结论，与60年后楚文化研究大兴，伴随出土文献材料频出之后学者们所得出的结论若合一契，不能不让人叹服梁氏学术直觉的精确和学术洞见的深彻。我们知道，在论述世界文化的发展历程时，最有代表性的是雅斯贝尔斯的

---

① 梁启超：《湖北在文化史上之地位及将来之责任》，《国民新报》1922年9月1—2日。

"轴心时代"① 理论。这种理论认为，从公元前800年到公元前200年，世界范围内文化巨子和文化巨著横空出世，创造了伟大的文化成果，对后世影响极大。湖北文化在中国文化史上之所以能够占据重要地位，与其超卓不凡的文化创造和独特贡献是分不开的。"轴心时代"的湖北文化，学术史上习惯称之为"楚文化"，其文化特色"清奇如穿三峡而出的长江"，文化内容则由青铜冶铸、丝织刺绣、髹漆工艺、老庄哲学、屈庄文学、美术乐舞六大支柱构成。②

梁启超继而批评了湖北文化长期处于不发达地位的不堪现实，认为自汉以迄民国时代漫长的历史岁月中，湖北文化水平总是在"不高不低之地位"，尤其是进入民国以后，"湖北之地位乃愈趋而愈下"，不仅不如辛亥革命时期，而且也不如张之洞时代，"湖北现在正是知识饥饿精神饥饿的时代"。

梁启超接着分析了湖北文化长期不发达的原因，认为主要有两种：第一种是地理原因，湖北居于天下之中，东西南北流风所及，湖北"靡不受其摧残，虽有坚固之文化原质，究不能一跃而为中国文化之超等地位"；第二种是社会风气和政治环境的原因，湖北长期遭受"压迫或为利禄所引诱"，因此"陷于万劫不复之境"。

在分析了湖北文化不发达的原因之后，梁启超指出民国时代的湖北文化具有三种不可推卸的历史责任：第一，政治经济上的责任，民国时代既然由湖北首创，那么湖北理所当然就应该负起国强民富的责任；第二，文化上的责任，湖北交通南北东西，"文化上应负调融之责任"，再造民国文化；第三，教育上的责任，尤其是武汉大学，与北京大学、东南大学三足鼎立，应该负担起教育国民的责任。倘若湖北文化能够负载此等重任，"则将来湖北之文化必跻于最高尚之地位"。在演讲的结束语部分，梁启超充满激情地勉励湖北人"自图之"，"勉力前进"。

客观地说，梁启超的演讲存在明显的知识性错误和逻辑错误，比如他说先秦楚国在武昌建都，三国时孙吴亦在武昌建都，诸葛亮是湖北人等；比如他没有关注湖北人才在三国时代、明代的耀眼光辉，民国初年

---

① ［德］卡尔·雅斯贝斯：《历史的起源与目标》，魏楚雄、俞新天译，华夏出版社1989年版，第14页。
② 参见张正明《楚文化史》，上海人民出版社1987年版。

编撰的《湖北通志》记载："论湖北人才，春秋楚为首，三国时次之，明又次之。"楚、三国、明朝这三个时代，湖北人才辈出，为世人侧目。其中，对两湖地域文化影响最深的时代，当属楚和明代，三国时期战乱不已，人才主要出在政治、军事领域。就在梁启超的《饮冰室合集·文集》第14册中也对全国各省域载于史传的著名人物进行过统计，其中，明代湖北人才占全国总量的4.29%，远远高出广东、广西、湖南等省。还比如他既认为湖北文化长期不发达的原因之一是位于"东西南北之中"的地理原因，又认为湖北文化的优长在于其"沟通南北"的功能，前后论述逻辑显得自相矛盾。不过，考虑到梁启超在演讲中是以楚文化作为标杆来考量后世的湖北文化成就的，所以据此得出湖北文化"长期不发达""十年迟迟不进化"的结论，虽然失之过苛，但也算合乎历史事实。

从上引两篇著名的演说中，我们不难发现，两湖地域辉煌灿烂的历史文化，一方面已经成为取之不尽用之不竭的优秀传统文化资源；另一方面却也成为以后文化创造事实上的"影响的焦虑"。既是"武器"，也是"负担"。何况，两湖地域的历史文化本身还是无比丰富、无比复杂的，仅从整体形态上来看，就有三个文化板块（楚文化、少数民族文化、经世致用文化）和两种文化精神（热心向洋、九死未悔的外向进取精神和冷眼观世、思辨自适的内向掘进精神）的反差和互补，更遑论具体地域单元的多元文化差异。我们发现，在两湖现代文学的地域历史书写中，交织着继承与超越、仰慕与批判、写实与写意、显示与讲述、融入与远观、回首与瞻望等多声部的合唱，呈现出繁复驳杂的艳丽色彩。

大致来说，自五四新文化运动迄今的中国现代文学史，在两湖历史书写方面存在以下三种形态：政治形态、文化形态、人性形态。

第二节 政治形态的两湖历史书写

政治形态的历史书写最能够体现克罗齐所说的"一切历史都是当代史"的历史观念，因其具有强烈的现实针对性、政治功利性，指向十分明确，意图十分明显。在救亡压倒启蒙的20世纪40年代，两湖历史书写主要有1940年光未然创作的长篇叙事诗《屈原》，1941年欧阳予倩创作的五幕历史话剧《忠王李秀成》、孟超的历史小说《怀沙》，1942年郭沫若创作的五幕话剧《屈原》，等等。此外，田汉的历史剧作《江汉渔歌》描写南宋汉阳城下的抗金故事，《岳飞》歌颂无坚不摧"难以撼动"的岳家军的铁血豪情，《新儿女英雄传》描写明末风起云涌的抗倭斗争，服务抗战的现实关怀的意图十分明显，壮怀激烈的爱国情怀和坚贞不移的民族气节，激荡着观众渴望抗战胜利还我河山的澎湃心灵。1949年后有李六如的长篇历史小说《六十年的变迁》、姚雪垠的长篇历史小说《李自成》继续政治形态的历史书写，政治形态的两湖现代历史书写是传统家国天下情怀的现代演绎，也是知识分子实现文学报国理想的具体实践。

《忠王李秀成》描写太平天国运动由鼎盛转向覆亡之际李秀成保卫天京的故事，再现了太平天国运动因为内部分裂、奸臣当道、韦昌辉争权而必然失败的历史命运。其创作背景是皖南事变后国民党反共高潮的兴起，其借古讽今批判国民党消极抗战积极反共错误路线的良苦用心世人皆知。此剧的创作及演出，在当时被视为"一件足以正人心、息邪说、距诐行、放淫词的美举、义举、壮举"[1]，具有鲜明的现实政治意义。《忠王李秀成》富含两湖地域的历史元素，比如湖南湖北是太平天国运动的重要战场，天京保卫战中李秀成的对手就是曾国藩的弟弟曾国荃等。剧作借剧中人物程检点之口，批判了早已忘掉根本、丧失"忠义"精神的一批太平天国权奸们的可耻行径：那帮从金田起义的战士们，本来都是种地、开矿、烧炭的老百姓，为了求得生存，不得不抛妻别子，出来拼命，哪知道才打了几个胜仗，就开始封王拜相，论功行赏，居高堂，住大厦，拥美妾，饱私囊，诡计多端，陷害忠良。"早已把这'义'字丢到九霄云外去了。"而李秀成从容就义之前还有一番慷慨陈词，声讨可耻的投降行径，"有志气、有德行、有骨头、有良心的汉子，是决不会在敌人面前投降的"，批判的对象，很容易让观众联想起抗战中的国民党部分投降派，民族败类和汉奸卖国贼。

光未然长篇叙事诗《屈原》、孟超历史小说《怀沙》和郭沫若话剧《屈原》，皆以屈原作为主人公，歌颂其伟大的爱国主义精神。

---

[1] 聂绀弩：《拥护〈忠王李秀成〉》，《聂绀弩全集》第1卷，武汉出版社2004年版，第176页。

光未然《屈原》的"开篇"写道:

> 每一回我打开屈原的诗篇,
> 魂魄儿飞到两千二百年前。
> 我仿佛和屈大夫一同流浪,
> 眼见他披发高歌在大江边。
> 一本书揣在手里重甸甸,
> 一行行跳动着忠心赤胆!
> 一个高大的诗人站在我面前,
> 命令我把他的遭遇写成诗篇。
> 两千年来多少人舞文弄墨,
> 怀才不遇的都自比为屈原。
> 一旦他们得到了高官厚禄,
> 准定把《离骚》抛在九霄云端。
> 一个高大的诗人一把拉住我,
> 他要带领我漫游到秦汉以前。
> 我从这雾气腾腾的嘉陵江畔,
> 跟随他一步跨过两千二百年。①

诗作首先引用屈原《九章·橘颂》的诗句,当然做了白话版的翻译,歌颂其"巩固的根基"和"坚定的意志","少年屈原"面对的是一个怎样的世界呢?"说不尽的兴衰治乱,说不尽的七国风云,说不尽的群雄割据,说不尽的强弱兼并,说不尽的唇枪舌剑,说不尽的合纵连横,说不尽三楚版图的广大,说不尽西秦虎豹的奔腾。说不尽啊,那连年的争战,说不尽啊,那奴隶痛苦的呻吟……"少年屈原有鹏鸟一般展翅高飞的抱负,他有万里无边的青春,他"披着潇洒的衣衫,挟着光辉的长剑;杜衡之草,佩在他的腰间;明月之珠,缀在他的两肩;昂然的头,戴着切云的高冠;昂然的步伐,啸傲在公卿大夫之前",他主张变法,出入列国,应接宾客,决策庙堂,但是,楚怀王的身边却活跃着一群狐朋狗党,上官大夫、太监靳尚、王子子兰、司马子椒、宠妃郑

---

① 光未然:《屈原》,《五月花》,作家出版社1960年版,第2页。

袖,一班小人,欺君枉法,里通外敌,陷害忠良。楚怀王听信谗言,将屈原逐出朝堂,流放南楚。此时,"西秦的虎贲三军,早越过风雪的秦岭,屯兵在楚国的边城"。国势日迫,危如累卵,屈原心中有万般怕与恨,"怕只怕秦王的蚕食鲸吞,恨只恨盟约的变成空文!怕只怕诸侯的纷争如旧,恨只恨怀王的日夜荒淫!怕只怕朝中的举棋不定,恨只恨奸臣的卖国忘身!"南楚大地上无限旖旎的风光、无限美丽的山河,也舒缓不了屈大夫的百转愁肠。楚怀王被秦国派来的巧舌如簧的张仪欺骗,"朝中日夜摆酒宴,秦楚两国结姻缘,杨柳舞断女儿腰,朦胧醉破怀王眼!"楚怀王最终成了秦国"阶下的囚,虎口的肉,他乡的鬼"!

> 日月不肯停留它的脚步啊,
> 春天刚过又来到秋天,
> 草木已在秋风里变色啊,
> 佳人可能保住她的红颜?
> 三闾大夫屈原!
> 你在荒野里到处流亡,
> 经过了多少春天多少秋天!
> 你喝的是木兰的清露啊,
> 吃的是秋菊的花瓣;
> 你披着一身荷叶,
> 挟着一把长剑啊,
> 你昂首高歌在大江边。
> 还是那刚健的脚步,
> 还是那切云的高冠,
> 还是那一双清朗的眼;
> 可是那白须飘在胸前,
> 白发飘在两肩,
> 枯瘦的身材枯瘦的脸!
> 啊,我们看见你,
> 就看见了楚国的灾难!

当楚国郢都沦陷的消息传到南楚时,屈原绝望投江。"月亮照样在江上曳着寒光，/汨罗照样在月下奔流不停，/春风照样在诉说它那无尽的烦恼，/我们已失掉你光芒万丈的诗人！"而诗作是明确地指向当时的抗战现实的，诗人大声呼吁决不能重蹈过去亡国的历史覆辙："莫让他三楚后代的诗人，再重复你悲愤的歌声啊！"

这首长篇叙事诗作，成功化用了屈原多首诗作中的句子。如开头部分化用《橘颂》"后皇嘉树，橘徕服兮。受命不迁，生南国兮。深固难徙，更壹志兮。绿叶素荣，纷其可喜兮。曾枝剡棘，圜果抟兮。青黄杂糅，文章烂兮"；中间部分化用《离骚》"纷吾既有此内美兮，又重之以修能。扈江离与辟芷兮，纫秋兰以为佩。汨余若将不及兮，恐年岁之不吾与。朝搴阰之木兰兮，夕揽洲之宿莽"，等等。更多的则是借用屈原《楚辞》诗作的意象，在整体象征和情绪营造上，无限逼近于《离骚》《天问》《卜居》《渔父》《怀沙》《国殇》《招魂》《九歌》《九章》等诗篇。显然，光未然对屈原诗作是下过很深的研究功夫的。这首长诗，语言凝练，双行押韵，音调铿锵，同时富含时代气息，情绪激昂，读来朗朗上口，非常适合广场朗诵和剧场表演，容易引发听众和观众的情感共鸣，具有鲜明的现实针对性和强烈的感染力。

1942年，抗日战争进入战略相持阶段，既没有抗战初期的同仇敌忾众志成城的激情和愤怒，也没有此后战略反攻阶段的光明在望的信心和喜悦。此时，中华大地，锦绣河山，已有半壁沦落在日寇的铁蹄之下，国民党反动政府却在大敌当前之际，还不忘反共，甘冒天下之大不韪，破坏抗日统一战线，悍然发动"皖南事变"，向共产党领导的新四军挥起屠刀，造成"江南一叶，千古奇冤"。郭沫若面对这样自毁长城的卖国行径，义愤填膺，他说："全中国进步人民都感受着愤怒，因而我把这时代的愤怒复活到屈原的时代里去了。换句话说，我是借了屈原的时代来象征我们当时的时代。"（《序俄文译本史剧〈屈原〉》）仅仅用了十天时间，他一挥而就，创作了伟大的历史话剧《屈原》，批判国民党反动政府的黑暗统治，呼唤光明和正义，声讨卖国主义行径。

但此时的重庆，依旧灯红酒绿、歌舞升平。4月3日的夜晚，郭沫若创作的五幕话剧《屈原》在重庆国泰大剧院首次上演，立即轰动山城，好评如潮，此剧一连上演15天，每次闭幕时观众都会集体起立，剧场响起雷鸣般的掌声，好像要掀翻屋顶，极大地鼓舞了人民的抗战决心。

事实上，郭沫若对于屈原，可谓情有独钟。早在1920年，郭沫若就创作了独幕剧《湘累》，在该剧中，屈原大声高呼："我的诗歌就是我的生命。"这是一个浪漫主义的诗人形象，他向苍天高喊："我创造尊严的山岳、宏伟的海洋，我创造日月星辰，我驰骋风云雷雨，我萃之虽仅限于我一身，放之则可泛滥乎宇宙。"这是五四时代大胆毁灭、创造一切的果敢、决断的诗人形象的生动写照，显然，他并不满足，但又彷徨歧途无路可走。

在郭沫若的笔下，如果说20年代的屈原还只是一个浪漫主义的诗人的话，那么40年代的屈原则变身为坚持抵抗、反对投降的民族英雄。话剧《屈原》最为人称道的是第五幕第二场，这也是全剧的高潮部分。屈原戴负刑具，颈系锁链，身着玄衣，披发徘徊，胸中有怒火燃烧，有一段悲壮、慷慨、激情的抒情独白，他召唤着风暴雷电，与风暴雷电融为一体，高唱一曲激扬澎湃的《雷电颂》："我思念那洞庭湖，我思念那长江，我思念那东海，那浩浩荡荡的无边无际的波澜呀！那浩浩荡荡的无边无际的伟大的力呀！那是自由，是跳舞，是音乐，是诗！""我们只有雷霆，只有闪电，只有风暴，我们没有拖泥带水的雨！这是我的意志，宇宙的意志。鼓动吧，风！咆哮吧，雷！闪耀吧，电！把一切沉睡在黑暗怀里的东西，毁灭，毁灭，毁灭呀！"[①]《雷电颂》以"独白"的形式、诗意化的语言，召唤、运遣雷霆闪电和风暴，他要将雷电化作倚天长剑，要劈开比铁还坚硬的黑暗，要让天火焚毁那黑暗中的一切，从此创造一个光明的世界。《雷电颂》是一曲正义的歌声，表达了诗人渴望光明、反对黑暗的坚定意志和热爱祖国、同仇敌忾的抗战决心。

毫无疑问，郭沫若创作历史剧的直接动机，就是现实政治斗争的需要。他在《历史·史剧·现实》一文中概括其历史文学创作的主要方法，就是要"借古人的骸骨"，"吹嘘些生命进去"。对于战国末期的政治形势，身兼历史学家的郭沫若有自己的充满辩证法的独特看法。一方面，他认为秦始皇统一六国，实行中央集权的封建主义制度，对于发展经济和政治进步自有其积极意义；另一方面，当时六国面对秦国杀人盈野血流成河的武装攻击，联合抗秦，追求和平，免受铁蹄蹂躏，也是历史中的六国人民的正义愿望。最为关键的是，郭沫若认为，当时的楚国是最有希望统一中国的，而且，他认为如果当时的中国是由楚人来统

---

① 郭沫若：《屈原》，人民文学出版社1952年版，第98页。

一,"由屈原思想来统一",那么中国一定会更自由,学术"风味也一定更浓厚"。遗憾的是,历史最终没有选择这条道路,秦灭六国,楚国覆亡,这不仅是楚国的悲剧,更是"我们全民族的悲剧"。①

在20世纪40年代,作家们不约而同地选择屈原这位两湖地域文化精神的代表性人物作为主人公,自然与当时的抗战现实具有极强的影射和对应关系。这种政治形态的历史书写,是文学功利性的必然表达和历史理性的自然呈现。正如学者所说:"当民族的生死存亡成为历史最迫切的课题时,文学家的审美心态很容易偏向文学的社会功用而不是文学自身的艺术属性,文学的天平便难以在历史和审美两极之间维持理想的平衡,而是自觉不自觉地向历史一极倾斜。"② 这种倾斜正是审美的功利性呈现,在救亡的时代狂潮中文学创作选择了能够最大程度地发挥其社会功用的最为便捷的路径。作为亲历者的田汉将"剧作家借古喻今,指桑骂槐"称为"不得已的手段"③。政治形态的历史书写,在一定意义上就是"书生报国""文学报国"的必要工具和手段。

在十七年时期,政治形态继续成为历史书写的主流,富有创造性的作家则在政治形态的历史架构中,增加历史文化的丰富内涵,寻求局部的突破,追求政治形态历史书写的部分转型。

如李六如长篇历史小说《六十年的变迁》,以作家亲身经历的坎坷人生为依据,从戊戌政变开始着笔,依次写到义和团、辛亥革命、北洋军阀、五四运动、早期共产党人的活动及中国共产党的成立、北伐战争、秋收起义、地下革命活动、红军长征、赣南游击战、抗日战争、国共合作、解放战争,等等,举凡近现代中国大地上发生的重大历史事件,小说悉数记录,并以主人公季交恕(由"李六如"增添笔画改成)的生平活动作为贯穿全篇的纵向线索,叙述生动,真实有趣,贴近生活原生态,所以,翦伯赞认为,阅读这本书会"令人感到中国近代史是如此五光十色、丰富多彩","这本书虽是一本文学作品",但"从历史学的角度来看",也是"一种很有价值的劳作"。④ 这部小说兼具文学性

---

① 郭沫若:《论古代文学》,《今昔蒲剑》,新文艺出版社1947年版,第126页。
② 孔范今主编:《二十世纪中国文学史》,山东文艺出版社1997年版,第182页。
③ 田汉:《题材的处理》,《文艺报》1961年第7期。
④ 翦伯赞:《评〈六十年的变迁〉》,《读书月报》1957年第4期。

和历史性,"是一部有教育意义的好书",所写皆是亲身经历、真人真事,① 这部长篇历史小说从 1955 年开始动笔,只写完了前两卷,计划中的第三卷写了不到十万字时,"文革"爆发,作家受到冲击,抱恨逝世,于是小说成为残卷。李六如作为由毛泽东、何叔衡介绍加入中国共产党的早期党员,作为一生投身无产阶级革命的英勇战士,他的历史小说创作,毫无疑问地,也与十七年时期的文学创作主流一样,具有鲜明的政治宣传功能,小说的写作目的就是要告诉读者,只有共产党,才能救中国;只有共产党,才能领导人民建设社会主义新中国。

但是,我们要说,这部历史小说在表达现实政治诉求的同时,也饱含历史文化的内涵。这部"主题大,时间长,牵涉面广"②的历史小说展示了广阔的生活画卷,从家庭到社会,从穷乡僻壤到通都大邑,关于儿孙争夺家产,州官县衙弄权,青楼卖笑生涯,科场舞弊,经馆内幕,商行欺诈,姑嫂勃豀,家长里短,服装变迁,消费习惯,家庭摆设,文房四宝,西风东渐等"知识",娓娓道来,如数家珍。这部小说"恢复了一个中断了的中国历史学的优秀传统,即用笔记、小说纪录当代史事的传统"③。真实性和亲历性保证了小说强烈的在场感。这部历史小说洋溢着浓郁的两湖地域文化气韵,尤其是书写两湖近现代志士仁人如谭嗣同、刘复基、彭楚藩、杨洪胜、何叔衡、毛泽东等人的事迹时,更是饱含革命激情,极力张扬两湖现代经世致用文化的精神气概,充分展示了两湖现代忧国忧民、不怕牺牲、敢为人先的文化风采。同时,小说也以传神洗练之笔墨,描画出两湖地域的秀丽山川和市井民俗,自具人文之美。如写秋天的岳州府城,"西风渐紧,北雁南飞,洞庭湖边,岳阳楼上,到处是从各县来此应考的童生";而长沙城的通衢大街,热闹繁华;美貌女子,窈窕多姿;世情民俗,别具风味:"从小吴门一直到药王街,觉得繁华热闹了不起,比平江县和岳州府到底不同些","长沙旅馆是药王街一家最漂亮的旅馆;上下两进,中间一个大天井,东西两边,统统是亮晶晶的玻璃窗。老板娘年约三十左右,品貌俊俏而又风骚。她父亲姓汤,曾经在长沙县衙门当过差役,现在还活着。她有两个

---

① 谢觉哉:《看了〈六十年的变迁〉以后》,《读书月报》1957 年第 4 期。
② 李六如:《六十年的变迁·自序》,人民文学出版社 1957 年版,第 2 页。
③ 陈书良主编,胡良桂、龙长吟、刘起林著:《湖南文学史·当代卷》,湖南教育出版社 1998 年版,第 83 页。

养女,长名茶花,十五岁,次名海棠,十四岁,都长得娇小玲珑"。类似的关乎两湖地域文化、民俗风情、市井百态的摹写和再现,在小说中所在多有,莫不引人入胜,为历史存留下丰富、具体、现实、生动的写真。从这个角度来看,长篇小说《六十年的变迁》可以视为两湖现代文学史上的历史书写从政治形态向文化形态的转型之作。

第三节 文化形态的两湖历史书写

文化形态的两湖历史书写,在现代文学史上文类最全、作品最多、成就最高。代表性作家有杨书案、黄仁宇、李敖、熊召政、唐浩明、易中天、任蒙、王开林、王芸、映泉、任光椿、李叔德、胡晓明、胡晓晖、蔡德东等。

任光椿的"时代三部曲"包括《戊戌喋血记》《辛亥风云录》《五四洪波曲》三部长篇历史小说,其中尤以《戊戌喋血记》艺术成就最高,影响最大。这部小说再现戊戌变法的历史全过程,描写以康有为、梁启超、谭嗣同等为首的资产阶级维新派,在光绪帝的支持下发动变法图强运动,却在以慈禧太后为首的顽固守旧势力的反扑下,"百日维新"以"六君子"喋血菜市口匆忙结束的惊心动魄的历史悲剧。

小说成功塑造了谭嗣同这位光昭日月、卓厉敢死的英雄形象。出生于湖北巡抚显赫官僚家庭的谭嗣同,本来可以走上一条鲜花似锦的富贵康庄大道,但他却从封建专制统治中叛逆而出,面对多种艰难和困厄,迎难而上,义无反顾,志在"兴民智,倡民权","自上而下推行新政",创立"自由幸福之新型立宪国家"。当变法失败后,梁启超等人劝说他逃往海外避难,谭嗣同慷慨激昂地说:"各国变法无不从流血而成,今日中国未闻有因变法而流血者,此国之所以不昌也。有之,请自嗣同始","献此一腔热血,以荐我轩辕耳"。谭嗣同在狱中留下一首题壁诗:"望门投止思张俭,忍死须臾待杜根。我自横刀向天笑,去留肝胆两昆仑!"于菜市口从容就义。

《戊戌喋血记》是一部文化形态的历史小说。如小说主人公谭嗣同著有《仁学》,代表维新派的主要思想,这部书综合了传统中国的儒、释、道、墨各派学说,以及西方自然科学、社会科学、政治经济学说等,并自成体系,提出"仁"是万物之源,"以太"是构成万物的本质,"不生不灭"。宇宙有"变易、聚散"无"存亡、生灭"。谭嗣同在佛学领域用功最深,不仅进行理论研究,而且格外注重实践。他认为,佛学"自贵其心",包含着真挚的用世情怀,力主打通三教壁垒,提倡和实践积极入世、经世致用、普度众生、以佛法求世法的经世佛学。小说成功地描写了谭嗣同的仁者境界、人间情怀、勇者心迹和佛家慈悲相交融的心灵世界,那种扶大厦之将倾、知其不可为而为之的抗争精神,那种临死不屈、舍身求法的牺牲精神,催人奋进,感人至深,给人留下了深刻的阅读印象。

小说中活跃着一大批栩栩如生的历史人物,如:慈禧、光绪、珍妃、翁同龢、文廷式、康有为、梁启超、袁世凯、赛金花、孙中山、秋瑾等,直至行走江湖的贩夫走卒,三教九流,由此构建了小说雄阔的文化空间和多彩的历史画卷。作家对晚清历史文化知识烂熟于心,举凡宫廷礼仪、官僚体制、派系纠纷、商业行情、茶肆酒楼、典章文物、闺阁风情、书房雅趣、江湖规矩、战阵杀伐、历史掌故、天文地理、医卜星象、琴棋书画、奇门五行、算数韬略,在小说文本中娓娓道来,如数家珍,营造出浓郁、真实的历史文化氛围。两湖地域风景也得到浓墨重彩的精彩呈现,如爱晚亭前把酒观赏漫山红叶,岳阳楼头远眺八百里洞庭帆影,黄鹤楼上临风极目楚天舒,龟蛇二山锁住滚滚东流江水……令人扼腕长叹的主人公短暂人生的跌宕起伏的曲折命运,与物是人非不废江河万古流的两湖地域风景,形成对照,引人遐思,营构出历史小说特有的美学情感空间。

而《戊戌喋血记》在思想文化史上还散发出独特的光辉,这是第一部描写"改良主义运动并肯定这一运动"① 的长篇历史小说,这就不仅需要有对书写对象的"了解之同情",而且更需要有巨大的理论勇气。作家借小说人物之口议论说:"革命有两种方式两种途径。一种如法国之大革命,自下而上,行动暴烈,把皇帝送上断头台,用流血手段推翻专制,以建立民主之国家,其轰轰烈烈之势,实足以震今而烁古。然而,这种暴烈的革命,反复甚多,动荡极大,国力究竟受到了很大的亏损。另一种则是英国、日本式的维新,自上而下的变法,这种革命虽

---

① 陈书良主编,胡良桂、龙长吟、刘起林著:《湖南文学史·当代卷》,湖南教育出版社1998年版,第241页。

然也会遇到阻力,也可能要流一点血,但是国家形势,却要稳定多了,收效也甚大。"这种革命文化理论,并非小说人物一时兴起的信口议论,在《五四洪波曲》中,任光椿也写道:"流血只会带来流血,暴力只会带来暴力,以暴易暴,何能止暴?恶性循环,只不过是害苦了国家、民族和人民而已。"在暴力革命历史观占据主流的时代,这种反思无疑具有重要的思想价值和强大的理论勇气。总体来看,《戊戌喋血记》是一部有深度、有思想的文化形态的长篇历史小说。

  李敖并非两湖籍作家,但其唯一的长篇历史小说《北京法源寺》,却以湘籍志士谭嗣同作为主人公。该小说从袁崇焕被凌迟处死起笔,以康有为等人被掘坟终篇,纵贯三百多年历史轮回的家国命运。小说重点叙述戊戌变法的历史全过程,却又绝不仅仅局限于此。这是一部包含深刻隐喻意味的文化小说,"详人所略,略人所详",在宏观历史视域中诗意地再现了一代文化巨人寻找救国之路的曲折历程。小说在成功塑造谭嗣同、康有为、梁启超、光绪、大刀王五等人物形象,铺陈戊戌变法的历史过程时,时时将关注的目光投注于遥远的传统文化史,举凡中国文化史上的重要命题,如"生死、鬼神、僧俗、出入、仕隐、朝野、家国、君臣、忠奸、夷夏、中外、强弱、群己、人我、公私、情理、常变、去留、因果、经济(经世济民)等等",俱得到充分的论述和探讨。小说聚焦于文化巨人身上的传统文化的诸多矛盾性的主题,主题格外集中,冲突因此也就格外剧烈。小说浓墨重彩地塑造"大丈夫"人格形象,描写谭嗣同、康有为、梁启超、黄兴、大刀王五等"男性的豪侠、男性的忠义、男性的决绝、男性的悲壮",无疑是一部充满沛然阳刚气概之书。尤其是以身殉道、"踔属敢死"(章太炎语),"清季以来""一人足以当之"的"真人物"(熊十力语)谭嗣同这一人物形象,其志坚,其意决,其事奇,其人狂,这出"将有价值的东西毁灭给人看"(鲁迅语)的悲剧,令读者血脉偾张、击节扼腕、黯然神伤。小说开篇描写如带的天河,叙述北京人过七夕、鬼节、中秋的风俗,寄予对传统中国人"年复一年、周而复始"的轮回命运的深长感慨。与开头遥相呼应,小说结尾写道:"啊!北京法源寺,北京法源寺!我们不配向你再会,是你向我们道别、向我们一代一代道别。我们一代一代都倾倒了,只有你仁立。不过,我们乐见你的仁立,我们一代一代,把中国人民的血泪寄存在你那里——你的生命,就是我们的。"从"死亡"到

"死亡",一切有生命的东西,所有地面上活动的,终有一天,都将化作尘埃,只有法源寺,长远地、永恒地留在人间。谭嗣同被关押在刑部监狱时,自然无数次想到过"死亡"。这个刑部监狱,关押过明代忠臣杨继盛,监牢之外的那棵参天榆树,就是杨继盛当年亲手栽种的,三百五十年了,老树虬枝,傲立天地之间。杨继盛临刑时留下绝命诗:"浩气还太虚,丹心照万古。生前未了事,留与后人补。"果然后继有人,在杨继盛死后二十年,左光斗出生。左光斗五十一岁时,也做了烈士。死前也是被关押在这座刑部监狱,苦难总是这样传递、轮回,"只有开始,没有结束",这次轮到了谭嗣同。若非能够承纳虚构、喟叹、激情、感怀的小说文体,很难想象一向快意恩仇刺刀见红的李敖,还会有如此深情款款的文学情怀。这就是中国历史上一切正直的读书人所无法躲避的轮回般的悲剧命运。他们从小饱读圣贤书,抱着救国救民的热切愿望进入仕途,在腐败的官场、残暴的专制制度的碾压中,败下阵来,一不小心,就被无情倾轧。临刑前,谭嗣同在菜市口的刑场上,高呼:"有心杀贼,无力回天。"留下终身之憾。他甘洒一腔热血,以期唤醒民众,改良决无前途,甚至从杨继盛、左光斗以来一切仁人志士在专制体制内的奋争也决无前途。正是认识到了这一点,谭嗣同才能做到从容就义,期待以一死来激励蒙昧的众生。同时,小说对谭嗣同由出世到入世的佛学精神"回向"的过程及意义,也进行了独到的分析和展示,在看透世事如梦似幻的本质之后,再回头入世,故而能够不避水火、杀身成仁、舍生取义而无丝毫牵挂,这才是真正的佛教精神,才是真正的"菩萨道"——悲天悯人,舍身饲虎,慷慨赴死,从容就义……

　　文化形态的两湖历史书写,在任蒙、王开林、王芸、徐志频等人的散文创作中,也是一道亮丽的风景线。

　　任蒙的文化散文总是善于从历史题材中寻找到鲜明的现实意义,漫长的时间河流,"使腐朽化作神奇",我们在遗存的"神奇"中"更透彻地看到了腐朽"[①]。揭示长沙马王堆汉墓凝聚的封建制度的腐朽性,是《放映马王堆》的写作主旨。马王堆是西汉初年轪侯的家族墓葬群,出土了大量金器、银器、帛画、帛书、素纱、刺绣品等,尤其是以已有两千一百多年悠久历史的不朽女尸最为著名。任蒙考证出当时轪侯治下

---

① 任蒙:《放映马王堆》,《任蒙散文选》,武汉出版社2005年版,第107页。

只有七百户左右,三四千人,却在墓椁中陪葬了如此丰富、巨额、奢华的物品,于此不难想见统治阶级巧取豪夺的酷烈程度,进而揭示出中国历史上层出不穷的王朝更替的真正原因,那就是:为了富贵享受,夺取天下。马王堆的主人就是审时度势地参加了刘邦大业的结果。历史总是这样,循环不已,陷入无望的轮回:无法生存,揭竿而起,夺取富贵,疯狂囤积,新一轮的民不聊生,无法生存,被迫揭竿而起……《历史深处的昭君背影》将一片深挚的同情投射于湖北兴山县的小女子王昭君身上,对封建专制的批判依然猛烈,火力十足。"世上最神圣,最隆重,最风雅的,莫过于帝王的婚姻;世上最残酷,最野蛮,最荒淫的,同样莫过于帝王的婚姻。"① 天真无邪的少女昭君,被征选入宫,在村外的响滩,王昭君乘上小舟,溪水弯弯,她朝父母挥手,朝乡亲们挥手,朝群山挥手,皇城的宫殿比海还要深,此去将是一生,"乡亲们看着她挥动着瘦小纤细的手,好像突然想起:她还是一个孩子!"② 被征入宫,远离父母、同伴的女子,哪一个又不是孩子呢?千万家庭的骨肉分离,才能勉强维持帝王之家的日常生活运转。单于请求和亲,汉元帝将王昭君献出。在想象中,一列长长的车马队伍离开繁华富丽的长安,向着茫茫草原前进,厚厚的积雪,长空的飞雁,凄婉的琵琶,渲染着离别的悲怨和漫长的思念。任蒙以理性之笔写道:"我们应该用历史唯物主义去认识历史,不要无限夸大和亲的作用,更不要无限夸大和亲女主角的作用。"③ 在匈汉关系中,起着决定作用的永远都是实力的较量。董必武《谒昭君墓》诗云:"昭君自有千秋在,胡汉和亲识见高。词客各抒胸臆懑,舞文弄墨总徒劳。"代表着主流的、标准的、最高的历史评价。任蒙的着力点显然是批判封建专制体制,同情这种体制下女人不能自主的悲剧性命运,因此具有浓郁的文化批判色彩。《悲壮的九宫山》开篇写道,湖北通山县的九宫山海拔不高、山体不险、风景也不秀丽,但因为这是李自成殒命之山,故而能够闻名遐迩。李自成的殉难,将九宫山与一段波澜壮阔的伟大农民起义联系起来,"历史把一个巨大悲剧的结局安排在这里"④。散文将李自成进入北京时的盛况,与

---

① 任蒙:《历史深处的昭君背影》,《任蒙散文选》,武汉出版社2005年版,第123页。
② 任蒙:《历史深处的昭君背影》,《任蒙散文选》,武汉出版社2005年版,第124页。
③ 任蒙:《历史深处的昭君背影》,《任蒙散文选》,武汉出版社2005年版,第133页。
④ 任蒙:《悲壮的九宫山》,《任蒙散文选》,武汉出版社2005年版,第91页。

败逃九宫山时的悽惶，进行别有意味的对比，又考证了传说中的李自成的几种死因，认为对于失败者来说，就连死亡的原因和过程也无确定的答案。而对于今天的人们来说，正是因为李自成是失败者，前来参观的人们才更会同情他，如果他像刘邦、朱元璋一样，成功地坐上了皇帝的宝座，建立起了有效的权力世袭体系，实现了个人和家族的目的，人们就会憎恨他。人们总是同情失败者，部分原因还在于失败者尚没有呈露出专制权力的狰狞本质。作者联系现实，予以讥评，"就像现代的某些腐败分子，人们开始对他们的革命经历十分崇敬，后来他们的本质败露，人们发现他们投身革命不过是为了封妻荫子，腐化享乐，根本不是为了劳苦大众，对他们也就不再感激涕零了"①。荒谬的封建历史，总会遗留下荒谬的故事，这种荒谬感还会一如既往地持续流传下来。批判封建专制主义，是任蒙历史文化散文一以贯之的主题。十余万字的长篇散文《世纪的黎明》②，书写武昌首义的全过程，既有对辛亥革命终结了漫长的封建专制制度的欢呼赞美，也有对辛亥革命不彻底不坚决的惋惜遗憾，采用的依然是文化批判的视角。《世纪的黎明》借鉴小说创作的诸多手法，如细节呈现、人物对话、心理描写、动作神态刻画等，最大限度地带领读者回归历史第一现场，回到1911年10月10日古城武昌的那个夜晚，一系列阴差阳错的偶然事件，共同促成了首义的仓促举行。后世史学家费尽心力考证，仍然众说纷纭的是：究竟是谁打响了武昌首义的第一枪？任蒙在散文中以细节描写的笔法作了回答，新军士兵陈定国向陶启胜的后背放了一枪，及时赶来的熊秉坤见事已至此，当机立断，举起枪来，向空中连放三枪，由此揭开了武昌起义的历史序幕。批判封建专制主义和封建文化，是任蒙散文的一贯主题。《世纪的黎明》书写辛亥革命，自然念念不忘对封建专制文化的批判。散文写到末代湖广总督瑞澂听到起义军的枪炮声，大惊失色，带着家人从后花园围墙上凿洞钻穴而出，狼狈逃窜，作者以"遮天古树"为喻，曾经有多少人想要攀附它，如今树倒猢狲散，类似的"大喜大悲的戏剧"总会在专制体制下一再上演。作家无比尊崇辛亥烈士，那些牺牲在起义进攻战、阳夏保卫战中的数千名青年，都在二十岁左右，青春年少，大好

---

① 任蒙：《悲壮的九宫山》，《任蒙散文选》，武汉出版社2005年版，第95页。
② 任蒙：《世纪的黎明》，《反读五千年：一个文化的历史沉思》，广东教育出版社2013年版。

的年华，但历史选择了他们，他们选择了牺牲！历史的吊诡之处在于，轰轰烈烈的辛亥革命既"是二十世纪中国最伟大的革命"，"也是一次最让人遗憾的革命"。这种"未完成性"的遗憾，留待后辈志士仁人继踵前贤、流血抗争。《世纪的黎明》在宏阔的历史视域中，展现两湖地域革命党人的卓异风采，讴歌辛亥革命义士的伟业丰功，寄托深挚的"了解之同情"与对桑梓前贤的崇敬，堪称同类题材文化散文写作的翘楚。

如果说任蒙散文多为"巨制"——不仅仅是写作篇幅上的长短问题，而且更是结构上的丰富立体与视野上的古今贯通，那么王开林的《百年湖南人》[①]、王芸的《穿越历史的楚风》[②]、徐志频的《经营天下的湖南人》[③] 等人的文化散文则为"短作"，以寸管杀人，点到即止，不求面面俱到，往往"攻其一点，不及其余"，却予人深刻印象，可以说是最适合网络时代阅读的轻型文体。

王开林《百年湖南人》分列九章："脾气和性格""交游和往来""经历和遭遇""事业和功绩""至爱和真情""眼光和谋略""德操和品行""谐谑和调侃""议论和评骘"，对百年来湖南人的事功、生平等作局部性的精雕细刻，多为短章，散金碎玉，熠熠生辉。显而易见，作家对前辈乡贤充满仰慕之情，对湖南人这一群体在中国近现代史上的历史贡献给予了充分肯定。作者笔下的"百年"，从晚清直到民国，正是中华民族多灾多难的艰难时节，历史上涌现出一批湖湘雄杰，他们既是"补天"的女娲，也是"逐日"的夸父。扶大厦之将倾，挽狂澜于既倒。如"曾国藩一手缔造湘军，屡败屡战，不胜不休，终于剿灭了太平天国；左宗棠年近古稀，舁榇而行，挥师绝域，捍卫了西部边陲的金瓯完整；谭嗣同头颅一掷，激起革命回声；陈天华蹈海而死，同盟会空前凝聚；黄兴领导广州起义，中华民国初现胎息；宋教仁组织政党内阁，民主宪政透射出第一缕晨曦；蔡锷打响护国战争第一枪，铲断了邪恶帝制的根系"[④]。王开林认为，从表面上来看，近现代历史上的楚人充满"行动性"，易于动怒，血性弥漫，特别爱拼命，特别敢拼命，也

[①] 王开林：《百年湖南人》，江苏文艺出版社2013年版。
[②] 王芸：《穿越历史的楚风》，东方出版中心2009年版。
[③] 徐志频：《经营天下的湖南人：深度破译四百年湖南与两百年中国密码》，百花洲文艺出版社2010年版。
[④] 王开林：《百年湖南人》，江苏文艺出版社2013年版，第2页。

特别能拼命。但其背后,却有坚强的理性作为支撑。否则,不计后果的拼命,那就只能是血溅五步的匹夫之勇了,如魏源编纂《海国图志》,郭嵩焘大力传播西方政教观念,谭嗣同以《仁学》反抗专制,宋教仁设计政党内阁结构,等等。① 章士钊将近代两湖人士的这种性格特征归纳为:"好持其理之所自信,而行其心之所能安。"这是颇有道理的。在王开林笔下,魏源、郭嵩焘、曾国藩、左宗棠、彭玉麟、杨度、何绍基、谭嗣同、王闿运、黄兴、宋教仁、陈天华、蔡锷、章士钊、谭延闿、齐白石、金岳霖、沈从文、陈衡哲、丁玲等一大批湘籍人物形象,栩栩如生、跃然纸上。王开林书写历史人物的文化散文的成功,得益于以下三点。一是善于剪裁。如关于曾国藩的德操和品行,有浩如烟海般的文献资料、日记尺牍等可供选择,王开林却只择取"勤""俭"二字来作概括,这是抓得很准的。曾国藩提倡"八德":勤、俭、刚、明、忠、恕、谦、浑,其中,勤、俭排在最前边;曾国藩制定的家规也是八个字:考、宝、早、扫、书、蔬、鱼、猪,核心思想也是勤、俭,所以,用"勤""俭"二字来概括曾国藩的德操和品行,是十分精练、准确的。曾国藩关于勤俭方面的论述,同样浩如烟海,王开林善于化繁为简,进行合理的剪裁,他只引用了曾国藩家书中的两段话,外加一份"功课单"来作说明,要言不烦,十分得体。通过列举,读者就会明白,一代功勋赫赫、铜肝铁胆的封疆大吏,竟然如此"婆婆妈妈"谨小慎微,其防微杜渐的理学功夫,于此可见一斑。二是文化批判。如《被"考"焦的魏源》叙写魏源科举蹭蹬不顺,52岁才博得赐同进士出身时,评价道:"在中国古代","科场功名"总是将才士豪杰,"收拾得精髓尽涸,毛羽皆枯"。② 才华卓异如魏源者,竟然也被科场折磨了大半生,功名误人,难道不值得我们反思吗?难道还值得皓首穷经、空度岁月地去追求吗?但身处历史长流中的人们,却不得不做出如此艰难的选择,千军万马争过独木桥,这就是历史文化的特殊规定性。《百年湖南人》虽是书写前辈英雄,却并没有采取仰望视角,而是始终坚持文化批判的立场,采取平视,甚至俯视的视角,从而极大地拓展了审视的开阔度和纵深度。王开林以戏谑笔法称数次兵败投水自杀的曾国藩为"跳

---

① 王开林:《百年湖南人》,江苏文艺出版社2013年版,第1页。
② 王开林:《百年湖南人》,江苏文艺出版社2013年版,第54页。

水冠军",称白发临边、收复国土的左宗棠和彭玉麟为"救火队长",称章士钊在上海吃"流氓饭"和"律师饭",称清朝的灭亡为"输掉了屁帘子",等等,皆运笔如刀,嬉笑怒骂,极为生动传神。三是善于发现新的材料和细节。如打捞出宋教仁留学日本时"短暂的情爱恍惚"的史料,女主人公名为西村千代子。熊希龄与毛彦文的婚事本身并非奇闻,但作家从毛彦文的视角来考量这段不足三年的婚姻,断定其不仅幸福而且充实,颇有道理,散文引述毛彦文自传《往事》,其中将熊希龄昵称为"秉"(熊希龄字秉三),描述他们"整天厮守在一起","终日缱绻不腻"的恩爱生活情景。再如对丁玲、胡也频、冯雪峰等人情感纠葛的复现,对白薇爱情心理的分析,对谢冰莹三段婚姻的描写,等等,如果不是对那段史料有烂熟于心的深切把握,如果不是对浩如烟海的文献资料有明辨秋毫的善于发现善于择取的眼光,如果不是对两湖地域的历史文化有如数家珍的挚爱般的钟情,那是绝对不容易写得如此生动精彩的。

王芸《穿越历史的楚风》,倒溯历史,从张居正写起,一路明清悲风,仄唐平宋,浩然三国,两汉流魅,直到战国春秋,笔墨流连于两湖地域历史上的各路名士才俊、英雄豪杰,遍及文化经济、政治军事、诗酒风流、药学科技等领域,不一而足,如楚庄王、屈原、伍子胥、孙叔敖、钟子期、俞伯牙、辛追、韩信、刘秀、王昭君、关羽、陆逊、李白、杜甫、陆羽、毕升、欧阳修、米芾、苏轼、陈友谅、张献忠、李贽、公安三袁、张居正等,他们或为两湖地域的"土著",或为南来北往经停两湖地域的"客子",但毫无疑问都是极具文化影响力的重要历史人物。王芸的历史文化散文,另辟蹊径,以诗化笔触直抵书写对象的真实内心,善于调动色彩、声音、气韵、感觉、联想等多种语言功能,采用"分幕剧本"(多为四节或者五节)的文体结构形式,层层递进,实现史、思、诗的多重共鸣和情绪递进高潮。如《屈原:逆流而上的忠》,第一节"悲怀沙"书写屈原的蹈水死亡,全节只有一个意象,"沉入汨罗江",屈原沉江时,"水声蝶浪般翻涌,似远方传来的聒噪嘲笑。屈原,目向北方,面色凛凛,喟叹从齿间连绵而出,如莹白的雾色弥漫。披散的发,在水面绽放成黝黑的花朵"。[1] 这既是特写和放大,也是主体情感的无碍投入。第二节"哀郢都"描写已经逝去的屈原鬼

---

[1] 王芸:《穿越历史的楚风》,东方出版中心2009年版,第152页。

魂重现,驾着清风,回到已经沦陷的故国大地上巡视,黄的土,青的树,黍离麦秀,物是人非,屈原再次离开,辞郢都、浮夏水、过洞庭、渡夏浦、越陵阳、登鄂渚、溯沅水、走枉渚、宿辰阳、入溆浦……第三节"戚离骚"揭示忠义的不朽价值,感慨"王座前的恩宠是如此缥缈、脆弱"。第四节"穷天问"回到当下,作家写作的2007年盛夏,又是端午节,又是粽叶飘香、龙舟竞渡的时节,挂艾叶,悬菖蒲,佩香囊,吃粽子,在荆州的"天问阁"前,诵其诗赋,感觉到天地间充塞了屈子的天问,两千年来没有答案。时时刻刻关联着书写对象的内心感觉,充分调动各种语言表现手段以求回归历史现场,这是王芸历史文化散文的重要特征。同时,这种感觉和回归,又总是站在现代人的立场,因此也就具有了鲜明的文化批判意识和强烈的情绪"代入感"。如作家猜想被展览的长沙马王堆女尸的心理:"有哪个女人愿意将自己裸露的身体,交付无尽的展示……即使欣赏,也是亵渎。"① 这篇散文最终所要揭示的文化命题,却是那条一去永不回的生命法则,人生一世,草木一秋,最终"什么也不可能带走"。在创作谈中,王芸说过,书写江汉平原、荆州古城的时刻,"那是写作赐予我的幸福时刻"②,于此可见书写者与书写对象之间存在强烈的主动的地域文化认同感。

对于以余秋雨为代表的文化散文创作,人们在欣赏其纵横捭阖的豪放气势的同时,对其模式化的写作形式,往往不无訾议。洪子诚就说余氏散文"情感的表达有时过于夸张","篇章结构雷同"③。谢有顺更将文化散文创作一篙子全打翻,认为文化散文写作因为要从历史资料中寻找支撑,"留给个人的想象空间就显得非常狭窄",必然会限制创作主体的"自由心性"和"心灵力度"。④ 这种缺失如何弥补?这种困局如何破解?经由对上述散文创作的分析,我们发现,由于地域文化因素的加入,历史文化散文创作因此别具美学趣味,它可以有效消解历史宏大叙事和典籍文化的肥胖症,指引文化散文写作走向细节生动、语言活泼的崭新路途。

---

① 王芸:《穿越历史的楚风》,东方出版中心2009年版,第133页。
② 张鸿、王芸:《尊重生活和人性本身的复杂》,《穿越历史的楚风》,东方出版中心2009年版,第203页。
③ 洪子诚:《中国当代文学史》,北京大学出版社1999年版,第379页。
④ 谢有顺:《不读"文化大散文"的理由》,《北京日报》2002年10月13日。

第四节　人性形态的两湖历史书写

人性形态的两湖地域历史书写，主要是进入 21 世纪的产物，包括方方、何顿等人的历史小说，以及"毛泽东题材"的影视剧创作等。

方方的长篇历史小说《武昌城》①分为"攻城篇"和"守城篇"两部分，描写北伐战争时期发生在武昌城的攻、守战役。这场战役从 1926 年 9 月 1 日到 10 月 9 日历时 40 天，攻城的国民革命军、守城的北洋军和城中的无辜老百姓三方均付出了惨重的代价，作出了巨大的牺牲。方方站在人性的立场，怀抱悲悯的人道主义情怀，超越了过往革命历史叙事中先进/落后、正义/邪恶、光明/黑暗、革命/反动的二元对立的两极思维模式，以压抑的黑色笔调无限地逼近真实，揭开了战争残酷的面纱。小说《后记》写道："守城和攻城，各有自己的角度，……他们的理想是相同的，只是选择不同结果也全然不同罢了。"②小说再现了这种人性的丰富性和复杂性。"攻城篇"中的青年学生罗以南，看见同学陈定一被砍头，心灰意冷就想回老家当和尚，却在汨罗街头遇到了想要参加北伐军的老同学梁克斯，被劝说一起参加北伐。此时，所向披靡的北伐军一路势如破竹，攻下汀泗桥、贺胜桥，连战连捷，已兵临武昌城下。在残酷的攻城战役中，叶挺独立团正面强攻，一营营长曹渊牺牲，连长莫正奇（梁克斯的表哥）受重伤，梁克斯双腿被炸断只得躲在城门洞的死角里等待救援，罗以南手臂受伤……攻城受挫后，革命军改为围城，形成对峙局面。为了救回受伤的梁克斯等人，为了搬回曹渊的尸体，莫正奇、郭湘梅、吴保生、二强子、罗以南等人趁着夜色，分成两组，冒险行动，尽管十分小心谨慎，还是惊动了守城的北洋军官兵，他们点亮火把，戒备森严。郭湘梅一组潜爬到城门洞，梁克斯等人被简单包扎，拿到了馒头和水壶，却无法逃回阵地；莫正奇一组则以一死三伤的代价搬回了曹渊的尸体。为了营救梁克斯等人，郭湘梅、张文秀、张结子等人牺牲，多人受伤。梁克斯最终也没有获救。围城 40 天，武昌城内外，尸臭漫天。在追剿武昌城守军头目刘玉春的战斗中，莫正奇牺牲在蛇山

---

①　方方：《武昌城》，人民文学出版社 2011 年版。
②　方方：《后记》，《武昌城》，人民文学出版社 2011 年版，第 277 页。

脚下。同样高密度的"死亡"也遍布于"守城篇"中。因为攻城战役而被关闭在武昌城内的革命学生陈明武，与寡母走散，又被北洋军追捕，被喜云、喜子的母亲营救，而喜云、喜子的父亲袁宗春参谋，已经死在北撤的路途中。北洋军守城司令刘玉春决不投降，一次又一次地打退了革命军的进攻。马维甫参谋是土生土长的武昌人，但在围城的40天里乱军横行，他竟然无法保护家人。饥饿、瘟疫、强暴、抢劫，使武昌城已成人间地狱。在艰难的守城过程中，马维甫参谋与刘玉春司令有过一场对话。马维甫说：就算今生今世被打上懦夫或者叛徒的印记，我也选择弃守。以我一己的遗臭万年，来拯救众生。个人名节被毁固然可惜，设若这毁灭能换取全城人的生命，便是值得。但刘玉春却说：我只能严守军令。这是宿命。围城十六天后，沿街死亡枕藉，城中动物被杀尽吃光，紫阳湖边每天都有人跳湖自杀，尸体多得无法打捞，疯子突然多起来。[①] 吴妈被轮奸，马维甫心爱的表妹洪佩珠为免受辱跳井自杀，喜云、喜子的母亲溺水而亡，陈明武带着喜云、喜子艰难度日。良心备受煎熬的马维甫终于打开城门，革命军攻进武昌城。城破之夜，已到深秋，"夜的冰凉，沦肌浃髓，连痛苦也被凝固"。马维甫自责作为朋友、作为男人、作为亲人、作为军人，都是彻底的失败者，十恶不赦，[②] 他纵身跃下武昌城楼，终于以一死维持了自己的人格尊严。在此，人性闪耀着永恒的光辉。

这部小说的主题可以视为战争对人性的摧残，或者可以说，外在的革命在毁灭人性的同时也在无情地考验着人性内在的力量。在枪林弹雨中早已将生死置之度外的革命军连长莫正奇，答应临死之前的北洋军参谋袁宗春帮他寄出家信；攻城战役的惨烈和接踵而至的死亡的残酷，让怀抱革命理想的梁克斯迅速清醒过来，尤其是前来营救的战友们接二连三地被射中死亡时，"他为自己的冲动和鲁莽而深深后悔"；本来是逃避革命的罗以南，积极参加了营救，"只要他们活着，我们就得前去相救"。这些无不体现了人性的力量。彼得·卡尔佛特说过："革命既是暴力的，缺乏政治的理性，也是重建，体现了理性的社会组织。"[③] 目标正义的革命行动，往往总是以反理性、反人性的方式展开；革命与人

---

① 方方：《武昌城》，人民文学出版社2011年版，第209页。
② 方方：《武昌城》，人民文学出版社2011年版，第238页。
③ [英]彼得·卡尔佛特：《革命与反革命》，张长东等译，吉林人民出版社2005年版，第95页。

性之间充满悖论,"一方面,革命是为了追求一个更好、更健康、更公平的社会,为了人性更全面的发展,为了每一个生命活得更有尊严;另一方面,革命的过程却又如此地残酷、血腥,轻松地践踏了无数生命的尊严,甚至遍布了某些反人性的暴力特征"[①]。死亡触手可及,当梁克斯卧躺在城门洞里无法动弹时,明月高悬,晚风轻拂,城墙下堆积如山的尸体开始腐烂,人生就是如此残酷,尽管青春美好结局却是如此不堪,救援行动牺牲了那么多人,他的生命已经不属于他个人了,他决心坚韧地活下去,撑到死亡来临。

同时,《武昌城》也是一部献给武昌地域历史的大书,是一曲记载武昌城史的挽歌。小说"附录"梳理"武昌城简史"、勾画"北伐战争武昌战役攻守态势图"、记载"北伐战争及在鄂境内的三大战役"、为"武昌战役所涉重要历史人物"做小传、记录"北伐誓师词"、整理"国民革命军第四军武昌战役部分阵亡者名单"等,其用意甚为分明,就是要凸显小说文本背后的历史真实和地域真实。经历此战,武昌城被毁弃,武昌自此无城。在此意义上,我们可以说,长篇小说《武昌城》同时也是一部武昌城史、武昌城志。在小说《后记》中,方方一再诉说她对武昌各条街道、各种地标的熟悉程度,直到发现了一份武昌战役部分死亡人员名单,最终成为她创作的巨大动力,因为"我们今天和平安宁的生活",离不开当年他们牺牲的生命。[②] 作家的情感与武昌地域就是如此地血肉相连。

作家方方与武昌这座城市发生情感关联,一方面固然是日久生情;另一方面却也来源于这种不断深化的理性认知。年代并非久远,洪山、蛇山、胭脂路、棋盘街、阅马场、紫阳湖、巡司河、古楼洞、昙华林、张公堤、粮道街、候补街、贡院街、戈甲营、老教堂、司门口、户部巷、楚材街、清风街、花堤街、都府堤,地名犹在,似乎还可以从老街背巷中依稀寻找到当年的风采;长春观、宝通寺、黄鹤楼,依旧香烟袅绕,游人如织。方方描写武昌城,如数家珍,说是胸有成竹,绝不为过:高七米厚五米周长三十公里的武昌城墙,汉阳门、平湖门、文昌

[①] 洪治纲、欧阳光明:《革命与人性的双重质询——论方方的长篇小说〈武昌城〉》,《当代作家评论》2011 年第 5 期。
[②] 方方:《后记》,《武昌城》,人民文学出版社 2011 年版,第 277 页。

门、通湘门、宾阳门、忠孝门、望山门、保安门、中和门、武胜门等十座城门依次洞开,横亘城中的蛇山,将武昌城分为南北。① 真实的武昌城,真实的攻守战,在真实的时、空基础上,方方所要做的,就是最大限度地向人性的深处开掘。毫无疑问,她成功了!

何顿的"抗战三部曲"《来生再见》、《湖南骡子》和《黄埔四期》,书写百年历史风云,笔挟风雷,气势豪迈,超越了一般意义上的敌我对峙、国仇家恨的历史书写层面,而对人性的深层开掘达到了新的深度。

何顿以"长沙新市民小说"成名,自然主义式的"零度"写实是其一贯的写作风格。将日常生活与战争叙事相结合,是何顿抗战题材历史小说写作的一大创造。贺绍俊认为抗战小说存在着事实上的两道铁丝网,即"意识形态"和"英雄主义",它们禁锢着作家创造性的发挥,而何顿的创作则成功地突破了这两道铁丝网,这就是其文学创新性意义之所在。贺绍俊评论说:"何顿所理解的英雄主义,是一种不炫耀的英雄主义。何顿正因为穿越了战争叙事的铁丝网,他为我们提供了一种平民化的英雄叙事,一种去神圣化的抗日战争叙事。何顿他从历史出发,一直走进了现实,而这一切其实都来自于何顿对于现实的批判。"② 这种人文主义的历史观,同时也是一种日常生活的历史观,人文主义的重要表现就是对日常生活的充分重视和尊敬。何顿是一个依凭生活经验的作家。他认为,一个作家应该书写自己最熟悉的生活,这在某种程度上与郁达夫所说的好的文学作品必然是作家的"自叙传"相类似。在作家访谈中,何顿说过:"我是湖南人……写湖南是很自然的事,我熟悉,写起来顺手。"在纷繁变动的日常生活经验的表层之下,何顿挖掘出了近现代湖南人的精神内涵,"湖南人爱热闹,能霸蛮,有韧劲和血性"。其"抗战三部曲"将这种湖南人誓死抗争、担当国命的伟大精神,作了多层次、多角度的丰富立体、浓墨重彩的呈现。

《湖南骡子》③ 洋洋 57 万言,分为上、下两卷,各设 41 节,以中华人民共和国成立作为分界线,描写中国革命历史风云中长沙青山街 3 号何氏家族五代人的曲折命运,时间跨度一百多年。"湖南骡子"是刻

---

① 方方:《武昌城》,人民文学出版社 2011 年版,第 30—31 页。
② 贺绍俊:《穿越战争叙事的铁丝网——读何顿〈来生再见〉》,《湖南文学》2015 年第 2 期。
③ 何顿:《湖南骡子》,人民文学出版社 2011 年版。

苦耐劳、力大倔强、犟性坚韧、知其不可为而为之、认定死理撞了南墙也不回头的代称，褒义十分明显。欧阳斌将"骡子脾气"概括为湖南人的地域性格："湖南人个性坚强，凡事认定一个目标，勇往直前，不计成败，不计利害，不屑更改，是一种'不信邪'的'骡子脾气'，在中华民族之中，自成一地区性的性格。"① 从小说人物性格来看，何家五代人无论男女，都有这种骡子性格，却又各有差异相映成趣，日常生活的丰富多样性稀释了小说可能存在的"主题先行"的弊端，反过来强化了读者对于这种地域性格的认同。

20世纪初期，为了躲避匪患，打虎英雄、"我爷爷"何湘汉，带着妻子杨桂花，从何家山迁居长沙青山街，以制作、出售腊味为生，"吉祥腊味店"生意兴隆，门庭若市。"我爷爷"曾经只身前往匪穴救出被掳掠的"我奶奶"。他收下的徒弟唐正强、李雁军、李雁城和"我爹"何金山，受到时代风潮影响，都怀抱救国理想，先后参加革命运动。看似一连串的偶然事件，其实都是必然的结果。如唐正强的参军，源于一次街头冲突，他看见一个军警当众殴打妇女，上前制止，结果被军警抽了几皮带，他转过身来，"径直走进了招兵站"。② "我爹"何金山和"我大叔"何金江在读私立学堂时，受到肖先生新思想的影响，肖先生在课堂上语重心长地说："中国现在满目疮痍，一身的病，你们要立志，让中国在你们手上变强大。"维新变法、护国运动、府院之争、张勋复辟……城头变幻大王旗，国事蜩螗之中，少年何金山背着肖先生赠予的大刀，以《说唐》中的英雄人物李元霸、裴元庆、罗成自相期许，"自古英雄出少年"，在湘江边，对前来送行的肖先生说："肖先生您留步，我们就此永别了。"没有目标，没有方向，怀抱一腔报国的热情，他投奔到吴佩孚帐下。李雁城带着何金山到新民学会，结识了何叔衡、毛泽东等革命志士。李雁城对通过武装斗争推翻旧政府充满信心，但是何金山并不相信德国人马克思能够解决好中国的问题。何金山在湘军独立团当上新兵排排长，信奉"只要功夫深，铁棒磨成针"，把他学武的那一套拿出来，天不亮就开始操练，一直练到天黑，半年下来，他的新兵排无论是射击，还是格斗，在全团都得了第一。何金山因此被提拔为

---

① 欧阳斌：《论曾国藩的性格特质及其文化成因》，《中国文化研究》1998年第4期。
② 何顿：《湖南骡子》，人民文学出版社2011年版，第17页。

警卫连连长，兴致更高了，带兵练兵更加严格。但是，何金山无法不迷茫，受命前去弹压学生运动就受到了社会舆论的严厉批评；军阀混战更是看不到正义和理性的光辉；与红军作战总是会遭遇到顽强的抵抗。我们无法否认，何金山是个天生的将才，他带兵的确很有一套，肯下死功夫。可以说，他是个不讲主义的"军事技术派"。戎马倥偬，起起落落，何金山的光辉岁月，是全面抗战爆发以后，尤其是四次长沙会战，身为师长的他率领全师官兵英勇打退了日军的多次进攻，战功赫赫。"我大哥"何胜武是个神枪手，仅在长沙第一次会战中就击毙日军28名，击落日军飞机1架。在这次战役中，李文军击毙日军21名，刘二郎击毙日军11名。此事经由《大公报》宣传，全国大小报纸纷纷转载。长沙青山街何家门楣挂上了国民党长沙市政府颁发的大木匾："抗日英雄何胜武。"不幸的是在第三次长沙会战中，已升任营长的何胜武被日军炮弹打中，失去双腿。但这并不能阻挡住同仇敌忾的三湘子弟们，为了保家卫国，他们争先恐后英勇杀敌。由于第四军张德能部犯了战略错误，被日军偷袭成功，岳麓山失守，河西落入敌手。第四次长沙会战的主战场移至湘江东岸。失去双腿的何胜武由身材高大的杜国民背上战场，继续发挥神枪手的神勇作用。"我爹"率领的第三师全体官兵在黄土岭和金盆岭一带坚守了五天五夜，抵抗住日军猛烈的炮火和数十次冲锋，接到撤退命令后突围，5000多官兵只剩下1900多人，没有一人投降。抗战胜利后，何金山军长不愿意受命攻打人民解放军，乐得被架空赋闲。不久，程潜将军率领新一军接受中国人民解放军改编。何金山退出军队。李文军、李文华、何大金等人则穿上了解放军军装，继续参加全国解放战争。

四次长沙会战是小说中浓墨重彩的篇章，何顿采取"仰视"视角，描写抗战英雄舍生忘死、抵抗倭寇的英勇行为，场面恢宏，气吞山河。于枪林弹雨之中，凸显抗战群英的勃发雄姿，其事奇，其气盛，惊天地，泣鬼神。在作家访谈中，何顿曾经多次谈到书写国民党正面抗战的重大历史意义，多次说到长沙四次会战对于日军骄横狂妄气焰的重大打击，同时他也立志写出战争血淋淋屠杀的残酷性，写出军人的柔情、军人家属的苦难和坚韧。① 前方和后方，可以说是两个战场，何顿讴歌了

---

① 何顿、朱小如：《我仿佛与谁都很近，又都相距甚远——关于何顿长篇小说新作〈湖南骡子〉的对话》，《文学报》2011年10月20日。

这种誓死抵抗、绝不屈服的"湖南骡子"精神。

  小说"下卷"描写抗战英雄何胜武不甘沉沦的抗争精神，他用持枪的手拿起绣花针，成为湘绣和画画的高手，重新赢得了人们的尊重。更为"出彩"的形象当属何家的第四代人物何白玉，在"文革"中，何家的前辈英雄们因为各种历史原因，纷纷被打压，落寞不已。何白玉趁势而起，当起了造反派司令，直至成为厅级领导，达到他人生的巅峰状态。何白玉念高中时，将女同学孙燕的肚子搞大了，被劳教服刑。待了一年零三个月后，由当副省长的叔爷爷何金林给省公安厅厅长打招呼，提前释放，何白玉到农业厅招待所学厨师，不久转入农业机械厂当钳工。何白玉敢作敢当，为了帮姑母出一口恶气，他持一根螺纹钢条将工会赵主席打成傻子。何白玉利用自己家族闪光的革命斗争光荣史，利用前辈们的抗日战争英雄、抗美援朝英雄的闪亮招牌，登高一呼，应者云集，成立了造反派组织"工人革命军"，向"走资派"和"当权派"发起进攻，"这颗脑袋想问题属于进攻型"[①]，"革命"的第一步是从农业机械厂政工科尹科长手中"夺权"，这个尹科长刚刚将刘厂长打倒后"掌权"。何白玉无师自通地认识到了："老子比你更革命，那就能当头！"在全厂职工大会上，何白玉与尹科长进行了针锋相对的斗争。尹科长攻击何白玉的爷爷"双手沾满人民的鲜血"，是国民党时代的"伪军长"；何白玉反击道："我爷爷是国民党起义将领"，"我的两个亲叔爷爷何金林、何金石"参加过红军长征、抗日战争、解放战争、抗美援朝战争，"我们家"是由人民政府颁证的烈士军属，你尹安国只不过是"一个妓院老鸨的儿子"，就该打倒在地！这番义正词严、慷慨激昂的呵诉，彻底奠定了根红苗正的何白玉在机械厂的"领袖"地位。受其影响，何陕北在父亲被打倒后，从侄子何白玉处取得"真经"，也竖起造反派旗帜，"革命"得风生水起。叔侄二人联手，闯进省委夺权，火线入党。何陕北成为省革委会副主任，是当时最年轻的副省级领导；何白玉成为农业厅革委会副主任，系副厅级干部。何白玉与小刘离婚后，与农业厅饰演阿庆嫂的演员向萍重组家庭，他信奉男子汉大丈夫就"应该敢恨敢爱"，不可委屈自己。"文革"结束后，何白玉作为"打砸抢"分子被审查，他将自己的错误一股脑儿地往党中央推，又拿出革

[①] 何顿：《湖南骡子》，人民文学出版社2011年版，第347页。

命烈士的金字招牌来,"他在检查中特意突出革命烈士对他的影响",他"深挖"自己的思想根源时,说:当时就只想到,"自己是革命烈士的后代,如果不积极参加文化大革命就对不起死去的先烈"。审查的结果,是免去何白玉农业厅革委会副主任职务,换个单位,当一般干部。改革开放后,何白玉开始做生意,老年时在美国还巧遇孙燕,最后因为在火灾中救人牺牲获得了"英雄烈士"称号。这个人物形象身上,具备浓郁而鲜明的那种湖南人"霸得蛮"的典型特征。如此,就写出了"湖南骡子"精神的丰富性和复杂性,既有不计生死快意恩仇勇猛精进的一面,也有固执倔强不计利害助纣为虐的一面,饱含浪漫激情和理想主义色彩的"自我实现"同时也是一柄伤人伤己的双刃利剑,于此表现出作家历史思考的深度。

类似的精神呈现,也表现在小说中的女性人物形象身上。如少女何秀梅因为被乱兵蹂躏过,身心受到剧创,面对李文华将军多年执着的追求,始终打不开心结,将爱情深埋心底,耽误了一生的幸福;后来虽然与肖楚公结婚,但是也没有得到应有的幸福;离婚后她惨死于盗贼之手。如果说性格决定命运,那么何秀梅一生不幸命运的根源就在于她的"骡子"性格。她出生于军人家庭,从小受到的教育就是要赢得胜利,想赢的人生愿望非常强烈,因此她不愿意也不敢说出曾经受过伤害的真相,这也充分说明她在心底是非常热爱、非常在乎李文华的。她那从小争强好胜的性格,她那传统贞洁意识十分严重的观念,彻底冰封住她那内心炽热的爱情。

从文学史角度来看,何顿历史小说书写的最大贡献在于其宏大历史架构下的日常生活叙事,人性表达借此获得了广阔而纵深的空间。事实上,何顿小说不乏建构的雄心。在小说叙事中,何顿特意将百年历史上的重大事件,与小说人物命运紧密关联,比如何湘汉一家人为躲避匪患来到长沙时,正是武昌首义湖南首应之年;何金山身负大刀离家出走,正是袁世凯称帝之时;李雁军从国军团长变成彭德怀的部下,正是平江起义之时;何金石走上革命道路,是因为九一八事变日寇入侵;等等。至于在小说叙事中穿插百年中国历史发展的宏观背景,更是不胜枚举。小说对湖南人骡子性格或者骡子精神的概括,更是对曾国藩、左宗棠、谭嗣同、黄兴、蔡锷、彭德怀、贺龙、罗荣桓、任弼时、黄克诚、王震、黄杰、刘戡、刘嘉树、霍揆彰、宋希濂、郑洞国、廖耀湘等近代以来湖南人士的倔强性格和反抗精神的"抽象归纳"。但是,《湖南骡子》不同于一般战争小说的"传奇化",也不同于一般抗战小说的"英雄叙事",它将历史具体化、日常化,每一步都踏在坚实的土地上。何顿写出了烽火岁月中人们的生活真相,他们怎样谋生,怎样挣钱,怎样婚丧嫁娶,怎样家长里短,怎样彼此算计,因此全篇闪耀着历史的"理性"光辉。小说细致描写了"我爷爷我奶奶"初到长沙时开"吉祥腊味店"谋生的情形;碧湘街妓院的各种行规和门道;何金山迎娶李春的排场、陪嫁和风俗;季节转换和天气变化对于耕作于大地之上的农民们的意义;何金山从攻打红军的前线上逃回长沙后开办"老兵饭店",以"红烧猪脚"打响品牌;细木匠做家具上油漆;彭家制作白铁桶和脸盆;雷家父子用钳子、扳手修车,上黄油,补胎;长沙会战时,何家人回到大山深处的何家村避难,"山村里过年就是过年",战争早已被村民们忘在脑后,糍粑、瓜子、糕点、花生,当然少不了还有酒,春节后,村里村外的桃花、梨花突然开放,白如雪,红似火,蜂飞蝶舞,庄稼返青,犁耙水响,猪牛交配,万物充满生机①;改革开放之初,长沙街头,曾家的儿子因为打群架劳改过一直没有安排工作,便撬开自家窗户,开个小店"青山街食品店";韩家开了炒货店;南门口、黄兴路上开始有三轮车的衣服鞋袜流动摊子;双喇叭录音机,宽脚的喇叭裤,撼人心魄的动感舞曲,邓丽君的缠绵甜歌,街角的交谊舞,忽如一夜春风来,涌上长沙街头。②类似的社会生活史的细节描写,让我们想起威廉·曼彻斯特的名著《光荣与梦想》,这些无疑为小说增添了历史的厚重感和时代的生动性,同时也为虚构的小说提供了人性真实和社会生活真实的证词。

长篇历史小说《黄埔四期》书写谢乃常、贺白丁及其家庭成员纵贯百年中国历史的人生经历和曲折命运,仍然是将湖南地域作为小说人物的重要舞台,仍然是在宏阔的历史架构中铺陈繁花似锦血肉丰盈的人性细节。谢乃常和贺白丁都是黄埔四期生,毕业后投身国民革命和救亡运动,先后经历上海"一·二八"抗战、淞沪会战、兰封会战、中条山会战、武汉会战、长沙会战,直至赴缅作战,为国效命,万里驰驱,

---

① 何顿:《湖南骡子》,人民文学出版社2011年版,第222页。
② 何顿:《湖南骡子》,人民文学出版社2011年版,第425页。

壮怀激烈，九死一生；1949 年后却由于其国民党身份，在历次政治运动中在劫难逃，饱受折磨，批斗下放，妻离子散，精神也变得有些萎靡不振，却始终没有沉沦。小说人物形象饱满生动，如谢乃常的圆滑世故谨小慎微，贺白丁的精力充沛野心勃勃，贺兴的叛逆倔强不计后果，贺山的狡诈残暴卑鄙猥琐，何小玉的小心翼翼如履薄冰，马沙丽的坚韧耐劳温柔善良，贺强的勇敢理性沉着节制，等等，莫不刻画得栩栩如生。小说对抗战"八千里路云和月"的书写，气势恢宏，闪耀着人道主义的光辉。小说揭示了战争残酷无情的本质，也挖掘了战争对人性的深长影响，由此揭开了历史血淋淋的真相。

如同《湖南骡子》对长沙地理和风物熟悉得如数家珍的描写一样，《黄埔四期》也充分调动了作家的个体生活经验，军区大院、八一路、中山路、黄兴路、五一广场、长沙新火车站、湘江大桥，种种长沙老店、地名、方言等，借此营造出浓郁的长沙地域风情，"革命历史叙事和精微日常生活描写的融合使整部作品极富质感，生活气息和地域味道迎面扑来"①。何顿笔下的战争和"后战争"，既造成了人性的扭曲，也是对人性的重新塑造。战争中死去的兄弟们枕藉的尸体，一直是谢乃常挥之不去的梦魇，他的岳父、儿子和妻子陆琳都死于日军轰炸之中，但他能够及时驾驭报仇心切的部下，直至寻找到毙敌的良机才放手一搏，突袭得手。在淞沪会战的前线阵地上，贺白丁亲手枪毙了临阵脱逃的堂弟贺怀国，许多年以后仍然无法忘记那双乞求的泪眼，自己也因为性格倔强遭人陷害而被关进监狱。

一方面是宏伟壮阔家国天下的历史画卷；另一方面则是波澜起伏曲折宛转的个体命运，何顿以人性书写呈现历史真实，辅之以地域风情风物风俗、日常家庭生活婚丧嫁娶、工业农业城市乡村百行杂作等背景知识，将百年历史的大结构落实于饮食男女的细水流年式的呈现，彻底扭转了一般战争文学的"虚构"、"失真"和"神化"的歧途，显现出别样的叙事风采，具有突破性的文学史意义。

近年来，牛维佳的长篇历史小说《武汉首义家》、望见蓉的长篇历史小说《铁血首义路》、罗时汉的长篇纪实文学《城市英雄》和余启新

---

① 吴杰：《向历史纵深挖掘——读何顿长篇小说〈黄埔四期〉》，《昭通学院学报》2016 年第 6 期。

的中篇小说《胭脂巷轶事》等篇什，聚焦辛亥革命武昌首义的历史风云，"重新发现历史"，"开拓爱情题材写作新空间"，"还原历史的复杂性"，①也都在日常生活书写中凸显人性的光辉。另外，一系列"毛泽东题材"的文艺作品，如颜梅魁的《毛泽东在1925》《毛泽东去安源》，王青伟的《风华正茂》《湘江北去》，谭仲池、杨少波的《通道转兵》，杨华方、杨哲的《毛泽东和他的六个亲人》，杨华方的《难忘1925》《毛泽东与五虎将》，黄晖的《恰同学少年》，袁子丹的《日出东山》，蒋昌起的《乡关》等小说和影视剧，致力于塑造真实生动的人物形象，还原领袖人物"青春、红色、偶像"的丰富人性内涵，展现其独特的人格魅力，将"激情燃烧"的伟大时代与"风华正茂"的青春风采紧密结合，堪称人性形态的历史书写的崭新篇章，这种对"平凡的伟大""温暖的人性""成长的选择""青春的激情"的艺术表达，赢得了广大观众和读者，尤其是青年一代的广泛认同和情感"代入"，"青春、偶像元素的加入，主旋律文化与大众文化的联袂出演，为毛泽东题材影视剧的创作打开了一个新的突破口"②。

第五节　人物形象·文体建构·史识表达：《鸟之声》

阅读映泉的长篇历史小说《鸟之声》③，始则惑然，继则惘然，终则豁然。疑惑的是映泉何以会抛弃他已经熟悉并取得过巨大成绩的现实生活题材？迷惘的是在当下清宫戏、打斗戏、床头戏充斥书摊、荧屏的文化大环境下，这部以先秦楚国史作为表现对象的小说能成功吗？重读后豁然开朗，因为作家有他独特的创作理念和追求，三部曲几近完美地实现了这种追求。《鸟之声》是《王者之歌》三部曲之一，以楚庄王作为主要表现对象。以下主要从人物形象、文体建构、史识表达等方面对这部小说展开论述，同时兼及当下长篇历史小说创作的得失成毁评价问题。

---

① 樊星：《湖北作家的辛亥革命记忆》，《湖北日报》2011年6月17日。
② 彭在钦、张瑜：《近十年来湖南作家"毛泽东题材"影视剧创作研究》，《电影评介》2013年第8期。
③ 映泉：《鸟之声》，长江文艺出版社2008年版。

一 人物形象

《鸟之声》从公元前621年商臣弑楚成王写起,到公元前591年楚庄王去世完篇,时间跨度为整整30年。这30年正是楚国走向鼎盛并达到高峰的时期,小说涉及的历史人物有近百个,历史事件纷繁复杂,大小战争如伐庸、伐宋、伐陆浑之戎、伐陈、伐郑、伐萧、邲之战等层出不穷,加之宫闱秘议、朝堂政变更让原本就已复杂的政治斗争充满斧声烛影的诡秘,儿女情长的爱情故事也为这段血腥历史装点出旖旎风情,而帝王将相之间的翻云覆雨、雷霆雨露往往出人意料,作家用他那支生花妙笔再现了距今2600多年的往事烟云,人物形象栩栩如生历历在目,这一点殊可见出映泉深厚的写作功底。《鸟之声》着墨最多的当然是小说主人公楚庄王;而用意最深钟情最甚的则属传统史书上记载的一个"潘金莲"式的奇女子——夏姬。

先说楚庄王。庄王最大的特点是他的霸气。作为"春秋五霸"之一,楚国是唯一一个在西周时代"尊王攘夷""周王天下"的大背景下,敢于冒天下之大不韪公开打出"王"号的方国。小说对楚庄王的霸气有精到的描述,这种对历史人物主要性格的把握和定位是相当准确的。

楚庄王年幼时是一只"呆鸟","如一块木头疙瘩",他亲眼看见了自己的父亲商臣弑祖父成王夺位的一幕,这种血腥场面对于一个儿童来说,究竟意味着什么?对他成年以后的心理会产生哪些不良影响?相信心理学家会有深刻的分析。楚庄王一生分为三个阶段,从出生到即位三年是"呆鸟"阶段;从庄王三年"一飞冲天"到庄王八年"问鼎中原"是成"霸"阶段;从"问鼎中原"到谢世是向往成"王"的阶段。作家对庄王一生所作的三个阶段的划分是较为符合历史实际的,而最为关键的,作家对庄王"三阶段"内部连贯线索的把握也是准确的。庄王的变化并不突兀,而有其内在的根据,这就是"成霸"与"成王"的心理向度上的矛盾冲突。这种矛盾冲突几乎是悲剧性的、宿命性的存在,它贯穿了楚庄王的一生。

作家生动形象地刻画了一个矛盾的楚庄王,他必须在一系列矛盾的对峙中艰难地选择:生命的短暂与历史的长久、声色的享乐与事业的艰

第三章 对两湖历史的文学呈现

辛、战争的血腥与德治的祥和等,历史学家张正明先生在分析楚庄王的性格时说:"人的性格通常都不是单纯的,往往有两种似乎并不协调的性格交缠在一起,此显而彼隐,此隐则彼显,但总有主从之分。庄王也这样,冷静时能做到的,冲动时就做不到。对公理和正义更是这样,言论和行动,认识和实践,有时合拍,有时脱节,可以几经反复,只是合拍的多些,脱节的少些罢了","春秋五霸,性情最暴烈的是楚庄王,但度量最宽宏的也是楚庄王,无论对国外、对国内,都是这样。对国外,逆者讨而威之,足见其暴烈;顺者抚而怀之,又足见其宽宏。对国内,若敖家族的乱臣贼子几乎被斩尽杀绝,足见其暴烈;平时爱护臣僚,珍惜人才,重大节而轻小过,又足见其宽宏"。[①] 在小说中,这种矛盾的性格得到了生动形象的表现,如楚庄王挑动内部权贵自相残杀,命令申舟过宋境故意不假道而送命,伐宋时奋袂而起走到宫门外随从才给他配上剑的急躁,夜宴时对于暗中拉扯美人衣裳的将士的宽宥,借小事诱杀令尹斗班、激怒斗越椒叛乱,故意冷落宿将名门而起用新人作战,下达止谏令后杀人时不动声色的冷漠,对夏姬的多情与对其他美人的绝情,等等,都是这种矛盾性格的生动体现。正是因为楚庄王一身而兼备上述诸种矛盾,这些与生俱来的性格冲突才更让人物形象充满了多种可能性的张力,小说叙事由此起伏跌宕峰回路转,吸引着读者想要一探究竟的目光。

任何人物典型都是独特的"这一个",也就是说,他与其他人物明显不同,却又具备相当的代表性。楚庄王就是这样"独特的"一个人。小说对庄王的内心世界也进行了深刻的探索,庄王之所以会有诸多矛盾对立的表现,来源于他内心深处的怀疑精神。从文化大环境而论,周王朝信奉的以德治国的信条在那个战乱纷扰的春秋时代已经基本上行之无效了,而楚国相对于中原来说只是个偏远的"南蛮小国",文化落后,经济不发达,但楚人自古就有"筚路蓝缕"的奋发努力精神,敢于躐等破格标新立异,面对中原周天子,楚庄王既自信又自卑;从时代背景来说,在冷兵器时代,经济和文化的发达从来就不是战争胜利的绝对保证,楚晋城濮之战时楚国实力要强于晋却以楚败结局,楚晋邲之战时晋国实力要强于楚却以晋败结局,楚庄王一方面向往"王天下"的气度;

---

① 张正明:《楚史》,湖北教育出版社1995年版,第147页。

另一方面却也有"霸天下"的冲动,而且"霸天下"要远比"王天下"来得快捷迅速。这是一种发自内心深处的怀疑,它并不是"否定"。否定太简单了,否定是顾此失彼二者必居其一的选择,而怀疑则要深刻得多,它是对对立的双方都抱有"同情的了解"却又都无法相信的一种两难处境。从小说叙事学而言,这种深刻的怀疑精神让人物生动丰富鲜活起来。王安忆在解读包括米兰·昆德拉的《玩笑》在内的一批作品时,就把"怀疑"作为文学的一种气质,并且分辨说:"我觉得'否定'要比'怀疑'低级,不如'怀疑'高级。对否定,因为你是天,我就是地,它有一个参照,由此说来,否定也是在被约束的、被左右的前提之下才成立的。有正才有否,'否定'也是受规定制约的,实际上是遵从了这个规定然后去否定。我站立的位置总是和你对立,只需要不满和愤怒作冲动,就可激发它,推动它,使它操作起来。而怀疑就不是这样了,它比较复杂和困难,虽然看上去要温和得多,不那么激烈、强烈,但包含的内容复杂得多,含有思考。怀疑是很不容易做到的,这之中怀着一种痛苦,非常难言的痛苦,它不知道不要什么,也不知道要什么,处在非常大的难言之中。"[①] 正是在这一意义上,我们说楚庄王具备"哈姆雷特"气质,是一个被赋予了现代观念与现代意识的,能够被现代读者所理解所同情的历史人物。郭沫若在谈到他创作历史小说的目的时说"要借古人的骸骨,另行吹嘘些生命进去"[②]。而事实上任何历史小说写作都不可能还原本真形态的历史,小说家视域中的"历史"也明显不同于历史学家视域中的"历史",此小说家的"历史"亦会迥异于彼小说家的"历史"。有鉴于此,克罗齐说,"一切历史都是当代史",一部历史小说所表现的只能是小说家心中的历史,因而,对历史的理解过程本质上是将历史视角化的过程。映泉以巨大的创作热情写出了他心目中的祖先楚庄王,这一人物形象的塑造是成功的、深刻的、丰富的。

再来看夏姬。根据史书记载,夏姬是陈国司马子西的妻子,15岁时学会"素女采战之术","与人交接,就中采阳补阴,却老还少",未嫁时与子蛮私通,嫁与子西后生下一子名征舒。孔宁、仪行父买通夏姬

[①] 王安忆:《心灵世界——王安忆小说讲稿》,复旦大学出版社1997年版,第27—28页。
[②] 郭沫若:《孤竹君之二子·幕前序话》,《创造季刊》1923年第1卷第4期。

侍女荷华，得以通奸，二人以夏姬锦裆、碧罗襦夸示于朝，陈灵公也来分一杯羹，得到夏姬赠予的贴体汗衫，从此君臣荒淫，有时甚至作"联床大会"，四人同榻。夏征舒长大成人，做了司马，有一次听到陈灵公与孔宁、仪行父当着他的面议论他到底是谁的儿子，说"他的爹极多，是个杂种"，大怒之下射杀陈侯。孔、仪二人则奔逃楚国。楚庄王伐陈，俘夏姬想要娶她，被屈巫劝谏不可"贪色"而止，子反也想娶她，亦被屈巫以其人"不祥"劝止。后来楚庄王将夏姬嫁给连尹襄老，襄老战死后，夏姬与襄老子黑要同居。屈巫有意娶夏姬，就唆使夏姬回到娘家郑国，后与其结婚。毫无疑问，夏姬在历史上是一个妲己、褒姒似的祸水红颜，在民间传说中也是一个潘金莲似的放荡女子。她生活的地方"株林"也成为文化史上一个令人心魂摇荡的淫逸所在，《诗经·株林》云："胡为乎株林？从夏南。匪适株林，从夏南。"

就是这样一个早有"历史定评"的人物，映泉却故意"反弹琵琶"，为其"正名""翻案"，勾勒出了一条夏姬"不得不如此"的宿命般的命运线索，将一个在乱世中无法把握自己命运的女人形象刻画得栩栩如生：她虽生于污泥之中，却一尘不染心地高洁，以她如莲般的圣洁衬托出周遭男人们的卑污不堪。正是在这一意义上，我们觉得映泉还属于20世纪80年代，浪漫主义、理想主义、英雄主义、尊重女性、歌颂母爱等主题依然是他不变的诉求，这一点他始终没有改变。在80年代的代表作《桃花湾的娘儿们》中，在区委梁厚民书记的带动下，桃花湾的美丽的大胆的泼辣的娘儿们站立起来了，她们自尊自爱，走上了共同富裕的道路。其中，春桃的坚强自立，桂花的无知天真，菊香的幼稚冲动等无不跃然纸上，给我们留下了深刻的印象。在《鸟之声》中，夏姬的丈夫司马子西是滥情的醉心于淫欲的人物，因为"纵欲太过"，"一命呜呼归西了"。孔宁作为丈夫的朋友，假意嘘寒问暖，令夏姬感动，趁机"将她按到了席上"，"走时将她的内裤穿跑了"；仪行父效仿孔宁故事，并以她和孔宁的事作为要挟，逼夏姬就范；陈灵公"这个流氓头儿""握有生杀予夺大权"，夏姬也只得服从。夏征舒不甘心母亲被辱，愤而射杀灵公，引来楚庄王的讨伐。在俘获夏姬后，楚庄王对她深有好感，却被屈巫劝止。夏征舒被车裂，夏姬嫁给襄老，得到襄老的关爱。襄老战死，在祭奠襄老的灵堂上，楚庄王耳闻目睹了屈巫的无耻要求、襄老儿子黑要强暴继母的不伦行为，但他既不能杀屈巫也不能杀黑要："世界如此不完美，称霸了又怎么样？惩办了屈巫又怎么样？自己一身道德完美了又怎么样？越是美丽的东西，背着的脏东西越多，这是他从夏姬身上看到的。"怀疑的火焰又一次燃烧起来。夏姬和庄王互相深爱着，但他们不能够结合，在乱世中情感怎样发展是一种人力无法把握的宿命。不久，楚庄王病死，夏姬在株林祭祀丈夫和儿子后自杀。为了隐瞒真相，屈巫只得与夏姬的侍女成婚，后人还以为他是与夏姬结婚了，其实不是。应该说，这段案情翻得还是比较成功的，站在夏姬的立场来看也是顺理成章的。小说中有"夏姬与屈巫成亲之后，才从屈巫嘴里知道他一系列的诡计"的句子，似乎是赘笔，与整体情节明显不合拍。除此之外，其他各部分都言之成理。从"荡妇"到"贞女"，这是映泉在这部历史小说中人物刻画方面最大的贡献。

马克思主义者一贯认为：历史并不是"某种特殊的人格"，而是"追求着自己目的的人的活动而已"[①]。历史中的活动着的人才是历史的真实本质，他们追求自己的目的，活得有声有色，历史小说的关键当然是要刻画出人的历史和历史中的人。映泉出于一贯的同情弱者同情女性的写作立场，在《鸟之声》中塑造了独特的夏姬形象，反转了男权社会加之于弱者的种种污蔑，将置于夏姬头上的"妖魔化"咒语完全解除，夏姬追求爱情而不可得的悲伤与沦为男性玩物的悲剧命运，成就了一个"从尘埃中开出花来"式的圣洁女性形象，令人洒出一掬同情的泪水。同样出于赞美女性的立场，作家还塑造了楚庄王的夫人樊姬的形象，樊姬机智勇敢有胆有谋，辅佐楚庄王成就了一番惊天动地的伟业，是一个能够把握自己命运的奇女子，代表了作家心目中的优秀女性形象。

以楚庄王、夏姬、樊姬等作为人物构建主体，映泉塑造了一批生动的楚国人物群体形象，复活了先秦刀光剑影错综复杂的历史生态，取得了巨大成功。

二 文体建构

《鸟之声》最大的艺术特点在于它的"截断众流"的探索勇气，直

[①] [德] 马克思、恩格斯：《神圣家族》，《马克思恩格斯全集》第2卷，人民出版社1956年版，第118—119页。

接续接上了鲁迅所开创的中国现代历史小说写作传统。

众所周知，在当下的主流历史小说中，像二月河、唐浩明、熊召政等作家创作的"清帝系列"、《曾国藩》、《张居正》等作品都可以说是文化型的历史小说，"不同于以往作家，他们用大文化视角替代原来的政治视角，有的虽未能做好文化转换（将文化化为文学）的工作，却极大地开拓了历史小说思想艺术的空间"，加之顺应了全球化语境中的保守主义、怀旧主义的思潮，一时颇为轰动，但"他们基本还是思想道德乃至史实层面的翻案，没有跳出认识论、反映论的范畴"，小说作者感兴趣的主要还是史实或政治历史层面的还原，而不是审美和形式上的创新，"因而文本模式仍显僵硬陈旧，缺乏创意"[①]。当代历史小说如何走出创作困境？如何从新的角度切入历史，而扬弃这种已经形成为"套路"的写作模式？当康熙、雍正、乾隆等帝王一变而为才高八斗忧国忧民的"人君"时，过度的"文化书写"屏蔽了文化压制的血腥往事，这已距离历史实际有多远了？文化角度固然可以代表部分人的部分史观，而其他在历史现场或者在历史现场以外的"沉默的大多数"是否也认同这种表现方式？

映泉的高明之处，首先在于他从文化历史叙事的框架中突围出来。将楚庄王写成文化学者固然可以突出主人公的不凡修养，渲染楚庄王与樊姬的爱情故事固然可以凸显庄王的旖旎风流，描写夏姬的多角恋爱固然可以满足一部分读者的"窥视欲望"，但映泉舍此而去。他选择了一条崎岖的写作路径，以力求客观到几近冷漠的态度叙写历史中的人和事，而没有"强作解人"式地阐释楚庄王及其时代。我们觉得这一点尤其可贵。

事实上，面对楚庄王这样一个复杂的矛盾统一体，任何力求作出前后相继因果相连的阐释努力都将是徒然无功的。不因对写作对象的偏爱而护其短，不因对写作对象的憎恶而隐其善，这才是冷静的客观的书写态度。正如列宁所指出的那样，"在分析任何一个社会问题时，马克思主义理论的绝对要求，就是要把问题提到一定的历史范围之内"，"判断历史的功绩，不是根据历史活动家有没有提供现代所要求的东西，而

[①] 吴秀明、尹凡：《〈故事新编〉模式历史小说在当下的复活与发展》，《文艺研究》2003年第6期。

是根据他们比他们的前辈提供了新的东西"①。无论从哪一方面考察，楚庄王都"不仅是一位雄主，而且是一位明君"②，这是历史学家的定评。楚庄王推动了历史的前进步伐，作出了独特的历史贡献，但他性格上的骄矜、傲慢和处事上的急躁、轻率也是无可回避的缺失，他杀过许多不必要杀死的人，打过不少没必要的战争，作家对此没有护短，更没有找出牵强的理由来作"同情的理解"，得出"不得不如此"的"事后诸葛亮"式的推断，而是力求冷静客观地描述历史事件背后的是非曲直，由读者自己来作判断。这就回到了中国传统历史小说写作的主流方向，是对当下文化型历史小说创作的有力反拨，其意义当不容小觑。

但是，任何文体建构都具有两面性。当映泉背离当下历史小说创作潮流而回归到传统历史小说写作路径时，对传统历史小说写作中比较注重的文化氛围却重视不够。我们一般认为文化可以分为四个层面，即物质层面、制度层面、生活方式层面和观念层面。前三个层面看似琐碎、枝节，却是历史小说写作的关键所在。饮食、服饰、建筑、舟车、礼仪、风俗、官制、称谓、钱币、谷粮、时尚、舆地、器物、宗教、民歌、文物、消费等的描写在传统历史小说写作中占有极其重要的地位，是构建历史文化氛围的最佳途径。令人遗憾的是，映泉在《鸟之声》中对此类历史文化的描写却着墨不多，由于楚国与中原儒文化圈诸国迥异其趣的文化特征和民俗风情，相信读者会对有关楚国文化的描述葆有相当高涨的阅读期待，小说在这一点上恐怕会让读者意犹未尽了。历史小说文体的这种与生俱来的两面性，必然会导致作家在注重创新性的同时忽略继承性。如何在两者之间寻找到比较谐和的平衡点，仍将是今后相当长一段时间内历史小说写作者必然会面临的难题。

我们说《鸟之声》直接续接上了鲁迅所开创的中国现代历史小说的写作传统，是就其文体风格而论的。鲁迅的《故事新编》多用白描手法，笔意幽默到油滑的地步，充分体现了创作主体的自由度。有学者认为创作历史小说，在一般文学创作的三种基本功——充足的生活经、艺术想象力、文字表现能力——之外，还要有"三项特殊基本功"："充足的

---

① 《列宁全集》第2卷，人民出版社1984年版，第150页。
② 张正明：《楚史》，湖北教育出版社1995年版，第151页。

历史知识""较强的使用文言的能力""比较浓厚的古诗文功底"①。而《故事新编》的文体学意义则表现为强烈的主体渗透意识和现代性观照之上。鲁迅的《故事新编》从开始创作到编写完成共历时13载,这些小说取材于古代历史传说故事,而又融入了作家的现代观念,在文体上别具一格,庄谐杂陈,融会古今,具有高度的思想性、情节性和艺术性。鲁迅在《南腔北调集·我怎样做起小说来》中说:《故事新编》原意是要"描写性的发动和创造,以至衰亡的",但他在创作中却碰到了一个滑稽的事件,他在一份报纸上读到了一位"道学批评家"攻击一位青年诗人创作的情诗的文字,并说要含泪哀求青年以后不要再写这样的文字了。鲁迅对此深恶痛绝:"这可怜的阴险使我感到滑稽,当再写小说(在:指《补天》)时,就无论如何,止不住有一个古衣冠的小丈夫,在女娲的两腿之间出现了。"我们发现《故事新编》中几乎每篇都有这样"油滑"的笔调,可见这种文体表达方式是鲁迅的"有意为之"而非"偶一为之"。鲁迅在《〈故事新编〉序言》中说:"其中也还是速写居多,不足称为'文学概论'之所谓小说。叙事有时也有一点旧书上的根据,有时却不过信口开河。而且因为自己的对于古人,不及对于今人的诚敬,所以仍不免时有油滑之处。"在小说出版以后,鲁迅在给黎烈文的信中又说:"《故事新编》真是'塞责'的东西,除《铸剑》外,都不免油滑,然而有些文人学士,却又不免头痛,此真所谓又'有一利必有一弊',而'有一弊必有一利'也。"可见鲁迅是没有把"油滑"当作一件微不足道的小事来对待的,这是他在反复权衡利弊后作出的理性选择。

《故事新编》独特的文体模式,在20世纪90年代以后的"新历史小说"写作实践中被部分作家继承,如刘震云的《故乡相处流传》《故乡面和花朵》等,但是严格来说,刘震云的"故乡"系列还不能算是"历史小说",苏童的"红粉"系列、叶兆言的"夜泊秦淮"系列等"新历史小说"写作的领军之作也都不能算是严格意义上的"历史小说"。真正将《故事新编》文体模式成功地引入、应用到历史小说创作之中的,我们认为应当是映泉的《鸟之声》。翻开小说,随便摘出以下两段文字:

---

① 马振方:《历史小说创作基本功刍议》,《文学评论》2002年第1期。

楚王不想干别的事情，倒发誓要选尽天下好女子。这让大夫们很不好办，因为他们自小受的教育中没有这么立功的。楚国人摇头叹息，楚国王宫里怎么出了这么个东西。

（太师潘崇进到楚庄王的后宫时）只见后宫内乐器扔得到处都是，那些美女们有的在演奏乐器，有的在展示歌喉，有的在自己跳舞，各自做得专心，无事干的就打闹着。还有的就酣睡在几案上，全然不顾有没有男人进来。整个后宫如一个巨大的杂耍场，有外人进来似乎都没有看见。

这样的描述文字，多么像是《故事新编》的笔墨，多么像是"文化山"上的"学者"们的奇谈怪论。

海登·怀特在《作为文学虚构的历史文本》中认为，历史小说是以"一种特殊的文体形式而存在的"。为了寻找到一种最切合历史实际的文体表达形式，小说家们历尽千辛万苦，做过多向度的探索与艰难的开拓。正是从历史小说文体建构的创新性方面而言，我们认为《鸟之声》具备独特的价值与标示性意义，毫无疑问会启思当下的历史小说创作实践。

三 史识表达

历史小说既然是一种米歇尔·福柯所说的"历史叙述"或者"历史修辞"，就必然与实存的历史有所区别，就必然会带有创作主体或者鲜明或者潜在的史识观念。本真历史与书写历史之间的巨大空白地带，正是历史小说作家可以尽情驰骋的所在。"历史本身在任何意义上不是一个本文，也不是主导本文或主导叙事，但我们只能了解以本文形式或叙事模式体现出来的历史，换句话说，我们只能通过预先的本文或叙事建构才能接触历史。"[①] 我们正是通过《鸟之声》重新走进先秦时代的，在此，作家的史识如何，史识表达的效果如何，都将直接影响到历史小

---

① [美]弗雷德里克·詹姆森：《马克思主义与历史主义》，收入张京媛主编《新历史主义与文学批评》，北京大学出版社1993年版，第19页。

说创作的成败。

历史学不能预告未来，只能解释过去。我们对历史的理解，根源于"我们现在的理智兴趣和现在的道德和社会需要"①。这就是说，历史小说作家的史识传达必然会带有鲜明的时代与个体性特征，必然会"由我们现在的理智兴趣和现在的道德和社会需要"所决定。这种打通过去、现在和未来时间壁垒的史识观念，对于历史小说创作而言，意义重大。

映泉的史识观念偏重于罗素在《怎样阅读和理解历史》中所说的"小型的历史学"："大型的历史学帮助我们理解世界是怎样发展成现在的样子的；小型的历史学则使我们认识有趣的男人们和女人们，推进我们有关人性的知识。"②所谓的"大型历史学"多由通史研究家所注重，而所谓的"小型历史学"则多由传记文学作家、历史演义作家、历史小说创作家所重视。"人性的知识"之所以能够在历史叙事中得到强化与提升，正在于一切过往的历史中都包含有"现在性"，即历史具有可资借鉴于当下的重要意义。

不同于当下主流历史小说叙事中的文化型史观和政治型史观，《鸟之声》采用了民间化的、平民化的史识观念。

历史小说在五四以后，由于受到西方文学的影响，从故事形态一跃而成为生活形态，并有较多的心理描写，从而使得历史小说脱离了古典主义写作的故事化和类型化，汇入现代现实主义艺术潮流。而任何一种史识表达都是一柄双刃剑，当历史小说注重个体性的生存时，也会无可避免地放大"个体"的特质，于无意之间疏忽民间化的、平民化的、老百姓的历史感受，从而表现出鲜明的历史精英意识。80多年过去了，在史识表达方面，民间情怀或者民间立场重新受到重视，这完全是现实发展的必然结果。有学者指出："在现代技术与商业无限制地扩张的今天，享乐文化铺天盖地，过去曾引为自豪的充满生机与活力的民间社会正在离我们远去，在人们的文化记忆深处，民间纯洁美好的诗性与神性自然备受留恋，并能以一种集体无意识的感召力量，引导作家以文学方

---

① [德]恩斯特·卡西尔：《人论：人类文化哲学导引》，甘阳译，上海译文出版社1985年版，第226页。
② [英]罗素：《论历史》，何兆武、甘麒、张文杰译，广西师范大学出版社2001年版，第71页。

式为现实保留一个平稳厚实如大地般的生活世界。"[1] 但这种民间史识观念的表达，绝非空穴来风，更不是无根的四处随风漂荡的浮萍，它是一条潜伏于地表以下的河流，虽然历经千山万岩的阻隔，却始终不渝地流淌着。由此上溯到先秦时代，代表着真正自由的民间史识观念的毫无疑问当属楚文化。

《鸟之声》所描写的楚国及其文化，在正统的儒家文化看来其实就是"民间"，它从来就没有占据过"主流""正统"的地位，却实实在在地代表着富于蓬勃生命意识的南方民间。映泉采用民间史识写作，至少具备以下两个方面的意义：首先是能够借此开掘民间历史文化资源。多样性、多元化才是文化生长的必由之路，楚地民间丰富的文化资源不仅具备旅游学、民俗学意义上的价值，而且也是当下文化建设与发展的重要推动力。映泉以形象生动的语言建构起一座楚文化的高堂邃宇，以个性鲜明的人物形象展示了中原以南的"民间"生态，这些都是他对当下历史小说创作的独特贡献。其次是能够借此表达民间的自由本质。《鸟之声》在描写金戈铁马的战场厮杀、紧锣密鼓的宫闱政变、儿女情长的生死缠绵之外，也将南楚民间的自由自在、顺任自然的生存观念表露出来，这才是质朴的、生动的、真正的、原生态的民间。

黍离之悲、家国之恨、竹帛烟消、夕阳荒草、长亭晚别、易水壮歌、黯然魂销、彻夜相思等历史小说写作中的经典意象，在《鸟之声》中很少见到，作家虽然在书写南楚文化尤其是属于精神意识形态的道家文化方面着墨甚少，却在描写自由自在的南楚民间时表现了楚人顺其自然的达观和楚国民间特有的游戏人生的幽默、轻视富贵的悠闲等精神特征。采用楚国民间史识观念写作，这部小说因此风采独具，风格鲜明。

"一千个读者就有一千个哈姆雷特"，同样，在一千个历史小说作家笔下也会有一千个楚庄王的人物艺术形象。我们需要追问的是：在无尽的历史烟尘深处，活得有声有色功勋卓著直接奠定了南方第一大国基础的楚庄王，究竟存在多少种被塑造和被书写的可能性面相？种种"前设"的知识和观念如同枷锁，束围着作家的选择视域，我们将如何合情合理地逼近真实？如何合情合理地通过书写历史人物来表达对于当

---

[1] 王光东：《现代·浪漫·民间：二十世纪中国文学专题研究》，上海人民出版社 2000 年版，第 230 页。

下先进中的历史的思索与启示意义？如何将历史经验和历史人物的得失成毁以成功的艺术表达直抵当代读者的心灵？这仍将是一座矗立在所有历史小说作家面前的山峰，等待着真正的艺术勇士去征服。

第六节 存在、复仇、人文、仰望：伍子胥的四种历史形塑

盖棺论不定，从此是非起。人们对于尘封的历史往事，往往会有持久的阐释热情，这既是"现在与过去的永无止境的"[①] 对话需要，也是从历史中重寻"热望和兴趣"以"照亮现在"[②] 的需要，还因为历史事件虽然已经不再改变但是现实进程却总会让"每一代人都会提出新问题，产生新同情"[③]。这种对于同一件历史事实进行反复叙述的现象，在文学创作中并不鲜见，由此呈现出的丰富驳杂的人生风景和心灵图像也就格外地反差明显、生动形象、意义丰富。冯至的《伍子胥》[④]、黄易的《荆楚争雄记》[⑤]、韩静霆的《孙子大传》[⑥]、尔容的《伍子胥》[⑦]四部小说，均在对历史时空的想象性还原中给予伍子胥浓墨重彩的刻画，这种关注对象和题材选择的"不约而同"，表现形式和情感向度的迥异其趣，读来让人百味丛生，亦足以发人深省。

四部小说皆有一个共同的源头，那就是史籍记载的关于伍子胥的历史本事。被鲁迅誉为"史家之绝唱，无韵之《离骚》"的《史记》，在"列传第六"中专叙伍子胥故事，《史记》叙事的文学性和在场感无损于其"信史"的美誉。伍子胥的父亲伍奢，担任楚国太子建的太傅；而太子建的少傅费无忌，对太子建不忠诚，劝说楚平王娶了原本准备嫁给太子建的秦女，生下熊轸，即后来的楚昭王。费无忌既然以秦女自媚

[①] ［英］爱德华·霍列特·卡尔：《历史是什么？》，吴柱存译，商务印书馆1981年版，第28页。
[②] ［英］沃尔什：《历史哲学——导论》，何兆武、张文杰译，社会科学文献出版社1991年版，第111页。
[③] 历史学家希尔语，转引自李伯重《史学创新需借鉴经济学创新理论》，《探索与争鸣》2018年第5期。
[④] 冯至：《伍子胥》，上海文化生活出版社1946年版。
[⑤] 黄易：《荆楚争雄记》，香港书店1990年版。
[⑥] 韩静霆：《孙子大传》，民族出版社2004年版。
[⑦] 尔容：《伍子胥》，长江文艺出版社2018年版。

于平王,就特别担心太子建以后会成为楚王,对自己不利,因此屡上谗言,加害太子及其属臣。伍奢及其长子伍尚被擒杀;次子伍子胥与太子建逃往宋国,又辗转入郑国避难,他们暗中与晋国联络,参与郑国叛乱,不料事情败露,太子建被杀;伍子胥背负着太子建的儿子熊胜,潜逃吴国,过昭关时风声鹤唳一夕数惊满头青丝变成白发,官兵围追堵截,几不得脱,幸得江上渔父仗义相救,一路颠沛流离,吹箫乞食,抵达吴国都城;伍子胥向公子光推荐刺客专诸,以鱼肠剑刺杀吴王僚,公子光自立为王,此即历史上著名的吴王阖庐。立下此功之后,伍子胥得以担任吴国行人,与谋国事。此时,楚平王已卒,楚昭王诛杀大臣郤宛、伯州犁,伯州犁之孙伯嚭也逃到吴国避难,伍子胥与之同仇敌忾,故而向吴王推荐,志在向楚王复仇。由于兵学大师孙武的加盟,吴师成为天下劲旅,一举攻入楚国,五战皆胜,击破郢都。伍子胥"掘楚平王墓",鞭尸三百。楚昭王逃往郧国避难,楚国处于亡国的风雨飘摇之中,申包胥连续七个昼夜哭于秦庭,终于求得秦兵相助,攻吴救楚。阖庐之弟夫概趁着吴国空虚之际,自立为王,阖庐从楚国撤兵,回吴国讨平夫概叛军。越王勾践率军攻伐吴军,阖庐战死,夫差成为新一代吴王。在远交近攻还是近交远攻的外交、军事路线上,伍子胥与伯嚭针锋相对,较量的结果是伍子胥失宠,太宰伯嚭得宠。吴王赐属镂之剑,伍子胥自刭而死,以鸱夷革裹尸,抛入江中。此后,越王勾践十年生聚十年教训卧薪尝胆一举攻灭吴国,诛杀佞臣伯嚭;太子建的儿子胜从吴国回到楚国后,被封为"白公",白公胜与西乞合谋,在朝堂之上袭杀令尹子西、司马子綦,挟持楚惠王到高府,树起叛乱的旗帜,事败自杀。太史公在文末评说:"怨毒之于人甚矣哉!王者尚不能行之于臣下,况同列乎!向令伍子胥从奢俱死,何异蝼蚁。弃小义,雪大耻,名垂于后世。悲夫!方子胥窘于江上,道乞食,志岂尝须臾忘郢邪?故隐忍就功名,非烈丈夫孰能致此哉?白公如不自立为君者,其功谋亦不可胜道者哉!"① 在司马迁看来,伍子胥雪耻成名,是对蝼蚁般庸俗人生的超越;白公胜的朝堂复仇行为,也是如此,因此得到他的肯定和推赞。值得注意的是,与伍子胥同为楚人的太宰伯嚭,也负有向楚王复仇的使命,在联齐还是联越的外交、军事路线上,与伍子胥形同冰火,最后以"不

---

① 司马迁:《史记》,岳麓书社1988年版,第509页。

忠其君，外受重赂，与己比周"之罪名被越王夫差诛杀。但在太史公笔下，"不忠"的太宰伯嚭这个历史人物却并没有受到称赞，行事"弃小义"的伍子胥相对来说倒是吴国的"忠臣"因而受到称赞，于此可见在太史公的价值体系中"忠"的意义要高于"义"；但是吊诡的是，伍子胥并非楚国和楚王的忠臣，其至交好友申包胥批评其"僇死人"的行为是"无天道之极"，伍子胥的解释则是自己"日暮途远"，故而"倒行逆施"，明显是以复仇作为人生志业。伍子胥是一个悲剧人物，终其一生都活在复仇烈火的煎熬里，诚如斯马特所说："如果苦难落在一个生性懦弱的人头上，他逆来顺受地接受了苦难，那就不是真正的悲剧。只有当他表现出坚毅和斗争的时候，才有真正的悲剧，哪怕表现出的仅仅是片刻的活力、激情和灵感，使他能够超越平时的自己。悲剧全在于对灾难的反抗。陷入命运罗网中的悲剧人物奋力挣扎，拼命想冲破越来越紧的罗网的包围而逃奔，即使他的努力不能成功，但心中却总有一种反抗。"① 伍子胥以终生的艰难苦恨成就复仇大业的"烈丈夫"之举，他超越平庸拒绝遗忘反抗绝望直面苦难的不息斗志，千百年来激荡着一代又一代读者的心灵，成为那些饱受委屈反抗有心却又复仇无力的人们的"异代知己"，成为他们"身虽不能至而心向往之"的人生理想，也因此成为作家们笔下反复书写、歌咏的主题和对象。

被鲁迅誉为"中国最杰出的抒情诗人"的冯至，在20世纪40年代中国抗战最为艰难的时期，创作了历史小说《伍子胥》，成为诗化历史题材叙事的巅峰之作。一切过往，皆为序章。《昨日之歌》的唯美浪漫旖旎情感，雅斯贝尔斯、里尔克等德国哲学家及诗人的存在主义，在《伍子胥》中得到有机融合，冯至笔下的伍子胥绝非鲁迅小说《铸剑》中决绝赴死复仇的"眉间尺"，小说刻画伍子胥从城父到吴市"一路飘泊中所引起的感觉和体验"②，以散文诗的片段铺排吴楚相争的人物事件以及沿途风物，立意于表现伍子胥"停留中有坚持，陨落中有克服"③ 的人生"抛掷"状态，"复仇"的主题被置换为存在主义哲学

---

① ［英］斯马特：《悲剧》，转引自朱光潜《悲剧心理学》，人民文学出版社1983年版，第206页。
② 钱理群、温儒敏、吴福辉：《中国现代文学三十年》（修订本），北京大学出版社1998年版，第508页。
③ 冯至：《〈伍子胥〉后记》，《伍子胥》，上海文化生活出版社1946年版，第107页。

的"抉择"主题,哈姆雷特式的犹疑不定揭示了人生抉择的艰难。诗化、哲理、叙事的有机交融,是冯至历史小说在文体学意义上的创造性突破和再造。伍子胥的人生"抉择"从他父亲伍奢被杀时即已开始,正如其兄伍尚对他所说:"父亲召我,我不能不去;看一看死前的父亲,我不能不去;从此你的道路那样辽远,责任那样重大,我为了引长你的道路,加重你的责任,我也不能不去。我的面前是一个死,但是穿过这个死以后,我也有一个辽远的路程,重大的责任:将来你走入荒山,走入大泽,走入人烟稠密的城市,一旦感到空虚,感到生命的烟一般缥缈,羽毛一般轻的时刻,我的死就是一个大的重量。一个沉的负担,在你身上,使你感到真实,感到生命的分量,——你还要一步步地前进。"在伍子胥的逃亡过程中,过昭关时,他觉得"这树林好像一张错综的网,他一条鱼似地投在里边,很难找得出一条生路";他逃出昭关时觉得自己是蜕皮成功的新蚕;在吴市吹箫行乞时,"这声音在听者的耳中时而呈现出一条日夜不息的江水,多少只战船在江中逆流而上,在这艰难的航行里要显出无数人的撑持;时而在一望无边的原野,有万马奔驰,中间掺杂着轧轧的车声,有人在弯着弓,有人在勒着马,在最紧张的时刻,忽然万箭齐发,向远远的天空射去。水上也好,陆地也好,使听者都引领西望,望着西方的丰富的楚国……",飘忽呜咽的箫声中有楚国八百里的云梦泽,有千帆竞渡的战船,有茂密的森林,有凶猛的野兽,有珍奇的禽鸟,有奇兀的山峰,有静卧楚国大地深处的铜脉和铁脉……他舍弃了楚狂夫妇平静的生活、溧水女子的美貌和善良,最终"爱惜他自己艰苦的命运",承担起命运加之于自身的所有苦难。昭关夜色、江上黄昏、溧水阳光,皆成为伍子胥人生抉择的底色,成就了诗化(散文化)小说的辉煌。自主的"抉择"就是人生必然的"承受",冯至无意于书写伍子胥快意至疯癫的复仇场面,而着力于再现承受的艰难、抉择的犹疑、执着的平静、诗意的体验,与抗战的时代"共名"和普通民众的战时生存体验形成文化同构的呼应。

　　黄易的《荆楚争雄记》以武侠小说的文体形式呈现春秋时代的吴楚争霸历史,小说卷尾特意附录"历史大事年表",在在表明该部小说的武侠架空叙事的"根基"和"真实性"。小说以浓墨重彩的文字和富于感染力的笔墨叙述楚国名将郤宛之子郤桓度的复仇故事,与小说中的伍子胥的复仇故事形成有意味的"互文"。二人皆是从楚国外逃吴国的

"叛臣",皆身负国仇家恨,皆以覆灭楚国杀死楚王作为此生的终极抱负;黄易笔下武功高超、富于智慧的郤桓度,因缘际会,在吴国以兵学大师"孙武"的身份出现,伍子胥充分利用、联合各种反楚力量以实现灭楚的目的,他向吴王极力推荐熟悉兵法的孙武、精通车战的巫臣,最终在柏举决战中大败楚军,吴师长驱直入郢都,郤桓度亲手杀死宿敌快意恩仇,伍子胥发掘楚平王之墓鞭尸三百将积郁了 16 年之久的仇恨尽情发泄。当化身"孙武"的郤桓度劝说伍子胥不要鞭尸以免激起楚国军民的仇恨时,"伍子胥抬起头来,目光直射桓度道:'孙将军,能鞭平王之尸,乃我平生愿望,任何人若要阻止,就是我伍子胥的大仇人'"。当然,《荆楚争雄记》毕竟不是历史小说,它在武侠小说惯常的招式、格斗、练功、奇遇等描写之外,还有意识地将楚庄王时代的若干历史事件和人物关系安排在了楚昭王时代,比如夏姬的故事无疑可以增强阅读吸引力,于此体现出武侠小说争取读者的不倦努力。在伍子胥与郤桓度相互交织的"复仇"的互文性叙事中,小说极力张扬了个体复仇、家族复仇的历史正义性。

更富于人文主义色彩、更富于战争反思性的小说,当属韩静霆的《孙子大传》。小说以专诸刺杀吴王僚的既紧张又血腥的场面开篇,其幕后策划者和刺杀现场的参与者即是复仇心切的伍子胥,"他年三十,脸是赤红的,头发却全白了"[①],这是长久苦心焦虑的表征。伍子胥是贯穿整部小说的主线,专诸刺杀吴王僚、吴王阖庐起用孙武为大将军、要离刺杀公子庆忌、吴师攻入楚国郢都、鞭打楚平王尸体、与伯嚭庙堂政争、孙武急流退隐、吴师征伐齐国、讨伐越国,直至被吴王夫差赐死,几乎所有事件中都活跃着伍子胥的身影。伍子胥的复仇抗争历程,是小说的一条主线,与孙武追求"不战而屈人之兵"的兵法理想却始终无法实现、终于退隐世外的人生传奇故事,形成鲜明对照。在"春秋无义战"的乱世背景下,孙武企图以兵法实现人间太平的理想,注定只是水月镜花,真正的现实却是一再残酷地走向战场厮杀,列国男儿以青春的血肉喂饱了战争绞肉机。擅长描写战争场面的作家韩静霆,这次又以气势恢宏的笔调精彩地描写了吴师入郢之战,然后笔锋一转,聚焦伍子胥掘开楚平王坟墓之后鞭尸的惊悚场景,"左脚踩着死人的脚,

---

① 韩静霆:《孙子大传》,民族出版社 2004 年版,第 4 页。

右手两指插到死人的眼窝里，只一剜，就剜下了死人的左眼，又一剜，右眼珠也抠了出来"，"叭地一鞭下去，抽在尸上虽不响亮，却叫那皮囊立即绽裂了，再一鞭下去，死人皮囊里臭的腥的和烂肉一起飞溅，溅了伍子胥一头一脸。士卒们惶惧地后退。伍子胥边抡皮鞭，边记数，边叫骂。渐渐地，死者完全变成烂肉，分不出五官"[1]。伍子胥成功复仇后继续高居吴国庙堂，担任相国，功高震主，遭人陷害，最终被吴王赐死，尸首被盛入羊皮口袋抛入钱塘江中；而孙武功成身退，隐居林下，种菜灌园，在乱世得以苟全性命，显示出兵家卓尔不凡的处世智慧。毫无疑问，韩静霆更加欣赏孙武的人生哲学和战争观念，而对伍子胥不幸的身世和复仇的苦志，却在寄予深切同情之际，也抱持相当节制的遗憾。

　　出生于湖北姊归茅坪的女作家尔容，原名望见蓉，因为有传说——长江三峡一带的望姓子孙，都是伍子胥的后人——故而，写作长篇历史小说《伍子胥》，以念祖追远、寻找家族根脉、表达后辈仰望先贤的敬意、重新走入先祖波澜壮阔的人生旅程。小说饱含真挚的热情，抒情性强烈的诗化氛围氤氲全篇，基本上遵循历史发展的固有脉络，抒写伍子胥传奇、悲愤、快意、屈辱的跌宕人生，却又在小说的"开篇：生命密码"和第46章"爷孙揭秘"中以更加诗意的悼亡怀人笔调，跳出历史小说连贯叙事进程的现场，采用伍子胥之子"望"的叙述视角，以第一人称语调表达三峡地域后辈人的思念、敬仰和同情，这种"跳出"的姿态和"逸出"的情感，某种意义上体现了作家文体创造的努力，这无疑也是相当成功的。小说开篇写道："我叫望，垂垂老矣。这辈子仅靠摆渡渔猎为生。青山绿水，深谷高岩，将我的天地与世隔绝，周遭都是瀑流飞泉，绿林猿声。我在巫峡江畔生儿育女，像花果山的猴子繁衍生息。这正是爹期待的。我这一生都在维持和延续某个特异的生命密码。它归隐于万家灯火之外，以隐秘的方式默默地传承。"[2] 小说志在揭开被岁月风尘掩盖的秘密，望氏与伍子胥之间隐秘的血缘关联则让小说叙事充满"同情"和"悲悯"的色调，作家尔容毫不犹疑地站在伍子胥这边，这种"灵魂贴近"式的情感态度令小说的字里行间充溢着"亲情流连"与"主体性关怀"，当伍子胥历经千辛万苦逃到吴国时，正处在先前颠

---

[1] 韩静霆：《孙子大传》，民族出版社2004年版，第211页。
[2] 尔容：《伍子胥》，长江文艺出版社2018年版，第1页。

沛流离躲避楚军追杀时无比的紧张与其后在吴国为相率军伐楚的丰功伟业之间的人生低谷阶段,"山风流泉梳理着他千疮百孔的心,也清洗着他青春流溢的面容。除了满头银发依然记录着他白雪皑皑的悲苦和苍茫无边的重任,一切都像大雾笼罩的阳山凝重而平静。他望着漫天迷雾,未来的一切都仿佛巨大的哑谜等待着他开启。日子流光汤汤地哗然而过。脱离樊笼的自由生活让他焕发无穷的力,而这安逸的日子又像熊熊油锅让他备受煎熬。安逸地苟活与父兄沉冤九泉,楚王的天罗地网与恩人的舍生相救,九死一生的逃难与欲速不达的焦虑,交织着吼叫着催逼着他,让他坐卧不安,让他困兽犹斗"①。这段诗性十足的心理状态和情感起伏的主体性描写,正是作家"亲情流连"的必然结果,也是整部小说的基本叙事基调。强烈的代入感和浓郁的亲情认证,让小说具备鲜明的在场感和生动性,伍子胥复仇的高潮,是攻破郢都城,发掘楚平王墓之后,"他掀去盔甲,扔掉帽盔,手持九节铜鞭,狠狠鞭打楚平王。万般仇恨,千种冤屈都化作手中的鞭子,恨不能碎尸万段。铜鞭呼呼生风,叭叭之声惊天动地。每打下去脑海里浮现的都是父兄含冤斩首的仇恨,是妻子自缢远去的悲凄,是渔父和浣纱女投水自尽的慷慨,是自己一夜白头过昭关的凶险,是爱人永慈洒满泪水永别的不舍。伍子胥直到再也无力挥鞭,直到仇人肉烂骨折,才一屁股坐到地上喘气。他浑身大汗淋漓,胸脯气得一起一伏"②。暴虐的鞭尸行为,在蒙太奇式的往事追溯叙述中转换为正义的行为。类似的血腥暴虐,同样也施加在伍子胥身上。小说描写伍子胥受命自裁后,"若雪山崩塌,以颈卧剑,顿时血柱井喷。血水若绚烂之彩虹倏忽闪现又猝然陨落。只见鲜血染红了他一身洁白。他像一片轻盈的雪花,落在冷漠的大地上,融化于他生命铺散的血泊中","夫差又命令挖出伍子胥的眼珠,再亲手砍其头颅,命人悬于蟠门之上","又令以鸱夷装其尸体抛至钱塘江中。这天正是公元前484年农历五月初五。雨水连绵不绝,鸥鸟哀号不止"③。残暴相似,惨剧重演,故鬼重来,不同的只是主角转换,人间沧桑。同样的复仇行为,也由越王勾践完成,"苦心人,天不负,三千越甲可吞

---

① 尔容:《伍子胥》,长江文艺出版社2018年版,第115页。
② 尔容:《伍子胥》,长江文艺出版社2018年版,第237页。
③ 尔容:《伍子胥》,长江文艺出版社2018年版,第352页。

吴",这位历史上以卧薪尝胆典故闻名的一代君王,十年生聚,十年教训,最终攻灭敌国,得尝夙愿。复仇主题是小说回旋不已的"复调",小说对民间传说、地域风情风物风景多有采撷和描写,体现出文体的杂糅性特征。仰望的视角、追忆的叙述、精致的语言、澎湃的激情、《楚辞》式绚烂的文字,为小说营造出浓郁的诗意和深长的咏叹,令人阅而忘倦。

于此不难见出历史小说叙事的多向性,相同的伍子胥复仇的"历史本事"被演绎成迥异其趣的历史小说文本,一方面固然是伍子胥血亲复仇的"原型"与乡土中国的家族文化传统具有同构性,因此也就具有了阐释不尽的艺术魅力;另一方面则是变动不居的现实总会让人们兴起探索历史往事的不倦热情,冯至小说植根于抗战现实的主体"抉择"的坚忍、黄易在春秋历史框架内以武侠小说形式申发复仇的正义、韩静霆对春秋无义战的意义消解和人文主义反思、尔容对先祖历史隐秘的揭示及其根源于家族血脉生发的巨大同情,在在说明创作者的历史观念、文化环境、时代背景、艺术素养之于创作对象具有重要意义。往事固然已经尘封,现实却总在变动,诗无达诂,历史也总是我们阐释不尽的丰富资源。题材选择上的"重复",正是文化创新的基础;历史总是如同云遮雾罩的匡庐,等待着有志者一逞身手作"远近高低各不同"的崭新阐释。

第七节 重塑楚狂:《张居正》

熊召政是一位文学多面手,尝试过多种文体的写作,进行过多方面的探索。他最早以政治抒情诗写作成名,1979年9月1日一鼓作气"愤笔"写成的《请举起森林一般的手,制止!》,甫经发表,就在当时的诗坛引发轰动,成为众口传诵的名篇,获得1979—1980年度全国中青年优秀新诗奖。这首诗作有个副标题——"致老苏区人民",明显是要为老苏区人民伸张正义、替他们"鼓与呼":"难道你们的鲜血,/只能染红新中国的大印,/却不能染红/你们生活的阳春?!/难道你们只能为革命/肩负牺牲的使命,/却不能为革命/掌握国家的权柄?!/难道是怕你们变修,/草鞋、破衣、稀饭、瓜菜,/才成为你们生活的水准?!/难道革命是用/饥饿、贫困,/来报答你们抚养的恩情?!""假如是花神,/欺骗了大地,/我相信,/花卉就会从此绝种,/青松就会烂成齑粉!/假如是革命/欺骗了人民,/我相信/共和国大厦就会倒塌,/烈士纪念碑就会蒙尘。"针砭时弊、呼唤改革、批判特权、同情人民的诗歌精神指向,以及悲郁慷慨的诗风,理想主义的光辉,锋芒毕露的姿态,激荡着无数读者不眠的心灵。在诗集《南歌》《魔瓶》《在深山》《为少女而歌》《瘠地上的樱桃》之外,熊召政还出版过散文集《禅游》《千古风流》《历史的乡愁》《溪边小牧童》《灯花带梦红》《醉里挑灯看剑》,报告文学集《太阳家族》《东方功夫王子》,等等。不过,熊召政最为钟情的文体还是小说,创作过《赛阳春》《翡翠姐儿》《官岭街趣事》《吃瓢饭的人》等"干预生活"小说,《老屋》《门向》《鬼火》等"寻根小说",出版过《蛊王》《梅花钥匙》《酒色财气》等长篇小说。关注现实人生,探寻世道人心,一直是其小说创作的主要特色,但这些富有生活气息贴近日常人生的作品却一直没有受到足够的关注,直到他停薪留职下海经商,阅尽人世沧桑历经商海沉浮,走遍大江南北游历名山巨川,精研百家典籍揣摩三教九流,然后退回书斋,"十年磨一剑",创作出140余万字的长篇历史小说《张居正》,才真正成为文学界万众瞩目的焦点式人物。《张居正》荣获第六届茅盾文学奖,成为熊召政的重要"代表作"。

长篇历史小说《张居正》由《木兰歌》《水龙吟》《金缕曲》《火凤凰》四部构成,描写张居正联合朱翊钧的生母李贵妃、司礼监秉笔太监兼东厂提督冯保,扳倒首辅高拱,柄国十年,主持风雷激荡的万历新政,全面实施改革,扶朱明王朝将倾之大厦,挽神州大地即倒之狂澜,功业赫赫,圣眷优渥,隆葬归天不久,却"家产尽抄,爵封皆夺",人亡政息,地覆天翻的历史全过程。小说结构明晰,四部作品分别对应掌权、固权、使权、失权四个阶段,极权政治中的权谋文化是小说描述的重点。具体来说,这四个阶段就是"张居正精心运筹谋取首辅之位、重整朝纲确立权威、全面改革展开'新政'格局、威权达于顶峰却因皇上'长大'确立权威而人亡政毁"[1]。这是一部被评论家视

---

[1] 刘起林:《传统底蕴与现代智慧交融的"规范之作"——论〈张居正〉的历史深度与审美优势》,《湖南社会科学》2008年第6期。

为"以心灵吟唱历史,以史笔重构文化"①的具有恢宏史诗气象的重要历史小说。其历史观念、表现方法、文化思辨、地域符码呈现、人物形象塑造、审美空间构建等,在当代历史小说写作中均具有标志性的意义。

一 "楚狂"的塑造

小说主人公张居正,系明代荆州府江陵县人,位于故楚大地的腹心,故有"张江陵"之称。张居正是作家的"乡党",熊召政在写作中自然难免产生强烈的地域认同感和情感代入感。熊召政说过:"楚狂人在中国的政治舞台上,是一个独特的群体,在这个群体中,明代万历年间的首辅张居正,无疑也是个性鲜明,光芒四射的一位。"②作为首辅的张居正的"狂",明显不同于楚国历史上"问天"的黄缭和屈原,不同于"歌而过"孔子的接舆,也不同于以"我本楚狂人,凤歌笑孔丘"自命的大诗人李白,倒是与孔子所说的"狂者进取,狷者有所不为"相仿。这种"狂"狂在骨子里,是一种内敛的狂傲。熊召政视张居正为"楚狂"的代表性人物之一,认为他"这位彪炳史册的首辅,其政治生涯,亦贯穿了那一个令世人赞之誉之,毁之斥之的'狂'字",而尤其难能可贵的是,"他能够纳'狂'于'制','狂'于内而'谨'于外,洪水滔天而不决堤千里,这是他成功的理由之一"③。此处无疑采取了一种历史主义的态度,与"原生形态"的"单一向度"的楚狂相比较,张居正是发展了的、综合性的、多向度的"楚狂"。

小说在广西匪患猖獗、隆庆皇帝突生妄症的朝野双重危机中开篇,内阁首辅高拱与次辅张居正二人曾经是联手推翻前朝内阁首辅严嵩的"盟友",但曾经风雨同舟的"盟友"一旦进入内阁成为"同僚",便会受到多方利益的牵制,其政见往往并不相同,种种冲突也就在所难免。如高拱对座下门生、两广总督李延有心偏袒,张居正却极力主张撤换这位剿匪不力的草包总督,于此表现出他有超出庸常的"知人之智",

---

① 何镇邦:《〈张居正〉与历史小说创作》,《南方文坛》2003年第6期。
② 熊召政:《为什么要写〈张居正〉》,《当代文学研究》2002年第11辑。
③ 熊召政:《为什么要写〈张居正〉》,《当代文学研究》2002年第11辑。

"李延心存政府，遇事实报，这是优点。但此人实非军事人才"，既不能运筹帷幄，决胜千里，更不能胜残去杀，诛凶讨虏。① 张居正极力推荐虽有贪鄙成性名声却"心狠手辣，大有方略"的殷正茂出任封疆大吏，以平定广西庆远匪患。隆庆皇帝之所以患上不治之症，直接原因是掌印太监孟冲引诱皇上偷出紫禁城逛帝子胡同得了杨梅大疮，而孟冲就是由首辅高拱推荐任用的威权赫赫的"内相"。此时，大明王朝国库空虚，吏治腐败，匪患不已，内外交困。张居正有登车揽辔澄清天下之志，但首辅高拱已经将这位比自己年轻13岁的次辅视为强劲对手，步步安排灭顶陷阱，处处闪烁刀光剑影。张居正只能将"狂傲"深深隐藏，韬光养晦，待时而起。白居易在《与元九书》中提出"大丈夫"的标准，说："大丈夫所守者道，所待者时。""时"之未来之际，"大丈夫"应该"为雾豹，为冥鸿，寂兮寥兮，奉身而退"；当"时"到来之际，"大丈夫"则"为云龙，为风鹏，勃然突然，陈力以出"，尽展才华。于此可见，"善于等待"是"大丈夫"成长的题中应有之义。大丈夫的出处皆需守道、待时。在入阁参赞机要的高仪看来，首辅与次辅都有经世之才，都是铁腕人物，但性格迥然不同，高拱"急躁好斗"，性格直率；张居正"城府甚深"，喜怒深藏，善于忍耐和退让，以避锋芒，却又曲折迂回，坚韧执着，正是白居易所称许的"大丈夫"，具有雾豹冥鸿与云龙风鹏的性格特征。

小说生动、细致地描写了张居正与高拱围绕广西平匪、王真人逞凶、舍利珠真假、李延行贿等重要事件机关算尽的争斗过程。再现了张居正"上位"后开启万历新政为国为民不惧个人牺牲的博大情怀，在与户部尚书王国光、山东巡抚杨本庵讨论以山东为试点进行"清田"改革时张居正慷慨陈词："为朝廷、为天下苍生计"，"虽陷阱满路，众箭攒体"，也绝不后退。"楚狂"的性格特征于此得到充分的呈现；通过"京察""考成"方式整顿吏治，以胡椒苏木折俸，借"子粒田"征税扩大财政收入，张居正大刀阔斧地实施改革，勇猛精进；清查田亩，抑制豪强，实施"一条鞭法"，张居正强力推进，不惜得罪"巨室"，与整个官僚集团为敌；"铁面宰相"为了推动全面改革，常行霹雳雷霆手段，果敢无私，如下令拆除荆州知府赵谦为他歌功颂德修建的牌坊，

---

① 熊召政：《张居正·木兰歌》，长江文艺出版社2003年版，第24页。

公开其父赵文明接受他人赠予的一千二百亩良田的事实,将管家游七的亲戚孟无忧连降两级发配云南等;小说立体丰富地呈现了历史中的复杂人性"面相",如作为张居正的"政敌",高拱这一人物形象并非扁平的概念化的"对立面",更不是鼻梁上涂抹白粉的小丑,他宦海沉浮数十年,对门生故旧多有"护犊"式的照顾,对朝廷瞬息万变风险频生的政争常怀履薄临深的怵惕之心,与张居正具有相似的"知人之明",如他就起用殷正茂一事对张居正解释说:"论人品,殷正茂的确不如李延。但好人不一定能办成大事,好人也不一定就是个好官,李延就是一个例子。他出任两湖总督,在前线督战半年,连耗子也没逮着一只。你多次推荐殷正茂,老夫也找人调查过,殷正茂是有些才能,但太过爱财,故落了个贪鄙成性的坏名声,因此,殷正茂虽不是一个好人,但却是一个能人。这次用他,是不得已而为之。"① 当然,贪财好色的两广总督李延并非"好人",差一点将老座主也拉下马来,在高拱的默许下邵大侠将李延刺杀灭口,解除了心头大患。借着胡椒苏木折俸风潮起而反对新政的魏学曾、王希烈等人,本来属于高拱阵营,却又各有"小算盘",既反对京察,又希望在京察中得到升迁;既对新政持有异议,自身却又是廉洁刚直正道勇敢的血性男儿,这种人物性格的丰富性和复杂性,反衬出张居正高深的智谋韬略和不凡的人格魅力。

《明史·张居正传》称赞张居正"勇敢任事,豪杰自许","慨然以天下为己任";其性格"沉深有城府,莫能测也";其为人"能以智数驭下,人多乐为之尽";其为政核心是"尊主权、课吏职、信赏罚、一号令"。小说详细地描写了张居正"楚狂"性格的生成、发展及其演变过程,在其早期与首辅高拱争斗时,他处处采取守势,步步为营,韬光养晦,与冯保交好,向李贵妃靠拢,用的都是"阴谋"。当上首辅后,张居正以霹雳手段实施全面改革,通过京察打压政敌,实行考成法,罢省冗官,以胡椒苏木折俸,清丈田亩,子粒田征税,减免田赋,改革税制实行一条鞭法,战胜攻取,杀伐决断,铁腕手段一如万钧雷霆,气势逼人,转为"阳谋"。飓风过冈,百草尽伏。等到威权确立,在"夺情事件"和"回荆州奔丧"过程中,张居正威势赫赫,从容镇定,将清流名士和各路政敌玩弄于股掌之中,走上专权的巅峰。正是在这种权势

---

① 熊召政:《张居正·木兰歌》,长江文艺出版社2003年版,第27页。

"三部曲"的书写中，小说完成了对张居正"楚狂"性格的塑造。

正所谓"成也楚狂，败也楚狂"，小说并没有隐讳张居正的性格缺点：他为了驱逐高拱不择手段；为了"上位"讨好李太后没有底线地一再牺牲原则；结交内相冯保不惜纵容其贪鄙行径；南归葬父时乘坐32抬大轿，一路招摇；杀害学者名士何心隐，禁办书院，废除讲学，钳制清流之口，实行文化专制；独断专行，党同伐异，曾经为其改革立下汗马功劳备受信任的循吏金学曾、李顺等人先后弃他而去，《明史》本传称其"自夺情后，益偏恣"，直接导致原先同一阵线的干将众叛亲离；他接受名将戚继光赠送的两名妖艳胡姬，耽于声色享受，精力衰退，沉疴不起，壮年病逝，更是亲手葬送了其新政伟业。小说在"天香楼上书生意气"一章中借张居正的湖广同乡艾穆之口，对"楚狂人"之缺失和"不幸"作出评价："当年李白当了退位宰相许圉师的女婿，酒隐安陆蹉跎十年，他自己写诗说'我本楚狂人，凤歌笑孔丘'，从此，天下人便把那些诋毁孔孟之道的浅薄之徒，称之为楚狂人，这实乃是敝乡的大不幸。但若具体说到当今首辅，楚狂人他可当之无愧，他自用其才，好申韩之学，法峻义薄，长此下去，国家纲常就失去了温良敦厚之风。"① 这是"楚狂人"的负面因素，从文化构成来看，可以说是儒家、道家与法家的综合体，与原生态的孔孟儒家形成鲜明反差。

进取和狂放，是"楚狂"性格的一体两面。敢作敢当，是张居正锐意改革、最终取得成功的可靠保障；任性专权，则为其身后的命运陡转埋下伏笔。王先霈在《历史小说作家的历史观》一文中说："熊召政写的《张居正》，敢于揭示主人公在激烈政治斗争中公德和私德的冲突，突出人物异乎常俗的抉择，把从大处着眼的历史观与现实主义的艺术风格结合起来，寓客观的褒贬于冷静的描绘之中，在历史小说人物塑造上开了新生面。"② 一切成功的历史小说，首先必然是人物艺术形象塑造的成功。熊召政笔下的张居正，无疑是一个成功的"楚狂"形象。

二　历史的功能

不同的读者对于历史小说有着不同的阅读要求和审美期待，有的人

---

① 熊召政：《张居正·金缕曲》，长江文艺出版社2003年版，第437页。
② 王先霈：《历史小说作家的历史观》，《文艺报》2002年9月10日。

注重其认识论功能,即要了解和认清"某些历史事件、某个历史人物是怎样的";有的人则注重其价值论功能,即"要了解那些历史事件、历史人物与今天、与自己有什么关系"。① 由此,也就产生了分属"认识论"派和"价值论"派的两种迥异的衡量历史小说优劣成败的标准。事实上,历史小说的认识论与价值论不可分离,同时也不能作极端化的理解。海登·怀特在论述小说家与史学家的差异时也指出了他们之间存在的共性:一般人们总是认为只有小说家才靠想象生存,想象力是小说家的看家本领;历史学家要靠发现真相生存,真实是历史学家的第一追求,而事实上,历史学家总是要"把想象与真实事件融为可理解的整体,并使其成为表述客体的过程,实际是一个想象的过程"②。这就是说,史学家在处理、编排真实事件时,同样离不开主观想象,历史学著作自然也就是掺杂着"想象"的绝非纯粹客观的作品。柯林武德探讨历史学家如何才能寻求人类历史的思想发展过程时说:"只有一种方法可以做到,那就是在他自己的心灵中重新思想它们"③,"把自己想入事物之中,使它的生命成为自己的生命而领会事物的个体性"。④ "把自己想入事物之中",是对历史学家主体想象功能的强调。既是指导思想,也是史学方法论。比如《史记》一向有"良史"的美誉,其中诸多故事和细节,让读者有身临其境之感,其叙述本身并不"客观",而是司马迁发挥其艺术想象的产物。乾隆皇帝曾有诗作《读〈史〉〈汉〉书有感》云:"两人促膝语,彼此不浅露。所语竟谁传,而史以为据?"他的答案是:"此皆非常人,卓识有别具。""非常人"的历史学家,并不排斥合情合理的移情和想象;相反,正是由于采用了生动的细节和合理的想象,才增添了史著的生动性和历史人物的鲜活性。相对来说,以人物形象塑造、审美期待满足、历史资源借鉴、真实情景还原为主体诉求的历史小说写作,更是离不开合理的艺术想象和适度的艺术加工。因此,那些采取将历史小说与历史著作,尤其是与"正史"进行对比阅

---

① 王先霈:《向历史题材文艺要求什么》,《文学评论》2004 年第 3 期。
② [美]海登·怀特:《后现代主义历史叙事学》,陈永国、张万娟译,中国社会科学出版社 2003 年版,第 293 页。
③ [英]柯林武德:《历史的观念》,何兆武、张文杰译,中国社会科学出版社 1986 年版,第 244 页。
④ [英]柯林武德:《历史的观念》,何兆武、张文杰译,中国社会科学出版社 1986 年版,第 226 页。

读的研究方式，无疑是不合适的。我们对历史小说《张居正》的叙事、情节和人物设置等，自然也不能固执、拘泥于《明史》的官方记载，否则，无异于胶柱鼓瑟、刻舟求剑。

历史小说创作的原则向来是"大事不虚，小事不拘"。《张居正》能够很好地调和"认识论"与"价值论"的双重功能，真正做到"历史"与"小说"的有机结合，可谓成功之作。虽然在某种意义上我们可以借鉴克罗齐"一切历史都是当代史"的说法，认为"一切历史小说都是当代现实题材的小说"，都具有或者曲折或者直接的现实针对性和人文关怀，但是，选择哪一段历史，选择哪一种人物作为历史小说的书写对象，事实上仍然是由作家的历史观所决定的。为什么要花十年时间研究、书写明朝万历年间的首辅张居正，熊召政给出的解释说，这是因为400多年前的那一场改革、那一个历史人物，对于当下的"正在进行中的改革，具有积极的借鉴意义"①。这种"古为今用"的历史功能观，无疑是经世致用文化传统的题中应有之义。我们注意到，历史小说创作向来有为"帝王君主"作传的传统，如许啸天的《明宫十六朝演义》《清宫十三朝演义》，蔡东藩的"中国历代通俗演义"，二月河的"清帝系列"，凌力的《少年天子》，孙皓晖的《大秦帝国》等，或者描写帝王功业，或者批判宫廷文化的专制腐朽，兼具历史知识普及与文学审美传播的双重功能。熊召政选择张居正作为描写对象，是其历史观的具体体现，他认为在中国两千多年的封建历史中，政治活动主要由两类人物系列来完成，一类是皇帝系列；另一类是宰相（或者相当于宰相）系列。皇帝系列中的杰出人物并不太多，秦皇汉武、唐宗宋祖，屈指可数，大多数皇帝较为平庸，甚至昏聩不堪；宰相系列中虽然也有李林甫、秦桧、严嵩之流的奸佞小人，但杰出人物则不胜枚举。从历史的大数据分析，贤相的比例要远高于明君。这是因为，与皇帝的世袭制不同，宰相并非世袭，绝大多数是靠科举功名进入政治体制之内，依靠真才实学"干"出来的。因此，熊召政对宰相系列更有研究的兴趣，由此产生了强烈的创作冲动。他发现：

  比之皇帝，宰相这一阶层的人格具有两重性。一方面，他们是

---

① 参见咸江南《长篇历史小说创作引人关注》，《中华读书报》2003年8月27日。

"学而优则仕"的代表,以"士"的身份走上政治舞台,因此有着强烈的"先天下之忧而忧,后天下之乐而乐"的忧患意识。另一方面,他们崇尚的道德与残酷的现实大相径庭。如果要建立事功,他们必须学会隐藏自己。……他既要曲意承上,又要"大庇天下寒士俱欢颜";既要心存社稷,又必须"王顾左右而言他";他既是帝师,又是奴仆;既为虎作伥,弃道德如敝屣,但若稍一不慎,自己也就成了祭坛上的牺牲品。①

这种人格两重性所造成的性格"分裂",及其所形成的精神张力,对于作家来说,大有驰骋想象的艺术空间。熊召政是一个具有深重忧患意识的作家,这种忧患来源于强烈的"此时此地此在"的现实关怀,他在访谈中说过:"我写作这本书的目的不是为了跟着市场走,而是出于我的强烈的忧患意识",朱明王朝的"国家管理体制,对今日中国最值得借鉴"。② 具体来说,之所以会选择张居正作为长篇历史小说的主人公,原因有三:第一,"他是典型的'士'的代表";第二,张居正主持的"万历新政"较之商鞅、王安石变法"要成功得多";第三,"明代的国家体制对后世影响非常之大"。③ 经世致用、以史为鉴,推崇"士子"的人格力量,相信张居正式的充满忧患意识的"改革家"能够真正为人民谋福祉,推动历史的进步,这就是熊召政的基本历史小说观。复活历史、审视当下、洞察未来,这"是作家的责任"④。为了让历史复活,就必须在小说创作中做到最大限度地接近历史真实;而历史真实主要包括三个方面:典章制度的真实、风俗民情的真实和文化的真实。熊召政认为前二者属于形而下层面,比较容易做到,而文化的真实属于形而上层面,比较难得做到;真正优秀的历史小说,必须具有形神兼备的真实,如此方可算作"上乘之作"⑤。在书写历史真实、还原历史本来面目的基础上,古为今用才有了可资依凭的坚实根基。

---

① 熊召政:《文学的自觉与作家的责任——〈张居正〉创作谈》,《湖北大学学报》(哲学社会科学版)2008年第5期。
② 周百义、熊召政:《关于历史小说〈张居正〉的对话》,《出版科学》2002年第2期。
③ 熊召政:《让历史复活》,《美文》2004年第1期。
④ 周百义、熊召政:《关于历史小说〈张居正〉的对话》,《出版科学》2002年第2期。
⑤ 熊召政:《让历史复活》,《美文》2004年第1期。

第三章　对两湖历史的文学呈现

小说下了细致深彻的研究功夫，着力还原明朝典章制度。对职官设置沿革、朝廷礼仪经筵、诏书格式用印等均有详细描写，既为读者提供了丰富的历史知识，也为小说营造了真实的历史氛围。典章制度文化的描写，在小说叙述中"随物赋形"，跟随小说人物和事件的节奏，得以自然地呈现。如《木兰歌》第三回交代南京应天府的功能，"除了内阁之外，一应的政府机构，如宗人府、五军都督府、六部、都察院、通政司、大理寺、詹事府、翰林院、国子监、太常寺、鸿胪寺、六科、行人司、钦天监、太医院、五城兵马司等等，凡北京有的，南京也都保留了一套。北京所在府为顺天府，南京所在府为应天府。不过，北京政府管的是实事儿，而南京的政府，除了像兵部守备、总督粮储的户部右侍郎、管理后湖黄册的户科给事中这样为数不多的要职之外，大部分官位，都形同虚设"。① 这就为现任南京工部主事的胡自皋向冯保的管家徐爵钻营行贿"烧冷灶"提供了可靠的依据和现实的动机，同时也为读者提供了符合正史记载的真实历史知识，具有一石二鸟的叙事功能。为了追求历史表达的真实性，小说在明代典章制度文化的描述中，格外注重其流变性，对某项制度的兴起、隆盛、衰败的过程，纵然千头万绪，也要力求做到简洁扼要的叙述交代，显见作家对此期典章制度的沿革烂熟于心。如冯保是隆庆、万历时期的特务组织"东厂"的掌印太监，小说对"东厂"这一重要而神秘组织的历史、功能、用印方式、下属机构、人员设置、办案流程、日常运作规则等，有必要作出简要说明，于此可见作家善于剪裁和文化叙述的功力："且说这东厂乃永乐皇帝在位时设置，一经成立，东厂的敕谕就最为隆重。……关防大印用的是十四字篆文'钦差总督东厂官校办事太监关防'。既点明'钦差'，又加上'太监'称号，以示机构之威，圣眷之重。……刑部、大理寺、都察院这些位列九卿威权圣重的三法司都不能辖制。……东厂作为皇上的耳目，其受宠信的程度常人不难想象，士林中说起它，也莫不谈虎色变。"② 其他如内阁办公院子的陈设、官职升迁的常例、皇帝衮冕玄衣纁裳章服的规格、上下级官员相见和避轿的礼仪、内阁拟票圣旨批朱的流程、天子宝印一十三枚的不同用法等，在小说叙述中如数家珍，有效

---

① 熊召政：《张居正·木兰歌》，长江文艺出版社2003年版，第33页。
② 熊召政：《张居正·木兰歌》，长江文艺出版社2003年版，第407—408页。

地还原了明代典章制度文化的真实。

　　小说同样致力于还原明代风俗民情文化的真实性。相对于跟随朝代递嬗而变易的典章制度文化来说，风俗民情文化具有更为长久的"恒定性"，具有鲜明的民间性，生动活泼，代代相传。小说写到斗蟋蟀的学问，追根溯源，从头说起：斗蟋蟀又名促织，源自唐代，兴于南宋，元代燕京盛行，明代京师达到登峰造极的地步，赌风日炽，满城欲狂，斗蟋蟀最为集中的"庙前街"，竟被唤作"促织街"；豪赌盛行，动辄白银千两，连带着宣德窑所出蟋蟀盆子，也水涨船高，一只价值数百两银子。其中自然也有一套"蟋蟀经"，"从颜色来分，就有红紫头、黄麻头、栗麻头、柏叶麻头、黑麻头、半红麻头、乌麻头等数十种之多。其中青为上，黄次之，赤次之，黑又次之，白为下"①。描写斗蟋蟀的民俗文化并非闲笔，金学曾以"黑寡妇"斗败"金翅大将军"赢得一万两银票以纾国库空虚之难，既是小说的重要叙事情节，又是塑造人物性格的重要方式。京城人每年正月十九到白云观过"燕九节"的风俗，也是小说民情风俗文化描写的重要段落，浓墨重彩，娓娓道来，向为读者称道。"届时白云观山门之外，广场四周，各色帐篷帷屋都搭盖起来，迤迤逦逦几里路长。全国各地的全真道人都赶来这里，或祭祀，或斋醮，或炼丹药，或卖符箓，坐地论吉凶休咎、分曹谈出世之业，镇日间磬钵起伏，道曲盈耳。在这股子仙气缭绕之中，更有京城的红男绿女纷至沓来，打情骂俏嬉闹玩耍，或艳炽招手或席地哄饮，日以继夜声势不衰。还有那数以千计的小商小贩，也莫不赶来这里，肩着棍把儿卖糖葫芦的，挑着温火担子卖蒸糕儿的，打酒卖茶，摇糖称卤，应有尽有。至于日用百货，从绸布衣服、几筵箧笥，到盘盂铜锡、骨董字画等琐细之物，无不种类齐全塞满道儿，从早到晚叫卖声不绝于耳。"② 其他如棋盘街的市井风情、元宵节的鳌山灯会、早春二月的陀螺打柭游戏、大隆福寺的花市庙市、缔结婚姻中的纳采问名三茶六礼、楚地葬礼中看风水定吉穴斩雄鸡摔瓷碗封墓道的习俗，甚至四时八节的日常过法，算命测字打卦的诀窍，青楼风月的"门槛"和秘密，荆州名菜蒸茼蒿、皮条鳝鱼、冬瓜炖裙边的做法等，莫不工笔描绘、栩栩如生、引人入胜。

---

① 熊召政：《张居正·水龙吟》，长江文艺出版社2003年版，第336页。
② 熊召政：《张居正·金缕曲》，长江文艺出版社2003年版，第2—3页。

真实的风俗民情文化展示，为小说平添了烟火人间气息，为小说人物形象提供了生动的"具体性"，从而营造出真实的历史文化氛围。

正如熊召政所说，历史小说最难做到的是还原出文化的真实性，《张居正》于此下了很深的功夫。小说不仅天衣无缝地移植了不少张居正本人创作的诗词奏章，还从野史笔记中精挑细选出不少民间俚曲唱词，进行精当的剪裁，与叙事情节完美交融，而且为了满足推进情节和塑造人物形象的需要，作家往往为古人"代笔"，创作了大量的几可乱真的诗词歌赋散曲；至于在小说叙事中进行文化"回溯"，勾勒文化发展的历史脉络，则更是比比皆是，不胜枚举，由此营造出浓郁的历史文化氛围。我们据此可以说，《张居正》中的人物形象不仅是"历史的存在"，而且也是"文化的存在"，是历史人物"文化思维的表现"[1]。小说第一卷《木兰歌》写到卸任的两广总督李延游南岳衡山，入住福严寺，见到张居正15年前游衡山时写的一首七律："苏耽控鹤归来日，李泌藏书不仕年。沧海独怜龙剑隐，碧霄空见客星悬。此时结侣烟霞外，他日怀人紫翠巅。鼓棹湘江成远别，万峰回首一凄然。"小说借用董师爷、觉能长老的对话，交代诗作的典故、内容和意义，表现青年张居正卓异特出的才情和心怀天下的志向，又将眼下张居正与高拱的首辅之争，与李延的前途命运紧相关联，从文化思维的角度形象地刻画了历史人物的文化性格，堪称神来之笔。小说第四卷《火凤凰》描写张居正劝说吏部尚书王国光揭开辽东大捷真相，文化视野聚焦于北宋庆历年间那一场失败的改革，既是"以史为鉴"，也是文化传承，张居正对王国光说：北宋庆历年间，一个中秋时节，改革派的苏舜钦，邀约欧阳修、梅尧臣等一帮名士聚会赏月，费用是将衙门内已经过时的文纸卖掉，不足的部分则由苏舜钦贴补。此事成为把柄，受到反对派骨干人物御史大夫王拱辰、刘元瑜等的轮番攻击，宋仁宗招架不住，将参加宴会的改革派人物一网打尽，或者投入诏狱，或者贬谪出京，反对派大获全胜，弹冠相庆，改革伟业毁于一旦，"前事不忘后事之师"，历史教训不能不认真借鉴。[2]《诗经》有云："殷鉴不远，在夏后之世。"改革决不能因小失大，千里长堤毁于蚁穴，这就是张居正从历史中获得的文化教训。

---

[1] 何镇邦：《〈张居正〉与历史小说创作》，《南方文坛》2003年第6期。
[2] 熊召政：《张居正·火凤凰》，长江文艺出版社2003年版，第205页。

轰轰烈烈的北宋庆历新政失败，只留下两篇好文章，即范仲淹的《岳阳楼记》和苏舜钦的《沧浪亭记》，多少风云成风月，令人徒增悲愤。在张居正的劝说下，王国光终于放下思想包袱，他们勇敢地揭露了辽东大捷的真相，自我纠正，及时地堵住了反对派可能产生的口实，一定意义上捍卫了来之不易的改革成果。

三 权力的轮回

《张居正》对权力文化进行了独到思考和深入探讨，尤其是对儒教和儒家文化、封建专制皇权文化的批判与反思，达到了罕见的深度。

张居正是有明一代的改革家，梁启超称之为"明代唯一的大政治家"。张居正儒家其表法家其里，有雄才大略的一面，也有擅作威福的一面。这种两面性，已为前人所认识到了。如清人纪昀就认为，张居正"振作有为之功，与威福自擅之罪"，功过相对，十分明显，"不能相掩"，在他看来，张居正一生功过，毁誉各半，五五对开。史乘记载中对张居正的功与过，亦多持辩证观点，如《明史》评论张居正，"通识时变，勇于任事"，而威权"震主"，"祸发身后"。《明神宗实录》也说张居正其人"性沉深机警，多智数"，慷慨独任，柄政之后，四海安靖，四夷来服，钱粮充足，但是他"偏衷多忌，小器易盈"，钳制言论，信任奸佞，"威权震主"，最后落得个"戮辱随之"的下场。

如果放宽历史的视界，我们就会发现，万历新政的伟业，在历史长河中更具光辉。清人魏源指出，张居正的改革事业，不仅换来明代五十年的和平岁月，而且"为本朝开二百年之太平"①。梁启超更在《中国六大政治家》中将张居正与管仲、商鞅、诸葛亮、李德裕、王安石并列。熊十力在与友人论张居正时，推赞其为汉代以来唯一真正具有"公诚之心"的历史人物，"毅然以一身担当天下安危，任劳任怨，不疑不怖"，这种"千古一人"的评价，可谓至矣、尽矣、无复加矣。

熊召政在小说写作中探讨权力文化的结构组成，在封建专制金字塔

---

① （清）魏源：《圣武记》卷12《武事余记》，中华书局1984年版，第392页。

式的权力结构体系中，位于最上端的无疑是皇权。然而，皇权本身并不可靠，总是充满难料的变数。隆庆皇帝荒淫无度、沉溺酒色、重疴染身、撒手离世；万历皇帝冲龄登基，首辅高拱说，一个十岁幼童，"何能尽理天下事？"此时，皇权事实上归于万历皇帝的生母李太后之手。张居正是帝师，对小皇帝严加管教，小皇帝对他也是言听计从，君臣怡怡，但是好景不长。小皇帝总要渐渐长大，人性欲望如同洪水猛兽，控扼不住，万历帝被小太监引诱，细赏春宫图，挑动淫心，继而寻欢"曲流馆"，被李太后发现，差点被废黜，张居正为万历帝代笔写下罪己诏，为其后的变故埋下伏笔。同时，万历皇帝、李太后及其家族成员，追求奢华享乐，追逐土地财富，多次调拨国库银两，屡屡受阻，未能尽如人愿；加上老国丈李伟因为制作劣质棉衣冻死19名蓟镇守兵之事受到薄惩颜面扫地，也为以后的变故打下了基础。事实证明，皇权不可冒犯；一旦侵犯，必有可怕的后果。虽然张居正在万历新政中"起衰振隳，纲纪修明，海内殷阜"，达到"帑藏充盈，国最完富"（夏燮《明通鉴》）、天下大治的效果，然而，等到张居正病故后仅仅十个月，万历帝一面享受着张居正改革的成果，一面迫不及待地连下十几道圣旨，对张居正及其势力实施残酷的清算，封赠尽夺，家产被抄，亲人被贬谪流放身陷囹圄，张居正险些被鞭尸，挫骨扬灰，其长子被逼上吊自杀，门生故吏皆遭打击，以致数十年间无人敢提张居正的名字。于此不难想见万历帝对张居正怀着怎样的"深仇大恨"。小说对这种帝王心理作了精到的揭示，在张居正病重时，秉笔太监张鲸从万历帝幸灾乐祸的一句话"张先生铁面宰相，何等了得，然也难逃一死"中，揣摩帝心，认为少年皇上对张居正是"既敬重又憎恨，既依赖又忌惮。敬重的是张居正作为顾命大臣，十年来把个混乱溃败的朝政治理得井井有条，憎恨的是张居正对他要求太严，特别是万历六年的那道《罪己诏》，让他脸面丢尽；依赖的是张居正作为他的师相，十年来不仅事无巨细一一施教于他，而且替他排除所有的艰难险阻，具有化腐朽为神奇的移山心力；忌惮的是张居正独揽朝纲功高盖主，如今天下官员，都议论他这位太平天子，之所以能够端居廊庙四海威服，就因为靠着张居正这位铁面宰相"，"尽管张居正严守臣道，对他礼敬有加，但他在张居正面前，总是小心谨慎，像一个生怕做错事情的小媳妇。处理朝政，他对张居正言听计从，但每签发一道圣旨，他又怅然若失——皆因张居正的票拟，他不敢擅改一字"。① 这种敬重、憎恨、依赖、忌惮交织的帝王心理分析，一针见血，压抑太久，终究会爆发。皇权不能旁落，逐渐长大的万历帝已经认识到了权力的利害。为了从根本上消除张居正产生的"影响的焦虑"，万历皇帝对张居正及其家族、门生故旧动手，风卷残云，毫不留情。于此可见封建专制皇权的刻薄寡恩与残酷无情。

封建历史中的一切改革家，本质上都是法家。张居正也不例外。他对权力文化的理解、对权谋手段的应用、对权术方法的掌握都达到了炉火纯青应用自如的境界。张居正本人还曾著有《权谋残卷》，善于从历代史籍中寻找关乎权谋的启示和教训，完全可以视为其从政的不传之秘。张居正追求事功，任用循吏，罢斥清流，注重实效，是个地地道道的实干家。张居正看中的循吏，就是那些"勤政利民、刚正不阿、执法无私"的能臣，他们敢于慷慨任事，不计利害，埋头苦干；而清流虽然洁身自好，能够坚持操守，敢与官场不正之风斗争，却往往遇事不知变通，严守儒家规范，一味寻章摘句，喜欢空发议论，无所作为。张居正在前往湖广江陵老家葬父的路途上，在北直隶真定府知府钱普的宴会上，发表过一番关于清流与循吏的议论，"清流""冲虚淡泊，谦谦有礼"，注重"个人名器"，"遇事三省其身"，其失在于"不敢革故鼎新，勇创新局"；"循吏""大醇小疵"，"心存朝廷，做事不畏权贵，不避祸咎"，② 明显可见，张居正对于循吏充满赞许。事实上，万历新政的成功，实在应该归功于金学曾、戚继光、潘季驯、殷正茂、李义河、王国光、杨本庵等一大帮循吏能臣。张居正富有政治智慧，自谓"霹雳手段菩萨心肠"，他善于"审时度势因势利导"，忍到极致，辣到十分③，初登首辅宝座时，有意留任老臣杨博、朱衡、葛守礼，目的在于借钟馗打鬼，"压倒群猴莫乱啼"，趁机将政敌一个一个地收拾干净，高拱势力被彻底瓦解，影响被彻底消除，其威权已远远超越当年的高拱。

历史的吊诡之处正在于这种"权力的轮回"。张居正想要实现改革的宏愿，首先必须取得首辅的权力，登上首辅的宝座。这是高度集权专

---

① 熊召政：《张居正·火凤凰》，长江文艺出版社2003年版，第401—402页。
② 熊召政：《张居正·火凤凰》，长江文艺出版社2003年版，第28—29页。
③ 熊召政：《张居正·金缕曲》，长江文艺出版社2003年版，第61页。

制政治体制运作的必然选择。面对首辅高拱与"内相"孟冲、门生故吏结成的政治联盟,张居正找到了与冯保、李贵妃结成政治"铁三角"的对抗方法,利用隆庆皇帝病逝万历皇帝登基之机,完成权力的交接和重新"洗牌"。高拱被打败了,张居正终于可以一展抱负。但是,他并没有能够从"权力的怪圈"中逃脱,反而沦落于下一个周期的"权力的轮回"之中无法、无力,或者不愿自拔。万历新政的每一个步骤,京察、龙袍织造、清丈田亩、整顿吏治、任免官员、加强边防、治理黄河、改革税制等,都与"铁三角"中的另外两角李太后和冯保有着千丝万缕的联系,张居正必须拿出相当的精力和智慧来应付他们,同时还必须应对来自帝国"文官集团"的整体压力。张居正费尽移山心力,依靠权力的魔杖实施改革,在改革中不断扩充权力,没有制约的权力日益加速度地膨胀,这一方面加强了改革的执行力,提高了改革的效率,让他拥有更多的自由和更大的权势;另一方面,这种日益异化的权力,也让万历新政日益偏离了为天下黎民改革的"初心",个人意志和集团党派的利益越发不可侵犯,不但成为以后被政敌攻击的口实,而且在最根本的层面上失去了一个政治家应具的为政公德。如此,从张居正的个人主观愿望来看,轰轰烈烈的万历新政,"并非真的就是为了天下万民",只不过"希望建功立业、青史留名,以实现自己的人生价值和人生理想"[1]。同时,中国人国民性中的权力崇拜意识根深蒂固,正是这种极权崇拜的国民性,才是"极权统治存在的土壤"[2],张居正跳不出这种权力崇拜、专制结构的泥潭,因而在"权力的轮回"中越陷越深,无法自拔。

这种"权力的轮回"甚至表现在人物结构关系上,高拱与孟冲——张居正与冯保——张四维与张鲸,朝堂首辅和大内太监虽然在更替嬗变,"一朝天子一朝臣",朝臣总有荣衰起落,胜残去杀,但是"外相"与"内相"联盟的权力结构始终没有改变。高拱联合孟冲对付张居正之际,冯保深夜潜往学士府与张居正密谋;张四维当上首辅之际,张鲸也是夤夜造访主动寻求联合,这样的"情节"何其相似!这正是"权力轮回"的最好表现。当高拱与张居正围绕殷正茂、李延的任用与罢黜,

---

[1] 於可训:《权力怪圈中的改革悲剧》,《文艺报》2003年12月23日第2版。
[2] 熊召政:《让历史复活》,《美文》2004年第1期。

因对矫诏征召童男童女的妖道王九思是捉还是放斗智斗勇的时候，孟冲与冯保也进行了针锋相对的权力斗争，最后以孟冲败北甘愿被敲诈结束。张居正为了"上位"，利用自己"帝师"的身份及时上奏本册立万历帝，立下"拥戴"之功；冯保为了"上位"，花高价买到佛珠献给太后；高拱为了"固位"，提出调拨府库二十万两白银给太后做首饰，一切权力争斗无不指向终极"皇权"，千般机心万种韬略，其实都抵不上一道"圣谕"。这就是专制皇权社会权力运作的典型特征。张居正显然深谙此道，极力维持着"铁三角"内部的平衡，不惜牺牲改革的原则和底线，在折俸、征税、棉衣、龙袍、首饰、修寺、经筵等问题上向李太后不断妥协，在明明知道胡自皋是个贪官的情况下仍然予以提拔重用以免得罪冯保，如此才能保证万历新政的顺利实施，不至于后院起火，自乱阵脚，但是，这种牺牲改革利益、破坏改革底线的做法，本身就是对改革的最大伤害，当程序和手段失去正义和公平时，改革的目标和内容自然也就失去了终极的正义和公平。以为国为民为鹄的的万历新政，就是这样在权力的异化中偏离了正常轨道，张居正权力达到巅峰状态时，必然会在夺情事件中滥用权力，必然会产生权力的异化劣币驱逐良币信任阿谀奉承之辈如钱普、陈瑞等，必然容不得反对的声音而钳制言论关闭学堂滥杀无辜，必然会背离儒家文化传统蓄养外室衣锦还乡一路招摇，必然会走向改革的反面接受戚继光赠送的两名胡姬不惜壮阳纵欲在女色享乐中走向衰亡。这可以说是历史人物的局限性，人们无法走出自己的时代，正如人们无法走出自己的皮肤，张居正深陷"权力的轮回"的迷阵之中无法自拔，逐渐走到了改革的反面，这是熊召政在小说书写中对封建专制文化的深刻反思。

张居正无疑也认识到了个人的局限性，小说描写他的内心活动，"首辅这一职位，说起来权倾天下"，气焰熏天，其实也与皇帝手下的仆役、太监无异，不由自主，没有自由，一入太庙即为牺牲，想到此处，他"不觉生了揪心之痛"[1]。张居正初登首辅之位，"送风葫芦取悦皇上"，并在小万历皇帝、李太后和冯保面前表演风葫芦的玩法，高大轩昂的金殿朝堂之上，长髯及腹一向老成持重的一代首辅，身着一品大员的仙鹤补服，忘情地抖弄一只风葫芦，上下起伏，翻飞腾跃，屡次抢

---

[1] 熊召政：《张居正·金缕曲》，长江文艺出版社2003年版，第357页。

救起那只眼看就要落地的风葫芦，引得小皇帝高兴地拍掌大笑，年轻太后既感动又觉滑稽，大内太监有心知肚明的"同情"。① 对于平素威严持重不苟言笑的"铁面宰相"来说，如此行事难免有轻浮之讥。张居正的亲家刘一儒，送他一只缀有四件东西的钵盂，寓意"伶俐不如痴"，此种断语，绝非空穴来风，正所谓"其来有自"。小说写出了历史人物的丰富性和复杂性。倒是小说中的红颜薄命女子玉娘，对冲破"权力的轮回"作了巨大的努力和抗争，也因此付出了巨大的代价。玉娘本来是邵大侠送给高拱的侍妾，张居正不仅夺走高拱的首辅之位，也"夺走"了高拱的侍妾玉娘，取得了权力和美色的双重胜利。张居正以"置身于帝王之乡能屈能伸，游戏于温柔之乡能进能出"的"大丈夫"自命，他将男欢女爱的情事，分为四个层次："皇上之欢，当是游龙戏凤；君子之欢，应当怜香惜玉；文人之欢，属于寻花问柳；市井小民之欢，大多是偷鸡摸狗"，明显缺乏真情。玉娘在得知张居正处死了恩人邵大侠之后，毅然决然舍弃锦衣玉食却是被圈养的"金丝鸟"生活而出走，其冰清玉洁的坚贞品格令人钦佩。在精神层面上来说，这种出走类似于庄子笔下的风鹏，而深陷权力泥潭中的张居正们则无异于草丛中觅食的蜩与学鸠。熊召政在此种隐形的对比性书写中，寄寓了对皇权专制框架下"权力的轮回"的深刻批判和哲学反思。

四 杂学的趣味

长篇历史小说离不开丰富的背景知识的铺陈，这既是增强历史书写真实性的必要手段，也是调节小说叙事进程的必要方法。历史小说杂学趣味的多寡往往是衡量作家叙事水平高低的标准之一，《张居正》中遍布地域风景、风情风俗、三教九流、看相打卦、巫医星象、风水符箓、禅语偈贴、扶乩炼丹、礼佛祈福、琴棋书画、促织斗鸡、小道传闻、诗酒风流、插科打诨、作买作卖、诉讼纠纷、服饰装扮、青楼生涯、俚曲淫词、童谣民谚、官场权谋、丹墀争辩、战阵冲杀、帷幕密议、世态炎凉、江湖侠义、帮派规矩、人间百态等杂学知识描写，看似闲笔，却往往涉笔成趣，引人入胜。在主干叙事的结构间隙，密

---

① 熊召政：《张居正·水龙吟》，长江文艺出版社2003年版，第129页。

密安排花团锦绣的背景性文字，借此营造出浓淡相宜、疏密相间的美学空间。

小说开篇在"病皇帝早期生妄症"造成朝臣们一片混乱之后，接着描写寂寂后宫内"美贵妃衔恨说娈童"，孙皇后和李贵妃娓语相叙，内心焦灼，讨论京城帘子胡同的娈童交易，当朝皇帝染上杨梅大疮的可怕病症，等等。文本结构错落有致张弛有度，庙堂与市面的对照书写相映成趣，急管繁弦与箫声呜咽自然交替，显示出作家匠心独运的谋篇叙事能力。在此，杂学知识的铺陈，不露痕迹地参与到小说叙事节奏的美学营构之中，浑若天成。在"主事钻营买通名妓"部分详述作为留都的南京的政府机构及其"闲置性"的功能，在此知识背景之下，胡自皋出场钻营也就顺理成章，接着"管家索贿说动昏官"，胡自皋向冯保的管家徐爵行贿，穿插秦淮河的青楼风月、徐爵"烧冷灶"的官场秘籍、温柔乡中的孙子兵法；在"江南大侠精心设局"为高拱登上首辅之位的紧锣密鼓的叙事之后，接着叙述"京城铁嘴拨弄玄机"，邵大侠闲逛大街，欣赏各家铺面妙趣横生或雅或俗的对联，卖膏药铺"神妙乌须药，一吃就好；祖传狗皮膏，一贴就灵"，酒肆"劝君更进一杯酒；与尔同销万古愁"，修脚铺"足下功夫三寸铁；眼前身价一文钱"，直到邵大侠找李铁嘴测字，李铁嘴察言观色，插科打诨，却又暗藏玄机；在"姨太太撒泼争马桶"的粗俗放肆之后，是"老和尚正色释签文"的雅洁高古；"演蛤蟆戏天子罚跪"中客用善于指挥蛤蟆和蚂蚁打仗，谐趣横生，继之以"说舍利珠内相谗言"，冯保在李太后面前攻讦高拱落井下石；张居正开启京察全面考核官员的直接原因，就是"邸报中连篇诳鬼话"，山会跑、石会长、男变女，种种荒诞不经的邸报消息；在魏学曾、王希烈青梅煮酒论政的宴席上，安排了"卖艺人席间演幻术"的情节；"拆石牌坊知府惊心"凸显张居正的高风亮节，却又与此前"送乌骨鸡县令受辱"中张居正家人的飞扬跋扈形成对照，世态炎凉于此可见一斑；在何心隐被抓后湖北学政衙门前数千名学生云集请愿冲突一触即发之际，安排了"金学曾智布黄蜂阵"用黄蜂驱散学生的情节；在何心隐被谋杀之前，安排了"唱荤曲李阎王献丑"的场景，等等，庄重与诙谐的场面交替出现，由此造成小说叙事情节的跌宕起伏，相映成趣，摇曳生姿，这无疑是熊召政历史小说叙事艺术的成功表现。

熊召政在访谈中说过，历史小说既能为现实服务，同时又不能"让古人穿着龙袍说今天的话"①，要追求小说艺术表达的真实性。回归历史现场，复活历史场景，离不开杂学知识的叙述，离不开对历史人物心理的合乎逻辑的追摹。章学诚在《文史通义》内篇二《文理》中提倡，"知古人之世"，"知古人之身处"，才能"论古人文"，这就尤其需要有合乎历史逻辑的追摹和艺术想象。邵大侠帮助高拱当上首辅，其事在正史记载中只有寥寥数十字，熊召政展开合理的想象，进行合乎历史逻辑的演义，塑造了一个生动饱满的江湖人物形象。隆庆元年高拱受到首辅徐阶排挤，从此在家赋闲，邵大侠主动提出帮助他登上首辅之位，事成之后，邵大侠既不要钱也不要官，只要他赦免王金、陶仿、陶世恩、刘文彬、高守中等一帮鞫谳入狱的获死罪炼丹方士，这显然是江湖人士的义气所在。在邵高对晤中，也多有杂学知识的铺陈，邵大侠自谓"有一些怪癖"："人喜欢诗词歌赋，我喜欢刀枪棍棒；人喜欢凤阁鸾楼，我喜欢荒村古寺；人喜欢上林春色，我喜欢夕阳箫鼓；人喜欢走马兰台，我喜欢浮槎沧海；人喜欢温文尔雅，我喜欢插科打诨；人喜欢温情脉脉，我喜欢嬉笑浪谑。总之，恨人之所爱，爱人所不喜。"他的结论就是："人生的学问，都从这闹别扭处得来。"② 又细述麻衣柳庄相法，邵大侠给高拱看相，赞其有荣登内阁首辅、调和鼎鼐之相，将高拱说得心潮澎湃。经过邵大侠的暗中活动鼎力相助，高拱终于荣登首辅之位，王金等五人也得以改判为流放口外；邵大侠深悉高拱担心这一内幕被公开后会被士林耻笑的心理，差人送来一副对联"卖剑买牛望门投止；吹箫引凤从此无言"后远遁江湖，神龙一去无影踪。直到高拱因为座下门生两广总督李延剿匪不力被罢黜、留下两张贿赂地契的烂摊子时，邵大侠再次出手相救，"极高明处孤鹤来临"，"邵大侠月夜杀贪官"，帮助高拱免除了心腹之患。邵大侠给高拱送来雪肤花貌多情善良的玉娘作小妾，却不料高拱在听她唱小曲讽刺宦官时觉得她"聪明过头"心生厌恶，将她送到尼姑庵"冷藏"起来。邵大侠毕竟是个穿行于官商两界的江湖人士，他捏造了一封国丈武清伯李伟的来信，安排驿递铺皂隶当着两淮巡盐御史胡自皋的面送过来，赚其入瓮，得到了盐引批文，

---

① 陈一鸣、熊召政：《访谈：儒者从来作帝师》，《文学界》2008年第1期。
② 熊召政：《张居正·木兰歌》，长江文艺出版社2003年版，第123—124页。

赚得二十万两银子；替国丈武清伯匆忙赶制出来的二十万套"布似鱼网、棉如芦花"的劣质棉衣，使镇守边关的将士一夜之间冻死了十九名，引起皇上和张居正的震怒，邵大侠心生愧疚，自愿做了"替罪之羊"，被捕入狱，"小玉娘哀告救恩公"不成后，也离开了张居正，离开了那座欢乐与闲愁交织的积香庐。邵大侠将所有罪名一力承担，临刑之前留下几句人生感慨：象以齿焚，熊以掌亡。匹夫何辜，怀璧其罪，代表了传统中国人的处世哲学观念。邵大侠这一人物，是小说中的功能性人物，联结着庙堂与江湖，联结着高拱与张居正，联结着皇亲国戚与前线将士，联结着官场与商场，同时凝聚了作家的丰富人生经验和深长情感积累，处处闪烁着杂学知识的光辉。

　　按照文化史家的说法，明清两代是中国传统文化达于烂熟的阶段。某种程度上来说，书写明代历史的小说，可供选择的文化史知识浩如烟海，这就需要作家有沙里淘金的精细甄别功夫，挑选出那些对于当代读者来说既相对"陌生"却又并不"隔膜"、既"有意思"又"有意义"的相关知识，有机编织进小说叙事之中，以增强艺术魅力和阅读趣味。比如关于"龙生九子"的问题，小说借助小万历皇帝的询问，对张居正写出的揭帖予以详解。事实上，李东阳在《怀麓堂集》中曾经做过解释："龙生九子不成龙，各有所好"，囚牛好乐；睚眦好杀；嘲风好险；蒲牢好鸣；狻猊好坐；霸下好负重；狴犴好讼；赑屃好文；鸱吻好吞。如果直接引用上述文献的记载，当然也可以算是完满的答案，但对于当下的读者来说终究有些隔膜，故而小说叙事中参照其他文献，作了较为通俗化的改写："龙生九子，各有所好，一曰赑屃，形似龟，好负重，今石碑下龟趺是也。二曰螭吻，形似兽，性好望，今屋上兽头是也。三曰蒲牢，形似龙而小，性好叫吼，今钟上钮是也。四曰狴犴，形似虎，有威力，故立于狱门。五曰饕餮，好饮食，故立于鼎盖。六曰霸下，性好水，故立于桥柱。七曰睚眦，性好杀，故立于刀环。八曰金猊，形似狮，性好烟火，故立于香炉。九曰椒图，形似螺蚌，性好闭，故立于门铺首。又有金吾，形似美人，首尾似鱼，有两翼，其性通灵，不寐，故通巡警。"[①] 张居正在做了这一番知识介绍之后，不忘"曲终奏雅"，归结为："龙生九子，虽不成龙。然各有所好，各尽所能。诚

[①] 熊召政：《张居正·木兰歌》，长江文艺出版社2003年版，第441页。

难能可贵，都是人间万物守护神也。"隐含劝谕之意，天子当有包容四海的雅量，当有物尽其用人尽其才的智慧。

类似的知识性介绍，在小说叙事中不胜枚举。《火凤凰》写到因为王皇后询问"击钟之数，为何一百零八"，所以内阁辅臣吕调阳遍查群籍后写出条陈：

> 世之筑城，必建谯楼。此乃汉之遗风。谯楼者，谓门上为高楼以望也。谯楼内每悬巨钟，昏晓撞击，使城民闻之而生儆惕之心。天下晨昏钟声，数皆一百零八，而声之缓急、节奏，随方各殊。杭州歌曰："前发三十六，后发三十六，中发三十六，声急通共一百八声息。"蓟州歌曰："紧十八，慢十八，六遍凑成一百八。"益州歌曰："前击七，后击八，中间十八徐徐发，更兼临后击三声，三通凑成一百八。"此三种击法，为天下南北谯楼鸣钟击奏之蓝本。大内紫禁城谯楼之击法，与蓟州击法，庶几近之。
>
> 击钟之数，为何一百零八，此乃暗合一年气候节律也。盖一年有十二月、二十四气、七十二候，三者相加，正得此数。释氏念珠数亦一百零八，转借此义也。又紫禁城谯楼每次击钟前，必先奏以画角之曲。曲有三弄，乃曹子建所撰。初弄曰："为君难，为臣亦难，难又难。"次弄曰："创业难，守成亦难，难又难。"三弄曰："起家难，保家亦难，难又难。"此画角三弄，盖提醒君臣，不忘创业守成之义，一言一行，必欲尽忠国事。①

关于击钟之数及击钟之法，虽然是王皇后所问，但是条陈是上给万历帝的，故而吕调阳不忘加上"画角三弄"的喻意，借以劝谕，这都是合乎历史人物的性格逻辑的。在此，知识性介绍与小说叙事情节、人物形象刻画浑然交融，引人入胜。甚至关乎等而下之的追欢渔色，也有一本"知识大全"，如郝一标将天下粉唱划分为四大流派：大同婆姨、泰山姑子、扬州瘦马、杭州船娘，各有其妙；各地关于妓女的不同称谓，徐爵嫖妓的粗俗方式，等等，无异于成色十足的"嫖经"。这些方面的杂学知识介绍，有些地方因为过于枝蔓，或者过于卖弄，并非出于

---

① 熊召政：《张居正·火凤凰》，长江文艺出版社2003年版，第59页。

小说情节走向的真实需要，因此也受到了部分学者的批评。①

小说详细描写了万历十年元宵节紫禁城内举办的鳌山灯会，此时张居正改革已经进入第十个年头，成效明显，已有国泰民安的盛世繁华气象。七层鳌山灯，吐翠旋玑，镂金镌玉，"炫迷了所有人的眼睛"，两旁灯街"曲折逶迤，犹如两条光芒四射的银河。河中的浪花，便是数不清的花灯、鸟灯、兽灯、虫灯、游鱼灯、走马灯；料丝夹画灯、绉纱堆墨灯、明角皮纸灯、金线麦秸灯；含珠腾龙灯、吐火麒麟灯、八仙过海灯、十二生肖灯；杭州皮绢灯、滇南彩漆灯、闽中珠灯、白下角灯……数百种形态迥异各展风采的花灯，直叫人心旷神怡目不暇接"。② 小说特别借助翰林院大学士申时行之口，详述"二十四番花信灯"对应的二十四种花卉及其寓意。趁着"龙颜大悦"的时机，张居正提出免除黎民百姓万历七年以前的积欠税款，于是君臣共欢、其乐融融。此种描写，向为读者们所称道，"将情境与知识融于一体"，的确"需要艺术与知识的双重智慧"。③ 如果联系明清世情小说如《金瓶梅》《红楼梦》来看，我们就会发现，古典小说中关于灯会焰火的写实描写，向来大有隐喻，于繁花簇锦烈火烹油之际，象征着巅峰状态的结束，等到明日清晨看到满地的残花剩灰，即已喻示一切好梦已经做完。万历十年的这场灯会，自然也有繁华如梦盛极而衰的隐喻。此后，张居正病逝，家破人亡；改革伟业人亡政息，烟消云散；晚明逐步走向衰亡，风流总被雨打风吹去。

小说对地域文化的呈现十分精彩，如北京紫禁城、棋盘街、灯市口、纱帽胡同、昭宁寺、隆福寺、白云观、各家会馆，南京夫子庙、秦淮河，广西庆远、江苏扬州，等等，尤其是对两湖地域文化，包括张居正故乡荆州的书写下了极深的写实功夫。两湖地域文化书写随着小说中人物的行踪展开，举凡南岳衡山，武昌黄鹤楼、宝通寺、粮道街、洪山书院、荆州铁女寺、大学士府，楚地斩雄鸡封墓的葬俗，武昌府的人们惯耐高温死后不怕阎王炸油锅的笑话，两湖地域的饮食习惯和节令风俗等，娓娓道来，形象生动。那"南岳衡山，逶迤八百余里"，"七十二峰峰峰皆秀"，"古木参天，幽径重重；白云飞瀑，宛如仙界"；那阳春

---

① 参见蔚蓝《历史空间中的审美发现与理性阐释——论熊召政的长篇系列小说〈张居正〉》，《江汉大学学报》（人文科学版）2003年第5期。
② 熊召政：《张居正·火凤凰》，长江文艺出版社2003年版，第326页。
③ 沈光明：《〈张居正〉的模式化与超越性》，《小说评论》2009年第5期。

三月,"江汉平原上草长莺飞万紫千红","荆州城中""绿柳烟花芳菲一片";那位于荆州城大北门跟前的铁女寺,有幸得到当今圣母李太后捐资翻刻的《大藏经》,颁赐仪式热闹非凡;那荆州名菜皮条鳝鱼、蒸茼蒿、冬瓜炖裙边的精细做法;那些"登临黄鹤楼"的人们,总会看到"拍天而去的万里长江和城中烟雨楼台十万人家";那些"登临洪山宝塔"的善男信女们,总会看到"芰荷满地田陌纵横的江南胜景"……这些叙述,给读者留下了深刻的阅读印象和审美愉悦。

同时,小说的叙述语言也特别值得称道,文白相间、雅俗共赏,如谚语"床头一箩谷,自有人来哭"反映出来的炎凉世态;童谣"杨柳儿活,抽陀螺;杨柳儿青,放空钟;杨柳儿死,踢毽子;杨柳发芽儿,打柭儿"表现的春天的快乐心情。小说既有文人化的雅致叙述语言,如中秋佳节"京城里多少官商士民人家,无不肴果满席庆贺佳节,或诗文觞咏或丝管竞奏,或酒垆茶灶仙侣嘉会,或倚红偎翠泛舟清论";也不乏市井化的谐讽叙述语言,如好色总督李延,"到庆远前线督阵作战,居然带了两个小妾,到桂林游览漓江时看中船老大十五岁的幺姑,顺手牵羊又纳了一个。及至到了庆远街,他觉得当地妇女把头发揪到一边歪着盘一个大花髻的发型特别好看,又动用军乐吹吹打打把一个演傩戏人家的女儿娶进中军大帐。庆远街本是广西西部崇山峻岭中一蕞尔之地,街头撒泡尿流到街尾——再往前流就出城了。街上有头有脸的人家无非是打制首饰的银匠和刺刀见红的屠户之类,烟柳画桥吟风赏月的乐事一概全无。李延庆幸自己有先见之明,千里迢迢自带了'消魂散'来,每日里让那四个婆娘陪着逗乐解闷,倒应了唐代诗人高适的两句诗:战士军前半死生,美人帐下犹歌舞"。[①] 小说叙述语言亦庄亦谐,清丽雅正与谐趣讽刺交相辉映,充满张力和韵味。历史小说要在流畅的符合当下读者阅读习惯的现代白话文叙述中,自然地带出浓郁的古风,殊为不易,这可以视为熊召政成功的审美性创造。

第八节 璀璨的晚霞与苍凉的日暮:《曾国藩》

唐浩明系列长篇历史小说"晚清三部曲"《曾国藩》《张之洞》《杨

[①] 熊召政:《张居正·木兰歌》,长江文艺出版社2003年版,第70页。

度》，描写晚清时代风云中三位"中兴名臣"的生平功业，正是清朝国势衰弱、每况愈下、帝制飘摇、内忧外患之际，这种"三千年之一大变局"的剧烈社会转型，无疑为作家提供了无比广阔的艺术创造空间。其中，《曾国藩》开篇描写曾国藩不惑之年回到湖南湘乡荷叶塘为母亲操办丧事，继而墨经出山，初办团练，长沙激战，衡州练勇，靖港惨败跳湘江自杀，攻取武昌城，田镇大捷，石达开三败曾国藩，为父奔丧，进军皖中，总督两江，强围安庆，攻占天京，秦淮风月，裁撤湘军，整饬两江，三辞江督，天津教案，审理刺马疑案，开办洋务，直至油尽灯枯逝世。《张之洞》从张之洞主张崇厚该杀起笔，描写清流砥柱，燕山聘贤，清查库款，观摩洋技，和战两难，谅山大捷，试办洋务，筹议干线，督建铁厂，都鄂政绩，署理两江，与时维新，中体西用，血溅变法，互保东南，爆炸惨案，翊赞中枢，直到临逝前感觉"一生心血都白费了"。《杨度》以名师访徒，帝王之学，浅涉政坛，佛门俗客，八日榜眼，亡命扶桑，借尸还魂，丁未政潮，投身袁府，山雨欲来，洹上私谋，一拍即合，筹安会首，小红低唱，由庄入佛，中山特使等章目设置，纵贯甲午海战、戊戌变法、辛亥革命、张勋复辟、蔡锷起义、陈炯明叛变、九一八事变等历史全过程。作家采用"中兴名臣"的独特视角，能够打开复杂深邃的历史秘道，进行明晰入微的理性观照。"三部曲"不仅在叙述时间段落上前后相继，在逻辑关系上也环环相扣，再现了晚清文化人格的多样性和丰富性，其中，"曾国藩是完备的道德人格，张之洞是圆滑的仕宦人格，杨度是功名的功利人格"[1]，这三种文化人格最终皆在时代潮流中黯然收场，于此表征出传统文化已经日暮途穷无路可走，在封建体制框架内各种文化人格塑造和发展的可能性尽皆消失，小说因此具有浓郁的悲剧意味和挽歌气息。这是时代的黄昏，尽管晚霞璀璨，毕竟日暮苍凉。唐浩明站在人类文明和社会进步的人文立场，对传统知识分子和民族文化进行批判性反思，采用世界整体视野和先进历史理念，揭示了聚集于曾国藩、张之洞、杨度等历史人物身上的"古与今、中与外、情与理、理想与现实、个体与群体等"的复杂矛盾，并"作出深刻的反省和别具新意的阐释"[2]。在"三部曲"中，笔

---

[1] 胡良桂：《晚清政坛上的精魂——唐浩明长篇历史小说论》，《文学评论》2003年第6期。
[2] 吴秀明：《当代历史小说中的明清叙事》，《文学评论》2002年第4期。

者认为《曾国藩》的创作成就最高,最有思想价值和文化内涵,在地域文化书写方面最有代表性,这是因为如下原因。第一,作为"晚清三部曲"之首的《曾国藩》的主人公曾国藩,在历史评价上反差最大,誉之者赞其为"立德、立功、立言"的"三立完人";毁之者称其为"汉奸、卖国贼、刽子手",小说人物形象凝聚的性格张力因此显得格外饱满生动。第二,曾国藩是中国传统文化,尤其是传统儒家文化、法家文化和道家文化的综合性代表人物,某种程度上可以视其为传统文化的"集大成者"和忠实的实践者,他很好地继承、发扬了传统文化,其中精华与糟粕共存,代表了传统文化现代化的探索方向。第三,曾国藩的人生悲剧性最强,其中不仅有列强入侵的民族悲剧、政治腐败的社会悲剧,而且还有个人心理深层次的精神悲剧,其文人身份与官僚身份、经世致用与道德理想之间无法调和的矛盾贯穿一生,其道德自律与中兴理想,即便费尽移山心力,也注定无法实现。第四,曾国藩面临的世界化潮流中的文化冲击—反应模式及其引发的各种问题,自20世纪80年代以来仍然持续发生,仍然是我们无法避开的历史命题,因此小说具有鲜明的时代性和现实性。第五,就唐浩明的系列长篇历史小说创作和学术研究成果而言,如果说《杨度》是"技巧之作",《张之洞》是"思想之作",编辑、点评、研究曾国藩家书和奏章的成果是"学问之作"的话,那么《曾国藩》无疑是一部充满人生体验和个体经验感觉的"生命之作"。郁达夫说过,好的文学作品必然是作家的"自叙传、忏悔录、血泪书",原因就在于其中饱含作家的真实人生经验。第六,作家在《曾国藩》的写作中对两湖地域文化的认同感最为强烈,存在着鲜明而挚热的"代入感",饱含乡梓激情。有鉴于此,我们选择《曾国藩》作为其最有代表性的观照对象。

一 士子的悲歌

"晚清三部曲"的主人公皆为传统士子的代表,他们通过寒窗苦读金榜题名走上政坛,怀抱孔孟理想,有经营家国天下的雄心,愿做支撑国家大厦的擎天栋梁,积极参与历史进程,志在造福黎民苍生,实现海晏河清的中兴梦想。他们既是传统文化的继承人、实践者、集大成者和创造者,同时又在朝廷中发挥着"一言兴邦,一言丧邦"的决定国家兴衰存亡命运的重大作用,而在唐浩明看来,文化才是一个民族真正的灵魂,文化是一个绝大的命题,文化高于政治和经济,因为政治和经济的失败最多不过是"亡国",而文化的沦丧则会导致"绝种"①。因此,选择士子、读书人、传统知识分子的角度描述遭逢"三千年未有之大变局"的晚清历史,正所谓其来有自、恰如其分。这就在客观上为我们提供了一个观察、深入传统政治生活的独特历史视角。

小说开篇描写湘乡曾府的丧事,终篇则是曾国藩的遽然去世,以黑色的死亡呼应首尾,形成叙事圆环,其象征意义自不容分说。而前者的备极哀荣,与后者的可怖黑雨,遥相呼应,形成巨大反差。回乡奔丧的曾国藩,刚刚41岁,年富力强,却早已是朝廷二品官员,官居礼部左侍郎,兼署吏部右侍郎,一个月前奉旨出任江西乡试正主考,于路途中得到母亲逝世的凶信,改道返家。返乡途中,结识杨载福、康福等义士,被太平天国军队抓获后侥幸逃脱,在灵堂守夜时差点被康禄刺杀;此时太平天国军队正与长沙城内的清军激战,长沙城几度濒危,湖南巡抚张亮基请左宗棠出山做幕僚,长沙城解围;左宗棠向张亮基推荐曾国藩主办湖南团练,曾国藩谢绝了张的邀请,内心里其实有个小算盘:没有粮饷来源,"这个团练没有办头。再说,自己乃朝中堂堂正二品侍郎,又热孝在身,若仅因一巡抚之相邀,便出山办事,既有失自己的身份,又招致士林的讥嘲。这事如何办得!"② 应该说,这份患得患失的心情在官场背景中是完全可以理解的;但恩师唐鉴向咸丰帝力荐曾国藩担负平叛的重任,并给曾国藩寄来长长的书信,蝇头小楷,字字真情,"洪杨作乱","三湘涂炭",祸乱并发,"乃英雄崛起之时";"世无艰难,何来人杰?"③ 加上岳州失守,陈广敷和郭嵩焘的相继游说,朝廷中恭亲王奕䜣、内阁学士肃顺也向皇上极力推荐,遂决定墨绖出山;曾国藩初办团练,信奉乱世须用重典的原则,对匪徒一律施以重刑,用站笼盛装犯人游街,杀一儆百,省内大治;此时,太平军攻下武汉三镇,张亮基奉调武昌出任湖广总督,湖南巡抚由骆秉章担任,长沙城五谷丰米行因为囤积粮食哄抬物价引发众怒,遭乱民哄抢,曾国藩在红牌楼一气斩

---

① 唐浩明:《历史人物的文学形象塑造》,《文学评论》1995年第6期。
② 唐浩明:《曾国藩》第一部《血祭》,湖南文艺出版社1996年版,第101页。
③ 唐浩明:《曾国藩》第一部《血祭》,湖南文艺出版社1996年版,第106—107页。

杀十三名犯人，从此得了个"曾剃头"的绰号；为了立威，曾国藩竟让秀才林明光站死在"站笼"里；曾国藩的一系列"独断专行"引起巡抚骆秉章、学台刘昆等人的不满，为了避免被人弹劾，他主动出击，上了一道《严办土匪以靖地方折》，取得皇上的支持；为了整顿军纪，曾国藩撤掉长沙协副将清德，起用满族镶黄旗人塔齐布，绿营与团练之间滋生矛盾冲突；在长沙无法施展手脚，处处受到掣肘，曾国藩决定到衡州扩充团练，练成一支阵法整齐、技艺熟稔的军队；在"朝廷腐败、官场龌龊、绿营窳败"的晚清时代，曾国藩的团练成为唯一一支能够对付太平军的部队，他亲自草拟露布，传檄天下，批判太平天国无父无君的强盗行径，而以卫儒道保名教相号召，争取神州人心，太平天国运动宣传的"耶稣之说、《新约》之书"让中国数千年孔孟儒学"一旦扫地荡尽"，神人共愤；青年学子王闿运"逐鹿中原，鹿死谁手"的劝说，让曾国藩心惊肉跳；宰杀水牛，血祭出师，湘勇意气风发之际，传来圣旨，曾国藩因"大干律令"被降二级使用，天意难测，其实亦不难测，这无疑是对曾国藩敲响的一记警钟，曾国藩的心头"蒙上一层浓厚的阴影"；在两湖交界处的羊楼司，湘军中了太平军的埋伏，接着又在靖港镇惨败，曾国藩险些被捉，危难之际跳江自杀，被康福救起，此时传来塔齐布军在湘潭获胜的消息；进军不利，数番惨败，曾国藩视作奇耻大辱，决定自裁，给皇上上了遗折，给家人交代后事，让弟弟曾国葆抬来黑漆棺材，却被左宗棠以"不忠不孝不仁不义"骂醒；曾国藩对塔齐布面授机宜，整顿绿营的手段只有一个字"赏"；彭玉麟智勇双全，里应外合，湘军攻取武昌，接着克服汉阳，曾国藩被授湖北巡抚，旋即撤销前命，引起曾国藩内心的忧惧；兵部郎中德音杭布前来督视，朝廷对湘军还是明显地不信任，曾国藩与刘蓉谋议后决定给他派一个仆人反监视；为了激励湘军将士，曾国藩制作、颁发了五十把腰刀，上刻"殄灭丑类，尽忠王事"，将士们视能得佩此刀为人生最大荣耀，士气大增；为了取得朝廷的支持，曾国藩派遣康福带着三千两银票，到京城找袁芳瑛、周寿昌、穆彰阿等人打探消息，相机行事；多隆阿率领三千精兵前来武昌，名义上是协助湘军东征，实质上是要加以监视，曾国藩一箭双雕，巧施连环计，将申名标行贿的一颗红牡丹玛瑙，拜托多隆阿转交大内珍藏，此事引起德音杭布的妒忌，上密折揭发多隆阿贪财好利，盛赞曾国藩不受苞苴；湘勇整军东下，冲破田家镇、半壁山的横江铁锁,曾国藩为死难湘勇立祠堂祭祀,并重赏勇士;为了保证湘军的饷银,湖广总督在长沙设立东征局,由郭昆焘、李瀚章负责经办,设立关卡,征收厘金;曾国藩坚守"好汉打脱牙和血吞"原则,奉为"平生咬牙立志之诀"①,一生坚忍勤劳,却于江西受到太平军重重围困,三次被石达开打败,塔齐布也因九江久攻不下呕血归天,此时,父亲曾麟书逝世,心灰意冷的曾国藩重踏奔丧之路;幸得丑道人指点迷津,曾国藩重读道家经典,大彻大悟,忧喜不萦于怀,再次出山;三河镇七千湘勇丧身,曾国藩六弟曾国华被迫出家;曾国藩被任鄂抚,为避后祸,他坚持不给肃顺写信谢恩;攻克安庆后,湘军势力日盛,左宗棠寄来亲笔书信"神所依凭,将在德矣;鼎之轻重,似可问焉",被曾国藩改了一个字,"鼎之轻重,不可问焉";胡林翼、彭玉麟等将领也有类似的想法,前来试探,均被曾国藩断然否定;良将如云谋士如雨,湘军攻占金陵城后,曾国荃纵兵劫掠财货,纵火焚烧天王宫;太平天国运动被镇压,曾国藩、曾国荃兄弟同日封侯伯,湘军将领俱有恩赏;此时,朝廷对湘军充满戒心,部署官文、冯子材、都兴阿、僧格林沁等率部环伺周围,虎视眈眈,左宗棠、沈葆桢等督抚对曾国藩的不满情绪也十分激烈,曾国藩劝说曾国荃上书请求开缺回籍,迅即得到批准;祥云暴卒、霆军哗变、恭王被黜、雪琴辞归、孚泗丧父、上谕严责、怨谤四起,曾国藩主动裁撤湘军,通过杀韦俊立威,强行遣散子弟兵,自剪羽翼;曾国藩在两江总督任上整饬两江,开办书局,改制水师;曾国藩受命镇压捻军,通过河防之策以静制动围堵捻军,"重点防务、坚壁清野、画河圈围",但是,此策见功缓慢,慈禧太后很不满意,下旨逼令他离开前线,回署两江,剿捻无功而返;曾国藩入京陛见太后皇上,作为汉大学士领班出席宫廷盛宴,终生荣耀到达极点;乱民火烧望海楼教堂,引发天津教案,在列强的坚船利炮面前,曾国藩不得不委曲求全,处死为首杀人的 8 人,充军流放 25 人,天津知府、知县等人被革职发配边疆,赔偿损失白银 46 万两,曾国藩一生清誉受损,被骂成"卖国贼","外惭清议,内疚神明";查办扑朔迷离的刺马案,让曾国藩心力交瘁,权衡各方利益得失,最后以"张文祥乃漏网长毛",与两江总督马新贻结下前仇新恨,又被海盗龙启云用重金收买,于是冒死

---

① 曾国藩:《家书》(二),《曾国藩全集》,岳麓书社 1985 年版,第 1309 页。

行刺——结案,此案被朝廷评为"办得完美无缺",却在历史上留下一团未解的迷雾;曾国藩开办洋务,创办江南机器制造总局,选拔幼童出洋留学深造,无奈精力衰竭,油尽灯枯,61岁病逝于两江总督任上。同治十一年的春天,电闪雷鸣,狂风暴雨,"绚丽的憧憬打碎了,美好的气象破坏了":

> 那黑雨似乎还不甘心,还不解恨,它下得更猛烈了,时时夹着呼呼的声音,变得格外的凶恶可怖。它像是要摧毁这座修复不久的衙门,动摇这根已成奄奄一息的国脉。万物在悲号,人心在颤栗,撕心裂肺的哭喊声,哀哀欲绝的抽泣声,合着这罕见的黑雨惊雷,是如此的凄怆,如此的惊悸,如同天要裂溃,地要崩塌,如同山在发抖,水在呜咽。它使人们猛然预感到,立国二百多年的大清王朝,将要和眼前这个铁心保护它的人一道,坠入万劫不复的阴曹地府!①

黑雨惊雷和人间地狱的意象,无疑强化了小说的悲剧气氛。唐浩明说过:"因为有晚清的剧变,才有今日中国之选择,这个历史的转折点现实意义最强,最值得思想家去思索,历史学家去总结,小说家去表现,老百姓去回顾。"② 套用王德威著名的说法"没有晚清,何来五四",在唐浩明看来,"没有晚清,何来当代"。一切历史都是当代史,从历史中借鉴经验和汲取教训,几乎是所有当代历史小说作家挥之不去的创作情结,亦可视为经世致用文化传统影响下的当代作家"书生报国"的文学情怀的具体表现,同时也是当代读者能够唤醒历史记忆重回历史现场产生情感共鸣的认同基础。《曾国藩》以文学审美的表现形式反映晚清衰亡史,书写精英士子虽穷尽毕生努力也无法挽救国运衰颓的历史悲剧,风格沉郁苍劲,悲凉之雾,笼罩全篇。就连三部小说的篇名"血祭""野焚""黑雨",也无一不是悲壮、苍凉的意象。小说描写的曾国藩这一人物形象,是丰富的、复杂的、驳杂的、多元的历史存在,小说展现了他备尝艰险、功业大盛的奋斗历程,也表现了他持盈保

---

① 唐浩明:《曾国藩》第三部《黑雨》,湖南文艺出版社1996年版,第561页。
② 参见尚晓岚《唐浩明:曾国藩之后走进张之洞》,《北京青年报》2001年8月13日。

泰临深履薄的心态,这是一个"事业有成但悲苦兼尝的'圣者'形象"①。在专制皇权已经走入穷途末路之际,士子的一切努力抗争只不过换来王朝的苟延残喘,"作品涌动着一股屈原式的爱国主义激情和难以遏止的亡国哀痛"②。"三立完人"曾国藩镇压太平天国运动,收拾洪杨,"功比郭李",带来昙花一现的"同治中兴",迅即陷入下一波动荡的深渊,捻军起义,莩荷遍野,列强入侵,国是日非,江河日下,璀璨的晚霞挽留不住帝国日暮途穷的沉重步伐。浓郁的悲剧氛围笼罩全篇,整部小说因此显得压抑、沉滞,曾国藩最大的悲剧性表现在其历史命运上,于晚清末世幻想重振盛世再现的伟业,在时代潮流要将专制王朝推翻摧毁之际幻想实行周公孔孟的理想,注定只是一场虚空,逆历史潮流而动的后果只能是失败,这是一个悲剧性的角色。诚如唐浩明在比较了曾国藩与其他历史悲剧人物之后的评论所说:曾国藩既非圣贤,也非罪人,他是一个悲剧人物,"他的悲剧表现在他自己的理想与他所处的时代的矛盾上"。③"在而不属于"这个时代,才是人间真正的悲剧。尤其是当他的中兴梦想那样的执着,为之付出的辛劳和代价又是那样的巨大,他的悲剧性就显得愈加浓烈。

二 扭曲的权谋

《曾国藩》某种程度上可以被视为一部权谋之书。曾国藩由农家子弟,一步步爬升至朝廷一品大员,红顶绿轿,位极人臣之尊,离不开他过人的权谋之术。曾国藩真正的过人之处,在于他善用人才,前期靠的是塔齐布、罗泽南、李续宾、胡林翼等人,后期靠的是彭玉麟、杨岳斌、鲍超、左宗棠、李鸿章、曾国荃等人。而《曾国藩》之所以在坊间流传不衰,重版常销,与读者大众视其为"成功学"的阅读接受心理是分不开的。如曾国藩的"按兵请旨"、左宗棠的"空城计"、胡林翼巴结官文的手腕等,常常是读者津津乐道的段落。曾国藩创办湘军,与太平军对垒时,其对手势力强大,杨秀清、石达开、陈玉成、李秀成

---

① 刘起林:《论〈曾国藩〉的审美价值及当代意义》,《湖南师范大学社会科学学报》1994年第6期。
② 胡良桂:《晚清政坛上的精魂——唐浩明长篇历史小说论》,《文学评论》2003年第6期。
③ 唐浩明:《〈曾国藩〉创作琐谈》,《文学评论》1993年第6期。

等将领俱为杰出的军事家。曾国藩熟读九韬七略，排军布阵，亲冒矢簇，费尽心力，历尽危难。而更为艰难的还是筹措粮饷。曾氏以侍郎身份带兵，长期客悬虚寄，没有掌握地方实权，也就无法征银征饷，只能依靠用兵省份的友情接济，其间仰人鼻息的种种不堪和苦恼，实不足为外人道，以至于为筹饷事，他与湖南绿营、长沙文武官员闹翻，与江西官场、湖北官场、浙江何桂清集团等势同水火，这些矛盾与军事征伐犬牙交错，无疑影响、削弱了湘军的战斗力。

而更大的威胁还来自朝廷。随着湘军的日益壮大、节节胜利，清廷对手握重权、功勋盖世、威望日重、一呼百诺的曾国藩深怀戒心和猜疑。武昌战役之前，上谕指责曾国藩不该奏请原湖北巡抚入乡贤祠，因此降二级使用；湘军攻下武汉三镇，圣旨嘉奖曾国藩署理湖北巡抚，曾氏也以为从此筹饷有望，却不料短短几天后上谕又不让他署鄂，而改为以兵部侍郎衔整军东下。真实的内幕是朝堂廷议中大学士祁寯藻向咸丰帝进言，说曾氏只不过一在籍侍郎，一介匹夫，匹夫居闾里一呼万应，不是朝廷之福。皇上悚然惊觉，不敢授曾氏以地方实权。为了赢取朝廷信任，减少群臣的攻讦和满族权贵的猜疑，曾国藩特意将满人推向前台，抬到高位。他将塔齐布从一名参将越级擢升为湖南提督，成为湘军名义上的最高指挥官；塔齐布死后，他又将湖广总督官文推向前台，每次报捷、上奏，都将官文的名字写在自己的前面；而朝廷并不信任曾国藩，"十年七迁，九载虚悬"，防范严密；在攻下天京后，朝廷在大赏众将士的同时，又严斥曾国荃放走幼天王和李秀成等人，责令曾国藩不可骤胜而骄，饱读史书的曾国藩深谙权谋的真谛，为免飞鸟尽良弓藏、狡兔死走狗烹的下场，劝说曾国荃主动上疏请求开缺回籍，并以最快速度裁撤湘军，避免了身戮家毁的滔天之祸。

需要注意的是，曾国藩的权谋在应对太平军时尚是有效的，但在处理天津教案时，却只能以赔款、道歉、流官、杀人偿命结案，以致"外惭清议，内疚神明"。这既是曾国藩个人权谋术的失败，更是老态龙钟闭关锁国穷途末路的清朝政府在列强面前的溃败。此后，曾国藩在两江总督任上有志于整顿吏治，开办洋务，无奈清政府已经病入膏肓，药石无效，回天乏术。而未被尽数裁撤的湘军、新建的淮军、楚勇等地方武装以后更是成为清政权的掘墓人，曾国藩机关算尽的权谋的未来，是眼见着大厦倾圮，流水落花，逝波不返。

小说在揭橥曾国藩与太平军、朝廷之间错综复杂的军事、政治架构中费尽心力的权谋智慧时，也展示了曾氏与左宗棠、李鸿章等同僚、晚辈之间的政治权谋。在历史上左宗棠与曾国藩齐名，其人志大才高、慷慨豪迈，与曾氏的履薄临深、不苟言笑大相径庭。左宗棠是曾国藩的畏友，当曾氏因军事惨败跳湘江自杀被人救起神疲心灰之际，左宗棠将其骂醒；左宗棠不遗余力地为曾国藩筹集粮饷，保证了湘军最后的胜利，尤其是在湘军陷入江西泥沼中两年多时间未见尺寸之功谣言攻讦四起之时，这种支持弥足珍贵，以至于时人王闿运在《湘军志》中慨叹："左生于江西殊胜曾氏。"因此之故，当曾国藩撂下江西烂摊子返回老家奔父丧时，遭到了左宗棠的怒骂痛责，说曾国藩"自私无能，临阵脱逃"；咸丰九年左宗棠因与樊燮的矛盾，负气离湘，朝廷派员调查时，曾国藩、胡林翼盛赞左氏"刚明耐苦，晓畅军事"，使得左宗棠躲过一劫；曾国荃攻下南京之际，左宗棠上疏攻击曾氏兄弟放走幼天王、掠劫财货，曾左从此结怨，不通音问；但这种"怨"实乃"私怨"，并非"公怨"，左宗棠西北用兵时，曾国藩支持手下干将刘松山前往支援，并竭尽全力输送粮饷，从未短少过一分一厘，并公开称赞左氏为"天下第一人"；曾国藩死后，左宗棠赠送赙银，并作一幅著名的挽联："知人之明，谋国之忠，自愧不如元辅；同心若金，攻错若石，相期无负平生。"小说形象地、艺术地再现了封建政权框架中这对同僚、畏友之间既肝胆相照，又钩心斗角的权谋纷争的"现实"画面，二人性格形成互补，诚如小说中二人互赠的对联，曾氏作的对联是"敬胜怠，义胜欲；知其雄，守其雌"，左氏回赠的对联则是"集众思，广忠益；宽小过，总大纲"。

　　如果说小说中曾国藩与左宗棠是"横向的"互补的同僚型的人物结构关系的话，那么曾国藩与李鸿章则可以视为"纵向的"继承的师生型的人物结构关系。曾国藩与李鸿章的父亲李文安是同年进士，李鸿章又是曾氏唯一的及门弟子，这种人物关系弥足珍贵。李鸿章在翰林苑郁郁不得志，回安徽帮办团练，"遭众忌，无所就"，处处不得意，改投曾国藩帐下；曾国藩深知李鸿章的性格缺陷和为人长处，对症下药，先是冷落他十几天，然后告之以"诚"字诀，于此可见曾国藩高明的驭人之术；在曾氏授意下李鸿章招募淮军，成就不世功业，李氏对曾国藩自然感恩戴德，在曾氏去世后撰挽联云："师事近三十年，薪尽火传，筑室忝为门生长；威名震九万里，内安外攘，旷世难逢天下才"，明显是以老师遗志的继承者自命；倒是曾国藩的内心深处对李鸿章其实并不满意，小说描写曾氏北上剿捻之际，李鸿章急匆匆地前来南京接任代理两江总督，曾氏觉得其人官瘾太重，贪财好货，于德有亏，虽然其"临机应变""与洋人交往等方面的才干"远远胜过自己，但是，此时的李鸿章早已羽翼丰满，功业、名望、地位、势力已经隆兴，"青出于蓝而胜于蓝"，压制是不明智的举措，与其无济于事地不满，不如承认现实，曾国藩改为破格接见，隆重程度远超师生礼仪。曾氏的这种"现实理性"和"实用功利"，正是其长期权谋修炼的必然结果。

在湘军势力大盛之际，曾国藩多次被人"劝进"，就连曾家老宅盖房立大梁时，掌墨师傅都会唱出"两江总督太细哩，要到北京当皇帝"，可见"民心所向"或者说这乃是故乡人们的"民心之所想"。曾国藩对此有清醒的认知，其老到的权谋算计之术在此表露无遗。一者曾国藩饱读圣贤书，一向以忠臣孝子自命，不愿犯上作乱；二者曾国藩的性格胸襟并非开国帝王型的恢宏开阔，他忧谗畏讥、患得患失、拘执勤谨、事必躬亲，不具备成就建国伟业的资质禀赋，对此他有清醒的自知之明；三者湘军极盛之际，已是腐化堕落军纪废弛之时，尤其是在攻下南京之后，湘军军心涣散，已无先前踔厉奋勇攻坚克难的战斗力，想要依靠这支军队打到北京城无异于痴人说梦；四者曾国藩内心深处的猜忌根深蒂固，权谋是一柄双刃剑，杀人亦自伤，在漫长凶险的政争算计中，同僚、好友、师生、兄弟、部属、袍泽、同乡等无一可以依凭和信赖，翻手为云覆手为雨。小说描写九弟曾国荃劝说曾国藩仿行赵匡胤故事"黄袍加身"时，曾国藩躁动不已前思后想的复杂心理：

> 即使侥幸黄袍在身上穿稳了，这个心高气傲、倔强狠恶的老九，既然可以把黄袍披在自己的肩上，就可以随时把黄袍取走。斧声烛影，千古之谜，老九不就是赵光义吗？一向对兄弟知之甚深的曾家老大，有一百个把握相信自己的判断不会错。……让我背上个乱臣贼子的千古骂名，他却轻轻松松地子孙相传，稳坐江山，老九的算盘拨得太精了。[①]

[①] 唐浩明：《曾国藩》第二部《野焚》，湖南文艺出版社1997年版，第427页。

曾国藩决定不做董卓、曹操、王莽、赵匡胤那样的"叛臣贼子"。扭曲的权谋，还表现在为了实现目的而不计手段。曾国藩创办湘军时，信奉乱世用重典，大开杀戒，宁肯错杀三千不叫一人漏网；他威逼战败的六弟曾国华出家当和尚；对太平军降将韦俊叔侄先敬后杀，毫无诚信可言；处理天津教案时不惜违背公理、良心、秉承朝廷旨意，终于"萃九州之铁，不能铸此一错"；在孔孟仁义、忠君敬上的背后，却是"背信弃义、残忍刻毒"的滚滚骂名。聚敛财货手段老辣卖国求荣道德有亏的李鸿章，却能继承曾国藩开创的洋务事业，举办实业，制造船炮，长袖善舞，支撑危局。士子与官员的角色冲突、经世致用与道德理想的内在矛盾，丰富了小说力图表现和重构的权谋文化空间。但总的来看，小说对曾国藩等人的权谋智慧，是持欣赏、同情的态度的。尤其对曾国藩由前期"锋芒毕露，刚烈太甚"，转向黄老之学的"柔胜刚，弱胜强"的"太极"式处世为官之道，备加推赞。然而，小说的这种"同情性或认同性体谅"的文化立场，在潜意识里还是对专制权力结构的支持和认同，这就在一定意义上消解或减轻了现代作家应有的"批判立场"①。《曾国藩》之所以受到广大读者的欣赏与欢迎，某种程度上也正是因为暗合了国民性中潜藏的专制崇拜、权力崇拜和实用主义的世俗意识，相对于现代民主建设道路来说无异于南辕北辙，我们对这种"存在即合理"式的权谋犬儒主义应持清醒的理性批评态度。这也是历史小说创作"当代性"的意义和价值之所在，同时也正表明现代民主建设依然任重道远。

三 传统文化的力量

在谈到历史小说创作的难易程度时，论者多注重历史小说选择的时间段，尤其推崇三国时代。如舣庵就认为历史小说创作的难处，在于对真实史实与艺术想象的合理把握，如果过于忠于史书记载，只是对史料进行铺排编辑，如《东周列国志》，读者就会觉得索然无味，因为缺少了作家的"匠心经营"，就不能有效地"刺激读者精神，鼓舞读者兴趣"；

---

① 吴秀明、刘琴：《新保守主义视野下的唐浩明历史小说创作》，《湖南大学学报》（社会科学版）2005年第4期。

而《三国演义》"起伏开合,萦拂映带",既忠实于史书记载,又经过作家的苦心经营、"陶冶",所以能够"风行数百年",妇孺皆知。① 范伯群等人也认为:《三国演义》之所以受欢迎,是因为"三分"的历史"繁简得当";而楚汉战争,不过是两军对垒;春秋战国,却又"头绪太多","不得要领"。② 这种观点其实有失偏颇。如果说历史小说只能书写政治、军事题材,那么上述观点无疑可以成立。而文学艺术的发展规律向来是不断推陈出新。当代历史小说作家熊召政、二月河和唐浩明等人的创作,俱是表现大一统王朝平凡与峥嵘相互交织的岁月,俱是取得了不菲的艺术成就,征服了无远弗届的海内外读者。其间的秘诀,就在于艺术地呈现了传统文化博大精深的内涵和辉煌灿烂的光华。也正是在此意义上,我们称上述历史小说家的创作为文化历史小说。

《曾国藩》的主人公是中国传统文化的集大成者,既是理学名家,又是治世能臣,将儒家文化、道家文化、法家文化、兵家文化等兼容并蓄,加以综合创造,底蕴深,成就高,"简直近乎人格神"③。揆诸常理,历史小说描写这种"人格神",最容易流于无保留地赞美、无节制地推崇,采取"仰视视角"将主人公推向"高大全"地远离现实大地的虚空,成为无所不能的神灵。唐浩明的艺术创造性就体现在这里,小说将曾国藩的一生功业与其文化修炼有机交融,虚实相映,立体生动,丰富多彩。同时,文化是功业建构的灵魂,是引导曾国藩人生方向的精神性力量。曾氏的人生悲剧,不仅是晚清时代的悲剧,也是传统文化走上末途亟须现代转型的文化悲剧。

20世纪80年代曾国藩被"重新发现",其实也是一次文化再发现。保存在湖南省博物馆的曾氏档案,因缘际会,侥幸躲过历次浩劫,得以重现天日。唐浩明作为岳麓书社编辑,成为《曾国藩全集》出版的实际组织者,反复通读了洋洋30大卷1500万字的曾氏档案,他从全集中将家书部分摘录出来,整理、校点、出版,引起了海内外读者的广泛关注。他还撰写、发表过七八篇研究曾国藩的学术论文。在此基础上,唐浩明决定以长篇小说形式塑造曾国藩这一历史人物形象,以便让更多人

---

① 觚庵:《觚庵漫笔》,《小说林》1907年第1期。
② 范伯群、孔庆东主编:《通俗文学十五讲》,北京大学出版社2003年版,第26页。
③ 胡良桂:《晚清政坛上的精魂——唐浩明长篇历史小说论》,《文学评论》2003年第6期。

了解其真实、丰富、立体的人生历程，得到人生的启迪。曾国藩被誉为德追周孔、功比李郭、学近朱张、文如韩欧的一代完人。文化在其中占有重要份额。曾氏从小接受系统教育，先后师从欧阳凝祉、汪觉庵、欧阳坦斋等著名学者，考中秀才后又在岳麓书院修习数年，入翰林后师从理学名师唐鉴，此后戎马倥偬中仍然不忘读书写作，日夜砥砺，终生保持了读书人本色。

曾国藩以"君子之立志也，有民胞物与之量，有内圣外王之业，而后不忝于父母之生，不愧于天地之完人"① 自相期许。在其文化构成中，有一个从儒家文化到法家文化，再到糅合老庄道家文化和黄老之术的嬗变过程。事实上，曾国藩所习之清代理学，早已不是先秦时代的孔孟儒学。原始儒学在汉代"罢黜百家，独尊儒术"之后已经杂糅诸派学说，绝非"醇儒"，以后儒学的每一次发展、跃升，都是一次新的综合创造。晚清时代以曾国藩为代表的儒学新形态，就是一种以宋明理学为主体，杂糅申韩法家、黄老道家、墨家等多种文化基因的儒学，可以视为中国传统文化的"集大成者"。以"树德追孔孟，拯时俪诸葛"作为人生目标的曾国藩的个人悲剧，也就同时成为传统文化在西学潮流裹挟中节节败退的悲剧，二者具有内在的"同构性"。对此，唐浩明具有清醒的理性认知：曾国藩是中国传统文化的集大成者，从其身上所体现的"优长劣短，正面负面"，可以发现"中国传统文化积极与消极、精粹与糟粕的两重性"。② 这种发现，正是文化现代化建设的基础。

曾国藩的人生功业与其文化认知和修炼密不可分。对于传统士子来说，主要还是受到孔孟儒家文化的深刻影响。同为历史小说著名作家的二月河说过，博大精深的"中国文化传统"已经渗透到国民血液之中，这"是任何力量打不倒的"。③ 孔孟儒家文化的精髓"内圣外王"，在曾国藩身上得到充分体现。青年曾国藩立志"辅佐皇上"建设一个"风俗淳厚的尧舜之邦"。小说描写道光十九年初冬，曾国藩散馆进京途经岳阳楼，登临之时反复吟诵范仲淹"先天下之忧而忧，后天下之乐而

---

① 曾国藩：《家书》（一），《曾国藩全集》，岳麓书社1985年版，第39页。
② 唐浩明：《我写〈曾国藩〉》，《战略与管理》1994年第3期。
③ 李海燕、谭笑：《晚霞璀璨，黑暗将临——二月河谈他的落霞系列小说》，《东方》2000年第4期。

乐"的名言警句，激情满怀，壮志凌云，立志要"干一番轰轰烈烈、名垂青史的大事业"①。曾国藩受命于危难之际，屡败屡战，内心的精神支撑正是儒家"天行健，君子以自强不息"的文化精髓，终于成就不世功业。曾国藩初练团勇时，采用法家的严刑峻法，整顿军纪，对百姓秋毫无犯，煞费苦心，功不唐捐，终于赢得民心。

曾国藩以书生出任湘军统帅，与太平军对峙，军事攻伐之外，文化是其可资依凭的重要力量。如果说曾国藩在出山之前，常抱"致君尧舜上，再使风俗淳"的孔孟醇儒理想，那么他在衡州练兵，准备大展身手之际，则是采用申韩法家文化的霹雳手段，他制定了严格的营规，身体力行：五更起床，黎明早操，午刻点名，日落晚操，二更就寝，每夜巡逻，曾国藩亲自监督，时常训话，提振士气，军容为之一变，"从早到晚，每天演武坪尘土飞扬，杀声不绝"。②为了严明军纪，鼓舞斗志，曾国藩以"建立军功，升官发财"勉励三湘将士，恩威并用，斩杀了救援不力的营官金松龄，而这个金松龄曾经以祖传秘方救活了曾国藩的母亲，有大恩于曾家。曾国藩大义灭亲，又以每月供银十两的方式安抚好金松龄家人，让湘军将士受命而行，令行禁止，惧怕威权，深感军法"凛然不可侵犯"。这无疑是一支崭新的生力军，所招募的军勇多为湘乡的朴诚农家子弟，吃苦耐劳，勇敢坚定；选拔将领，则主要依靠四个标准：才堪治民、不畏死、不急名利、耐辛苦。曾国藩主张以霹雳手段立威，"心狠手辣，不讲仁慈"，即使是对手无缚鸡之力的秀才书生，一旦有通匪的嫌疑，"宁愿错杀一百，绝不放过一个"。"曾剃头"之名下无虚，的确令三军震怖，百姓胆寒，却也在客观上提升了湘军的战斗力。曾国藩为此付出巨大的辛劳，他曾总结历史经验教训说：创业的英雄需要有豁达的襟怀；救难的英雄则需要不惧心力劳苦，"舍劳苦之外没有捷径"。③功业如斯，为学同样如斯，其学问"得于艰苦"，堪为"百世之师"，不畏艰苦正是其成功的法门。

"刚者易折"，曾经在官场上春风得意扶摇直上的曾国藩，却在与太平军的对峙中屡屡受挫，几番自杀，尤其是在江西更是陷入泥潭，粮

---

① 唐浩明：《曾国藩》第一部《血祭》，湖南文艺出版社1996年版，第6页。
② 唐浩明：《曾国藩》第一部《血祭》，湖南文艺出版社1996年版，第206—207页。
③ 唐浩明：《曾国藩》第二部《野焚》，湖南文艺出版社1997年版，第254页。

饷不继，动弹不得，一筹莫展，军事上没有收获，在地方官场中也动辄得咎，处处受到掣肘，愤而撂下烂摊子回到湘乡荷叶塘在籍守制；彼时，曾国藩老眼昏花，老病颓唐；更糟糕的是在两江总督何桂清的全力支持下，江南大营接连打了好几场大胜仗，朝廷对湘军的倚重减轻许多；在守制的一年多时间里，湘军也捷报频传，前线少了曾国藩的亲自指挥，胡林翼、彭玉麟、李继宾等人指挥湘军仗打得反而更好。值此心灰意冷、夜不成寐、缠绵病榻之际，道人陈广敷前来把脉看病，断定其为怔忡之症，源于心中有大郁结，日久未解，七情所伤之故，对症下药，"岐黄医身病，黄老医心病"，劝曾国藩改行黄老之术，谨守"静"字诀，多读老庄书，身病心病自然可以一并消除。曾国藩重读《道德经》和《南华真经》，果然获益良多，大受启迪，参透"柔胜刚，弱胜强"，以"至柔驰骋至坚"，"江河善下"故能"为百谷王"的秘密，悟得申韩之术必须要有黄老之术加以补充和修正的道理：

> 这些年来与官场内部以及与绿营的争斗，其实都是一种有隅之方，有声之音，有形之象，似巧实拙，真正的大方、大象、大巧不是这样的，它要做到全无形迹之嫌，全无斧凿之工。①

曾国藩此后从煎熬中得到解脱，世事纷繁，以静待之，不再一味争强好胜，锋芒毕露、急功近利、患得患失，反而知雄守雌，以柔克刚，寓申韩于黄老之中，尤其是在攻下南京城后，功成弗居，主动裁撤湘军，避免了在中国历史上常见的兔死狗烹的悲惨命运。

曾国藩训练湘军之初的目的是"驱驰中原，澄清天下"②，可见其志不在小，并不局限于剿灭洪杨，而有靖四海、安天下之雄心。等到征尘初定，曾国藩总督两江，强烈的历史使命感让他下决心在两江作出表率，造成好风气，影响全国，再造"一个风俗淳厚、人心端正、四海升平、文明昌盛的社会"③。儒家具有强烈的道德理想主义色彩，孔孟向往的王道仁政只存在于邈远的三代以上的传说之中。《礼记·礼运》描

---

① 唐浩明：《曾国藩》第二部《野焚》，湖南文艺出版社1997年版，第15页。
② （清）曾国藩：《曾国藩全集》第3卷，中国戏剧出版社2012年版，第1856页。
③ 唐浩明：《曾国藩》下卷，岳麓书社2012年版，第21页。

绘的"天下为公"的世界大同蓝图，无疑是一种精神乌托邦。这种理想，周公、孔子不曾实现，曾国藩想要做一个周公、孔子那样的人来接着实现，殊非易事。然而，儒家理想之不能实现，并不能代表这种理想本身没有意义。从某种意义上来说，人类依靠理想而活，没有对彼岸的向往和想象，就没有对此岸的把握和定位。曾国藩的文化史意义正表现在此种对于道德理想的向往、勤奋的修炼、坚定的执着、不懈的努力之中。这种文化修炼引起了广大读者，尤其是广大知识分子读者的情感共鸣，召唤出八九十年代知识分子关注、挽留、批判、继承传统文化的巨大热情。相对于曾国藩不世功业营造的励志的成功学来说，这种文化热情更加普遍，更加深远，更加炽烈。

阿隆说："历史展示出现在与过去的一种对话，在这种对话中，现在采取主动。"① 不仅历史小说作家在创作中会采取"主动"的态度，历史小说读者也会采取功利性的"主动"的态度。曾国藩的理学修身之道，对于八九十年代世俗化浪潮中的读者们具有格外的吸引力，显示出人类精神追求的力量。曾氏持续不懈的心性修炼，与其经世致用的功业建构相伴随。他师从理学大师唐鉴，注重修身养性，改过迁善：

  自今日起改号涤生。涤者，取涤其旧染之污也；生者，取明袁了凡之言"从前种种，譬如昨日死，以后种种，譬如今日生也"。②

唐鉴极为推崇修身中的"骂"字诀，他鼓励曾国藩"不讲情面地痛骂，方才改得掉恶习"。曾国藩视人性中的恶、伪为仇敌，"不为圣贤，则为禽兽。只问耕耘，不问收获"，总结出一整套修身养性的原则和规律。比如日课十三条"主敬、静坐、早起、读书不二、读史、写日记、日知其所亡、月无忘所能、谨言、养气、保身、作字、夜不出门"的第一条"主敬"："整齐严肃，无时无惧"，"专一不杂"。③ 教子弟不

---

① ［法］雷蒙·阿隆：《历史意义的范围》，《现代西方史学流派文选》，田汝康、金重远译，上海人民出版社1982年版，第97页。
② （清）曾国藩著，（清）李瀚章编撰，（清）李鸿章校刊：《曾文正公家书》，中国书店出版社2011年版，第30页。
③ （清）曾国藩著，（清）李瀚章编撰，（清）李鸿章校刊：《曾文正公家书》，中国书店出版社2011年版，第31页。

离八本、三致祥，"八本"即是"读古书以训诂为本，作诗文以声调为本，养亲以得欢心为本，养生以少恼怒为本，立身以不妄语为本，治家以不晏起为本，居官以不要钱为本，行军以不扰民为本"；"三致祥"即是"孝致祥，勤致祥，恕致祥"。他经常津津乐道的治家八字为"考、宝、早、扫、书、蔬、鱼、猪"。曾国藩在家书中苦口婆心地劝说家人，男子须讲求耕读，妇女须讲求纺绩酒食，为人应该勤俭、谦慎、早起、有恒、耐劳、忍气、厚重等。甚至具体到如何养生，如何为学，都做过认真的思考、长期的遵行。如养生六事："一曰饭后千步，一曰将睡洗脚，一曰胸无恼怒，一曰静坐有常时，一曰习射有常时，一曰黎明吃白饭"；为学四事："一曰看生书宜求速，不多阅则太陋；一曰温旧书宜求熟，不背诵则易忘；一曰习字宜有恒，不善写则如身之无衣，山之无木；一曰作文宜苦思，不善作则如人之哑不能言，马之跛不能行。"曾国藩还将祖传家规编为八句顺口溜，方便记诵："书蔬鱼猪，考早扫宝；常说常行，八者都好；地命医理，僧巫祈祷，留客久住，六者俱恼。"小说将曾国藩家书、家训中的修身养性之道，进行艺术剪裁，化入人物对话之中，春风化雨，诲人不倦。在小说的结尾，唐浩明甚至将曾国藩的"日课四则"，作为留给儿子曾纪泽曾纪鸿兄弟的遗书：一曰慎独则心安；二曰主敬则身强；三曰求仁则人悦；四曰习劳则神钦。[①]

被梁启超推赞为"岂惟近代，盖有史以来不一二睹之大人也已；岂惟我国，抑全世界不一二睹之大人也已"（梁启超《曾文正公嘉言钞序》）的一代完人曾国藩，留下如此遗书，其中自然大有深意，辉煌功业不足为荣耀，威赫权势不足为依凭，良田美宅终会化为尘埃，唯有文化的河流可以永远流传，长江后浪推前浪，滚滚东流。《朱子语类》鼓励人们"赞天地化育；常人可为圣贤"，弘扬的也正是文化的力量。《曾国藩》艺术地再现了曾国藩自强不息、厚德载物、静以修身、俭以养德、功成不居、履薄临深的人生修炼过程，引起读者强烈的情感共鸣，引发一股研习传统文化的热潮，这与其说是曾国藩的人格魅力，不如说是传统文化的永恒魅力。

[①] 唐浩明：《曾国藩》第三部《黑雨》，湖南文艺出版社1996年版，第559页。

四 地域文化的审美表达

唐浩明自1982年华中师范学院中文系先秦文学专业研究生毕业后,分配至岳麓书社从事图书编辑工作,编辑出版了《曾国藩全集》《胡林翼集》《彭玉麟集》《商用二十五史》《20世纪湖南文史资料文库》等大部头著作多部。有过编辑经验的同志都知道,编辑出版工作是一项耗费心血的精细活儿,专心致志如临大敌的对抗性阅读是编辑的基本功夫。显而易见,唐浩明在漫长的编辑生涯中,日夜浸淫于近现代湖南历史文献中,又通读二十五史,视野开阔,史料烂熟于心,对近现代湖南历史人物之间错综复杂的关系,各种传闻成竹在胸,撰写关于前辈乡贤曾国藩的历史小说至少在文献资料方面得天独厚、得心应手。作家的第一部小说往往是或者直接、或者潜隐的"自叙传",《曾国藩》中遍布两湖地域文化的审美呈现,正是作家唐浩明地域经验的直观呈现,这些精彩笔墨构建了小说浓郁的两湖地域文化的美学空间。

首先是对经世致用文化的精彩呈现。"个人在做什么,信仰、思维和感觉什么,这不由个人,而由文化环境决定。精神只是文化的一种反射,只有通过思考文化,才能使人类意识成为可以理解的东西。"[1] 曾国藩追求建功立业,要做朝廷的擎天白玉柱,是与"滥觞于南宋","大思想家王夫之集其大成"的"区域性文化思想流派"[2]——湖湘文化的深刻影响分不开的。"湖湘文化"这一概念是在20世纪80年代中期被湖南学者构造出来的,与同属两湖地域的"荆楚文化"概念南北呼应,可以视为两湖分省而治之后省域自觉意识在文化上的体现。根据学者们的研究成果,我们发现,湖湘文化这一概念有广义、狭义之分。广义的湖湘文化,是指湖南省域物质文化、精神文化和制度文化的总和[3]。狭义的湖湘文化,则主要是指近代以来以理学为中心的湖南学术、思想和文学流派,其核心就是经世致用文化。唐浩明对湖湘文化做

---

[1] [美]莱斯利·怀特:《文化的科学——人类与文明研究》,沈原等译,山东人民出版社1988年版,第178页。
[2] 田中阳:《湖湘文化精神与20世纪湖南文学》,岳麓书社2000年版,第9页。
[3] 王兴国:《中国传统文化的奇葩——湖湘文化》,《湖湘文化纵横谈》,湖南大学出版社1996年版,第3—4页。

过专门研究，他认为："由湖湘士人代代传承的湖湘之学，由湖湘地域所渐次形成的湖湘民风，千余年来，互为影响，融合化生，共同酿造一种带有强烈地域特色的文化，这种文化便是湖湘文化。"① 这个定义立足于广义的湖湘文化，以数千年来的湖南地域文化资源作为理论支撑，而在其具体论述中，唐浩明重点关注的仍然是狭义的湖湘文化，他认为湖湘文化系"儒家正脉"，在"继承周公孔孟道统的同时，更强调心性修炼与经世致用"，由内圣开外王，这是"湖湘之学和湖湘士人的鲜明个性"②。按笔者的理解，广义的湖湘文化偏重于现行行政地域，可以以湖南文化代替；狭义的湖湘文化偏重于以士子为中心的精英文化，可以以经世致用文化代替。所谓经世致用与心性修炼的结合，其实是一体两面，是内圣与外王的结合，内圣的唯一目的指向外王。长篇历史小说《曾国藩》对经世致用文化作了浓墨重彩的描绘，事实上存在着褒实干家贬清议派的情感倾向，明显偏重"外王"价值而轻视"内圣"价值。或者说，作家首先注重的是"外王"价值，设若没有"外王"的功业，任何高超的"内圣"在作家看来都无价值。曾国藩日夜勤谨、忧谗畏讥的道德修炼，与其刚健有为、踔厉风发的人生功业相伴随，"外王"功业"一半归于天"，尚有运气的成分；"内圣"修炼则全凭个人努力，丝毫不能放松，完全"系于己"。小说对那些"渴望建非常之业，立非常之功，享非常之名的英雄豪杰"倍加推崇，对那些"规规然恂恂然的腐儒庸吏"③则充满不屑。曾国藩"扎硬寨，打死仗"，"乱极时站得定"等都是"内圣"与"外王"的统一。小说描写曾国藩处理天津教案时的心理活动，借机批评了清谈误国的错误："这些清议，只讲情理，全不顾国势，貌似最忠君爱国，实则将君国置于危险之中。"④ 这是中国传统"知行观"的具体表现，但是，我们也必须认识到，对实干家的经世致用文化的过分推崇和倚重，对清议派的思想批判功能的贬低和漠视，必然会导致近代以来文化体系内部自我批判性和反思性的匮乏，必然拒绝传统文化的现代性转化。小说艺术地展现了彭玉麟功成身退的道家文化风采，王闿运超越"道德境界"进入"天地境界"的名

---

① 唐浩明：《湖湘文化及其当代价值》，《求索》2004 年第 12 期。
② 唐浩明：《湖湘文化及其当代价值》，《求索》2004 年第 12 期。
③ 唐浩明：《曾国藩》第一部《血祭》，湖南文艺出版社 1996 年版，第 115 页。
④ 唐浩明：《曾国藩》第三部《黑雨》，湖南文艺出版社 1996 年版，第 309 页。

士逍遥派的选择，李鸿章道德有亏却在官场游刃有余的成功经营，聂仲芳放弃举业改办工厂，郭嵩焘禀性柔弱不耐烦剧乐于在翰林苑优游岁月，于此不难想见，在"内圣外王"的经世致用文化传统之外，别有洞天，传统士子们存在着多种可能性的文化选择。

其次是对两湖地域民俗风情的审美呈现。在某种意义上说，一切历史小说创作都是"主题先行"的产物。欧阳健在分析历史小说作家的创作动机时，特别指出历史小说的功利价值，因为历史小说作家的创作"驱动力往往来自历史以外"，作家或者出于对这段历史事实的独特兴趣，或者出于纠正此前错误的历史事实判断的目的，或者是出于历史责任感想让读者从前车覆辙中借鉴经验吸取教训，或者出于解决现实问题而提供历史答案，无论出于何种动机的创作，其实都是作家经世致用的主体观念的具体表现。① 这种来自学术和现实的双重考量，唐浩明在写作《曾国藩》时同时具备。从学术角度来说，是要为身负"汉奸、卖国贼、刽子手"骂名的曾氏"翻案"，还原出一个真实的历史形态的"本尊"；从现实角度来说，在全球经济一体化的"地球村"时代，西方文化凭借其强大的经济实力，征服、影响着其他文化，中华文化如何应对这种挑战，是摆在现代化路途中每一个中国人面前的课题，中国传统文化还有没有价值，如何实现传统文化的现代转换？"中华民族还需要它的哺育吗？"这些问题已经成为"有识之士的困惑"。② 这些问题自晚清时代开始产生，在五四时代以西方文化的全面胜利作出匆忙的结论，至20世纪80年代又重新成为问题，探讨这些问题，是作家唐浩明的文化报国情怀的具体体现，也是对两湖近代以来经世致用文化传统的继承与发扬。然而，小说毕竟不是论文。在"主题先行"的观念构造进程中，生长着大量地域民俗风情的丰富细节，既为经世致用文化传统的生成提供了世俗的证据，也成功构建了小说艺术的地域审美空间。小说开篇描写曾府大办丧事，"诰封一品曾母江太夫人"备极哀荣：宏伟壮观的曾氏府第门前"用松枝白花扎起一座牌楼"，日常悬挂的大红灯笼也已换成白绢素灯，曾府变成白色的海洋，白布条、白色的招魂幡迎

---

① 欧阳健：《历史小说史》，浙江古籍出版社2003年版，第26页。
② 唐浩明：《唐浩明评点曾国藩家书》，岳麓书社2003年版，第5页。

风飘荡,点燃四座黄白锡纸做成的金银山,灰烬升空,四散飘落。① 小说细致描写丧事中灵堂的布置、悬挂的祭幛和挽联、和尚道士举办的法事,以及曾老太爷书房的对联"有子孙,有田园,家风半耕半读,但将箕裘承祖泽;无官守,无言责,世事不闻不问,且把艰巨付儿曹"。小说随物赋形,对两湖地域的物产、菜肴、饮食、酒馔,如衡山豆干、常德捆鸡、宝庆金针、古丈银耳、衡州湘莲、九嶷蘑菇、君山毛尖、洞庭鲤鱼、长沙火宫殿的王家姊妹团子、萧家臭豆腐干、谢家红烧猪脚、何家神仙钵饭,等等,如数家珍。小说详细描写曾国藩的相人之术,"邪正看眼鼻,真假看嘴唇,功名看气概,富贵看精神,主意看指爪,风波看脚筋,若要看条理,全在语言中"②。对陈广敷不无面谀之词的相面判语"山根之上,光明如镜,额如川字,驿马骨起,三庭平分,五岳朝拱,三光兴旺,六府高强"欣然接受;对陈广敷夜观天象"见轸翼之间将星特别明亮,在轸星十六度处有一将星尤其耀眼"的说法亦点头称许。小说还详细地叙述彭玉麟的钓鱼歌诀"钓鱼钓鱼,心神专一。春钓浅滩,夏钓树荫,秋钓坑潭,冬钓朝阳。春钓深,冬钓清,夏池秋水黑阴阴。春钓雨雾夏钓早,秋钓黄昏冬钓草。深水钓边,浅水钓渊,雨季鱼靠边。鱼儿顶浪游,钓鱼迎浪口。钓翁钓翁,莫钓南风。西风要到酉,钓鱼切勿守。轻提慢慢动,鱼儿上钩勤。水下小鱼多,大鱼不在窝"③,富于生活质感。小说描写两湖人炎暑天不吃狗肉、湖南乡下人躲生的习俗,为父母奔丧布鞋头上缝白布的风俗,等等,读来增添了许多生活场景的丰富性和具体性。小说对世俗层面的三教九流、三姑六婆、天文地理、赌博棋枰、医药巫术、相面拆字、扶乩打卦、奇门遁甲、阴阳风水、舆地星相、卖艺耍猴、打拳卖药、青楼风月、茶肆酒坊、丝竹画舫、鸡鸣狗盗、市井买卖、谣曲民谚、偷香窃玉、酒令传觞的描写生动传神,至于吟诗作赋、诗酒风流、典章制度、官制沿革、排军布阵、读书论理、丹墀廷争、暗室权谋、书画派别、作文法则、事务经纶、前朝典故、小道秘闻等隶属雅文化层面的描写,则书卷气十足,营造出浓郁的历史小说特有的典雅氛围,古意盎然,引人流连。而最令

---

① 唐浩明:《曾国藩》第一部《血祭》,湖南文艺出版社1996年版,第1—2页。
② 唐浩明:《曾国藩》第二部《野焚》,湖南文艺出版社1997年版,第244页。
③ 唐浩明:《曾国藩》第二部《野焚》,湖南文艺出版社1997年版,第290页。

人觉得匠心独运的叙事段落，往往是那些既有地域文化特色，又有廊庙文化因素，且与小说情节紧密结合的描写。如小说叙述曾国藩受困江西，"步步艰难，处处掣肘"，在朝廷中也"遭无端猜忌"之际，为郭嵩焘送行，酒席上赠诗一首《送郭筠仙离营晋京》，有"屈子孤魂千百回"，"大冶最憎金踊跃"等诗句，包含屈原天问、大冶踊金等两湖地域鲜明的文化因素，又与当时曾国藩内外交困举步维艰的现实处境十分贴合，堪称神来之笔。

最后是对地域文化景观的"对话性"和"功能性"书写。历史小说中的地域文化景观书写，从来都不是静止的观照物或者可有可无的背景陪衬，而具有塑造人物性格，传达人物情感，再现地域文化精神，追溯地域历史源流等多种叙事功能。曾国藩自幼饱读诗书，三场连捷，京城为官多年，又协办团练，戎马倥偬，万里转战，以后总督两江，抗捻山东，名毁津门，一生行踪遍及大江南北，亲自到达、观览过无数地域文化景观，小说若只是按照时间顺序，将这些地域景观作前后罗列，势必平铺直叙、琐碎支离，在此作家的匠心剪裁就显得格外重要。也就是在此意义上，我们说历史小说创作中地域文化景观书写的成败，是衡量历史小说创作审美艺术成就高低的标准之一。小说描写曾国藩于征伐间隙，陪同彭玉麟到焦山寺还愿，来到镇江，观览镇江山水，远眺长江，登临金山、北固山、焦山、甘露寺等风景名胜，[1] 公允地说，小说中的这段叙述，较为平实朴素，虽然有关的爱情传说与彭玉麟对爱妻国秀的深情怀念存在相似性，但是其他历史故事却将小说有意强化的情感氛围冲淡，并没有达到"一切景语皆情语"的境界。同样的，在湘军攻克南京后，曾国藩为了迅速扭转战乱局面，裁撤湘军，取消厘金，开科取士，两江地域渐有升平气象。曾国藩有恢复、重建秦淮河、鸡鸣寺、莫愁湖、胜棋楼、扫叶楼、雨花台、孝陵卫、燕子矶等前明文物的宏大计划，要让石头城从战乱的废墟上重放光彩，一代理学名臣竟能鼓励金陵百姓前往妓馆酒楼买醉寻欢，于是便有了秦淮夜游的一幕。从聚宝门到通济门，一路繁华，尤其是桃叶渡，人山人海，风月无边。可惜小说在这段本该浓墨重彩、踵事增华的铺叙中，穿插曾国藩对赵烈文讲说的长篇高论的牧民之术；夜月映照的秦淮河花灯璀璨，丝竹管弦缥缈动人，

---

[1] 唐浩明：《曾国藩》第三部《黑雨》，湖南文艺出版社1996年版，第137页。

却又被曾国藩送别九弟的"几首小歌子"营造的"廊庙之音"生生破坏，最后归结为一副楹联"千秋邈矣独留我，百战归来再读书"。小说中的这段关于秦淮风月的描写，实在地说也算不得高妙。这一点只要与熊召政笔下的胡自皋在秦淮河宴请冯保管家徐爵的段落稍作对比，其艺术审美性便高下立判。唐浩明地域文化景观的精彩书写，主要表现在叙写两湖地域的段落。如奔丧途中登临岳阳楼时，想起道光十九年初冬的那次游历，记忆中的岳阳楼"雄伟壮观，气概不凡！"楼前是八百里洞庭，湖风浩荡，29岁的曾国藩高声朗诵《岳阳楼记》，"豪情满怀，壮志凌云"，而这次奔丧途中重登岳阳楼，但见"油漆剥落，檐角生草，黯淡无光，人客稀少"，昔日繁华，尽皆飘散①。其实曾国藩自己也明白，心情各异罢了，意气风发的青年心态与回家奔丧的中年心态迥异，物是人非，斗转星移，昔日风华正茂的少年已成艰难苦恨繁霜鬓的中年人。这种地域文化景观的"对话性"书写，就在貌似无情的景观中投注了主体的情感和人生经验，这样的地域书写才称得上艺术创造。另一种有效的艺术创造，是对地域文化景观的"功能性"书写。小说描写长沙城的著名景观，坡子街的火宫殿：黄色琉璃的屋顶，斗拱飞檐的庙宇，雕梁画栋的建筑，金盔金甲红脸红须的火神爷，供桌前一年四季燃烧不熄的熊熊烈火，给人留下深刻印象；火宫殿中的大片空地，成为"走江湖跑码头的郎中、卖艺人、耍猴的、卖狗皮膏药的、算命看相的、卖杂七杂八小玩意的集中地"，城中人们也喜欢来此流连，整日里人山人海，熙熙攘攘②。这段描写绝非闲笔，接下来讲述湘军与绿营官兵的斗殴火拼，火宫殿在此充当了"功能性"的场域。类似的地域文化景观书写，还有冬天的衡州城，温暖如春，秀美的湘江穿城而过，江上有人冬泳，货船、客船往来不息，"还有一种当地叫作钓钩子的小船，小船上只能坐一个人。一年四季，哪怕是烟雨霏霏的时候，湘江上都布满了这种钓钩子"，这种钓鱼方式与北方人"独钓寒江雪"的意境大相径庭。③这段描写看似轻松，却绝非笔墨游戏，正是曾国藩"从钓钩子船想到办水师"的情节关捩。小说描写曾国藩向李鸿章赠送湘妃竹，

---

① 唐浩明：《曾国藩》第一部《血祭》，湖南文艺出版社1996年版，第6页。
② 唐浩明：《曾国藩》第一部《血祭》，湖南文艺出版社1996年版，第182—183页。
③ 唐浩明：《曾国藩》第一部《血祭》，湖南文艺出版社1996年版，第217页。

引发李鸿章的联想和感慨,这种来自湘江边的斑竹,在"略带黄色的青皮竹竿上",生长着大小不一的黑斑,似墨痕,如眼泪,相传是"舜王的后妃——美丽忠贞的娥皇、女英的眼泪",李鸿章"感叹着苍筤中竟有如斯稀品","感叹着如斯富于幻想的楚人",而曾国藩正是"楚人的代表",他既有"宏阔的气魄、坚毅的意志",又有"才子般的绵绵情致"①,将湘妃竹与曾国藩的内心世界相关联,堪称点睛之笔。其他如游览武昌汉阳、黄州赤壁月夜泛舟、长沙市井格局等描写,无不元气淋漓、气韵生动,明显可见作家对此地域成竹在胸,饱含深情,甚至并非写实性的抽象概括,也因为对地域文化发展流变过程的熟稔而显得举重若轻:"这段时期,下关码头日日夜夜人如潮,货如山",被裁撤的湘军将士们携带金银,从长江进洞庭,转入湘资沅澧,回到闭塞贫穷的故乡,"十几万湘勇,拿了这笔钱起屋买田,送子读书,经商跑大码头,出门会阔朋友,开湖南一代新风","三湘四水从此眼界大开,风气大变,人才辈出,灿若群星,成为近代中国最有名气、最有影响的一个省份"②。由小及大,见微知著,视通万里,类似的地域文化景观书写,无疑为小说平添了地域的审美魅力,推进了小说的叙事进程,拓深了小说营构的历史文化空间,复活了人物形象的在场感和鲜活性,因此具有重要的意义。

第九节 武陵王历史传奇

关注武陵地域历史,描写改土归流历史大潮中的人物命运,是近年来两湖地域不少土家族作家创作的重要表现主题。在长篇历史小说方面,涌现出一批"同题作文",如描写容美土司历史的长篇小说,就有吕金华的《容米桃花》③、周长国的《容美土司王·田舜年》④ 和黄光耀的《土司王朝》⑤《土司王国》⑥ 等优秀之作。

---

① 唐浩明:《曾国藩》第三部《黑雨》,湖南文艺出版社1996年版,第460—461页。
② 唐浩明:《曾国藩》第三部《黑雨》,湖南文艺出版社1996年版,第84—85页。
③ 吕金华:《容米桃花》,长江文艺出版社2014年版。
④ 周长国:《容美土司王·田舜年》,长江出版社2007年版。
⑤ 黄光耀:《土司王朝》,沈阳出版社2009年版。
⑥ 黄光耀:《土司王国》,新华出版社2013年版。

其中，黄光耀的《土司王朝》在描写容美土司血祭、议和、政权更迭、改土归流等重大历史事件的同时，也对当时的器物、典章、风俗、礼仪等进行精雕细刻的"还原式"描绘，以期成为土司历史的"文化或是文明的档案"①。从阅读效果来说，这个目的应该是达到了。而最具特色的，还在于小说对容美土司制度的深刻反思和有力批判，小说不仅描写土司内部的权力斗争和血亲矛盾，而且书写容美土司与桑植、五峰、石梁等其他土司之间的矛盾，以及土司与朝廷之间的矛盾，在矛盾冲突中凸显作为统治者的土司的残暴凶恶；更在土司与其他人物的复杂关系中，刻画土司无情无义、刻薄寡恩的负面性格。专制必然带来独裁，独裁必然带来残暴，这种历史批判视角，迥异于那种猎奇式的、歌颂式的、哀婉式的、同情式的历史书写，因而闪耀着现代性的光辉。

吕金华的《容米桃花》描写容美土司从田霈霖兵出澧州到田旻如绝望跳崖的曲折历史过程，从"桃花铁""桃花血""桃花雪""桃花月""桃花劫"等章目设置和叙述文字风格来看，小说既追求"五谷之躯，只有这江山能够养就豪骨"的慷慨豪迈，同时也要表达旖旎蕴藉的民族风情，穿插"三月三，蛇出山，九月九，蛇钻土"等土家乡谚，令人血脉偾张的宰牛血祭、赶仗用兵、打鼓跳丧的描写，还有傩戏、哭嫁、南戏、围鼓等土家风情和过赶年风俗的展示，土家"五句子"的引用如"哥哥住在手扒岩，清早上山来砍柴，砍到一半没力了，妹妹妹妹快点来，快点拿个枕头来""妹妹最怕见哥哥，哥哥糙手要乱摸，摸我脸上不打紧，还要摸我燕儿窝，燕儿窝里水水多"，虽然略嫌粗俗，却是民间真实风味的体现。至于如药材中的"头顶一颗珠，江边一碗水，文王一支笔，七叶一枝花"和吊脚楼等武陵地域风物、建筑的描写，更是如数家珍，由此营造出浓郁的地域文化氛围。

与《容米桃花》叙述对象相似，《武陵王》三部曲《白虎啸天》《文星曜天》《恨海情天》②，则以史诗般恢宏的气势，宏大的叙事结构，精心绘制出武陵土司最后两百年的历史风情长卷，为两湖地域文学增加

---

① 黄光耀：《土司王朝·前言》，沈阳出版社2009年版，第4页。
② 贝锦三夫（李传锋、吴燕山、李诗选）：《武陵王》三部曲《白虎啸天》《文星曜天》《恨海情天》，长江文艺出版社2014年版。

了新的标志性符号——武陵,其地域内民族史诗写作的得失成毁,值得我们关注和思索。

一 历史理性与民族情感

在历史"本事"与文学"想象"之间,本来横亘着一条"叙事"的分水岭,理性与情感、真与美由此二分,形成各自不同的流脉。而事实上这道分水岭却在虚无缥缈间,因为历史叙事往往并不那么客观公正,反而容易为威权所把持,各种官修史著竞相将客观的史料处理成为"任人打扮的小姑娘";文学叙事则经常借助历史的外壳,在貌似中立客观的时空架构中编织岁月的前因后果,各种扑朔迷离的前尘往事由此得到合理的解说。历史与文学在此形成某种有意味的"互文性",以至于有学者判定:"历史叙事与小说叙事在汉语中的区别并不明显,有时甚至彼此混同。"[1] 所谓"文史不分家",即是说历史叙事包含着文学想象的成分;文学叙事包含着历史的真实背景与发展方向。我们可以说,在小说家自圆其说的生动叙事中,历史的真相已然遥不可及,从而呈现出诸般可能性与生动性。武陵地域的土家族历史文化,在历史理性与文学情感的双重视域中展开叙事,其间的斑驳互异扞格不入之处,足以引发读者的深长思索。

武陵地域因为民族成分复杂,山高水远,交通不便,在历史上曾经长期实行土司制度。"土司制度"是封建时代用于少数民族地域的政策,奉行民族自治的原则,政权世代相袭,纳贡自立。[2] 武陵土司制度始于唐、宋时期的羁縻政策,宋元之际逐步发展为土司制度。武陵土司制度到清雍正十三年实行改土归流后才告彻底消亡。总的来看,羁縻制度是一种较为松散的统治制度,各羁縻地域与中央政权的关系若即若离。而每当中央统治力量削弱时,各羁縻地域酋长"闹独立"的山头意识便会抬头。如宋末,各土司"擅治其土,遍设官吏……威福自恣"(同治《来凤县志》)。元代在湖广行省设立的土司主要有永顺、保靖、桑植、柿溪、慈利、容美、五峰石宝、石梁下洞、施南、龙潭、酉阳

---

[1] 赵宪章:《汉语文体与文化认同研究》,中华书局2008年版,第32页。
[2] 黄现璠、黄增庆、张一民编著:《壮族通史》,广西民族出版社1988年版,第138页。

等。"元代的土司制度，方针是明确的，体系则尚不完备，措施亦尚不周密。明代对元代的陈规旧矩有因有革，使土司制度达到了成熟时期。"[①] 朱明王朝为了加强对各个土司的控制，一改元代的宽松政策，而实行较为严密的土司制度，在承袭、纳贡、征调等政策方面，均作出严格规定，土司之间相互监督、互相制约，"以夷制夷"，成效明显。有明一代，在武陵地域得到朝廷放印的土司就有近百家，其中真正有实力的土司，有永顺、保靖、容美、施南、酉阳、思南等。《明史·湖广土司》记载，永顺、保靖土司，"世席富强，每遇征伐，辄愿荷戈前驱，国家亦赖以挞伐"，"均备臂指矣"。在平定"诸蛮""诸苗"叛乱中，永顺、保靖土司为国效命，朝廷派遣、使用其军队如臂使指，得心应手，自然对其格外倚重。而对容美土司，明廷则信疑参半。嘉靖七年容美土司朝贡队伍人数过千，一路招摇，扰民不休，礼部不得不重申旧制，规定此后进贡人数不得过百，进京城人数不得超过二十；嘉靖二十三年容美宣抚使田世爵夺取土官向元楫的田产，湖广抚按为了调解纠纷，召见田世爵，田世爵置之不理。不久，倭寇入侵中国东南沿海，田世爵偕子田九霄率领容美土兵出征，立下赫赫战功，先前的争执也便不了了之。

到清代改土归流成为通例，这与清初国力强盛有关，在平定三藩之乱以后，朝廷对内地土司的态度是尽可能地予以裁撤。最初，在明清易代之际，武陵土司相继降附清廷，此时的清廷尚无余力思考是否改土归流，所以土司制度一仍其旧，但土司之间的矛盾却日益凸显，有的土司也难免自我膨胀得意忘形争权夺利彼此攻伐。如保靖舍巴彭泽蛟与宣慰使彭御彬互相攻伐，桑植安抚使向国柱被其弟向国栋谋杀，朝廷反被蒙蔽竟让向国栋承袭安抚使。容美土司田旻如打造龙凤鼓和景阳钟，开凿玉带河，捉拿平民"割做太监"，种种违礼犯上破格僭越之举，激化了朝廷与土司之间的矛盾。改土归流被提上议事日程。当时的容美土司已经历十五代二十三王，地域广阔，经济繁荣，雍正皇帝曾经在评点南方土司时说过："楚蜀各土司，惟容美最为富强。"即便如此，或者说正因为如此，容美土司才终究难逃覆亡的命运。改土归流是历史理性的必然呈现，但对于本民族作家而言，这个过程却带有太多的无可奈何，太

---

① 张正明：《长江流域民族格局的变迁》，湖北教育出版社 2006 年版，第 313 页。

多低回不已的情感流连。在历史理性与民族情感之间,作家以艺术想象构筑文学新天地,在保持"大事不虚"的历史真实走向的同时,尽可能地以"小事不拘"的文学经营填补历史的缝隙,纠正官方史著的偏见,给历史中活动着的人以细心的体贴,对武陵土司的种种貌似有悖常理的举措予以合乎情理的解说,精心编织出历史的上下文语境。

《武陵王》三部曲以洋洋洒洒近二百万言的篇幅,叙述容美土司王田世爵、田舜年和田旻如的传奇经历,其中田世爵是将容美土司引入中兴的一代雄杰;田舜年是兴起土家文治伟业的一代豪杰;末代土王田旻如则是一个为了扶住将倾大厦力挽狂澜的悲剧英雄。选择这三代土王作为叙述对象,恰到好处地勾勒出了容美土司中兴、鼎盛和衰亡的完整历史过程,三代英主的文韬武略得到艺术的再现,人物形象丰富饱满栩栩如生,土家人勇武彪悍、聪颖多才、忠义淳朴、疾恶如仇的民族性格跃然纸上呼之欲出,在与真实历史走向同步的情节结构铺排中充溢着扎实的以学术考据为基础的民族文化知识。这是一次成功的民族史诗写作,武陵地域文化与土家民族风情于此得到充分的呈现,是地域文化视角中两湖现代民族文学书写的重要收获。

二 民族历史与地域风情:"看"与"被看"的双重视域

《武陵王》书写长江三峡以南、洞庭湖以西区域内的武陵山东脉的容美峒从明至清的二百多年历史与三位土司的传奇人生。第一部《白虎啸天》以"赵氏孤儿"搜孤求孤式的传奇开篇,叙写白俚俾弑杀父兄后自立为土王,义仆麦文松以自己的儿子换下幼主田世爵,后来田世爵在湖广总督的帮助下洗清陈冤,得以成为容美土王,他求贤若渴,带领容美土司走向中兴,会盟诸司,计诛叛逆,制定邦策,勇战忠峒,千人朝贡,浚河卖铁,教子苦读,整饬家风,开拓疆域,在国难当头之际,万里驰驱,为国效命,铁塔师抗倭,清风岭大捷,奇袭火龙山,娘子军保卫家园,等等,叙事流畅,情节生动,高潮迭起。第二部《文星曜天》叙写田舜年的兴文伟业,在文化上已经汉化的土王田舜年,吟诗作赋,舞文弄墨,修为功深,与当世文化巨子有广泛的交往,缔结下深厚的文字交谊。在田舜年任土王期间,完成史传著作《田氏世家》,选编完成田氏王族六代十大诗人的诗集《田氏一家言》,计一十二卷三千余首;编纂完成

《二十一史纂要》《六经撮旨》《容阳世述录》《清江纪行》等。容美文事之盛，成就之高，令人瞠目结舌。除此之外，最为引人瞩目的当属容美土司频繁而高雅的戏剧演出活动，当时已能够运用多种声腔演出名剧《桃花扇》，戏厅、戏楼、教戏坊等戏剧建筑一应俱全。汉族文人顾彩在《容美纪游》中称："宣慰司署……堂后则楼，上多曲房深院……楼之中为戏厅"，在宣慰司署所在地屏山街槿树园下坡处设有戏坊，"乃优人教唱处"。很难想象，在群山腹地，来自江、浙、秦、鲁各地的曲种能够同台演出，融会交流，并最终形成具有鲜明武陵地域特色的南戏、柳子戏、满堂音等戏曲品类。演剧的盛况，频频见之于当时的诗人诗作，如田九龄诗云："江汉风流化不群，管弦久向日边闻"；田玄诗云："繁华暗欲歇，歌鼓漫催声"；田霈霖诗云："一剧二剧三四剧，板腔不必寻规矩"；田既霖诗云："堂阶停舞袖，乐部罢鸣靴。"此种文化交流活动，无疑加快了土家族和汉族的文学艺术的进一步融合，在客观上为以后的改土归流打下了文化统一的基础。第三部《恨海情天》叙写容美土司的末代土王田旻如为转变改土归流的历史命运而作出种种无谓抗争的悲剧人生，田旻如充任侍卫、滚钉板等情节不无传奇色彩；他谨遵皇命回乡任土司之前，将《田氏一家言》护送至宁波天一阁收藏；他兴兵讨伐邻司，稳定了容美疆域；提倡农桑、整饬茶马道，振兴了容美经济；留师兴孔教，重视本土的汉文化教育；他思想开放，鼓励女子放足，引进接痘医术；盛演《桃花扇》，修建风雨廊桥、保善崇楼，与民同乐；他韬光养晦换来的却是朝廷的重兵压城，最终投缳自杀，遗恨无限。

　　作为当代民族作家，书写四五百年前的土家历史时心态总难免会自豪与哀伤兼备，此种复杂情感其实是每一位历史小说作家都有过的情绪，毕竟书写对象是过往的历史，曾经有多少灿烂辉煌写到最后就会有多少落寞惆怅。相隔岁月的河流遥望对岸，当代民族历史小说家并不缺乏"政治正确"的科学史观：

　　　　在中华民族的历史进程中，国体的进变和民族的融合是一个动态的大势。从周天子分封诸侯、战国时期创立郡县，封建与郡县便成为中国古代政治史上关于国家结构的两种理想思潮。在民族关系上是和睦共存还是强求一统，在相当长历史时期影响着历史的进程。土司是作为朝廷代理人和地方统治者双重角色存在的，是王朝国家运作的区域化表现，自有其当时的合理性。……但是，土司制自身具有浓厚的割据性，少数民族群众要承受来自于朝廷和土司两个方面的统治和剥削。……"改土归流"便产生了两个客观效果：客观上促进了国家的统一；客观上也伤害了"民族"关系。①

作家认为容美土司的命运和归宿在武陵地域内的众多土司中是一个具有代表性的典型个案，通过自强不息的努力繁荣富强，却因为"制度落后，国家剿抚"而崩塌；其统治失败的内因则是上层的汉化和腐化，与下层土民脱节，失去民心。历史无法假设，即使没有权威的脱节，没有底层土民落后的经济文化的限制，改土归流也会照样执行，只不过是代价大一些还是小一些的问题。在中国这块土地上，只有政治是不计较代价的。值得注意的是，当代民族作家在书写民族历史时，依循的文本叙事逻辑和服膺的历史理性往往带有鲜明的主流意识形态色彩。如果将容美独特的土家文化背景虚化，那么我们读到的这部《武陵王》也可以视为其他所有弱小民族、国家由弱变强，再由强转衰的历史变迁过程。历经磨难，发奋抗争，文治武功，情天恨海，这些主题和情节何其似曾相识。自觉到"被看"后产生的对于主流意识形态的靠近或者对既定规则的遵循，是身处当下为时代所裹挟的民族作家的文化下意识选择。

当代民族作家的文化乡愁，其实更多地体现在对地域风情的展示上。这种展示又带有"被看"的自觉，即在作家的潜意识里时时有对读者的关注、打量、"换位思考"，因此，某种迎合或者选择就在所难免。即如对武陵地域最为神秘的下蛊、赶尸等情节的描写，就是如此。

这下蛊是在武陵山一带苗家女人中流传的一种巫蜒之术。其法秘不示人，严格规定传女不传男，而且只能由母亲传给女儿。巫誓里说：谁要将蛊毒之法传给了男人，神灵自知，必遭众女人的蛊伤而暴死。如此便使蛊毒蒙上了一层神秘的面纱。……可不是任何肉虫花蝶都被叫做蛊虫的，成为蛊毒之虫，必是选苗疆最毒的几种虫

---

① 贝锦三夫（李传锋、吴燕山、李诗选）：《武陵王》三部曲之《恨海情天》，长江文艺出版社2014年版，第516页。

而成。通常有毒蚁、毒蛇、毒蝎、毒蛙、蜘蛛、蜈蚣、蜥蜴和毒鱼。制作之时,先将前几种精壮毒虫一起放入一个瓮中,它们便相互噬咬排毒,进行一场你死我活的大残杀,那个中百毒而不败最后能活下来的毒虫便是"蛊"。如果活着的是蛇,便叫蛇蛊,蝎叫蝎蛊,蚁叫蚁蛊,或者蜈蚣蛊、蜘蛛蛊等。然后把这个蛊捣死,喂给苗疆的一种特有的毒鱼吃,此毒鱼食后产生的粪便就是"蛊毒"。……中了蛊毒的人,最典型的特征首先是神志不清,精神紊乱。"蛊惑人心"之成语,即缘于此。其次是四肢僵硬,动作失调,肌肉抖动。这时,一般医术是无法医治的,只有找到掌握蛊毒之术的苗女仍用巫蜒之法,借助特别配制的药物,才能化解。到重症时,浑身溃烂流脓,那就是神仙也没有办法了。[①]

这段叙述介绍了蛊毒的来源,以及中蛊后的反应,纯粹是客观的知识介绍性文字,既然是对第三者的"听说""传说"的转述,那么其无法解释的神秘性、中蛊后的可怕性等都无法做出科学的、理性的判断。对于传说中总是蒙着神秘面纱的下蛊行为而言,这种介绍和解说是合适的。作家的地域文化情感尽可以在此"传说"中投射无遗,而无须作出科学解释,只以一笔带过:"笔者也不敢杜撰,自然也就写不出来了。"但作家在展示"赶尸"场景时,却采用了"描写"的直观方式,其间的得失不无可以探讨之处:

那天夜幕降临之时,在菖蒲溪通往容美中府的路上,走着这么两个装扮和行为十分怪异的人:走在前面的人,一身红色道装,形容枯瘦惨白,背个长长的竹背篓,这背篓足有两人高,里面装满了充当冥币的纸钱和蜡烛。背篓下面,垂挂着一只忽明忽暗的灯笼。他左手持着一只小阴锣,有节奏地慢悠悠地敲响。右手不时从肩上伸到后面背篓孔里,拿下纸钱丢在路上。这叫买路钱。他口中发出一种凝重沉浑不间断的声音,像念的什么神词又像唱的什么鬼歌,让人听了毛骨悚然。他走路的姿势也很特别,总是侧着身子行进的,

---

① 贝锦三夫(李传锋、吴燕山、李诗选):《武陵王》三部曲之《白虎啸天》,长江文艺出版社2014年版,第97—98页。

拿一只眼睛始终照顾着后面。在他身后七八尺远,走着另一个穿着肥大藏青道袍的人,身材比前面的人要粗壮许多、高出一头,看不清臂膀。头戴一顶帽檐低垂的草帽,额上压着几张画着符的黄纸,垂在脸上,把面目遮挡得严严实实。那行进的姿态更显奇特,那腿似乎不能转弯,步幅很小,直直地杵在地上,发出有节奏的声响。①

接下来作家借助"个别胆大的人"的视角,"远远地窥看了"之后,对人说:"那走在前面的是招魂引路法师,丑陋得像个吊死鬼,让人不敢看。后面的就是被作法行走的死人,那死人走路怪吓人的,直杵杵像踩高跷一样,眼睛看不见前面,却能稳稳地行走!"对"赶尸"的神秘性的渲染已经足够,但这种"远观""再现""地域文化景观"却缺乏科学的理性依据,是法师的故弄玄虚,还是道人的别有玄机,在正面书写武陵地域历史的小说中,需要有合乎现代理性认知的阐释。仅有展示是不够的,对外来采风者、拟想中的读者的迎合其实就是对本地域文化的扭曲。

而小说在描写"写实性"的武陵地域文化风情时,则更具说服力,同时也更具吸引力。遍布三部曲中的武陵地域文化风情,让人沉醉,流连忘返,此中不乏作家浓郁的民族文化乡愁的深情寄托。文化风情的工笔描绘,无疑为小说营造了优美动人的民族叙事氛围,平添了与叙述对象水乳交融的民族文化魅力。

小说叙述了大量的土家族神话传说和故事,由此营造出浓郁的土家文化风情。土家族古代的神话传说,多是关于描写人类和大自然的起源、原始社会历史的变迁等,由祖祖辈辈流传下来。如"洪水登天""兄妹成婚""鹰公公与余婆婆""张果老制天、李果老制地""太阳和月亮""马桑树为什么老弯腰""男石柱和女石柱""孽龙与山王斗法""白果树开花最美丽""向王天子""巴务相""廪君化白虎""九节牛角""八耳锅""土家神马""腾云草鞋宿地鞭"等,都是对人类起源、土家族别分类、姓氏来历的神奇解释。土家族故事有"白鼻子土王"

---

① 贝锦三夫(李传锋、吴燕山、李诗选):《武陵王》三部曲之《白虎啸天》,长江文艺出版社2014年版,第194—195页。

"聪明的波七卡""卡铁的传说""巴列降龙""兄弟渡口设巧计"等,都是民间智慧的表达。如"向叫花子请愿"就是一个有趣的底层民众智斗府官的故事。向叫花子以乞讨为生,为人机智多谋。他住在五峰白溢寨前夹湾,由于荆州府官的重课粮税,土家无以为生,而那里的石窟、溪流总是在盛夏之时结冰,暑热过后冰即融化,但官府并不了解此情。向光瑞便在三伏天凿取了一块巨冰,背到官府去请愿,跪禀道:"土家苦寒,六月结冰,求大人免赋。"府官目睹此情,便信以为真,勒令革除田粮赋税,还树了一块题铭为"府示永革"四个大字的石碑,至今白溢寨的这块石碑还屹立未倒。在"东乡峒乘虚犯容美,娘子军逞雄护家园"一回中,作家描写了土家族祖先廪君与盐女的传说,颇能打动读者:盐女不希望丈夫廪君离家作战,便施展魔法,化身为鸟,带领"林中千万只飞鸟,翔集于寝宫上空,遮挡灿烂的阳光,使丈夫的战马看不清前行的道路。谁知廪君乃是志存高远的铁血男儿,去意已决,他毅然决然弯弓射箭,射落千万只飞鸟。迎来万丈光华"。① 没有想到的是,廪君已经误杀了化为头鸟的盐女。土家女儿那种热烈浓郁、不惜牺牲自己的挚烈爱情,足以让天地失色。

《文星曜天》对田舜年的卓越诗才给予浓墨重彩的渲染,足以见出土家诗人不凡的诗歌艺术成就,其高才睿智,即使置于当时的汉文化圈内,也无异于泰山北斗。但小说给读者留下最深刻印象的,还是《恨海情天》中土家人的民间歌诗。如"掌墨师"立扇架时高声吟诵:"白鹤仙人定的向,鲁班仙师造栋梁;掌墨师傅起小样,神工妙手绘华章;金刚力士安柱磉,八百勇士挑屋场。"② 在这些仪式感极强的歌诗中,土家人表达出喜庆吉祥的祝愿,对神仙、祖先、师傅、乡亲的感恩,富于浓烈的巴土地域文化风情。而更能够打动人心的却是土家山歌。作家借用小说中的人物王桂芳之口说:"好歌都是人用命从心里唱出来的呀!"用性命唱歌,才能唱出好歌,其间蕴藏着多么丰富的民族文化信息。在崇山峻岭山重水复的武陵地域,在日出而作日入而息周而复始的辛苦劳作中,在爱人不得相守人生自古多情伤离别的漫长等待中,在大

---

① 贝锦三夫(李传锋、吴燕山、李诗选):《武陵王》三部曲之《白虎啸天》,长江文艺出版社2014年版,第458页。
② 贝锦三夫(李传锋、吴燕山、李诗选):《武陵王》三部曲之《恨海情天》,长江文艺出版社2014年版,第149页。

第三章　对两湖历史的文学呈现

雪封山的寒冷冬季繁星当空的迷人夏夜中，多少代土家人的情感累积沉淀发酵，用性命唱出的山歌能不热情似火情深似海？"山歌无假戏无真，/郎妹唱歌好联姻；/声声都是妹情意，/句句都是郎真心。/唱得鸳鸯不离分。"①武陵土家人自古以来就有唱山歌的传统。土家人每年都有赛歌大会，只要唱起歌来，可以废寝忘食，歌词之丰富，可以唱几天几夜都不重复。土家人无论男女老幼，都会唱歌，张口就来，托物起兴，通过山歌表情达意。山歌既有传统古歌，又有即兴而唱的大量新歌，内容丰富繁多。土家人通过唱山歌进行天文地理、劳动生产、风俗习惯、宗教信仰和伦理道德教育，通过提问、解答、抒情、辩论、嘲笑、反讽等手法，来表达喜怒哀乐各种情感，可谓得心应手。武陵土家民歌，内容丰富，包罗万象，大略可以分为劳动歌、苦情歌、爱情歌、风俗歌和儿歌童谣等门类。其中，情歌所占比重最大影响最广。如《半崖一树花》："半崖一树花，/山都映红哒，/蜜蜂不来采，/空开一树花。"以花来比喻美丽的意中人，本来并不算是创举，让人觉得形象生动的是"我想扯到栽一蓬，/早晨出门三瓢水，/黑哒回来把兜蒙，/这样殷勤花不红"的恋人的细腻心理和情绪。土家山歌的歌词俏皮、幽默，充满人生智慧，赋比兴的手法应用娴熟，不愧为民族艺术的瑰宝。劳动歌曲中最著名的则有薅草锣鼓歌，又名"挖土歌"，土家人一边敲锣击鼓，一边劳动生产，真正将劳动与艺术完美地结合起来，唱歌可以消除体力劳动的疲乏和单调，统一生产节奏，他们在开荒、挖土、薅草、采茶时都要打"山锣鼓"、唱山歌。鹤峰《竹枝词》记载："栽秧薅草鸣锣鼓，/男男女女满山坡，/背上儿放阴凉地，/男叫歌来女接歌。"薅草歌一般以七言四句、七言五句居多。土家人的劳动号子是多种多样的，都与劳动生活紧密相关，具有民族特色。无论是行船放排，还是开山打石、修桥筑路、筑坝建堤、建筑房舍，他们都喜欢唱着号子协调生产，减轻疲劳，一人领唱，众人相和，声音高亢雄浑，响彻云霄。

土家族的"古歌""神歌"，是民族记忆的重要组成部分。小说家在讲述民族历史文化时，必不可少地会引用土家的"古歌"或"神

---

① 贝锦三夫（李传锋、吴燕山、李诗选）：《武陵王》三部曲之《恨海情天》，长江文艺出版社2014年版，第180页。

歌",如土家《梯玛神歌》,叙述祖先的起源和种种人生哲理,汉译为:"要吃饭就得挖土,/要吃肉就得喂猪,/要穿衣就得种棉,/这才样样都不差。"在和平年代,普通土家人乐天知命,活得快活自在。《恨海情天》以传神之笔细致描摹了土家"背脚子"的辛苦生活:这些山里的大力士,背负两三百斤的重担,"每登上一步石礅,就震得大山颤抖;每迈下一步台阶,就好像山路在身后翘起"。① 就是这样一群长期负重前行的饱经生活磨难的土家汉子,却是天地之间最达观、最快活的人,他们开口就唱:"吃的洋芋果,向的茅草火。/住的合掌棚,睡的壳叶窝。/抱的打杵鏊,翻的连儿坡。/没得三双麻耳鞋,走不过那条清水河。/出山背茶背药材,进山背盐背百货。"土家人生活艰辛,自然也唱苦歌,借此诉说人生的艰难。如土家《采茶歌》唱道:"飞蓬双鬟衣褴褛……曾向深山憔悴死";土家女儿哭嫁歌《伤别离》唱道:"四川下来十八滩,滩滩望见峨眉山。妹妹去,哥也伤心嫂伤心,门前一道清江水,妹来看娘莫怕深。"

土家人的演奏乐器,有木叶、咚咚喹、皮鼓、短笛、唢呐等,尤其是木叶,随处皆可就地取材,吹奏出清脆悦耳嘹亮动人的乐音,如婉转的鸟鸣,如悠扬的山风流泉,伴随着山歌的节拍,最是清新感人。还有"打溜子""打家业""花锣鼓"等,三四个组合成一个小乐班子,用棋子鼓、头钹、二钹、土锣、马锣等进行配合演奏,节奏明快,有"导板""联八句""扬歌""穿号儿""猛虎下山""龙摆尾"等一百多个优美曲牌。

土家舞蹈有"摆手舞""跳丧""穿花""玩耍耍""打花鼓子""八宝铜铃舞""竹棒舞"等近七十种花样。摆手舞的特点是出左脚,摆右手;出右脚,摆左手,两手摆动的弧度宽不超过双肩,高不过眉间,有"单摆""双摆""回旋摆"三种形式。"摆手舞"主要有与祭仪相关的"双手合十""观音坐莲"的动作,有与劳动生产有关的"砍火畬""种五谷""纺棉花"的动作,穿插组合起来共有 40 多套舞蹈动作,生活气息十分浓郁,其主题与脚下的大地流水紧密相关,充分表现出土家人民粗犷豪放的民族性格。"跳丧"又称"跳撒尔嗬",是土家

---

① 贝锦三夫(李传锋、吴燕山、李诗选):《武陵王》三部曲之《恨海情天》,长江文艺出版社 2014 年版,第 206 页。

人古老的丧葬祭祀歌舞。跳丧时，有歌师在亡灵前击鼓叫歌，"跳丧"的人们以二人、四人或者八人为组，和歌起舞，边唱边舞。歌师以鼓点带动舞蹈，以鼓点变换曲牌。一组人跳累了，歇下来喝酒，另一组人接着上场跳丧，彻夜不息。跳丧舞步有"四大步""滚身子""么姑姐""犀牛望月"等几十种。跳丧舞的姿势多保持弯腰、弓背、曲腿、臀部向下颤动，脚成八字形，双手在胸前左右摆动。舞者多为死者的亲朋好友、邻里乡亲，跳丧是为了表达欢乐还是为了表达悲哀，其实也难以说清，但土家人有这样的习惯：热热闹闹陪亡人，欢欢喜喜办丧事。土家人对生死是达观、超脱的，所谓"生时喜酒死时歌"。丧鼓歌歌唱亡人的功业道德，叙述死者的生平事迹，赞扬死者及前辈的勇武功勋，也叙及死者生前的生活趣事，借此安慰死者家属。其唱腔分为高腔、平调两种，节奏鲜明，悦耳动听。

小说描写武陵地域的土家生活，绝非与世隔绝的化外之境。尤其对田舜年在大山深处搬演《桃花扇》的故事进行了浓墨重彩的描写，是土家人"开放"精神的表征。土家人最早演出的"茅古斯""傩愿戏"就是原始戏剧的雏形；阳剧、酉戏、柳子戏、南戏、南曲等都是土家人借鉴融合其他戏剧因素的创造性艺术产物。

小说塑造了云姑、美媛、杨梅、王桂芳、孟春娇等一大批成功的土家女性形象，在描写土家女子的情节中，三部曲不能不写到土家妇女精美绝伦的织锦"西兰卡普"，一般选用蓝色或者黑色的底纱，在其上以五颜六色的彩色丝线织成耀目的美术图案。彩织纹饰主要有自然物象和生活情景、几何图案花纹、文字图案。"西兰卡普"绚丽多姿，取材于土家族日常生活的图案，如"土王五颗印""迎亲图""四十八钩""桌椅花""蝴蝶扑牡丹""四凤抬牡丹"等，造型独特、情态逼真，富于浓郁的生活气息。

其他如吊脚楼、过赶年、月半节、女儿会等典型的土家"文化符号"，在小说叙事中更是作为叙述背景，随时随地存在着，由此营造出浓郁的民族、地域风情。在叙述民族历史和展现地域风情时，"看"与"被看"的双重视域总是客观地存在着，小说叙事者所要做的只是"修辞立其诚"，即原原本本地展示主体真实感受，去掉迎合迁就读者的心理，消弭展示炫耀本民族特殊景观的心态，真正专注于这群在武陵地域生存的活生生的人，写出他们真实人生的喜怒哀乐和历史潮流中或者主动或者被动的起伏命运。

三 地域文化书写的"道"与"器"

《易经》有云:"形而上者谓之道,形而下者谓之器。"在地域文化题材的文学表达中,民族作家取得了哪些可资借鉴的宝贵经验,得到了哪些应该汲取的创作教训,存在着哪些应该尽力回避的叙事风险,这些问题,在"道"与"器"的双重层面上,都很有检视的必要。

现当代历史小说创作一直呼唤着历史观的现代性转换,那种长期被"中原正统史观"所束缚和扭曲的历史观必须得到纠正。贝锦三夫的《武陵王》三部曲就是这样一种纠偏之作。《武陵王》三部曲采用现实主义的写实手法,叙述武陵土司的中兴、鼎盛与衰歇过程,本质上是以人物为叙事中心的小说。我们知道,在读者受众中产生重大影响,引起广泛社会关注的当代历史小说作品,几乎都是描写重要历史人物的小说。这种现象在两湖历史小说创作界也同样存在。《武陵王》以土家土司为主人公,渲染武陵王的文治武功,描述武陵土司由弱到强的奋发进取过程,再现其汲纳人才任用忠良实施改革推进历史进程的丰功伟业,等等,本身并不具有民族独特性,世界上所有民族、国家的发展历程几乎都是相似的。这就需要作家写出独特的一个,亦即要塑造出文学上的"典型",他来自这个民族,带着这个民族鲜明的文化印记,在时代风云中应运而生,有所作为,成了这个民族精神的代表。我们认为,突破类似题材小说的固有框架和写作惯性,就要寻找到与土家民族合拍的浪漫主义表现手法,在必要的段落可以完全跳出现实主义小说的写实风格,实现自由跳荡的精神飞扬的酣畅表达,如此才可能会为民族地域文化写作开辟出一条新的路径。

在历史小说创作领域,"叫好"与"叫座"往往"两美难并"。衡量小说的好坏,存在着几项得到过大家普遍认同的标准,比如曲折生动的故事情节,丰富饱满的人物形象,思辨深刻的艺术思想,等等,同时还需要有对历史器物、典章制度的准确再现,需要典雅流畅令人回味的叙述语言。而历史小说由于存在着真实史实和历史人物的"预先设定",要想实现在情节、人物、思想等方面的突破,往往较为艰难,只能是"戴着镣铐跳舞",作家剪裁历史的能力和才能显得尤为重要。对于区域民族历史写作而言，作家往往很难在浩如烟海的民间故事和传说中作出取舍，许多精彩的、为当地老百姓代代相传的民间故事，其实并不适合在小说中加以表现，熔铸、综合、提炼、加工的"典型"生产思路，在民族历史小说写作中应该得到相当的重视和细致的体现。人物形象还可以更集中、凝练，语言还可以进一步锤炼、准确化。在以歌颂、同情为情感底色的《武陵王》三部曲中，还存在着对土家底层社会的艰辛生活、对土司之间的残酷斗争展示不够等方面的问题。

民族文学的未来和出路在哪里？洛里哀曾经指出，随着西方文化的强势影响，世界将成为一个开放的村庄，民族差异将被铲除，地方特色将归消灭，人们将再也看不到殊风异俗，民族特质将会完全消失，成为"历史上的东西"，民族文化传统也终将失去。① 这种预言虽然带有鲜明的"欧洲"中心主义趣味，但随着改革开放、现代化进程步履的日益深入，全球开放的趋势日益明显，世界文学的影响日益广泛而深入也是一个不争的事实。那么，民族文学创作的未来命运如何？或者说，民族文学的独特性"文化符号"还可能存在吗？洛里哀的预言无疑相当悲观。很显然，在当下统一的多民族的正处于现代化建设之中的中国，土家族文学创作不可能再回到民族长篇叙事诗《锦鸡》的创作时代，土家族人民在文学接受视域上也不再可能回归到单纯的歌舞时代，一个多元多向的文学时代已然来临，民族性、文化独特性将在时代融合中以"历史传统"的形式留存于文学记忆的最深处，并深刻地影响到民族文学创作。

因为地域性，土家文学可以为共和国文学添砖加瓦；因为民族性，土家文学可以为文艺百花园提供别样的芬芳。土家文学带给我们崭新的阅读体验，这种体验曾经长久地存在于这片热土之上，只是我们已经遗忘得太久太久！因为有了《武陵王》三部曲，武陵地域终于成为两湖文学地理中的标志性区域。武陵地域的土家人，钟情的是惊采绝艳的美，繁富、鲜明、艳丽、强烈，贯注着燃烧般的激情，如盛放的鲜花，如璀璨的朝霞。此种强烈的炫目的美，远远超出了中原正统儒家所推崇的"绘事后素"的审美规范，给读者留下了深刻的印象。每一部历史

---

① ［法］洛里哀：《比较文学史》，傅东华译，上海书店1989年版，第352页。

小说的创作其实都是一次民族文化的再发现！以史为鉴，可知兴替。丹墀廷争、疆场洒血、黍离之悲、家仇国恨、夕阳荒草、长亭骊歌已经成为我们的文化记忆，民族历史小说创作大有可为，且让我们静听一曲新翻杨柳！

第四章 两湖武陵地域书写

现代文学史上的两湖地域书写，可以大致分为三个板块：西部、中部和东部。这种三分法并非以现行行政区划作为标准，也不纯粹是以"山川形便"的地理环境作为依据，而是采用"感觉文化区"的相对富有弹性的、边界模糊的划分方法。作家对同一地域的书写，除了描写对象的一致之外，在文本风格、思想内涵、表现方式，甚至风情风物的展示等方面往往大相径庭，于此可见，对于最具个性、最需要才情的文艺创作来说，地域共性除了书写对象的相似性之外，并无太大意义，有意思的反倒是地域共性表相之下的"众声喧哗"。有鉴于此，我们将关注重心转移到创作主体的角度，以具体文本为中心，考察现代文学史上两湖地域书写的真实面貌及其美学、思想意义。

大致说来，两湖西部书写主要包括现代文学对土家族、苗族、瑶族等少数民族居住地域的历史与现实的书写，创作者既有少数民族作家，也有汉族作家，在本文中我们提出"武陵书写"这一概念，来概括两湖西部地域书写，湘南民族居住区的地域文化书写也包括其中。参照现行行政区划来看，武陵地域大致包括永州、邵阳、怀化、湘西、张家界、恩施、十堰、宜昌、神农架等地。武陵书写指称那些描写两湖西部地域生活的边地文学，一者是因为武陵山从西南迤逦东北，穿过两湖西部地域，东边以雪峰山为界，与两湖平原截然分开；二者还因为文学史上已有著名的《桃花源记》，记述晋朝武陵渔人误入世外桃源世界的奇遇。自此以后，武陵成为乌托邦的代名词，神秘、传奇、风光旖旎、风俗独特、山深流急、别有洞天。如果按照现行行政区划来考量，那么武陵书写可以视为湘南文学、湘西文学、鄂西文学、黔北文学、渝东文学的集合体（限于选题范围，本文的观照对象重点在湘南、湘西和鄂西

· 213 ·

文学);如果按照民族居住区来考察,那么武陵书写又可以视为瑶族、苗族、土家族等少数民族居住区文学。从地域文化视角考察武陵书写,我们会发现,在中国现代文学的百花园中,这是一处奇花美卉五彩缤纷的桃源世界。其中,沈从文及其影响下的黄永玉、古华、孙健忠、蔡测海、李传锋、叶梅、彭学明、陈应松、王月圣、田耳、马笑泉、于怀岸等人的创作值得格外关注。

第一节 沈从文的边城世界

一 中篇小说《边城》

苗族作家沈从文的小说《边城》,主旨是"写人类灵魂的相互孤立","探索隔代人之间的误解与交往上的鸿沟"①,这是金介甫对《边城》主题的概括。在20世纪80年代,沈从文已被文学史家拂去岁月尘埃的遮蔽,予以"重新发现"。当时大陆学者正围绕《边城》的思想内容展开如火如荼的讨论。否定派如张德林认为《边城》"格局较小,生活容量不大","不是一部革命现实主义"小说,因其"缺少深广的社会内容和深刻的社会主题",只有"田园牧歌式的'人性美'和'人类之爱'",缺少历史依据。②徐葆煜也在《〈边城〉不是现实主义作品》③中持相似观点,认为《边城》描写的时代环境是不真实的、没有典型性意义。部分否定派,如孙昌熙、刘西普《论〈边城〉的思想倾向》认为小说描写的老船夫和其外孙女翠翠等底层人民的纯朴、善良品质是真实的;而在船总顺顺、王团总等地方权贵身上表现出来的"无私、平和的人性美",则"是脱离现实的"。④由此可见,否定论者多少持有阶级论的观点。肯定派如何益明《论沈从文的〈边城〉》肯定了小说呈现的人情美、风景美和风俗美的艺术价值。⑤王继志《论〈边城〉的真

---

① [美]金介甫:《沈从文传》,符家钦译,国际文化出版公司2005年版,第182页。
② 张德林:《怎样评价〈边城〉》,《书林》1984年第1期。
③ 徐葆煜:《〈边城〉不是现实主义作品》,《书林》1984年第1期。
④ 孙昌熙、刘西普:《论〈边城〉的思想倾向》,《中国现代文学研究丛刊》1985年第4期。
⑤ 何益明:《论沈从文的〈边城〉》,《湘潭大学社会科学学报》1981年第1期。

实及其思想倾向》①则充分肯定了小说的真实性,一方面是世外桃源般的淳朴生活世界;另一方面又存在着阶级对立、贫富悬殊的社会矛盾。联系到夏志清在《中国现代小说史》中关于沈从文"最拿手的文体",包括"玲珑剔透牧歌式的文体","《边城》是最完善的代表作"②等相关论述,我们发现,海内外学者对《边城》的主题倾向和思想内容的理解,的确存在着巨大的分殊。

但是,无论是否定派,还是肯定派,在谈到《边城》的艺术成就时,却几乎无一异词,众口称赞。赵凌河在《自然美·原始美·幻想美——沈从文小说〈边城〉琐议》中说:"《边城》是一支动人的歌,一首美丽的诗",兼具自然美、原始美和幻想美。③更有代表性的论文,当属沈从文的弟子、著名作家汪曾祺的《沈从文和他的〈边城〉》④,该文从作品构思、人物形象、风物描写、语言特征等多个方面,对小说作了细致的解读,认为小说描写的边城青年男女的爱情纯真美好、不落流俗,是现实的客观存在;边城风物描写,借鉴了古代山水游记的写法,多白描,很生动;小说语言文白杂糅,自成一体,"朴实而精致,流畅而清晰"。

那么,我们的问题是:《边城》究竟表达了怎样的主题?

中篇小说《边城》最早分为11次,分别刊发于1934年1月1日至21日,3月12日至4月23日的《国闻周报》第11卷第1—4期,第10—16期。上海生活书店于1934年10月出了初版本,开明书店于1943年9月出了改订本。小说正文前附有《题记》。此后的再版本中,小说正文前还附有一篇《新题记》。沈从文写作《边城》时刚刚31岁,却已是大学教授,兼任《大公报》文艺版主编,是地地道道的"土绅士"⑤了。当时沈从文与历经千辛万苦终于追求到的张兆和女士新婚宴尔——"我看过很多地方的云,走过很多地方的桥,喝过很多地方的酒,但只爱过一个正当好年华的女子",安居于北平西城达子营的一个

---

① 王继志:《论〈边城〉的真实及其思想倾向》,《南京大学学报》(哲学·人文科学·社会科学版) 1985年第4期。
② 夏志清:《中国现代小说史》,复旦大学出版社2005年版,第146页。
③ 赵凌河:《自然美·原始美·幻想美——沈从文小说〈边城〉琐议》,《锦州师院学报》(哲学社会科学版) 1985年第4期。
④ 汪曾祺:《沈从文和他的〈边城〉》,《芙蓉》1981年第2期。
⑤ 施蛰存:《滇云浦雨话从文》,《新文学史料》1988年第4期。

四合院中，正是春风得意花前月下柔情蜜意之际，揆诸常理，不应该写下这些悲剧感十足的文字。如此，写作《边城》的时机和动机，都让人费解。

让人费解，就难免会让读者产生"歪曲"和"误解"。汪曾祺曾为沈从文"鸣冤叫屈"，说"他是一个受到极大不公平待遇的作家"，被人们批评为"不革命"，"脱离劳动人民"，等等。①这就是说，在汪曾祺看来，《边城》和《长河》的写作目的在于"民族品德的发现与重造"，却往往被人误解为一曲"不真实的牧歌"。

的确，在《边城·题记》中，沈从文明确表示自己的创作中饱含"对于农人与兵士"的"不可言说的温爱"，又说《边城》的理想读者是那些已经毕业或者根本没有进过学校的、认识中国字的、"置身于文学理论，文学批评"之外的人们，因为他们有现实生活的勇气，有参与现实斗争的经验，"有理性"，关心"中国现社会的变动"，致力于"民族复兴大业"，这就在主观上舍弃了另外一批读者。②那么，《边城》能够提供给读者什么东西呢？沈从文以惯常的既谦卑又自信的语气说，这部作品能够带给人们"一点怀古的幽情"，"一次苦笑"，"一个噩梦"，同时也能带给他们"一种勇气同信心"。③《边城·题记》的文末署有"二十三年四月二十四日记"，即1934年4月24日。这个日子正好是《边城》在《国闻周报》上连载结束的次日。值得注意的是，沈从文在撰写《边城》期间，曾于1934年1月返回故乡探望病母，前后历时40天，这是他去乡18年后第一次返回凤凰，由沅水乘船，溯流而上，深入民间大地，重返故乡家园，与记忆中的山水、人物一一对应印证，他一路给新婚妻子张兆和写信，记下沿路见闻，后来结集为《湘行散记》和《湘行书简》出版。沅水两岸，已不复是世外桃源，城墙上高挂着几颗被砍下的共产党人的头颅，国民党征收苛捐杂税，上海闻人插手湘西鸦片贸易，吊脚楼上的妓女生活更加艰难，水手们依旧与恶浪险滩争斗命悬一线，乡村萧条，民风衰颓，沈从文甚至愤笔写道："浦市地方屠户也那么瘦小，是谁的责任？"记忆中年轻有为、活泼健

---

① 汪曾祺：《沈从文传·汪序》，见金介甫《沈从文传》，国际文化出版公司2005年版，第1页。
② 沈从文：《边城·题记》，《沈从文全集》第8卷，北岳文艺出版社2009年版，第57页。
③ 沈从文：《边城·题记》，《沈从文全集》第8卷，北岳文艺出版社2009年版，第59页。

壮的年轻人，如今安在哉？① 今不如昔，种族退化，让人失望，显然还有心头燃烧的忧愤。在泸溪县城，沈从文竟然与《边城》女主人公"翠翠"的原型人物意外重逢，这个绒线铺店中的小女孩，名字就叫"小翠"，和当年的"翠翠"长得一模一样，她就是"翠翠"的女儿，只可惜她母亲已经死去。人世有代谢，往来成古今，本来不值得伤悼，但"翠翠"走得太早，在这个难免怀旧的人间四月天，繁花如梦，沈从文"有点忧郁，有点寂寞"，夜色中的沅江上飘荡着"快乐的橹歌"，往事依稀，已如星凤，不可追寻，"俨然彻悟"，"在历史前面，谁人能够不感惆怅？"② 毫无疑问，重返故乡的经历，深深地影响了当时尚未完成的《边城》的写作，如果说先前的写作因为隔着时间和空间的遥远距离，尚能够在回忆中美化、纯化边城的生活，那么重返湘西则揭开了笼罩在生活真相之上的唯美面纱，让沈从文再一次接触到了湘西人生中真实的"哀乐"。同时，因为沈从文饱经忧患，人生阅历丰富，看问题的角度和方法也已与少年时代截然不同，对故乡的人和事也有了更深切的理解和同情。在写给张兆和的信中，沈从文说，历史如河流，"人类的哀乐"永在！河上人们"那么庄严忠实的生"令他感喟不已。③ 总的看来，沈从文此次返乡，情愫兼生，既有物是人非的惆怅和感慨，又有对坚强执着生存的乡民的同情和尊敬，还有对外来经济、政治势力入侵所造成的湘西民风的渐变、国民性的改变等的愤慨。这种复杂的情感倾向，影响了《边城》的写作，造成了《边城》主题的多义性和叙事的含混性。

还是让我们回到《边城》的文本。《边城》一共 21 节，描写边城碧溪岨摆渡老船夫与他的外孙女翠翠的淳朴生活，以及当地掌水码头团总顺顺的两个儿子大佬、二佬同时爱上翠翠所造成的悲剧故事。小说不以情节曲折取胜，在淡如水的文字中随处安插边城地域风景风俗风情的描写，叙述便摇曳生姿，风情万种。小说前三节，更是"地方志"或

---

① 沈从文：《湘行散记·辰河小船上的水手》，《沈从文全集》第 11 卷，北岳文艺出版社 2009 年版，第 276 页。
② 沈从文：《湘行散记·老伴》，《沈从文全集》第 11 卷，北岳文艺出版社 2009 年版，第 297 页。
③ 沈从文：《湘行书简·历史是一条河》，《沈从文全集》第 11 卷，北岳文艺出版社 2009 年版，第 188 页。

者山水游记散文的写法，散散淡淡，显得漫不经心，随意点染，却很自然地带出了边城的环境、人物、风俗，以及翠翠的不幸身世。老船夫驾着一只方头渡船，渡头是公家的，因此不收渡资。翠翠的母亲，即老船夫的独身女，15年前与茶峒的一个军人相好，未婚生下翠翠。当年军人出于屯戍兵的荣誉和责任服毒自杀，翠翠母亲也在生下翠翠后自杀。小说开篇时翠翠13岁，她的名字是老船夫取的，因为触目皆是碧翠的篁竹，翠翠长在自然里，长在风日里，皮肤黑黑，眼眸清亮，"为人天真活泼"，"从不发愁，从不动气"。① 老船夫养了一条颇通人性的黄狗，也是他们的家庭成员之一。翠翠替老船夫驾渡船时，"一切皆溜刷在行，从不误事"。没有渡客时，爷孙俩晒太阳，吹竹笛；到离渡头一里路之遥的茶峒山城买油买盐买酒，城中有屯戍兵、厘金局，城外河街上有饭店、杂货铺、花衣庄、油行盐栈、吊脚楼妓女。边城的日子昼永如年，在外人看来自然无比单纯而寂寞，里面的人却并不自知，他们乐天安命，从容散淡。

团总顺顺，年过半百，明事理，讲义气，不爱财，正直和平，膝下两个儿子大佬、二佬都已到了成婚的年龄。两年前的端午节，大河里划龙船，捉鸭子，翠翠在码头边初遇二佬，双方皆留下"甜而美"的好印象。此后两年时间过去了，翠翠一天天长大，会红脸，欢喜看新嫁娘，欢喜听婚嫁的故事，欢喜戴野花，欢喜听唱情歌，"缠绵处她已领略得出"，欢喜坐在河边石头上，"向天空一片云一颗星凝眸"。② 眼见着翠翠长成风姿绰约的少女，老船夫不自觉地非常担忧她会重蹈她母亲的老路，这种"宿命论"的思想，让老船夫非常矛盾：既想尽快"把翠翠交给一个人，他的事才算完结"，又担心翠翠所适非人，造成同她母亲一样的悲剧。心直口快的大佬在过渡口时，同老船夫谈话，说："老伯伯，你翠翠长得真标致，像个观音样子"，这是夸翠翠长得可爱，等"再过两年"日子安定下来不用驾船到处跑了，大佬就要"每夜到这溪边来为翠翠唱歌"。这里面有些蹊跷：一是称呼老船夫为"老伯伯"，乱了辈分；二是大佬主动提出日后要"为翠翠唱歌"，似乎于唱歌很在行，这就与后文中大佬坚持要走车路——请媒人提亲，不走

---

① 沈从文：《边城》，《沈从文全集》第8卷，北岳文艺出版社2009年版，第64页。
② 沈从文：《边城》，《沈从文全集》第8卷，北岳文艺出版社2009年版，第89—90页。

马路——唱歌求亲的叙述发生冲突。接下来大佬还说："翠翠太娇了"，他担心翠翠只会听人唱情歌，却不擅长当个茶峒的普通媳妇，过日子的女人要会"照料家务"，会不会唱情歌倒显得无关紧要。又要马儿跑，又要马儿不吃草，这是大佬的自嘲。老船夫听后，又愁又喜，大佬对翠翠是明显有些"挑剔"的，或者有些不满意，他们是否合适呢？翠翠是否愿意呢？亲身经历过丧女之痛的老船夫，在翠翠婚事上愈加不敢擅作主张。

　　转眼又快到端午节了，二佬过渡时请老船夫和翠翠进城看划船，说："你翠翠像个大人了，长得很好看！"老船夫反过来称赞二佬长得好看，"像八面山的豹子，地地溪的锦鸡"，还勉励他"这世界有的是你们小伙子分上的一切，应当好好的干，日头不辜负你们，你们也莫辜负日头！"老船夫喜欢勤劳肯干的年轻人。两年时间不见了，翠翠觉得二佬这个眼前的"陌生人"，"人很好，我像认得他"；老船夫对二佬是很满意的，但是，王团总家的女儿也看上了二佬，还有碾坊作陪嫁。老船夫从旁人之口得知这个消息后，就有些打退堂鼓的想法。恰好大佬托人来探口风，老船夫让他车路、马路选一样。大佬选了车路，走车路就是请人作媒；走马路就是唱情歌，媒人来了，但翠翠总不作声，老船夫自然明白她的想法，她并不喜欢大佬。过几天媒人又来了一次，依然得不到结果。老船夫心中的疙瘩，"解除不去"，"有点忧愁"，翠翠母亲的不幸命运好像又会在翠翠身上重演，她们可能会有"共通的命运"①。大佬托人说亲的事，二佬也知道了；二佬跟他哥哥说清楚，自己早就爱上了翠翠，他不要碾坊，只要渡船，并且坚信翠翠也爱上了自己。在边城，有句俗话说"火是各处可烧的，水是各处可流的，日月是各处可照的，爱情是各处可到的"。兄弟俩商量好轮流去唱情歌，看谁能够打动翠翠的心，谁就能迎娶翠翠。这一晚，二佬月夜唱歌，翠翠"梦中灵魂为一种美妙歌声浮起来了，仿佛轻轻的各处飘着，上了白塔，下了菜园，到了船上，又复飞窜过悬崖半腰——去作什么呢？摘虎耳草！白日里拉船时，她仰头望着崖上那些肥大虎耳草已极熟习。崖壁三五丈高，平时攀折不到手，这时节却可以选顶大的叶子作伞"②。二佬擅长

---

① 沈从文：《边城》，《沈从文全集》第 8 卷，北岳文艺出版社 2009 年版，第 114 页。
② 沈从文：《边城》，《沈从文全集》第 8 卷，北岳文艺出版社 2009 年版，第 122 页。

唱情歌，翠翠的父亲当年也是唱歌的好手，"能用各种比喻解释爱与憎的结子"。二佬长得好，边城人给他取个"岳云"的诨名。二佬还能干，爱劳动，这都是翠翠喜欢他的原因。大佬自知唱歌不敌二佬，失望中驾船离开伤心之地，在茨滩出事淹死。顺顺和二佬因为此事与老船夫有关，难免怪罪老船夫。二佬对脚夫说过，老船夫"为人弯弯曲曲，不索利"，他将大佬的死因归罪到老船夫身上，认为大佬"就是他弄死的"。浓郁的悲剧意味已经笼罩在这对注定曲折坎坷的年轻人的爱情里。

一夜大雷雨，渡船被冲走，白塔坍倒，老船夫去世，春和景明的边城世界从此不再存在；在老马兵的回忆性讲述中，翠翠将事情的前因后果串联起来，才明白了自己的不幸命运，仿佛早就注定；二佬驾船下了辰州，到冬天也没有回来。翠翠在碧溪岨守着渡船，等着二佬，"这个人也许永远不回来了，也许'明天'回来！"

小说虽然设置了一个"开放式"的结尾，却也难以掩饰浓郁的悲剧氛围，将悲剧写得无比平静，不动声色，却又诗意盎然，正是沈从文常说的"美丽总是令人忧愁"的境界。汪曾祺说《边城》"是一个温暖的作品，但是后面隐伏着作者的很深的悲剧感"，这"是一个怀旧的作品，一种带着痛惜情绪的怀旧"。[①] 正是沈从文40天的返乡经历，加深了这种"痛惜"之感。沈从文已然从亲身见闻和今昔对比中得知，桃源世界已经没有了，现世中美好的一切终将消失。《边城》中的翠翠，《三三》中的三三，《长河》中的夭夭，这些清纯如在山泉水的小女子们，毫无心机，超越功利算计，又喜欢将爱情心思深埋心间，被动等待，她们将如何面对这个不断遭遇"现代"的野蛮入侵的时代？难道说一切美丽善良，就只能被时代毁灭？

文学史家认为《边城》在艺术性上已跃至"乡情风俗、人事命运、人物形象"完美圆融的境界，浑如"晶莹剔透的珠玉"[②]，但是，《边城》的叙事逻辑，却并非没有罅隙。前文已述的大佬与老船夫的对话，就颇为蹊跷。作为翠翠"前史"的父母的爱情悲剧，也并非不可避免。

---

① 汪曾祺：《又读〈边城〉》，《汪曾祺文集》文论卷，江苏文艺出版社1993年版，第100页。
② 钱理群、温儒敏、吴福辉：《中国现代文学三十年》（修订本），北京大学出版社1998年版，第278页。

在《连长》《参军》等小说中，边城人们对于连长与年轻寡妇的偷情热恋，不但没有反对，反而更多宽纵，连长最后竟然搬出了军营，径直住到寡妇家里"办公"，过上了居家日子；那位"老参军"无疑也是受宽纵的代表性人物，在小说中他似乎总在想方设法成全勤务兵去和情人寻欢作乐，乐此不疲，体现了人性的温暖。翠翠的父母，并不一定非得有个双双自杀的悲惨结局。沈从文小说中的殉情情节，多与触犯规则、无法突破有关。即使触犯规则，边城人们也常采取变通办法。如《萧萧》中的乡村小女子萧萧，12岁嫁入婆家当童养媳时，小丈夫才只有3岁，抱在怀里逗引他玩耍；等到萧萧长大成人，被雇工花狗引诱，怀孕待产，事情败露，花狗偷偷逃跑，而按照乡间规矩，萧萧要么被沉潭，要么被发卖到远方的深山人家。由于伯伯的说情，婆家准备将萧萧发卖，借此换回一些财礼，却又在一时之间寻找不到合适的买家，事情便耽搁下来，十月过后生下一个团头大眼的儿子，哭声洪亮，惹人喜爱。从前的"罪过"也就显得若有若无，萧萧被留了下来。后来与丈夫圆房，生下第二个儿子时，婆家正忙着给萧萧的大儿子迎娶年长的童养媳，萧萧则抱着小儿子在一旁看热闹，一切"同十年前一个样子"，唢呐声声，锣鼓喧天。轮回的生命悲剧中不乏乡村的喜剧色彩，礼法规制被一片喜庆的锣鼓响器冲散得体无完肤。因此，翠翠父母的自杀悲剧，很大程度上是出于小说情节安排的需要。

二佬说老船夫"为人弯弯曲曲，不索利"，并非随口评论。老船夫在翠翠的爱情悲剧中充当着重要角色。翠翠喜欢二佬，老船夫并非不知道。虽然翠翠不可能像现代都市女子那样坦然地与长辈交流对异性的看法；翠翠不喜欢大佬，大佬对翠翠也有"挑剔"，这一点老船夫同样心知肚明。但是，老船夫却一直给大佬留有求爱的余地，他心中可能是在想，如果翠翠与二佬不成功，转过来能够嫁给大佬，不也是一件好事吗？老船夫这种故意留下来的"余地"和"退步"，间接地造成了大佬的悲剧。老船夫为什么对翠翠嫁给二佬没有足够的信心，一方面固然是王团总家女儿有碾坊作陪嫁的物质威胁；另一方面却也源自他内心深藏的悲观情绪，他自认为对翠翠母亲的死负有责任，当年也明明知道翠翠母亲与屯戍兵士相好怀孕，"却不加一个有分量的字眼儿"，只是像不曾听说过、不曾看到过这件事情一样，"仍然把日子很平静的过下去"，正是这种"无为而治"，这种束手无策，最终没有能够有效地阻止翠翠母亲的自杀。小说几次写到老船夫的心理，他认为翠翠太像她母亲了，担心她会有相同的命运。老船夫总是"被动的"，从未"主动"过，哪怕是面对独生女儿的生死，哪怕是面对外孙女一生的幸福或者不幸福。如果将悲剧完全归因于"命运的力量"，"只应由天去负责"，恐怕是说不过去的。老船夫与翠翠相依为命，翠翠是老船夫全部生活的意义和重心所在，但是情窦初开的翠翠却注定要去追寻自己未来的生活，在这个过程中，老船夫苦涩的暮年意识与翠翠迷惘的亲情缠绕，相互交织，某种程度上让老船夫又一次选择了无所作为、静观其变。由此可见，翠翠的爱情悲剧，与老船夫的"不作为"实在大有关联。这是何等可悲的蒙昧。一如《丈夫》《柏子》《萧萧》《贵生》等小说中的悲剧人生，一切仿佛命定，其实皆由人为。沈从文的人道主义情怀深藏于边城山水风俗画表象之下的命运感伤喟叹之中。

《边城》中不断被暗示的命运力量，增强了小说的"艺术感染力"[①]。被强化的命运感，是通过消减人为因素来完成的，边城人们的"主体性"被减弱至极低的程度。在沈从文的生命哲学中，"生命的自然代谢，岁月的变迁，大自然的变化，人生的忧伤"，都是苦难人生的题中应有之义，边城人们处变不惊，视为等闲。[②] 毫无疑问，边城"牧歌"的神话构造，离不开"静态的"呈现、远距离（时间与空间）的眺望。在《边城·题记》《习作选集代序》《长河·题记》等沈从文自认为最重要的几篇文论中，《边城》写作被赋予极强的"功能性价值"。在"民族文学""农民文学"问题争论中，以乡下人自居的沈从文冷眼旁观，以《边城》的写作作为回答，"我要表现的本是……一种'优美、健康、自然，而又不悖乎人性的人生形式'"[③]。人事的哀乐，小说一律以"静观""被动"的形式呈现出来，眼见着悲剧在几代人身上轮回，也无可奈何默默承受。一曲清丽的边城牧歌，其实是以美丽的毁灭作为代价的。

至于说"《边城》中人物的正直和热情，虽然已经成为过去了，应当保留些本质在年青人血里或梦里，相宜环境中，即可重新燃起年青人

[①] 孔范今主编：《二十世纪中国文学史》，山东文艺出版社1997年版，第738—739页。
[②] 蓝棣之：《现代文学经典：症候式分析》，清华大学出版社1998年版，第174页。
[③] 沈从文：《习作选集代序》，《沈从文选集》第5卷，四川人民出版社1983年版，第231页。

的自尊心和自信心"①，则未免有些一厢情愿。边城年轻人固然不乏"正直"和"热情"，但是在"常"与"变"、"静"与"动"的对峙中迟早会败下阵来。这种人生悲剧意识，植根于楚人的血脉之中。沈从文对此有清醒的理性认知。20 世纪 30 年代就有人称沈从文为"文体家"，其个人文体最突出的表现在于对边城人们"纯朴风情的细致描述"之后，以"反转"的"断裂"形式突然"打断前面的歌咏"，人生无常的命运感让小说叙事直扑悲剧性的结局，"一种对造化无情的迷惘油然而生"，世间好物不坚牢，美丽总是无法长存于世间。② 这就是流淌在楚人血管里的千年孤独！文体从来就不只是表现形式，从来就不存在离开了内容的纯粹文体形式。

彩云易散琉璃碎。作为沈从文个人文体代表作的《边城》，未尝不是最后的绝唱，唯美、纯情、如梦似幻，惆怅哀怨，一去永不回，这是一曲地道的挽歌。在《边城·题记》中沈从文就预告了将会在另一本书中描写边城人生的新变化，"原来的朴质，勤俭，和平，正直"日渐失去，③ 这本书就是后来写作的长篇小说《长河》。其创作缘起正是这次难忘的返乡经历，《〈长河〉题记》再次提到这次返乡，"表面上看来，事事物物都有了极大进步"，但其内里却是"在变化中"日趋堕落，"唯实唯利的庸俗人生观"日益流行，传统的"义利取舍是非辨别"已经消泯。④

这样看来，沈从文创作《边城》的出发点和主题似乎就已经十分明显了，那就是要挽留住时代潮流冲击下的边城人"正直素朴的人性美"，保持住"做人时的义利取舍是非辨别"标准。这无疑是一种过于浪漫主义式的主观愿望。沈从文在《长庚》中说："楚人血液给我一种命定的悲剧性"，美丽的毁灭成为他内心深处挥之不去的隐忧。《边城》发表后的次年，刘西渭将其与沈从文的《八骏图》，萧乾的《篱下集》和芦焚的《里门拾记》进行比较研究，认为沈从文的所有理想，都反

---

① 沈从文：《〈长河〉题记》，《沈从文选集》第 5 卷，四川人民出版社 1983 年版，第 237 页。
② 王晓明：《"乡下人"的文体与"土绅士"的理想——论沈从文的小说文体》，《二十世纪中国文学史论》第 2 卷，东方出版中心 1997 年版，第 378 页。
③ 沈从文：《边城·题记》，《沈从文全集》第 8 卷，北岳文艺出版社 2009 年版，第 59 页。
④ 沈从文：《〈长河〉题记》，《沈从文选集》第 5 卷，四川人民出版社 1983 年版，第 235 页。

映在他笔下那些"可爱的人物"身上,他们都有"一个厚道而简单的灵魂"。① 这无疑是对沈从文在多个《题记》和《序言》等创作谈中所表达的想要建构供奉"人性"的神庙②——观点的进一步发挥和充分肯定。

但是,吊诡的是,沈从文却对此种论述并不认可:《边城》得到赞美,受到鼓励,但是读者朋友,包括刘西渭先生,都没有体会到其中隐藏的感情,都不大明白其中的意义,"完全得不到我如何用这个故事填补过去生命中一点哀乐的原因"③。客观地讲,我们在《边城》中的翠翠、大佬、二佬等年轻人身上,也很难看到"这个民族的过去伟大处"和将来"民族复兴"的力量。那么,沈从文所说"过去生命中一点点哀乐的原因"究竟是指什么呢?

答案其实就在《水云》中。这篇发表于《文学创作》1943年第4、5期的散文写到,长期以来他自己一直幻想得到的"名誉,金钱和爱情,全都到了我的身边",但是,已经得到的"爱情生活并不能调整我的生命,还要用一种温柔的笔调来写各式各样爱情,写那种和我目前生活完全相反,然而与我过去情感又十分相近的牧歌,方可望使生命得到平衡"。④ 在《边城》创作、发表9年之后,沈从文终于打开心扉,细致回忆了当年写作《边城》时的情景和心态,将阅文无数对人情世态都有深刻体味的评论家刘西渭也不曾发现的"如何用这个故事填补过去生命中一点哀乐的原因"细说端详,那就是通过写作《边城》,沈从文事实上完成了一次心理疗伤。

这个从边城走出来的"乡下人",经过18年漫长的奋斗,终于得到了多少人梦寐以求的"名誉,金钱和爱情",算是北京城里的成功人士了,尤其是与张兆和的成功结合,更是让沈从文时常产生一种不真实的人生虚幻之感,如此,写作《边城》就成为一种必需的心理补偿,他的爱情本来应该是如故乡边城年轻人无可逃避的悲剧命运那样,大佬、二佬和翠翠等人在小说中"替他活过一回"。如此,我们就能够理解,当《边城》完稿时,沈从文如释重负的心理感受:"我的过去痛苦

---

① 刘西渭:《〈边城〉与〈八骏图〉》,《文学季刊》1935年第3期。
② 沈从文:《习作选集代序》,《沈从文选集》第5卷,四川人民出版社1983年版,第228页。
③ 沈从文:《水云》,《沈从文全集》第12卷,北岳文艺出版社2009年版,第115页。
④ 沈从文:《水云》,《沈从文全集》第12卷,北岳文艺出版社2009年版,第110页。

的挣扎，受压抑无可安排的乡下人对于爱情的憧憬，在这个不幸故事上，方得到了完全排泄与弥补。"① 其用意十分明显，"乡下人"痛苦的挣扎，长久的压抑，爱情的憧憬，受伤的灵魂，在《边城》写作中得以安妥。这样就可以解释为什么先前关于《边城》的各种阐释都无法令沈从文本人满意，为什么《边城》中的边城世界与作为城市对照物的其他文本中的边城世界迥异其趣，为什么翠翠与她母亲的爱情悲剧一再发生，为什么《边城》里缺少雄强、飞扬的人生。在沈从文构建的湘西世界的所有文本中，《边城》实在是个独特的存在。那种浓郁的"秋天的感觉""人生无常"的感喟，实在是对"现世安稳"的万千庆幸与心理补偿。

至此，沈从文的自我心理治疗取得成功，他本人也成功地由"乡下人"变为城市教授俱乐部里的一名"土绅士"，其写作同时也就完成了从"美"到"真"的转变②，浪漫主义的审美呈现从此让位于现实主义的功利批判。从文学史角度来看，《边城》成为"沈从文最后一位出色的产儿"，因为那个产儿的母亲已经精疲力竭。③ 这正是个人写作史上的"临界点"，经由多年努力练习积累的才华，在中篇小说《边城》的写作中得以尽情挥洒，文本中体现的平衡感、饱满而不过度的情感张力、情绪的节制等，如彗星划过长空，耀眼夺目，却稍纵即逝。如果说沈从文的写作生命终止于1949年，那么其创作巅峰则在15年前就已达到，此后再也无法超越。

一切文学经典，都曾经过历史残酷的筛选。《边城》也不例外。

二 地域文化景观

20世纪30年代，沈从文就已被人称为"文体作家""文字的魔术师"④。苏雪林将其艺术特征概括为三个方面：风格特殊、造语新奇、

---

① 沈从文：《水云》，《沈从文全集》第12卷，北岳文艺出版社2009年版，第111页。
② 刘保昌：《真与美的悖论：从〈边城〉到〈长河〉》，《民族文学研究》2005年第4期。
③ 王晓明：《"乡下人"的文体与"土绅士"的理想——论沈从文的小说文体》，《二十世纪中国文学史论》第2卷，东方出版中心1997年版，第378—379页。
④ 苏雪林：《沈从文论》，《文学》1934年第3期。

句法简练。① 沈从文独特的文体创造，离不开他笔下独特的表现对象。无论是《边城》中的牧歌情调，还是《长河》中的"新生活"来临的现实阴影，都是对武陵地域文化景观的审美呈现与艺术表达。在沈从文创造的文本世界中，武陵地域书写具有营造边地桃源氛围，刻画风景风物风情，强化对自然山水的美学呈现，再现自然生命形态，张扬边地自然人格，展开国民性批判，重塑民族性格，推动叙事进程等多种功能，值得我们特别关注。

第一，营造武陵地域审美空间。

沈从文笔下的武陵地域，并非世外桃源，虽然不少作品因为经过作家的选择性记忆和创造性美化，"再造"出了一方纸上的世外桃源世界，即使如此，这个桃源世界也在"现代"进程中被外部势力入侵和改造，因此更具惜别的凄然与挽歌的沉郁。同时，武陵地域又是雄强、野蛮的"化外之地"，寄托了作家改造国民性的文化理想。桃源审美空间因此兼有大山的坚韧与流水的温情的双重品格。夏志清在论述沈从文的文体创造时，认为其文体与"田园视景"是"整体的，不可划分的"统一性存在，都是"高度智慧的表现"，都是"写实的才华"的体现，沈从文的写作长处在于他擅长依凭超人的记忆和浓艳的想象，随意点染出的让人过目不忘的景物和事件，因此他是"最伟大的印象主义者"②。沈从文的小说创作，他笔下的武陵地域，并非纯粹写实主义的呈现，而是借由"记忆"和"情感"参与的"回溯"与"重造"，其间大量掺入了作家的主体情绪，代入了其鲜明的童年经验和地域特色，由此大大地强化了小说的"抒情倾向"③，这正是鲁迅所说的"侨寓者"的文学，身在都市，回望相距千山万水、远隔数十载光阴的童年和少年时代的故乡，写作成为怀旧，而怀旧总是那么诗意盎然，温情弥漫。

《边城》被文学史家推赞为"晶莹剔透的珠玉"④，小说关于武陵地域文化的描写和叙述，对其美学生成和艺术表达起到了重要作用。其中

---

① 苏雪林：《沈从文论》，《文学》1934 年第 3 期。
② 夏志清：《中国现代小说史》，复旦大学出版社 2005 年版，第 147 页。
③ 钱理群、温儒敏、吴福辉：《中国现代文学三十年》（修订本），北京大学出版社 1998 年版，第 277 页。
④ 钱理群、温儒敏、吴福辉：《中国现代文学三十年》（修订本），北京大学出版社 1998 年版，第 278 页。

有对边城人家日常生活的描写，如"风日清和的天气，无人过渡，镇日长闲，祖父同翠翠便坐在门前大岩石上晒太阳。或把一段木头从高处向水中抛去，嗾使身边黄狗从岩石高处跃下，把木头衔回来"，这种山里人的"寂寞的欢愉"，往往能够触动人心；有翠翠"轻轻的无所谓的"唱词："白鸡关出老虎咬人，不咬别人，团总的小姐派第一。……大姐戴副金簪子，二姐戴副银簪子，只有我三妹莫得什么戴，耳朵上长年戴条豆芽菜。"又唱巫师迎神的歌子："你大仙，你大神，睁眼看看我们这里人！/他们既诚实，又年青，又身无疾病。他们大人会喝酒，会作事，会睡觉；/他们孩子能长大，能耐饥，能耐冷；/他们牯牛肯耕田，山羊肯生仔，鸡鸭肯孵卵；/他们女人会养儿子，会唱歌，会找她心中欢喜的情人！/你大神，你大仙，排驾前来站两边。/关夫子身跨赤兔马，/尉迟公手拿大铁鞭。//你大仙，你大神，云端下降慢慢行！/张果老驴上得坐稳，/铁拐李脚下要小心！//福禄绵绵是神恩，/和风和雨神好心，/好酒好饭当前陈，/肥猪肥羊火上烹！……"有边城的俗话，"八面山的豹子，地地溪的锦鸡"；有对边城初夏景色的渲染：溪边的芦苇和水杨柳，菜园的一片菜蔬，皆翠色逼人，带着蓬勃的野性，蚱蜢在草丛中飞动，新蝉在枝头试唱，深翠竹篁中的黄鸟和竹雀响成一片；又有边城夏夜的月色，闪亮如银子，"无处不可照及"，"繁密如落雨"的小虫声，时常被草莺婉转的歌喉打破。这一切由于殊少人为因素的干扰，显出地老天荒般的永恒的单纯和洁净。

《山道中》以散淡笔法，描写一个惊悚的抢劫杀人故事，但在小说结尾"逆转"式地揭开真相之前，三个湖南省桃源县的同乡人，从云南回家，在贵州、湖南交界处的边地山道上赶路，情节却是风平浪静、没有波澜的。他们未晚先投宿，鸡鸣早看天。一路上皆是寂寞荒凉景象。野花野草，毒蛇山鸡，焚毁的破屋泥墙，无人安葬的死尸上围着一群乌鸦，也少不了"执刀械拦路的贼"，突然袭击的恶犬，四处觅食的山豹。[①] 但总算老天保佑，有惊无险，他们一路平安。小说细致描写走山道的经历，一路遇见的交臂而过的行人，纸客、贩牛客、小商贩、送葬的队伍；一路看见的荒坡、森林、废弃的灵官庙、无人管理的菜园、破败坍毁的水磨、野山老树上的猴子、满坡盛放的紫色山花等。他们走

---

① 沈从文：《山道中》，《沈从文全集》第 8 卷，北岳文艺出版社 2009 年版，第 266 页。

长路太辛苦,"天正当午。然而在两山夹壁中,且有大的树,清风从谷中来,全不像是六月天气。若不必赶路,有石条上睡睡,真是做神仙人所享的清福了",在桥头歇憩时,他们遇到四个卖棉纸的人,不一会儿又遇到两个带刀的过客,这就有些《水浒传》中"黄泥冈"的味道了,然而一切平静,他们借火吸烟,闲聊。"什长"催着赶路,三个同乡人一路说些闲话,太阳落山时投宿,第二天早晨听说山道上有四个纸客被抢,死了两人。"当天仍然上了路,他们的家乡离那里还有二十天!"武陵山道貌似平静,其实凶险非常,一切仿佛归于命运,在命运面前,边地人们无可奈何,只能乐天安命;这次侥幸逃脱,纯属运气,前路漫长,又会如何?小说以平静写动荡,以山道喻人生,饱含张力,奇崛的边地风景与凶险的人生旅程交相辉映,形成参差对照的"互文",别有意味。

而《萧萧》却重在描写武陵地域的人情风俗,偏重日常生活形态的叙述,几乎没有特意的"异域风光的呈现",却也写得生机勃勃,充满边地烟火人间的气息,体现了自然人性的胜利。小说开篇是个独句段落:"乡下人吹唢呐接媳妇,到了十二月是成天有的事情。"新媳妇上花轿总要大哭,但是萧萧不哭,她12岁出嫁,丈夫只有3岁,做"童养媳",其实是当"小妈子",照看小丈夫,"一切并不比先前受苦",顺其自然地长成了大姑娘。夏夜,一家人围坐乘凉,"挥摇蒲扇,看天上的星同屋角的萤,听南瓜棚上纺织娘子咯咯咯拖长声音纺车,禾花风悠悠吹到脸上,正是让人在自己方便中说笑话的时候",萧萧抱着小丈夫,与公公婆婆、祖父祖母,还有帮工的两个汉子,坐在院中乘凉,被祖父打趣说"将来也会做女学生",女学生在乡下人看来就是"笑话"。帮工花狗喜欢唱山歌撩拨萧萧,"天上起云云重云,地下埋坟坟重坟,姣妹洗碗碗重碗,姣妹床上人重人";"天上起云云起花,包谷林里种豆荚,豆荚缠坏包谷树,姣妹缠坏后生家"。渐晓人事的萧萧与花狗做了"糊涂事",肚子大了,喝冷水、吃香灰,也打不下来;花狗看见事情闹大,偷偷逃跑。事情败露,请来萧萧的伯父,大家商议,是沉潭还是发卖,"伯父不忍把萧萧沉潭",主张"嫁人作二路亲";夫家也主张发卖,因为改嫁可以"收回一笔钱,当作赔偿损失的数目"。但一时之间却又寻不着合适的买主,事情耽搁下来,等到次年二月间,萧萧坐草生下个大胖儿子,吃蒸鸡喝米酒,烧纸谢神,全家高兴,"生下的既是儿子，萧萧不嫁别处了"。儿子 12 岁时，也接了一房年长 6 岁的媳妇。萧萧的命运，又开始"轮回"。以乡野"喜剧"的形式，描写边地的人生悲剧，这是沈从文的惯用手法，却没有乡村苦难叙事中常见的愤怒"控诉"，只将悲愤和苦难融入地域文化的自然呈现之中，"天地不仁，以万物为刍狗"，同时"上天"亦有"好生之德"，这是自然人性的胜利，与武陵地域的天地自然形成精神向度上的"同构性"，由此表现出"纯真与自然的力量"①。

第二，再现自然生命形态。

在小说、散文和文论写作中，沈从文提出了天人和谐、人性"本于自然、回归自然的哲学"②。我们发现，这种自然哲学在其小说文本中，得到特别精彩的呈现，格调哀怨，情绪低回，怀着深沉的悲悯，又有伟大的同情。

短篇小说《柏子》描写水手与妓女的性爱生活，是最能代表沈从文自然哲学观念的篇章。小说开篇用去三分之一的文字，描写船靠河岸时，水手们爬上桅杆整理绳索，卖弄身手，唱歌调笑的情景。接着是柏子出场，"腰板带中塞满铜钱"，踩着细雨中泥泞的路面，到河街吊脚楼上去找相好的妓女。小说并不曾给妓女安排一个名字，只用"妇人"来指称，柏子饥渴难耐，见面就上床"推车"，然后，两人共用一个烟盘，烧烟叙话。

> 妇人一旁烧烟一旁唱《孟姜女》给柏子听，在这样情形下的柏子，喝一口茶且吸一泡烟，像是作皇帝。
> "婊子我告给你听，近来下头媳妇才标得要命！"
> "你命怎么不要去，又跟船到这地方来？"
> "我这命送她们，她们也不要。"
> "不要的命才轮到我。"
> "轮到你，你这……好久才轮到我！我问你，到底有多少日子才轮到我？"

---

① 夏志清：《中国现代小说史》，复旦大学出版社 2005 年版，第 141 页。
② 钱理群、温儒敏、吴福辉：《中国现代文学三十年》（修订本），北京大学出版社 1998 年版，第 277 页。

妇人嘴一扁，举起烟枪把一个烧好的烟泡装上，就将烟枪送过去塞了柏子的嘴，省得再说混话。

柏子吸了一口烟，又说："我问你，昨天有人来？"

"来你妈！别人早就等你。我算到日子，我还算到你这尸……"

"老子若是真在青浪滩下泡坏了，你才乐！"

"是，我才乐！"妇人说着便稍稍生了气。①

逛河街的水手们，都会将一个月来在船上储蓄的金钱和精力，全部倾泄到吊脚楼里的妇人身上，以此为人间最大的幸福，全然忘记了急流险滩中命悬一线的搏斗，忘了过去和未来，他们从来不曾可怜自己，也从来不曾让人怜悯。从柏子和妇人拈酸拿醋的对话中，可知他们之间是有些朴素的"情分"的，并不完全是"一手交钱一手交货"的皮肉买卖，更不是下床起身就翻脸不认人的金钱交易，但是，这总还是"生意"，铜钱当然照收不误，妇人也不会守身如玉不接别的客人，吃醋归吃醋，生活还得继续。把事情做完，柏子出门时，天上正下着大雨，小说写道："这时妇人是睡眠了，还是陪别一个水手又来在那大白木床上作某种事情，谁知道"，柏子尽量不去想这个事情，他带的钱花光了，但是，不到两个月，只要没有翻船，或者虽然翻船了人却无事，他又会远航归来，腰携钱钞，还是会来找妇人买欢。这便是边city水手们的真实生命形态，他们从来不去寻求生存以外的意义，也从来没有控诉和反抗，各人负载着自己的命运，默默地前行，由此显示出武陵地域人们生命态度的庄重和尊严。

《会明》的主人公原本是农夫，在民国革命中当了军中伙夫，他长脚长脸，大胡子，有力气，能挑担，相貌像将军，性格却"天真如小狗，循良如母牛"。战争总是难免枪林弹雨，他并不害怕死亡，因为一个军人理应将"自己的生死置之度外"，但是，死后却不能过于难看，如果"发出恶臭流水生蛆"②，会让他觉得无法忍受。两军对垒两个多月，会明在阵地上孵出二十只小鸡，看着小鸡们"一身嫩黄乳白的茸毛"，听着它们"啁啾的叫喊"，简直快乐得要变成疯子了。结果是和

---

① 沈从文：《柏子》，《沈从文全集》第9卷，北岳文艺出版社2009年版，第44—45页。
② 沈从文：《柏子》，《沈从文全集》第9卷，北岳文艺出版社2009年版，第89页。

议成功，部队撤退，天下太平，小说结尾写道："在前线，会明是火夫，回到原防会明仍然也是火夫。……但他喂鸡，很细心的料理它们，多余的草烟至少能对付四十天，他是很幸福的。六月来了，这一连人没有一个腐烂，会明望到这些人微笑时，那微笑的意义，是没有一个人明白的。"在儒家文化系统内，天地间除却生死之外再无大事，而在边地人们，如会明看来，生死却只不过是生命的"自在状态"，他们天真地、雄强地活着，狮子似的雄壮，孩童般的纯真，正像苏雪林所分析的那样，作者是"想借文字的力量，把野蛮人的血液注射到老态龙钟、颓废腐败的中华民族身体里去，使他兴奋起来，年青起来，好在二十世纪舞台上与别个民族争生存权利"[①]。沈从文在论述"新湖南精神"时也说过："重视人而不迷信神。明白国家转好，完全出于多数人的意志，大家只要有信心和勇气，修正一切积习上的错误，自然免不了有牺牲，个人不幸被这种除旧布新的战争毁去了时，就沉默地死去，让更年青更结实的填补上去。若经营的是一种新的职业事业，不幸破了产时，也如此不声不响，休息一会儿再想办法重新做起，这才是新湖南精神。"[②]我们在会明看似消极、麻木的生活状态中，亦可发现沈从文所极力张扬的沉默努力的执着和不动声色的坚定，这种人生信念与生存勇气，不正是"新湖南精神"的具体体现吗？

精神是支撑人"活下去"的重要因素，自然生命形态离不开坚韧的精神支撑。短篇小说《生》描写北京城什刹海杂戏场上玩傀儡戏的老汉，总是重复地表演王九和赵四摔跤，看客稀少，生意不好，又想逃避捐税，谨小慎微，躲躲藏藏。小说结尾发生"逆转"，我们才得以发现惨烈人生的真相：他手中的两个傀儡王九和赵四，其中王九是他死去的儿子，赵四是杀死他儿子的凶手，在傀儡相殴相扑的打斗中，他总是先让赵四占上风，但最后的胜利无一例外都属于他的儿子王九，而"王九死了十年，老头子在北京城圈子里外表演王九打倒赵四也有了十年，那个真的赵四，则五年前在保定府早就害黄疸病死掉了"[③]。仇恨在哪里？十年的仇恨还可以在哪里释放？小说闪烁着人道主义的夺目光

[①] 苏雪林：《沈从文论》，《苏雪林选集》，安徽文艺出版社1989年版，第456页。
[②] 沈从文：《给驻长沙一个炮队小军官》，《沈从文全集》第17卷，北岳文艺出版社2009年版，第350页。
[③] 沈从文：《生》，《沈从文全集》第7卷，北岳文艺出版社2009年版，第386—387页。

辉。表演傀儡戏的老汉，十年来、以后仍然将在日暮残年里以这种方式让儿子"复生"，同时也支撑着自己的"生"。小说由此上升到哲学的境界，我们从老汉身上能够感受到一种凛冽的生存的伟大精神。《夜》中的五个军人，迷路投宿到一个老汉家里，轮流讲说传奇故事，以消长夜，老汉只是沉默地听着，第二天早晨，大家临出发时才知道，老汉的妻子昨天下午刚刚死去，尸体就躺在床上，而老汉已在屋外的空地上开始掘坑。类似的表达，我们在史铁生写作于1985年的《命若琴弦》中会再次发现，"目的虽是虚设的，可非得有不行"①，生存的意义就在这个过程之中，舍此再无其他。不动声色地接受苦难的命运，正是人性尊严的体现。余华小说《活着》中的福贵，历经磨难，坚韧承受，"只要活着，总有希望"，表现出一种伟大的平凡，人就是为了活着本身而活着，于卑微可怜处见出精神的执着和坚强。

《夫妇》描写一对年轻夫妇走回娘家时，因为天气太好，在野外"作可笑的事"被村民发现，最后被释放的故事，其时，星空璀璨，远山安稳，天气和畅，"适宜于年青男女们作可笑的事"。在沈从文笔下，人性自然永远是摆在第一位的铁律。在《龙朱》《扇陀》《月下小景》《神巫之爱》《慷慨的王子》《媚金·豹子·与那羊》等从佛经或民间传说改写的故事中，无不体现了自然人性的弥足珍贵和人间爱情的不可抗拒，可以视为以"神性"来写"人性"的系列小说。

第三，展开国民性批判。

沈从文拥有两套笔墨，一套是书写边地乡村；另一套则书写都市人生，但是，客观来说，那些书写都市人生的小说，本身并不具有独立的意义，它们都是作为乡村书写的对应物而存在的，目的在于以都市人生的"不自然"或者"变态"来烘托乡村人生的"自然"和"本真"。"乡下人"和"城里人"在沈从文笔下，是一组饱含情感取向的"形容词"，而非一组只有"本指"的"名词"。在《习作选集代序》中，沈从文坦承自己就是一个地道的"乡下人"，既不自傲，也无自贬，"爱憎和哀乐"与城里人就是不同，这种不同与生俱来，做事十分认真，容易被人嘲笑为"傻头傻脑"②；同时，他也批评城里人"生活太匆忙，

---

① 史铁生：《命若琴弦》，《现代人》1985年第2期。
② 沈从文：《习作选集代序》，《沈从文全集》第9卷，北岳文艺出版社2009年版，第3页。

太杂乱",身心疲倦,睡眠不够,体力劳动太少,除了色欲膨胀之外,其余的感官皆"麻木不仁"。① 有鉴于此,采用城乡对立的二元叙事立场,歌颂乡下人自然朴素的人生形态,批判城里人病态保守的寺宦人格,就成为沈从文小说的重要主题。

在《主妇》《烟斗》《失业》《知识》《薄寒》《自杀》《生存》《大小阮》《王谢子弟》《焕乎先生》《一日的故事》《有学问的人》《绅士的太太》等小说中,沈从文描写城市"上等人"家庭、教授知识分子的日常生活琐事,他们夫妻之间相互欺骗,同事之间玩弄手腕,口是心非,精神萎靡,享乐颓唐,乱伦偷情,虚荣无聊,文字充满调侃和讽刺,志在"设一面镜子",照见、揭露都市人生苍白的灵魂。《八骏图》是此类创作的代表。作家达士先生夏天来到青岛,做大学暑期讲学,同住的七个教授,都不同程度地患着性压抑或者性变态的病症,他在给未婚妻瑷瑷的书信中,将七个教授的丑态进行了穷形极相的描绘,对他们虚伪的人生态度进行了辛辣的讽刺。在小说的结尾,沈从文采用他惯用的"逆转"手法,安排了达士先生被一个身着淡黄色袍子的女人身影所打动,又被一封不具名的短信和海滩砂地上神秘的图画和字迹所迷惑,给瑷瑷拍发电报,声称自己患上了小病,不能按时回家,还得在海边多住几天。这种很蹊跷的病,的确"应当用海来治疗"。小说写道:"达士先生的态度,应当由人类那个习惯负一点责。应当由那个拘束人类行为,不许向高尚纯洁发展,制止人类幻想,不许超越实际世界,一个有势力的名辞负点责。"② 这个"名辞"无疑就是人类虚假的"道德","道德"禁锢产生了无数的"知识病"和"文明病",知识分子的都市阉寺性人格在这篇小说中暴露无遗。沈从文曾经批评道,中国的读书人"都十分懒惰,拘谨,小气,又全都是营养不足,睡眠不足,生殖力不足"③,他"憎恶这种近于被阉割过的寺宦观念"④。在沈从文的小说中,与城市阉寺人格对立的,就是乡村自然人格,乡村人虽然朴野,却往往健康、和谐,是其反复歌咏的对象。沈从文的国民性批判立场,明显不同于鲁迅的启蒙叙事立场,其本意并不在于揭示乡村的苦

---

① 沈从文:《习作选集代序》,《沈从文全集》第9卷,北岳文艺出版社2009年版,第4页。
② 沈从文:《八骏图》,《沈从文全集》第8卷,北岳文艺出版社2009年版,第222页。
③ 沈从文:《八骏图·题记》,《沈从文全集》第8卷,北岳文艺出版社2009年版,第195页。
④ 沈从文:《八骏图·题记》,《沈从文全集》第8卷,北岳文艺出版社2009年版,第195页。

难、批评农民的落后，而是重在批判城里人、知识分子的虚伪人格，某种程度上带有民粹主义的乡民本位的情感色彩。即便是在《丈夫》此类描写乡村男人允许妻子上河船卖身的小说中，本来应该对种地农民丈夫的愚昧的国民性进行猛烈批判，却还是在风俗水墨画般的叙述中再现夫妻的亲情，并最终安排了一个夫妻不堪凌辱"回转乡下去了"的温情结局。而《虎雏》中的虎雏，这个来自武陵山区的小伙子，虽然在都市里当上勤务兵，也改变不了他的"虎性"，受不得委屈，不害怕权势，为同伴抱不平，打死了警察，最终亡命天涯。毫无疑问，沈从文对虎雏的"乡下人"的行事方式，对他的"野蛮的灵魂"，是持赞赏态度的。

但这也并不意味着沈从文笔下的乡村就没有苦难，只有牧歌，《贵生》中金凤舍弃青梅竹马的贵生、情愿嫁给富人做妾，《边城》中碾坊和渡船的竞争，《萧萧》中对沉潭还是发卖的选择，《丈夫》中巡官和水保对老七的欺压，《山道中》不动声色地抢劫杀人，《湘西》中层出不穷的"落洞少女"，等等，对于处在具体情境之中的当事人来说，无不饱含辛酸和悲苦，只不过他们选择了默默承受，在时代的"变"中坚守住他们内心的"常"。

一般来说，沈从文的城乡二元对立叙事分属于不同的文本系统，而短篇小说《三三》却在一篇之中兼容了城乡双重视角，采用城乡对比的叙事手法，可算是个少见的例外，值得我们特别注意。位于堡子外的杨家碾坊，是乡民们碾米的中心，"从碾坊往上看，看到堡子里比屋连墙，嘉树成荫，正是十分兴旺的样子。往下看，夹溪有无数山田，如堆积蒸糕，因此种田人借用水力，用大竹扎了无数水车，用椿木做成横轴同撑柱，圆圆的如一面锣，大小不等竖立在水边。这一群水车，就同一群游手好闲的人一样，成日成夜不知疲倦的咿咿呀呀唱着意义含糊的歌"[1]。杨家碾坊的男主人突然去世，留下女主人和五岁的三三，"三三还是活在碾坊里，吃米饭同青菜小鱼鸡蛋过日子，生活毫无什么不同处。三三先是眼见爸爸成天全身是糠灰，到后爸爸不见了，妈妈又成天全身是糠灰，……于是三三在哭里笑里慢慢的长大了"[2]。碾坊上游有一个潭，杨家在那里喂养着一群白鸭子，经常有人在那里钓鱼。换了几

---

[1] 沈从文：《三三》，《沈从文全集》第9卷，北岳文艺出版社2009年版，第11页。
[2] 沈从文：《三三》，《沈从文全集》第9卷，北岳文艺出版社2009年版，第12页。

回新衣，过了几回节，看了几回狮子龙灯，不知不觉之间，三三就长到15岁，天真活泼，可爱美丽，也有了少女的心思。这年夏天，总爷家管事先生带个白脸年轻男人，走过潭边，看到三三，就打趣说让少爷娶了她；后来得知这位少爷，从城里回乡养病，三三母女都对他生出格外的关心；不久又有一位穿白袍白帽的护士周小姐，前来照顾少爷，引起三三幼稚的忌妒，也生出许多对于城市生活的想象和向往；三三母亲在城里人面前有些自卑，在谈到三三婚事时，对白帽子护士说："我们是穷人，姑娘嫁不出去的"，但同时又心生幻想，"一早上，母女两人就提了一篮鸡蛋"去看望病少爷，一路上，经过小桥、竹林、山坡，草上的露水未干，金铃子歌唱，喜鹊欢叫，"母亲走在三三的后面，看到三三苗条如一根笋子，拿着棍儿一面走一面打道旁的草，记起从前总爷家管事先生问过她的话，不知道究竟是些什么意思。又想到几天以前，白帽子女人说及的话，就觉得这些从三三日益长大快要发生的事，不知还有许多"①。这种幻想当然存在着太多的不确定性，渺茫飘忽，五味杂陈。但是，城里来的少爷突然病故，三三母女的一切幻想终归幻灭。三三经常站立溪边，眼望一派碧流，想要从记忆中极力抓住些什么东西，却又抓捉不住，徒劳无功。事如春梦了无痕，三三朦胧纯净的情感令人一洒同情之泪。一方面，城里来的病人，与健康的乡下人形成"死"与"生"、"萎缩"与"蓬勃"的对照；另一方面，城里人对乡村的喜爱与三三对城市的向往，互为瞻望的彼岸，最终都成幻灭，可谓"双重性的幻灭"。这正是沈从文所说的楚人"命定的悲剧性"的体现。

第四，推动小说叙事进程。

《边城》一共二十一节，每节都有地域景观或风俗风情的描写。第一节交代"茶峒"小山城的地理位置，接着叙述碧溪渡口的方头渡船、老船夫、女孩子翠翠和一只黄狗，他们相依为命，以摆渡为生，怎么牵船到对岸去，过渡人要给钱时老船夫总是坚持不要，又送人家好烟草，泡好茶让大家喝，将翠翠父母的爱情悲剧故事一笔带过，再叙述"翠翠"名字的由来。小说以散淡笔调，叙述过渡客赶小牛、羊群上渡船，新娘子出嫁的花轿，茶峒山城杂货铺中的货物，等等。第二节描写茶峒城凭水依山的布局，码头，吊脚楼，白河，近水人家的日常营生，河街

---

① 沈从文：《三三》，《沈从文全集》第9卷，北岳文艺出版社2009年版，第35—36页。

上的各种买卖,因为地方风俗淳朴,卖笑的妓女们也有情有义,接着叙述掌水码头团总顺顺和他的两个儿子,长相、性格、经历等。第三节仍以不动声色的客观叙述为主,在边城地域三个最热闹的节日:端午、中秋和春节中,重点描写端午节的盛况,边城人们重视这个节日,"妇女小孩子,莫不穿了新衣,额角上用雄黄蘸酒画个王字。任何人家到了这天必可以吃鱼吃肉",全城人扶老携幼出城看划龙船,捉鸭子。第四节追叙"两年前的"端阳节,翠翠与二佬初次见面,留下"甜而美"的印象。第五节回到现在,端午将至,大佬给祖孙二人送来肥鸭和粽子。第六节描写宋家堡新嫁娘过渡口的情景,引起翠翠的羡慕。第七节叙述翠翠"欢喜看扑粉满脸的新嫁娘,欢喜述说关于新嫁娘的故事,欢喜把野花戴到头上去,还欢喜听人唱歌",大佬过渡口时与老船夫对话。第八节描写五月初五端午节,老船夫到茶峒买肉打酒的过程,王团总家的母亲带着女儿过渡口走亲戚,翠翠看那女孩子手上戴着一副麻花铰的银手镯,闪着白白的亮光,心中有点儿歆羡,等无人过渡时,唱歌抒怀。第九节叙述二佬过渡时与老船夫谈话,翠翠对二佬既感到陌生,又颇有好感。第十节描写老船夫与翠翠进城看划龙船,大佬想要娶翠翠,特意托人来探老船夫的口风,小说顺便写到边城走车路、走马路的求亲风俗。第十一节叙述大佬请到的媒人来说亲,"每一只船总要有个码头,每一只雀儿得有个窠",翠翠对大佬并不满意,却又无法对祖父明说,"心中乱乱的"。第十二节叙述大佬、二佬商量比赛唱歌"走马路"的事,提到边城的俗话:"火是各处可烧的,水是各处可流的,日月是各处可照的,爱情是各处可到的。"第十三节描写黄昏时候翠翠的心情,有些儿"薄薄的凄凉","黄昏照样的温柔,美丽和平静。但一个人若体念到这个当前一切时,也就照样的在这黄昏中会有点儿薄薄的凄凉"。第十四节描写二佬月夜唱歌时,翠翠在梦中飞窜到悬崖半腰上采摘虎耳草的情景。第十五节描写次日夜里,翠翠期待二佬唱歌时的心情,她看到"月光极其柔和,溪面浮着一层薄薄白雾,这时节对溪若有人唱歌,隔溪应和,实在太美丽了"。第十六节叙述节奏突然加快,大佬下茨滩翻船出事,二佬从此恨上老船夫。第十七节叙述二佬与老船夫、翠翠之间的误会。第十八节描写二佬从川东押货回茶峒,在碧溪岨过渡。第十九节描写大风雨前夕闷热的天气,"黄昏时天气十分郁闷,溪面各处飞着红蜻蜓。天上已起了云,热风把两山竹篁吹得声音极大,看样子到晚上必落大雨"。第二十节叙述一夜大雷雨,老船夫去世。第二十一节描写老船夫的丧事,翠翠从此开始漫长等待。于此可见,《边城》的每一个叙事单元,都有关于武陵地域风景、风俗或风情的描写。经由文字的反复涂抹和擦拭,沈从文建构的边城形象立体、丰富、生动起来,淳朴的民风、朴素的生活、纯洁的人性,与原生态的边城风物共同构成一幅牧歌情调浓郁的人性美的画卷。"对于抒情体式来说,营造气氛和描述人事几乎同等重要。它把环境认作是人物的外化,人物的衍生物,在一定程度上,景物即人。"① 我们可以设想,对于《边城》这种诗化小说或者文化小说、抒情小说来说,如果将地域文化书写从这二十一节中抽离出去,那么《边城》肯定就将不成其为《边城》了。正是这些生动的武陵地域文化书写,推动了《边城》的叙事进程,丰富了小说的审美艺术空间。

《长河》一共十一节,皆有小标题。在《题记》中,沈从文特意说明要"写出'过去''当前'与那个发展中的'未来'"②,明显可见是要写出边城的"历史"发展过程。沈从文创作《长河》的时间距离创作《边城》已有十年,小说主旨发生了巨大的改变,文本的相似之处仍然在于对武陵地域景观和风俗民情的描写,并以此成功地推动了小说的叙事进程。《人与地》叙述洞庭湖西南、沅水流域上游各支流,尤其是辰河中部出产的橘柚,最多最好,"九月降霜后,缀系在枝头间果实,被严霜侵染,丹朱明黄,耀人眼目,远望但见一片光明。每当采摘橘子时,沿河小小船埠边,随处可见这种生产品的堆积,恰如一堆堆火焰"③。小说描写本地风俗,外人来到橘子园不需出钱购买就可以吃个够,接着笔触荡开写道:"两千年前楚国逐臣屈原,乘了小小白木船,沿沅水上溯,一定就见过这种橘子树林,方写出那篇《橘颂》。"小说描写"水上人"的营生,沿沅水下行六百里到达桃源县,再走五百里到达洞庭湖;在水上发财的,回到家乡修筑本宗祠堂,烧砖起屋,买田置地,当起小乡绅,送儿子外出读书,毕业后回乡办教育,迎娶媳妇,开始下一轮的新陈代谢;小说接着叙述乡村男女的爱情,私逃的、被卖

---

① 钱理群、温儒敏、吴福辉:《中国现代文学三十年》(修订本),北京大学出版社1998年版,第284页。
② 沈从文:《长河·题记》,《沈从文全集》第10卷,北岳文艺出版社2009年版,第7页。
③ 沈从文:《长河》,《沈从文全集》第10卷,北岳文艺出版社2009年版,第10页。

的、打胎的、沉潭的、当寡妇的，等等。小说第一节，将"这条河流两岸的人民近三十年来的大略情形"交代清楚。《秋（动中有静）》描写吕家坪迷人的秋色，旖旎的民情风俗，借人物对话再现乡下人面临"新生活"的恐慌。"秋成熟一切"，野花，白杨，银杏，"到处是鲜艳与饱满"，枫树叶红，千山草黄，雁阵横空，秋河澄澈，橘树上的橘子密如繁星，谢神的皮鼓铜锣声声入耳，割草的青年在高唱山歌："三株枫木一样高，枫木树下好恋姣；恋尽许多黄花女，佩烂无数花荷包"，"姣家门前一重坡，别人走少郎走多；铁打草鞋穿烂了，不是为你为哪个？"大橘子园主人滕长顺的女儿夭夭，乡下人都说她长得像观音，与姐姐赶场买东西回家，"河边下午景色特别明丽，朱叶黄华，满地如锦如绣。回头看吕家坪市镇，但见嘉树成荫，千家村舍屋瓦上，炊烟四浮，白如乳酪，悬浮在林薄间。街尾河边，百货捐税局门前，一支高桅杆上，挂一条写有扁阔红黑大字体的长幡信，在秋阳微风中飘荡。几十只商船桅尖，从河坝边土坎上露出，使人想象得出那里河滩边，必正有千百纤夫，用谈笑和烧酒卸除了一天的劳累。对河大坳上，老水手住的祠堂前，那几株老枫木树挺拔耸立，各负戴一身色彩斑斓的叶子，真如几条动人的彩柱"[①]。此节的篇名或者可以叫"静中有动"，秋色静好，但"新生活"要来的传言，引起人心的动荡。《橘子园主人和一个老水手》第一段交代吕家坪码头兼有商埠的功能，上下行船装载的货物，祠堂酬神的唱戏风俗，十来家客栈住着南来北往的行人，本地出产的大奶大臀的窑姐儿，名为保护治安实则寄食的杂牌队伍，三八逢场的作买作卖，在此背景下交代滕长顺的发家历史，他膝下有二男三女，儿子都已结婚，在外驾船，大女儿已经出嫁，二女、三女也都许了人家。15岁的"三女儿身个子小小的，腿子长长的，嘴小牙齿白，鼻梁完整匀称，眉眼秀拔而略带野性，一个人脸庞手脚特别黑，神气风度却是个'黑中俏'"。小说接着描写滕家一年四季的过节风俗。而与滕长顺的好运气相反，老水手运气不佳，翻船失货，孤家寡人，上岸做了祠堂看门人。《吕家坪的人事》描写滕长顺与"亲家"商会会长的对话。《摘橘子》描写劳动的欢乐场面。《大帮船拢码头时》《买橘子》《一有事总不免麻烦》等叙述水手嫖妓的风俗，保安队队长压价强买橘子，商会会

[①] 沈从文：《长河》，《沈从文全集》第10卷，北岳文艺出版社2009年版，第38页。

长进行调解的情节。《枫木坳》叙述乡间赶场的场面,夭夭到河边唱歌,"你歌莫有我歌多,我歌共有三只牛毛多,唱了三年六个月,刚刚唱完一只牛耳朵"。此节多次描写吕家坪的秋色,"几天来枫树叶子被霜熟透了,落去了好些,坳上便见得疏朗朗的","河边水杨柳叶子黄布龙东,已快脱光了,小小枝干红赤赤光溜溜的,十分好看","半个月以来,树叶子已落掉了一半,只要一点点微风,总有些离枝的木叶,同红紫雀儿一般,在高空里翻飞。太阳光温和中微带寒意,景物越发清疏而爽朗,一切光景静美到不可形容"。《巧而不巧》描写保安队长引诱夭夭,计谋被老水手和三黑子、七八个青年水手破解的故事。《社戏》描写伏波宫前上演酬神戏的热闹场面,一连六天,是乡下人的盛会,读来却有地老天荒的感觉,"方头平底大渡船,装满了从戏场回家的人,慢慢在平静河水中移动,两岸小山都成一片紫色,天上云影也逐渐在由黄而变红,由红而变紫,太空无云处但见一片深青,秋天来特有的澄清。在淡青色天末,一颗长庚星白金似的放着煜煜光亮,慢慢的向上升起。远山野烧,因逼近薄暮,背景既转成深蓝色,已由一片白烟变成点点红火。……一切光景无不神奇而动人。可是,人人都融合在这种光景中,带点快乐和疲倦的心情,等待还家。无一个人能远离这个社会的快乐和疲倦,声音与颜色,来领会赞赏这耳目官觉所感受的新奇"[①]。而老水手的人生感触却是"好看的总不会长久",正是对"新生活"来临的担忧。

给《长河》加上"自注",用来解释武陵地域的方言俚语、景观风俗,这在沈从文的小说创作中是个例外,可以视为作家对地域文化书写的理性自觉。书写"常"与"变"自然是《长河》的主题,沈从文在《长河·题记》中说过:"就我所熟习的人事作题材,来写写这个地方一些平凡人物生活的'常'与'变',以及两相乘除中所有的哀乐",这便是《长河》写作的缘起。同时,我们也可以从《边城》到《长河》的"变"中寻找地域书写之"常",这正是沈从文小说审美意义生成的重要因素,具有叙事功能性的作用。金介甫认为,沈从文从20世纪30年代开始,"更加倾向于混淆人与自然的区别界限,写了许多毫无情节,然而栩栩如生、令人印象深刻的风景画——其中细节可以想象出一

---

① 沈从文:《长河》,《沈从文全集》第10卷,北岳文艺出版社2009年版,第165页。

股农村欢乐融洽的气氛。他用民间风味的笔调写作，常常用那种农民谈到某种事物时的诙谐口气。在另一方面，他有着传统的文学艺术敏感，对生活抱着泛神论的感情。他根据美学经验把大自然本身完全加以人格化（虽然他总是坚持艺术无法征服自然的理论）。人，有时候被他从内心生活的神秘性来加以魔术化或神化。沈从文这位道德家最爱山区的人，作为艺术家他喜欢水边风景，只有在这种地方自然（意味着人和自然、其中动物也占重要地位）构成了一个有条理的开化模式"①，这种认知，既符合沈从文的小说创作实际，也与其理性认知相符合，如沈从文在《湘西·沅陵的人》中说："湘西的神秘，和民族的特殊性大有关系。历史上'楚人'的幻想情绪，必然孕育于这种环境中，方能滋长成为动人的诗歌，想保持它，同样需要这种环境"，他力图写出湘西的神秘性和民族的特殊性，当然就要写出武陵地域的独特文化环境。我们说沈从文在现代文学史上具有重大影响力，很大程度上就在于这种抒情小说文体的开创和实践。

第二节　时空书写与哲学升华：李传锋的武陵情怀

土家族作家李传锋的小说处女作是发表于 1980 年的《社长的晚宴》，40 年来出版了短篇小说集《退役军犬》《动物小说选》，中篇小说集《红豺》《定风草》，长篇小说《最后一只白虎》、《林莽英雄》、《白虎寨》、《武陵王》（合著），散文集《鹤之峰》《梦回清江》《西望潕水》《我在省文联三十九年》，文艺研究集《南窗谈艺》等，2018 年《李传锋文集》（三卷本）收入"芳草文库"出版。李传锋是一位创作勤奋、特色鲜明的作家。评论家习惯上将其小说创作分为动物题材和人物题材，事实上他的这些创作的终极指向都是"人"，而且都是当代历史进程中的土家族人，体现出一名土家族代表性作家的民族情怀与使命担当。

一　时代风云的歌者

由于长期担任行政领导职务和负责期刊主编工作，李传锋的创作一

---

① ［美］金介甫：《沈从文传》，符家钦译，国际文化出版公司 2005 年版，第 173 页。

直处在"业余"状态,产量并不很多;同时因为对党和国家的宏观政策比较了解,其创作总是紧贴时代风云,与时代脉搏共起伏,与时代洪流同潮汐,体现出鲜明的时代性特征。

李传锋最早发表的短篇小说《社长的晚宴》[①],从题材上可以归入"问题小说"或者"改革小说"。这篇小说从龙潭公社炊事员老王的视角,通过一场周社长款待新上任的县委张书记的"晚宴"场面,揭露乡村政治生活中的吃喝风、腐败风和官僚主义作风,呼唤农村政治体制改革。正是腊月冬播大忙的季节,点油菜、种麦子、窖洋芋、备冬肥,干不完的农活,此时此刻,龙潭公社的周社长,却守在电话机旁边,"对着送话器进行着漫长而富有情感的谈话",他从县委办公室的朋友那里得到"秘密消息",新上任的县委张书记要来检查工作,便立即安排人手杀猪宰鸡、打酒买菜,请客人作陪,准备好三十多人的饭菜。最近几年来,虽然说大报小报都曾登载文章,反对领导干部大吃大喝,但是年富力壮的周社长深深地知道,"报纸都不过是些秀才文章,少见多怪。他深信,无论多么严格的律条也挡不住肉元帅、酒将军的反攻"。老王立即清洗煨罐、炖钵、搪瓷盆儿,公社的各路人马先后将猪肉、蹄髈、野兔、青鱼、鸡蛋、木耳、冬菇等食材送来。周社长费尽心机,通过上菜、撤菜的方式,弄出了好几轮"四菜一汤",既在形式上没有违反国家的政策规定,又在实质上满足了大家大吃大喝的"实际需要",他自以为得计;张书记心中也有矛盾,刚开始看到同志们吃喝时的高兴模样他不忍心批评;炊事员老王对张书记的"装模作样"心生厌恶,认为狐狸尾巴迟早是要露出来的。一席晚宴,大家心态各异,但是,忍无可忍的张书记最终还是发怒了。龙潭公社每个劳动日平均分值只有三角钱,不少人还住在岩洞里,社里的领导干部们吃喝起来却如此奢靡浪费,周社长用尽心思摆酒席讨好领导,结果适得其反。张书记严肃地批评了以周社长为代表的少数干部,要他们将心思用在社员群众身上,"我要求全体一齐努力,要在最短的时间内,使每一个社员的餐桌上也摆上真正的'四菜一汤',而不是青菜萝卜"。这篇小说"处女作",带有鲜明的时代气息,将改革的希望寄托在"一把手"身上,毫无疑问也是传统"清官意识"的反映。但是,小说山村生活气息浓郁,场景

---

① 李传锋:《社长的晚宴》,《长江》1980年第2期。

描写形象生动，人物性格饱满鲜明，心理活动描写深刻有力，语言风趣幽默，在"载改革之道"的同时也富于艺术审美性，可见李传锋创作的起点之高。

《烟姐儿》[①] 是一篇正面歌颂改革、讴歌山村联产计酬政策的短篇小说。麻沟湾试行民主选举，选掉了思想保守、认识落后的生产队长，烟姐儿被选进了队委会。新婚少妇烟姐儿，高挑美丽，心地善良，勤劳泼辣，带领4个姐妹，组成种烟互助组，与生产队签订租种合同，每人每年上缴一千元承包费。在收购站老卓的帮助下，烟姐儿们种上了美洲白肋烟草，"小小的种子在发芽，在开花，在展叶，烟姐儿们的希望也像那嫩生生的烟芽子不断膨胀起来"，烟姐儿们都是第一次种植这种雪茄烟草，没有经验可以借鉴，全部是"摸着石头过河"，到了桂花开、菊花黄的收烟时节，老卓也来参加，寸步不离，她们给烟叶"放血"，下烟叶，上绳，整色压片，熬更守夜，废寝忘食，年底互助组终于得到整整六千元的收入。劳动创造价值，烟姐儿们这批土家族妹子以自己的辛勤劳动收获了村民们的尊重，创造了美好的山村生活，也给贫瘠的山村带来了劳动致富、农民富裕的崭新希望。《烟姐儿》给文坛吹进了一股清新的来自武陵地域的山风，又像一股清冽甘甜的流淌的山泉。王愿坚评价说："李传锋同志的《烟姐儿》，你感觉并研究了一个或者几个烟姐儿，看到了她们身上的新的精神因素，新的思想和情怀，她们用自己的劳动，在经济上去创造一个新生活，为集体增加财富，也增加了人的价值"，"这篇小说用纯朴的语言，以看来无技巧却又别具匠心的艺术构思，写了新人的形象，为新的生活唱了一曲动情的歌"。[②]《土家族文学史》也充分肯定了烟姐儿"聪明能干、敢作敢想、泼辣而不乏风趣、有主见而能顾大局、好胜而勇于承认错误、锲而不舍地追求新生活"[③] 这一人物形象。与烟姐儿们的勤劳致富相对照，小说设置了另外一种人物典型——秋生，他忍受不了种地的辛苦，看不起种地的微薄收入，认为那是没出息的人才干的事，一心想着发几桩横财，下广州去换

[①] 李传锋：《烟姐儿》，《长江文艺》1981年第4期。
[②] 王愿坚：《找到了，就把它写透》，载李传锋《定风草》，长江文艺出版社2006年版，第247—248页。
[③] 《土家族文学史》编委会编，彭继宽、姚纪彭主编：《土家族文学史》，湖南文艺出版社1989年版，第539页。

"金元券",被公安局拘留。村里有些青年人对此还很羡慕,"钱财如粪土,下一趟广州,见识见识,这辈子也值得"。烟姐儿们却认为,"吃力气饭,睡安稳觉才是正道";也有人批评她们,说如果大家都不做生意,都不敢出去,都害怕吃亏,"那广货就进不来,山货就出不去"。现在看来,以烟姐儿为代表的村民们的"重农轻商"思想观念,是落后、保守、传统的"以农为本""安土重迁"的陈旧观念,与发展社会主义市场经济的时代需求背道而驰,但是,在八九十年代这种深植于故乡土地的建设家园实现共同富裕的努力,却是一种受到普遍称赞的时代精神。类似的情感向度,我们在路遥的《人生》和《平凡的世界》,贾平凹的《浮躁》和《鸡窝洼人家》等小说中会再次"重逢"。李传锋的小说紧贴时代脉搏,将农村问题的最后解决归因于党的农村政策,"填不满的穷坑,一年翻了身,家家户户仓满囤流",思路上略显简单、直接;小说值得肯定之处乃在于浓郁的生活气息,扎实丰富的生产生活细节,活泼风趣的人物对话,特色鲜明的地域景观呈现,和文字间流淌的清新淡雅的诗情画意,这些因素保证了小说的历史超越性,现在读来依然能够打动人心。

  长篇小说《白虎寨》[①]可以视为《烟姐儿》的"时代升级版",描写返乡打工妹覃幺妹带领乡亲们脱贫致富的故事。2008年一场席卷全球的金融风暴,将正在沿海城市打工的覃幺妹和她的好姐妹春花、秋月、荞麦等人赶回了贫困山村。地势险峻的敲梆崖,截断了乡亲们的致富梦想。幺妹子的父亲覃建国是转业军人,长期担任老支书、老村长,与都无队长等人战天斗地,但是始终也没有能够带领乡亲们脱贫致富;母亲曾经是一朵寨花,擅长编织西兰卡普。在朋友们和众乡亲的劝说下,幺妹子准备带领乡亲们奋斗,她们将路过此地的扶贫队员、科技专家向思明"掳上"了白虎寨。新任县委书记知道此事后说:"我们得有个君子协定,如果你们三年达不到脱贫致富的目标,我就要找你幺妹子负责!"白虎寨是武陵地域一个被敲梆崖隔断的世外桃源世界,土司时期是固若金汤的寨府所在地,土地革命时期是红军的后方医院,"文革"时期又是"走资派"的避难所。封闭的地理环境严重地掣肘了山村经济的发展步伐。为了早日通电,全村人在夜雨中跑下敲梆崖抢运输

---

① 李传锋:《白虎寨》,作家出版社2014年版。

电器材,电闪雷鸣,气壮山河。有了电,买了电视机,白虎寨村民们"睁开了眼睛",看到了外面精彩的世界;竖起铁塔后,手机信号也通了,村里人十分高兴。曾经被人贩子卖到远方的腊香,突然回家高调请客,大家前去吃酒,看到了一派美丽富裕的新农村景象,羡慕不已。在向思明的帮助下,村民们调整种植结构,大力开发魔芋产品,取得成功。幺妹子当上了村支书。平叔在跳"活丧"的高潮中突然死亡。听说彭长寿被"双规",乡亲们大感意外,紧急筹钱去救人,他们派金小雨进城取钱,却被人设套骗走。幺妹子和向思明赶往城中救人救钱;后来修成蓄水池,却有质量问题,不能使用。老支书去世,全村人前来送别。他留下一个小本子,记载着全村人历年来吃国家救济的账目,和大家为修通敲梆崖公路的捐款记录,鲜红的手指印十分刺眼。祸不单行,到山西挖煤的罗红星因事故被压死,幺妹子只好领头前去处理后事,领钱回来,罗家却为分钱不均大闹一场。曾经的"走资派"、退休县委赵书记来到白虎寨,与扶贫队员们一起下决心要打通敲梆崖,修通公路。围绕土地流转,白虎寨再起激烈风波。历经艰险,敲梆崖终于通车。小说结尾时,白虎寨村民的人均纯收入达到 2000 元,超过国家贫困线,不料,国家当年已将脱贫标准提高到 2300 元,白虎寨村民们因此还要继续和贫困作最后的搏斗。《白虎寨》内含着"游子、干部、文人(知识分子)"①的三重叙述角度,与李传锋的人生经历和生命积累正好相互印证,多重叙事视角令小说呈现出多声部的复调式美学效果,群山万壑,气象万千。三重叙述角度中,又以领导干部的角度最为鲜明突出。举凡金融危机以来的各个重大历史事件和社会变革,尤其是关涉"三农"的多个问题,诸如"三万活动"、"村村通"工程、农村城镇化、基层民主选举、税费改革、土地流转、种植结构调整、乡村教育、留守儿童、撤并"五站六所"、农村医疗、文化生活、基层养老、丧葬改革等,在小说中都有不同程度的反映,体现出鲜明的"时代性"特征。李传锋 20 岁时离开故乡鹤峰,在武汉担任《湖北文艺》《长江文艺》《今古传奇》的编辑和主编,后来又担任省文联主席多年,身兼游子、知识分子和领导干部三重身份,对党的农村政策和湖北农村工作实际上一直十分关心,对故乡的发展和乡亲们的生活长期牵挂魂牵梦萦,小说

---

① 王又平:《变革中的土家山寨百景图》,《文艺新观察》2014 年第 1 期。

内含的领导干部的叙述视角有利于驾驭复杂的社会生活、反映立体的农村发展实际,在国家甚至国际的层面来思索农民、农村和农业的相关问题,《白虎寨》因此写得纵横捭阖、大气流畅,"主旋律"气质十分明显。小说借助幺妹子、春花、秋月、荞麦等打工妹的视角,表达游子的"恋乡"情怀,"萦绕在人们内心深处的那种眷恋和偏爱故乡的情感因子"[1]时时在发生作用,当她们在沿海城市打工时牵挂着故乡的亲人、怀想故乡的山川大地和饮食习俗,但当她们真正回到故乡时却又痛恨故乡的贫困落后,将"恋乡"的抒情性转化为"振乡"的实践性。小说以土家族源远流长的"白虎"传说和图腾崇拜,将恋乡主题进行跨越时空的纵深拓展,将新农村建设与求生存、谋发展的土家族传统紧密联系起来,构建了一个历史与当代、神话与现实浑然交融的抒情艺术空间。小说借助顾博士的视角,展开土家族文化史的叙述,对民间风俗、传说故事、山川美景、文化遗存等进行现代学术视野下的深层次的理性观照,由此构建出一种传统与现代、共相与殊相、全球化与地域本土的文化对话空间。正是在此意义上,长篇小说才算是"中年文体",浩荡雄浑,百味杂陈。《白虎寨》可以视为李传锋小说创作的重要里程碑。

即使是在动物题材的小说中,这种"时代性"特征也随处可见。《退役军犬》从退役军犬黑豹的视角,抒写"文革"动乱岁月给武陵地域龙王村人们带来的深重苦难,以勤劳正直的主人张三叔为代表的土家族人们,受到极"左"路线的打压;曾因偷窃集体财产被黑豹当场抓住的冯老八,风云际会成为"当权派","黑豹不懂得人类在发生怎样的变化,但它注意到向来死蔫没气的冯老八忽然得意起来。他不跟男人们下地,常常吆五喝六,动不动就把人们喊到一起,没完没了地念着一纸什么文章,或是喊叫着什么问题。而且,那些好心肠的老婆子们也无缘无故地把鸡杀了,卖了,村子里打架、放枪,闹得很是凄惶"[2]。黑豹最后被冯老八带来的民兵射杀,张三叔抱着黑豹的尸体,横眉冷对冯老八他们,恨恨地骂道:"你们,等着! 早晚,有你们败兴的日子!"这篇小说写出了"人的兽性"与"兽的人性",是伤痕文学潮流中的一

---

[1] 贺绍俊、潘凯雄:《缠绕着恋乡情结的现代小说——读许谋清的乡土小说》,《当代作家评论》1987 年第 5 期。

[2] 李传锋:《退役军犬》,《民族文学》1981 年第 4 期。

脉清流。如果说《退役军犬》志在揭露极"左"路线下的农村伤痕，那么，《母鸡来亨儿》①则意在展示"干校"生活的荒唐岁月，母鸡来亨儿跟随省城有名的外科大夫下乡，与邻居作家的母鸡"九斤黄"成为好朋友，在她们看来，"这地方真好，风儿一吹，草地立刻泛起重重叠叠的绿油油波浪，一浪推一浪，直朝远处扩散开去，蜜蜂儿只朝香花儿飞，四脚蛇伏在草丛中睡觉，蚂蚁总是在往远处运粮食，高大的鹳鹤用一只腿立在浅沼中，把头藏在腋下打盹儿，草原上有一种细微而动听的合唱声，在这种声音里吃蚱蜢肉再香不过。来亨儿只吃了十只小蚱蜢，就有些醉了，相比之下，女主人喂的那些雪白的米粒和面包屑，实在没什么滋味"。但是，主人们似乎都不高兴。来亨儿努力多下蛋，也换不来主人们的笑脸。村里"各家各户都安上了喇叭，村口还安了一个高音的喇叭，城里没听过这么吓人的声音"；在干校，"明明不高兴，大家还乐呵呵地显示自己的奇才异能，有的学种菜，有的去养猪，有的学砌墙，有的要赶马车。年纪最老的男人被安排去放牛，胆大的还爬到牛背上去坐着，露出没牙的嘴呵呵地笑，像在述说童年的梦"。外科大夫精湛的专业技术，只能在帮助"九斤黄"做"皮下脂肪剥离术"中显示出来。从动物视角，揭示"人"的世界的荒唐，正是李传锋独特的文学史贡献。李传锋说过："我们历来用自己的眼来看望自己，现在我们用动物的眼来看待这个世界，常常能发现一些曾视而不见的东西。"②在类似的伤痕题材小说中，我们可以得出这样的结论：有的时候，人类远不如动物那么具有"人性的温情"。

二　地域民族风情的展示

由于土家族民族作家的身份和长期在武陵地域生活的真切经验，李传锋的小说总是充满了民族特色和地域特色，地域民族风情的展示是其小说创作的最重要的特征之一，也是其小说具有较强艺术魅力能够超越时代限制的重要原因。

---

① 李传锋：《母鸡来亨儿》，《民族文学》1986年第3期。
② 李传锋：《创作一得》，《南窗谈艺》，海南国际新闻出版中心1994年版，第310—311页。

《十里盘山路》[①]虽然也属于"改革文学"的范畴,但是从土家族青年人的婚恋生活的视角切入,其地域民族风情书写给人带来耳目一新之感。党的"三中全会"好似"一阵春风",吹遍神州大地,邻村的漆树湾生产队,改革意识强,动手早,"农林牧副,一包到底",充分调动了群众的生产积极性,结果一年就翻了身;龙潭坪生产队也积极跟上,乡村青年王有志,毛遂自荐当上生产队长,不惜得罪老队长——爱人许小芹的哥哥,全面实行家庭联产承包责任制,受到了许小芹和村里其他年轻人的拥戴,他们凭借自己的双手建设山村,对山村未来新生活充满美好的期盼。许小芹也是个爱劳动、自尊自爱的好姑娘,在结婚过程中她敢于冲破阻力,主张移风易俗,婚事新办,对曾经的追求者王有方和心怀不满多方发难的哥哥做了有效的团结工作,小说最后在"大团圆"的喜庆氛围中结束全篇。客观地说,这种书写"好人好事""新人新事"的小说,很容易落入"歌颂"或者"表扬"的俗套,但是这篇小说的可贵之处就在于能够以精彩的地域经验、十足的民族风情的细节书写,营造出清新感人的艺术氛围,成就其不落流俗的叙事品格。小说关于土家族姑娘出嫁时的开脸、上头、放鞭炮、祭祖宗、喜锣喜钹、"八仙"师傅吹喇叭、男方送"拜匣"、送亲抢占上风等描写生动活泼、风趣十足;关于"银色的雾弥漫在山林上空,屋前流动着一层淡淡的蓝烟。她对着山谷轻轻地吹了一口气,这蓝烟都好像在微微颤动,把远山近水晃成一片神仙世界"的武陵山地的风景描写颇具美感;引用的"韭菜开花细茸茸,有心恋郎莫怕穷。只要两人情义好,冷水泡茶慢慢浓"山歌,具有鲜明的地域特色,引人入胜。

在长篇小说《白虎寨》中,地域历史和民族风情本来就是一条重要的叙事线索,同时还充当着推动小说叙事进程的功能性作用。如小说描写白虎寨里过春节的乡俗,返乡的青年人打扫房间,穿上新衣新裤,给长辈拜年,每天轮换着吃猪蹄、山麂、鸡肉、兔肉火锅,这种山里人的饮食,先用山泉水洗干净,用土瓦罐盛好,生起柴炭慢火煨熟,快熟的时候,放入大蒜、花椒、生姜和辣椒,真是"一尝有味三拍手,十里闻香九回头",小说顺便叙述了乡村文化生活的贫乏,住在深山野寨,人们在吃喝睡觉之外,也就只能在牌桌上赌博了。小说设置了金幺爹和

---

① 李传锋:《十里盘山路》,《民族文学》1983年第1期。

顾博士（白虎寨人看他戴着眼镜，给他取个"四眼"的外号）这两个人物形象，借此打开土家族波澜壮阔的历史文化画卷。金幺爹善于弹三弦讲说土家族历史，顾博士则从京城前来"寻根"，想要解开祖先留下的"白虎当堂坐，当堂坐的是家神"的偈语之谜。白虎寨大门口立有四柱三门、两层滴水、斗拱翘檐的高大牌坊，"坊顶龙脊全由麻石雕凿榫接而成，正中大门上书'雄镇武陵'四个大字，反面书'屏翰楚蜀'，耳门上是'渔樵耕读'的浮雕，左右各两块，上下两块之间由麒麟和犀牛的镂雕相衬。整个建筑雄浑庄重，有皇家气象，雕凿精工"[1]。作为曾经的土司时期的寨府所在地，白虎寨地势险要，易守难攻，站在牌坊边往四周看，群山如大海，白虎寨就像一艘海上巨轮，正在劈波斩浪昂首前行。在金幺爹的讲古中，土家族的历史长卷徐徐展开，作为巴人的后代，土家族人在一对白虎的引领下成功地逃脱了楚兵的追杀，冒险进入深山，繁衍子孙后代，他们与汉人划地而治，修建了"四关四口"，"土不出境，汉不入峒"，白虎寨至今还遗留有土王府、绣楼、戏台、读书台、前街后街、演兵场、牢房等设施，崎岖险要的敲梆崖多年来都是"一夫当关万夫莫开"的雄关天险，多次保护山寨免遭外敌入侵，如今却成为制约白虎寨修通公路的难关。类似的知识介绍和背景铺垫，看似闲笔，实则大有深意，其中还有土家族人古往今来永不改变的"求生存、求发展"的白虎梦贯穿始终。小说描写幺妹子母亲善于编织西兰卡普的精湛手艺，金小雨擅长用竹篾片编织鸟笼，都无队长擅长吹牛角号；描写说亲时看廊场、订婚时送彩礼、结婚时哭嫁、生儿养女后娘家人送祝米、死后跳丧等山村习俗；描写春节的流程，过完"赶年"过除夕，正月初一拜家神，正月初二拜丈人，正月初三走亲戚，吃"转转酒"；描写"女儿会"的民俗活动，青年男女相亲，有人玩狮子，耍板凳龙，卖茶叶，跳摆手舞，男女对唱山歌；在覃建国的丧礼上，做了一坛道场法事，借道士之口讲说土家族山歌的起源：歌娘本是天上的仙女，歌爷是个凡人，姓许，"须眉山上晒歌本，狂风吹得满山冈。吹上天的叫麒麟歌，河里的是渔歌，茶园里的是茶歌，法坛上的是法歌，洞庭湖里的是爱情歌，厢房里的是哭嫁歌，田间里的是农夫唱山歌，只

---

[1] 李传锋：《白虎寨》，作家出版社2014年版，第21页。

有田元拾一本，取名叫做哭丧歌"①；叙述山村土地庙的各种禁忌，土地神生日当天天气好坏的不同预兆，各种农谚；至于说武陵地域的特有日常饮食品种，如苞谷酒、炖合渣、炒腊肉、油洋芋、焖魔芋豆腐等，在小说叙事中更是随处可见。既让叙事过程充满生活气息和民间趣味，也发挥着推动叙事情节走向的工具性功能。以"送祝米"为例，当年被拐卖到平原地区的腊香，结婚生子后请娘家人前往做客，幺妹子她们带着鸡蛋、腊肉、猪蹄、给小孩穿的新衣服前去，看到平原地区家家盖着洋楼，生活富裕，就觉得自惭形秽，同时也激发了年轻人建设家园追求美好幸福生活的雄心斗志，为小说接下来的情节高潮起到了很好的铺垫作用。

跳活丧是土家族传统民俗之一。小说《活丧》再现了这一传奇场景。平叔不愿意搬迁到山下新建成的镇子上统一居住，舍不得深山老寨中的一切：草木庄稼、家禽猪牛；又害怕下山死去后会被实行火葬，为此忧心忡忡。平叔的两个儿子外出多年，四处浪荡，皆无钱养老，也是件烦恼事。平叔幸好领到每月55元的低保，给自己做了一副好棺材，油漆了三遍，又看好了一处阴宅，准备死后埋在那里。此时，小儿子田国民倦游回家，要帮父亲办一次酒宴，请乡亲们跳一次活丧，让父亲体会一下办丧事的感觉，哪里办得不好以后真办丧事的时候可以"整改"。活着办丧事，这在汉族人看来不啻是大逆不道的事情，但土家族人一向有这个传统习俗，平叔感到十分高兴；从京城来到白虎寨做田野考察的民俗研究专家顾博士也十分支持，他还将县里的"满堂音"剧团请来搭台唱戏，助兴演出。山村轰动了，四邻八乡的乡亲们纷纷前来观看，因为"跳活丧"虽说是土家族传统习俗，但是，这么些年来却很少有人跳过了。过去是反对封建迷信，后来是改革开放后大伙儿一门心思外出挣钱，"跳活丧"就成为记忆中的"传说"了。平叔家门前平地上，摆上柴油发电机，牵上了大灯泡，吊脚楼四周挂上了灵幡，油漆棺材摆放在堂屋的正中央，灵堂里燃上香烛，供上花果，道士们画箓贴符、敲锣击鼓，"满堂音"剧团搭好小舞台，粉墨登场。橡皮做成的彩色拱门，竖起了好几个。到处喜气洋洋。乡亲们缠上孝布，喝茶抽烟打麻将。从镇子上请来的厨师们杀猪宰羊剖鱼剔骨大蒸大煮。卡拉OK机

---

① 李传锋：《白虎寨》，作家出版社2014年版，第308页。

器里放上碟片,大喇叭里传出震耳欲聋的哭丧歌曲,传统习俗办出了新时代的特色。平叔换上早就准备好的寿衣,笑眯眯地坐在棺材前面,抽一口烟,喝一口茶,听着"满堂音"飞扬的歌声,高兴地逢人就说:"这次办了活丧,死过了,我要好好地多活几年!"顾博士查阅《太平广记》中关于"跳丧"的记载,"五溪蛮,父母死,于村外阁其尸,三年而葬,打鼓踏歌,亲属饮宴舞戏";《蛮书》上也记载,"巴人祭其祖,击鼓而祭,白虎之后也"。顾博士眼中的"非物质文化遗产""跳活丧"开始了,鞭炮震天声中,牛角号吹响,大鼓咚咚响,村民们齐声高喊"撒忧儿嗬!撒忧儿嗬!"歌师轻敲小鼓,檀板清脆,一时鼓角齐歇,天地间安静如远古洪荒时代,歌师吟唱:"呜呼哀哉呜呼哀,连喊三声呜呼哀,人死如同一捆柴,倒在地上不起来,哭的没得唱的好,跳脚摆手玩起来!"这个"玩"字堪称神来之笔,跳丧就是一种"跳脚摆手"的"玩"。苦难的人生既然已经结束,又何必无用地哀伤,达观的土家人就是用这种"玩"的方式告慰逝者,再苦再累,活着的人都要开心地"玩"下去。老人们率先下场,怀抱子,播五谷,牛擦痒,狗连裆,猛虎下山,燕子抄水,花样百出。本来已经瘸腿多年的平叔,兴奋之中,如有神助,竟然扔掉拐杖,下场跳丧,浑身像通了电似的,充满了年轻的力量。他面色红润,动作阳刚,兴高采烈,似乎要将一辈子压抑的情感尽情宣泄,在高潮中突然倒地身亡,"活丧"转眼就变成了"死丧",在金幺爹的镇定指挥下,丧事继续进行,有人现编了歌词,高唱:"亡人死了好有福,睡了一幅好棺木;在生种哒千斗田,死哒不带一粒谷;养儿防老狗扯蛋啦,国强民富才有福;你真是一个好社员,一世的英名留在后。"小说描写跳活丧的全过程,寄托了对土家族民族命运的深长思索。在这个急剧变化的时代,土家族人民将何去何从?撒忧儿嗬!撒忧儿嗬!生年不满百,常怀千岁忧,人生的一切忧愁难道真的可以在踏歌声中撒掉吗?梯玛古歌,世代流传,跳丧歌舞中寄托了依依的惜别深情,对亡人,也是对那个远去的时代。

即使是在动物题材的小说写作中,李传锋也善于营造浓郁的地域民族风情,如《红豺》不仅描写武陵地域特有的风景风物、动物习性、民间风俗,而且以9首"五句子"结构全篇,如"想你想得心发慌,把你画在枕头上,翻身过来把郎喊,翻身过去喊声郎,一夜喊到大天亮";"想姐想得没得法,走路都在跌扑趴,跌倒跌倒又爬起,爬起又是仰八叉，日日夜夜想冤家"，"高山顶上一树桑，手攀桑树望情郎，一双眼睛望穿了，望到落叶树打霜，不知情郎在何方"，小说叙事因此诗意流淌，灵动轻盈；《退役军犬》《牧鸡奴》中多有武陵地域动物、植物生活、生长习性的"知识"叙述；《毛栗球》《三只北京鸭》中关于打猎风俗、放鸭知识的详细描述等，皆可以视为李传锋小说创作的重要特征。这些"知识"背景交代，并非向壁虚构，或者全部来自第二手的资料整理，而是由作家的亲身经历作为支撑的，根据吴道毅的《土家族著名作家李传锋访谈录》得知，李传锋高中毕业当回乡知青时，经常与村民们一起打猎，在土家人看来，山里的猎物都是土地爷的赏赐，猎人打猎前要祭拜梅山神，土家男人的成熟标志就是会单独打猎。小说《热血》就是以作家当年第一次打到干狗（狐狸）的难忘经历作为基础而进行的创作。毫无疑问，来自真实生活经验的第一手感觉，对于一个作家来说，具有无比的重要性，它有效地保证了小说书写的现场感和生动性。

三 哲思的升华与理性的超越

我们说李传锋的创作具有鲜明的时代性特征，具有浓郁的地域民族风情，但这并不是说这种"系时"与"系地"书写本身就不具有时空"超越性"；在他的许多创作中，体现出哲思的升华与理性的超越。

首先是山村经济发展与生态环境保护之间的二律背反。在李传锋的小说与散文创作中，我们可以发现这样一对二律背反的矛盾：发展山村经济，就要打通山村与城镇之间体制、机制、交通、产销、流通等各种壁垒，实现全面开放，让山村人走出去，让城里人走进来。《白虎寨》中打通天关敲梆崖，不仅是修通进山道路的实际步骤和关键，而且也是白虎寨走向现代化、建设新农村的美好象征；同时，《红豺》《最后一只白虎》等小说中反映的山村生态失衡、水土流失、环境污染等问题，也在这种"山村现代化"和"农村城镇化"道路中显露出来，并且日益突出，愈演愈烈。人类的贪婪和无知，对红豺的过度猎杀，导致野猪的肆意繁殖，土家人的庄稼被野猪破坏；人类砍伐树木，修建炭窑，森林被毁灭，老树古藤所剩无几，山村里到处飘荡着死亡的气息。红豺被土家人视为"土地爷养的神狗"，被山民们视为灵兽，是上天派来凡间

对付野猪的天敌。小说有一段描写红豺围猎野猪王的精彩文字:

> 猪王刚刚钻出一丛黑杜鹃,为摆脱了敌人追逐而庆幸时,强壮的二豺幽灵般突然出现在它的上方。二豺像一道黄色的海浪拍岸而起,转瞬即跳上了猪王的背脊。二豺真是平衡木的高手,它一个后空翻就骑在了猪王的后腰上,左爪扶了猪王的旗杆一样竖起的尾巴,右爪像长矛一样直朝猪王的肛门插进去,然后,二豺就抓出了肛头,再然后,一个倒栽葱翻下地来,只见猪王还在惯性地狂奔,肠子就轮船施放锚链一样哗哗地吐出来,二豺却如放风筝的孩子,稳操胜券般抓牢了那肠做的长绳,也就抓住了猪王的性命。见二豺得了手,三豺、四豺、五豺等等一窝蜂围了上来,有的去抓猪王的眼,有的去抓耳朵,有的去抓肚子。当猪王感觉到五脏六腑已经被生拉硬拽出了肛门,剧烈的疼痛便山呼海啸而至,最后猪王竟然感受到一种似神似仙、欲死欲活脱离苦海的快意,它从生命洞穴的最深处发出了一声高亢而尖厉的长嚎,在峡谷中回荡许久,然后,轰然倒地,顷刻便淹没在豺群的利齿中了。①

但是,人类比兽类更加凶残,红豺成为人类出于挣钱的目的而被猎杀的对象;老骡客唯利是图,将自己的妻子冬月以三百元价格卖给了猎人章武;小骡客在疯狂打猎中被"千斤榨"压断了双腿,救命的方子却是一副"狼心狗肺";章武为了得到"狼心",与豺王对峙多时,豺王竟然有意放过了章武,却死在老骡客的猎枪下。最后,小骡客也不治身亡,红豺消失,野猪重新肆虐,乱砍滥伐的山村开发正如火如荼。小说对现代性问题进行了深层次的反思,由此与《白虎寨》的时代宏大叙事形成"复调"对话关系,如何解决发展与保护的两难问题,无疑需要有更高的智慧。

其次是对故乡和自由的永恒向往。《牧鸡奴》中的猎狗"狮毛",本来是退役军犬黑豹的后代,忠诚勇敢,看守鸡群,驱赶狐狸,为了爱情不惜与十多只雄狗展开搏斗,山寨里的鸡群得到了保护。但是,山寨的妇女们为了表示感谢,纷纷向"狮毛"投掷食物,巴耳朵狗也频频前来引诱,没有多久,"狮毛"就染上了贪嘴好吃的毛病,发展到经常

---

① 李传锋:《红豺》,《民族文学》2003 年第 1 期。

前往厨房偷吃的地步，它大腹便便臃肿不堪，像个养尊处优的土财主，行动再也没有从前那么敏捷了，这时狐狸们又来偷鸡，它已经无能为力了；在与真正的警犬比赛时，它已经望尘莫及，羞愧地回到高坟台上。小说最后写道："密林深处枪声大作，传来一阵阵警犬激昂的叫声。狮毛突然踞坐起来，浑身战栗，它那已经伤风的鼻子指向高远的天穹，长声长气地哀号起来。村里人从来不曾见过狗的哭叫，一齐走出家门，望着高坟台上，胆战心惊，害怕出事。"[1] 这哭声一直持续了一天一夜，像是哀悼，又像是警醒！猎狗狮毛从警犬到牧鸡奴，再到变为肥胖的一般土狗，是一个逐步堕落的过程。小说以"奴"作为标题，有画龙点睛之功用，从"主"到"奴"的堕落过程，一是身份的变化；二是主体精神的丧失；三是承担"自由"的能力的消减。相似的主题表达，同样出现在小说《毛栗球》中。毛栗球是一个"鸡媒子"——武陵山区人们称那种被驯化后辅助打猎的山鸡。家住在山脚下的马六爷爷，将毛栗球训练成为一个出色的鸡媒子，经常带着它上山打猎，与山鸡们斗智斗勇。毛栗球每次都能成功地召唤同类，引诱它们前来，每年可以帮助马六爷爷打到一百多只山鸡，是个大功臣。但是，向往自由是山鸡的天性，一个偶然的机会，毛栗球挣脱了系在脚下的绳索，飞向蓝天，自由的生活当然要付出代价，生存的艰难让毛栗球时时想起马六爷爷温暖的木屋、燃烧的柴火、舒适的鸡窝、可口的饭菜，老人终于"找到了"毛栗球，失而复得，弥足珍贵，只是毛栗球却"提不起劲来"。这是一只带有"存在主义"思想的山鸡。向往自由，同时自由也需要付出代价，需要有承担自由的勇气和能力；失去自由太久的山鸡，已经没有勇气和能力重新得到自由，这一点足以引人深思。

一般认为，李传锋的动物题材小说，受到杰克·伦敦的《雪虎》、加里尔·特罗耶波利斯基的《白比姆黑耳朵》和欧内斯特·汤普森·西顿的《动物英雄》的影响，实现了动物题材小说由"拟人化"向"非拟人化"的转变，即从动物本身的角度出发来观照周围的世界、解决面临的问题。当然，这种"非拟人化"写作的源初动力和起点，还是一种人文主义的视域。正如黑格尔所说，自然美的本质在于"生气灌注"，其巅峰即是"动物的生命"；而对动物美的认知和欣赏，总是

---

[1] 李传锋：《牧鸡奴》，《青年文学》1984年第4期。

联系着"人的观念和人特有的心情"①。长篇小说《林莽英雄》描写小白虎渴望回到故乡、得到自由的艰辛努力过程,文字之间体现了深长的人文主义的关怀。曾几何时,白虎是土家人的民族图腾,受到顶礼膜拜,而如今人们发财的欲望已经超过白虎崇拜,他们捕捉白虎的唯一动机就是挣钱,利欲熏心,无所不用其极。在武陵山区,南渡江边的老虎渡客栈,主人是一对老鸳鸯,男的姓田,人称"田刮刮儿",蚊子身上都要刮油的贪婪主儿;女的姓朱,跟猎人老疤是相好。田刮刮儿跟随几个背山货的汉子进城,在路上无意中抓到了一只小白虎,母虎前来营救小白虎,几次都没有成功;她咬死了田刮刮儿家喂养的肥猪,对他们发出严厉的警告,要他们释放小白虎;老疤设计,将盛装了小白虎的囚笼放在银杏树下的空地上,引诱母虎前来营救,母虎误中奸计,被猎杀。小白虎被卖入马戏班,班主和女主人动辄暴揍小白虎,最后排练了一出小猴子骑老虎的节目,轰动了山城的观众。在马戏班转场的路途中,小白虎逃回了深山。马戏班张贴悬赏告示,得到消息的老疤和田刮刮儿,还有动物园的技师,纷纷进入深山,想要捕获小白虎。小白虎与他们斗智斗勇,结果还是中了圈套,被老疤和田刮刮儿抓住。老疤为了独吞好处,将田刮刮儿打晕,推到崖下。小白虎被卖到动物园,与一头年老的母老虎关在一起,度过了一个痛苦的蜜月,趁着饲虎员小毛姑娘的疏忽,小白虎又一次成功逃脱,穿过危险的平原,向着遥远的故乡一路飞奔,那深秋的武陵山地,峡深谷邃,枫叶如沸,竹茂林密,果实累累,各种动物都吃得肥胖攒着秋膘,故乡的山山水水,想起来就让小白虎沉醉。终于回到了故乡,在休养生息了十多天之后,小白虎重新巡视山地,发现故乡的山水已经面目全非,"树木被无情的利斧砍倒,岩石被威力巨大的炸药轰开,一条宽敞的汽车路从山的那边翻过山垭,九曲回肠,缠绕在阴坡上,这条路已经延伸到小客栈的对岸了,只要石桥架成,路将跨过江水再去缠绕阳坡"②。橡胶的气味、汽油的气味、拖拉机的气味、汽车的气味、城里人的气味、猎人的气味,交织在一起;山洪暴雨、泥石流、山体滑坡时时发生;刺耳的电钻声、开山炮声、电锯伐木声、放排客的吆喝声,驱赶着山里的动物们纷纷远遁。这片爱情和

---

① [德]黑格尔:《美学》第1卷,朱光潜译,商务印书馆1979年版,第170页。
② 李传锋:《林莽英雄》,《李传锋文集》第1卷,武汉大学出版社2018年版,第431页。

自由的土地，这片安宁和洪荒的土地，这片老虎世居的领地，这片冒着生命危险日夜兼程赶回来的土地，已经沧海桑田，一去永不回。动物园向上级请示，动用直升飞机搜捕小白虎；尽释前嫌的老疤和田刮刮儿也联手搜捕小白虎，在身中数枪的情况下，小白虎咬死了老疤和田刮刮儿，最后血尽而亡，临死前夕，"为了难忘的童年，为了那高大的乔木，绿色的林莽，还为了囚笼的爱情，小公虎将剩余的生命化作一声长啸"①。被捕，逃走，再被捕，再逃走，追寻故乡和自由的步伐永不止息，直至生命最后的旅程。小说打动人心的，正是这种对自由和故乡的执着追求精神，在动物形象上寄托了深长的人文主义关怀。

第三节 土家女儿的创造：叶梅的文化乡土书写

土家族女作家叶梅，创作以中、短篇小说为主，兼及长篇小说、散文、影视剧本、报告文学、说唱曲艺等，出版过中短篇小说集《花灯，像她那双眼睛》《撒忧的龙船河》《五月飞蛾》《最后的土司》《妹娃要过河》，散文集《大翔凤》《从小到大》《朝发苍梧》《我的西兰卡普》，长篇小说《九种声音》，长篇纪实《第一种爱》《强国重器》等。叶梅的作品，数量并不太多，质量却并不低，几乎篇篇都是精品。同为优秀作家的陈应松，"内行看门道"，认为叶梅是当代作家中少数寻找到了"摆脱传统塑造局限的锁匙"②的幸运者，所论非虚。不难想象其中"创造"的艰难。叶梅长期生活在武陵山地，插过队，务过农，当过县文工团演员，出任过民族自治县、自治州的行政领导，熟悉武陵地域的山水大地，与地域民族居民血肉相连，以后又到省城、京城工作，视野开阔，人生阅历丰富，生活积累厚实，读书写作勤奋，善于博采众长，加以融会贯通，不断实践创新，终于走出了一条特色鲜明、风格独具、硕果满枝的文化乡土写作路径。

---

① 李传锋：《林莽英雄》，《李传锋文集》第1卷，武汉大学出版社2018年版，第448页。
② 陈应松：《叶梅小说：温暖的河流》，《叶梅研究专集》，中央民族大学出版社2007年版，第100页。

一 文化乡土小说

文学史家将现代中国乡土小说归纳为三种主题模式,第一种是以鲁迅《祥林嫂》为代表的批判启蒙模式;第二种是以茅盾《农村三部曲》为代表的社会分析模式;第三种是以沈从文《边城》为代表的田园牧歌模式。① 这三种模式在现当代中国文学史上影响深远,代有传人。而经过 20 世纪 80 年代寻根文学思潮的洗礼,在乡土小说尤其是民族乡土小说写作中,出现了大量思想情感充沛、地域色彩鲜明、文化含量丰富的优秀作品。以叶梅小说为例,其《歌棒》《青云衣》《花树花树》《最后的土司》《撒忧的龙船河》等小说,不仅描写地域文化史,重述民族文化史,再现地域民族独特的风景风物风情,张扬地域民族特色鲜明的文化精神,而且将地域民族文化精神内化为小说叙事的"潜在结构",从土家人的"内视角"的文化视域对这个世界和时代进行审美观照,在时代变迁、民族差异、文化冲突与城乡对峙中表现土家人的精神气质、心灵特征和人生哲学,带有鲜明的民族特征和地域特色,是地域—民族—文化—文学的融会统一。这类小说创作,无疑是不能采用上述三种模式进行归纳的,毋宁说是一种综合性的继承和创造,我们称之为文化乡土小说。在文化乡土小说的文体创造中,叶梅厥功甚伟,有一系列代表性作品作为坚强支撑,绝非"空头文学家"。

当中国现当代作家书写武陵地域时,沈从文总是一个绕不过去的巨大精神存在,谁没有受到过他的影响呢?对于武陵地域的本土作家来说,尤其如此。在相同的地理环境和相似的风情风俗中生长出来的人文氛围和审美感受总是相似的,沈从文贴近书写对象的抒情小说写作经验成为后辈作家首选的可靠的借鉴对象。叶梅的小说叙事中流淌着浓郁的诗意,以清新、健朗的文字营造出迷人的抒情氛围,在对具体对象物的反复情绪化涂抹和想象性关联中形成整体象征。同沈从文的武陵书写相似,叶梅的小说也多带"巫风",闪烁着《楚辞》的光辉。如小说《青云衣》中如此描写"山的幽灵""山的幽灵,忽大忽小,忽隐忽现的。一会儿是风,带着呼呼的叫声掠过山头;一会儿可能藏匿在满山遍野的

---

① 参见丁帆《中国大陆与台湾乡土小说比较史论》,南京大学出版社 2001 年版。

第四章 两湖武陵地域书写

白雾之中，化作一只小小的狐狸，嗖地从雾中穿过；更多的时候，它沉睡在大山的深处，就像这些深埋地底的狰狞巨石，一动也不动"。①"山的幽灵""山的魂魄"就是土家人口头传说中的"山鬼"；在《最后的土司》中如此描写土家人祭祀祈祷时跳摆手舞——"舍巴日"的宏大场面："呐喊的人们赤裸着胸脯，腰系草绳，胯间夹一根扫帚柄，围绕牛皮鼓欢快起舞，时而仰面朝天，时而跪伏大地，摆手摇胯，场面沸腾。酣畅之时，不知从哪里突然跳出一个黑衣的年轻女子，双目炯炯，额头一片灿烂血红，像是涂抹的牛血，黑衣裤上有宽大的红边，似飘动的团团火焰。女子围着仆地的黄牛飞腾跳跃，将火焰撒遍了全场。鼓声中明显混合着人的急促呼吸如烧燃的干柴，一片噼噼啪啪作响。火的精灵仍在弯曲、飞旋，扇动着将绿得发黑的山、绿得发白的水都燃烧起来，同太阳融为一体。"② 紧张郁烈，情感奔放，仿佛之间，我们回到了《楚辞》的时代，酣畅淋漓，狂放无羁，遥远而又神秘，山鬼迎面走来——"被薜荔兮带女萝。既含睇兮又宜笑，子慕予兮善窈窕。乘赤豹兮从文狸，辛夷车兮结桂旗。被石兰兮带杜衡，折芳馨兮遗所思"。叶梅擅长营造整体象征效果，如《撒忧的龙船河》以龙船河象征土家人曲折凶险的生命历程；《花树花树》以李树、桃树象征昭女、瑛女的命运；《五月飞蛾》以扑火的飞蛾象征进城的二妹；《黑蓼竹》以土家人的乐器"咚咚喹"象征竹女、吴先生、罗篾匠等人无常的人生命运。

在《撒忧的龙船河》中，叶梅设置了覃老大、覃老二兄弟与巴茶的情感纠结，同时又设置了覃老大与土家族女人巴茶、客家妹子汉人张莲玉的情感纠结，这种二男一女或者二女一男的人物结构，与《边城》中的——大佬、二佬与翠翠，二佬与翠翠、王团总的女儿——的人物关系结构何其相似；《五月飞蛾》的结尾一句写道："石板坡的二妹就在这座城市里，守望着随时可能到来的希望。"③ 也与《边城》的结尾，翠翠在渡口等着那个"也许明天回来，也许永远不回来"的二佬，十分相似。这些"相似"性的描写，绝非偶然，可以视为叶梅对前辈作

---

① 叶梅：《青云衣》，《歌棒》，中国出版传媒股份有限公司、中国对外翻译出版有限公司2013年版，第95页。
② 叶梅：《最后的土司》，《妹娃要过河》，作家出版社2009年版，第240—241页。
③ 叶梅：《五月飞蛾》，《妹娃要过河》，作家出版社2009年版，第182页。

家沈从文的遥远的致敬。但是，真正有志于创造的作家是不会仅仅满足于借鉴的，某种意义上来说，文学史的规律是"学我者死"，前人已经创造的书写类型，开拓的写作路径，建构的文本模式，对于后代作家来说，其实只具有文学史借鉴的意义，而不再具有文学实践操作的意义。它可以被模仿，但必须被超越。文学的漫长征程中，如果已有早行人，那么再走下去就没有意义，影响的焦虑往往会催发更强烈的创造的雄心，叶梅将地域文化精神内化至文本的核心，最终实现了从诗化叙事向文化乡土叙事的成功转换。

叶梅的武陵地域土家族文化书写，多从文化冲突的角度，在文化比较的差异性视域中展开。首先是土汉民族文化的冲突。《最后的土司》中的外乡人、木匠李安，为了躲避抓壮丁，来到龙船河，又因为饥饿偷了土家人的供品，而被处以砍脚的刑罚。土司覃尧派寨子中最美的哑女伍娘照顾李安，梯玛覃老二也尽心施药，李安日渐康复，给自己安装了一条假肢，行走自如。在土司的同意下，李安准备迎娶伍娘，在龙船河安家立户。按照土家人的老规矩，伍娘被接到覃家大屋居住，寨子里的九个姑娘围着她唱哭嫁歌，准备出嫁；土司则安排人手修建一排三间木屋，作为他们的新房，擅长九佬十八匠功夫的覃尧土司，还亲自刨木头当木匠，十天左右就立起柱枋。木屋建好时，梯玛覃老二主持祭祀，拜五方土地，歌唱颂辞："一步一行走忙忙，二步二行新华堂，三步三行打一望，主东选得好屋场。前有朱雀来定向，后有玄武绕山岗，左有青龙来献宝，右有白虎呈瑞祥。"入住新房，讲求大吉大利，百说百好，百说百灵。李安心花怒放，盼望着新婚的好日子。这一天终于到来，但是，伍娘却没有来，按照龙船河土家人的老规矩，"初夜都是奉给神的"；伍娘已被梯玛背到土司的吊脚楼；梯玛主持了庄严的仪式，陪伴的妇人们也都离开，伍娘躺倒在西兰卡普上，静待神的降临。其实，土家初夜权制度早已废止，土司制度也早已在清代改土归流中被废除，生活在民国时代的覃尧并非传统意义上的土司，不过是被纷纭战乱中偏处龙船河一隅的山民们世俗认定的象征而已。覃尧曾经出山读过汉口武官学校，思想观念自认为跟得上时代。在此之前，覃尧从未使用过初夜权，在心底也觉得初夜权荒唐不可理喻；但是，当他看到一身红装的伍娘，美艳不可方物，土司覃尧无法管住自己，借用弗洛伊德的说法，是"本我"不受压制，伍娘也向"神"积极地、无保留地贡献出自己，热情像一团火,高潮迭起,土司后悔早先怎么没有想到娶伍娘为妻。愤怒中的汉人李安,将新房点燃,烧为灰烬,离开了龙船河。土家人觉得天经地义的事情,汉人李安并不能接受,被土家人视为忘恩负义之人。覃尧想要娶伍娘为妻,被伍娘拒绝,那一夜欢娱原本只是她对神的奉献,并没有把他当作世间凡人。李安才是她的世俗丈夫,她四处寻找,寻遍龙船河的四山五岭,就是寻找不到。李安出山后加入川军,携带枪支潜逃,来到龙船河找土司覃尧报仇,却被川军抓捕,覃尧连夜写下血书作保证,挽救了李安的生命。李安与伍娘住到一起,"心重"的汉人李安,总是无法对旧事释怀;伍娘怀孕了,却是覃尧的孩子,那一夜对神的奉献的结果;梯玛想要阻止此事,为伍娘准备了打胎药,却被李安发现制止;伍娘生下儿子,覃尧以失去声音为代价,从李安处换回儿子。又是一年春天,又是一个舍巴日,在梯玛震天的鼓声中,躲到洞中多时不见的伍娘重新出现,"她的舞蹈像龙船河水飘然而过,像天边的月亮冉冉升起,像树丛中飞过的精灵,她像似忍受着烈火的熬煎,又像似在烈火中找到了归宿"[1],在舞蹈中力尽而亡,她用生命完成了祭祀。小说中的矛盾冲突,主要表现为汉族与土家族的文化观念的冲突,正是这种文化壁垒造成了武陵人的千年孤独。

其次是城乡文化的冲突。《歌棒》中来自三峡龙船河的农民、原生态歌手、丧妻的鳏夫沙鲁,在北京城的电视台参加民歌演唱现场直播,却因为临上舞台时找不到"歌棒",便留下一张简短的纸条后,打道回家。沙鲁是被女主持人芳罗在电视台采访"非遗"的活动中发现的,沙鲁唱的歌多是武陵地域的"五句子",比如"太阳出来照白岩,情妹出来晒花鞋,情妹花鞋我不爱,只爱情妹好人才,赛过当年祝英台","高山顶上一丘田,郎半边来姐半边,郎的半边种甘草,姐的半边种黄连,苦的苦来甜的甜",等等。沙鲁在台上聚光灯下唱歌容易忘词,"歌棒"是土家歌师专门用来记载歌词的木棒,一尺来长,上面刻画着深浅不一的纹路,那是只有歌师才能读得懂的特殊符号。为了寻找沙鲁,芳罗来到龙船河,一路见证了武陵山水的"美"和地方风俗的"淳",她很顺利地在麻坪村找到了沙鲁,从城市外来者的比较视域中"观照"土家人原生态的生活,进而反思自己苍白、虚伪的城市生活,

---

[1] 叶梅:《最后的土司》,《妹娃要过河》,作家出版社2009年版,第284页。

对婚姻也有了崭新的认知。只有回到龙船河，沙鲁才有如鱼得水的自在，他认为北京城不是他该待的地方，一天也待不下去。在龙船河里，他们有了一场宣泄般的欢爱。离开龙船河，在宜昌登机过安检之前，芳罗无意间在小丁的双肩包里找到了黑褐色的"歌棒"，她就想，沙鲁有了歌棒，会不会还来北京呢？这篇小说也留下一个开放式的结尾。在芳罗看来，龙船河农民歌手沙鲁的原生态的自由快乐坦诚直率，与她的前夫、大学教授杨金戈的游龙戏凤压抑算计，形成鲜明对照。城乡二元对立叙事，曾经是沈从文的经典叙事模式，在叶梅这里，则少了许多揶揄的语气，少了许多漫画式的勾勒，对城市人也有了更多的"了解的同情"。很显然，城乡人对待爱情存在不同的价值观，武陵人的山歌唱道："有心恋郎不怕穷，除了扣子没得铜，一双筷子一个碗，看你为的哪一宗？""穷也只有我郎穷，路边叉个茅棚棚，煮饭是口破锅子，挑水用的竹筒筒。""大河行船不怕风，有心恋郎不怕穷，结情只为情义好，无油炒菜味也浓。"这是土家女人的口气，她们看重的是情郎的人品、相貌和劳动能力。沙鲁就是个"不爱钱"的人。都市离婚女人芳罗被沙鲁打动，离不开龙船河自然古朴的自然与人文环境，离不开沙鲁原生态的歌声和朴拙自然的生活观念，当然更有他"倒三角"的健美体型和结实肌肤形成的视觉冲击和欲望唤醒，他们金风玉露一相逢，彼此明白只能是两座山头上的两棵树，永远不可能将根连在一起。小说情节类似于《廊桥遗梦》的一夜相逢，表达的却是城乡文化冲突的主题。

二 龙船河世界

在叶梅的小说和散文创作中，建构了一个纸上世界——龙船河。龙船河就是现实世界中的神农溪，发源于神农架，在巴东县境的巫峡之畔蜿蜒流淌。[①] 河水清澈，险滩密布。龙船河上航行着窄窄的被当地人唤作"豌豆角"的小船，逆水上行时需要有人拉纤，下行时急如星火容易翻船。叶梅的小说多以这些水上人家作为主人公，讲述土家人悲欢离合的人间故事，演绎武陵地域跌宕起伏的文化传奇。

[①] 叶梅：《有条河的名字叫龙船河》，《从小到大》，中国社会出版社2013年版，第107页。

第四章　两湖武陵地域书写

龙船河是"叶梅的家园"①,是她的文学根据地,也是她以魔力十足的文字精心绘制出来的一方文本世界,事实上已经成为她独特的文学符号。阿·德芒戎在《人文地理学问题》中认为,人类的生活方式,总是"包含着他们和地域基础之间的一种必然的关系"②,地域环境决定着人类的生产、生活、生存方式。龙船河究竟是一条什么样的河流?《撒忧的龙船河》细致地描写了这条碧波荡漾、波涛汹涌的龙船河,雄奇奔放,流经一百二十里,"跌宕出三道百丈悬崖,蜿蜒九滩十八弯",其中又以"苦竹、夫妻、老鹰三峡"③最为险峻刁钻,礁石林立,深浅莫测,再骄傲的桡夫子,一旦从浑黄浩荡的长江驾船驶入一派青波的龙船河,都会聚精会神,收敛脸上的柔和,双目圆睁,不敢有丝毫的大意。可想而知,在如此凶险的龙船河上讨生活,需要有多大的勇气、豪情,还需要有必不可少的好运气。桡夫子们爱说一句粗话,"该死的卵朝天,不该死的万万年",将命悬一线之间的生死,归之于"该死"和"不该死"的天命和运气,不能完全算是迷信。

小说巫风弥漫,既有30多年后死去的覃老大的灵魂的"后设"视角,也有民国30年正当年轻好年华的桡夫子覃老大的"现时"视角。在小说叙事中,这两种视角交互使用。具体来说,就是在小说的每一节的开头,都是由"后设"视角叙述进入,然后逐渐过渡到"现时"视角。在跳丧的"撒忧儿嗬"的叫声中,小说舒缓地展开叙事画卷。土家人热爱跳丧,与他们超脱的生死观息息相关,"土家人对于知天命而善终的亡灵从不抛洒悲伤的眼泪,显然知道除非凶死者将会长久徘徊于两岸之间,一切善终的人只是从这道门槛跨入了另一道门槛,因此只有热烈欢乐的歌舞才适于送行。尤其重要的是在亡人上路之前抚平他生前的伤痛,驱赶开几十年里的忧愁,让他焕然一新轻松无比地上路。这是一桩极大的乐事"④。在撒忧儿嗬的歌舞中,覃老大的亡灵热泪盈眶,回溯人生。土家汉子覃老大、覃老二两兄弟,撑着一只龙船河里常见的两头翘起的窄巧小船——"豌豆角",在县城码头装运了三麻袋盐巴,准备转身回龙船寨时,被日军飞机轰炸吓坏了的开豆腐坊的汉人张老

---

① 李传锋:《叶梅的家园》,《叶梅研究专集》,中央民族大学出版社2007年版,第104页。
② [法]阿·德芒戎:《人文地理学问题》,葛以德译,商务印书馆1999年版,第9—10页。
③ 叶梅:《撒忧的龙船河》,《中国作家》1992年第2期。
④ 叶梅:《撒忧的龙船河》,《中国作家》1992年第2期。

板，托他们带女儿张莲玉到龙船寨的亲戚家避难。叶梅的小说叙事节制简练，使用不少蒙太奇的剪辑手法，兄弟俩撑船逆水而上，"拖，拖拖——"地叫着，两岸岩鸟惊飞，猿啼不已；张莲玉欣赏两岸青山中红叶装点的秋色，转眼却看到覃老大脱光衣裤，正攀着崖壁拉纤，一步一顿，粗壮的双腿，古铜色的肌肤，赤裸的肉体，扭动的身躯，在小城女子的眼睛中，燃烧欲望的火焰；她心惊肉跳，欲哭无泪，像是被天雷击中。乌云翻滚，突降暴雨，他们跑入黝黑的山洞躲避，这是兄弟俩经常歇息的地方，火石柴火，红薯蕨粑，一应俱全。他们生篝火，烤红薯，将就一夜。半夜时分，突然爆发一阵巨雷闪电，系在崖下的豌豆角船被洪水冲走，兄弟俩急忙去捞船，结果盐巴被水冲走，好在小船只被剐了个洞。天亮了，在覃老二到附近找人借刨子修船时，山洞中的覃老大与张莲玉情难自抑，很自然地发生了性关系。他们回到龙船寨，当张莲玉得知覃老大有老婆时，羞愧难抑，投水自杀被救起，在她看来，你既然有了婆娘就不应该"要"她，她需要夫妻的"名分"；而在覃老大看来，男女之间相互喜欢你情我愿的事情，有什么做不得。这无疑是土汉两种不同文化观念的对立冲突。巴茶当年嫁给桡夫子覃老大时，不要媒人不要聘礼，喜欢的就是覃老大这个人，她在女儿会上将亲手做成的千层鞋底送给他，自己给自己定了亲。巴茶能够原谅覃老大与汉人女子相好，覃老大却因为张莲玉的哭诉想要为她担起责任，夫妻二人生隙。不久，张莲玉大着肚子，嫁给城里开绸缎铺的人家，被人家驱赶回来，生下儿子；覃老二与醉酒的巴茶发生关系后，巴茶怀孕，后来儿子落地时就已死去，显然受到了上天的诅咒，巴茶因此神志迷糊；羞愧的覃老二当了半人半鬼、人外之人的梯玛，他和巴茶历经艰难，终于找回了覃老大与张莲玉所生的儿子，取名波儿，长大了也是个驾豌豆角的桡夫子。覃老大跟波儿讲说闯滩的秘诀，"闯滩切记不能走神，你要是稍在心里怯火，就千万不要一个人独自闯滩"[1]，这是龙船河上桡夫子们的生存法则，不能害怕，迎难而上。波儿最后死在龙船河上，在新婚的第二天，他的豌豆角船撞上了青滩的巨石。小说的结尾，是覃老大的孙子驾着豌豆角船，在龙船河上揽客，城里来的短发妹子跟他亲热地搭话，命运好像已经开始了新的轮回。

---

[1] 叶梅：《撒忧的龙船河》，《中国作家》1992年第2期。

值得注意的是，龙船河世界虽然生存艰难，物质匮乏，但人们有情有义，敢作敢当，其自然古朴的生命形态、轻利重义的道德取向和豁达乐观的生死观念，给我们留下深刻的阅读印象。叶梅仍然是从城与乡、土家与汉人的对比视角中展开叙事，展现龙船河世界的独特魅力。土家女人巴茶，对覃老大一片痴情，不仅主动赠送千层鞋底自订终身，要为覃老大"生一个浪里钻得水上走得的硬汉子"，而且大度地原谅了丈夫的出轨，"有人喜欢的男人才是好男人"，她里里外外一把好手，收拾家务，带携二弟，包揽了田里的全部活计，在覃老二看来，自从有了嫂子，"石板屋该添了多少滋润"。她敢爱敢恨，土家先祖巴蛮子以自己的头颅换取三城的勇烈的热血在她身上流淌，在得知覃老大想要抛弃她时，她在白果树下"剁砧板"诅咒；她为失魂落魄的丈夫招魂，一门心思想生一个儿子来挽留丈夫；她磨破几双草鞋底寻找到覃老大与张莲玉生下的儿子，抚养成人，饱含牺牲和容忍的精神。与此对照的是汉人女子张莲玉的各种算计，她囿于"夫妻名分"要求覃老大与她结婚，当二人冲动下欢爱时她总想着要"谈一谈必经的礼仪和豆腐坊"；当她得知覃老大已有老婆时，羞愧得投水自杀，无法理解土家人"旁人的媳妇只准看不准弄"，"未出嫁的妹子可以相交相好"的习俗；当覃老大后来去城里看望她时，她对先前的"冲动"已经心生厌恶；她怜悯覃老大"为了革命"失去右手，想以身子作安慰时，却被覃老大拒绝，因为他从女子"你快点呀"的催促声中感觉到了二人的情分已经不再，他说："你覃老大是人，不是发情的野猪"，他毅然决然地消失在月光中。后来，张莲玉的丈夫当了右派，她前来央求"贫宣队员"覃老大施以援手"解放"时，也是要用身子来作交换，当然又被拒绝。事实上，他们的心"远远地隔着"，彼此不能理解，互相无法琢磨。这是横亘在城里人与乡下人、汉人与土家人之间的无法逾越的文化山脉。

毫无疑问，作家的文化情感趋向于龙船河世界这一边。土家人身上闪烁着重情重义的人性光辉。土家男儿轻生死、重然诺。《青云衣》中的向怀书领了工钱本来可以立即回家，却为了救人葬身于险滩激流；《山上有个洞》中的末代土司为了让土家儿女免遭屠戮，引颈自刎；《黑蓼竹》中的罗篾匠为了践行要帮田佬制作一只咚咚喹的诺言，被竹林中的剧毒之蛇咬死；《最后的土司》中的覃尧，以丧失声音为代价，从外乡人李安手中换回孩子。土家女儿轻利重情，敢爱敢恨。《回到恩施》中的谭青秀主动将布鞋送给解放军干部；《撒忧的龙船河》中的巴茶则将亲手做成的千层鞋底送给覃老大；《青云衣》中的妲儿，主动投身于向怀田，没有丝毫的忸怩，而这些幸运的男子，无论是土家人还是汉人，都是"吊起锅儿当钟敲"的穷苦人，显然，土家女子的爱情观是以情为主，自由恋爱。流行于武陵地域的山歌既是这种爱情观念的形象记录，也是培育这种爱情生活的文化温床。瓦西列夫说过，爱情婚姻关系"不单是延续种属的本能，不单是性欲，而且是融合了各种成分的一个体系，是男女之间社会交往的一种形式，是完整的生物、心理、美感和道德体验。只有人才具有复杂而完备的爱的感情"①。爱情婚姻关系最能够反映人的本质，因此，叶梅小说中的龙船河世界不乏爱情、婚姻关系的精彩书写。在城乡、土汉文化的对比性视域中，文本中的龙船河世界有声有色，立体丰富，引人入胜。

三 土家山寨传奇

作为土家族著名作家，叶梅笔下不乏跳丧、唱山歌、女儿会、梯玛法事、土家饮馔等民族文化符号，难能可贵的是她的地域民族文化书写，并非外在的拼贴和装饰，更不是"人造的"虚假风景，不是沉睡的焕发出檀木气味的"过去时态"的文化传说，而是生动的、具体的、活生生的地域文化现实。叶梅书写土家山寨的传奇人生，建立在"追忆和还乡"的基础上，"大都是关于原乡的叙事"，是一种"有根据的小说写作"②。叶梅擅长以"轻灵、温婉的笔触"③，书写土家女儿内心的精微世界，既能描写旧闻传奇，又能书写现代生活。在传奇与日常、追忆与还乡、现实与想象、悲剧与理想之间纵横驰骋，正是叶梅小说的独特叙事魅力。

---

① ［保加利亚］基·瓦西列夫：《情爱论》，赵永穆、范国恩、陈行慧译，生活·读书·新知三联书店1984年版，第38页。
② 李建军：《若有人兮山之阿》，《妹娃要过河》，作家出版社2009年版，第2页。
③ 陈应松：《叶梅小说：温暖的河流》，《叶梅研究专集》，中央民族大学出版社2007年版，第100页。

中篇小说《青云衣》①纵跨45年历史烟云，有一个"三峡工程建设"的宏大叙事作为背景，重点是书写武陵地域土家人的传奇人生。1942年7月，长江三峡巴东县宝塔河发生一起滑坡事件，父亲、母亲连同一明两暗三间瓦房滑入大江。此时，弟弟向怀田正在离家半里地的山泉挑水躲过一劫；哥哥向怀书正在给从武昌远道前来的水利勘探队作向导，穿行在夷陵至夔门的长江沿岸山林中；结婚后另立门户的哥嫂，住在离峡口二十多里地的官渡口镇上，嫂子秀娘身怀六甲，闻讯后赶来接走向怀田，又让人给向怀书带信让他早日回家。口信带到时，向怀书已经完成向导任务，领到十块光洋的酬劳。勘探队长陶先生对这次勘探十分满意，花20块大洋雇了一只小船，千里江陵一日还，一天就可以下到西陵峡。驾船的桡夫子是个穿青布衫的男人，头上的黑帕子将眉毛遮去一半，他是个弄船的好手，拨浪下滩，把小船拨弄得像秀才手中的笔。传说中的险滩"鬼见愁""伏三跳"，虽然凶险，小船还是平安渡过。江面上突然出现一伙"棒老二"（土匪），向怀书明白青衣船家与他们是一伙的，先是想用光洋收买他们，不成之后想用乡里乡亲世代三峡人打动他们。均告失败后，向怀书奋力抗争，将青衣船家踢到水里，驾船逃命。不料，小船在闯"油锅"关时，陶先生连同他珍贵的装着勘探资料的皮箱掉进波浪翻腾的旋涡，向怀书急忙跳进江中救人。陶先生和勘探资料均得救了，恶浪却将向怀书打入水底，尸骨无存。勘探队员们来到向怀书家中致谢、道歉，秀娘刚刚生下儿子向波。向怀田回到宝塔河，买木料，平地基，想要重修一幢走马转角、雕龙镂凤的吊脚楼，却不料木材被"棒老二"偷走，梦桃也因此毁了婚约。穿青衣、缠黑帕的妲儿前来做了他的老婆。妲儿就是那个江上劫匪船家的嫡亲妹妹，嫁给向书田，一为喜欢；二为赎罪，他们生下一个女儿。1949年后，妲儿受土匪哥哥的牵连，被审讯、批斗，郁郁而终，葬在三峡。进入90年代，三峡移民搬迁，向怀田做好寿枋，年年上漆，在父母、哥哥、妲儿的坟旁，安排了自己的位置。三峡蓄水后，他们将在水底长眠。小说人物形象丰富饱满，张力充盈，以"青云衣"为题，自然是对笔下青衣黑帕的土家女子妲儿充满偏爱。这篇小说书写人间悲剧，字里行间却跳跃着温暖的阳光。滑坡之前，向怀田娶亲在即，"爹妈已将

---

① 叶梅：《青云衣》，《文学界》（原创版）2008年第6期。

东侧厢房收拾齐整，对江的窗棂用暗红山漆刷得一新，苞谷十斗换得红花布匹，妈妈飞针走线做得松软被盖，堆叠在雕花架子床上。一面铮亮玻璃镜悬挂窗前，专等新娘梦桃粉红脸颊。那人间欢乐，满山翠鸟又何以能比呢？"① 向怀书信奉"答应的话要作数"为勘探队当向导，最终殒命江底；心怀感恩的陶先生，长年给向波邮寄钱钞，有情有义。给向怀书跳丧送行，只是一笔带过，却细致描写办丧事时的酒食，自酿的苞谷酒，和了蒿菜、豆干丁子和香葱的新糯米饭。日常的饮食，月月年年，地久天长，胜过人间一切无常。姐儿会做鱼汤，会像条白鱼儿戏水，会唱山歌，"幺妹打柴下山坡，两眼只顾望情哥。绊到石头脚踢破，只怪石头不怪哥"。守寡的秀娘，伴着儿子度日，里里外外收拾得一派洁净，日子过得从容不迫，举手投足自有她的庄严。向怀田重修的瓦房，背靠青山，面朝大江，竹林环绕，果树成行，蝶飞蜂舞，鸟语花香，好一幅江山万里图。即使是姐儿埋骨的坟场，也是虎头凤尾，峡口风涌，翠柏青松，山花烂漫。叶梅的笔致刚健有力，却又细腻温情，闪耀着母性善良、坚忍的光辉。

  与《青云衣》的历史传奇题材迥异其趣，《花树花树》② 是严格的直面当代山村生活的现实题材小说。龙船寨的土家人有看花树的风俗，巫师覃老二请来七仙女，给双胞胎姐妹田昭女、田瑛女看花树，一棵李树，一棵桃树。当年她们的母亲生下双胞胎，便长嚎一声死去。昭女和瑛女由太带大。妹妹瑛女长得漂亮，念完小学就不想再念书了，扯猪草，摸鱼儿度日；姐姐昭女长得不如妹妹好看，却喜欢读书，念完高中后回到家乡。昭女为了当上村小学的民办老师，到镇上找到乡长朱国才，申说情况，终于如愿以偿。朱乡长也是穷苦人家出身，被迫做了大队支书的女婿后，从民办老师转正，一步步爬到乡长的位置。他和昭女谈得来，视她为红颜知己，昭女对他生出许多幻想，但朱乡长不敢离婚，只想与昭女"做朋友"，被昭女拒绝。瑛女羡慕菊子家的富贵，被菊子爸爸贺幺叔诱奸，她想找他要一万元去做生意，结果未能成功，又怀了身孕，悲愤之中纵火焚烧贺家店铺，也烧死了自己。太的丈夫荣哥儿当年跟着贺龙闹革命，弃家不顾，听人说死在了大渡河，太便为他立

---

  ① 叶梅：《青云衣》，《文学界》（原创版）2008 年第 6 期。
  ② 叶梅：《花树花树》，《人民文学》1992 年第 11 期。

了一个衣冠冢，年年祭拜。却不想许多年后，荣哥儿带着年轻妻子乘坐绿色吉普车前来龙船寨看望太，太坚决不要荣哥儿的厚厚一沓钞票，说：荣哥儿早就死了！他埋在笔架山上，你不要再来了，你若再到田家屋场，我拿菜刀劈死你！荣哥儿此后果然不再前来。山不转水转，荣哥儿的女儿，离婚后来到本地当县长。林县长当众要昭女喊她"姑"；林县长来看望太，太得知荣哥儿还活得很好，便说："你回去告诉他，我一定要死在他后头。他已经在我前头死过一回了，我为他上了五十年的坟，烧了五十年的香烛，我还要为他烧一回大香，请龙船寨的汉子替他跳上七天七夜的丧。"① 得知昭女家有强硬的后台，朱国才乡长转而极力巴结昭女，提出要与昭女结婚，被昭女冷冷地拒绝。昭女的话，锋利如刀，"你好好过日子吧，乡长，总有一天会提拔你的。至于结婚，还是不说的好，林县长在县里也长不了，她下派只有一年时间，开春就走了"。瑛女死后，昭女决计砍掉娘坟前的桃树和李树，"犹如砍去冥冥之中一只任意主宰的手"，树砍倒了，昭女感到一阵被释放的轻松。昭女将民转公的指标转让给村小的老先生，坐上了开往重山之外的班车，就是想去试一试，依靠自己的力量，"到底能往前走多远"。小说的结尾，昭女在班车上，遇见已婚的大表姐，她也要往山外跑。《花树花树》以土家人通过看花树占卜女人命运的核心意象，书写三代女人轮回的不幸命运，小说文本安排了一个开放的、不无希望的结尾。小说将土家女子的"哭嫁歌"内化为文本结构，全篇流淌着浓郁的诗意。小说开头大表姐出嫁时，昭女和瑛女前去陪十姊妹，唱了一个月的哭嫁歌，"娘啊，你一尺五寸把儿生啊，盘得门高树大送出啊门。你盘得一身养老病啊，没得一个养老的人。女啊，莫讲女儿命不乖，没得女的不能成世界，女啊，上神龛的也有那祖婆和祖的太啊"，预示着土家女人轮回的悲苦命运和不屈抗争的人格精神；小说高潮部分，瑛女自焚之前，哭嫁歌唱道："娘啊，我是一只生水锅啊，不会伸来不会缩啊，要伸要缩除非破啊。娘啊，我是一根青枫炭啊，来到这世上不会弯啊，那要扭弯除非得断啊"，与瑛女决意自焚一去不回头的决绝形成互文性和同构性，土家女儿的刚烈和哭嫁歌的悲情互相映照，浑然交融；小说结尾部分，昭女在班车上看到外逃的大表姐，哭嫁歌唱道："那风筝放到半天的云

---

① 叶梅：《花树花树》，《人民文学》1992年第11期。

啊，它脚下连着那线一根。莫讲那花儿开得远啊，扯根葛藤动一山啊"，一方水土养一方人，故土难离，往山外跑的女人们，终将回归故乡。三段哭嫁歌，形同影视剧中的"画外音"，由此构成小说文本的叙事结构，匠心独运，却又不露痕迹，天衣无缝，表现出极其高明的艺术驾驭能力。

四　二妹进城

叶梅的中短篇小说，在情节设置、人物关系上，具有连贯性，一定程度上可以视为长篇小说的章节。《花树花树》的结尾部分，昭女和大表姐乘坐班车出山，进城以后的命运如何？我们可以在《五月飞蛾》《乡姑李玉霞的婚事》等小说中寻找到答案。

《五月飞蛾》描写石板坡的刘二妹进城打工的故事，是一篇温暖的、饱含人性美好希望的作品。刘二妹向往城市生活，渴望走出封闭、保守、落后、静止的大山。她在日记中将城市比作火，"你是一片火，我要扑向你的怀里"。飞蛾向往光明、向往温暖、一头向火扑去，义无反顾，无怨无悔，这是小说的主题意象。二妹的父亲当了近20年的村委会主任，这次改选，侯喜会的父亲成为强有力的竞争对手，他开办煤窑发了大财；偏偏二妹喜欢的侯喜会，这时"移情别恋"，这些因素加在一块，坚定了二妹进城的决心。她满怀希望投奔城里的三姨妈。大街上车水马龙，人潮汹涌，市声如同一张细密的网，让人喘不过气来。二妹不明白，"为什么在石板坡，方圆几十里大山只有几十户人家，但随时能感觉到人的存在，某人唱支山歌某家争个嘴大家都知道，某人去砍柴某人去走人家也都看得明白，而在城市里却感觉不到人呢？"[①] 三姨妈已经下岗多年，本来已经沦落底层，却带着城里人的傲慢，对二妹百般挑剔；表哥邢斯文在电视台工作，信口开河说话从不作数，是个花花公子哥儿，二妹最初对他抱有好感，生出一些不切实际的幻想，受到三姨妈的指责。投亲不着，二妹从三姨妈家搬出来，经过村里同伴桃子的介绍，二妹来到蒙娜妮美容院打工，她勤于学习，很快获得了女老板的好感；她舍得花钱笼络桃子、安安，大家相处融洽；不久，侯喜会的女朋友桔子也来到美容院打工，她是从石板坡来城里寻找侯喜会的，这让

---

① 叶梅：《五月飞蛾》，《山花》2002年第8期。

二妹又生出与侯喜会和好的希望。由于二妹踏实肯干，善于学习美容知识，很快就赢得了顾客的青睐，被升为领班，引起桃子的妒忌。二妹辞职到一家发廊打工。这家发廊靠近"为民服务煤气站"，那是侯喜会进城打过工的地方。二妹与发廊的小华结成姐妹，十分照顾这个年仅16岁的小妹。二妹托煤气站送坛子液化气的老刘打听侯喜会的去向，他费尽心思果然弄到了联系方法。根据老刘的描述，二妹也帮他找回了失联多年的幺妹——安安。小说结尾写道："石板坡的二妹就在这座城市里，守望着随时可能到来的希望。"飞蛾扑火，危险几乎无处不在，二妹勤劳、聪明、好学、上进，进城以后每一步都走得踏实，她有在城里开一家美容院的理想，放弃了对邢斯文的幻想追求与侯喜会的爱情；桃子也在城市打工生活中不断得到教育；安安从海南归来后改邪归正，兄妹团圆；侯喜会宁愿在城里辛苦打工挣钱也不愿意在山村靠开煤窑安逸地生存；美容院女老板和发廊的李姐，都是人情味十足的城里好人。《五月飞蛾》带给人温情的力量和美好的希望，充满"正能量"，引人向上，导人向善，赢得了读者广泛的好评。

　　《乡姑李玉霞的婚事》叙述龙船河女子李玉霞进城成婚的故事，充满喜剧色彩，骨子里却有一股现世安稳、脚踏实地的笃定。李玉霞初中辍学，勤劳能干；人也生得漂亮，一晃已经25岁，这在龙船河算是年纪有些大了，爹妈着急，改变了先前姜太公钓鱼愿者上钩的矜持态度，泡上油茶，求人作媒。后山的表舅带着小龚从城里打工回来，走到龙船河天黑了，就住在李玉霞家里。一家人对这个小龚都有好感，捞着个机会，小龚竟然亲了李玉霞，这就让李玉霞充满希望。不料，小龚其实早已成家。李玉霞缠着表舅介绍一个对象，打了好多个电话，被逼之下，表舅信口开河说已经找到了，就是他徒弟，重庆人，叫马成功，小伙子的装修手艺很不错。李玉霞一家听说了十分高兴，却又久久不见来人提亲。转眼到了腊月，表舅担心回家过年这事迟早要穿帮，干脆关了手机，躲起来。李玉霞进城去找，却发现马成功早已结婚生子，心里一急就晕倒，幸好一旁有个卖鱼的小伙子"乱毛"救了她。过不了多久，李玉霞嫁给了"乱毛"，在县城最大的那家菜市场里摆鱼摊，"两口子滋润得就跟那鱼和水似的"[①]。

[①] 叶梅：《乡姑李玉霞的婚事》，《民族文学》2005年第4期。

在经济全球化的当下，城市化浪潮席卷全国，大批农村人口进入城市，已经成为不争的事实。叶梅的现实题材小说创作超越了文学史上既有的城乡二元对立模式，也超越了城市文学的底层叙事、苦难叙事和悲情叙事；她通过笔下几个可爱的山村女子形象，张扬了善良、朴实、勤劳和坚持的力量，闪耀着人性的光辉；她以"同情的理解"的态度，化解城乡文化之间的壁垒，以艺术形象塑造的方式指引城市化道路中文化建设的可能性方向，为人的全面现代化提供有价值的精神资源。这种探索弥足珍贵！

第四节　地域魔幻：孙健忠的武陵山野

土家族作家孙健忠的小说代表作有《甜甜的刺莓》《猖鬼》《醉乡》《死街》《舍巴日》等，无不带有浓郁的武陵地域和民族特色。孙健忠曾经在创作谈中，自述其小说创作"力求在作品中写出那么一点'湘西味'，那么一点'山味'和'野味'，同时，也想磨练出一种属于自己的语言"[1]，因此他非常注重地域文化描写，将武陵地域的自然环境、民族风情、生活习惯、民间传说、方言俗语等，与小说叙事有机结合，营造出别具一格的审美表达空间。

孙健忠的小说可以大致分为两期，早期创作风格清新，在伤痕文学的表层叙事结构之下，突出地域风情和民族特色，以恒久人性的美好衬托政治、经济的混乱不堪及其对人物命运的伤害；后期创作以内化的地域文化精神作为叙事结构，追求本土的魔幻现实主义的"现代性"表达，自主创新意识非常强烈。

早期作品，如散文《洛塔的河流》这样描写春夜喜雨给土家人带来的快乐："半夜里响起春雷，哗啦啦落了一场喜雨，土家人像庆节日一样，喜孜孜地把黄牯从牛栏里牵出来，在它的尖角上挂盏灯笼，赶忙上山抢水犁田"，虽然辛劳，却洋溢着人间欢乐。孙健忠称《五台山传奇》[2] 是自己的"第一篇现实主义小说"，这篇小说充满牧歌情调，

---

[1] 孙健忠：《文学与乡土》，《湘江文艺》1981 年第 5 期。
[2] 孙健忠：《五台山传奇》，《长江文艺》1963 年第 11 期。

歌颂人性美、人情美和自然美，叙述土家山民田天陆，带着妻子向小妹远离山寨僻居，生儿育女，男耕女织，过着世外桃源般的生活，这种生活却因妻子被土匪抢走而结束，妻子在路上寻机跳水逃生，被船工救起结为夫妻；后来，在一次偶然的机缘下，夫妻重逢，田天陆毅然割断长久的思念，让妻子回到后夫身边。《滔天浪》描写沅水上的船工"滚浪蛟"征服白浪滩的传奇故事，凶险的暗礁、奔涌的激流反衬出主人公豪迈的气概、勇敢的行为，交织出一曲浪漫主义的人性颂歌。

　　武陵地域毕竟不是世外桃源，时代风雨随时会侵蚀这片美丽、沉静的土地。中篇小说《甜甜的刺莓》①描写三个乡村青年的婚恋故事和情感纠葛。在那个特殊的年代，极"左"思潮泛滥，三牛的父亲在"大跃进"运动中自杀，三牛成为有"家庭历史问题"的孤儿；竹妹是山寨党支部书记毕兰大婶的女儿，她爱上的第一个男人就是三牛，这种爱情中当然有"同情"的成分，已经与他订亲，母亲也非常喜欢三牛的踏实本分；向塔山是邻近山寨的党支部书记，是政治运动中的积极分子，通过种双季稻的造假宣传，迅速成为远近闻名的政治明星，竹妹也被他衣冠楚楚的外表、能言善辩的口才所打动，爱上了这个男人。向塔山的造假，让山寨人们付出了饥饿和死亡的代价；他以兽行和政治引诱，欺骗了纯真善良的竹妹，但这个土家妹子还痴情地等待着他的人性回归。小说将伤痕文学揭露批判的时代主题，与乡土气息、地方色彩、方言土语、民情风俗、生活细节完美交融，在当时的小说创作中别开新面，令人耳目一新。如"毕兰大婶坐在屋里等，左等右等不见回来，心里有点儿起疑。架子猪在隔壁打栏，饿得嗷嗷叫。鸡进了笼，时而拍几下翅膀，时而低声絮语。'唉，这背时的女儿……'毕兰大婶埋怨着，起了身，想去后园看看。茅草发得好快啊，才几天没薅，就差点把这条通往后园的小路封满了。正是瓜熟时节，土洞里的老蛇耐不住热，常在这时候溜出来歇凉的。毕兰大婶走得很小心，生怕踩了蛇尾巴。晚风起了，落下来几片椿木叶，纺织娘和蛐蛐儿躲在什么地方叫。这后园小小的，只有几床晒簟那样宽，四围栽满了叫做'鸟不歇'的刺，当中留了一扇窄窄的园门。这是毕兰大婶和竹妹常常来的地方。每天早晚，她们来这里挖地，整土，

---

① 孙健忠：《甜甜的刺莓》，《芙蓉》1980年第1期。

打菜秧，浇水，泼粪尿、薅草和捉虫，快到吃饭时候，她们先把炒菜的锅子烧红，然后来这里扯大蒜和胡萝卜，摘四季豆和苦瓜"。① 小说叙事充满浓郁的生活气息、抒情的牧歌色彩，因此具有强烈的美学魅力。

　　长篇小说《醉乡》②书写改革主题，描述土家山寨实行家庭联产承包责任制之后，人们经由经济实力的提高而导致的精神面貌和思想观念发生的翻天覆地的变化。雀儿寨的矮子贵二，幼年时期丧父，母亲改嫁，他营养不良，生得矮小，贫困无依，低贱卑微，三十多岁仍然单身，长期在外流浪，睡车站，做乞丐，四处被当作盲流驱赶；在寨子里永远只能坐"二道席"，饱受屈辱。实行责任制后，长期在外流浪见多识广的贵二，决心发家致富，宣称"我不是雀儿寨的麻雀，是人，别人是人我也是人，别人可以发财为什么我不可以"；他回到山寨时，作者从老乔保的视角对其进行观察，"渡船离岸渐近，月光下的矮子贵二越来越清晰。还是那么矮、那么小、那么瘦，三十来岁人，像个小娃儿。再看衣着，似乎也没有什么变化，还是破对襟衣、旧笼头裤，同出门时一模一样。不过，他的头上和脚上有大变化，老乔保吃惊地发现，布首帕变成一顶皱巴巴的遮檐帽，水草鞋变成一双半新的解放鞋。手上提一个拉链塑料袋，肩上扛一卷烂棉絮"。这段描写，言简意赅，具备多重含义：贵二的穷困，贵二的衣着变化，老乔保的"老眼光"，"大变化"给老乔保带来的吃惊，三言两语就白描出山寨改革之前的精神环境，的确功力深厚。客观地说，贵二的改革并不是惊天动地的重大行动，不过是买下一座水碾，因地制宜，收购武陵地域的农作物如油菜和苞谷等，开办榨坊和磨坊，榨油磨粉，售卖给外地人。这类改革，如同改革开放初期外地人开办砖窑厂、养猪放鸭等经营活动一样，都属于较低级层面的经济活动，无论是投资额度，还是产出效益，都微不足道。孙健忠的目的并非歌颂"乔厂长"式的改革风云英雄，而是从改革的视角探求民族文化心理的历史性变化过程。发家致富的贵二，娶了山寨的第一美女香草作妻，自己也从先前的自卑、落拓，摇身一变成为自信、快乐的人；从联产承包责任制中获得利益的玉杉，也从先前的忍辱负重、懦弱卑微变得自立自强、积极主动，她坚决摆脱了天九的纠缠，

---

① 孙健忠：《甜甜的刺莓》，《芙蓉》1980年第1期。
② 孙健忠：《醉乡》，上海文艺出版社1986年版。

经济收入让她对未来的新生活充满向往；即使是保守恋旧的老乔保，也逐渐接受了贵二分给他的"红利"，以他为代表的坚冰式的旧传统正在被打破，苦涩辛酸的土家山寨的传统日子，正在被清凉甘甜的新生活代替。小说在歌颂改革新气象、时代新人物的同时，也将细致的笔触伸向地域民族文化现代转型的深层结构之中，从人物的心绪中见微知著，从民族的风俗中以小见大，自有其精英文化的价值观念寓于其中，无愧于"土家族文人文学的奠基者"① 的称号。

如此看来，无论是伤痕、反思主题，还是改革主题和国民性批判主题，孙健忠的早期小说创作始终贯穿着一条书写地域民族文化的主线，顺着这条主线，其后期小说创作致力于对武陵地域土家族民族历史、心理结构和文化劣根性的揭示与批判，建构根植于民族文化心理的叙事结构和呈现方式，开创出一种自由灵动的带有鲜明地域民族特征的魔幻现实主义文体。实现这种转折的标志性作品，一般认为是中篇小说《舍巴日》②。

《舍巴日》描写来自原始狩猎部落十必掐壳的土家族女子掐普，嫁到以种地为业的农产区后不适应现代生活又返回故乡的故事。在土家语中，"十必"意为"小野兽"；"掐壳"意为"大森林"；"掐普"意为"花儿"。小说开头引用一首土家人的《舍巴歌》："两双眼睛相见了，两双手相捏了，红槐树下相认了，苦李树下成亲了。"在掐普出嫁前的那个古老而又原始的山寨，男人打猎、捕鱼，女人摘果子，孩子们烤兽肉、守火堆；他们的图腾是白虎；每年杀一个人祭祀祖宗廪君；老人去世要跳"撒忧尔嗬"；平时人们爱跳"舍巴日"，男女携手，围着熊熊燃烧的篝火堆，或者单摆，或者双摆，或者回旋摆，醉酒，狂歌："滔天的洪水退了，世间上没有人了，只剩下葫芦船上的两兄妹，阿哥叫布所，阿妹叫雍尼。"从创世神话唱起，张古老治天，李古老治地，八兄弟雷公，滔天洪水暴发，兄妹成亲，再造天地，偷火种，杀毒蛇，擒猛兽，祖宗大迁徙，土家人山寨安家，一路唱下来。掐普嫁给里也（意为"可耕种的土地"）的宝亮。宝亮有爹有娘，还有两个哥哥都离家到城里去了，老大宝光学开汽车，老二宝明学烧砖瓦，老三宝亮心思也不

---

① 吴正锋:《孙健忠：土家族文人文学的奠基者》,《文学评论》2008 年第 4 期。
② 孙健忠:《舍巴日》,《芙蓉》1986 年第 1 期。

在种田上,他三天两头喜欢往马蹄街跑,与小饭铺的老板娘岩耳相好。宝亮的爹叫老惹,是一个种田的好把式,最大的心愿是发家后盖一幢五柱八梁的新瓦屋。小说描写老惹得上一种怪病,全身被红丝网住,药师束手,梯玛无法,却突然痊愈;又描写栽秧时节,老惹欢喜得不思茶饭,只吃田土,颇有魔幻现实主义的意味。马蹄街猫记饭铺的岩耳,为人活泼,长得可爱,长袖善舞;宝亮当饭铺小伙计,以老实和坦诚赢得她的芳心。岩耳是个迷人的精灵,穿着打扮,全是城里时髦女人的派头:高跟靴、弹力裤、开胸毛线衣、戴手表金戒指、洒香水,好似一朵招蜂惹蝶的牡丹花,她为人热情和气,招徕生意时,声同银铃:"各路来的客人,要吃饭的大哥大叔都请坐。你们口福好,碰到今天有酒有肉,该你们好好享受。酒是苞谷烧,米酒,还有街上人爱吃的弥(猕)猴桃酒,刺梨酒。内有猪头肉,牛巴子,肥狗肉,巴岩虫和蜂子儿,都是下酒的好菜。还有各式豆腐,要煎要炒要煮都可以","要歇夜的大哥大叔请上楼,房里干干净净,被褥是才洗的,没有臭虫、屹蚤、虱婆咬。长脚蚊有几只,帐子一放,放心落肠只管睡觉"。岩耳的丈夫是个傻子,就因为老祖宗传下来的规矩,"姑家女,伸手取;舅家要,隔河叫",表兄妹成亲,却没有夫妻间应有的快乐;岩耳便与宝亮到牛王洞欢会。老惹以种田为荣,看不起街上做生意的人,劝说宝亮在家"做阳春";宝亮认为种地没有出息,父子间有不可调和的观念冲突。掐普嫁到里也,宝亮却不理她,待她不好;她央求查乞,请来白虎神,让岩耳退回宝亮的魂魄。从十必掐壳到里也,"同样一条路,这个民族走了几百年",掐普却只走了几十天,她干活不辞辛苦,采野果,将家猪当成野猪猎杀,到马蹄街找到岩耳,要和她比投剑、划土船、采野果,愤怒中她将饭铺里的碗碟桌椅打得粉碎。岩耳丈夫病死后,岩耳和宝亮就在饭铺里偷欢。宝亮被人诬告为毒害岩耳丈夫的凶手,被抓走。老惹经此打击,更加坚信人是不能离开土地的,"天下万物,有什么不是靠土地生养出来的呢?一个人,当他抱怨土地、背叛土地的时候,将会受到怎样的惩罚,现在可看到了"。掐普为了救出丈夫,又请来白虎神,说是要将牛魔王洞里的28层铁门、铁栏杆咬断,宝亮才能出来。掐普跟随公公学习种阳春,收获季节突遭大雨,稻谷在田里泡汤;宝光、宝明年底前回家,大睡了七天七夜,醒来就匆匆离开,他们要赶上"时代";老惹和老婆、儿媳在火塘边守年:

> 屋后果林里,有人在为来年的丰收禳祈。一个人拿把斧头在果树上敲打,并且边打边问:"结不结?"一个提灯笼的角色回答:"结,结得像饭团!"问:"甜不甜?"答:"甜,甜得像蜂糖!""掉不掉?""不掉,结得牢又牢!"
>
> 玩年的节目很多,男人们摔跤,抵扛,打马叉;娃儿们打飞棒,牵羊肠子,做蛤蟆抱蛋和帕帕蒙;女人们则邀男人们赛鸡:抢贡鸡和发界鸡。他们暂时摆脱了土地给予人们的烦恼,觉得自由,欢乐,从未有过的轻松。①

经过调查,宝亮被无罪释放回家。掐普离开了里也,回到十必掐壳,只将舍巴日留下,只将"欢乐和狂迷以及人们对原始部落的回忆"留下。小说结尾写道:"一个民族的历史,与其说是一部壮丽的史诗,不如说是一部伟大的悲剧,即使以喜剧开场,也必然以悲剧告终。"小说展示了"时代"发展的巨大力量,"掐普所代表的原始社会文明","老惹所代表的农耕社会文明",宝亮三兄弟和岩耳"所代表的市场经济社会文明"②,三种文明形态在历史进程中依次更替,在小说中却"共时"存在,相互冲突。"舍巴日"成为贯穿三种文明形态的精神象征,这篇小说因此具有"史诗"气派。

《猖鬼》虽然篇制短小,在孙健忠小说创作中却具有典型性意义,兼容拉美魔幻现实主义与本民族神魔叙事色彩,写得迷离惝恍,巫风十足。十八岁的甜儿,开始听得懂船歌,那火辣辣的、粗鲁的、淫亵的歌辞:"大王大拐大摇摇,一拐戳个流水壕,日了老膣过旋潭,又日老膣滩头飙。"大胆又骚情,教唆人,撩拨人。甜儿的母亲当年来到这里被大牛头收留时,甜儿还只有九岁;母亲后来被船歌引诱,失身丢丑,投水自杀。大牛头反复警告甜儿,那是猖鬼的引诱,猖鬼唱的歌,女孩儿最听不得,听后会让你变成一棵空心树;他擦亮火枪,几次射杀猖鬼,但那蛊惑人的船歌依然不时地在半夜响起。毫无疑问,猖鬼象征着根植于人类内心深处的欲望,甜儿盼着聆听船歌,"一支真真切切的船歌,

---

① 孙健忠:《舍巴日》,《芙蓉》1986年第1期。
② 吴正锋:《土家族民族历史叙事与湘西神魔艺术建构——孙健忠后期小说创作研究》,《求索》2010年第7期。

蓦然如一串水鹭，噗噜噜从河面上腾起，半空间打着旋旋儿"。猖鬼长着一张可憎的脸，抬手一抹，又变成翩翩美少年，前来引诱甜儿。其实，所谓少女被猖鬼迷惑，与武陵地域的少女"落洞"一样，都是因为正常的性需求得不到满足而导致的性心理变态和精神疾病。大牛头请来法师驱鬼，法师为甜儿办了"成人礼"，大牛头也与甜儿发生不伦关系，然后将甜儿远嫁到青树坪。红花轿夜晚上路时，天上北斗七星闪亮，船歌又唱起，暗示出甜儿会重蹈母亲的旧辙，一种命定的轮回。船歌是自由爱恋的象征，猖鬼是男女欲望的象征，小说中神、魔、人三界交融，自由出入，畅达无碍，巫性思维贯穿全篇，意境空灵，不乏神来之笔，"这夜，从窗格子望去，天空一片灰蒙，上弦月船也似的，在云涛里疾走。甜儿停止哭泣，尖耳细听，早熟的麦杆蟋蟀开口唱歌。它们的很整齐的合唱，响亮清脆，从窗根下和远近各处传来"。这种根植于地域民族文化传统基础之上的文体创新的意义，迄今尚未得到文学史家足够的重视。

  书写武陵地域的作家，一向有文体创新的传统。从孙健忠的神魔化叙事特征中，我们不难发现其所受到的沈从文创作的影响。在创作访谈中，孙健忠说过："我热恋过沈从文，我是把他和我的家乡一起来爱的。他使我不能自已，这也可能就叫湘西'情结'吧。我的创作自觉不自觉地受到他的影响。"[1] 孙健忠将这种神魔化叙事进一步强化，吸纳融合了拉美魔幻现实主义和西方现代派小说的表现手法，最终实现文体创新。长篇小说《死街》致力于国民性批判，以一团死水的"窝坨街"作为观照中心，刻画集体群生图像：古月为人蛮横杀人越货，石顺有时用牛脑有时用人脑思考问题，五召整天盯着蚂蚁看得精神麻木，吉口近乎变态的吝啬节俭，石顺嫂汹涌的肉欲，十八的一本正经的假道学等；采用块面组合的方式结构小说，空间意味十足；小说将土家族远古神话、传说、寓言与窝坨街的现实生活描写相互交织，亦真亦幻，现实描写因此具有"类神话"的色彩，如大难不死的金鸭传说，老女人返老还童，寡妇死而复生，灵芝草的神秘传说，石顺的茅草棚里人妖交合，双胞胎一天时间内长成大人，窝坨街太阳不落，老乞丐神秘的

---

[1] 朱珩青：《湘西乡土的艺术启示——与〈死街〉、〈猖鬼〉作者孙健忠的谈话》，《芙蓉》1991年第5期。

遗训，窝坨街死期临近人们闻到死尸气味，窝坨街下陷一尺"死去"人们为它送葬踩犁铧爬刀梯，等等，莫不具有鲜明的土家族文化的思维特征。这种思维就是人类的童年思维，即从原始生命视角对外部世界进行观照，地域民族的人们最先都是从自己熟悉的环境和经验中，生成观照外部世界的想象和认知。有人认为孙健忠的神魔书写是对加西亚·马尔克斯、卡夫卡、加缪、博尔赫斯、福克纳等外国作家创作的借鉴和模仿，孙健忠自认为"恰恰相反"，"我是传统的，因而也是民族的。我的荒诞是我们文化基因中固有的荒诞"[1]。这是对土家族文化和人类童年经验的历史回溯，在此意义上，我们可以说，孙健忠构建的武陵土家族神魔艺术世界，既是地域民族的，同时也是世界人类的。

第五节 家园万岁：蔡测海的深情

土家族作家蔡测海，著有长篇小说《套狼》《三世界》《家园万岁》《非常良民陈次包》，小说集《母船》《麝香》《今天的太阳》《穿过死亡的黑洞》《刻在记忆的石壁上》等，短篇小说《远处的伐木声》获得全国优秀短篇小说奖。

蔡测海的小说多以武陵土家族的历史和现实生活作为书写题材，对武陵地域的自然风物饱含深情，观察精微，如《母船》描写白河两岸风光，"夹河两岸是陡峭的山，山上有的是树。那树，大的有半间屋大，细一些的也有几抱粗。尽是杉树，松树，柏树，椿木，樟木，楠木，梓木。全是些上好的木材。山托着山，树拥着树，莽莽苍苍。河两岸的巉岩，像蹲伏的怪兽，彼此虎视眈眈，随时准备扑过去撕咬，恶斗。那半山腰中，多有一条伴水而行的山路。那路和这宽阔的河面比起来，就细得如一丝丝。那路总也未被荒草盖了，但也不曾变得宽些。那路总有人走，行人却不多。路旁伏有猛兽，有蛇"[2]；对武陵土家人的民情风俗和生产生活场景，更是有切身的体会，《"古里"——"鼓

---

[1] 孙健忠：《重返童年——〈死街〉创作的点滴》，《作家谈艺录》，上海文艺出版社1993年版，第96页。

[2] 蔡测海：《母船》，《清明》1985年第5期。

里"》描写老梯玛做法事,上刀山,下油锅,山寨人们集体跳"茅谷斯舞"的快乐场面,等等,《麝香》细致讲述土家人狩猎的全过程,"理脚迹""堵卡""守网豪""放山"四个步骤,一个也不少,土家人赶山时的场面十分壮观震撼人心,是对远古时代战争场面的真实模拟;《家园万岁》详细叙述七红死后操办丧事的全过程,唱丧堂歌、打三棒鼓、说快板,持续七天七夜,与其他土家族作家笔下的丧事描写有些出入。蔡测海的小说创作充满智慧的光芒,在流淌的诗意中交织着强烈的内倾化的思辨性。

长篇小说《三世界》有自传色彩,象征着三个世界的矛盾冲突。第一个世界是武陵地域内龙山的洛塔岩,龙崽曾经生活的地方,那是土家人的原始部落,是"过去时态"的存在,有原生态的歌舞、原生态的生活方式,它存在于土家人的民族记忆里,也存在于龙崽的记忆里。第二个世界是北京,龙崽改名阿珑,投身大都会中,幻想以作家诗人的身份将自己的名字在活着时就刻进纪念碑,走进文学史,他捧着脏兮兮的手写稿,像个沿门托钵的乞丐,又像个街头卖身的妓女,既想赚到高价,又担心名誉受损,对故乡的思念只能深藏于内心深处。第三个世界是作家幻想的未来的洛塔岩,已经成为高科技之乡,山寨摇身一变成为富绿山庄,但坚守人文主义立场的阿珑,却无法适应高科技的生活,只能一步步溃退到深山之中,甘做一个野人、一个文化遗民。三个世界的象征意义,极其明显,体现出作家对全球经济一体化进程中的文化冲突、民族问题、传统与现代关系的深层次思考,这种缘自土家人的民族视角无疑是值得格外重视的。

长篇小说《家园万岁》"因其精巧的构思、特色独具的言说、超于文本之上的故事",成为其创作史上的"新的制高点"[1]。小说所叙历史,起于清代改土归流,止于当下,时间跨度纵贯三百年,却聚焦于土家人的小社会,作家虚构的"三川半",以小见大,以武陵地域的日常生活变迁反映宏大时代的历史变迁,因此具有鲜明的史诗品格。在一系列重大历史变故、频繁战争的背景下,三川半的人们挣扎着活下来了,粮食、土地因此成为文本的关键词,也寄托了作家建构的"善政加良民等于好政治""好官加好老百姓等于好社会"的政治、社会理想,无

---

[1] 王涘海:《诗意而诡谲的乡村乌托邦》,《湖南日报》2014年12月18日。

疑带有鲜明的乌托邦色彩,又可以视为一部政治寓言小说。与善政、良民、好官、好民相适应,小说叙事带有讴歌人情美人性美的世外桃源牧歌气息,同时极力张扬积极的民族精神传统。小说"很好地继承了楚文化、湖湘文化的传统"[1],兼容现实、浪漫、魔幻、神话等多种叙事方法,将现代派叙事手法与地域民族传统叙事手法有机融合,别开新面,具有重要的文体创新意义。蔡测海的小说语言富有特色,段落小,句式短,分行快,多对仗,文白夹杂,铿锵有力,有骈文笔法,兼有童话、寓言和传统书面语言的文气,如第四十一节《三川半的岳母娘》叙述赵常的思索:

> 赵常百思不解,三川半出了这么多土匪,他把土匪们当成一种性格,争强好胜。他们不想被官府打板子,不想被仇家灭杀,不想漂亮女人做别人的婆娘,就结伙为匪。还有一些是跟着玩的,杀别人的肥猪好吃肉,杀别人的鸡好喝汤。
>
> 赵常同样百思不解,三川半一下子有了这么多官。官有什么用?要这些官出来做个人模样,让人跟官学,学成好模样。把好人寻来当官,人人学成好人,三川半就成好人世界。
>
> 赵常想三川半外,官职无数。各司其职,天下太平。三皇五帝,父传子,家天下,生诸侯,设科考,选才俊。当圣人,学孔孟。文武百官,知廉耻,尽忠诚。武攘夷,文安民。定人心,定天下。三川半为天下一角,男耕女织,也成福地。
>
> 人吃五谷,生百病。好树绿叶也生虫子。
>
> 三川半幸得帝王书,得神佑,守得粮丰鱼肥。得先贤之脉,接天地正气。天下安,三川半安;天下乱,三川半乱。天下乱,三川半不可乱天下。
>
> 赵常前思后想,在太师椅上睡着了。三川半的春天,地热百草生,人多梦。纸上故事人物,从书中走来。朝靴草莽,来去如穿梭。见过秦皇汉武,唐宗宋祖,元帝明皇。遇盗黄巢,方腊太平军。有说书人唱,无道出昏君,不良长盗贼。[2]

---

[1] 聂震宁:《代序·同窗夜话》,《家园万岁》,北京大学出版社2013年版,第5页。
[2] 蔡测海:《家园万岁》,北京大学出版社2013年版,第156—157页。

蔡测海有意避开对时代、政治、经济生活的直接切入和正面书写，而善于从土家族文化变迁、人物形象心理转化的内在视角，描写历史演进和时代风云，这是一种艺术创造的主体性选择策略，这种策略有得有失，所失在于描写宏大历史叙事时会因为无法抵达现场而显得隔膜，所得在于地域民族文化的书写角度更加真实地保存了历史变迁中的民间记忆。从艺术成就来说，其早期创作虽然篇制短小、思想轻浅，但形神兼备、珠圆玉润，更加值得珍视。

凌宇曾在为蔡测海的小说集子《母船》写作的序言中指出："他总是将故事置于明丽、秀美的自然背景之下，笔底仿佛流溢着山川灵气。而无论景物或人事描写，又常常被赋予象征的蕴含，从而形成蔡测海小说恬静、清新、隽永的艺术风格。"① 短篇小说《远处的伐木声》内含宏大主题，源于抒写伟大时代变革的激情冲动，蔡测海在创作谈中反复说过，自己的创作就是对民族振兴和祖国复兴的积极呼应，却又有意识地与火热的时代保持一定的距离，"自己的灵魂在一阵骚动之后宁静下来"②，这种"宁静下来"十分重要，无论是"政治激情"，还是"创作冲动"，只有通过"宁静下来"的沉淀，将"不可容忍"的部分暂时悬置，才有可能实现艺术突破，这实在是一种难得的真实创作经验。将时代变革的宏大主题，通过一个小小切口予以表现，叙述才能有节制，土家民族文化和武陵地域背景的加入，为这篇小说平添许多牧歌情调。

《远处的伐木声》与沈从文笔下的《边城》颇多相似之处，都以抒情的笔调书写一个武陵地域的一女二男的爱情纠葛故事，不同的是女主角面对生活的态度和最后的结局。"奇山奇水出奇事"，当地人把这个爱情故事当作传奇在传播。武陵地域有一条古老的古木河，河边有一栋古老的青瓦木楼，里面住着老桂木匠，他的独生女儿阳春，还有一个徒弟兼准女婿的桥桥。老桂木匠的手艺远近闻名，方圆百十里的山寨居民，起屋做家具，都要来找他。老桂木匠"竹背蔸装满了木匠行头，手里捏着把五尺杠杠（懂行的人都知道，那把五尺是木匠里面的最高级别——掌墨师的标志，像将军的肩章一样），背上五六十斤走长路腰

---

① 凌宇：《母船〈序〉》，作家出版社1986年版，第12页。
② 蔡测海：《〈远处的伐木声〉琐谈》，《民族文学》1983年第5期。

不弯,腿不颤,比年轻人还经熬"①。桥桥是老桂木匠一个远亲的儿子,七八岁就来做徒弟,与阳春算是青梅竹马两小无猜,小时候活泼机灵,长大后老实本分,不爱说话就像他师傅一个样。老桂木匠总是觉得桥桥的手艺尚未精熟,不肯将五尺杠杠传给他让他做掌墨。女儿阳春也已长大成人,胸脯鼓胀起来,"眼睛看人像打闪",做饭、种菜、缝补、收拾家务,里里外外一把好手。阳春听得懂山歌了,那古木河上总有放排客唱山歌,歌声飘来飘去:"太阳出来照白岩,白岩上头晒花鞋,花鞋再乖我不爱,只有你姐好人才!"老桂木匠听到后,总会恨恨地骂,骂这些歌子让人不学好。歌声会将阳春的心思带走,随着古木河的流水,到遥远的常德,再到传说中的汉口,最后流入大洋大河。山深日子长,云来云去,花开花落。这一天,河那边有人放岩炮,地动山摇,阳春划竹筏子过河去看,原来是在盖新房,石头房子,掌墨师傅竟然是水生。水生当年也是老桂木匠的徒弟,只因为使用"蜗牛尺"(卷尺)又爱唱山歌,嘲笑桥桥一身呆气,被师傅赶出师门后,做了个泥水匠,这次来到古木河边,是要帮县政府盖一座发电的楼房。阳春就想,这个水生脑袋里"一定装了星星,装了月亮,要不,他的路怎么越走越亮、越走越宽呢"?两相比较,桥桥就是一块榆木疙瘩了。阳春跟他商量到水生工地上去做活,桥桥坚决不答应,说背叛师门的人不得好死;阳春觉得他很可怜,便跟着水生跑了。这篇小说情节简单,主题明确。与沈从文《边城》中的翠翠相比,"大山中的锦鸡一样美丽的"阳春更多一些选择的主动性,她爱好自由,追求爱情,并能付之于行动,这种人性的改变是在乡村实行"责任制"改革的时代大背景下发生的,小说在浓郁的牧歌情调书写中描摹时代风尚对武陵人及其人生的"突击"式影响,那种恒久的"静"正在被外来的"动"打破,那脉静静流淌的古木河已被隆隆的岩炮惊醒,山沟深处马上就要建起发电站热闹得像一座城市,山外穿花格格褂子的姑娘们已经进山,山里的姑娘们不久也会纷纷进城,显然,蔡测海写作这篇小说时尚无法预料工业化、现代化进程给人们,尤其是给山里的人们会造成怎样的伤害,对山河大地的生态环境会造成怎样的无可弥补的破坏。他对武陵地域的这种时代新变化无疑是

---

① 蔡测海:《远处的伐木声》,《新时期中国少数民族文学作品选集·土家族卷·上》,作家出版社2013年版,第4页。

持赞美态度的,紧贴时代积极融入社会,写出"这个民族新的史诗",这是蔡测海对土家族作家的群体性追求目标的定位。①

第六节 太阳下的风景:黄永玉的"朱雀城"

土家族人黄永玉,以画家名世,却将文学当作自己最倾心的"行当",迄今已有70多年的创作经历,文备众体,诗歌、杂文、散文、小说,均能得心应手,出版《永玉六记》《太阳下的风景》《吴世茫论坛》《老婆呀,不要哭》《曾经有过那种时候》《这些忧郁的碎屑》《比我老的老头》等诗集、散文集和小说集。

文学创作是黄永玉维持终生的爱好,取得了很高的艺术成就,但他并不严格遵循文体约定俗成的一般要求,正是这种"野路子",实现了其创作的文体突破和创新,给人耳目一新的阅读感受。如散文《离梦踯躅》的结尾,采用小说笔法:"九十二岁的8月12日上午十时,林风眠来到天堂门口。'干什么的,身上多是鞭痕?'上帝问他。'画家!'林风眠回答。"②《往事和散宜生诗集》从题目来看,应该是回忆与聂绀弩有关的往事,并评论其诗集,但文章只写了几段往事,讲述聂绀弩下围棋、打扑克、就着花生米喝酒、在北大荒"放火"烧过房子、狱中归来等,关于《散宜生诗集》,只说"我不够格'评论'",最后竟然讲了一个笑话:三国英雄的儿子们替老子吹牛,个个都是天下、国家离不开的盖世英雄,轮到关平时他却只说了一句"我爸爸那胡子这么长",天上的关羽听后大怒,"你老子温酒斩华雄、斩颜良诛文丑、五关斩六将、千里走单骑、单刀赴会你都不记得,就晓得我的胡子长!"黄永玉接着戏谑一句结尾:"对于绀弩,我看眼前就只好先提他的胡子了。"③

散文《这些忧郁的碎屑》以19节的篇幅,追忆沈从文的人生往事和生活点滴,以小见大,情致款款,里面有不少生活细节,因为是亲身

---

① 蔡测海:《序》,《新时期中国少数民族文学作品选集·土家族卷·上》,作家出版社2013年版,第3页。

② 黄永玉:《离梦踯躅》,《黄永玉全集·文学编·人物》,湖南美术出版社2016年版,第178页。

③ 黄永玉:《往事和〈散宜生诗集〉》,《黄永玉全集·文学编·人物》,湖南美术出版社2016年版,第284页。

经历，故而写得十分生动：沈从文半夜由表哥（黄永玉父亲）送回家时，一路呼应；沈从文父亲"身材魁梧，嗓门清亮"，好像喉咙里贴着"笛膜"，说话好听；沈从文母亲褐色皮肤，个子不高，修眉大眼，声音清脆；沈从文大哥的人生命运起伏跌宕，乐于"为自己的快乐而为人跑腿"；凤凰城里人家的摆设、天井客厅厢房书房的布局；姑公的武功；街上剃头师傅的手艺；历次政治运动中的沈从文，有侥幸也有不幸；1959年黄永玉回凤凰县画画，小时候熟悉的苗寨、碾坊、油坊、竹林、树林、堤溪、跳岩，一切都还在，想起从前，无云的晴天里，"你有机会看见懒洋洋的金钱豹在高高的山崖上晒太阳"[①]；沈从文是一个"会感应，会综合"，能够"运用常识"，有着非常好的"记忆力和高尚的道德"的优秀作家；老一辈的文人交往，往往是一杯清茶、一碟点心，相对半日，委婉之极；沈从文自杀未遂，到博物馆上班，改行做服饰研究；沈从文晚年回过一次凤凰城，住在青石板铺成的院子里，看得见南华山、观景山、喜鹊坡、八角楼，一树又一树的杏花，听得见一声又一声的杜鹃；那几条河流，沈从文写过的河流，仍在日夜流淌，气息、声音、情感，都在时间和文学的河流里流淌。黄永玉笔下的"无愁河"，其源头也正是这几条流淌的河流，穿越时间和空间，永不干涸。

黄永玉的散文集《太阳下的风景》[②]，写到他的"表叔"沈从文，说："我们都是故乡水土养大的子弟"，"都是在十二三岁时背着小小包袱，顺着小河，穿过洞庭去'翻阅另一本大书'的"。他们的故乡，就是凤凰，一座精致的石头城墙围着的小城。这篇回忆散文细致地写到凤凰的虹桥，青石板路，参天的大树，各种花树和果树，庙檐四角的"铁马"，城中流淌的清泉，小时候的生活，长大后与沈从文的人生交集，称他为"山民老艺术家"。在逝水流年的往事追忆中，掺杂着深长的人生感慨，"什么力量使他把湘西山民的朴素情操保持得这么顽强"，沈从文对自己的工作始终保持着巨大的热情拥抱着不放，"我们那个山城不知由于什么原因，常常令孩子们产生奔赴他乡的献身的幻想"。在

---

① 黄永玉：《这些忧郁的碎屑》，《黄永玉全集·文学编·人物》，湖南美术出版社2016年版，第399页。
② 黄永玉：《太阳下的风景》，百花文艺出版社1984年版。

看似平淡的字里行间,隐藏着作者对地域文化精神的追寻,还有遮掩不住的扬扬得意。

黄永玉在散文《这些忧郁的碎屑》中讲到自己阅读沈从文小说《长河》时的感受,说:"我让《长河》深深地吸引住的是从文表叔文体中酝酿着的新的变革。他排除精挑细选的人物和情节。他写小说不光是为了有教养的外省人和文字、文体行家,甚至他聪明的学生了。我发现这是他与故乡父老子弟秉烛夜谈的第一本知心的书。一个重要的开端。"① 显然,黄永玉十分看重这本娓娓而谈的、"排除精挑细选的人物和情节"的小说,因此,他为这本小说的篇幅之短感到十分可惜,"它该是《战争与和平》那么厚的一部东西啊!照湘西人本分的看法,这是一本最像湘西人的书。可惜太短"②。在他看来,沈从文的代表作并非《边城》,因为其中的人物和情节经过了"精挑细选",《边城》虽然是一颗晶莹剔透的明珠,但无疑经过了沈从文细致的打磨和苦心的经营,有了人工的痕迹,不够自然,因此就不能算是最好的作品。《长河》写到"新生活运动"影响下的武陵地域的经济、政治、习俗、文化的变迁,已经不是《边城》式的"牧歌"情调,将这种现实的变迁如实地记录下来,在黄永玉看来才最有意义和价值,这种悖离于文学史普遍认知模式的阅读感受,正是黄永玉的独特之处。

在某种程度上,我们可以视《无愁河的浪荡汉子》为《长河》的"完整版",或者"补充版"。黄永玉在年近 90 岁的高龄,启动这个篇帙浩繁的写作工程,冒着"写不完就可惜了"的风险,暂时放下他日进斗金的画笔,无疑有他不吐不快、不得不为、非此不可的写作动力和理由。小说第一部《朱雀城》洋洋 84 万字,展开"一部浓墨重彩的历史生活长卷",描绘"一幅多民族文化交融的边城风俗图画"③。小说扉页题词"爱、怜悯、感恩",是整部小说的情感基调,亦可视为对小说主题的概括。黄永玉 12 岁离开故乡,耄耋之年回首往事,数十年烟尘岁月已过滤掉仇恨、痛苦和悲愤。《朱雀城》描写张序子(狗狗)在边

---

① 黄永玉:《这些忧郁的碎屑》,《黄永玉全集·文学编·人物》,湖南美术出版社 2016 年版,第 341—342 页。
② 黄永玉:《这些忧郁的碎屑》,《黄永玉全集·文学编·人物》,湖南美术出版社 2016 年版,第 342 页。
③ 黄永玉:《无愁河的浪荡汉子·朱雀城》上册,人民文学出版社 2013 年版。

城12年的童年生活，笔端常带感情，写人状物，有一个内在的儿童视角。但这个儿童视角又并非客观的存在，而是人到老年拥有通达智慧下的"拟儿童视角"；在描写与张序子有关的生活场景时，自然采用"拟儿童视角"最为简易可行，而在描写张序子视野之外的朱雀城内的其他成年人生活时，则采用全知全能的叙事视角，其间自然有取舍有甄别，但也没有离开潜隐的当下的"后设"视角。"现在"与"当年"由此形成有效的对话关系。

小说采用"故乡思维"结构全篇。《朱雀城》人物众多，小说上册书首列出的"主要人物表"就有93位，又有一幅《序子家族人物关系谱》的简表，容易让人产生这是一部家族历史小说的感觉。事实上却并不完全如此。小说以张序子（狗狗）的儿童经历作为叙事主线，串联起边城的人、事，并以纬线交织起边城以外的时代风云。如何妥帖、恰当地安置如许众多的小说人物形象，既有主次，又不相互遮蔽，就需要有超出凡俗的智慧。黄永玉在小说"代序"《我的文学生涯》中说："我为文以小鸟作比，飞在空中，管甚么人走的道路！自小捡拾路边残剩度日，谈不上挑食忌口，有过程，无章法；既是局限，也算特点。"[①] 黄永玉追求的是"自由"表达，"自由"创造，尤其反感"传统成语"和"现代成语"，认为它们"麻木观感、了无生趣"；他说："文学上我依靠永不枯竭的、古老的故乡思维。"[②] 我们认为，黄永玉所说的"故乡思维"，就是一种武陵山水思维，这种思维，自由、自然、自在、自得，既有大山的固执，也有流水的婉转。这种思维，其来有自。正如艾略特所说，任何一个诗人（或者作家），"在他的作品中，不仅其最优秀的部分，而且其最独特的部分，都可能是已故的诗人，他的先辈们所强烈显出其永垂不朽的部分"[③]。黄永玉所受到的显而易见的影响，无疑是沈从文的小说《长河》；而按照荣格的说法，一切文化传统最终都会沉淀为人格，"不是歌德创造了《浮士德》，而是《浮士德》创造了

[①] 黄永玉：《我的文学生涯（代序）》，《无愁河的浪荡汉子·朱雀城》上册，人民文学出版社2013年版，第1页。

[②] 黄永玉：《我的文学生涯（代序）》，《无愁河的浪荡汉子·朱雀城》上册，人民文学出版社2013年版，第1页。

[③] ［英］托马斯·艾略特：《传统与个人才能》，曹庸译，《外国文学》1980年第3期。

歌德"①。沈从文的小说创作，也受到武陵地域山水思维的影响和制约，他的"文体家"的冠冕，不仅是作家主体的有意识的积极创造，而且得到了"江山之助"。所以，与其说黄永玉的小说《朱雀城》师法他表叔沈从文的《长河》，还不如说他们都在"师法自然"。小说采取自由的文体表现形式，既有翻译体的欧化叙述长句，更有中国传统诗歌、话本、散文、史传、戏剧、民歌等文体的影响，随物赋形，应用自如。这种随物赋形的叙述方式，使得小说处处趣味弥漫，美妙之处贯穿全篇，更有山重水复柳暗花明的喜悦，令人对黄永玉的小说产生阐释的困难，这也是迄今学术界对其小说评论不多的重要原因。

小说中的人物，都是"自然之子"。开篇时，狗狗两岁多，长得"近乎丑"，引用的是从北京回乡时爷爷的说法。爷爷在北京城跟着熊希龄（秉三先生）做事，很少回家。平时，小孩们都喜欢到太婆、婆房间的窗台上玩，木头又厚又老，磨得无比光滑，清早就进太阳，远山、近树、蓝天、花丛、城墙、吊脚楼、大桥、河水，一览无余。表姐沉沉是狗狗的"小妈妈"，数星星，看月亮，捕捉萤火虫，"办家家娘"，抓"金蚊子"喂蚂蚁，唱儿歌，带给他无穷的快乐和有趣的见识，更主要的还有成长过程中所必需的陪伴。95岁的瞎眼太婆，多年守寡，性格脾气却"十分之通达"，没有丝毫怨毒，这就非常难得；她年轻时书读得多，家教好，嫁的太公主编过县志、出过诗集；大家庭中有个慈祥而智慧的太婆，无疑是一家人的福气。在春天皓月当空、花树临风的夜晚，太婆给学富五车的客人们出个题目，花树下的石板小路，古代称作什么？答案是"陈"——《诗经》"胡逝我陈"；《尔雅》"堂途谓之陈"，风雅如此，可与花事一争芳菲。婆不爱讲话，整天经营她的鸡公鸡母鸡崽，领导好多坛坛罐罐，算好时间做泡菜、酸菜、霉豆腐、腌萝卜、水豆豉、腌辣子，上山摘野菜回家做成凉拌菜。她每次看到小孩花钱买书买玩具，就会感到不可理解，认为一点用处也没有，不如买些东西吃到肚里实在。

狗狗的爸爸、妈妈都是共产党员，为躲避追捕，及时逃走。3岁大的狗狗被保姆王伯带到"木里"乡下避难，见证了人间的苦难，同时也感受了人间的温情，在大自然中受到了最好的"人生教育"。揆诸常

---

① ［瑞士］卡尔·荣格：《心理学与文学》，冯川、苏克译，译林出版社2014年版，第105页。

理，这一段较难书写，因为狗狗尚是童稚，年龄太小，王伯问他话，他最常说的一句话就是"我不晓得你讲哪样？"但王伯的好处在于，你现在听不懂没有关系，你以后会明白的，所以她还是不停地讲；王伯的相好、猎人隆庆不擅言辞，基本上很少说话；王伯讲得最多，以乡下女人的叙述展开叙事，在叙事中融入民间智慧和生活哲学，而能够引人入胜，别开生面，于此表现出高超的叙事技巧。王伯是个苦命人，几次被插上草标出卖，只因为太瘦小没有人买，吃得少干得多，生存能力超强，不强也活不下来；她的丈夫王驼子被砍了脑壳，幸好有个儿子王明亮，在部队里吹号；她反对"革命"，反对"以理杀人"，认为革人家的"命"总是不好，生儿育女盘他长大，多不容易，一条命就被革去，就听别人的"理"去打仗去死，不值得；王伯劝狗狗多读书，做个堂堂男子汉，靠自己，不要当官，当官难免伤天害理；多锻炼身体，把自己弄强壮，不受人欺侮，暂时受欺侮了以后有机会记得狠狠地给他几下，让他明白人是不能受欺负的；她奉行"自然的"生活哲学，说城里和乡里，各有各的好，所以都喜欢，城里生活方便，什么店铺都有，什么东西都有的卖，来来往往的人有好多好热闹，乡里也好，天好地好太阳好云好风好水好树好；她从不说后悔这辈子当了女人，女人有女人的好，男人有男人的好，"各人有各人的衣禄"，活得好不好那是不分男女的。为了让狗狗有个同龄的玩伴，隆庆将他的侄儿岩弄带来木里，岩弄比狗狗大，六七岁，正好有空带着狗狗玩，见识不少苗人独特的物事，镰刀、罾网、斗篷、火枪、套索、夹子、钉鞋，各种植物、动物、水果、日用品，带他捉鱼抓蟹，采野果掏鸟窝，山中岁月自有无穷的快乐。黄永玉用夹注的方式说，不要嫌他写得啰唆，这不是账单，这是诗。这是苗人的生活诗篇，也是朱雀城人的生活诗篇。这种自然人生观，明显不同于20世纪文化史对城市文化的批判、对乡村文化的歌颂，如鲁迅推崇"摩罗诗人"，陈独秀主张"兽性主义"，沈从文批判都市"阉寺人格"，闻一多呼吁乡下人的"兽性"和"野蛮"[1]，因此具有独特的思想价值。

小说精心描绘朱雀城的风景和风俗。七分地的院子，栽满了三四十

---

[1] 闻一多：《〈西南采风录〉序》，《闻一多全集》第3卷，生活·读书·新知三联书店1982年版，第395页。

棵树，桃、李、梨、杏、橘、柚、梅、枇杷、葡萄，四季花开不败，果实累累。在这个花树院子里，孩子们"享受一生中最甜蜜最心痛的回忆"。小说中有不少方言俚语，采用页下注的方式予以解释，读来十分生动，非常有特色。如讲古（说故事）、阳雀（杜鹃）、三月苞（野草莓）、咸妥（很咸）、大脑壳（印有袁世凯像的银元）、歹毒（厉害）、泡把里路（十里路）、吹吹棒（竹烟袋竿）、有匡（有钱）等。鲁迅说过："方言土语里，很有些意味深长的话，我们那里叫'炼话'，用起来是很有意思的，恰如文言的用古典，听者也觉得趣味津津。各就各处的方言，将语法和词汇，更加提炼，使他发达上去的，就是专化。这于文学，是很有益处的，它可以做得比仅仅用泛泛的话头的文章更加有意思。"[1] 黄永玉小说中的方言使用，的确有画龙点睛之妙。小说描写风俗，非常详细，往往前后文之间反复提及，有总有分，有正有侧，角度各异，错落有致，如每年中秋节，乡下人涌进朱雀城摸红砂岩的狮子，预防疾病；城里人吃瓜子花生，赏月，狗狗爸爸吹箫，三舅弹风琴，小孩们表演节目，沅沅唱名为《亮火把把》（《萤火虫》）的儿歌，狗狗的节目则是高呼口号："打倒列强！除军阀！国民革命成功！齐欢唱！"于此可见，朱雀虽是边城，却不是时代以外的桃源，革命的风雨已经播撒进来。表叔孙得豫就毅然离开边城，前往黄埔军校，投身国民革命。又如过年的风俗，烦琐嘈杂。除夕洗脚，收账躲账的人四处跑，守岁，半夜听床帐上的老鼠子"嫁女儿"，初一放炮仗，杀猪，祭祖，拿红包，三天不开门，舞狮子，耍龙灯，街上做糖人的担子旁围着里外三层人，摊牌九，打棒棒，劈甘蔗，打粑粑，热闹非凡，亲戚之间互相拜年，等到乡下"春倌"进城来挨家挨户"讲春"，"年"就过完了。年来年往，春来秋去，"朱雀城海拔一千零二十市尺高。春天树上长芽开花；夏天来蚊子、苍蝇，下河洗澡；秋天穿夹衣，树上飘黄叶，坡上赶鹌鹑，人心里清爽又凄凉；冬天买炭烤火，落雪，常绿树叶上结冰，屋檐底下挂'鼻泥'。一季三个月，一年十二个月完全规规矩矩按皇历行事"[2]。黄永玉在小说中不失时机地抒发对于"历史"或者

---

[1] 鲁迅：《且介亭杂文·门外文谈》，《鲁迅全集》第6卷，人民文学出版社1981年版，第97页。

[2] 黄永玉：《无愁河的浪荡汉子·朱雀城》上册，人民文学出版社2013年版，第167页。

"时间"的感慨：

> 其实过日子的道理最是简单。
> 别扰人，让人自己安安静静过下去就是，哪里用得着那么多做不到的许诺？
> 谁不想这样做？什么时候这样做过？
> 什么是历史？
> "每人一辈子上过无数小当，加上一次特大号的大当的经过"而已。
> 个人和众人的历史都可以这么写，一个民族未尝不可以这么写？[①]

小说以闲笔描写朱雀城的世风，人一旦有了钱，总是"吃酒席，游四方，买古董，盖大房，抽鸦片，搞婆娘"，很快就会败家。对类似于走难（赶尸）这种"湘西传奇"，却并不加以特别的渲染，贴辰州符、打锣领路什么的，小说中的人物刘三老从来就不相信，每次听人说起来，总会评论道，光天化日之下，哪里会有这事？悬棺葬的谜底，也用科学方法予以解释，令人信服。朱雀城里人对外来新事物抱着警惕防范的心理，如认为照相"是洋人勾魂摄魄的手段"，留声机里唱戏的人是拐了吖崽泡小后放进去的，第一次看电影时大家都像"挨了炮弹"。其他如河南人的猴戏；老头老太的布袋戏；打拳卖大力丸的江湖客；乞讨的各种方式：钓水碗、泥神道、弄蛇的；刘三老活着办追悼会；城里人开堂会唱戏；秋天"舀鹌鹑""喂蛐蛐"等，写来皆活灵活现，如在目前。

小说多次描写请客吃饭，每次皆不一样，每次都有神来之笔。吃饭是人生大事，丝毫马虎不得。小说开头部分，描写狗狗的爸爸张幼麟，时任小学校长，准备在凉水洞饭铺为爷爷接风，便提前约了学校里的同事、好友前去准备。小说对饭铺的廖老板及其内老板，有精彩的描写，尤其是内老板，三十来岁，语言风趣，手艺高超，"锅铲火候玩得算可以了"。对内老板的描写，分为四个层次，层层深入：先是"说"，她随口说出"斋猪肉"的做法，"辣子、花椒、大蒜、姜、橘子叶、红

[①] 黄永玉：《无愁河的浪荡汉子·朱雀城》上册，人民文学出版社2013年版，第167页。

糖、绍酒、酱油、盐，殷勤点再放两块霉豆腐，几大勺油，一齐丢下去一炒一焖，天下都一样，跟你们城里不一样的就是我们灶好！火足，锅子大，翻铲起来痛快！"① 接着是"看"，内老板跟客人打赌，自家铺板上的菜，放上两三天也不会馊，因为有凉水洞的凉水"镇着"，她说的话斩钉截铁干脆爽快，一下子就镇住了大家，说完车身就走，"大家都屏气注视那个背影。婆娘原来这么好腰身！细眉毛，大眼睛。早先一点也没想到"②。这个"看"是从背后去看，竟然看出了"细眉毛，大眼睛"，完全出乎读者的意外。接下来是"听"，厨房里的锅铲声，像舞台上的锣鼓点子，铿锵合韵，大家便思量这个婆娘的本事不小。最后是"品"，厨艺水平的高低，关键还是要看食客是否满意，一道普通的腊肉炒蒜苗，做出来就能让这批边城老饕们产生成仙的快感，用的是烘云托月之法：

> 腊肉薄得像片片明瓦，金黄脆嫩，厚薄得宜，跟油绿绿的蒜苗拌在一起卷进口里，稍加嚼动，简直是一嘴的融洽。
> 不对，理会得简单了，怎么能光是腊肉和蒜苗的作用呢？
> 名分上是腊肉炒蒜苗，实际文章做在一大把干辣子和刚下树的、嫩嫣嫣的花椒珠子上。
> 干辣子下锅，最忌大火，猛不留神辣椒变成焦黑，与炭为伍，全局玩完。要的是那股扑鼻酥香，而这点颜色火候却来之不易。
> 刚摘下的花椒，油锅里氽过，齿缝里一扣，"啵"的一声纷纷流出小滴小滴喷香的花椒油来。
> 一匙糯米甜酒能提高腌类的醇馥神秘感，且中和腊肉中偶尔出现的"哈"味。
> 若要炒菜疏落有致可用酱油；增加凝聚力就非黄酱不可。回锅肉、炒腊肉片宜用黄酱。
> 要诀在于懂得分而治之的方法。小火温油，进蒜茸，进辣椒干、鲜花椒。蒜茸见黄，起锅。
> 另小火温油，进腊肉片，进蒜苗同炒；加大火，翻炒一分钟，

---

① 黄永玉：《无愁河的浪荡汉子·朱雀城》上册，人民文学出版社2013年版，第16页。
② 黄永玉：《无愁河的浪荡汉子·朱雀城》上册，人民文学出版社2013年版，第16页。

进干辣椒、鲜花椒、黄酱、糯米甜酒,倒在一起翻三两下起锅。①

滕老先生亲自进厨房做狗肉火锅,如何准备橘子叶、老姜、花椒、橙皮、八角、桂皮、干辣子、大蒜、葱、绍酒、红砂糖、酱油、甘蔗、豆腐乳、香菇、麻油、花生油等作料,另外还要搭配半斤五花猪肉,十几斤狗肉下锅,翻炒去臊水,把握火候放入不同的作料,文火焖煮半个钟头,转到炭火炉子上,放入芫荽、冲菜、卷心菜、腌萝卜、海青白、豆腐干、干炒酸萝卜丝等配菜,岩脑坡满条街上都飘着香味。入席的客人已经迫不及待,狗肉入口即化,软酥嫩滑,浓香黏稠,又富有弹性,"谁都想让它在嘴里多待几秒钟,而另一种欲望又迫不及待地催它进入喉咙;难舍难分,柔情缠绵,时不时,又来一口苞谷烧;这种自我的莫可奈何的宁馨之感,岂止是'一股暖流通向全身'那么简单?说是说聚酒属于非常集体的性质,临到后来,除了自己,还有谁记得别人?"②

爷爷请人来家中看花,只因院坝里的那些花树"长得抻抖舒展"。这次是家宴,请来的包席师傅姓蓝,开了菜单,所需的食材和配料,写起来不厌其烦。蓝师傅做菜之前,先要"迷思"(陷入沉思,陶醉其中),各种构思、计算,像个作家或者艺术家在"打腹稿"。吃饭之事,不亦大哉,不亦隆重哉。

小说善于通过人物对话,要言不烦地彰显时代背景。张幼麟准备为父亲接风时,在城外的餐馆与陪客们闲聊,看到河里有野鸭、鸳鸯,指点给人看,客人们便讲起来,这两年外面打仗,飞禽走兽都来边城躲藏,万寿宫里多了许多灰鹤、丹顶鹤,"老师长"陈渠珍下了告示,严禁捕鹤,因为仙鹤是人间祥瑞。三言两语,便将时代氛围渲染得十足,同时也将边城朱雀的安宁环境烘托出来。小说反复写到张幼麟的几样拿手菜,炒鹌鹑、猪肚子汤、冲菜、红烧牛肉丸子、干辣子炒酸萝卜丝,总是让客人们赞不绝口。时代历史的宏大事件,被黄永玉细致地缀入日常生活叙事之中。如廖老板说:"听人家讲,镜民先生(序子的爷爷)在北京跟谭嗣同他们是知交,很侠义的人格。经营过他们的埋葬。"③

---

① 黄永玉:《无愁河的浪荡汉子·朱雀城》上册,人民文学出版社2013年版,第18—19页。
② 黄永玉:《无愁河的浪荡汉子·朱雀城》上册,人民文学出版社2013年版,第284页。
③ 黄永玉:《无愁河的浪荡汉子·朱雀城》上册,人民文学出版社2013年版,第21页。

这是戊戌变法的历史背景；孙云路"二十岁以前，去过北京、上海、吉林、奉天。他父亲跟朋友结伙谋刺袁世凯未遂，只身逃亡东北匿藏一二十年"①，这是从帝制走向共和的关键时期；住在北门的印沅，外号"印瞎子"，"听说不久前他陪一个名叫毛润之的人走遍了大半个湖南，做了个什么调查报告回来"②，这个调查报告就是著名的《湖南农民运动考察报告》。如此，晚清变法、共和运动、新民主主义革命等重大历史事件，都在人物笑谈中顺势交代。人们无法走出自己的时代，正如人们无法走出自己的皮肤。僻居一隅的边城朱雀，也能够随时感受到从时代中心扩散开来的涟漪。

小说对朱雀城的布局、市面进行多次精细书写。在描写爷爷请客那一节，小说顺便将所请的客人、客人的住址、人物之间的关系、沿路两边的格局等交代清楚。如写表叔孙云路奉太婆之命，前去请家婆来做客，"云路家婆的院坝就在老西门城墙内一个僻静的小山顶上。出门下几百级石坎子，转来转去，穿过高树和矮树跟一些杂花乱草，抄近路回家，必定要经过偶尔憩歇着几只白鹤、灰鹤的常平仓门口的野池塘，从李家后墙出弄子口右走，到有四眼狗的尤五合杂货铺左转，直下西门大街，过关押犯人的班房门口，过县衙门，快到道门口时不过广场，只沿着右手边葫芦眼矮花墙，左手是谢蛮婆小木屋，右手是高卷子京广杂货店，顺着右手进了中营街，金匾上写着'万家生佛'的张家公馆对门，才算是到了自己家门。算算单程要一里多"③。幺舅送狗狗回家时，从跳岩上坎子，一路走过城北门洞，考棚，染坊，土地堂，文星街，熊希龄老屋，熊希霭住屋，文庙街，文庙，这是凤凰地理格局的"纸上还原"。小说多次描写朱雀城的街市，以南门最为热闹，布店、肉店、烟铺、药铺、纸铺、杂货铺、烧腊铺、粉面铺、油炸铺等一字儿排开，走在熙来攘往的大街上，吃着脆脆的炸泡麻圆，闻着粉汤里的肉香，"人们的心灵和肉体"马上就要飞腾起来。最能代表"诗和远方"的地方，当属布店，"干净、清爽、有礼。伙计穿长袍，轻言细语，白白净净。要哪种布，讲一声，他便耐烦地从架子上取下来，柜台上一摆，'嘭，

---

① 黄永玉：《无愁河的浪荡汉子·朱雀城》上册，人民文学出版社2013年版，第33页。
② 黄永玉：《无愁河的浪荡汉子·朱雀城》上册，人民文学出版社2013年版，第29页。
③ 黄永玉：《无愁河的浪荡汉子·朱雀城》上册，人民文学出版社2013年版，第32页。

嘭，嘭'翻几个身，抖开亮给你看。布刮起的那一阵凉风最是好闻，跟糖、花、如意油、花露水、蚌壳油的香味都不一样，教人想到远远的迷茫的大城……"①

小说在回忆性的历史叙事中，时时夹杂当下的视域，进行"夹叙夹议"。小说描写隆庆做好三轮车、木马、手枪、关刀、梭镖等玩具，岩弄抢着去玩时，王伯劝狗狗不要去抢，"你好好看岩弄玩"，他玩累了，自然会让给你玩，他会慢慢地晓得，一个人玩没有意思的，你就等着，不用和他争抢；黄永玉议论说："世上好多事都只差个耐烦地等待而误了自己。马克思不是也说过'要善于忍耐和等待'吗？人，要从小锻炼等待，要耐烦，要乖乖地眼看别人骑车子，舞关刀，打圈圈……我这是真话，你要信。"② 狗狗的父母外出避难时，朱雀城内的滕老先生议论起离散的张家人时说，"人生总是要一点壮烈的，要不，山水间就没有意思了"③；等到风头过去，张幼麟夫妇回到朱雀城，狗狗离开木里时，狗狗和岩弄两个都放声大哭，"哭得多么辞不达意"，小说不失时机地展开议论，"日子一过就成历史。留给你锥心的想念，像穿堂风，像雷，像火闪。世上没一个回忆是相同的。之所以珍贵，由于留它不住"④；表演布袋戏的老头老太离开朱雀城时，人们会觉得他们可怜，替他们叫苦，小说议论道："你晓不晓得，人生天地间，自己喜欢、自己追求的东西往往是自己的冤家？胶漆淋头，蚂蟥缠身，如影随形，一辈子摆脱不掉。"⑤ 家里人聊天，不识字的婆也能讲出精彩的句子，"做文章、做诗其实就是会讲'巧话'"⑥，类似的文字，宛若诗歌中的"诗眼"或者"金句"，正是能够带着读者往下走的关键。

幺舅带人来木里打猎，隆庆陪着。小说有一段长长的夹叙夹议的文字，书写赶山打猎的辛苦和快乐。"惟独赶山打野物只是一种终生咬得紧紧的爱好！谁也不强迫谁；刮风下雨天冷天热，一味子往山上走。试想想他图个什么呢？置老婆儿女不顾。你对他讲，我包下了你，送你

---

① 黄永玉：《无愁河的浪荡汉子·朱雀城》上册，人民文学出版社 2013 年版，第 138 页。
② 黄永玉：《无愁河的浪荡汉子·朱雀城》上册，人民文学出版社 2013 年版，第 256 页。
③ 黄永玉：《无愁河的浪荡汉子·朱雀城》上册，人民文学出版社 2013 年版，第 281 页。
④ 黄永玉：《无愁河的浪荡汉子·朱雀城》上册，人民文学出版社 2013 年版，第 369 页。
⑤ 黄永玉：《无愁河的浪荡汉子·朱雀城》中册，人民文学出版社 2013 年版，第 507 页。
⑥ 黄永玉：《无愁河的浪荡汉子·朱雀城》下册，人民文学出版社 2013 年版，第 1028 页。

钱，你给我蹲在屋里哪里都不准去，他干吗？他想的、喜欢的那种东西万金难买。春天，满山满坳的花都是他的，（比起你城里一朵一朵买来插在瓶子里的花，如何？）那种香，是千千万万种灵气配出来的；雀儿的歌，蜜蜂的嗡嗡，蛇的蜿蜒，来点毛毛雨，又来点远处的瀑声。夏天，你在深山崖谷中走累了，卸下枪和子弹带，森林里一口熟悉的潭水，太阳从周围的树冠上一道道射下来，你泡在潭水里，你想凡尘间的事，想你娘，想你还摸不着边的老婆。石潭边崖上长着两人高怕还不止的蕨草和常春藤、虎耳草，你细心看着清香从叶底孢子上一颗一颗散发出来。秋天，白果树、乌桕树、枫树和所有高树、矮树都喝得醉到没有救药，天底下一片浓浓的酒气。你穿过几十里、几十里纱网似的灌木林，你像个讲着醉话的酒鬼骂你的狗，骂还没打到的野物，骂你已经打到的伏在肩上重不堪言而又舍不得丢掉的野物，骂它的娘，要跟它们的娘睡觉……干刺藤留难你，钩你的子弹带，你的裤子，你的手背，流了血，你吮着血，舌头上一点清新的卤咸味。你对着一个光滑的土洞眼屙尿，巴望能灌出只什么东西来，尿没有了！工程只完成了十分之一，你骂那个洞，骂里头的住客。你心里有气，你晓得秋天山高林燥发不得火。你累了，就躺在又深又软的干黄茅草上，狗睡在你旁边。一觉醒来，'月出东山之上'，你'今宵酒醒何处？杨柳岸、晓风残月'，你以为你是谁？你以为你在哪里？你乖乖回家睡觉去吧！冬天，一出门就倒抽口冷气。你称赞这个世界好大狗胆！打扮得一片雪白，眼睛都睁不开。只有狗喜欢这阵候，叫呀跑，地里弄出一行行小黑窟窿。你尿急是因为看到这个雪这个冷而高兴，费神解开几层裤子又好不容易拉出屙尿器在雪地上书写出银行行长钞票上谁也认不出的签名式，再一摸，吓了一跳！你问苍茫大地，睾丸到哪里去了？你怕冷也不能尽往小肚里躲呀！好！开路。雪簌簌作响，那是快步；到了雪厚的地方，没空响了。远山那头的雪是蓝的，脚底下照着太阳的雪是金黄的有时是紫的。溪水是闪光的黑，一条黑带子铺到有人住的乡里去。坡上雪一厚，兔子毛变白了，你再也找不到它，狗闻到也没法子追上。野鸡变不了色，也躲在雪洞洞里，要不时出来找点东西，运气好它上了树，那就准能拿得下来。你上了坡顶，天比雪暗，亮得人想笑。眉毛胡子罩了霜，一股冷气往肚子钻，像热天喝井水，喘不过气来。忽然间，你眼睛一闪，崖上站着一只大山羊，五十斤，六十斤，六十斤怕不止！你抓住狗耳朵要它莫叫,你举起枪,你瞄准——早不来,迟不来,身上的虱子这时候咬你了。忍不住!绝对忍不住!——你咬紧牙根瞄准,狗日的山羊动了,走了!就那么轻轻松松、无牵无挂、毫不负责地走了!山羊你怎么能走?我怎么办?我怎么有脸见人?我日你虱子的妈!我和你不共戴天!我马上脱下衣服来,彻底消灭你,让你断子绝孙。嗯!那么冷你教我怎么脱?我回家把这件长虱子的衣服烧了!你妈的虱子做哪样热天不长冷天长?我回家告诉人家遇到两百多斤山羊站在崖上因为虱子痒没有开枪人家信吗?人家能忍心不幸灾乐祸看我的笑话吗?……这种缠绵的、为其受苦受难的情致,一旦染上了,只有几样东西堪与相比,爱情,革命……要死要活在所不惜!"①文字虽长,却写得风趣诙谐,满纸幽默流畅,读来让人乐不可支,引发触类旁通的联想和强烈的情感共鸣。叙事角度和人称也在发生变化,先是"他",接着变成了"你",最后又变成了"我",读来十分亲切,插科打诨,嬉笑怒骂,有身临其境之慨。文末对"爱好"的议论和比较,又能引人深思,上升至哲学层次,令人击节叫好。

小说很少正面描写爱情,也很少写到男女情事,即便偶一涉笔,也是轻描淡写,但力透纸背。送狗狗到得胜营去看家婆,苗人吴老满挑着箩筐,一头装着狗狗,一头装着礼物;滕娘拿一把伞跟着走。在路上,吴老满唱山歌,"天上庚子排对排,地上蜡烛配灯台,红漆板凳配桌子,官家小姐配秀才",调逗滕娘。得胜营是朱雀城的"乡下",幺舅娘的老家在更远的"乡下"板垃,"山得很",但狗狗就是喜欢这个幺舅娘,"那么年轻,那么红艳,本来应该说,朱雀城不出这种女人的。其实好像哪儿也出这种女人。既然这样那样了,她应该泼辣,倒是反而轻言细语;那么有仪态教养,却是个乡里妹崽一字不识。生不出子女自己不歉然,幺舅也不在乎"②。

在黄永玉笔下,如果说朱雀城是个"乌托邦",那么苗寨则是"乌托邦"以外的"乌托邦",是一片自由的乐土。"幺舅娘是在这种特殊的好山、好水、好太阳、好空气里头养大的。论天分,就是这种天分。

---

① 黄永玉:《无愁河的浪荡汉子·朱雀城》上册,人民文学出版社 2013 年版,第 323—324 页。
② 黄永玉:《无愁河的浪荡汉子·朱雀城》上册,人民文学出版社 2013 年版,第 110 页。

正面迎接生死命运之外，与挑水种菜一样，还须得弄枪。不是闹玩，不是爱好，是习惯和家教。"① 苗人有好身体，锻炼得好骨架，抓山羊，追兔子，背小牛过河，大碗喝酒，大块吃肉，唱山歌讨老婆，夫妻经济独立，尊敬老人，不打孩子……隆庆被豹子咬死后，王伯立即辞了保姆的工作，前往料理丧事，烧掉木里的房子，也就烧断了过去的日子，从此一去不回头，下落不明。这种乡下苗人的爱情，心狠决绝，城里人不理解的。

小说充溢着浓郁的家庭亲情。序子看过《白蛇传》后，与爷爷聊天，"我也喜欢我妈是条蛇。要是我妈是条蛇，我就有好多事情做了；她也会有好多本事教送我，还会带一些怪东西让我吃，一齐打法海。所以，我有时候半夜醒过来的时候，就会坐起来看看睡在那一头的妈是不是一条白蛇精。老实讲，我真希望我妈是条白蛇精"。② 这充满童趣的话语引得爷爷大笑不止。二人成为"忘年交"。爷爷去世时，序子跟棺材里的人讲话：你看你，一肚子的"想"都没有跟我讲，好舍不得你啊。说了大半夜，累得在旁边睡着了。爸爸给张序子开玩笑时，张序子用京腔道白，指着他爸爸说："张、幼、麟啦！张幼麟！为何拿老夫'絮毛'呀？呀？"来这么一手，他爸爸不仅不生气，反而十分得意，觉得"儿子这种玩笑开得得体，不怨不怒，不哀不伤"，"情感文化上有某种厚度，情绪挪拿极有分寸"。③ 正如序子妈妈所说，有这样的儿子，还得要有这样的老子才配得上。父子怡怡的情感，令人开怀。爷爷请客那天，孩子们蹲在院坝里，频繁地提醒客人们不要碰掉花朵，在他们看来，春天的一朵花就是秋天的一颗果。孩子们看人打发，看到熟悉的长辈老娘子，轻言细语地说，弯腰好走，小心碰着树杈杈；遇到不熟悉的大人，便开骂，你弯起腰杆，不要碰掉老子的花！被骂的大人看在这顿饭的面子上，十分配合，弯腰慢走，谨小慎微，个个像苟且偷生的汉奸。

小说对儿童心理有贴切的把握。序子一边放羊一边流眼泪："羊呀羊！过几天盖好房子吃酒就要杀你了。你哪样都不懂；和鸭子跟鸡一

---

① 黄永玉：《无愁河的浪荡汉子·朱雀城》上册，人民文学出版社2013年版，第110—111页。
② 黄永玉：《无愁河的浪荡汉子·朱雀城》中册，人民文学出版社2013年版，第620页。
③ 黄永玉：《无愁河的浪荡汉子·朱雀城》下册，人民文学出版社2013年版，第932页。

样，抓住它颈根的时候还以为人在跟它开玩笑……你要晓得你是羊，除了吃草哪都不懂。你还以为可以天天那样子安安稳稳吃草。你不晓得死是哪样，岩弄告诉过我，死比一百、一万个痛还痛。我救不了你，……你看你还吃草，听不懂我的话，你好命苦。唔！听得懂也没有用。"①张序子被实验小学校长左唯一体罚时，咬了他一口，逃学三个多月，每天背着书包出门，将书包找个地方藏好，四处闲逛，还要躲避熟人，心中生长出千年孤独，又有"一种美丽的凄凉和悲哀"；张幼麟炒鹌鹑，序子一路偷吃鹌鹑头，"五脏六腑在欢呼"，快乐至极。

小说弥漫着一股离别的哀愁。"朱雀城是摇篮，又软和又美丽。"②但是，人不可能一辈子待在摇篮里。托克维尔曾经将欧洲移民前往北美，描述为一种主动"追求幸福""追求财富"的过程，"他们已经切断了把他们系于出生地的那些纽带，而且后来在新地点也没有结成这种纽带"③，"在他们看来，最值得赞扬的是：不在故乡安贫乐贱，而到外去致富享乐；不老守田园，而砸碎锅碗瓢盆到他乡去大干一场；不惜放弃生者和死者，而到外地去追求幸福"。④ 爷爷在世的时候，朱雀城的一家人尚能在他老人家的羽翼下幸福生活。小说描写74岁的爷爷因为熊希龄让他到沅州去接管"老摊子"，顺路回了一趟家，人老易醒，"天黑得还很可以，周围都是毫无想象力的暗影，开眼闭眼完全一样。他摸出装金堂雪茄皮盒和洋火盒，顿了一顿，手又收回来。这时候一切都那么单纯，蒸腾的花香，哄咙的蜜蜂，周围城内城外的鸡叫，预知的黎明逐渐出现……他不想金堂烟味打扰这点气氛，二十多年回了几趟家呢？六趟？不，五趟或是四趟。这么平安的家其实是最合适过日子了，不用操心，哪里都是青石板上一坐，凉水一喝……当然不行，我一回来就不平安了，谁来维持这个合适日子呢？幼麟、紫和不行，别看他们热热闹闹，出出进进，事情一来全瘫；年轻，少锻炼……这世界还要我，没我，这个家会慌——"⑤ 这是老一代人的心思，操劳一生，凡事亲力亲为，对小辈不放心。爷爷去世后，生活压力需要序子爸爸承担起来。

---

① 黄永玉：《无愁河的浪荡汉子·朱雀城》中册，人民文学出版社2013年版，第605页。
② 黄永玉：《无愁河的浪荡汉子·朱雀城》下册，人民文学出版社2013年版，第1170页。
③ [法]托克维尔：《论美国的民主》，董果良译，商务印书馆1988年版，第327页。
④ [法]托克维尔：《论美国的民主》，董果良译，商务印书馆1988年版，第692页。
⑤ 黄永玉：《无愁河的浪荡汉子·朱雀城》上册，人民文学出版社2013年版，第23页。

张幼麟离开家乡，前往长沙、上海谋生，朋友们来送行，城外一天的好太阳，油菜花开得灿烂，蓝色的河水流得鲜艳活泼。不久，序子小学毕业，也要离开朱雀城，他有属于他的未来新世界。

文学史家认为，沈从文精心营构的"故乡"，充满想象，其意义不仅仅是地理学意义上的故乡，而且还是"拓扑意义上的坐标"[①]。黄永玉的《朱雀城》与沈从文笔下的边城相似，都是"以现在为着眼点"的创造和想象。一切"侨寓者"以故乡为主题的小说，其实都是回忆基础上的创造性的想象。小说铺排细致浓密的风俗风景风物，川流不息的宴会上飘荡着精心炮制的菜肴的麻辣味道，四季花开不败的小城里人来人往，烟火人间里自有烈火烹油的日常声色，抽烟喝酒的世俗中交织着赏月吟诗的风雅，腥风血雨的残酷被雨打风吹去，流淌的河水带走一代又一代朱雀城人们的悲欢离合，黄永玉以美丽而智慧的文字，作深长的怀旧，沉重的感喟，深情的挽留，惊艳的重归。朱雀城，因此不惟是历史的、记忆的，而且是现实的、审美的。《朱雀城》中繁密到拥挤的物质铺排，如数家珍巨细无遗的生活展呈，沿袭的是《金瓶梅》《红楼梦》等古典小说的叙事传统，在文字雕刻的"密实"背后，有一个哲学意义上的"虚空"观。朱雀城，自从序子12岁离开时，就已成回忆中的永恒，虚空中的幻象，老年黄永玉以细致生动形象深情的文字经营，重塑记忆之城，让故人复活，再造烟火人间，以此挽留匆匆流走的时光；西哲有云，人不能两次踏入同一条河流，此种书写，无异于建构乌托邦。既是喜剧，也是悲剧，朱雀城因此堪称悲喜交集的"折叠之城"。

第七节 新的综合：田耳的佴城叙事

土家族作家田耳的小说创作多以其故乡湘西凤凰县作为叙事背景，在小说文本中这一地域被命名为"佴城"。佴字由"耳"加"单人"组成，正可以视为田耳一个人的"文学之城"，是其文学创作的安身立命之所。这位在湘西边地出生、成长的民族作家，有以一己之力建构一座

[①] 王德威：《写实主义小说的虚构：茅盾、老舍、沈从文》，复旦大学出版社2011年版，第129页。

标识度清晰的文学之城的巨大雄心和勇气。我们有充分的证据证明小说中的佴城，就是湘西、凤凰的"投影"或"摹写"。《夏天糖》叙述肖桂琴承包建筑工程，"甚至还包括修长城"，这个长城并非孟姜女哭倒的长城，而是"南方长城"，"她修过的这道长城在我们佴城境内"[1]。我们知道，在20世纪90年代，湘西凤凰重修过南方长城，目的是复原历史面貌、拉动旅游经济。《身边的江湖》写道："佴城是旅游城市，一到黄金周，所有的酒店就好几倍地飙涨房价，沿江的水景房甚至涨到一千多一个标间。"[2]《风蚀地带》也写道："佴城是个旅游城市。"[3]《长寿碑》描写人物对话，老吕对"我"说："岱城又不像你们佴城，有矿有白肋烟，还冒出几个名人以及大师，遍地是故居，可以开发旅游项目。"[4] 矿产、白肋烟、名人大师，正是湘西凤凰的"特产"。《最简单的道理》中小丁转学的"佴城一中"，《到峡谷去》中作为佴城旅游景点的大峡谷，等等，都可以与凤凰县的实地实景对应起来。小说中的"拓州"即是湘西土家族苗族自治州，"拓州下辖八个县"，湘西也是下辖八个县。有时候，田耳也用佴城来代替湘西州，如《天体悬浮》描写的大学生小末、沈颂芬所读的佴城大学，即是吉首大学，位于湘西州的州府所在地。根据小说的描写，朗山即是湘西的龙山。《重叠影像》写道："在云贵高原的延伸部，朗山算得是个较大的县份，六十几万人，城区就有十多万"[5]，关于朗山县的地理位置和人口数据，与湘西龙山县的实际情况是对应的。《天体悬浮》也写道："郎山是佴城地区最北的一个县份。"[6] 小说中的广林县即现实中的麻阳县，"麻"字拆分开即是"广林"。《人记》描写川东出产的鱼子盐，由大油船运到辰州码头，再换方头小船运到广林，最后由人力挑往佴城，这一交通路线与湘西交通实际十分贴合。《夏天糖》写道："1988年广林县改为苗族自治县，凡广林出生的人都可改为苗族。"[7] 改设自治县的时间节点，也

---

[1] 田耳：《夏天糖》，湖南文艺出版社2011年版，第2页。
[2] 田耳：《身边的江湖》，《人民文学》2011年第5期。
[3] 田耳：《风蚀地带》，广西师范大学出版社2008年版，第210页。
[4] 田耳：《长寿碑》，花城出版社2015年版，第16页。
[5] 田耳：《重叠影像》，《人民文学》2005年第12期。
[6] 田耳：《天体悬浮》，作家出版社2014年版，第9页。
[7] 田耳：《夏天糖》，湖南文艺出版社2011年版，第5页。

与麻阳苗族自治县的设立时间契合。《一个人张灯结彩》①的钢城,从小说描写的周围有朗山、岱城,以及钢城市区的地形地貌、生活习俗、行政区划等来看,可以认定为就是吉首的代称。或者可以说,佴城即是边城,即是凤凰和湘西的代名词。小说家选择自己最熟悉的故乡作为小说叙事的背景,是现实主义作家惯用的手法。在这一点上,田耳也不例外。

虽然与沈从文是正宗的老乡,每年清明节都会到他墓前祭献一瓣心香,但是田耳却在创作访谈中反复说过,自己与沈从文的关系仅限于籍贯和情感,在写作中并不存在师承关系;他有意淡化自己的土家族民族作家身份,有意淡化小说叙事的地域民族历史因子,而以湘西凤凰县及其周边人们的现实生活作为叙事中心,以冷静的笔触无限接近当下的"现实"生态,呈现出别具一格的美学风貌。田耳的小说基本上没有其他土家族作家创作中惯见的"土司""跳丧""赶尸""五句子""撒忧儿嗬"等民族文化符号。在此意义上,我们可以说田耳是土家族作家中的"少数民族作家"。其超越的姿态与建构的努力,令人肃然起敬;同样令我们深感兴味的是,在沈从文强大的"影响的焦虑"之下,田耳是如何避开这种"奇理斯玛"作用的?同样是书写边城,田耳实现了哪些方面的突破?其有效性和完成度究竟如何?

一 佴城边缘人

田耳小说的主人公,多为社会学意义上的边缘人,他们不在体制之内,生活困顿、窘迫,常怀"求不得"的苦闷,却个个身怀绝技,具有卑微而执着的"草根意志",活得有声有色,悲欣交集。《下落不明》中的耿多义、柯燃冰,《天体悬浮》中的符启明、丁一腾,《洞中人》中的莫小陌,《金钢四拿》中的罗四拿,《衣钵》中的李可,《一个人张灯结彩》中的于心慧,等等,皆生活在体制之外,艰难求生,将种种疼痛和伤害隐藏心中,这些人共同生活于佴城大地之上,沐浴时代风雨,体味生存维艰,承受历史转型的巨大尘埃,令人产生感同身受的强烈共鸣。

---

① 田耳:《一个人张灯结彩》,《人民文学》2006年第12期。

第四章　两湖武陵地域书写

长篇小说《天体悬浮》描写佴城洛井派出所两名辅警的人生故事。符启明为人聪明，喜读书，善书法，性格开朗，长袖善舞，深得所领导的欢心，看上去春风得意，"转正"的可能性极大。而丁一腾则为人朴拙本分，不喜逢迎，小心谨慎，循规蹈矩。他们抓赌抓嫖，"放狗"创收，为了一个转正指标，成为竞争对手，最终竹篮打水一场空。离开洛井派出所之后，符启明利用多年来积攒的人脉资源，经营色情场所，通过网络控制了城南的发廊、美容厅、休闲会所，又成立"杞人"观星俱乐部，扩大色情生意；他买卖凶宅，插手房地产项目，混得如鱼得水如日中天。丁一腾则退回到广林县，结婚生女，报考法律专业自学考试，成为一名律师。丁一腾在妓女马桑的死亡案件调查中，发现重重帷幕的背后，都与符启明有关。小说采用侦探小说的叙事结构，抽丝剥茧，层层深入，引人入胜。符启明与丁一腾二人性格的对立、互补型的人物结构，也是成长小说惯常使用的结构模式。实事求是地说，这部小说的地域性书写，只是作为真实的叙事背景而存在，其目的在于使笔下的描写和叙述文字落到实处。如小说写到佴城的名菜黄鸭叫、血粑鸭等；写到佴城人生动传神的方言俗语；写到佴城地域文化精神，佴城人经常说到的"道士命"，"某种程度上也就是不认命，和自己命运相抗争。他们通常都会离开家乡，凭着自身古怪的才能、百折不挠的韧性以及天马行空般的想象力到处折腾。有了这命，一辈子不甘平静，要么混成一号人物，要么落寞此生"[1]。"道士命"其实是某类人物性格，各地皆有，叫法不同，如"泼皮""黑皮""混混""光棍""瘪三""打流"等。符启明就是个"道士命"。他从辅警一路折腾成大老板、黑老大，作为其精神调节和放松的活动就是观察星空，为了购买更高级的天文望远镜和照相机不惜成本，小说结尾时他已开始使用顶尖专业级别的斯普雷利目镜。仰望星空，的确可以让人暂忘人间烦恼，在无穷无际的宇宙中一个人的百年人生只是一颗飘浮的尘埃，"慢慢地，你发现人类的总和也不过是一个尘埃……你会沮丧、失落，但经过一阵的适应，你会在生活中得来一种从未体验的轻盈。有一天，你会以全新的眼光审视你生活的全部，身边的一切，这里面有难以言说的快感。这不是佛学的

---

[1] 田耳：《天体悬浮》，作家出版社2014年版，第33页。

虚妄，这来自于你对宇宙真实的，和对自己重新的定位"①。观察星空，不仅是哲学的体认，而且也是审美的享受，小说描写将尼康 995 型照相机，与斯普雷利目镜串接后，抓拍出星空的照片，有"化神奇为无比神奇"的功能，"星空呈现令人心醉的宝蓝色，星云散淡地弥漫在穹顶中分线附近，银河的两条旋臂显露大致的形态。模糊的旋臂，却是由成千万上亿的恒星构成，每颗大概都堪比若干个地球，而我在地球一处毛孔上得以窥见这个整体，并随手拍下。我脑子奇怪地飞动起来。仰望星空，揣测宇宙是易于成瘾的事情"②。在无穷的大、无比的美的星空下面，人间一切蝇营狗苟的生存算计，甚至覆家灭国的争霸功业都不值一哂。小说在细致绵密的烟火人间叙事中，时时寓含着一股形而上学的哲思意味。让人想起康德墓碑上铭刻的名言，"位我上者，灿烂星空；道德律令，在我心中"。

如此，在精雕细刻的"底层"叙事的零距离写实中，小说同时营造出另一片诗意盎然的超越性空间。小说命名"悬浮"，悬浮的不惟天体，也有人生。痴迷于观测星空的符启明，其人生大起大落，时时处于"悬浮"状态，也许在他看来，在浩瀚无际的宇宙中，地球也不过微如尘埃，那么个人、集体甚至家国的命运起落，又何足道哉；既然如此，人生一世，成败不足论，不如来一场彻底的折腾。但同时，他最佩服丁一腾这种老实人，脚踏实地，从不好高骛远，在悬浮的人生状态之外还有一粥一饭的日常安稳与笃定。这种人生安稳与笃定，离不开千古如斯的佴城大地的风俗民情、地理物产构建的地域文化（包括物质的、精神的）恒定性。星空与大地、边缘与中心，在充满矛盾的张力结构中实现了有效对话。

二　边城的孤独

无论是《天体悬浮》的仰望星空，还是《洞中人》的避藏洞穴，田耳小说都弥漫着一股浓郁的孤独氛围。这种边城的千年孤独，既源于山重水复交通不便的前现代地理环境，也源于本质上难以沟通的世道人

---

① 田耳：《天体悬浮》，作家出版社 2014 年版，第 231 页。
② 田耳：《天体悬浮》，作家出版社 2014 年版，第 300 页。

心。田耳特别擅长以残疾人作为小说主人公，在其身上寄托着强烈的边城孤独感。按照田耳的研究发现，身有残疾的人，往往会在另外的某一方面发展得格外突出，这是生物学的补偿机制。《氮肥厂》中瘸腿的男女主人公，借助随着压力大小而上下起伏的蒸气柜，完成正常情况下无法完成的偷情交欢过程，却在机器发生故障时被巨大的气流弹射到天空。《被猜死的人》中养老院的梁瞎子，以预言死亡的方式尽情施展其肆虐的人性之恶，俨然索命判官，凸显出一群行将就木的老人在恐惧、焦虑、绝望、落井下石等复杂心理中的人性孤独之感。而广义的残疾，当然还包括童年情感的缺失、少年时代不正常的情意结等。《夏天糖》中的"我"痴迷于那个"豆绿色"小女孩的梦幻往事，无法接受已经成年出卖肉体的兰兰，最终不惜以毁灭他人和自我毁灭的方式作为了结。《牛人》中跪着唱歌挣钱的歌者，在被金钱扭曲变形的乡村伦理的挤压之下，备受伤害而无处诉说。孤独的本质是永远寻找不到对话者，因而生出强烈的荒原意识。

获得过第四届鲁迅文学奖的中篇小说《一个人张灯结彩》[①]，描写发生在钢城的一件命案的侦破过程。哑女于心慧在笔架山公园后坡开着一家理发店，她的哥哥、开出租车的于心亮被劫杀。公安局老黄负责侦办此案。小说人物皆是孤独的。离过婚的于心慧热恋着钢渣，钢渣对她也非常不错。钢渣与皮文海合租一间房，以偷卖钢材电缆为生。他们幻想能够迅速致富，联手抢劫出租车，阴差阳错中竟然杀死了于心慧的亲哥。老黄抓到皮文海，外逃的钢渣与于心慧约定，自己会赶在除夕之夜回来，让她到时候在理发店门前张挂灯笼。抓捕钢渣时，他以超市保安为人质，提出的条件就是释放皮文海，不失为一条讲义气的汉子。除夕之夜，老黄爬上笔架山，远远地就看到理发店前张灯结彩。这是一部歌颂人性光辉和人间温情的小说，活动着的都是底层小人物，生活皆不如意。哑女于心慧的生存维艰、所爱非人固然如此，警察老黄也何尝不是？他已离婚多年，女儿很少和他联系，人间亲情不多，长期不受重用，无官无职，等着退休。同为作家的余华评价田耳小说时说："事实上，没有一个人在心理上是完全健康的，起码不可能一生都健康，田耳的笔触恰恰就伸入这不健康的一部分。在田耳笔下没有绝对的善恶，没

[①] 田耳：《一个人张灯结彩》，《人民文学》2006年第12期。

有绝对的好坏，有时还会把人物主次的界限也模糊掉。一切都是那么自然而然，似源于定数。"① 人间虽然残缺，但他们仍然不舍情义。老黄对新分来的年轻警察小崔，爱怜有加；钢渣束手就擒之前，要求释放同犯皮文海，而将劫杀罪名一力承担；于心慧宁愿受骗也要找人花大价钱购买"特别赦免证"，幻想能够救出钢渣，除夕之夜她谨守诺言，张灯结彩等候钢渣归来。毫无疑问，这些人物形象为小说所表现的那个灰暗的底层世界平添了许多温暖的亮色。沈从文小说《边城》著名的结尾，是翠翠无望地等待，"这个人也许永远不回来了，也许'明天'回来！"于心慧一个人张灯结彩，愈益显出人生的荒凉和边地的孤独。

三 静观的乡土

如果说《一个人张灯结彩》只是在结尾部分向沈从文遥远致敬的话，那么田耳的早期作品《衣钵》② 则在整体意境和叙述风格上最为接近沈从文的小说。其静水流深的叙述，冷静低调的情感，内敛节制的风格，浓郁氤氲的乡愁，在在表明田耳具备传承沈氏"衣钵"的才能。

《衣钵》虽为短篇，却内涵丰富，以节制笔法写出，惜墨如金，饱含情感的叙事张力。大专中文系的李可，临近毕业实习，跟随父亲学做道士。在他的道士父亲看来，世人眼中的妖魔，其实就是一些狗，比如黑夜来临就是一只狗慢慢地吞掉了世间一切；所谓降妖伏魔就是将狗驱走。这种视妖魔为狗的"近取譬"，有效地消解了道士降妖的神秘性。李可的同学女友、城里姑娘王俐维来到山村住过三天，这次到市电视台实习，现实差距太大——李可父子都预感到毕业之际便是分手之时。学做道士，李可最初无法接受，但父亲说，道士也是人来做；到时候盖上乡政府公章，也算完成了毕业实习。道士要会唱丧歌和祭祀歌谣，最显功夫的地方在于绕棺时的现编现唱，将死者一生的事迹编成歌词，要唱得委婉动听催人泪下，如何遣词造句，如何抑扬顿挫，这中间有不少诀窍。中文系出身的李可，可谓专业对口，上手很快，不久就安排出师仪式。附近各庄的道士都很热心，乡亲们都很虔诚，因为"每个人都要

---

① 余华语，见田耳《衣钵》的封底，上海文艺出版社 2014 年版。
② 田耳：《衣钵》，《收获》2005 年第 3 期。

面临生死病痛，有人出世就有人辞世，吃一样的饭食偏要生出百般不同的疾病，反正生活在乡间的话，都少不了请道士的时候。在人们那些特殊的时候，道士可以为他们传达许多常规情况下无法得到的信息，办一些常人办不到的事情。反正，是人就总有用得着道士的地方，这不是以个人的意志为转移的"①。不料，父亲醉酒夜行，跨坎时跌倒身亡。李可决定亲自给父亲做一个道场，到溪边起水，罗盘定葬地，牵羊啃草皮，夜半唱堂歌，开篇《探亡者》："一探亡者往西行，阎魔一到不容情。堂前丢下妻和儿，哭断愁肠悲断魂。忧闷长眠黄泉下，从此下到地狱门。山崩哪怕千年树，船开哪顾岸上人。死了死了真死了，生的莫挂死的人。丢了丢了全丢了，千年万年回不成。从此今夜离别去，要想重逢万不能。棺木恰是量人斗，黄土从来埋人坟。在生人吃三寸土，死后土掩百岁人。琉璃瓦屋坐不成，黄土岭上过千春。人人在走黄泉路，任你儿多空牵魂。"②李可在绕棺时现编现唱，回顾父亲平凡的一生，人们从唱词中听出来，原来老道士竟然是这么好的一个人，做了那么多人们已经忘记的好事，他总是替别人着想，宁愿自己受委屈。人们一度听惯了暗哑、钝感的丧歌，以为丧歌就应该那样吟唱；却不料，李可的丧歌，唱得那么"明亮清丽"，那么婉转悠扬。丧歌唱得很成功，轻易就将乡亲们唱哭。做完道场，乡亲散去，"李可进一步地看清了月亮，它纠缠的光芒在地上结了一层白茧，给了他一种从未有过的宁静，就像在他体内某个最为柔和的地方抚摸他。他听见母亲呼唤他的声音，还和从前一样急促"③。小说留下一个开放式的结尾，李可原来想毕业后外出打工，反正不会回到山村；现在满目月光下，母亲声声呼唤他回家，也许他就从此留在村里做个年轻的道士？小说写出了一代乡村年轻人的迷惘，对爱情的感伤，对生死的态度，对父辈的理解，对故乡的接纳，对阶层分化的无奈，极具现实主义精神，文字之间温情脉脉，宽容忍耐，宽厚正派，写出了边地山村人生的千年孤独。

田耳钟情于短篇小说这种文体形式的创作，认为真正的短篇小说作家，应该是离功利最远、离孤独最近的人；写作短篇小说会产生巨大的

---

① 田耳：《衣钵》，上海文艺出版社2014年版，第12页。
② 田耳：《衣钵》，上海文艺出版社2014年版，第17页。
③ 田耳：《衣钵》，上海文艺出版社2014年版，第20页。

生怕别人知道的幸福感，会产生乐此不疲的宁静状态①，诚可谓亲历创作甘苦后的知者之言。王安忆说过："田耳有在平淡叙述中直抵人心的本领，他艺术感觉很强，能精准地把握住周围世界的脉搏，走进人们的心里去。"②他不虚构地域传奇，不拼贴民族徽记符号，只是于看似平静朴素的写实中，一步步走进人们的内心，这是一种更高意义上的写实。天地虽小，文章则可以大无边际、深不可测。静观谛视之际，乡愁冉冉升起，弥漫于故乡大地之上。

四 新的综合

似乎是感觉到了《衣钵》风格的持续书写会滑入沈从文"边城"叙事窠臼的危险性，田耳不断拓展叙事范围，不断实现题材的综合、美学的综合，并在持续转换和开拓中坚守恒常的地域文化书写经验，凭借其湘西土家族"乡村舒缓的思维方式"，他"能够从容不迫地去处理急剧变幻的生活现象，使自己的体验在小说世界里变得更加饱满"③。

田耳迅速地从唯美、浪漫、咏叹、抒情的场域转移，开始书写喧嚣不已的现实世界。《长寿碑》是一部批判现实小说，揭露湘西岱城全县上下为了打造"长寿县"、发展旅游经济，按照国际长寿县标准——百岁老人达到人口总数的百分之六——集体造假的事件。让人哭笑不得的是，龙马壮的母亲被改大年龄成为百岁老人之后，只好升格为他的奶奶，县里干部又给他凭空编造出爹娘来，要不然年龄对不上；却不料一生习惯劳苦的龙马壮的母亲成为"百岁老人"后，按照县里"多休息少劳动"的要求作息，反而一病去世。县政府制造的"长寿碑"上，雕刻着龙马壮母亲造假后的出生年月日，龙马壮是她的孙子；按照岱城的乡俗，龙马壮想母亲去世一周年时为她立碑，他坚持要雕刻上真实的出生年月，署上自己真实的"儿子"身份，矛盾冲突由此而起。小说叙事具有谐趣的乡村喜剧风格。小说机智地选择表兄易亮才、前文化馆创作专干现"岱城县长寿文化研究保护中心"副主任老吕作为贯穿全

---

① 田耳：《短篇小说家的面容》，载《衣钵》，上海文艺出版社2014年版，第354—355页。
② 王安忆语，见田耳《衣钵》封底，上海文艺出版社2014年版。
③ 贺绍俊：《田耳小说创作断想》，《文艺争鸣》2008年第2期。

篇的两个人物，围绕创建长寿县的各种活动，将民间底层与县域政治生态有机串联起来。

《长寿碑》富有地域特色，如绿皮火车、岱城清凉的夏天、漫长的冬季、包了厚厚头帕的男人；最为生动的当属人物语言，如易亮才对"我父亲"说："二姑爷，何必翻十多年前旧账嘛？年轻时候，男人家总要出去浮浪几年，手一紧，钱一逼，免不了要干出些丑事嗬。现在，上至锁龙坝，下至下坎岩，领导书记要找致富能手，脑壳一拍第一个想到的横竖是我才狗子，见天打电话，通知老子去开这会那会。现在，老子有话讲前头，没有大领导露面，老子索性也不参加。"① 这是一个乡村暴发户、致富能人对待外来长辈亲戚的口吻，亲切中见愧色，尊敬中带得意；对待本乡本土的乡亲，则是另外一副口吻，"马壮，你家的米煮成饭，硬是香得死人，馋得死狗"，"马壮你晓得，今年清明节气，我二姑爷来了，表弟来了，表弟媳妇来了，表弟那个崽崽，也就是我的盛彰表侄也来了，挤挤挨挨全家班嗬。我表弟戴占文你没听讲过？全国有名的作家，写小说经常在中央电视台发表，赵忠祥念头一段，倪萍妹子念下一段，接下来轮到毕福剑，毕福剑一搞气氛当然人欢马跳。你说，这么一搞，众星拱月，哪有不轰动的道理？你家里那些事，不妨跟我这表弟说说，他帮你写几笔，市里的领导都能看到，不敢不重视嗬。"② 风趣幽默，诙谐横生，既有乡间暴发户的春风得意，也有对遥不可及的作家生活的幻想，还有想帮助同村乡亲的真情实意的感情流露，写出如此跳脱活泼、生动形象的人物语言，无疑需要有真切而深厚的生活积累，田耳善于将地域文化经验作巧妙的处理和转化，虽经千锤百炼的选择和锻造，写出来却浑然天成一派轻松。类似的集谐谑与荒诞于一体的小说还有《到峡谷去》《范老板的枪》《姓田的树们》等篇什，徐徐展开一幅幅乡土现实的风俗画卷，鸡鸣狗叫，众生欢腾，跳脱、幽默的笔触往往令人生发会心的微笑。

真正的创造往往是一种新的综合。田耳创作的综合性首先表现为题材的多样性。除上述颇具幽默风味、喧闹声色的乡土叙事之外，还有《一天》描写一场医患纠纷事件，各种身份的人物纷纷上场，作家以充

---

① 田耳：《长寿碑》，花城出版社2015年版，第3页。
② 田耳：《长寿碑》，花城出版社2015年版，第7页。

满好奇心和洞察力的笔触穿透人物的内心世界;《一个人张灯结彩》集凶杀、侦探、情爱、底层叙事于一体;《洞中人》集青春记忆、家族往事、穴居猎奇、情爱纠缠于一体;《衣钵》书写现实乡土中去留两难的乡愁;《郑子善供单》以个人叙事颠覆官方叙述的权威性;《围猎》《坐轮椅的男人》颇具现代主义小说风格;《重叠影像》采用侦探小说的叙述结构,炫技式的逻辑推理过程堪称完美……在题材选择方面,田耳显然没有"占山为王"的冲动,没有"画地为牢"的自律,没有"抢占高地"的韬略,他擅长在众多领域自由穿越,来去自如,因此,李敬泽说:"他太聪明,他的内部飞跑着一只狐狸,这只狐狸也很有可能被诱惑而上套——田耳的多变有一部分出于对文学趣味之风尚的窥伺和试探。他不是一个坚定固执的叙述者,他对听众的反应有敏捷的预感和判断,他随时准备着再变一个魔术,赢个满堂彩。"① 四面出手拳打脚踢的游击战法,表明田耳尚是一个不断成长中的作家。

其次表现为审美表达的多样性。田耳小说不仅尽情讴歌真、善、美,而且对脏、乱、差也具备相当的审美书写能力。与其题材选择的多样性相匹配,他在审美趣味上绝不独嗜一味、排斥其他,相反趣味多样、路径交叉。小说《围猎》《夏天糖》《氮肥厂》《寻找采芹》《到峡谷去》《被猜死的人》《坐摇椅的男人》等篇什,兼容传统与现代、本土与外来,出之以平静朴实的表达,于不动声色中揭示真相,歌颂人性,地域因素和民族身份显然不是他叙述的重心,但往往又会有看似漫不经心的表达,融盐入水,别有一番滋味。《衣钵》中李可眼中的乡土乡愁弥漫、月色浪漫;《金刚四拿》中罗四拿眼中的乡土"话讲得铿锵,理也占得稳",成为一代"出走—归来"模式下乡村"新青年"脚下坚实的大地。《一天》直面医患纠纷,学校、医院与死者家属之间展开拉锯式较量,人性的善与恶皆得到充分展呈。《被猜死的人》营造养老院孤独、绝望、麻木、晦暗的人物生存空间,却也在"淡淡晨雾"笼罩的时刻贯注一片诗意的光辉。好的小说不具备法庭判决的功能,而只专注于无差别的、众生平等的审美呈现。

最后表现为沉静叙事风格与佴城地域文化再现一脉相承。在田耳"多样性""流浪汉""游击战"式的题材和审美风格频繁转换的表象之

---

① 李敬泽:《灵验的讲述:世界重获魅力——田耳论》,《小说评论》2008年第5期。

下，是其一以贯之的书写恒常性：对日常人生的关注，沉静从容的表达，内敛节制的情感，佴城地域空间的坚守，等等。田耳具有同代作家少有的沉静，堪称异数。一方面，成名之前的田耳，"多能鄙事"，融入粗粝的底层生活，对生存有质感强烈的体察，认同湘西凤凰的民间价值观。另一方面，作家秉持"俱分进化论"的历史观，充分肯定地域民间思想、文艺、审美、伦理的"不进步"的恒常性意义，自觉地与以线性进化论为内核的"一路向前"式的现代性思维保持距离。冷静、缓慢、从容、沉稳、耐烦，田耳具备"70后"作家少见的品质。这种品质的生成除了天赋异禀之外，还有湘西边地千年孤独感的情感召唤。田耳之所以乐此不疲地经营"佴城叙事"，想必亦有回报江东父老的深长寄托，亦是对边城千年孤独的遥远回应。

第八节　重塑巫地传奇：马笑泉的梅山

回族作家马笑泉出版过散文集《宝庆印记》，中篇小说集《愤怒青年》，诗集《三种向度》《传递一盏古典的灯》，长篇小说《迷城》《银行档案》《巫地传说》等。故乡邵阳是他文学创作的根据地。在散文集《宝庆印记》的《自序》中，马笑泉说他将"实证与思辨"放在散文中，将"幽思独白"和"瞬间的观照"放在诗歌中，将"再造现实"的想象性叙事放在小说中。[①] 若以地域色彩来论，马笑泉的散文和小说较有特色，因为这两种文体可以细致地"写实"。

书写风物、推赞乡贤，是故乡题材的散文创作的题中应有之义。《宝庆印记》的上篇《风物》，收录18篇散文。宝庆即是今日的"邵阳"。《敲开魏源的门》描写魏源故居的建筑、房间内的陈设，结合其思想文化成就，分析其注重行动的性格特征，与190年前的文化巨子进行内心深处的交流和对话，在看似平凡的山水风景铺陈中抒发建功立业的豪情。《锷之所出》记述作者探访蔡锷将军故居的经历和心得，结合民间传说，时贤记载，对联诗作，渲染作者从中体会到的强烈的人格"激励"力量，文末将蔡锷将军比喻成一把利刃，"熠熠生辉，照亮了

[①] 马笑泉：《宝庆印记》，九州出版社2017年版，第1页。

我有时难免疲倦和黯淡的心"①。这正是故乡先贤的人格魅力。《双清寂寂独吟啸》以少年的孤寂对应双清的孤寂,由此形成"物"与"我"的相互观照,作者沉醉于这种荒芜萧瑟的气息之中不可自拔,对雨中、月下的双清尤为迷恋,产生许多美丽的幻想,与林下的美人、风中的侠客邂逅,写出了浑似诗篇的少年情怀。其他如《认识北塔》中的北塔,《普照寺与思义亭》中的普照寺、思义亭,《隐者》中的无名庙宇,《南山丰姿深有韵》中的南山,《古田散章》中的苦竹、杜鹃、苔藓、柴扉,《云山深处少人行》和《幽谷清泉自在流》中的武冈云山,都是从平凡风景、风物中见出神奇的好文章。最有代表性的散文当属马笑泉书写武冈老城的篇章,如《漫步古城武冈》《旧道徐行思绪长》《法相如岩雨打林》等,忆往事,述流年,书风景,赞老街,品美食,听市声,因为曾经有作者最美好的青春岁月留下的痕迹,武冈老城变得深情款款,"人间烟火,最暖是老街",含蓄、蕴藉、静美、矜持、文秀、悠闲,在这个浮躁的时代保留了一片令人向往和留恋的天地。下篇《钩沉》包括三篇书写前辈乡贤的长篇散文,《走近魏源》回归历史现场,从魏源故居起笔,爬梳历史典籍和相关文献,梳理人际交往的复杂关系,叙述其篇帙浩繁的著作的伟大成就,在世界史视域中衡量魏源的文化重量,其《海国图志》在中国没有受到应有的重视,相反却被日本维新派奉为不世经典,直接开启了明治维新运动的序章。作者忍不住扼腕长叹,"永远不要忽略那些走在时代前面的思想家,更不要把他们视为异端而加以打压,否则就算这些思想家不生气,后果还是会很严重啊"②。散文还对魏源的性格进行了认真分析,认为其爱憎分明、骨子里狂傲不逊、认死理不回头,就是典型的"宝牯佬"特征。《解读蔡锷》揭示了许多不为人知,或者向来不为人重视的内幕,比如蔡锷的出生地和生平之谜;蔡锷超强的意志力使其成为与蒋百里、张孝准并称的"中国士官三杰";蔡锷与小凤仙和潘惠英的情感关系;蔡锷兼擅军事和政治的不世出的才华;等等。读来既让人增长知识,又有活泼生动引人入胜的阅读趣味。《还原廖耀湘》同样是歌颂乡贤,目的在于"还原"历史上形象已被扭曲的名将廖耀湘,他出生寒门,体能充沛,过

---

① 马笑泉:《宝庆印记》,九州出版社 2017 年版,第 24 页。
② 马笑泉:《宝庆印记》,九州出版社 2017 年版,第 190 页。

目成诵，动手能力极强，黄埔军校毕业后，公费留学法国圣西尔军校机械化骑兵专业，他刻苦攻读，成绩优异，回国后即投身南京保卫战，身先士卒，坚持到最后，阵地已失，不得不化装成老百姓逃走。在抗日战争中，廖耀湘指挥军队参加昆仑关大战，远征军作战，取得孟关大捷，索卡道之战更是成为世界战史上以少胜多的经典战例，其创造的小部队战术屡建奇功，日军败得心服口服。在解放战争中，廖耀湘出于对蒋介石的"愚忠"，受其遥控指挥，于辽宁黑山被人民解放军俘虏，抗战时期叱咤风云的辉煌不再，身败名裂，以后被"特赦"，"文革"中受到冲击去世。作者对廖耀湘"宝牯佬"性格的优点和缺点，看得十分清楚：重感情，讲义气，忠心耿耿，不喜逢迎——成也由此，败也由此。人物性格某种程度上就是地域文化精神的具体表现，马笑泉在其人物题材的散文写作中对此进行过较为深入的探索。

中篇小说集《愤怒青年》① 收录 4 部中篇，描写飞龙县城的一群青少年堕入黑帮的惨烈人生。题材本身并不新鲜，但其叙事技巧受到读者的推赞，认为"开启张合，迂回转折，穿插跳跃，或顺叙，或倒叙，或补叙，都做到自然流畅，勃勃生动"②；人物形象及性格特征十分鲜明丰富，以楚小龙为代表的小城青年，狂躁、冲动、讲义气、重然诺，正是司马迁《史记》以来对楚人性格的典型归纳；小城地域的风景风物及其文化精神，也在小说中得到精彩的体现，从此成为马笑泉小说的典型特征之一。长篇小说《民间档案》③ 采用档案的文体表现形式，为飞龙县人民银行的 29 位职员建档，对行长龙向阳、"吹号手"黄建国、"潘痰盂"潘俊、文艺青年郑亮、《易经》研究高手赵小科、业余书法家赵人瑞等"单位人"的生存状况、人生困境、人际关系等进行立体的、多方位的呈现，在"看"与"被看"的视角交叉中凸显人性，马笑泉有志于做一个评判人性的"书记"④。长篇小说《迷城》继续以县城作为人物形象的活动场域，交织人文历史与现实情境，以一桩扑朔迷离的案件切入小城政治生态，直逼人性的最深处，交织着儒家浩然之气

---

① 马笑泉：《愤怒青年》，中国友谊出版公司 2005 年版。
② 鲁之洛：《从生活中发出的冷峻而清醒的呼喊——解读马笑泉小说创作的文学价值》，《文学界》（专辑版）2007 年第 5 期。
③ 马笑泉：《民间档案》，中国青年出版社 2008 年版。
④ 刘涛：《或侠或巫——马笑泉论》，《西湖》2012 年第 8 期。

与道家阴柔之术，营造出浓郁的地域文化氛围。小说扉页引《周易·系辞》中关于"形而上"与"形而下"关系的"道""器""变""通""事业"的论述，无疑是对迷城叙事主题的文化哲学的概括。小说将小城街巷比喻成王铎的行草，用颤笔写出的线条，"抖抖地延伸着"，颇为奇特，与主人公杜华章喜爱书法的形象特征十分贴切。[①] "迷城"的地域风物、建筑布局等，都可以从其散文中找到"原始凭据"，明显是几个老城的"创造性综合"。

马笑泉书写武陵地域文化传统，再现其文化精神的精彩篇章，当属长篇小说《巫地传说》。马笑泉是一个有着强烈"叙事自觉"和"理论自觉"的作家。他在文章中总结过现代白话乡土小说的五种创作模式，第一种是以鲁迅的《风波》《阿Q正传》为代表的乡土批判小说，其长于针砭痼疾、发人深省，其短于居高临下、失之苛刻；第二种是以废名的《竹林的故事》、何立伟的《白色鸟》为代表的表现乡土田园风情的小说，其长于空灵恬静、洗净凡尘，其短于描绘表层、失之隔膜；第三种是以沈从文的《边城》、莫言的《透明的红萝卜》为代表的表现乡土奇观、谱写故乡牧歌的小说，其长于亦真亦幻、令人目眩神迷，其短于矫情伪饰、不接地气；第四种是以李锐的《厚土》为代表的书写乡土苦难的小说，其长于揭示真相、刻骨铭心，其短于展览伤疤、胶着苦难；第五种是以赵树理的《李有才板话》为代表的农村原生态小说，其长于细节真实、趣味浓郁，其短于对书写对象完全认同、缺乏反省。有鉴于此，马笑泉的乡土小说写作采用"第一人称"叙事，小说中的"我"是一个亲历者、旁观者，作为故事讲述人，"我"从偏僻乡村通过高考进入城市，大学毕业后当上记者，有了城乡生活的积累和对照，社会接触面较为广泛，对城市浮华生活的厌倦让"我"时时回忆乡村，并因为工作的原因经常返回故乡与地方政府和乡亲们有着紧密的联系，"我"既"有丰富的乡土生活经验"、"刻骨铭心的情感记忆"，又有相当的"文化素养和反思能力"，同时又与乡村保持着必要的审美距离，如此就能有效规避前面提到的五种乡土叙事模式的弊端。[②]《巫地传说》正是这种成功的尝试。

[①] 马笑泉：《迷城》，北京十月文艺出版社2017年版。
[②] 马笑泉：《自序》，《巫地传说》，重庆出版社2009年版，第1—3页。

《巫地传说》由六部（《异人》《成仙》《放蛊》《鲁班》《梅山》《师公》）组成，每一部皆可以当成一个相对完整的叙事单元，各个单元又相互关联，相互指涉，如此结构，可以"超越单一的视角"，并由此"获得混沌多维的品质"。①"生动的气韵和混沌的面貌"②被马笑泉认定为好小说的标准。小说中的故乡，地域背景一律设置为"飞龙县北坪乡"，北坪乡成为马笑泉小说的叙事原点，这个叙事原点与"梅山文化有很大的关系"，而梅山文化最大的特点是它"与人们的日常生活是融为一体的"③。当马尔克斯的魔幻现实主义风靡全球、备受推赞之际，马笑泉却从中国唐宋笔记小说中寻找到了"人鬼不分，亦真亦幻"④书写的传统资源，从梅山文化中寻找到了联系日常生活与过往历史的源头活水，可以说，《巫地传说》就是一部向干宝、蒲松龄等本土"志怪""传奇"作家致敬的现代笔记小说；在某种程度上这也是一本"北坪乡奇人异事志"，一本地域志书。

　　《异人》采取串珠式的结构方式，刻画了一组民间异人的形象。"我"十五岁那年第一次出远门挑煤，历经艰难，像挑着一座大山，很自然地就会想起村口溪边住着的黑头。黑头长得像一个史前巨人，又像山里的野兽，力气大得惊人，吃得也多，修六都冲水库时曾经跟人打赌，将一块重两百多斤、遍布棱角的大青石，一口气搬上陡坡，巨石的棱角划破他的皮肤血流不止，胸脯上一片红，他却满不在乎，而赌注只是一锅萝卜煮肥肉。乡村越来越穷，黑头只得进城寻找活路。"我"听在公安局当副队长的表哥说，黑头进城后，跟着大盗陈瑞生撬仓库，偷货物，警察实施抓捕时黑头抡起板车，舞得像风车，进行抵抗，结果死于乱枪之下。小说接着叙述陈瑞生的传奇故事，其人武功高强，却隐藏得极深，周围竟无人知晓；他以偷盗为生，力气之大，又远胜于黑头，偷过一具棺材，半路上还拔了半亩地的萝卜装进棺材里，负重三百多斤，走了三十里夜路回家。后来因为"采花"，违反师门规矩，被师傅废了武功，逐出师门，暴死街头，估计是为仇家所杀。小说接着叙述陈瑞生的师傅阮君武的故事，其武功深不可

---

① 马笑泉：《自序》，《巫地传说》，重庆出版社2009年版，第3页。
② 马笑泉：《小说与不确定性》，《文艺报》2013年3月27日。
③ 袁复生：《梅山文化、小城与文学——马笑泉访谈录》，《创作与评论》2013年第21期。
④ 马笑泉：《潜入大海》，《山西文学》2010年第6期。

测,持身严正,被称为"阮菩萨"。"我"外婆七十大寿时,七舅爷阮君武前来吃酒,他的目光一扫,"我"几乎站不稳,那锋利的眼神,"好像新磨的刀锋在太阳下闪着冷光"①;"我"表哥想跟他学武,被严词拒绝,老人家说世道已改,再好的武功,挡不住一粒子弹;听说老人家最后到大东山寺庙当和尚去了。小说接着叙述"我"的故事,来自乡野的"我"很不适应报社文质彬彬的工作氛围,与同事程刚、许爱国一样都想追求女记者方美静,他们表现得很明显很主动,"我"则只将心事深埋心间。有一次报社给每个职工分一筐雪峰蜜桔,大家争着要给方美静送回家,他们扛着筐子走,一路很是狼狈,最后这筐蜜橘自然落在"我"的肩头,五十斤的重量对于"我"来说简直是小儿科,比起少年时代到双江岭挑煤来说更是不值一提;又有一次,"我"和方美静夜里在街头被三个小年轻围住,"我"抡起自行车进行反击,于不自觉之间想起了黑头手舞板车的壮举。"我"最终赢得了美人心。"我"在湘江边请同事吃"黄鸭叫",喝酒,被程刚和许爱国视为"异人","我""端着酒杯,望着远处黑暗江面上闪动的波光,我看到黑头挑着近三百斤的煤炭,如洪荒时代的猛兽行走在乡间的乱石道上;我看到了陈瑞生双手反端着沉黑的棺材,在惨白的月光下诡异地奔行;最后我看到的竟然是阮君武默坐在冷寂的寺庙中,几只黄昏的乌鸦从上空飞过。陡然间我领悟了他的心境——那是在凡俗中获得了声名和爱情后,明白了一切不过如此,一切终须逝去,随之而来的乃是更深沉的无奈"②。小说至此,升腾起一股悲凉之雾,遍布华林。

《成仙》讲述两个凡人"成仙"的故事,是一出"将有价值的东西毁灭给人看"的人间悲剧,却写得不动声色。女知青杨红秀被公社书记、生产队长、愚昧的乡亲、知青同伴们迫害,精神失常,"落洞"成仙。"文革"期间,科学家霍铁生带着妻子陈文月、儿子霍强国回到故乡北坪,接受劳动改造,他们经常被批斗殴打,墙倒众人推,人性之恶急剧膨胀,霍强国被射杀,陈文月被侮辱后自杀,霍铁生找师公铜清爹学习梅山法,拿到一本茅山法秘籍回去"自修",最后"学成",在小

---

① 马笑泉:《巫地传说》,重庆出版社 2009 年版,第 19 页。
② 马笑泉:《巫地传说》,重庆出版社 2009 年版,第 30 页。

溪边剖肚洗肠，肢解成仙。"我"那时尚是学龄前顽童，两桩"成仙"故事，都曾"亲眼所见"。作者多年后历经时代风雨，往事如烟大半忘却，"但霍铁生那截飞掷的血肠，和秀姨临去前缥缈凄冷的微笑，永远烙在了我的脑海，怎么磨也磨不掉，让我即使在最幸福的时刻，也始终没有忘记这个世界沉重黑暗的一面"①。将"过去"与"现在"、"传统"与"当下"相关联，进行"互见性"的对比书写，是马笑泉地域乡土小说的重要特征之一。《放蛊》将苗人的放蛊传说、村民得财与苗女成婚的故事进行讲述，"蛊"的具体做法，与"我"在大学期间因为被传说会放蛊，而被同学们误解、孤立的"现实"相联系，指出人世间除了有形有质的蛊虫之外，还有一种无声无色的精神之蛊，更加可怕。清人田雯在《黔书》中说：苗人"多畜蚰蜒、蜈、蟆诸毒物于罂缶中，滴其涎沫于酒食以饲人。中之者绞肠吐逆，十指皆黑，吐水不沉，嚼豆不腥，含矾不苦，是其症也"。②李宗昉在《黔记》中也说："苗妇畜蛊者多得财，蛊多，必须嫁之，或月一嫁焉。不知者往往于山僻小径拾得金钱、衣包之类，取之归而蛊亦随至。"③放蛊之事，于史有征，在民间也广为流传，这是小说所描写的群体性恐慌的基础。《鲁班》描写"我"二伯的传奇人生故事。为了学成"鲁班术"，二伯向木匠行尊刘正木拜师学艺，付出了不讨老婆、没有后代、孤单一世的巨大代价。二伯与何木匠斗法，比拼雕刻首饰匣，并最终赢得胜利的情节，惊心动魄，气韵生动，无疑是小说的高潮部分。《师公》以乡间师公铜清爹为人治病、招魂、打卦、捏乌鸦掌起数算命的传奇经历，与其孙子铁平成为新一代的师公的过程，进行对照性书写，小说对铁平加冕成为师公的仪式进行精细描写，对其法术效果大不如从前的"现实"略有揶揄：气场变了，过去的法术大多不灵了。一同改变的，当然还有作者的阅历见识，童年的"仰视"与当下的"平视"甚至"俯视"的角度等，小说因此呈现出元气淋漓的"混沌"气象。

传说中的"梅山术"，分为三种："上峒梅山上山打猎，中峒梅山

---

① 马笑泉：《巫地传说》，重庆出版社2009年版，第87页。
② （清）田雯等：《黔书·续黔书·黔记·黔语》，罗书勤等点校，贵州人民出版社1992年版，第123页。
③ （清）田雯等：《黔书·续黔书·黔记·黔语》，罗书勤等点校，贵州人民出版社1992年版，第303页。

捎棚放鸭，下峒梅山打鱼摸虾。"①《梅山》中的三位梅山，铜发爹捎棚放鸭，左手捏诀，右手高举鸭梢，指挥绿头鸭婆带领鸭群觅食、走动；插上鸭梢，狐狸、黄鼠狼等野兽都不敢靠近；公社的干部趁着铜发爹不在的时候，拔了鸭梢捉鸭子下酒，结果被鸭骨头卡住喉咙，差点噎死。铜顺爹打鱼摸虾，手到擒来，人却一团和气。年轻气盛的时候，他接受"水发鱼行"的高价悬赏，与资江里的鱼王斗法，"船头放着一个钵子，黑亮黑亮，钵子底下用四颗小石头垫高，钵子旁则摆了一张竹弓，三支竹箭"②，对着江水连射三箭，身长一丈、乌黑发亮的鱼王翻着肚子浮出水面，铜顺爹一战成名，娶了媳妇，生了儿子，过上安定的生活。铜耀爹年轻时是北坪乡最英俊的后生，有个刘家财主的独生女儿，见过他一面就立志非他不嫁，终日抑郁，一病不起，她父母只得托人向铜耀爹说亲，提出只要他肯做上门女婿，就可立即成亲；铜耀爹却不同意，说自己人穷志不穷，坚决不肯做倒插门的女婿。女儿眼见亲事无望，绝食而亡；铜耀爹为这份真情感动，从此终身不娶。铜耀爹打猎，如有神助，年纪轻轻就成为打猎的"行尊"。他胆大心细，捕获过一只母老虎，只因看到楠竹下嗷嗷待哺的虎崽，便将母老虎放走，慈悲心肠更令其名声远扬，人称"武松转世"；母老虎知恩图报，在铜耀爹打猎身遇危难之际，冲出来奋力咬死豹子。城里保安团团长汤光中派人向铜耀爹下定金，让他猎杀一只老虎，铜耀爹不愿意，便躲进深山老林。汤团长派人抓到铜顺爹和铜发爹，让他们说出铜耀爹的下落，铜顺爹和铜发爹死不吭声，保安团便要剥光铜顺爹老婆的衣服，铜顺爹只好说出铜耀爹的藏身之地——"白茅坳"。保安团押着铜顺爹和铜发爹，围捕铜耀爹，他们开枪打穿铜发爹的小腿，并以杀死铜顺爹和铜发爹相威胁，铜耀爹忍耐不住现身，母老虎带着小老虎前来相救，结果与铜耀爹一起被机枪扫射而死。从此以后，铜发爹与铜顺爹绝交。20多年后，"我"从北坪乡下来到省城，成为一名报社记者，接到父亲电话，说北坪乡来了个外地老板，名叫郑元宝，到处挖锰矿，污染溪水，铜顺爹前往理论，在冲突中被打死；铜发爹深夜潜入矿山，杀死郑元宝，替铜顺爹报了仇，被公安局抓获。"我"返乡与地方政府领导谈判，最终关闭了锰

---

① 马笑泉：《巫地传说》，重庆出版社2009年版，第146页。
② 马笑泉：《巫地传说》，重庆出版社2009年版，第159页。

矿。而铜发爹则在监狱里盘腿端坐而逝。"梅山一脉,自此绝矣。"

毫无疑问,马笑泉自创的第六种乡土小说书写方式,既能传神地表达乡土民间人物的传奇性,又不缺乏现实根据和现代文明视野中的理性反思;既出乎意外,又在情理之中,可称地域传统文化书写的成功典范。

第九节　芙蓉镇与木兰溪

古华的《芙蓉镇》《爬满青藤的木屋》,叶蔚林的《蓝蓝的木兰溪》《在没有航标的河流上》,王青伟的《度戒》《村庄秘史》,陶永灿的《黑喜鹊和白喜鹊》,陈茂智的《归隐者》,李波的《瑶山风云》等小说,聚焦于两湖地域最南端的瑶族居住区。这些文本中的芙蓉镇、木兰溪、瑶山、菇母山、雾界山、千家峒、绿毛坑、潇水、谷河、云湖镇、红湾村等地域,并非世外桃源,"普天之下,莫非王土",一样受到政治运动或明或暗的影响,带有鲜明的时代气息,同时又富含地域文化风情,彰显瑶族居住区人们的精神力量,再现瑶族居住区人们不畏强暴追求幸福生活的坚强决心。这些小说以其浓郁的地方色彩、民族风味、抒情笔致和诗化风格,深深地打动了读者的心灵。

一　古华的"芙蓉镇"

古华出版过长篇小说《芙蓉镇》《山川呼啸》,中短篇小说集《浮屠岭》《莽川集》《姐妹寨》《雾界山传奇》《爬满青藤的木屋》等,他的小说既有时代气息,又有地域特色,被文学史家誉为"寓政治风云于风俗民情图画,借人物命运演乡镇生活变迁"[1],在伤痕文学、反思文学潮流中独树一帜,风格鲜明,艺术成就较高,值得我们给予充分的关注。

长篇小说《芙蓉镇》[2]自序云:"唱一曲严峻的乡村牧歌。"既然是

---

[1] 胡良桂、龙长吟、刘起林:《湖南文学史·当代卷》,湖南教育出版社1998年版,第127—128页。

[2] 古华:《芙蓉镇》,人民文学出版社1981年版。

"牧歌",理应是清风明月、山欢水笑的情调,却同时又是"严峻的",这一"自序"本身就充满了矛盾的张力,体现出将"严峻的"政治风云与"牧歌"式的风俗民情融合的努力。风俗民情中寓含的恒久的人性,最终战胜了政治斗争、反复运动中的"反人性",这个主题无疑是"严峻的"。

小说设置四章结构全篇,总体来看是一个历时的线性的"时间结构":第一章《山镇风俗画》标注1963年,正是"国民经济调整时期";第二章《山镇人啊》标注1964年,正是"四清"运动时期;第三章《街巷深处》标注1969年,正是"文化大革命"的高潮阶段;第四章《今春民情》标注1979年,正是改革开放全面开启、落实拨乱反正政策的崭新历史阶段。其内部却另有一个空间性的叙事结构:小说第一章第一节《一览风物》,采用沈从文《长河》和茅盾《子夜》的开篇笔法,介绍芙蓉镇的地理方位,湘、粤、桂三省交界的地面,兵家必争的关隘要塞,镇子被芙蓉河和玉叶溪包围,河溪两岸广栽芙蓉树,湖塘中广植水芙蓉;青墙毗连,绿荫拂岸;通街上空晾晒的衣服如同"万国旗"飘扬;芙蓉镇上的各家铺子门面如何做生意,镇上人家一年四时八节的流程,逢圩日子来自三省十八县的客商云集,曾有万人集市的盛况;"芙蓉姐子"胡玉音米豆腐摊子前的热闹场面,在众声喧哗中顺便安排镇粮站主任谷燕山、大队党支书黎满庚、"运动根子"王秋赦、右派分子秦书田等人物形象渐次出场。第二章第一节《第四建筑》讲述1964年春天芙蓉镇上老芙蓉树开花、皂角树却一朵花也没开的吉凶不定的预兆,继之以胡玉音夫妇勤扒苦做,"推米浆磨把子都捏小了,做米豆腐锅底都抓穿了",辛辛苦苦盖起新楼屋成为镇上的"第四建筑"后街坊邻里、亲朋好友前来送恭贺的盛况,将自然界的神秘预兆与芙蓉镇的政治运动紧密关联。第三章第一节《新风恶俗》依然是以叙述镇上街景的变迁开篇,铺面一律变为朱红边框、白色打底;街头街尾刷上革命的标语口号;晾晒衣服的"万国旗"被取缔;各家备了彩旗,斜插在临街的阁楼上;镇上实行"五不养"的新规定,家畜绝迹;人们的关系日益政治化,来客登记、外出请假,基干民兵夜晚上街巡视;互相检举揭发;"干部交心剥画皮,没有几个好东西",威信扫地;圩上查处投机倒把,禁止私人出售农副产品、山货水产;罚胡玉音和秦书田半夜起来打扫青石板街道。第四章第一节《芙蓉河啊玉叶溪》开篇就是一大段关于"时间如河流"的感慨,继而描写芙蓉镇百业复苏、兴旺的盛况,以及经济发展所导致的环境污染、河岸崩塌、营养过剩、供大于求等诸多问题。以风俗画卷的形式开篇,是古华小说的匠心独运之处,其实也是对现代文学传统的"重新发现"。而且,芙蓉镇的风俗民情,随着政治气候和经济形势的变化而变化,这就有了乡镇风俗变迁史的意味。长篇小说在时空交织的叙事格局中,每章分设七节,每节围绕一个主要人物展开叙述,随物赋形,涉笔成趣,描写乡镇的社会风俗和世态民情,纵横交错,精心编织,前后照应,互文推进。这种乡镇风俗画卷的结构设置,"不中不西,不土不洋",在1981年的中国文学界显得比较另类,无疑是一种成功的文体创新或者"文体复归"。

小说描写"芙蓉姐子"胡玉音和丈夫黎桂桂两口子,在谷燕山和黎满庚等人的支持下,在芙蓉镇上摆设米豆腐摊子,由于食具干净、量多质优、配料香辣、服务热情,生意十分兴隆,受到国营饮食店女经理李国香的妒忌。次年,胡玉音用积攒的钱盖起了一座楼房,正值"四清"时期,被李国香和王秋赦当作"走资本主义道路"的典型,遭受批判,黎桂桂自杀,胡玉音被打成"新富农",谷燕山和黎满庚被停职。"文革"中,胡玉音被罚扫地,与秦书田偷偷同居,结果秦书田被判劳改,胡玉音因为怀孕被管制劳动,剖腹生下个胖小子。党的十一届三中全会后,胡玉音和秦书田都被"摘掉帽子";谷燕山和黎满庚都恢复原职,芙蓉镇的生活重回正轨。在小说的结尾,李国香与省里一名丧偶的领导干部结婚;王秋赦发了疯,衣衫褴褛,挂满像章,整天在街上来回游荡,高呼"阶级斗争"的口号,成为"一个时代的尾音",一个过去了的疯狂时代的象征。

与沈从文田园牧歌小说《边城》的"静观式""外在式""白描式"的叙述风格不尽相同,《芙蓉镇》情节密实,人物心理描写生动贴切,描摹世情风俗的段落自然地穿插在叙事过程之中,与小说情节浑然交融。小说追述黎满庚与胡玉音两小无猜的往事时,就采用"耍歌子"的方式传情写意,"满庚哥是摆渡老倌的娃儿。玉音跟着他进山去扯过笋子、捡过香菇、打过柴禾。他们还山对山、崖对崖地唱过耍歌子,相骂着好玩。小玉音唱:'那边徕崽站一排,你敢砍柴就过来,镰刀把把打死你,镰刀嘴嘴挖眼埋!'小满庚回:'那山妹子生得乖,你敢扯笋就过来。红绸帕子把你盖,花花轿子把你抬!'一支一支的山歌相唱相骂了下去，满庚没有输，玉音也没有赢"①。小说描写芙蓉镇女儿出嫁前夕"喜歌堂"的歌舞风俗：出嫁前夕，村镇附近相好的媳妇姐妹、亲戚家的姑嫂妯娌，都会前来"坐歌堂"，轮番歌舞，持续两到三天，歌有一百多首如：《骂媒歌》《辞姐歌》《劝娘歌》《拜嫂歌》《轿夫歌》《怨郎歌》等，曲调则有数百种，可以根据内容自由变换。"既有山歌的朴素、风趣，又有瑶歌的清丽、柔婉。欢乐处，山花流水；悲戚处，如诉如怨；亢奋处，回肠荡气"②，歌曲内容多为对父母辛勤养育的感恩、对新婚生活的向往、对包办婚姻的控诉、对离开姐妹乡亲的不舍、对未来不确定生活的担忧等。如《怨郎歌》就是对违反人性的童养媳制度的控诉："十八满姑三岁郎，新郎夜夜尿湿床，站起没有扫把高，睡起没有枕头长，深更半夜喊奶吃，我是你媳妇不是你娘！"值得注意的是，小说并非为了纯粹描写"喜歌堂"风俗而写"喜歌堂"，其目的并不仅仅局限于民俗风情的展示，而是与小说情节浑然交融，具有强烈的叙事功能。秦书田率领州歌舞团来到五岭山腹地采风，正好赶上胡玉音招亲，便将婚礼现场办成了《喜歌堂》歌舞表演会，以此为基础，改编为大型风俗歌舞剧《女歌堂》，到州府调演，到省城会演，一举成名，秦书田因此少年得志，孰料福祸相倚，第二年他就因为《女歌堂》这根"射向新社会的大毒箭"而被打成右派，下放到芙蓉镇，这是小说的一个关键性情节；而对于胡玉音一家人来说，由于秦书田与州歌舞团成员参与改编，"喜歌堂"诙谐明快风趣的成分被删除了，整个歌舞变成悲愤和哀怨的控诉，让人觉得十分压抑，"石头打散同林鸟，强人扭断连环扣，爷娘拆散好姻缘，郎心挂在妹心头"，"今日唱歌排排坐，明日歌堂空落落，嫁出门去的女，泼出门去的水哟，妹子命比纸还薄"，这个不好的兆头，与小说控诉"伤痕"的悲剧性主题形成"互文"。如此看来，小说中关于"喜歌堂"的风俗描写，绝非闲笔。

"喜歌堂"的旋律，回响在整部《芙蓉镇》的叙事中，一唱三叹；作者反复涂抹，给小说营造出浓郁的抒情氛围，奠定了小说歌颂人性美、人情美的牧歌情调。黎桂桂自杀后，胡玉音到坟岗去，秦书田坐在坟堆上唱道："蜡烛点火绿又青，烛火下面烛泪淋，蜡烛灭时干了泪，

---

① 古华：《芙蓉镇》，人民文学出版社1981年版，第13页。
② 古华：《芙蓉镇》，人民文学出版社1981年版，第29页。

妹妹哭时哑了声","蜡烛点火绿又青,陪伴妹妹唱几声,唱起苦情心打颤,眼里插针泪水深";在被罚扫青石板街时,秦书田与胡玉音相依为命,一边扫街一边轻声唱:"我姐生得像朵云,映着日头亮晶晶。明日花轿过门去,天上狮子配麒麟。红漆凳子配交椅,衡州花鼓配洋琴。洞房端起交杯酒,酒里新人泪盈盈。我姐生得像朵云,随风飘荡无定根。"这两个被政治运动打入社会最底层的人结为"黑夫妻",苦中作乐,与歌词的内容和情调十分贴合。到他们关起门来行婚礼、谷燕山带着礼物来"保媒"时,夫妻二人高兴,唱起《轿夫歌》:"新娘子,哭什么?我们抬轿你坐着,眼睛给你当灯笼,肩膀给你当凳坐。四人八条腿,走路像穿梭。拐个弯,上个坡,肩膀皮,层层脱。我笑一笑,你乐一乐,洞房要喝你一杯酒,路上先喊我一声哥。"歌词诙谐幽默,节奏铿锵明快,他们"被酒灌醉","被幸福灌醉",正是快乐心情的外显。

第四章第一节,以一篇抒情氛围浓郁的"河流颂"开篇,寓抽象于具象之中,因此并不显得突兀和造作:时间是一条河,流在记忆中,流在生命里,千回百转,百折不挠,"悬崖最是无情,把它摔下深渊,粉身碎骨,化成迷蒙的雾。在幽深的谷底,它却重新集结,重整旗鼓,发出了它反叛的吼叫,陡涨了汹涌的气势。浪涛的吼声明确地宣告,它是不可阻挡的。猕猴可以来饮水,麋鹿可以来洗澡,白鹤可以来梳妆,毒蛇可以来游弋,猛兽可以来斗殴。人们可以来走排放筏,可以筑起高山巨壁似的坝闸截堵它,可以把它化成水蒸气。这一切,都不能改变它汇流巨川大海的志向"①,"生活也是一条河,一条流着欢乐也流着痛苦的河,一条充满凶险而又兴味无穷的河"②。将时间和生活比喻成一条流动的河,本身并不新鲜,而将这个哲理与具象交融的"河流颂"镶嵌进风俗画卷似的芙蓉镇的历史变迁书写中,则显得十分妥帖,深得瑶族民歌的神韵。

小说叙事富含生活气息。如胡玉音通过责骂丈夫的方式,来表达她对失去新楼屋的怨恨,"人家的男人像屋柱子,天塌下来撑得起!""人家的男人天下都打得来,我家男人连栋新屋都守不住。"人物语言也各有特点,王秋赦的口头禅是"娘卖乖",而李国香的口头禅则是"没的

---

① 古华:《芙蓉镇》,人民文学出版社1981年版,第159页。
② 古华:《芙蓉镇》,人民文学出版社1981年版,第159页。

恶心"。小说密集地写到李国香的"口头禅",她最初对谷燕山动了心思,认为那个"北方佬"政治、经济条件都不错,但是他一是年龄大,不过"老郎疼婆娘,少郎讲名堂",也可以不计较;二是不修边幅,又喜欢喝酒,搂着他睡觉,"没的恶心"。李国香主动撩拨谷燕山,"这老单身汉却像截湿木头,不着火,不冒烟。没的恶心"。谷燕山说:"我懂酒味,不知你趣!"李国香觉得,"天啊,这算什么话? 没的恶心"。接下来,李国香看到饮食店里的女服务员穿短裙子上班,批评她"妖妖调调的","要现出你的腿巴子白白嫩嫩? 没的恶心!"李国香被王秋赦捉住双手,"竟也有点儿心猿意马。没的恶心!"王秋赦向李国香下跪表忠心,李国香先是吃了一惊,接着露出既感动又得意的笑容,用陶醉中的娇滴声调说:"起来,起来! 没的恶心。你一个干部,骨头哪能这么不硬……"这个口头禅的使用,很好地将"运动干部"李国香的阴暗心理、妒忌心态、虚伪做作表露无遗。

对地域内歇后语、方言、歌谣,甚至一些比较"浪"和"野"的口语、粗俗的玩笑话的密集使用,也是小说保持地道的风情风俗画卷的重要手段。如:"庙小妖风大,池浅王八多";"瘦狗莫踢,病马莫欺";"碰他娘的鬼哟,挂筒拉倒";"她恼恨得气都出不均匀";"黄金无假,麒麟无真";"吃活饭:跑腿,打锣,扫地";"做死事:犁田,整土,种五谷";"攒钱好比针挑土,花钱好比浪淘沙";"一鸟进山,百鸟无声";等等。小说还引用了"死懒活跳,政府依靠;努力生产,政府不管;有余有赚,政府批判"等顺口溜;"背时的凤凰走运的鸡,凤凰脱毛不如鸡。有朝一日毛复起,凤还是凤来鸡还是鸡"等歌谣。在"文革"高潮时期,"血统论"甚嚣尘上,波及镇上,十多岁的娃娃就晓得唉声叹气,采用的就是精彩的地域民间语言:"唉,背霉! 生在一个富裕中农家里,一开口人家就讲我爷老倌搞资本主义,想向地主富农看齐!""你还不知足? 你看看那些地富子女,从小就是狗崽子,缩得像乌龟脑壳!""祖宗作恶,子孙报应,活该!""唉,我爷老倌是个贫下中农就好了,这回参军就准有我哥的份儿!""你晓得? 贫下中农里头也还有蛮多差别呢,政治历史清不清白,社会关系掺没掺杂,五服三代经不经得起查……"[①] 类似的人物对话,传神写意,十分精彩。

[①] 古华:《芙蓉镇》,人民文学出版社1981年版,第100页。

小说语言风趣，多用排比、比喻等修辞手法，明显是对地域民歌的成功借鉴和创造性发挥。如介绍"右派分子"秦书田时，"有的人讲他伪装老实，假积极，其实是红薯坏肉不坏皮；有的人讲他鬼不像鬼，人不像人，穷快活，浪开心，活作孽；也有的人讲，莫看他白天笑呵呵，锣鼓点子不离口，山歌小调不断腔，晚上却躲在草屋里哭，三十几岁一条光棍加一顶坏分子帽，哭得好伤心"①；"不要这山望着那山高，端着粗碗想细碗，吃了糠粑想细粮，人心不足蛇吞象"；芙蓉镇上的人们说谷燕山"生了个蛮横相，有一颗菩萨心"；等等。同时，作者又善于应用典雅、凝练的欧化叙述语言，描摹诗画兼融的乡镇情韵，写出生活的"色彩"和"情调"，这与他下功夫苦读过"屠格涅夫、列夫·托尔斯泰、梅里美、巴尔扎克、乔治·桑"等人的作品，和阅读中国古典小说如《三国演义》《水浒传》《西游记》《红楼梦》以及五四以来的名作的读书经历存在直接的关联②，也与其劳动实践和亲身体验有关，他在五岭山下的一个小镇里住过14年③，管果园、修农具、挑煤炭、打草鞋，什么活儿都干过，有丰富的第一手的生产生活经验。

伤痕文学和反思文学皆以批判专制和愚昧，呼唤民主和文明为旨归，其内里往往有人性和人情作为精神支撑。《爬满青藤的木屋》④围绕仙姑般的"瑶家阿姐"盘青青、"打虎将似的"丈夫王木通，和前来林场落户的城市青年、"一把手"李幸福，展开矛盾冲突，在韵味酽醇的牧歌情调中，凸显人性的光辉，表达愤怒的声讨。在雾界山林区，与世隔绝的绿毛坑，有一栋爬满青藤的木屋，住着瑶族阿姐盘青青，父母过世早，她的丈夫是汉人王木通，长得身高马大，力大如牛，生育一儿一女。王木通在绿毛坑，"像个小小的一方诸侯"，令行禁止，君臣父子，各安其位，规规矩矩。场部派来"一把手"（在"文革"串联中失去了一只手）李幸福，他的牙刷、香胰子、广播操，还有那个"会唱歌的黑匣子"（收音机）里唱出的瑶山情歌"阿哥阿姐芭蕉心"，给盘青青和孩子们打开了通往外面世界的"窗口"，然而却遭到王木通的严厉压制。时常受到丈夫殴打的盘青青，沉睡麻木的心灵日渐苏醒，开始

---

① 古华：《芙蓉镇》，人民文学出版社1981年版，第34页。
② 古华：《闲话〈芙蓉镇〉》，《作品与争鸣》1982年第3期。
③ 古华：《闲话〈芙蓉镇〉》，《作品与争鸣》1982年第3期。
④ 古华：《爬满青藤的木屋》，《十月》1981年第2期。

反抗丈夫的霸权和暴力,她渴望自由的爱情,向往外面的世界,最终与"一把手"逃离绿毛坑。小说叙事的地域特征鲜明,笔触如诗如画,李幸福眼中的绿毛坑风景秀丽、幽静迷人,"沿着一条蛇一样弯弯曲曲的小路走进大森林的雾里,恍若走在迷蒙的梦里。满山满谷乳白色的雾气,那样的深,那样的浓,像流动的浆液,能把人都浮起来似的。特别是早上九、十点钟,日头露脸、云雾初散时,他坐在山腰瞭棚口,头顶千柯竞翠,万木葱茏,脚下却仍是白茫茫一派雾海,只见一簇簇高大的粤松和铁杉从这团团滚滚的雾气中浮出,真是仙山琼岛、蓬莱玉树一般,迥非人间境界了"①。此时,外面的世界正在进行如火如荼的"文化大革命",学生造反,先生自杀,读书人遭殃,这片世外桃源倒有地老天荒的安宁。浓雾再美,终将消散,蓝天清朗,白云轻悠。一场由于王木通的无知导致的森林大火,烧毁了山林,烧毁了爬满青藤的木屋,也烧毁了那个愚昧专制的世界。

《贞女——爱鹅滩的故事》②设立20章,单数章节叙述清末年少寡妇守节不贞的故事,双数章节叙述1983年一个年轻女子不守节却很贞洁的故事,双线交错,互文推进,对比性书写,体现出对人性(爱情和性爱)的深长思索。在单数章节中,萧四太爷的儿子13岁死去,娶来的童养媳杨青玉,刚刚19岁,对着祖宗牌位发誓,立志守节,后来与塾师吴朝清先生眉来眼去,看得见,摸不着,"我和你,你和我,隔着百丈崖,隔着爱鹅河,隔着天碑山!"杨青玉上吊寻短见,被三嫂救起,边骂边劝解,"若是做了吊死鬼,到阴间,就会被挂在黑岩山上,上边是青天,下边是深潭,你上上不得,下下不得,阴风吹你打秋千,厉鬼朝你放毒箭,白头老鹰飞过来,把你啄成一片片"。③到七夕这一天,吴先生溜到杨青玉的小房间,被恶犬"小豹子"咬死;杨青玉生病不治,枯槁而死,本来可以建立的第十六座贞节牌坊,也因为辛亥革命爆发而没有建立。在双数章节中,"夜来香"酒店的女老板姚桂花,生得漂亮,会做生意;丈夫吴老大是个货车司机,比她年长20岁,在夫妻生活方面"不中用",经常对她进行变态的折磨。姚桂花提出离

---

① 古华:《爬满青藤的木屋》,花城出版社2016年版,第6页。
② 古华:《贞女——爱鹅滩的故事》,《花城》1986年第1期。
③ 古华:《贞女》,《爬满青藤的木屋》,花城出版社2016年版,第135页。

婚,受到各方面的阻挠;吴老大出车祸摔死,姚桂花与徒弟车杆子历经波折,终于打证结婚。小说行文中引用不少五岭地域的瑶族山歌,如"月亮出来像把梳,同年哥哥手脚粗。手脚粗来妹欢喜,爬山爬岭气力足","吃泡(指刺莓)要吃三月泡,恋妹要恋一般高,一般高来哪点好?嘴对嘴来腰对腰",自然是经过作者认真地择取,与人物塑造和故事情节贴合无间,由此形成浓郁的诗化氛围。小说结尾部分乡政府房顶上新装的"电视机天线",无疑预示着一个崭新的时代已经到来。

在现实背景中观照民情风俗,以民情风俗的变化描写政治、经济生活的变迁,这是古华小说创作的突出特点。《浮屠岭》中那个遥远的山寨,虽然交通不便,与外界重山阻隔,却并非"世外桃源",当田发青秘密组织分田到户时,等来的却是银铛入狱的结局;《姐妹寨》中两代歌手只是唱唱山歌"竹鸡调",就足以扯动"左的神经",酿成大祸;《"九十九堆"礼俗》采用荒诞的现代主义的表现手法,却可映射出山村中文明与愚昧正进行着方兴未艾的冲突。古华笔下的乡土风俗、牧歌情调,从来就不是一潭"静止的"死水,而是一条鲜活的汹涌流淌的河流。

二 叶蔚林的木兰溪

叶蔚林出版过小说、散文集子《白狐》《酒殇》《初别》《过山谣》《蓝蓝的木兰溪》《在没有航标的河流上》《五个女子和一根绳子》等,其代表作如《在没有航标的河流上》、《蓝蓝的木兰溪》和《捉狗鱼的人》等小说聚焦瑶族居住区人民的生活,富含地域民族风味,兼容牧歌情调与时代气息,在伤痕文学潮流中别开生面,地域文化因素在其审美建构中具有重要意义。

叶蔚林曾经于1969年举家下放到湖南省江华瑶族自治县,在以后将近4年的时间里,他完全以一个普通劳动者的身份,参加了农村的各项体力劳动。砍树、放排、打猎、养蜂,什么活儿都干过,很快他就成为了一个干农活的行家里手;他还在农闲时节,多次深入附近的各个村寨,了解民情,搜集素材,整理民歌,体验瑶家人的日常生活,掌握他们的所思所想、喜怒哀乐,为创作做了丰富的准备。早期叶蔚林的小说、散文创作,如《过山谣》《晶妹子》《大草塘》等,歌颂新时代的新人物，用他自己的话说，就是"没有突破写好人好事的范畴"①，如《过山谣》书写以盘细妹为代表的瑶族人民建设美好新生活的努力过程；《激流飞筏》描写复员海军战士克服困难练成激流飞筏的过人本领的拼搏过程；《捉狗鱼的人》描写瑶族普通劳动者盘金旺的艰辛生活；等等。虽然是歌颂好人好事，但是叶蔚林的创作却并没有成为过眼烟云，今天读来依然让人感到魅力十足，这是一批能够在文学史上留存下来的作品，其原因在于两点：一是文本描写的生活真实生动，没有落入当时流行的"三突出"的窠臼。只有内容真实、细节真实、情感真实的作品，才具有生命力，才能经受住岁月的考验，经受住一代代读者的淘洗，这是现实主义文学的巨大力量。二是文本的艺术性强，带有鲜明的地域民族风情，流淌着浓郁的诗情画意。《捉狗鱼的人》描写盘金旺与妻子的对话：

> 妻子说："歇了吧，明日早起上山种包谷。"
> 盘金旺说："不了，明日起，我下水捉狗鱼。"
> "你……"
> "是我，我叫狗鱼盘。"
> "可是，你发过断头誓。"
> "共产党毛主席好，红日高照，百无禁忌！"
> 妻子不吭声，停停又说："秀水冲阴气逼人哪！"
> 盘金旺说："哪比得上山主逼人。"
> "秀水冲水冷刺骨呵！"
> "忘不了冰雪割肉的刀！"②

小说人物的对话语言，深受瑶族民间山歌的影响，富含诗意，多用引类譬喻、连迭复沓、夸张铺排、对仗参差的修辞手法，音调铿锵，简洁协韵，深得山歌艺术的神髓，却又并非简单的化用，而是自铸新词，在文本中作天衣无缝的剪裁，与全篇艺术氛围浑然交融，调节小说叙事节奏。叶蔚林善于"用美的文字，用美的意境，用牧歌般的谐趣，表

---

① 叶蔚林：《第一步和第二步之间》，花城出版社2016年版，第270页。
② 叶蔚林：《捉狗鱼的人》，《湘江文艺》1975年第6期。

现了一种把人向光明引领的精神力量"①。

　　叶蔚林最早以写诗成名,创作的歌词《挑担茶叶上北京》,至今已经传唱 50 多年。他的小说具有诗意,善于将瑶歌的节奏、音韵和意境化入叙事之中,取得了较大成功。他获得过全国优秀短篇小说奖的《蓝蓝的木兰溪》②,描写公社女广播员赵双环人性觉醒的故事,在伤痕文学中有别具一格的艺术魅力。美丽的"木兰溪像一条蓝色的丝带,挽起两岸错落的村寨,和高高低低的吊脚楼"。赵双环就是菇母山区木兰溪公社的广播员,瑶族姑娘,"刚满二十一岁,正是姑娘家鲜花盛开般的年华。她美丽、端庄、朴实;她温柔、沉静、落落大方。她那双明媚的眼睛并不特别大,盖着长长的、微翘的睫毛;抬起来亮晶晶,低下去静幽幽。她说话慢慢的,脸上总是带着善良的微笑。她站在山岗上,就像一竿新竹;她站在小溪旁,就像一棵水柳;如果她偶尔戴起红色的盘头帕,站在公社大门口,远远望去,就是一株开花的美人蕉了"③。作为广播员,赵双环的声音更美,小说描写道:"一阵洪亮的吹奏乐,迎面扑来。霎时间驱散了黑暗、寒冷和寂静。接着就响起一个姑娘的声音;这声音是那么清晰,那么圆润,那么柔美。它糅合在空气中,颤动着,流转着,无处不在,无处不有。播音员讲的是瑶话,我完全听不懂。然而恰恰是这种不懂的语言,却包含着无限的内容;正如没有歌词的乐曲,更能激起人们的想象。在那短短一瞬间,我联想到流泉和清风,蝴蝶和鲜花;联想到阳光在绿叶上波动,鱼群嬉戏在涟漪间……"④ 年轻瑶族姑娘赵双环,业务本领高,专业能力强,工作踏实肯干,不辞辛劳组织架设了全公社的有线广播网,认真准备播音节目,成为远近闻名的参观学习对象,收获了巨大的荣誉。赵双环的名字"有如风中的鸽哨,响遍四山",是全县知名的先进典型,公社副书记盘金贵介绍她入党,推荐她参加县党代会,视其为掌上明珠,好像古董商轻易不肯拿出来的"珍藏",对其严加看管。荣誉也是一具枷锁。赵双环每天刻苦学习,穿最朴素的衣服,不能唱山歌,不能恋爱,盘金贵反复告诫她要爱惜荣誉。她十分珍惜荣誉。不过,"荣誉是什么呢?是理想的花朵吧?是

---

① 肖建国:《怀念叶蔚林》,《羊城晚报》2006 年 12 月 19 日。
② 叶蔚林:《蓝蓝的木兰溪》,《人民文学》1979 年第 6 期。
③ 叶蔚林:《蓝蓝的木兰溪》,《人民文学》1979 年第 6 期。
④ 叶蔚林:《蓝蓝的木兰溪》,《人民文学》1979 年第 6 期。

生命的花朵吧？生命有了它，不是应该更加丰满、充实，更加欢乐吗？为什么一个人有了荣誉，便要像寺庙里木偶、神像那样，冰消了理想、热情，甚至连言谈举动都要受到监视呢？那么荣誉的意义在什么地方呢？……"① 在无眠的深夜，赵双环想起从前的生活，虽然父母早逝，辛苦贫穷，四季赤脚，替人放牛，但是她可以唱歌跳舞，骑牛过村寨，整个天地都是自己的。她渴望自由，渴望得到这个年龄应有的爱情，宁愿舍弃已经获得的所有荣誉。小说结尾是她与下放知青肖志君恋爱，盘金贵又培养出新的典型人物——养猪模范莫翠花，对她实施更加严格的监管和"爱护"。一切真正的创造都是艰难的。《蓝蓝的木兰溪》就是叶蔚林长期生活经验的"厚积薄发"，体现出艺术创造主体的艰辛努力。叶蔚林说过："生活积累大致有三个方面，即材料积累、认识积累和感情积累。这也是生活积累的三个阶段，但它们往往又是互相渗透的、不可分割的。"② 叶蔚林对瑶族人民饱含深情，对他们的苦难生活感同身受，他的文学之"根"深植于五岭山下这片贫瘠而富饶的热土之中。

善于书写地域风景和民族风情，本身并非小说创作成功的可靠保证，还需要作家巧夺天工的匠心组织。小说《五个女人和一根绳子》③讲述山村中的五个女子，为了逃避即将到来的婚姻，飞升天上的"花园"，结伴自缢于山村磨坊的故事。这个题材本身耸人听闻，作家需要有超强的叙事能力来"说服"读者，让"假"成"真"。五个女子，年龄为18岁到21岁，正是好年华，相好得要命，"要活齐齐活，要死死一堆"。明桃年纪最大，21岁，十月初四即将出嫁，"出嫁就是进了鬼门关"，男人打，婆婆骂，她想赶在九月初九重阳节上天游"花园"。五个女子一边刈丝茅草，一边当玩笑话说，说着说着就好像真的了。爱月的奶奶辛苦一生过八十大寿也不能坐席；荷香的嫂子长期被哥哥打骂找了个情人却被哥哥捉住游街；桂娟的姐姐嫁了个好人却在生产时大出血死去；五个女子让女巫"十八仙姑"请来前年吊死的淑云姐，讲述天上"花园"的美好生活：住楼上，吃包子、油条、豆腐、鱼肉，种

---

① 叶蔚林：《蓝蓝的木兰溪》，《人民文学》1979年第6期。
② 叶蔚林：《生活积累纵横谈》，《文学报》1986年6月19日。
③ 叶蔚林：《五个女子和一根绳子》，《人民文学》1985年第6期。

第四章 两湖武陵地域书写

花浇水就是工作,那里男人不打女人、女人自由跟男人相好、生小孩有医生没危险——这当然是基于山村现实生活的合理想象。最后她们在老油坊用一根绳子集体上吊而死。听到噩耗后,全村人都来"看热闹",明桃妈还不忘将一碗红薯粥倒回锅里免得浪费;金梅爹与明桃爹为上吊用的苎麻绳子吵了起来,差点动手。这篇小说明显不同于叶蔚林此前的牧歌式写作,而以揭示山村愚昧落后的风俗观念为目的,继承了鲁迅国民性批判的优秀传统精神,同时也让读者看到经济落后、文化闭塞的山村女人命运的悲惨现实、人们精神上的麻木不仁和愚昧可怜。但也必须指出,这篇小说还存在着不尽协调的地方,比如描写"蚝街闹子"上少男少女自由的"游戏"——野合,就与整部小说压抑的气氛不合拍。《白狐》中的女猎手钟菌儿,牢记父亲的遗言,怀抱打个"对眼穿"的执着,在深山老林中长年独居,苦练本领,猎杀白狐,是一个"女版"孤胆英雄,从中不难看出小说受到了海明威的《老人与海》或者杰克·伦敦的《热爱生命》的直接影响。这些小说的题材选择,近乎传奇,虽然有丰富的生活经验和浓烈的地域风味作为叙事支撑,读来还是让人觉得有些隔膜,没有达到生活"真实"与艺术"真实"的完美统一,没有实现"现实主义"与"浪漫精神"的有机交融。

从艺术创造性的角度来看,叶蔚林真正的代表作可以以其中篇小说《在没有航标的河流上》[①]为代表。小说从一个"文革"期间被推荐到省城上大学的青年"我"(李冬平)的视角,描写水上人苦难艰辛却有情有义的生活,再现特殊岁月民生凋敝、政治动荡、经济混乱的不堪现实。因为没钱坐不起班车,"我"乘坐舅公盘老五的木排,顺着潇水漂流,一路下行。木排上还有神情阴郁的青年排工石牯、老实巴交的中年排工赵良。一切景语皆情语,"我"离开故乡上大学,虽有留恋,却是人生得意事,看两岸景色如画,心旷神怡,潇水上没有航标,河流单纯质朴,好比山村少女,清水出芙蓉,天然去雕饰,"在它的上游,大部分河道都被夹在两岸的青山之中,好像一条走不完的长廊。它的流水清得出奇,树影映在水面上,连枝杈间的鸟巢都可以看清楚。只要你在潇水上游航行过,一定会产生这种奇异的感觉,天地之间的界限似乎完全不存在了,鸟儿在水底飞翔,鱼儿游上山冈;人呢,根本搞不清自己到

[①] 叶蔚林:《在没有航标的河流上》,《芙蓉》1980年第3期。

底是在水中，还是在天上。周围的一切都是绿的，绿得教人心醉。唯独在河道的远方，蒙蒙的雾气，荡漾着一抹幽蓝，这蓝色时时召唤你，引诱你，逗起你的无尽遐想。可是你往前走，那幽蓝又变成绿的了，你永远别想到达那个境界"①。潇水流域流传着女英和娥皇的神话，舜帝南巡死于苍梧，她们的眼泪化作流淌的潇水，又将青竹染成斑竹。但是，这条幽静的河流毕竟不是世外的桃源。老排工盘老五，乐观坚强，放浪形骸，满不在乎，粗犷善良，他十五岁放排，天做帐，水做床，年轻时有个相好吴爱花，却因在观音滩撞散木排欠下压死人的"磨盘债"，只能眼见心爱的姑娘嫁给别人；年老了，就为了赚几个活动钱，被区委书记李家栋、公社刘组委当作"资本主义"批斗，跪瓦片，顶磨盘，但这一切都打不倒盘老五，风里浪里他有一个自由的人生，他脱下裤子朝着水稻田里劳动的男女社员们撒野，他有几段足堪回味的露水姻缘的快活日子，他仗义直率忍辱负重不怕牺牲豪气冲天；青年排工石牯的恋人改改姑娘，被迫嫁给李家栋的亲侄子，她偷跑出来，到河边等候石牯，男有情，女有义，终于得到一夜欢爱；一心为民的区长徐鸣鹤被撤职批斗，在村里接受劳动改造，生痨病，常吐血，得不到有效治疗，石牯、赵良和盘老五冒险将他救出，转移到打鱼的老魏头那里养病；盘老五花光积蓄买到人参，托已经沦为乞丐的吴爱花给徐区长带去养病。他们冒着风雨，连夜放排，宁可死在水里，也不愿意在双河街过夜，承受压抑和委屈，危急关头，盘老五让"我们"跳水逃生，他独自驾驶木排撞向树垛。好在福大命大，木排未散，盘老五也没事。小说"流浪汉"式的叙事结构、生动细致的风景描写，明显受到契诃夫的《草原》、高尔基的《在人间》等小说经典的启发，人物心理活动与自然景物描写浑然交融，富含象征意味。"没有航标的河流"，自然是当时中国混乱政治生态和社会生活的象征；木排上的自由快乐与河岸上的专制压抑形成鲜明对比；无处不在的河雾，模糊了人们的视线，盘老五亲自"掌招"，"庄严、坚强"，充满活力，要"与命运抗争"；"排行五六里，太阳出来了。浓雾中的太阳，像一只巨大的蛋黄；它的光芒在雾中散射，把雾染成金色，碾成微末，并且最后加以驱散。于是露出了紫微微的天

---

① 叶蔚林：《在没有航标的河流上》，《芙蓉》1980年第3期。

空，绿色的两岸；接着又看见了那幽蓝的神秘的远方"①，太阳驱散迷雾的传统意象，在此得到又一次地成功应用；类似的书写，还有黑夜与白昼的交替时刻，黎明前的黑暗，一片模糊，一切颠倒，让人产生错觉，这无疑是那个混淆黑白的疯狂年代的象征；由红军女战士变成的姐妹鸟，总在深情呼唤，"好好生活，好好生活"，好像在告诫人们，不要烦闷，不要颓丧，要有信心；流淌的河流整体上也是前进的时代的象征。作家李国文认为这是一篇"生活流"小说，木排"一路航行过去，故事和人物也随着发展下来，这一路上，让你领略湖光山色之美，让你欣赏水上航程之美，让你品味民风民俗之美，更让你体验具有执著情感，深沉胸怀，甚至还有点粗犷偏拗性格的土地之美，普通人之美。真是一篇美不胜收的小说"②。这是文学史上已有的较为成熟的文体，叶蔚林的小说创作无疑丰富了这种文体的表现广度和深度。

在1981年写成的创作谈《第一步和第二步之间》中，叶蔚林谈到自己所受到的外国文学传统的深刻影响，特别提到受过契诃夫、莫泊桑、梅里美、泰戈尔和屠格涅夫等作家的影响和熏陶，而在其晚年写成的《谒沈从文墓》一文中则对前辈作家沈从文笔下的"自然美、人性美、人情美、文体美、文字美"推崇不已，显然寄托了传承文学谱系的期待。与古华一样，叶蔚林是可以视为伤痕文学时期沈从文传统的最好继承人的。

---

① 叶蔚林：《在没有航标的河流上》，《芙蓉》1980年第3期。
② 李国文：《印象的断片》，《文学界》2007年第4期。

第五章 两湖中部地域书写

两湖中部地域书写，主要是指现代作家对两湖中部地域的文学呈现，按照现行行政区划来看，大致包括衡阳、娄底、湘潭、益阳、常德、荆州、荆门、襄阳、随州、孝感等地。其中，黎锦明书写湘潭的小说"蓬勃着楚人的敏感和热情"，叶紫书写其在益阳"经历过"的悲愤，周立波描写益阳农业合作化运动的小说是一曲清新的田园"新型牧歌"，晓苏的"油菜坡"燃烧着温暖的人性火光，吕志青的小说在先锋叙事中完成地域空间构造，陈应松在公安、神农架与荆州之间的跨地域写作别有深意，刘继明、刘诗伟、达度等人的江汉平原书写摇曳多姿，等等，这些创作构成了现代文学史上令人注目的两湖中部地域书写现象，值得研究。

第一节 黎锦明"蓬勃着楚人的敏感和热情"

鲁迅在选编《中国新文学大系·小说二集》时，将蹇先艾、裴文中、许钦文、王鲁彦、黎锦明等人的创作命名为"乡土文学"，又名之为"侨寓文学"。这批作家，人在异乡，描写"他的胸臆"中的故乡，在想象中发抒地域的乡愁，在其他地域的读者看来难免是"异域情调"的呈现。这一创作群体，在现代文学史上被视为鲁迅影响下的五四乡土小说作家群，或者"乡土小说派"。

黎锦明出生于湘潭县晓霞乡，此地重峦叠嶂，溪水长流。黎家是书香门第，与齐白石比邻而居。黎锦明先攻美术，后转文学，一生创作丰硕，其小说创作主要分为三种类型，其一是青年知识分子恋爱题材，如《饶幸》《四季》《蹈海》《社交问题》《轻微的印象》等；其二是地域乡土题材，如《复仇》《高霸王》《唐寡妇》等；其三是革命斗争题材，如《尘影》《战烟》等。这三种题材类型的小说，"很少乡土气息，但蓬勃着楚人的敏感和热情"①。"楚人的敏感和热情"既是黎锦明的人格徽章，也是其小说创作的特有的风格标志。事实上，黎锦明12岁离开故乡，并非其小说"很少乡土气息"的必然理由。正如我们所知道的，黄永玉离开故乡凤凰时，也是12岁，但其长篇小说《朱雀城》的字里行间却弥漫着边城的日常生活气息。鲁迅在自评创作历程时说过，《药》《孔乙己》《狂人日记》等篇什因为"表现的深切和格式的特别"，颇为激动了青年读者的心，但其所受到的果戈理、尼采、安特莱夫等外国作家的影响也十分明显，此后创作技巧更加圆熟，刻画更加深切，如《肥皂》《离婚》等篇什，却因为"减少了热情"，而较少受到读者的关注了。② 在鲁迅看来，黎锦明创作的可贵之处，正在于贯注其文本中的持续不断的"楚人的敏感和热情"，乡土气息虽然较少，地域文化精神却贯穿始终。

1926年小说集《烈火》再版时，黎锦明这位早熟的作家就已经开始悔其"少作"了，他在《自序》中写道："在北京生活的人们，如其有灵魂，他们的灵魂恐怕未有不染遍了灰色罢，自然，《烈火》即在这情形中写成，当我去年春时来到上海，我的心境完全变了，对于它，只有遗弃的一念。"③ 从小说集《雹》（再版时改名为《复仇》）、《破垒集》开始，黎锦明"换了些披挂"，交织进轻妙的讥讽，行文渐有成熟气象，显示出一个"好的故事作者的特色"，行文有时"瑰奇"——如中国的屠绅；有时"警拔"——如波兰的显克微支，文字有声有色，读来令人忘倦，其缺失则在于"陆离光怪的装饰"，"见得鹘突"④。被鲁迅收入《中国新文学大系》的小说《社交问题》和《轻微的印象》，描写爱情的落寞和悲哀，相爱的人不能如愿，往往在命运、现实、经济、习惯、陈见的播弄下黯然神伤。《蹈海》和《一个自杀者》都是描写爱情失意后的自杀，前者是肉体与精神上的双重悲剧；后者则因为寡妇的相救而

---

① 鲁迅：《现代小说导论（二）》，《中国新文学大系导论集》，岳麓书社2011年版，第116页。
② 鲁迅：《现代小说导论（二）》，《中国新文学大系导论集》，岳麓书社2011年版，第106—107页。
③ 黎锦明：《烈火》，开明书店1926年版，第2页。
④ 鲁迅：《现代小说导论（二）》，《中国新文学大系导论集》，岳麓书社2011年版，第116页。

演变为人生轻喜剧。《琼昭》中的女主人公既不满意于"海归"哲学家适厂，也不满意于善解人意却生性风流的映秋，自己中意的青年军官江修却一心只想占有她年轻的肉体，最后她嫁给了花匠壬生，小说由此表达出"劳工神圣"的主题，富有浓郁的爱情理想主义的色彩。

"楚人的热情"还表现在黎锦明的革命斗争题材的小说创作之中。《战烟》描写上海"一·二八"抗战故事，采用双线交织的方式，将前线的浴血抗战与后方的醉生梦死进行对比性书写，表达浓烈的爱国激情与深沉的社会批判。黎锦明自称"费去不少的精神和健康"的小说《尘影》，聚焦广东海丰县轰轰烈烈的农民运动，成功塑造了熊履堂这一个生性淡泊、清正严明、廉洁奉公、作风扎实、舍身为民、视死如归的农运领袖人物形象。这是一篇开启"农运"写作先河的小说，受到鲁迅的及时关注和热情推许，并为其亲自撰写了"序言"，预言中国的"大时代"即将到来，这个"大时代"并不一定必然指向"生"，也有可能会指向"死"；小说主人公熊履堂，就是众多的"为爱的献身者"之一，他们虽然死去，新的一代人却在生长，人生代代无穷已，小说结尾处主人公的儿子小宝，高唱着"打倒列强"的歌曲，预示着革命有了新的希望，或者说新一代的革命活动重又轮回。

在黎锦明的小说创作中，最具有地域文化氛围和地域文化特征的篇章，当属其描写故乡传奇故事的《复仇》《高霸王》《冯九先生的谷》等，以及描写故乡底层人民爱情悲剧的《株守》《唐寡妇》《水莽草》等篇什。

板桥驿来了一支神奇的马戏团，他们行走江湖，以卖艺为生。当夜月黑风高，他们表演的刀术、马术、剑术、魔术出神入化，他们的伴唱歌曲全都是复仇的主题，唱得慷慨激昂，令人血脉偾张，后半夜，镇上的人们都怀着满足的心情入睡，这群人血洗了黄七老爷全家，他们打着火把，高唱着反帝、反统治者的歌曲离开。这是《复仇》的基本情节。镇上知情的老人们讲述，30年前黄七老爷与方板桥打过一场天大的官司，黄七老爷买通官府，方氏家族几乎被灭族，只剩下一个遗腹子，被弄蛇的乞丐收留，后来漂泊到贵州，学成高超武艺，这次带人回来复仇了。小说结尾暗示出方氏子遗走上了革命道路，这在一定程度上消减了复仇的血腥和盲目成分。《高霸王》沿袭"官逼民反"的传统主题，描写因反抗索税将官兵打伤的农民高霸王，入山习武，此后啸聚山林，替天行道，攻占县城，打开仓库，分散财物，拯救百姓的故事。这支数千人的队伍，后来在进攻邻县时全军覆没，但其豪气干云和薄天义气的英雄故事，一直在民间流传，成为底层民众发抒义愤和幻想公平的乌托邦，是他们反抗压迫、抵御强权的精神支撑。"楚虽三户，亡秦必楚"，楚人自古以来就有反抗暴政追求自由的传统。《高霸王》书写民间草莽英雄传奇故事，文笔刚健，气势雄浑。小说中地域文化氛围的营造与人物的豪迈行为相映成趣、相得益彰。《冯九先生的谷》则可以视为《高霸王》的对应性篇章，石潭镇的大地主冯九先生，富甲一方，却为富不仁，大灾之年也不肯借粮周济乡亲，也不同意饥民们以工换粮的请求，导致乡亲们或者投军，或者上山为寇，这批人带着部队，或者带着喽啰们前来，冯九先生每次都成为挨宰的"肥羊"。楚人奔放的感情，狂躁的性格，强悍的民风，嗜斗的民俗，瑰伟的想象，反抗的暴烈，在这些小说中都得到鲜明的体现。

《株守》中山村农民瘤大，与梅喜姑娘在麻地里私定终身，无奈家境贫寒，眼看着梅喜嫁给他人；瘤大远避他乡，后来投军多年，依然一身贫困，等他返乡时，梅喜姑娘已经成为"润寡妇"，守着一家茶店度日。瘤大便"株守"在茶店旁，时时唱起山歌，借此安慰心上人。但是，"润寡妇"无法忍受贫困的生活，为寻生路，她只得改嫁当地富人。瘤大失望至极，心神恍惚，绝望的躯壳最终倒毙于荒野。小说将地域文化中的山歌子、山野的气息、风景风俗等，描摹如画，颇见功力。《唐寡妇》中的女主人公唐寡妇，带着儿子过活，她不顾世俗的白眼，将从外乡流浪过来的生病的汉生，接到家中，细心照顾，相依为命，后来汉生外出投军，三年后升任连长，写信回来说要买房置地；唐寡妇以为自己苦尽甘来，即将成为大瓦屋的女主人，却不料汉生早已在外另娶了一房太太。墙倒众人推，人弱被人欺，唐寡妇的儿子在打鱼时也被邻村的孩子们合伙群殴打成重伤。唐寡妇急火攻心，投水自杀，被人救起来，母子俩躺在草席上，长夜漫漫，苟延残喘的艰难日子正未有穷期。《水莽草》中的乡绅少爷疯狂追求家中的美貌婢女，婢女却早已与勤劳的长工相好，二人一时想不开，吞食水莽草殉情；少爷受此打击，也神志不清，坠崖摔死。黎锦明书写的乡间爱情，过程多为苦恋，结局多成悲剧，叙述平实，地域特征鲜明，却自具感人的悲愤力量。

第二节 叶紫"经历过"的悲愤

湖南益阳人叶紫著有短篇小说集《丰收》《山村一夜》，中篇小说《星》和数篇散文，在其二十七年的短暂生命中，创作量并不算大，千古文章未尽才，却篇篇"饱满结实"[①]。在既有的文学史叙述框架中，叶紫是作为"革命+恋爱"式写作的代表性作家而存在的，这种小说叙事是在时代风云激荡下知识分子由"小布尔乔亚"向"普罗列塔利亚"的转化过程中的书写模式，最容易出现"公式化"、"口号化"和"概念化"的毛病，但在此创作潮流中却并非没有成功之作，如叶紫的小说就"不仅含有丰富的政治、历史文化内涵"，而且"也是一种源于生命内在体验的青春书写"[②]；如果不是采取历史虚无主义的态度，我们就会发现，这种书写模式的经验与教训，都直接影响到了其后的工农兵文学创作。

一 复仇

1935年，收录《丰收》《火》《电网外》《夜哨线》《杨七公公过年》《向导》等六部小说的短篇集《丰收》，与萧红的《生死场》、萧军的《八月的乡村》一起作为鲁迅主持的"奴隶丛书"出版，叶紫作为"三奴隶"的成员备受左翼文坛瞩目。《丰收》由鲁迅作序，木刻家黄新波创作十二幅插图，次年又出再版本，半年内重印三次，于此不难想象该书所受欢迎的程度。

鲁迅在《叶紫作〈丰收〉序》中充分肯定写作者生活经验的重要性，认为作者亲身"经历过"的"所遇，所见，所闻"，要远胜于那些困守书斋面壁虚构的"天马行空"式的"天才创造"，因此他更愿意阅读契诃夫、高尔基等作家的"和我们的世界更接近"的书，他进而肯定叶紫小说集中的六个短篇，"都是太平世界的奇闻"，而最奇怪的是先前的"奇闻"如今已经成为"极平常的事情"，青年作家叶紫虽然只

[①] 杨义：《中国现代小说史》（中），《杨义文存》第2卷，人民出版社1998年版，第318页。
[②] 丁帆：《中国乡土小说史》，北京大学出版社2007年版，第123页。

是一个青年,但他的人生阅历,"却抵得太平天下的顺民的一世纪的经历"。① 借此申发出小说的意义,"文学是战斗的!"② 叶紫"经历的"悲愤,决定了他短暂创作生命中所能达到的高度。

叶紫出生于洞庭湖区,具有湖南人"多流于倔强"的"民性"③,父亲和二姐在大革命失败后,被益阳县团防总局局长曹明阵杀害,母亲在"陪斩"中受刺激精神失常,大姐和几个叔叔同时被悬榜通缉,正在中央军事政治学校武汉分校学习的叶紫匆匆回家奔丧。散文《我怎样与文学发生关系》回忆了这段不堪回首的家庭痛史,15 岁的少年遭此打击,像一只"刚刚学飞的雏燕""被人家从半空中击落下来"。④ 更恐怖的是,叶紫发现自己当时也受到通缉,情况十分危急,他在亲戚的帮助下,化名汤宠,逃出白色恐怖笼罩的益阳;为了报仇,叶紫求仙访道,四处流浪,做苦工,拉洋车,行乞讨,投军队,历经艰难,饱受屈辱,终于认识到:"剑仙,侠客,发财,升官,侠义的报仇……永远走不通的死路!"⑤ 1929 年叶紫来到上海,加入中国共产党,参加左联,很快就从个人仇恨的深渊中走出来,将自家的仇恨与人类的不平等和中国人民的命运联系起来,他后来在《病中日记》中写道:"即使他是我的杀父之仇,只要他是在前线杀敌,为国家民族的生存受了苦难,只要我的力量能够救他,我一定会去救他的。"⑥ 民族大义、国家利益已然超越了个人恩怨,甚至包括先前不共戴天的杀父之仇,表明叶紫的思想认识已经跃升至崭新的境界;叶紫 1931 年被捕,被关押于上海龙华警备司令部监狱,被党组织营救出狱后,与汤咏兰成婚,生有一女二子;在此后的六年时间里,叶紫全身心投入创作,因患肺结核和肋膜炎,加上长期的紧张工作和恶劣生活环境所造成的身体素质的急剧下降,病逝于益阳乡下茅草屋。其苦难的经历,成就了他文学创作的辉煌。

---

① 鲁迅:《叶紫作〈丰收〉序》,《鲁迅全集》第 6 卷,人民文学出版社 1981 年版,第 220 页。
② 鲁迅:《叶紫作〈丰收〉序》,《鲁迅全集》第 6 卷,人民文学出版社 1981 年版,第 220 页。
③ 钱基博:《近百年湖南学风·导言》,岳麓书社 2016 年版,第 2 页。
④ 叶紫:《我怎样与文学发生关系》,载叶雪芬编《叶紫散文选集》,百花文艺出版社 1992 年版,第 41 页。
⑤ 参见叶雪芬编《叶紫散文选集》,百花文艺出版社 1992 年版,第 189 页。
⑥ 叶紫:《病中日记》,参见叶雪芬编《叶紫散文选集》,百花文艺出版社 1992 年版,第 195 页。

二 "丰灾"与革命

代表作《丰收》描写农民曹云普一家人"丰收成灾"（"丰灾"）的过程，视野开阔，细节真实，益阳风情浓郁，具有极强的现实说服力和情感感染力。云普叔是一个老派农民，安分守己，任劳任怨，类似于茅盾笔下的老通宝（《春蚕》），他总是幻想着通过劳动发家致富，但惨烈的现实却从未让他如意：去年的水灾失去了老父亲和小儿子；今年的春寒，让他担心年成不好，便及早准备，卖掉唯一的住房，向地主何八爷提出加种七亩田，幻想扳本翻身；他找高利贷借了一斗蚕豆，就为了要搏一个吃饱饭下田的好兆头；他不惜将女儿卖给人贩子，以换得谷种；他扛着万民伞，抬着关帝爷祈雨；他看到水稻长势喜人，就开始幻想秋后给儿子说亲，明年就可以当爷爷了；终于丰收了，他在村里第一个安排"打租饭"，请来脑满肠肥的何八爷、李三爷、陈局长，杀鸡宰鸭，打酒备菜，希望他们能够理解他的难处，减轻租税，却不料那些人酒足饭饱后，不仅没有答应减租，反而加重征税，长工们挑空了一百多担新谷，云普叔还欠下一大笔剿共捐、救国捐、团防捐……心痛之极，"他的口里冒出鲜血来"[①]。云普叔的儿子曹立秋，是一个比茅盾笔下的多多头（《春蚕》）更为成熟的人物，在云普叔看来这个儿子"忤逆""不孝"，不敬鬼神，不相信祈雨的那一套；他与农会的癫大哥筹划抗租，认为"自己收的谷子自己吃"，谁要吃谷谁就自己种。这种反抗是从原生态的真实生活出发的结果，并不是从概念、理想出发的演绎，有着作者坚实的生活经验作为基础，对农民艰难的生存有着本质性的理解，小说并没有处心积虑地凭空塑造"英雄人物"，而只是关注那些悲凉土地上的悲凉人们，他们在"无法活"的前提下采取了自发的、本能的、个体性的"想要活下去"的努力。这就远比那些"革命的罗曼蒂克"小说要深刻、质朴、感人。《丰收》的结尾部分，病重的云普叔不再反对儿子参与现实革命斗争的"过激"做法了，他鼓励儿子说："你去吧，愿天老爷保佑你们！"同样是书写"丰收成灾"，与茅盾的《春蚕》、叶圣陶的《多收了三五斗》相比，《丰收》风格独著，地域特

[①] 叶紫：《丰收》，《叶紫创作集》，人民文学出版社1955年版，第1页。

色鲜明,"画面何等严酷、逼真"①。《火》是《丰收》的续篇,曹立秋与癞大哥发起抗租运动,他们带领农民兄弟冲进何八爷的高墙院落,捣毁庄园,没收财产,打开仓库散粮;在敌人的重兵围剿中,战略转移,躲进雪峰山,最后参加工农红军。革命行动已经像烈火,大地在燃烧。叶紫《丰收》中的人物形象,都有生活原型,"云普叔"是他的亲表叔,"曹立秋"是他的亲表弟,为了纪念他们,这篇小说"我流着眼泪写了出来"。② 这无疑是一部饱含作者人生经验和深沉情感积累的小说。茅盾在读到《丰收》后喜不自胜,高兴地评论道:"在二万数千言中,它展开了农事的全场面,老农的落后意识和青年农民的前进意识,'谷贱伤农'以及地主的剥削,苛捐杂税的压迫。这是一篇精心结构的佳作。"③

《电网外》一共七节,描写老农王伯伯从精神麻木沉睡到逐渐醒悟反抗的思想转变过程。儿子参加红军,王伯伯骂他自找死路;白军架设电网对付红军,要拆除王伯伯的房屋,王伯伯拿出全部积蓄送给白军只求不要拆屋,白军拿到钱后放火烧屋,家里的一切被烧光;儿媳妇和两个孙子都被白军枪杀,"谷子,房子,畜牧,家具,而且还有:——人!"一切都没有了!王伯伯终于认识到了白军的反动凶残本质;第二天清晨,"他朝着有太阳的那边走去了"④。逼上梁山,人间只剩下这条路了。《向导》中刘翁妈的儿子被官军以"土匪侦探"的名目斩首,她自伤腿脚,演了一出苦肉计,赢得官军的信任,她充当向导,带领官军走进了造反的农民兄弟们的包围圈中,官军被全部歼灭。

这些小说,宛若"黑白分明的铅画",田主与农民之间阶级阵营对垒森严,激情饱满,是非恩怨一清二楚,有一种冲突斗争的"悲壮的美",正如刘西渭所说:"虽说身体孱弱,叶紫却没有留下一篇感伤颓废的作品。从作品推测它的作者,……我们会以为他强壮,健康,魁梧。一种精神的排山倒海的力量汪洋在这营养不良,朝不保夕的壳囊里。"⑤ 同时,我们也必须指出,作者在将平凡生活场景中的冲突进行

---

① 钱理群、温儒敏、吴福辉:《中国现代文学三十年》(修订本),北京大学出版社1998年版,第306页。
② 叶紫:《编辑日记》,《无名文艺月刊》1933年第1卷第1期。
③ 茅盾:《几种纯文艺的刊物》,《文学》1933年第1卷第3期。
④ 叶紫:《电网外》,《叶紫创作集》,人民文学出版社1955年版,第114页。
⑤ 刘西渭:《叶紫的小说》,载叶雪芬编《叶紫研究资料》,湖南人民出版社1985年版,第182页。

强化的同时，也在一定程度上简化了生活的复杂性；"两分法"的人物形象和情感对立，导致小说结构失于简单和粗疏。首先，这与左翼文学突入"时代的核心"的集体意识有关。在《无名文艺月刊》创刊号上，叶紫就强调，要"冲到时代的核心中去"，"在时代的核心中把握到一点伟大的题材，来作我们创作的资料"，要创造出有"大众的内容，大众的情绪，一直到大众的技术"的小说。① 其次，这种"两分法"也与叶紫的苦难人生经历有关。化解仇恨的最直接、最简单的方法，就是以牙还牙，以血还血。从审美艺术的角度来看，这些小说当然有率真质朴之中失之粗放鲁莽的一面，正如叶紫自己所认识到的，"这里面，只有火样的热情，血和泪的现实和堆砌。毛脚毛手。有时候，作者简直像欲亲自跳到作品里去和人家打架似的！"② 这种缺失，叶紫在以后的创作中进行了有意修正。

三 革命+恋爱

中篇小说《星》③可以视为叶紫的"转型之作"。小说集《丰收》中的六部短篇，其实都只有革命，没有恋爱；只有到了《星》，才可以称为"革命+恋爱"的写作。

第一，人物形象立体丰富。相较于《丰收》中人物性格的"单面性"和人物形象的"脸谱化"，《星》中的人物形象立体丰满，层次感强，呈现出多元复杂性，表现出人性的深度和广度。农村妇女梅春，是一个传统意义上的"贤妻良母"，生有两个孩子，丈夫陈德隆是个喜欢狂嫖滥赌的浪荡汉，经常在醉酒后打得她遍体鳞伤体无完肤。梅春听从父母的劝告，"在家从父，出嫁从夫"，拼命压抑自己，委曲求全。她的辛酸的眼泪和身上的伤痕赢得了全村人的同情和赞扬。闹革命了，乡农会成立，黄副会长的那双眼睛，像明星，闪烁着撩人的光芒。陈德隆到镇上投军，扛上梭镖。梅春与黄副会长到村外的野林子里幽会，陈德隆听说消息后赶回家，将梅春暴打一顿，区妇女会判定他们离婚。梅春

---

① 叶紫：《从这庞杂的文坛说到我们这刊物》，《无名文艺月刊》1933年第1卷第1期。
② 叶紫：《丰收·自序》，《叶紫创作集》，人民文学出版社1955年版，第1页。
③ 叶紫：《星》，文化生活出版社1936年版。

自由了，与黄副会长同居，度过八个多月的幸福时光；在黄副会长的影响和带动下，梅春出任区妇女会会长。"还乡团"回来，白色恐怖重临，黄副会长被杀害，梅春怀着身孕被捕入狱，不久在狱中产下香哥。陈德隆听从村里老人的劝告，变卖田产，将梅春母子保释出来。六年后，陈德隆将这个"野种"儿子折磨而死，梅春愤然离家，夜空中明亮的北斗星告诉她，"向东方走吧！""那里明天就有太阳啦！"小说中的"东方"喻指江西苏区。梅春从此投身革命。小说人物形象丰满生动，即使是一肚子坏水的陈德隆，写起来也具有"人"的复杂性，他虽然满身痞气，吃喝嫖赌，视妻子为私有财产、泄欲的对象，仇恨妻子的"出轨"行为，借虐待"野种"来折磨妻子，但他在变卖田产营救妻子出狱时，那种阴郁中交织着嫌忌的心思，小说刻画得十分生动。黄副会长这一人物形象有点浮光掠影，来不及深入展开，而梅春这一人物形象刻画得生动细腻，"怨妇的痛苦"，觉醒中的迷惘，抚孤时的"忍辱负重"，这幅"罕见的笔墨，给小说增添了不少妩媚"[1]。这无疑是叶紫小说创作发生新变的表征。

第二，通过对地域文化风情的描写，极大地增强了小说的诗化叙事色彩，开拓出新的美学表达空间。《星》中有不少描写洞庭湖区地域风景、风俗的文字，为小说平添许多审美因素。如小说开篇描写独守空房的梅春姐，清早起来，"悲哀地，快快地"，"怀着恨意"地凝注朝阳，秋后的田野，农人在叉稻草，野狗在奔跑，草丛上挂满"泪一般的露珠"，湖畔有村妇在浣洗衣裳；无眠的深夜里，梅春姐听到有人在唱"浮荡儿的粗俗的情歌"："十七八岁的娇姐呀/——没人瞅啦——；跪到情哥哥面前——磕响头！/哥说：我的姐姐呀！不怕你膝头骨跪得——浮浮肿，/额头叩得——没有皮，你呀！——要想情哥万不依！/姐说：我的哥呀！/你要黄金白银——姐屋里有，/要花花绿绿的荷包子——慢慢送得来；/你铁打的心儿呀——想转来！/哥说：我的姐呀！/不怕你黄金白银——堆齐我的颈，/花花绿绿的荷包子——佩满我的身；/父母的遗体呀——值千金！/姐说：我的哥呀！/我好比深水坝里扳罾——起不得水啦！/我好比朽木子搭桥——无人走啦！/只要你情哥哥在我桥上过一路身，/你还在喃嗨（益阳土语，哪里之意）——修福积阴功！"

---

[1] 杨义：《中国现代小说史》（中），《杨义文存》第2卷，人民出版社1998年版，第324页。

这首情歌，代深夜寂寞的女人唱出隐秘的心思。类似的风俗画卷的展开，除了增强小说的审美意义之外，也发挥着情绪铺垫的功能，为独守空房寂寞无聊的梅春姐最终投向黄副会长的怀抱，埋下情感的草蛇灰线。刘西渭用欣羡的语气评论道："没有去过洞庭湖，我们可以从那些名字（地名）想象它们的美丽；那向来为人爱比做风景的眼睛的水，或者是湖，或者是河，闪烁在每篇每章的额头；谈情有寥旷的湖心的蓼花洲；无路可走，便有雪峰山，银盆山好去落草；月明之夜可以去采菱，捕鱼，唱山歌。在全中国肥沃的稻田之中，这算得上一个。山光水色映在叶紫的心灵。"① 同时，梅春姐不顾家庭和孩子，大胆地与黄副会长同居，也是当时、当地的习见"风俗"，叶紫在《病中日记》"1939年4月11日"记载，在洞庭湖区，青年男女们婚姻比较自由，在革命年代旧式婚姻多被"无条件的抛弃"，既不需要法律上的手续，也不需要通知对方、父母、孩子们，就可以"秘密地和另一个同居起来"。② 风俗也有时代性，在"革命"潮流中，农民们的婚姻也是革命的重要内容之一。真实地再现这种风俗，成为叶紫小说的新追求，也是其小说独特魅力的重要形成原因。

四 地域文化风采

1937年，小说集《山村一夜》收录《偷莲》《鱼》《山村一夜》《湖上》《校长先生》《电车上》等六部短篇小说，由上海良友图书印刷公司出版。由于洞庭湖区"山光水色"的加入，小说风格一改先前的激越与血腥，而变得明丽、活泼。

《偷莲》题名为"偷"，其实可算"智取"。汉少爷迷恋着桂姐儿，喜欢那水乡少女身上特有的"汗香，泥土香"，脸上"处女的红晕"和"水汪汪的大眼睛"。云生嫂组织村姑们到湖中采摘莲蓬，先派桂姐儿来到湖边解缆驾船。汉少爷在月光下看见心上人的苗条身影，觉得有机可乘，便心怀鬼胎地打发走了守湖人——长工牛僮，自己笨手笨脚地驾着大划船去追，自然地就进入了云生嫂设好的圈套，十几只莲子船上的

---

① 刘西渭：《叶紫的小说》，《咀华二集》，文化生活出版社1942年版，第153页。
② 叶紫：《病中日记》，《叶紫散文选集》，百花文艺出版社2004年版，第247页。

妇女们突然围了过来，将汉少爷绑得扎扎实实，"请他睡一睡夜凉床"。大家用锋利的剪刀采摘莲蓬，高兴地唱起山歌："偷莲偷到三月更啦，/家家户户睡沉沉，/有钱人不知道无钱人的苦，/无钱人却晓得有钱人的心。"她们摇着小船，满载而归。小说笔法情致细密，交织着感伤，抒情氛围浓郁，极具洞庭湖地域色彩，富于生活趣味与艺术感染力。那令人沉醉的夏夜的凉风，那水波摇曳的洞庭湖水，那迷蒙淡雅的溶溶月色，那亭亭起舞的荷叶，那上下翻飞的快剪，那处处闪烁的水中月的光华、夜莲的神韵，无不营造出诗意化十足的叙事背景。

《鱼》中描写洞庭湖的山光水色，采取拟人化的风景再现方式，读来十分生动：驼背的月亮，吃力地穿过云围，星星眨着细眼。大湖的浪涛，冲向芦苇丛，发出呼啸。小湖平静无波，偶有鱼儿跳水，打破一湖月色。① 这种景物描写作为人物形象的"情绪对应物"而存在，极大地提高了小说叙事的美学品位。

《湖上》描写不堪忍受日复一日的空虚无聊的小公务员，来到湖边买欢，以此逃避苦闷灰色的现实，这时，洞庭湖美丽的秋色拯救了他，大自然总是能够充当拯救凡俗的力量，小说叙事明显具有浪漫主义的"自然救赎"功能，湖水澄澈，碧波万顷，浪涛轻抚沙岸，好像叹息的低语，七彩晚霞倒映湖中，闪烁七彩光芒，蓼花洲芦花胜雪，随风飘扬。② 在对话中，他了解了秀兰的苦难、生活的艰难；莲伢儿的稚纯、懂事，再转头去看湖上的风景时，发现远帆如"墓碑似的"，"在湖上竖立着"；蓼花洲的芦苇，参差不齐，割剩下的部分也"像老年的癫痫头"。一切景语皆情语，境由心造。叶紫小说中的洞庭湖风景、风情描写在此充当了推进小说叙事进程的关键性作用。

《山村一夜》讲述一个"愚昧的父亲把亲生儿子送给别人杀了"的故事。小说选择的"故事讲述人"的叙事角度十分巧妙，讲述人刘月桂公公，是被杀者文汉生的"干爹"；刘月桂年轻时打过仗、坐过牢、见过大世面，深味人情世故，富有生活智慧。而文汉生的父亲，却是个奴性十足的愚昧者，他到处打听正在逃亡的文汉生的下落，带着官府的人前往抓捕，目的在于想让亲生儿子走上同村村民曹德三的"发迹"

---

① 叶紫：《鱼》，《山村一夜》，上海良友图书印刷公司 1937 年版，第 43 页。
② 叶紫：《湖上》，《山村一夜》，上海良友图书印刷公司 1937 年版，第 97 页。

道路——叛变、卖友、当官，结果是儿子被抓住砍头。小说开篇描写山村雪夜，越下越紧的飘雪，狂风吹折的枯树枝，风的呼啸声，野狗和野兽的遥远吠声，烘托出山村雪夜的安静和凄凉，在这个寒冷的夜晚，在破败的屋子里，我们围着火堆，听刘月桂公公讲说"他那生平最激动的故事"。① 小说弥漫着一股俄罗斯苍茫大地式的寒冷气息，风格深沉冷隽；刘月桂老人身上带有几分高尔基教人"怎样生活"的睿智通达；那凛冽的山风、漫天的飘雪、遥远的犬吠、温暖的火堆、辛辣的烟草、滚烫的茶水营造出来的围炉夜话的氛围，那沉痛悲惨的故事中蕴含的人生哲理，那沉重的奴性传统的因袭和人性的艰难觉醒，那在不动声色的叙述中呈现出来的愚昧的众生的民情风俗画，读来动人心魄。

至此，我们可以说，叶紫的小说写作已渐趋"化境"，文字老到、从容，先前略嫌流于表面的"火气"和"义愤"，逐渐潜隐于文本的背后，转而以不动声色的文字予以呈现，并结合地域文化风景和风俗画卷的氛围营造，推进叙事进程，增强审美效果。如果天假以年，前途真未可预期，可惜，叶紫尚未来得及完成他的"天才"。诚如评论家刘西渭所说："死带走了最好的部分"② ……

第三节 益阳：周立波的"新型牧歌"与农业合作化叙事

1955年初冬，益阳县风和日暖，县里的三级（县级、区级、乡级）工作会议结束后，上千名男女干部背着行李铺盖，分头奔赴全县的各个区乡，宣传、发动、开展农业合作化运动。与街道上人流的喧哗热闹相比，古老的资江却显得那么清静悠闲。冬天的资江，河水清得发绿，清得可爱；小划子船上满载乘客，向对岸荡去；船头涌起的细浪，"发出清脆的、激荡的声响"；江心中的木排和竹筏，好像一动不动似的；江边的千百艘木船，桅杆繁密，如同山上掉落叶子的树林；几个打鱼的渔民，正放开鸬鹚捉鱼，撒网捕鱼。这是周立波长篇小说《山乡巨变》的开头，徐徐展开了一幅山村风俗画卷。喧哗与寂静、政治运动与日常

---

① 叶紫：《山村一夜》，《山村一夜》，上海良友图书印刷公司1937年版，第69页。
② 刘西渭：《叶紫的小说》，《咀华二集》，文化生活出版社1942年版，第155页。

生活相互交织，由此奠定了小说的叙事基调。

这部长篇小说与当时的历史进程同步。我们有理由相信，当小说中的主人公县团委副书记邓秀梅走进益阳县清溪乡开展农业合作化运动时，也正是周立波携全家人从北京迁回益阳桃花仑竹山湾落户，与农民们"同吃同住同劳动，打成一片"（三同一片）的时候。当时，毛泽东已经发表《关于农业合作化问题》的报告，加快发展农业合作化运动，成为农村工作的主要方向。任中央农村工作部部长的邓子恢所主张的收缩、整顿农业合作社的正确意见，被批判为右倾错误路线，像"小脚女人"走路那样东摇西摆，不利于将农业合作化运动推向"高潮"。中央高层领导之间的分歧和争论的内幕，周立波不可能知悉。他只是凭借自己的亲身经历，凭借自己的所见所闻所感，朴素地意识到这种保守的右倾做法，才正是农民们所需要的；而大跃进式的"左倾"冒进，不顾实际地推动农业合作化进程的做法，才是对农民真正的伤害。在总体上与中央农村政策保持一致的情况下，小说也弹性地、形象地展现了农业合作化运动的复杂性，肯定了右倾路线的现实合理性，发出了来自基层干部和农民的不同声音。《山乡巨变》的上卷连载于《人民文学》1958年第1—6期，1958年7月由作家出版社初版；下卷首刊于《收获》1960年第1期，1960年4月由作家出版社初版。从时效性来讲，这是一部紧跟时代、贴近现实、"近距离地"书写"正在发生的事情"的小说。与当时许多歌颂农村合作化运动的小说一样，《山乡巨变》的主题思想也是力图证明，对于个体小生产者的农民来说，集体化道路是必由之路，通过农业初级社和高级社，最终实现共同富裕。甚至在小说人物形象"设计"上，也没有什么大的不同，比如坚定地推进合作化运动的积极分子邓秀梅、陈大春、盛淑君，比较保守甚至右倾的李月辉、刘雨生、王菊生，"中间人物"盛佑亭、陈先晋，暗中破坏集体化的阶级敌人龚子元，等等。但是，《山乡巨变》能够从众多描写合作化运动的小说中脱颖而出，并历经时代风雨的洗刷，最终在文学史上占据重要地位，与其"创造性"的艺术贡献是分不开的。这种"创造性"是周立波的终生追求方向，正如他《在延安鲁迅艺术学院的〈名著选读〉讲授提纲·〈不走正路的安德伦〉》中所说："要大胆创造新形式，要产生新的巴尔扎克。要把变动着的人生的各面，描写在有力的、有趣的、诙谐的、有生气的形式中，造成我们时代一部风俗史。"① "创造新形式",写作"风俗史",正是其成功的不传之秘。

一 日常生活的叙事角度

土地是农民的命根子。农业合作化运动之所以受到不小的阻力,根本原因在于其与农民传统的私有制观念发生冲突,这是一种崭新的生产方式和生活方式。要让刚刚经过土地改革获得土地资源的新生农民,将土地和生产资料重新交还给集体,以后集体劳动分配粮油柴棉,他们一时之间无法接受。邓秀梅进村时,在路上遇到的第一个农民就是盛佑亭,他已经听到办社的风声,听说要将私产归公,便立即跑到山上砍了三根楠竹,扛到街上售卖。盛佑亭是个乡下"喜剧人物",外号"亭面胡"。虽然贫穷一生,却生怕外人瞧不起自己,总是吹嘘自己"起过好几回水",某一年帮人种田"收了一个饱世界",差点做了富农;某一次"只争一点,成了地主"。他在土改中翻身做主人,对共产党和毛主席充满感情。他对于办合作社心有疑虑,因为办个互助组,大家在一起都难免扯皮,"叫花子照火(烤火之意),只往自己怀里扒",更别说办合作社了。但是,他又不愿意落在人后,害怕被人批评为"不积极",便"积极地"让二崽写下入社的申请"禀帖",却又在龚子元家里喝醉酒误了事。他的"小算盘""假积极""真自私"的心理,在旧社会所受的苦难,对新中国的感激,都十分真实。他的言谈举止,令人啼笑皆非,却又不失真诚和辛酸。他的"阿Q"式的好面子和精神胜利法,他的摇摆不定首鼠两端,他的耕种田地驾车使牛的高超技艺,他的看透世俗游戏人间的生活态度,等等,无不显示出旧中国子民身上负载的深重的充满矛盾的国民性传统,在作者的日常生活叙事笔法中得到生动、形象的表现。而日常生活经验更是作家刻画人物形象的法宝。在南国农村,农民的日常生活中离不开耕牛,老农"亭面胡"心里就存有一本"活牛经":"人畜一般同,平常人骂人:'笨的像头牛',拿牛比笨人。其实,牛哪里笨呢?它机伶极了,就欠阎王老子给它一个活泛的舌头,不会说话。它一天要吃三巡水,田里的水有粪尿,它不肯喝,要到塘边

---

① 周立波:《在延安鲁迅艺术学院的〈名著选读〉讲授提纲·〈不走正路的安德伦〉》,转引自杨义《中国现代小说史》(下),人民出版社1998年版,第645页。

去。越口里的活水,它顶爱吃。一眼塘里的水,水牛吃过的地方,黄牛不肯吃,黄牛吃过的地方,水牛闻一下,就昂起脑壳";"黄牛水牛是前世的冤家,不过习性也差不多,比如在数九天里,凌冰一样的冷水,黄牛不吃,水牛也不闻"。[①]"亭面胡"会费力去烧热水给它们喝;下雨天耙田,人穿蓑衣戴斗笠,"亭面胡"也会给牛穿蓑衣,在牛头上的两角之间绑上一顶破草帽,他的理由是:"人畜一般同。"既然人的脑门凶淋了雨就要头疼脑热地生病,那耕牛也是一个样。如果不是对牛性特别了解,不是对耕牛充满热爱,不是对农村充满深厚的感情,不是与老农心心相印,这些生动、具体、传神的文字是无论如何也写不出来的。

小说塑造的清溪乡党支部书记李月辉这一人物形象,虽然犯过右倾错误——"收缩"了全乡唯一的合作社,因此受到过党内批评,做过公开检讨,但是他脾气好,不生气,不着急,与人交往容易打商量,群众基础扎实,总是说:"社会主义是好路,也是长路,中央规定十五年,急什么呢?还有十二年。从容干好事,性急出岔子。""心宽不觉路途长","心急吃不得热豆腐"。李月辉在清溪乡有个外号"婆婆子",是个"男儿无性,钝铁无钢"的和气汉子。但是,他却是一个外懦内坚的有自己坚定主张的人,他说:"我才懒得气,小脚女人还不也是人?"他是少数头脑清醒的农村基层干部,没有被浮夸风吹倒,没有被频繁的批评斗倒,也没有为了头上的乌纱帽去侵害无辜农民的利益。而相反的人物形象,却频繁地出现在赵树理、柳青等作家笔下的合作化运动书写中。与赵树理的《三里湾》、柳青的《创业史》相比,周立波的《山乡巨变》在思想上没有那么"深刻",在矛盾冲突上没有那么"尖锐"。这一方面是作家善良、宽厚的天性品格的流露;另一方面也是出于作家的主观愿望和主体构建的结果。李月辉这个农村基层干部,在人民群众中很有威信,根源就在于他总是为农民利益着想,能够设身处地、实事求是地贯彻党的农村政策,不走极端,敢担责任。比如当乡里申请加入合作社的农户超过一半时,他主张"停顿一下",免得"贪多嚼不烂";要以合作社的实际成效,吸引那些尚在犹疑、观望的中间分子;而不宜过于冒进,免得到时候又要纠正;坚持"自愿互利"原则,

---

[①] 周立波:《山乡巨变》,人民文学出版社2005年版,第298页。

不要强迫农户入社。邓秀梅却显得较为急躁,提出趁热打铁,在年底前实现全乡合作化。她通过发动群众,依靠陈大春、盛淑君这批青年积极分子,进行土广播、贴标语、上门劝说、分头谈话等"立体宣传攻势",劝人加入合作社,效果十分显著。陈先晋这个"顽固的"堡垒,就是在她本人上门劝说不成的情况下,又发动其女儿与婆婆进行"围攻",最后还搬来他的女婿进行劝说,终于攻克。对于秋丝瓜和菊咬筋,则采取了强迫命令的方法,近乎对付敌人,他们最终"被迫"加入了合作社。事实证明,这种"左倾"冒进的做法,贻害不浅。初级社刚刚建成,一个月后便升为高级社,立即出现了"乱得要死"的局面。此时,因为工作的需要,邓秀梅和陈大春都离开了清溪乡,这面"烂鼓子"甩给了李月辉、刘雨生、盛淑君等人。李月辉处乱不惊,慢慢地进行纠正,显得既平凡而又并不平凡。这一真实人物形象,无疑是作家冒着极大政治风险的创造,表现出一个现实主义作家应有的勇气和胆识。

两条路线的斗争、新旧思想的冲突,是小说的主体结构,日常生活书写则充溢着主体结构之外的巨大空隙。如看相算八字,刘雨生与张桂贞的家庭争吵和离婚过程,张桂秋老辣的权谋算计,秋丝瓜夫妇的吵架表演,土地庙前的冷落香火,陈先晋不做事就会生病的"发财老倌子"的勤劳习惯,陈大春与盛淑君在山中月下的美好爱情,龚子元请"亭面胡"喝酒时斗智斗勇的场面,刘雨生家里来了个"田螺姑娘"趁他不在家时做饭、收拾屋子由此引出"捉怪"的喜剧,"亭面胡"岳母去世时的丧事风俗,菊咬筋带领全家人与合作社进行劳动竞赛,刘雨生与盛佳秀的热闹婚礼,等等。如此安排叙事,有效地避免了合作化小说中最容易出现的"图解政策",口号宣传,叙述过程干巴、无吸引力的毛病,立体全面地呈现出农业合作化运动中丰富多彩的风俗画卷。有些日常生活场景的叙述,有效地调节了小说叙事节奏,引起人们轻松欢快的阅读快感。比如桂满姑娘受人挑拨,误以为丈夫谢庆元与张桂贞有染,便寻机与张桂贞打架,"在淡淡的暮烟里,在这座茅屋的小小地坪里,桂满姑娘和贞满姑娘,这两位从前的朋友、儿时的游伴,发生武装冲突了。一个扬起扫把子,一个举起了锄头。一边披头散发,一边精精致致。但究竟是妇女,比起男人来,斯文多了,双方举得高高的兵器,暂时都没有落下。一把扫把,一柄锄头,衬着逐渐暗去的蓝天,斜斜横在烟霭苍茫的暮色里"。① 这段文字用诙谐幽默的笔调写来，充满欢乐的民俗气氛；又有武侠小说中决斗时惯见的画面感，读来妙趣横生。因此，文学史家认为，对于农村合作化运动"这一规格化的主题"来说，《山乡巨变》的与众不同之处，就在于周立波善于在益阳山村的地域范围内展开其"乡村日常生活"② 书写，将"自然、明净、朴素"的山村日常生活，与"严峻急切的政治空间"有机融合，开辟出"崭新的审美空间"③，这既是其特点，也是其优点。

二 乡土风俗的呈现

从《暴风骤雨》到《山乡巨变》，周立波在艺术风格上完成了从"阳刚"向"阴柔"的巨大转变④，或者也可以称之为文学书写的"地域性回归"。南北地域景观、风俗及其文化精神的不同，造成了小说艺术风格和审美形态的迥异。而作家回到故乡，犹如龙归大海，地域文化书写更加得心应手。有学者认为周立波的《暴风骤雨》对地方色彩和方言土话的使用，还"只是停留在表面层次"上，与整体风格脱节，远远没有《山乡巨变》这样浑融一体，这样成功地在地域文化背景下充分地展现其"独特的艺术语言和创作个性"。⑤ 这种论述无疑是非常有道理的。

周立波擅长描写益阳乡土风俗，乡土风俗成为其小说的"物质性力量"，与合作化运动的政治主题互相辉映、相得益彰，因此具有重要的审美意义。与其他作家不太一样，周立波笔下的风俗书写是纯粹"现实主义的"，而非历史典籍或者方志笔记中的记载，更非作家主观的向隅想象和虚拟。乡土风俗的"写实"与文字呈现的"浪漫"并不矛盾，优秀的现实主义作家能够掌控好二者之间的合理尺度。丹尼尔·贝尔说过："文化领域是意义的领域，它通过艺术与仪式，以想象的表现方法诠释世界的意义。"⑥ 乡土风俗文化就是种类最繁多、地域最广

---

① 周立波：《山乡巨变》，人民文学出版社 2005 年版，第 412 页。
② 洪子诚：《中国当代文学史》，北京大学出版社 1999 年版，第 94—95 页。
③ 陈思和主编：《中国当代文学史教程》，复旦大学出版社 1999 年版，第 37 页。
④ 黄秋耘：《〈山乡巨变〉琐谈》，《文艺报》1961 年第 2 期。
⑤ 陈思和主编：《中国当代文学史教程》，复旦大学出版社 1999 年版，第 37 页。
⑥ [美] 丹尼尔·贝尔：《资本主义文化矛盾》，赵一帆等译，生活·读书·新知三联书店 1989 年版，第 31 页。

泛而又最具生命力的文化，它为地域内的人们提供了对客观世界的解释系统，潜藏着地域内人们的传统文化基因，因此，乡土风俗的成功书写有助于小说塑造人物形象、开拓审美空间、反映时代风貌、表现人物内心世界、展示地域文化真相，具有一石多鸟的叙事功能和表达效果。

小说开头部分，叙述邓秀梅初次走山路进入清溪乡，在路上看到一座土地庙，"庙顶的瓦片散落好多了，屋脊上，几棵枯黄的稗子，在微风里轻轻地摆动。墙上的石灰大都剥落了，露出了焦黄的土砖。正面，在小小的神龛子里，一对泥塑的菩萨，还端端正正，站在那里。他们就是土地公公和他的夫人，相传他们没有养儿女，一家子只有两公婆。土地菩萨掌管五谷六米的丰歉和猪牛鸡鸭的安危，那些危害猪牛鸡鸭的野物：黄竹筒（原注：黄鼠狼）、黄豺狗、野猫子，都归他们管。农民和地主都要来求他们保佑。每年二月二，他们的华诞，以及逢年过节，人们总要用茶盘端着雄鸡、肘子、水酒和斋饭，来给他们上供，替他们烧纸。如今，香火冷落了，神龛子里长满了枯黄的野草，但两边墙上却还留着一副毛笔书写的，字体端丽的古老的楷书对联：天子入疆先问我；诸侯所保首推吾"①。邓秀梅看到这里，心想，这副对联不正好说明了土地对于广大农民的重要性吗？在清溪乡合作化运动即将开始之际，作家特意安排这一段书写土地庙的文字，以凸显土地问题的无比重要性，将神祇与人间、传统与现实紧密结合；土地庙前的香火虽然冷落了，但其在老百姓心中的影响力依然存在；农民崇拜土地，舍不得土地的传统心理，如何通过合作化运动得到改变，最终释然于怀，这是摆在邓秀梅面前的一道艰巨的难题。可以说，关于土地庙风俗的描写，看似闲笔，其实具有深刻的思想意蕴，同时还"带有浓郁的风俗色彩和象征诗情"②。邓秀梅来到乡政府时，远远地看见一座白垛子大屋，白色的风火墙遥遥地映着后山的青松翠竹，走近了看发现是"盛氏祠堂"，门前有池塘、草坪、旗杆石座，门廊里有泥塑的文臣武将，穿过大门，里面有古色古香的戏台，气派宏伟的殿宇，高敞结实的享堂，方砖铺地的大厅里摆着水车、拌桶、晒簟、箩筐等农具，从前摆放神龛的地方，现在挂着毛主席的大幅照片。历史的沧海桑田的变迁，于此可见一斑。即将

---

① 周立波：《山乡巨变》，人民文学出版社 2005 年版，第 7 页。
② 杨义：《中国现代小说史》（下），人民出版社 1998 年版，第 640 页。

开展的合作化运动,也正是宏大历史变迁的一部分。小说对益阳乡村的民居,描写非常精细。邓秀梅借住在"亭面胡"家里,先前是"地主的坐屋",竹木掩映的小山脚下,坐北朝南,六缝五间,好一座门楣高大的瓦房。盛清明领着邓秀梅到菊咬筋家里劝他入社时,他们远远地看见村口"有幢四缝三间的屋宇,正屋盖的是青瓦,横屋盖的是稻草,屋前有口小池塘,屋后是片竹木林"①,正是"一天到黑,手脚不停的勤快人"菊咬筋的家屋。而秋丝瓜的家屋,与清溪乡其他人家一样,都是低矮的茅屋,屋檐低、偏梢窄、竹泥壁、没有窗户,门前一块小地坪,用竹篱笆围着四十几只鸡鸭和三只大白鹅。秋丝瓜长年跑江湖,做买做卖是好手,种田是个"碌碌公",中华人民共和国成立后几年来,他靠养殖鸡、鸭、猪、牛,"整得家成业就,变为新上中农",所以对于搞合作化,将牛归公,心里有很强的抵触情绪。陈先晋的家屋,坐北朝南,小小巧巧,三间青瓦屋,旁边是竹编的猪栏,屋前小地坪收拾得无比洁净,屋后的松杉林、茶子树迎着晚风,东头的小菜园里白菜、青菜、萝卜生长得稠密翡青,地头没有一根杂草,这才是"老作家"应有的做派。小说如此细致、如此不厌其烦地描写乡土居室结构及其家中陈设,一方面是刻画人物形象、增强现实主义小说真实性的需要;另一方面也包含着通过合作化运动改善农民生活、实现农民共同富裕的美好愿望。与描写合作化运动的众多概念化的小说迥异其趣,《山乡巨变》中充溢着类似的"物质"化细节,填满叙事结构的空隙,历历在目,可触可感,闪烁着经典现实主义的光辉。

  一年四时八节,尤其是春节,农民们最为重视,也最为讲究,节日气氛也最为浓烈。虽说中华人民共和国成立后移风易俗,春节的礼俗已不再像从前那么烦琐,但是春节这种与农耕文明紧相关联的节日,还是受到了农民们诚挚的重视和认真的对待。"发财老倌子"陈先晋,一年三百六十日,天天都一样,总是天不亮就起床下田,做一阵阳春后再回家吃饭;是村里数一数二的老作家,田里功夫,样样拿手;要是刮风下雨,他在家里手脚也一刻不停,劈柴,碾米,打草鞋,编竹器,修理农具;他说只要手脚一停就会头昏脚肿,浑身酸软。土改时陈先晋分到五亩水田,喜得一夜睡不落觉;中华人民共和国成立前,他与他爸爸起早

---

① 周立波:《山乡巨变》,人民文学出版社2005年版,第62页。

贪黑，吃土茯苓，忍饥耐饿，双手磨出一层又一层的血泡，终于开垦出一亩属于自己的丘土，合作化运动要将这六亩田土收归公有，他怎么也解不开心头的疙瘩。说到底，陈先晋是放不下深藏在心中的发家致富梦想。小说细致地描写了他在春节迎接财神的认真劲头，这种个性化的"风俗"书写，无疑深化了人物形象的性格塑造，也与前述陈先晋的田土老作家的身份十分贴合。《山乡巨变》描写道："每到大年三十夜，子时左右，总要把一块松木材打扮起来，拦腰箍张红纸条，送到大门外，放一挂炮竹，把门封了，叫做封财门，守了一夜岁，元旦一黑早，陈先晋亲自去打开大门，礼恭毕敬，把那一块松木材捧进来，供在房间里的一个角落里。柴和财同音，就这样，在陈先晋的心里，财神老爷算是长期留在自己家里了。"① 发家致富，是农民们代代相传的梦想，这种梦想的现实表达，寄予在春节迎接财神的虔诚仪式之中。

小说中更多的风俗描写还在婚丧嫁娶方面，显示出浓郁的地域特色。周立波小说对益阳婚嫁风俗中的"哭嫁""送亲""婚礼""闹房""听壁脚"等都有精细而生动的描写。益阳人哭嫁，正如《山乡巨变》中的盛佳秀所说："有真哭，也有猫儿哭老鼠。娘哭三声抱上轿，爸哭三声关轿门，哥哭三声亲姐妹，嫂哭三声搅家精。"《林冀生》中描写送亲的场面，送亲的队伍中，走在最前头的是两个挑担的大汉，第一担装着叠起的新被窝、皮箱，第二担装满茶壶、茶碗、罗汉、梳妆镜；穿着绣花红缎子的四抬花轿中，坐着描眉画眼的新娘子。《山那面人家》详细描写新房的摆设，大红的喜字，鲤鱼兰草的窗花，瓷壶瓷碗瓷罗汉；主婚人的讲话；移风易俗的婚礼过程；青年男女"听壁角"，总能偷听到新人的喁喁情话；等等。《山乡巨变》描写闹房时新郎新娘吃抬茶；又穿插着谢庆元、李槐卿、李月辉等人的议论，串联起益阳过去时代的婚俗陋习，进行今昔对比；等等，既有时代新风气息，又有传统生活色彩，写得生气淋漓，读来令人忘倦。

三 "茶子花"意象与方言俗语

周立波在他的描写益阳地域的小说文本中，充溢着茶子花的清香，

---

① 周立波：《山乡巨变》，人民文学出版社2005年版，第148页。

几乎每篇小说都有对茶子花清丽姿容与淡雅花香的描写。小说中反复出现的茶子花，事实上已经成为一种情绪的象征物，一种重要的审美意象。

《山乡巨变》上卷第二节《支书》，描写邓秀梅走在前往乡政府的山路上，看见村落里升起灰白色的炊烟，路边的树山竹山连绵不断，肥沃的水田一马平川，溪水、池塘、水库、茅屋、碾子屋星罗棋布，等等，"虽说是冬天，普山普岭，还是满眼的青翠。一连开一两个月的白洁的茶子花，好像点缀在青松翠竹间的闪烁的细瘦的残雪。林里和山边，到处发散着落花、青草、朽叶和泥土的混合的、潮润的气味"①；第五节《争吵》叙述邓秀梅每天做完工作走回住处时，"普山普岭的茶子花香气，越到深夜，越加浓郁"②；第七节《淑君》描写盛淑君带着喇叭筒前往王家村宣传合作化运动，"山里还是墨漆大黑的，茂密和四季常青的杂木林，把星光遮了。茶子花的香气夹着落叶和腐草的沤味，随着微风，阵阵地送进人的鼻子里"③；第十八节《山里》描写盛淑君与陈大春到山里谈恋爱，情不自禁时接吻，有了"人类传统的接触"，小说以诗意的笔触描写这对热恋男女的心理感受，"多好啊，四围是无边的寂静，茶子花香，混合着野草的青气，和落叶的沤味，随着小风，从四面八方，阵阵地扑来。他们的观众惟有天边的斜月。风吹得她额上的散发轻微地飘动。月映得她脸颊苍白。她闭了眼睛，尽情地享受这种又惊又喜的、梦里似的、战栗的幸福和狂喜。而他呢，简直有一点后悔莫及了。他为什么对于她的妩媚、她的姣好、她的温存、她的温柔的心上的春天，领会得这样的迟呢？"④ 这段如诗如画的爱情描写，在十七年文学史的背景中显得越发突出、独特，甚至大胆；第二十二节《砍树》中龚子元对符贱庚说："你看这一季，茶子花开得好茂盛啊，落了一批又开一批，普山普岭，好像盖一场大雪"⑤，他借机唆使符贱庚砍去茶子树，免得归公，以此破坏合作化运动，等等。

---

① 周立波：《山乡巨变》，人民文学出版社 2005 年版，第 14 页。
② 周立波：《山乡巨变》，人民文学出版社 2005 年版，第 46 页。
③ 周立波：《山乡巨变》，人民文学出版社 2005 年版，第 72 页。
④ 周立波：《山乡巨变》，人民文学出版社 2005 年版，第 182 页。
⑤ 周立波：《山乡巨变》，人民文学出版社 2005 年版，第 233 页。

短篇小说《山那面人家》① 多次写到茶子花香:"姑娘们笑,虽说不明白具体的原因,总之,青春,康健,无挂无碍的农村社里的生活,她们劳动过的肥美的翠青的田野,和男子同工同酬的满意工分,以及这迷离的月色,清淡的花香,朦胧的、或是确实的爱情的感觉,无一不是她们快活的源泉";"我在山里摘了几枝茶子花,准备送给新贵人和新娘子";"可以清楚地看见两只插了茶子花枝的瓷瓶";"飘满茶子花香的一阵阵初冬月夜的微风,送来姑娘们一阵阵欢快的、放纵的笑闹。她们一定开始在听壁脚了或者已经有了收获了吧?"《民兵》② 里说到何锦春结婚的日子选定在冬天:"田里的晚稻收割了,山里的茶子花开的时候。"周立波书写茶子花的诗歌一共有五首,如《我想起了山茶花下的笑和情意》:"那正是洁白的山茶花,/杂着红叶,斑斓的/掩映在青松林里的时节,/金色的朝阳,/已经布满林间,/花片上的露珠还滴。/谁最美丽?/是含露的山茶花/是花下的人的微笑/还是人的情意?"《牵引你的》:"牵引你的,/是南山十月的山茶花。"

《山乡巨变》中的邓秀梅多次称赞:"看这茶子花,好乖,好香呵。"益阳的茶子花,不仅是清秀芬芳的地域风物风景的载体,也是美丽热烈的地域浪漫风情的具象,更是傲霜斗雪不屈抗争的地域文化精神的表征。正如王竹良、周运来所说:"周立波对茶子花的描写,富有深厚的感情和独特的魅力,他不仅把茶子花当成香与美的象征,当成喜庆和丰收的象征,当成家园和亲人的象征,而且也当成了朝气蓬勃的新生活、淳良质朴的心灵美,以及崇高的理想、绮丽的憧憬、衷心的祝愿和美好的追求的象征。"③ 茶子花成为周立波小说中的重要意象,一批作家受其影响,如谢璞、萧育轩、刘勇、胡英等,以至于蒋静、艾斐等学者提出了当代文学史上存在着一个以周立波为首的"茶子花派"④;也有学者指出,所谓"茶子花派"并不能成立,因为其"审美文化共同性,其实是一种地域文化的共同性和时代审美风尚的共同性"⑤,这个问题

---

① 周立波:《山那面人家》,《人民文学》1957年第12期。
② 周立波:《民兵》,《人民文学》1957年第4期。
③ 王竹良、周运来:《叶紫、周立波研究》,岳麓书社2008年版,第248页。
④ 蒋静:《一个文学流派的初探——略论周立波的艺术风格及其影响》,《文学报》1981年12月10日;蒋静主编:《茶子花流派与中国文艺》,湖南师范大学出版社2006年版。
⑤ 刘起林:《"文学湘军"的演进与格局》,《求索》2017年第2期。

尚待进一步探讨。

　　小说善用益阳方言,这些既容易造成陌生化的新奇体验,又可以意会理解而不会成为阅读障碍的方言,为文本增添了许多"文似看山喜不平"式的乐趣。比如《山乡巨变》中用"寂寂封音"指代"安静"、用"横河划子"指代"摆渡船"、用"四海"指代"大方"、用"筑饭"指代"吃饭"、用"诒试"指代"欺骗"、用"弹弦"指代"谈话"、用"搞信河"指代"乱来"、用"相偏"指代"吃过饭了"、用"小意"指代"对人和气"、用"地生"指代"看风水选墓地的人"、用"香干子"指代"豆腐干"或者"脸面"、用"阳雀子"指代"杜鹃鸟"、用"开山子"指代"斧头"、用"料"指代"棺材"、用"牵子"指代"上眼皮上的疤痕"、用"越口"指代"横过大路的小流水沟"、用"逗耍方"指代"开玩笑"等。俗语的使用,往往与小说人物的性格、身份相关联,各有特色,如"亭面胡"说:"有钱四十称年老,无钱六十逞英雄";李月辉伯伯看不起没有火性的李月辉,经常骂他"女子无性,乱草漫秧;男子无性,钝铁无钢";符贱庚认定合作社一定办不好,说:"一娘生九子,九子连娘十条心,如今要把几十户人家绞到一起,不吵场合,不打破脑壳,找我的来回。"① 陈妈骂女儿,"只有你是百晓,是样的晓得";等等。《山乡巨变》中还有许多地域性的独特表意用语,如秋丝瓜教符贱庚去找刘雨生"扎气门子"(挑衅);乡里人说合作化运动会出"绿戏的"(麻烦事);符贱庚自称要娶个标致女子为妻,没有"墨水"(长相漂亮)的他还瞧不上;陈先晋说自己又不是"棉花耳朵"(耳根子软),不会偏听偏信的;李月辉评论秋丝瓜,说他"肚里是有绿麻鬼的"(肚子里的鬼主意特别多),兄妹俩都想吃"松活饭"(做轻松事);等等,表意用语的地域特色也十分鲜明。

　　周立波善于应用民间生活谚语,如《山乡巨变》中的"狗肉上不得台盘,稀泥巴糊不上墙";"一行服一行,豆腐服米汤";"独木不成林,单丝不成线";"傍壁无土,扫地无灰"的穷人;"公众马,公众骑";"人多乱,龙多旱";"亲为亲好,邻为邻安";"不听老人言,到老不周全";"相骂无好言,打架无好手";"人在世上一台戏,不到见阎王,哪里唱得完";"不上当,不成相";"人生一世,草长一春";"人多力

---

① 周立波:《山乡巨变》,人民文学出版社2005年版,第52页。

量大,柴多火焰高";"禾在田里长,人在路上仰";单身汉"进门一把火,出门一把锁";"田要冬耕,崽要亲生";"别人打浑水,自己好捉鱼";"高山有好水,平地有好花";"强王霸道,不讲礼信";"少吃咸鱼少口干";"八仙飘海,各显神通";"艄公多了打烂船";"树大分权,人大分家";"人多出韩信";"龙生龙子,虎生豹儿"。生产谚语,如《桐花没有开》写道:"清明断雪,谷雨断霜";《禾场上》写道:"要知来年熟不熟,单看五月二十六";等等。小说还写到不少民间歌谣,如《山那面人家》的"旧式婚姻不自由,女的哭来男的愁,哭得长江涨了水,愁得青山白了头";《民兵》中的"七月望郎郎不来,姐在后花园中搭一望,一日望郎来望三转,三日望郎来望九遭,望郎不到砍台烧"①,这些描写充满了丰富而浓郁的生活乐趣,富含民间文化趣味,无疑是作家深厚的生活经验积累的具体表现。

四 "新型牧歌"情调

周立波以益阳地域作为叙事背景的小说创作,洋溢着"新型牧歌"的情调。所谓"新型牧歌",即不同于传统的、万古如斯、亘古不变的静态的牧歌,而是带有新时代下的社会主义建设时期的鲜明时代特征的牧歌,简单地说,就是带有现实政治色彩的田园诗篇。

《山那面人家》篇幅短小,"笑声"贯穿全篇。"我们"踏着山边月映出来的树影,前去参加山那面人家的婚礼;人们之所以乐于参加婚礼,是因为看到别人的幸福,也能增加自己的幸福感;前面走着的一群姑娘,不知为什么总是笑个不断,听说姑娘们喜欢笑,没有原因的,"就是因为想笑",青春、健康、快乐的新生活,肥美的土地,青翠的树林,满意的工分,迷离的月色,清淡的花香,朦胧的爱情,她们怎会不快活?② 新郎的家门口挂着古旧的红灯,喜气洋洋;两边的对联写着:"歌声载道,喜气盈门";送亲的嫂嫂带着三岁伢子,教他唱儿歌:"三岁伢子穿红鞋,摇摇摆摆上学来,先生先生莫打我,回去吃口汁子又来";家中的陈设半新不旧,只有两个枕头是新的,有红漆书桌,锡

---

① 周立波:《民兵》,《周立波选集》第1卷,湖南人民出版社1983年版,第154页。
② 周立波:《山那面人家》,《人民文学》1957年第12期。

烛台，小镜子，瓷壶，瓷碗，哈哈大笑着的瓷罗汉；兽医在讲八股；乡长主婚，带领大家向国旗和毛主席像行礼，念了结婚证书，表达祝贺；新娘子的讲话，大家都期待着，她带来了"劳动手册"，她今年已有两千个工分，"我不是来吃闲饭的，依靠人的。我是过来劳动的。我在社里一定要好好生产，和他比赛"，爱劳动、会劳动的新娘子的讲话，赢得了大家的阵阵掌声；轮到新郎官讲话时，才发现新郎官不见了，大家分头去寻找，在地窖里找到了，他趁空去看社里的红薯种烂了没有，真是社里的好保管员；婚礼结束了，初冬的月夜，微风阵阵，飘荡着茶子花香，听壁脚的那群姑娘们，不知道是否已经有了收获。以一场婚礼场面，歌颂以新郎新娘为代表的热爱劳动的新社员的形象，歌唱美好的新生活，格调清新昂扬，情绪饱满，自然美与人情美、人性美交融一体，是一曲嘹亮的浪漫主义的新型牧歌。

《山乡巨变》描写陈大春与盛淑君到山中谈恋爱的场面，没有城里人卿卿我我花前月下的浪漫，他们憧憬美好新生活：开通田塍，小丘改大丘，小田改大田，拖拉机耕地，全村插上双季稻，修水库，干田变成活水田，牵上电灯，安上电话，村里买一部卡车，进城看戏不用走路，"电灯，电话，卡车，拖拉机，都齐备以后，我们的日子，就会过得比城里舒服，因为我们这里山水好，空气也新鲜。一年四季，有开不完的花，吃不完的野果子，苦槠子、毛栗子，普山普岭都是的"[1]；栽上桃树、梨树、橘树，花开如锦绣，到处是花园。如果说这种美好的画卷尚还只是年轻人的想象，那么小说多处描写的清溪乡的美丽的田园风光却已经是现实的存在，引人流连，如李月辉提着玻璃四方灯，引导邓秀梅走上弯弯小路，"山野早已灰黯了，天上的星星，眨着眼睛，带着清冷的微光，窥察着人间。四方八处，没有人声。只有坝里流水的喧哗，打破山村夜晚的寂静"[2]；符贱庚被盛淑君设计捉弄骗上山，一直等到天色粉粉亮，"竹木稠密的山林里，四围看不见人影。他抬起头来，从树枝的空隙里，望望天空，启明星已经由金黄变得煞白。青亮的黎明，蒙着白雾织成的轻柔的面网，来到山村了。野鸟发出了各色各样的啼声，

---

[1] 周立波：《山乡巨变》，人民文学出版社2005年版，第175页。
[2] 周立波：《山乡巨变》，人民文学出版社2005年版，第27页。

山下人声嘈杂了"①；陈大春与盛淑君到山里约会时，"晚上的月亮非常好，她挂在中天，虽说还只有半边，离团圆还远，但她一样地把柔和清澈的光辉洒遍了人间。清溪乡的山峰、竹木、田塍、屋宇、篱笆和草垛，通通蒙在一望无涯的洁白朦胧的轻纱薄绡里，显得缥缈、神秘而绚丽"②；邓秀梅带着民兵和乡干们追牛回来，"青亮的透明照彻了村庄，家家屋顶上飘起了笔笔直直的，或是横卧长空的雪白轻柔的炊烟。霜花染白了田塍上的枯草、屋顶上的青瓦跟禾场上的草垛子，并且装饰了人们肩上的枪尖"③；常青社召开会议讨论秧苗的事，"这是一个暖和的春天的夜里，寒潮过去了。阳雀子在山里彻夜地啼叫。秧在田里长得响"④；等等。明快的风格、高昂的旋律，让小说的字里行间撒满希望的阳光。

类似的书写在《民兵》《张满贞》《艾嫂子》《卜春秀》《禾场上》《桐花没有开》《下放的一夜》《在一个星期天里》等小说中反复出现，明显是作家艺术追求和审美表达的一惯性特征。如果我们不怀疑作家对社会主义新中国满怀深情地礼赞的真诚性，那么我们就会对周立波小说的"正面的精神价值"充满"理解的同情"。事实上，在十七年时期的"土改"叙事中，周立波的益阳书写较富特色，达到了相当的审美高度，已经成为文学史上的经典。如果说，丁玲的《太阳照在桑干河上》的"乡村气息已经被冲得很淡"⑤；赵树理的《三里湾》的"过于匮乏的风景描写，不仅使作品失去了清晰明确的地方自然背景，减损了作品的艺术感染力，而且使作品失去了乡土小说之所以为乡土小说的一个重要艺术指标"⑥；柳青的《创业史》"是一部向乡土小说风俗画美学特征告别的宣判书"⑦，甚至周立波本人的《暴风骤雨》中的"风景"也"被作了最大程度的压缩"⑧，那么，以《山乡巨变》为代表的益阳地域书写，则试图在淡雅明净、清新俊逸的风俗画卷与农业合作化运动的重

---

① 周立波：《山乡巨变》，人民文学出版社2005年版，第77页。
② 周立波：《山乡巨变》，人民文学出版社2005年版，第187页。
③ 周立波：《山乡巨变》，人民文学出版社2005年版，第200页。
④ 周立波：《山乡巨变》，人民文学出版社2005年版，第384页。
⑤ 丁帆：《中国乡土小说史》，北京大学出版社2007年版，第221页。
⑥ 丁帆：《中国乡土小说史》，北京大学出版社2007年版，第227页。
⑦ 丁帆：《中国乡土小说史》，北京大学出版社2007年版，第231页。
⑧ 丁帆：《中国乡土小说史》，北京大学出版社2007年版，第219页。

大题材之间实现浑融无间的呈现，但是，从客观效果来看，"作者试图从两个方面来完成一部长篇的圆满创作，显然是徒劳无益的"①。而我们更愿意作"同情之理解"，与其将这种浑融叙事看作徒劳的努力，不如将其视为作家的主体性创新的结果。一切推陈出新的创作，事实上往往都是一种新的综合，以《山乡巨变》为代表的益阳书写，也可以视为对"新型牧歌"的创造，是对过去《暴风骤雨》的纠偏，而以南方牧歌式的情调歌颂伟大的新时代。雷达说过："一个民族的文学倘若没有自己正面的精神价值作为基础，作为理想，作为照彻寒夜的火光，它的作品的人文精神的内涵，它的思想艺术的境界，就要大打折扣。"②在某种意义上，我们可以说，周立波以《山乡巨变》为代表的益阳书写，正是这种正面精神价值的文学呈现，它们既是历史的，也是审美的。

第四节 晓苏的"油菜坡"

一 亦实亦虚的油菜坡

油菜坡是晓苏持续建构了近三十年的文学世界，他的所有乡村题材小说的背景和地点都设置在"油菜坡"。按照晓苏在小说中的设计，油菜坡村隶属湖北省襄阳市康山县老垭镇，处于望粮山村与铁厂垭村之间，山清水秀，经济落后，交通不便。读者很容易就会将小说中的油菜坡村，与作家晓苏的真实籍贯地湖北保康的油菜坡村对应起来。湖北省保康县位于湖北襄阳市的西南部，是一个全山区县，与神农架、武当山山系连绵相接。保康县境内有荆山主脉横亘东西，有南河水系注入汉江，沮水水系注入长江，是楚国的龙兴之地，也是辉煌灿烂的楚文化的发祥地。2011年被纳入中国秦巴山集中连片特困地区扶贫开发重点县。童年、故乡之于作家创作具有原型般的重要意义，这一点已经被文学史反复证明，在晓苏这里又一次得到证明。出生于1961年的作家晓苏，1979年考入华中师范大学中文系，毕业后留校任教至今，他的所有关乎油菜坡的艺术感觉、审美直觉和文学创作的最初冲动，无疑都来自他

---

① 丁帆：《中国乡土小说史》，北京大学出版社2007年版，第228页。
② 雷达：《现在的文学最缺少什么》，《小说评论》2006年第3期。

物质贫困而精神富裕的童年和少年的记忆。油菜坡上那片肆意燃烧的油菜花，无边无际，蜂蝶翻飞，无疑寄托了晓苏热烈、浪漫、温暖、真挚的文学情感。吴义勤认为晓苏小说的精神源头就是开满油菜花的油菜坡，油菜坡是晓苏小说地理的中心点①，是晓苏的文学"根据地"。在油菜坡这个小小村落里，晓苏如同上帝般塑造出诸多人物，亦真亦幻、亦实亦虚；而地域文化的真实性，则将小说中虚构的镜花水月式的人物和情节，落实为可感、可触、可信、可爱的"实在"，从而有力地保证了晓苏乡土小说的浓郁淳厚的现实主义品格。

小说文本中的油菜坡，是晓苏"建构的雄心"之表征。这位脸上总是带着温暖笑容的象牙塔中的教授、博士生导师，已过知天命之年，表面随和，喜欢热闹，是朋友圈中著名的善于调动气氛的"段子手"，是文学院新年联欢会上多年不变的"男主持人"，"其实骨子里很冷漠很孤僻"②，他的"诗和远方"，都在故乡，与油菜坡的人们歌哭与共，与山村大地血脉相连。晓苏的油菜坡，与莫言的高密东北乡、贾平凹的商州、陈应松的神农架、苏童的香椿树街、毕飞宇的王家庄、金宇澄的上海市井、马尔克斯的马孔多镇、福克纳的约克纳帕塔法县等，具有相似的文学史意义。福克纳笔下的约克纳帕塔法县，承载着十五部长篇小说和数十个短篇小说，活动着五六百个栩栩如生的人物形象，作家深有感触地说："我发现我家乡的那块邮票般小小的地方倒也值得一写，只怕我一辈子也写不完它，我只要化实为虚，就可以放手充分发挥我那点小小的才华"③，"我可以像上帝一样，把这些人调来遣去，不受空间的限制，也不受时间的限制"。④ 虚构自己的"文学地理"，开拓一方根植于故乡大地深处的"文学根据地"，对于作家而言意义非凡，它让不羁的虚构落实，让飞翔的想象生根，油菜坡由此超越具象，而变身成为象征和隐喻的对象；同时，文化传统和地域民间文化资源形成的文学背景，作为晓苏创作的"历史前设"，又将其想象的风筝牢牢地牵系于脚下的大地之上，而没有如同福克纳那样"不受空间的限制，也不受时

---

① 吴义勤：《序》，《金米》，百花文艺出版社2005年版，第2页。
② 晓苏说："我表面上是个很热闹很随和的人，其实骨子里很冷漠很孤僻。"参见金立群、晓苏《一个孤独写作者的人性寓言——晓苏访谈录》，《小说评论》2012年第6期。
③ 参见李文俊主编《福克纳评论集》，中国社会科学出版社1980年版，第57页。
④ 参见李文俊主编《福克纳评论集》，中国社会科学出版社1980年版，第213页。

间的限制",时空的限制是现实主义文学的必备品格,也是晓苏小说的规定性呈现,虽然其小说创作在意义层面上致力于兼具现实主义与现代主义色彩的人性寓言书写,但是在构建小说的物质性的具象层面还是坚定地保持了这种时空的拟真性,在此意义上晓苏的小说是一场"戴着镣铐的舞蹈"。在晓苏小说灿若云霞的油菜花般的审美呈现之下,是油菜坡地域文化的肥沃土壤。

二 温暖的人性关怀

文学是人学,人性是现实主义小说写作的题中应有之义。晓苏的特殊之处,在于他毫无疲倦地书写人性的多元和混沌,有意识地模糊了人性善恶的边界,或者说他干脆就是通过创作颠覆了传统意义上的善恶分殊,别立新宗,肯定了自然、健康、本真、宽容的人性,批判了做作、病态、虚假、狭隘的人性。这种肯定与批判,构成二元对立式的人性结构图示,在小说文本中晓苏往往将肯定的一面给予了油菜坡地域文化或者油菜坡村的留守人物,而将否定的一面给予了油菜坡地域文化和留守人物的对应面——城市文化和油菜坡的外出人物。如果说沈从文小说中存在着一种"城乡二元对立"模式,那么晓苏小说则存在一种"油菜坡地域与地域以外的文化冲突"模式。文化冲突的关键词,即人性。

晓苏在创作访谈中说过,他的一切写作,都关乎人性,立志于彰显人性的丰富、广阔,无关道德伦理,却又意味深长,就像一条河流,"那种漫过和溢出的感觉"最为迷人,足以打动人心。[①]"漫过"和"溢出",表面上看来是某种程度的失控,其实是河流自然上涨的结果,内含天地盈缩的天道,其漫溢的形态最为接近真实的人性潮汐。

《看稀奇》[②]描写了一场发生在油菜坡的"杯水风波",没有大起大落的人物冲突和情感纠葛,却如同一幅水墨山水画作,情悠意远,再现山村人家的日常生活图景,此中自有真意,是烟火人间,欲辨忘言,张

---

① 金立群、晓苏:《一个孤独写作者的人性寓言——晓苏访谈录》,《小说评论》2012年第6期。
② 晓苏:《看稀奇》,《作家》2011年第7期。

扬郁勃的民间正道。小说叙述不动声色,油菜坡的留守老人"我"和老伴儿腊英因为下棋的事,吵了一架,闹起别扭;前不久"我"与邻居李子木下棋,第一盘输掉了十块钱,正要下第二盘扳本时,腊英跑过来掀翻了棋盘,"我"再找李子木讨还十块钱时又遭拒绝,从此两人互不来往。这一天,一对年轻的城市男女进村,在油菜坡的美丽草地上情不自禁地亲嘴,接吻这件在油菜坡老农看来十分"稀奇"的事,最先被"我"发现,"我"爬上石磙看得真真切切,津津有味,忘乎所以,老伴腊英见状也很好奇,不由自主地咳了一声,"我"也学她冷不防咳了一声,趁着腊英抬起头来,"我"便热情地邀请她爬上石磙一起看"稀奇";邻居李子木远远地看到我们的异常举动,觉得十分惊奇,"我"顺便喊他来一起看"稀奇"。三位老人被年轻男女的亲热动作打动,觉得人间如此美好,先前的矛盾龃龉瞬间烟消云散。"我"和腊英开始讲话了,晚饭也在一起吃,晚上准备搬回大床一起睡;李子木送来一碗豆腐花,偷偷地在碗底压了十块钱,以这种独特的方式把赢走的十块钱还了回来。全篇弥漫着一股暖暖的人性温情,而笔端留白处,则让人想起了山村的经济凋敝现状,留守老人的精神寂寞,在空心化的乡村里村民之间抱团取暖的重要性,民间人情伦理的堂堂正气亦由此得到生动的呈现。

《麦芽糖》① 依然采用第一人称叙事,"我是一个没有出息的人,所以我每天都要给我爹抓背",只会种田的"我",为了补贴家用,学会了一门女人们才干的手艺——熬麦芽糖,卖给村里人赚点零用钱。小说在对比中展开叙事,与"我"的没有出息不同,在油菜坡,"我"的三个同班同学最有出息,杨致远考上大学后到美国工作,娶了个洋老婆;肖子文大学毕业在省报当大记者,吃香喝辣,他的家人也跟着威风;余乾坤虽说只上了个中专,但他在县城开了家公司,发了大财。过完小年,油菜坡到处弥漫着过年的气息。外出打工的人们相继回家,村里热闹起来。"我"的三位很有出息的同学,却都在外地奔忙着,还没有回到油菜坡。大年三十这一天,"我"照例在太阳底下给"我爹"抓背,"我爹"换上过年的新衣裳,幸福地享受着抓背。"我"最先被杨致远的家人叫去,说他没有买到回国的飞机票,"我"便替他抱了灵牌,为

---

① 晓苏:《麦芽糖》,《青年文学》2008 年第 2 期。

他父亲立碑；回家的路上，"我"遇到了肖子文父亲，说肖子文没时间回家过年，"我"便帮他把装满了米、烟、酒和鞭炮的背篓背回家；正在回家的路上，"我"听到一阵哭声，原来是余乾坤的老妈，说余乾坤的老爸生病了，"我"将他送到村委会医务所。小说充满反讽的色彩，"有出息的"儿子和"没有出息的"儿子的家庭之间，幸福指数却正好相反。小说的结尾，是"我"的一家人幸福的生活画面，"我老婆"做好了一桌团年饭，"我儿子"帮着贴好对联，在热烈的鞭炮声中，一家四口吃上了团年饭。所谓尘世的幸福，所谓乡村版的中国梦，也不过如此吧？但小说显然没有提供生活的答案，小说的功用也并不在此，空心化的山村也好，空巢老人的寂寞也好，都无法改变村里年轻人的愿望，那就是，走出去，做有出息的人。在此，温暖的人性也就日益成为一种奢侈品，弥足珍贵，却已遥不可及。

根植于油菜坡本土地域的温暖人性，在晓苏小说中被一再写到、反复塑造，由此形成一种特殊的地域文化精神。《被炒了鱿鱼的人》中的油菜坡村民土根，来到省城，在老乡覃少奇的印刷厂里打工，因为没有穿工作服、上班抽烟、脱岗打扑克被辞退，但他心中并没有怨恨，相反充满感恩之情，当厂长覃少奇回到油菜坡村时，发现土根穿着干干净净的工作服、戒了烟、戒了扑克，喜欢读书，整个人完全变了。当覃少奇心怀愧疚地问土根"你心里很恨我吧"时，土根回答说："看覃厂长说哪里去了？我怎么会恨你呢！要恨只能恨我自己。其实，覃厂长是给了我几次机会的，可我都没有把握住。我想，如果你不给我机会的话，在我第一次违规的时候，你就会炒我的鱿鱼。而你呢，可能看我是油菜坡人吧，直到我第三次犯事才忍无可忍地辞退了我。"① 当覃少奇提出请土根重回工厂上班时，土根却没有同意，他准备与小荷结婚，扎根本乡本土建设新家园，不再出远门打工了。油菜坡的村民就是如此质朴，如此宽容，如此善良，如此知错必改。这样的小说，在惯常的剑拔弩张的充满对抗性的义愤色彩的底层叙事中，的确堪称异类。

温暖的、宽容的人性关怀，同样出现在《一朵黄菊花》《乡村母亲》《老板还乡》等篇什中。《一朵黄菊花》描写"我"在应征入伍后，抛弃了农村姑娘、未婚妻菊韵，善良的菊韵却依然坚守承诺，20多年来

---

① 晓苏：《被炒了鱿鱼的人》，《春风》2003年第4期。

照顾着生活在油菜坡的多病的"我母亲",供着"我的小弟四毛"读书。菊韵的善良质朴、宽容美好,就像那朵夹在笔记本中的保存了20多年的黄菊花,"我将永远把它珍藏下去,直到我生命的终结"①。《乡村母亲》中的母亲是一个不记旧仇、宽容善良的老人;《老板还乡》中负心的老板朱由,最终也被前妻月影原谅了。生活在底层的油菜坡村民们,尽管生存艰难,胼手胝足,却总有温暖的情怀,大爱无私,质朴宽厚,让人感动,催人泪下。

而真正能够代表晓苏人性写作艺术最高峰的作品,当属《松油灯》《花被窝》等小说。这些小说都写到了油菜坡村民的性生活,在性书写中照洒人性的光辉。晓苏在访谈中明确说过,要"大胆地""严肃地""艺术地"描写性生活。② 如何"大胆""严肃""艺术"地写性呢?就是要"抓住美感",采用"修辞手法"予以表现。③ 在此,晓苏借用油菜坡地域文化资源,对以性事为核心的底层人民的人性进行了多方位的观照。

《松油灯》充满悲悯的同情。农历三月初三,是油菜坡村民以帮人推磨为生的光棍汉瞎子冯丙的生日,这天他满了36岁,晚上猫子叫春叫得好厉害,他在无边的寂寞长夜里一边流泪一边喝酒,突然来了一个女人,那人一声不吭脱掉衣服,和冯丙过了一次性生活,留下一盏松油灯后走了,也留下一个难猜的谜。在油菜坡,现在大家都改用电灯了,再以前是用煤油灯,再以前才用松油灯,可以说松油灯是个老古董了,冯丙8岁的时候玩过,此后一直没有人再用了。这盏松油灯,"一只不大不小的搪瓷碗被三根细铁丝吊着,铁丝的结合处套着一节竹筒,算是提手柄,搪瓷碗里装着半碗从松树里流出来的油,一根不粗不细的麻线绳插在松油中间,这就是灯芯"④。这个女人会是谁呢?冯丙带着松油灯四处帮人推磨,他相信只要找到了松油灯的主人,也就找到了这个神秘的女人。他最先怀疑是周修竹,她生过4个丫头,男人结扎,家庭贫困,他帮她免费推过一天磨,她充满感激;接着他怀疑是田作美,她是

---

① 晓苏:《一朵黄菊花》,《春风》2002年第8期。
② 杜雪琴:《从油菜坡生长的乡村小说——晓苏先生访谈录》,《世界文学评论》2010年第2期。
③ 杜雪琴:《从油菜坡生长的乡村小说——晓苏先生访谈录》,《世界文学评论》2010年第2期。
④ 晓苏:《松油灯》,《作家》2007年第11期。

个善解人意的嫂子，曾经几次牵线搭桥要帮冯丙找老婆，最后都没有弄成；最后他怀疑是邱子红，这是油菜坡最风骚的女人，她偷看过冯丙撒尿，到处说他的家伙大得像一个装三节电池的手电筒，她想用一下。冯丙带着松油灯先后找到这三个人，都说不是自己的。小说的结尾暗示了很有可能是冯丙的亲妹妹、已经嫁到黄坪去了的冯珍。如此"大胆""严肃""艺术"地写性，置于中国现代文学史长河中，堪称特异。作家写得不动声色，而将道德批判、伦理观念悬置起来，这种不表明的、悬置的、暧昧的态度，本身就是一种"态度"，因为民间自有一套道德伦理标准，是超乎庙堂、精英文化范畴的另一种存在，晓苏显然站在民间大地的这一边。

《花被窝》洋溢着一股浓郁的民间故事式的喜剧精神。油菜坡村妇秀水，丈夫常年在外打工，她与婆婆秦晚香关系一直处得不好，她和走村串乡的维修电视接收器的李随偷偷相好，不小心在花被窝上留下一块水印，做贼心虚的她怀疑此事已被婆婆发现，就主动向她示好，请婆婆回楼房来一起居住，给她做好吃的，邀她喝酒。在无意中，秀水听到了婆婆当年的"风流韵事"，婆婆与铁厂垭一个姓陈的相好过，听人说"那个姓陈的每次来，都是和你婆婆在屋后一块苞谷地里相会，你婆婆特别讲究，去苞谷地时总是扛一床花被窝！"① 两代人"偷情"的隐秘共性，让她们心存默契，相处愉快。"花被窝"在小说中反复出现，"印在缎子被面上的喜鹊被阳光一照简直像真的了，仿佛马上要飞起来"，"它大红大绿的，上面有花又有草，还有长尾巴喜鹊，看上去喜庆，吉祥，热烈，还有点浪漫"②。"花被窝"就是质朴、自由、活泼、浪漫的民间性爱的象征。晓苏无意于对秦晚香、秀水等村妇出轨的行为进行道德批判，也无意于对市场经济大潮冲刷下日益空心化的农村现状展开社会学意义上的谴责，而只将温暖的同情给予油菜坡的这些村妇，甚至也超越了时代性的囿限——秀水是因为丈夫外出打工独守空房而寂寞难耐，婆婆当年也是因为丈夫"被派到谷城一带修铁路去了"③ 而与陈姓男人相好，自然人性的需要才是她们的最大公约数。毫无疑问，晓苏

---

① 晓苏：《花被窝》，《收获》2011 年第 1 期。
② 晓苏：《花被窝》，《收获》2011 年第 1 期。
③ 晓苏：《花被窝》，《收获》2011 年第 1 期。

对这种自然人性的需要和满足是抱持肯定和宽容态度的。在自然人性面前，种种外在的人为的戒律和道德说教，都显得那么苍白无力和不堪一击。

类似的性事书写，还存在于其他篇什之中。如《坦白书》采用第一人称的书信体格式，农村少妇唐水给在外打工的丈夫写信，为自己与油菜坡的光棍汉刘贵的婚外性行为辩解；《送一个光棍上天堂》中油菜坡村的光棍金树临死不肯瞑目，生活在城里的小学同学胡妞，为了让他能够安心上天堂，化装成外乡来的女子献身；《劝姨妹复婚》中的姨妹胡霜因为丈夫杨栓偷情离婚，最后又因为自己与姐夫柳条出轨，寻找到了心理平衡而复婚；《死鬼黄九升》描写油菜坡寡妇潘金枝与光棍马灯旺最终相好的故事；《花嫂抗旱》中的花嫂，在丈夫李宽病倒后，与村里的老光棍自喜、妻子在外打工的门神、因妻子中风一直分床睡觉的陈官高联合抗旱，发生了一系列温暖的喜剧故事；《回忆一双绣花鞋》则以饱蘸温情的笔调，叙述石匠温九保守了22年秘密的前尘情事，这段情事最终得到老伴的谅解；《嫂子改嫁》中的嫂子林小玉因为正常的性欲得不到满足最终改嫁；《误诊》中的"我"对白果丈夫错误地动了切除手术，白果最终原谅了"我"的误诊，但她有正常的性需求，"我"就不知道怎么办了；《表姐呀表姐》中的小葱姑娘，也是从正常人性需求的角度最终原谅了表姐"不仁不义"的偷情行为。

晓苏小说的人性书写，建构在虚实相间的油菜坡地域文化背景上，"礼失求诸野"，作家笔下的油菜坡村就是一方生机勃勃、朴素自然的人性的原生态的野地，寄予了作家深厚的温情和炽烈的同情，在地域外人们看来或许也是一片弥漫着人性温情的桃花源，盛放着漫野灿烂芬芳馥郁的油菜花。

三 悲凉的民间世情

温暖的人性之所以弥足珍贵，就因为其在现实生活中日益稀少，秉持现实主义写作理念的晓苏，与故乡油菜坡山村常年保持着亲密联系，血肉相连，自然不会闭着眼睛沉沦在超越现实的乌托邦想象之中，他的笔触饱含深情，揭橥出民间世情中真实的悲凉的另一面。

《矿难者》中的小斗在矿难中死去，家里得到二十万块钱的赔偿金，小斗的哥哥光棍汉大斗想娶弟弟的老婆柳絮，但柳絮看不上他，因为大斗是个癞痢头,也没有什么赚钱的本事;油菜坡村的媒婆给柳絮介绍了一个开着皮卡的刚刚死了老婆的棺材铺老板,柳絮有些动心;大斗的老娘想着"肥水莫流外人田"一心计划着让柳絮嫁给大儿子;大斗到河南煤矿去索要剩下的工钱时,知道了小斗的死亡真相,原来在瓦斯爆炸透水时,小斗是故意往矿洞里面跑的,是自寻死路,幸亏矿长不知道真实情况,否则是不会拿出二十万块钱赔偿的;大斗将小斗留下来的一个小黑包拿回家,柳絮取出里面的一本书,发现里面有一张纸条,是小斗的遗言,让柳絮嫁给他哥哥大斗。小说隐含的一个故事节点,是小斗自愿往矿洞深处跑的原因,他在洗头店找小姐时染上了艾滋病,已经不治,于是想到自杀骗取赔偿金。小说写得不动声色,没有义愤,没有呐喊,却将油菜坡贫困的现实、矿难的无情、爱情的荒芜、生的苦闷、死的不堪等一一展现在读者的面前。虽然柳絮最终同意嫁给大斗,但其间又包含着太多辛酸和无奈。

敢于直面地域文化的时代真实,是晓苏现实主义乡土小说创作的最可宝贵的品质。《陪周立根寻妻》写尽了底层人民在经济威压下的异化和人格尊严的彻底丧失,引人低回。周立根的老婆安小环被包工头王宝库拐跑,"我"陪着周立根前往九女沟矿去"寻妻"。此事本身其实很简单,王宝库请安小环到矿场当炊事员,一年给一万元工钱,安小环投入王宝库的怀抱,不再回油菜坡了。"我"和周立根在九女镇的一家小旅馆住下,人高马大的周立根将小个子的王宝库狠揍了一顿之后,王宝库将安小环带到小旅馆。周立根拿出安小环在家时最喜欢的桃木梳子,拿出儿子写着"每天都想妈"的作文本给她看,她接都不接。"我"为了让这对离别了大半年的夫妻睡在一起,另外开了一间房,但王宝库却像个无处不在的幽灵,"老板"的经济影响力无处不在,安小环竟然不敢跟周立根同床,周立根睡到半夜难受死了,敲开了"我"和王宝库的房门,王宝库假装说去上厕所,趁机溜到了安小环的床上,周立根在隔壁听到动静后踢开房门,将王宝库又痛打了一顿。王宝库要安小环帮着求情,"安小环勾下头想了一会儿,然后用试探的口气问王宝库,我让他住手,你能同意我下半夜陪他吗?"[①]——此等文字,堪称沈从文小说《丈夫》之后中国现代文学史上最为不堪的文字!第二天,安小

[①] 晓苏:《陪周立根寻妻》,《钟山》2008年第4期。

环用桃木梳子梳头，流着眼泪将儿子的作文本反反复复看了好几遍，她准备跟着周立根回家，事情似乎有了转机，但是，在车站候车时，王宝库前来通知安小环以后不用再来打工了，因为矿上马上就要安排新炊事员，安小环闻言，决定留下来！如果说沈从文写作于20世纪30年代的《丈夫》还用温情的笔调给小说安排了一个夫妻双双把家还的虽然苦涩却不乏温馨的结局的话，那么晓苏的《陪周立根寻妻》却将这种温情完全撕碎，夫妻情义在现实、金钱面前已然不堪一击。

在美丽而贫穷的油菜坡，类似的人间悲剧反复上演，正所谓"贫贱夫妻百事哀"。《余爱竹》中的少妇余爱竹，为了修建一座新砖房，到南方打工，事实上是做了代孕妈妈，生下冬儿后回到油菜坡老家。在深圳时她日夜思念留在油菜坡的孩子春儿，回家后她日夜思念留在深圳别人家的冬儿。这种由于经济压迫所造成的人间苦难，总会让人想起柔石的小说《为奴隶的母亲》，只要人间存在贫富差距，"典妻"的故事就不会根本绝迹。更不幸的是，余爱竹的丈夫知道事情的真相后，将她赶出了油菜坡；深圳的金老板夫妇也不让她再见冬儿的面，她怀揣着春儿和冬儿的照片，在家乡的土地上疯了！小说结尾写道："那栋红砖房在青翠竹园的环绕中，如诗如画，实在是好看。"[①] 美丽的山村背后隐含多少人间的苦难和悲情，在经济大发展的铁轮下有多少类似于油菜坡人们的血泪的呻吟。

日益拉大的贫富差距和城乡分别，改变着油菜坡人们的思想观念和行为方式。传统美德和古典情义在大时代的冲刷下烟消云散难觅踪迹。《光棍村》的范虎的老婆刘文秀仅仅因为丈夫没有给自己洗短裤，就跟着姚木匠的儿子姚磙跑了，背后的原因其实还是经济的压迫，贫穷让丈夫没有尊严；《挽救豌豆》讲述电视台编剧回到家乡油菜坡，劝说表弟的老婆豌豆不要进城，但最后还是没有成功，豌豆进城成为必然的趋势，值得注意的是小说用"挽救"来作题目，也就意味着"进城"就是堕落的开端，这种根深蒂固的"城乡二元对立"观念，既是油菜坡人们传统思想观念的体现，也是被现实经验反复证明了的客观规律；《麦子黄了》中的农民姬得宝利用老婆徐瓜的姿色，引诱光棍汉们帮他们干活，最后赔了夫人又折兵，在油菜坡村女人无疑是一种可资利用的

---

① 晓苏：《余爱竹》，《金米》，百花文艺出版社2005年版，第215页。

"稀有资源";《住在坡上的表哥》写尽了世态的炎凉,"我"这个局长终于没有到表哥家做客;《坐下席的人》描写县文化馆馆长的"我"制定的喝酒规则每次都不一样,一会儿是讲荤段子,一会儿是唱山歌,让老实人周金槐无所适从,字里行间流露的,其实还是那句老话,"人情逐冷暖,世面看高低";《金碗》描写油菜坡农民们幻想发财而不得的故事,张开弓弄到一只假金碗,设计让刘多上当受骗;《幸福的曲跛子》中的曲奇为了翻造新屋,到遥远的南方打工,将自己的脚放在豪车的车轮下压坏,骗到了赔款,起造新屋的理想终于实现,所以感到"幸福",但这种"幸福"里面隐藏着多么深痛的悲哀,而曲奇在南方他乡为了保全妻子不被老板们染指,又付出了多少艰辛而卑微的努力;《人情账本》更是直面油菜坡村民之间的富穷对比和对立,温情脉脉的乡村古风早已荡然无存;《替姐姐告状》描写贫穷的生活让姐妹俩失去起码的生存尊严,相继沉沦。

四 深刻的国民性批判

揭示真相、引起疗救的注意,这是新文学的传统精神。坚持国民性批判的启蒙立场让晓苏的写作有别于真正的民间叙事文学,只不过这种批判往往采用黑色幽默的笔法,荒诞加上荒唐,读来让人会心一笑,泪流满面,激愤满怀,百味杂陈。

《甘草》中的甘草,既是一位嫁到老垭镇的油菜坡女子的名字,也是甘草的爹最喜欢嚼食的一味中药的名字,因其"苦中有那么一点儿甜味"。甘草的爹准备在七十岁生日那天,大操大办一场,因为甘草的在九女沟矿上打工的哥哥说了,到时候会拿钱回家操办生日。甘草爹到弯月的豆腐坊订了两大块豆腐,到杀猪佬邹进宝那里订了半头猪肉,到吹喇叭的歪嘴那里预订了两天的喇叭班子。却不料就在生日的前两天,哥哥打来电话,说一条腿被矿石砸坏了,要住半个月的院,无法回家给爹操办生日了。甘草爹为了在油菜坡村民面前不丢面子,放出风声说儿子请他到九女沟过生日,然后与女儿一起到九女沟矿上找到甘草的哥哥,原来哥哥的腿并没有被砸坏,而是他打坏了别人的腿,因为那个人拐走了他的妻子,此事闹到当地派出所,哥哥被关了几天,还将原来准备拿回家给他爹操办生日的一万元钱赔给了对方。甘草爹回到油菜坡村后，到处向人吹嘘说儿子给自己过了生日，吃了基围虾，住了宾馆，看了歌舞表演，等等，却不料这个谎言还是被从九女沟矿上回乡的村民无情地戳穿，甘草爹放不下老脸，羞愧得上吊，好在被人及时救下了。甜中带苦的甘草，多么像油菜坡村民的人生，有一些希望的甜味，更多的却是漫长的苦味。

类似的"面子"书写，还有《剪彩》和《镇长的弟弟》等篇什。《剪彩》中的县城中学老师朱布衣，在油菜坡村长的请求下，为帮助村里弄到五万元的修路款，便领着村长派来的青年农民吴满升，一起带着土特产去找县交通局局长刘亨，他们拼尽老本地请客，想尽办法地送礼，都没有弄到拨款，万般无奈之下，吴满升偷窃了一辆小汽车，将赃款五万元交给村长，假装说是县交通局的拨款。就在剪彩仪式上，警车开来了，他们是来抓捕吴满升归案的。"面子"是小说的核心，油菜坡老村长修路是为了面子，朱布衣帮忙要钱也是为了面子，刘亨不肯帮忙批钱是为了能够坐稳局长的宝座，也是为了面子，吴满升偷车也是为了成全大家的面子。满纸荒唐言，一把辛酸泪。《镇长的弟弟》中的油菜坡村民冯知三，在东莞打工时，在同事和好友面前吹牛，自称是老垭镇镇长的弟弟，他经常接到据说是镇长哥哥寄来的茶叶土产，大家也都深信不疑。农历正月初四，冯知三的好友：湖南妹子唐启琼、贵州的小皮、河南的老包一行前往油菜坡去看他，随着距离的拉近，牛皮被戳穿的可能性越来越大，当他们抵达油菜坡时，冯知三喝下一瓶杀虫剂，自杀而死。要了面子失了里子，这是一句古训，但是人们总是容易忘记，直至最后付出血的代价，一次又一次。

人生天地间，总是会感觉到来自四面八方的束缚和敌意，强者固然可以奋起一搏，弱者则只能默默承受。鲁迅形象地将此称为"无物之阵"，认为"中国各处是壁，然而无形，像'鬼打墙'一般，使你随时能碰"[1]。钱理群如此解释鲁迅笔下的"无物之阵"："分明有一种敌对势力包围，却找不到明确的敌人，当然就分不清友和仇，也形不成明确的战线；随时碰见各式各样的'壁'，却又'无形'——这就是'无物之阵'。"[2] 晓苏小说书写油菜坡村民在"无物之阵"中的徨惑、无奈，

---

[1] 鲁迅：《"碰壁"之后》，《语丝》周刊第29期，1925年6月1日。
[2] 钱理群：《心灵的探寻》，北京大学出版社1997年版，第123页。

满带苦涩，却又不乏黑色幽默。《侯己的汇款单》中的油菜坡村民鳏夫侯己，在河南煤矿挖煤，将卖命所得的五百元工钱邮寄回村，收款人写的是侯己自己的名字，汇款单却被儿媳妇拿走，儿媳妇到镇上邮政所取钱，因为没有侯己的身份证所以取不出来。过了五天，侯己回村，儿媳妇找他要身份证，他没有给；他找儿媳妇要汇款单，她也不肯给，这件事就弄僵了。怎样才能取出款子呢，村里人给侯己出主意，侯己在油菜坡村与镇邮政所之间反复折腾，送礼，搭车，最后剩下的两百元又被儿媳妇以离婚相要挟索走，儿媳妇将已经作废的汇款单还给他时，侯己委屈不已、老泪纵横①。这篇小说以小见大，以轻写重，这个油菜坡的小人物，承受着来自各个方面的压力和阻力，被算计，被宰割，命若微尘，卑弱如蚁，由此揭开了底层国民性的最真实最无情的面纱。《桠杈打兔》充满黑色幽默色彩，油菜坡村民毛洞生说了一辈子的口头禅是"桠杈打兔"。桠杈是一种农具，由一个长柄两个短叉组成，形状像个"丫"字，用来叉稻草麦秆，叉红薯藤、苞谷叶子等，但用它来打兔子就不合适了，因为中间的空隙太大兔子会从中间逃走。桠杈打兔的意思是空忙一场做事不会成功。小说主题带有鲜明的老庄文化的思辨色彩，油菜坡村民对于得与失的判断，也有自己的认知，这是一种民间智慧的体现，达观而从容。

抹牌赌博在农村是普遍现象，《给丈母祝寿》对此予以深刻的批判，采用的仍然是轻松谐趣的民间叙事手法。在城里当洗脚店老板的余勒，回油菜坡村给丈母娘祝寿，刚到家就和客人们打带彩麻将，他与喂种猪的殷潮，开棺材铺的石少碘，给过路汽车加水的祁春，凑成一桌。赌着赌着，输的人气上来了，提出加大赌资，最后输红了眼的余勒将祁春的眼睛打瞎，警察将他抓走。农村赌博的盛行和由此造成的种种人间悲剧，于此可见一斑。

如此看来，油菜坡并非世外桃源，晓苏显然无意于重建一方世外的乌托邦，伴随着地域外发达经济的冲击，原本淳朴温厚的山村民风日益改变，世风日下成为常态。《陈仁投井》书写人情的凉薄，在更深层面上阐释了人生的悲剧本质。油菜坡村民陈仁的女儿、19 岁的地耳自杀后，陈仁就起了投井自杀的念头。村里人生怕陈仁死在自家的井里，以

---

① 晓苏：《侯己的汇款单》，《芳草》2004 年第 3 期。

· 371 ·

前村里投井的几个人都是死在仇人家的井里，村长尚元宝曾经因为将村里的仓库借给彭三丫头养鸡而没有借给陈仁居住，所以很担心陈仁会到他家投井；包工头周大本因为向村民们说出了地耳在桑拿城里做小姐的真相直接导致地耳自杀，所以也害怕陈仁来他家投井；陈仁的儿子陈义和儿媳妇陈独喜因为曾经设计陷害陈仁并将他赶出家门，所以也担心陈仁来投井，大家各怀鬼胎，想尽办法向陈仁解释、示好、求情，一个寻死的可怜人反而成为强势人物了，陈仁最后死在牛栏前的饮水池里。人和人的心，距离到底有多远，没有人知道。陈仁没有在仇人家投井，似乎表示他心中已经没有仇恨了，又似乎表明他对无处不在的"恶"的绝望，包括亲人们在内的村民的冷漠最终让陈仁下定决心一去不回头。

五 创化的民间叙事

晓苏在大学讲台上讲授的课程就是"民间文学"，他善于"讲故事"，善于讲述那些既有意义又有意思的"故事"。在小说创作中，他善于借鉴民间故事的养分、形式，加以创造性的转化，由此形成独具一格的民间叙事风格。在名家林立的中国当代小说家中，晓苏是独特的存在，是少数风格独异、文体创新的作家之一。晓苏的小说，既是"一种精致的'民间'文学"[1]，具有民间文学的表现特征、意义指向、叙述方法、谐谑风趣，又有现代小说的个性呈现、文化理念、精致结构、价值诉求，以"退回民间"的姿态实现了"向外拓展"的艺术飞跃。

取法民间故事的叙事方法，在创作实践上容易形成简单化的弊端，即在叙事样态上，功能单一；在叙事目的上，指向单一。诚如阿诺德·豪泽尔所说："民间艺术的路子比较简单、粗俗和古朴。"[2] 普洛普也曾经指出："与大量的人物相比，功能的数量少得惊人。这一事实说明了民间故事的双重特征：它既是多样态的，丰富多彩的，又是统一样态的，重复发生的。"[3] 民间伦理意义上的善恶冲突，造成民间文学叙事逻辑的最终指向即是除暴安良，非此即彼的对立冲突造成了民间文学叙

---

[1] 贺绍俊：《序》，《花被窝》，长江文艺出版社 2014 年版，第 3 页。
[2] [匈牙利] 阿诺德·豪泽尔：《艺术社会学》，居延安编译，学林出版社 1987 年版，第 213 页。
[3] 参见叶舒宪编选《结构主义神话学》，陕西师范大学出版社 1988 年版，第 20—21 页。

事的简单化特征。晓苏的小说叙事却通过个性化、主体性、现代性的有效突破，开拓了民间文学叙事的新天地，在此过程中，油菜坡地域文化的精彩呈现居功甚伟。

作为与庙堂相对应存在的民间，具备真实、活泼、自由、野蛮、欲望、"藏污纳垢"等特征。陈思和说过，民间生存于国家权力控制范围的边缘地带，形式活泼自由；民间文化充满人性最真实的欲望，外在的一切皆无法约束；民间文化精华与糟粕杂糅，藏污纳垢。[1] 民间文化本身代表着文学创作最本质的自由精神。但中国现代文学史发展实际上却一直存在着压抑民间文化叙事的现象，这种压抑在主流文化层面体现得尤其明显，如高举"民主"和"科学"两面大纛的五四新文学，就在现代新文化与传统旧文化之间去意徊徨。[2] 1938年毛泽东在《中国共产党在民族战争中的地位》一文中提倡建设服务工农兵大众人民的"中国作风和中国气派"的新文化。[3] 在此背景下，民间文化叙事在延安文艺及其以后的新中国文学流脉中得到提倡和发展。在电影《李双双》、样板戏《沙家浜》、歌剧《刘三姐》、小说《红高粱》等作品中就存在着一条明晰的"民间隐形结构"[4]。在寻根小说潮流中，民间文化叙事得到一次爆发式的呈现，时间虽然短暂，却足以体现汪曾祺、贾平凹、李杭育、韩少功、邓友梅、刘心武、冯骥才、陆文夫、古华、张一弓、张炜、高晓声等一大批当时中国最优秀作家的重续文化传统、重建本土性的中国文学的如火热情，他们坚定地认为，"如果以'现代意识'来重新观照'传统'，将寻找自我和寻找民族文化精神联系起来，这种'本原'性（事物的'根'）的东西，将能为社会和民族精神的修复提供可靠的根基"[5]。

从文学史角度观察民间文化叙事问题，赵树理这位成功引领大众化创作潮流、代表着解放区文学创作最高峰的土生土长的地道农民作家，当然是一个绕不过去的巨大存在，同时在某种程度上也成为一种衡量标

---

[1] 陈思和：《民间的浮沉——从抗战到文革文学史的一个解释》，《上海文学》1994年第1期。
[2] 唐小兵：《再解读——大众文艺与意识形态》，北京大学出版社2007年版，第3页。
[3] 毛泽东：《中国共产党在民族战争中的地位》，《毛泽东选集》第2卷，人民出版社1991年版，第534页。
[4] 陈思和主编：《中国当代文学史教程》，复旦大学出版社1999年版，第13页。
[5] 洪子诚：《中国当代文学史》，北京大学出版社1999年版，第323页。

准,其小说创作的得失成毁、经验教训足堪借鉴和铭记。其所得在于创造性地改造了传统章回小说的程式化结构,借鉴评书手法,锻造明快幽默的语言风格,"实现了艺术性与大众性的比较完美的结合"①;其所失在于"与西方文学处于相对隔绝状态","文化修养不足及由之产生的思想视野的相对狭窄"②。这种"隔绝状态"和"文化修养不足"的问题,在外部客观环境发生巨大改变的情况下已经得到解决。但民间文化叙事策略却显然并没有成为当代小说的主流,根本原因可能在于民间文化与生俱来的草根性和通俗性,不容易被致力于"提高"的作家所真正认可。在前述寻根小说中,民间文化叙事仅仅是一种创作方法,地域文化呈现多为地域符号的展现,在此意义上,我们可以说,致力于民间故事式的小说创作的晓苏,堪称赵树理的文学传灯人。晓苏的小说创作不仅有油菜坡地域文化符号、采用地域民间故事的讲述方法,而且认同、欣赏或者同情、批判地域文化精神,呈现出与地域文化深层次的复杂的纠葛关系。

民间故事多采用第三人称叙事,表达劝善惩恶的道德故事主题。晓苏的小说创作中,也多有类似的"仿原生态"的民间故事式的叙述,如《有个女人叫钱眼》就直观地表达了"万恶淫为首"的主题;《卖卤菜的李学乖》讲述厚道老实人终得便宜的故事;《三层楼》中的张大凤利用泥瓦匠、油漆匠、木匠想和自己结婚的心理,让他们流汗出力帮自己盖好房子,却不料失踪五年的丈夫突然回家,大家竹篮打水一场空,再次印证了民间的古训:"万般皆由天注定,半点不由人安排",等等。这些小说完全可以当作民间故事来读,晓苏小说的"接地气"于此可见一斑。

晓苏对于民间故事文体的创造性转化,表现在诸多方面。比如晓苏在第一人称叙事中,多铺陈形象生动的心理描写,而心理描写在传统民间故事中则很少被使用。《矿难者》采取变换的叙事视角,分别以大斗、柳絮、老娘的口吻作第一人称讲述,写出了矿难事件发生后各人的真实心理,多侧面聚焦造成繁复的深层次的艺术效果。《看稀奇》以农

---

① 钱理群、温儒敏、吴福辉:《中国现代文学三十年》(修订本),北京大学出版社1998年版,第486页。
② 钱理群、温儒敏、吴福辉:《中国现代文学三十年》(修订本),北京大学出版社1998年版,第477页。

村老人的视角展开叙事,揭示乡村情感世界或显或隐的诸多情愫,将"外在的情节与内在的张力"有机交融,① 其中不乏现代主义小说的叙事技巧。《我们应该感谢谁》以侦探推理小说的叙事方式推进情节,"我们"寻找在"父亲"的晚年生活中究竟谁是真正的照顾者,小说抽丝剥茧,层层深入,"我们"一步一步揭开了真相,不是村长尤神,也不是吹鼓手钱春早,最后发现是哑巴金斗,全篇有悬疑小说的紧张感,却不乏黑色幽默色彩,弥漫着鲜明的批判性的人文审视精神。

对油菜坡地域民间故事形式的借鉴和改造,毫无疑问也存在着一条底线,过或不及都不合适,都会直接影响甚至破坏小说艺术的表达效果。我们对晓苏小说的艺术创化的努力,应该给予充分的肯定。在民间故事式的小说叙事文体之外,对现实的油菜坡地域文化的书写让小说丰盈、茁壮,焕发出根植于大地的油菜花般的朴实而灿烂的光辉。晓苏笔下的油菜坡世界,因此弥漫着浓郁的人间烟火气息。

作为民间故事文体创化的重要方法和途径,晓苏的油菜坡地域文化书写,在小说文本中表现在诸多方面。首先是地域文化知识的介绍,看似"闲笔",其实必不可少,它让小说接上地气,有烟火人间的味道。小说写到油菜坡的饮食习惯,"铡胡椒是这地方的一道菜,用红辣椒和苞谷面掺在一起剁成烂泥,再加入生姜和大蒜,然后装进泡菜坛子发酵。发过酵的铡胡椒酸酸的,辣辣的,用猪油一炒,好吃得不得了"②;写到油菜坡的民间禁忌,"油菜坡这地方有个风俗,谁家的井要是淹死了人,那就再没人敢吃这口井的水,从此这口井也就算是废了。以前村里也出现过几个投井的人,他们投的都是仇人家的井。也就是说,他们在临死的时候还报了一回仇。被投了井的人家,不仅井废了,而且还会沾上晦气,一连好几年都走厄运,不是生病住院,就是财产被盗"③;写到油菜坡的葬礼风俗,"头七是死者过的第一个节日,最主要的仪式就是在死者死去的第七天为死者送一个灵屋,送到坟前烧掉,这样死者在阴间就有好房子住了。灵屋是用黄金蒿杆和彩纸做成的,上面还雕龙画凤,虽然比活人住的房子小好几十倍,可看上去金碧辉煌,富贵得不

---

① 吴义勤:《晓苏的新作》,《文学报》2011年5月26日。
② 晓苏:《花被窝》,《收获》2011年第1期。
③ 晓苏:《陈仁投井》,《花被窝》,长江文艺出版社2014年版,第35页。

得了"①,"追着棺材撒五谷","一撒金,二撒银,三撒富贵,四撒功名,五撒五谷丰登"②;写到油菜坡的日常风俗,"封子钱是我们这地方的一个风俗,就是把钱封在红纸包里送给身份特殊的人"③。小说往往根据情节发展的需要,随时插入油菜坡村的民间文化知识介绍,比如:"那是一只公鸡和一只母鸡,公鸡趴在母鸡的背上,看上去像是在打架。但钱眼知道它们不是在打架,而是在打水。打水就是做那种事,用在人身上就是打皮绊。钱眼虽然没有什么文化,但她对那种事却是十分精通,甚至可以说得上知识丰富。她还知道狗叫走草,猪叫跑花,牛叫启裙,说穿了都是打皮绊的意思"④;"洞里满是盐老鼠,书上称为蝙蝠"⑤;"油菜坡这地方的人,都把太阳称做日头"⑥;"痒树又叫紫薇树,开花的时候,人在树根上一摸,树上的花儿就颤动,像是一个人被搔了胳肢窝似的,痒得直抖,所以油菜坡这地方的人都把紫薇树叫作痒树"。⑦《我的三个堂兄》还写到油菜坡人们平时喜欢"喊五声子""攒四句子"的民情风俗。地域风情和民间习俗的描写,往往是推动小说情节发展的重要因素。

其次是比喻的民间化和叙事描写中的民间语言使用。如"山梁上有一条细溜溜的土路,像一条裤带子挂在那里"⑧;"那个人四十出头,瘦高瘦高的,背有点驼,像一根被大雪压弯的竹子"⑨;"那两行泪像两条蚯蚓,从她的眼窝一直爬到了她的嘴角"⑩;"泪水像新鲜面条一样挂满了他的眼帘"⑪;"两行泪像风干的豆角一样从她眼帘上挂了下来"⑫;等等。"裤带子""竹子""蚯蚓""新鲜面条""风干的豆角"等作为喻体,民间化的趣味十足,的确让人眼前一亮。又如"花

---

① 晓苏:《陈仁投井》,《花被窝》,长江文艺出版社2014年版,第41页。
② 晓苏:《桠杈打兔》,《花城》2013年第5期。
③ 晓苏:《幸福的曲跛子》,《北京文学》(精彩阅读)2011年第2期。
④ 晓苏:《有个女人叫钱眼》,《花被窝》,长江文艺出版社2014年版,第247页。
⑤ 晓苏:《海碗》,《花被窝》,长江文艺出版社2014年版,第71页。
⑥ 晓苏:《乡村母亲》,《芳草》2004年第5期。
⑦ 晓苏:《为光棍说话》,《山花》2006年第5期。
⑧ 晓苏:《花嫂抗旱》,《作家》2013年第2期。
⑨ 晓苏:《三层楼》,《作家》2012年第1期。
⑩ 晓苏:《四季歌》,《上海文学》2007年第12期。
⑪ 晓苏:《为民旅社》,《青年文学》2000年第2期。
⑫ 晓苏:《金米》,《长江文艺》2002年第4期。

嫂舀水的时候，三个男人都看着她。她舀水时弯着腰，屁股上面露出了一圈白肉。他们很快看见了那圈白肉，六只眼睛同时放大了一圈。光棍自喜看得最使劲，脖子一下子伸长了一倍，像收音机的天线被人猛然抽了一节。门神没伸脖子，可他把舌头伸出来了，红兮兮的，像在嘴唇上挂了一块红布。陈官高虽然一没伸脖子二没伸舌头，但他却一个劲儿地吞涎水，涎水经过喉咙时，喉节就鼓成一个包，有点儿像蛇吞青蛙"①，皆是接地气的比喻句，喻体皆是山村实物，读来让人忍俊不禁。

最后是油菜坡的"意象"写作。小说的发生地无一例外都被设置在油菜坡，油菜花开作为一个重要的画面，被反复书写，极具象征意味，以致成为晓苏小说的一个重要意象。"那是一个油菜花含苞待放的时节，如果有一场及时雨从天而降，那油菜坡一夜之间就会变得金黄耀眼，成为一面金坡"②；"油菜花已经开了，坡上黄灿灿的，到处都能看见蝴蝶飞，到处都能听见蜜蜂叫"③；"春风一吹，村里的油菜花马上就开了，到处金灿灿的。油菜花一开，蝴蝶也飞起来了，蜜蜂也唱起来了"④；"三月的风一吹，油菜花全开了，这个时候的油菜坡就成了真正的油菜坡，到处一片金黄，差不多迷了所有人的眼睛"⑤。万物生长，野蛮而肆意，象征着真实野性自由奔放的大地民间。在灿烂燃烧的油菜花面前，人间的种种道德扭曲、价值迷失、观念局限等都不值一哂，民间性、人间性和大地性，是晓苏小说的核心艺术追求方向。

一方面，现实的真实性，是晓苏地域文化书写的最显著特征，他没有虚构地域文化，果断地放弃了在其他作家看来具有无比诱惑力的楚文化传统的书写——要知道油菜坡村是辉煌灿烂的楚文化的发祥地，而是选择了对现实的、进行中的油菜坡进行工笔描绘，这无疑是晓苏小说中地域文化书写的成功之处。另一方面，民间故事的文体创化本身并不是可以无限制突破的非物理空间。如晓苏的小说《金米》采用死者胡根的第一人称叙事，讲述老年村妇九女为了保护油菜坡的最后一块金米地，与麻雀誓死抗争的故事。"金米是油菜坡这个地方特有的一种米，

---

① 晓苏：《花嫂抗旱》，《作家》2013 年第 2 期。
② 晓苏：《母猪桥》，《作品》2003 年第 3 期。
③ 晓苏：《剪彩》，《花被窝》，长江文艺出版社 2014 年版，第 201 页。
④ 晓苏：《死鬼黄九升》，《广州文艺》2011 年第 2 期。
⑤ 晓苏：《老板还乡》，《山花》2002 年第 5 期。

比稻米大，比麦米圆，比玉米黄，通体是透明的，闪烁出金子般的光芒。尤其是用金米煮成的金米饭，更是金光闪闪，即使在漆黑的夜晚，它也光芒四射。而且，金米特别香。金米的香是一种奇异的香，既不像酒香，又不像花香，也不像肉香，倒是有点类似洒在女人身上的香水，只是没有香水那么浓烈，但显得幽深而久远。若是吃了金米饭，人的牙齿，舌头，喉咙，全都会染上一股芬芳之气，并且一连好几天香气不散。"① 但是，世间好物不坚牢，彩云易散琉璃碎，金米虽然好，种植起来却耗费大，收入少，势利的油菜坡人们就将金米地翻耕整修，改种经济效益更好的烟草。金米被弃，就像九女被儿孙辈弃养的命运。小说的结尾，铺天盖地的麻雀飞来啄食金米，九女无法招架，只得趴伏在最后一小块金米地上，麻雀啄食她的背肉，直至夺走她的生命，"当父女俩把九女的尸体抱起来的一刹那，一片金光猛然照亮了他们的眼睛。这片金光是九女尸体下面的那一小块金米发出来的，在这伸手不见五指的夜晚，那一片幸存的金米看上去犹如一轮初升的太阳……"② 显见作家于此寄托了美好的理想。在晓苏的小说创作中，此篇堪称独立崖岸之作，弥漫着浓郁的浪漫主义气息，戏谑、嘲讽的语气荡然无存，活泼、野性的民间趣味随风而逝，庄重而正义。作家将此篇作为小说集子的书名，并置于卷首，明显对其偏爱有加，但从小说写作的艺术层面来看，此篇却存在着逸出民间常规、主体过分张扬的不足，自然无法成为晓苏预期的代表作。艺术有戒律，过犹不及，其间的得失，值得我们思索。

第五节　吕志青先锋叙事的地域空间结构

一　"先锋后写作"

众所周知，先锋小说在 1985 年横空出世，在随后的五年时间里显赫一时，马原的《冈底斯的诱惑》，格非的《褐色鸟群》，余华的《现实一种》，孙甘露的《我是少年酒坛子》，莫言的《球状闪电》，残雪的《山上的小屋》，苏童的《一九三四年的逃亡》，叶兆言的《五月的黄

---

① 晓苏：《金米》，《长江文艺》2002 年第 4 期。
② 晓苏：《金米》，《长江文艺》2002 年第 4 期。

昏》等先锋小说繁盛一如夏夜璀璨的星空，令人眼花缭乱、心醉神迷，而最令读者瞠目结舌的还是先锋小说中打破叙事传统的决绝姿态，他们重视、追求叙述形式的实验，叙事即审美，操作即情节，如此任性肆意的"主观叙述"，如此层出不穷的"纯粹形式"实验，在破坏、挑战叙事传统提供崭新叙事奇观的同时，无疑也迅速地将读者的阅读耐心和审美期待挥霍一空。诚如洪子诚所言："'先锋小说'总体上的以形式和叙事技巧为主要目的的倾向，在后来其局限性日见显露，而不可避免地走向形式的疲惫。'先锋小说家'很快分化，他们的创作也不再作为有突出特征的潮流被描述。"①

但是，落地的麦子不死，"转向的""先锋小说在叙事革命、语言实验与生存探索这三个层次上的推进，对以后文学创作的影响之大，是不应低估的。"② 现在回头来看，80 年代的确是中国当代文学史上少有的黄金时代，1988 年 10 月《钟山》杂志与《文学评论》杂志联合召开的"现实主义与先锋派文学"研讨会，就似乎已经预感到了存在着一条先锋小说与现实主义相结合的可行性前进道路，翌年夏天，《钟山》杂志打出"新写实小说"的旗幡，开辟"新写实小说大联展"专栏，在《卷首语》中开宗明义，明确指出，新写实小说既非传统现实主义，亦非先锋文学，而是以写实的方法再现"原生态的"生活，"直面现实，直面人生"。③ 一时之间，有志者四方云集，方方、池莉、刘恒、苏童、李锐、李晓、刘震云、叶兆言、范小青、杨争光、迟子建等作家在"新写实"旗帜下冲锋陷阵，与当时风头尚健的先锋小说一起鼓荡起当代小说战场的漫天征尘，鼙鼓动地，蔚为奇观。如今先锋阵营已经集体哗变，风烟散尽后尚有几个散兵游勇，扛着先锋的旗帜，暮色苍茫之中踽踽彷徨于现实主义与现代主义壁垒已然坍塌模糊的"两间"，徒增寂寥和悲壮。毫无疑问，吕志青就是其中的一个。

吕志青中等身材，戴副深度近视眼镜，衣着朴素，沉默低调。在朋友们看来，"志青很像是一个古代的书生"，内敛、节制、智慧，洞幽烛微，博览群书。④ 大多数时间里，吕志青闭户读书琢磨小说，深居简

---

① 洪子诚：《中国当代文学史》，北京大学出版社 1999 年版，第 339 页。
② 陈思和主编：《中国当代文学史教程》，复旦大学出版社 1999 年版，第 294 页。
③ 《卷首语》，《钟山》1989 年第 3 期。
④ 曹军庆：《吕志青在哪里》，《湖北日报》2012 年 2 月 10 日。

出，不喜高谈阔论。在某种意义上来说，他一直是个"寻根派"小说家，锲而不舍地寻找着"现实之根"和"心灵之根"①。现实和心灵的交织，应该是一把能够打开其小说秘密武库的钥匙。在引人注目的中篇小说《南京在哪里》之后，吕志青发表了长篇小说《黑屋子》②。这部小说既有具体生动人声鼎沸的现实生活画卷的精彩呈现，又有孤独绝望寒凉无依的精神开掘的痛苦反思，有为一代人的社会物质生活和精神生活"立此存照"的建构雄心，是先锋写作与现实主义结合得较好的新收获，其"先锋后写作"姿态及其策略值得我们充分的关注。

二 现实的呈现

小说《黑屋子》以"宴会"开篇，这是经典现实主义小说的传统写法，好处在于能够让小说中的重要人物集体亮相，趁机交代人物关系，推动情节前行。"餐厅定在瑞星，一家高档酒楼。厉大凯郑重其事，说，连店名，也挑了一下：瑞星，吉祥之星。谁又能想得到，丛林猛兽，偏偏就打这里来。"③ 如此看来，"瑞星"并不吉祥。"瑞星"作为一款随时在线升级的杀毒软件，也杀不尽日滋月益漫天而来凶猛凌厉的人间病毒。

此种笔法，也是对《水浒传》开篇的"戏仿"。《水浒传》第一回"张天师祈禳瘟疫，洪太尉误走妖魔"中，洪太尉命人掘开石碑，放出三十六员天罡、七十二座地煞，直闹得天翻地覆山河变色。但也仅仅只是"戏仿"，小说叙事别有怀抱。

省内知名企业家厉大凯、定居美国的许建平和省城编辑齐有生，曾经是同级不同班的中学同学，宴会上还有长得"瘦高"的文学教授老冯、"又高又粗，略显臃肿"的性社会学教授老汤，以及五六位人到中年的女同学。但是，吕志青显然无意于在上述人物关系的交叉互动中设置小说情节，只以闲聊絮语的方式，逐步推进叙事。许建平说起发生在他老家的一件奇事："川湘鄂西，某个交界的地方，某个偏僻的村子里，一个老祠堂的后面，紧靠背后的院墙，有一间不太大的小石屋，从

---

① 曹军庆：《吕志青在哪里》，《湖北日报》2012 年 2 月 10 日。
② 吕志青：《黑屋子》，《钟山》2016 年第 3 期。
③ 吕志青：《黑屋子》，《钟山》2016 年第 3 期。

前专门用来拘禁犯了奸淫的男女。这是说，如果不够沉潭处死就关在那里。小石屋分成两间，互相隔开。据说最后关在那里的是一个女人。也是多年以前的事了。后来不知怎么的，那女人不见了。一说被人掳走，一说逃走，还有一种说法比较玄乎：自个儿消失了。也没有消失干净，留下了一道力，从里往外，顶着那扇木头门。门后什么也没有，轴枢也没问题，但就是打不开，最多也就是半开半闭。当地人传得颇神乎。有时夜里还传出响声。另有一些日子，则可以看见一道白绫子似的东西，浮在半空，若隐若现。有时不动有时动，动起来像活物。"[1]这个小石屋，就点到了小说的题目"黑屋子"，此处尚是作为物质性的具象存在。

在许建平随身携带的手提电脑中，齐有生发现了一个惊人的秘密，原来许建平的夫人竟然是他曾经的杂志社同事柳洁如，这位柳女士在丈夫出国期间与一位文学青年公然出入当众搂搂抱抱，但许建平显然不知此事，这位美籍华人的脸上总是洋溢着平静的、幸福的、满足的、发自内心的真诚笑容。这一发现让齐有生难以释怀，每个看似幸福的家庭背后，难道都潜隐着不可告人的秘密吗？齐有生想起曾经看到的一幅画作："商场的大厅，顾客们来来往往，但他们谁都没有意识到，在他们每个人的脚下，方格地板下，每一个方格下，都立着一个死人，或一个幽灵。他们不会想到，他们其实一直是与死人或幽灵共生共处在同一个世界里。大厅的一个角落，有一个方块地板突然像盖子那样朝上掀开了，死人或幽灵的脑袋，半藏半露地冒了出来，一位女顾客正朝那边走去。不难想见，下一刻，她就会高声尖叫起来。也就是说，死人，幽灵，这些非比寻常的东西，就要径直闯进她的日常生活里来了。换句话说，在他们日常生活的光鲜底下，一直就隐藏着灾难的深渊。"[2] 而在见多识广的成功企业家厉大凯眼中，"如今人们的爱情和婚姻，差不多也就剩下了两种形式：要么生活在由谎言和欺骗编织起来的虚假的幸福中，要么是陷在谎言和欺骗被揭穿后的真实的痛苦里。如果你不想要虚假的幸福，就得选择真实的痛苦，或痛苦的真实。除了痛苦的真实，生活中已不再有别的真实。而不真实，或者说，男女间彼此忠诚

---

[1] 吕志青：《黑屋子》，《钟山》2016年第3期。
[2] 吕志青：《黑屋子》，《钟山》2016年第3期。

的丧失,正在演化成一场世界大战"①,他说:"你们只要去翻翻报纸,去网上看一看,就知道我一点儿没夸大。每天都是男女纷争,杀人,流血,比哪种方式死人都多。"②

这番话无异于是给齐有生近乎偏执的怀疑主义火上浇油,这位曾经因为出轨而得到过妻子臧小林原谅的丈夫,自己不肯放下内心的执念纠缠。当天晚上,在QQ上,齐有生质问妻子是否出过轨,妻子坚决否认,最后愤怒地提出离婚。在齐有生看来,所谓的家国天下其实并不重要,重要的只是真实,"这世界不重要,宇宙不重要;国家、政党、民主、自由,这些大字眼,全不重要;对你唯一重要的,只是那么一小点东西,如豆芥之微,那是人境与鬼域的区别"③。但是,真实却绝非"豆芥之微",真实完全可以压垮人生,齐有生并不知道将来自己会为了寻找真相而要付出多少代价。

妻子臧小林回到位于长水市的家中,向齐有生承认自己出过轨,对象是曾经的知青点上的青年队长,姓孙。执着的齐有生很快从妻子的言谈中发现了破绽,穷追不舍,二人争吵起来,很快就协议离婚了。离婚后,二人希望能够在基督教义中寻求救赎,臧小林在不断的回忆和重述中逐渐还原真相,因为一个同事突遇车祸去世,人生的有限性、无常性刺激了臧小林,最终促成了她的出轨,她主动给孙写信取得联系,二人在省城武汉见面,开启了一段长达22年的偷情旅程。在龟山上,齐有生带着妻子"重走当年通奸之路",路遇向警予的石墓,碑文上写得明白,向警予是中共早期领袖,逝年33岁,齐有生羞辱妻子说:"三十三岁,你正是在这个年龄上开始与那人通奸!而且就在离这不远的地方!""想一想,这些人闹来闹去掉了脑袋,争得了一些什么?是不是通奸的自由?他们的死,换来了人民的通奸自由?"④ 接下来是一段令人不堪卒读的文字,齐有生竟然让前妻为自己口交,在龟山的草木中"复原"昔日偷情的场景,其间交织着偷窥、淫妻、暴露、自虐与施虐等复杂的变态性心理。臧小林为了洗刷罪恶感,充当了一回刺客,向住院卧床的旧日情人刺了一刀。但这一刀,斩得断过往的一切恩怨吗?随

---

① 吕志青:《黑屋子》,《钟山》2016年第3期。
② 吕志青:《黑屋子》,《钟山》2016年第3期。
③ 吕志青:《黑屋子》,《钟山》2016年第3期。
④ 吕志青:《黑屋子》,《钟山》2016年第3期。

之而来的鞭笞和跪拜真的能够洗白过往的黑色回忆吗？打开的黑屋子再也关不上了，人生失控，一路呼啸，臧小林服毒自杀后，齐有生也跳楼自杀，那天正好是愚人节。小说想告诉我们，偏执的人都是愚人吗？

生动具体的细节写实和扎实丰富的知识背景，是《黑屋子》这部长篇小说呈现出来的一大特征。玩换妻游戏、溺水而亡的老费，邋遢不堪、喜欢养猫的老穆，风流成性、处处留情的老柴等人物形象，作家采取鲁迅式的"杂取种种人，合成一个"的现实主义典型人物创造方法，读来让人忍俊不禁，同时哀伤低回不已。而时尚性的文化符号与串烧式的社会热点的拼贴，又让小说呈现出社会风俗画卷式的多姿多彩的面貌。这种拼贴，看似漫不经心的闲笔，其实大有深意存焉。如叙述杂志社编辑小孔看不惯自己的老公，"没个正经职业，成天骑个旧摩托，穿街走巷，卖音碟。摩托后面横一个尺来长的筒状碟匣，车上装了音响，走一路响一路，全是节奏强的：不要说你错，不要说我对，恩恩怨怨没有是与非——一震一震，马路打颤。小孔不光嫌他没品位，也嫌他没脑子：凡事总有个对与错是与非，什么叫没有对与错，没有是与非？"[①]此种大街卖音碟的场景，谁不是见惯不惊，作家写来却是妙趣横生。尤其是小孔将歌词的"没脑子"放置到他老公身上，无疑加强了小说人物的性格表现力度。小说详细列举臧小林的出轨次数、时间、地点，叙述高校教授在家玩换偶被抓捕，老汤否认自己是同性恋给出的理由是"那男子的性爱呈女性心态"，其他如阳萎偏方、充气娃娃等，都很容易让人联想到某些对应性的网络热点事件。小说还以嘲讽的口吻批评种种"文化大头症"："最近一个时期，各地都在寻找自己的文化定位。山大，就叫山地文化；有平原，叫平原文化；有山有水，叫峡江文化；行船跑码头的多，叫码头文化；打仗多，死人多，叫军事文化；哼哼唱唱的多，戏曲文化；买卖人扎了堆，商业文化；旅游成了支柱产业，旅游文化……"[②]小说也批评了当下中国瞒和骗四处盛行的不堪世情："官员在瞒在骗，文过饰非，出了事，死捂着。双规的前一刻还在台上大谈反腐，简直就是一群不用化妆的演员。老百姓也瞒也骗。一个农民，连小学也还没念完，打了某首长秘书的幌子，竟能到处畅行无阻。

[①] 吕志青：《黑屋子》，《钟山》2016年第3期。
[②] 吕志青：《黑屋子》，《钟山》2016年第3期。

一个三年级的小学生，错别字连篇，但却熟练地掌握了假大空的炮制方法。老头老太太也在忙着与时俱进，倒在地上，就快咽气了，仍挡不住想讹人一把。昨天的谣言，今天被证实所言非虚。昨天的真实，隔天却成了一个笑话。"① 毫无疑问，长篇小说的生动性和接地性，得力于此者多矣，丰富全面的知识性和对世情把握的准确性，正是构建长篇小说生成背景的客观需要。

三　精神的开掘

作为先锋精神十足的作家，吕志青显然无法在逼真性地描摹社会历史真实面貌的层面上满足，他善于发现和表现"日常生活的神奇性"，经由主观性极强的重新编码和知识梳理，构建一条直达人性黑暗深处的漫长隧道，以此洞悉世道人心、拷问灵魂，给人带来一股鲜明的震撼的思辨的理性冲击力量。

这条偏向精神开掘的写作道路，无疑更适合于表现那些具有精神思辨性特征的人文知识分子，或者具有知识分子思辨特征的官场人物（幕僚知识分子，葛兰西称之为"统治集团的管家"）、技术知识分子（技术专家）。在吕志青小说中，已经形成一条鲜明的知识分子人物形象谱系，如《爱智者的晚年》中的机关干部梁可，《南京在哪里》中的陈老师、孙老师、刘老师，《失去楚国的人》中的楚文化研究专家、杂志社副主编康小宁，《黑暗中的帽子》中的心理咨询师臧医生，《黑影》中喜欢阅读苏格拉底论著的庄佑等，都是具有内倾性思辨特征的知识分子。现代日常生活的诸种悖谬，知识分子无疑感受最深，经由吕志青炉火纯青的先锋叙事技巧的成功表达，小说具有了穿透物质表层直达人性幽暗深处的艺术魅力。"读吕志青的小说，我们仿佛坐落于书斋之中，沉陷于思辨的困境之中，同时又沉迷于一套独特而富有魅力的叙事圈套之中难以自拔。这些符号化的世界很显然是内心和隐喻性的，但也被表现为具有顽强的物质性——那空洞而又无处不在的'关系'。我的身份处于别人的保管之中，尽管这个别人是由他们自己的利益和欲望组成，

---

① 吕志青：《黑屋子》，《钟山》2016年第3期。

尽管这种保管永远不会安全。"① 这种经由外在"关系"安排的被动性、无力感、迫害狂、受虐症等，无疑是分科体系下学有专门的现代知识分子无法逃脱的笼网，因此他的小说总是带有鲜明的萨特、加缪式的存在主义哲学色彩，其情节结构与人物性格的荒诞不经的程度，堪比《墙》《局外人》等现代主义小说名篇。《黑屋子》也同样如此，小说文本弥漫着浓郁的哲学思辨和精神开掘的理性色彩。吕志青钟爱以知识分子作为小说的主人公，原因即在于此，"知识分子大多是'思想型的人物'，他们往往都有一种无力回天的失败感，其结局也往往具有无可奈何的悲剧性。选择沉思的知识分子作为表现对象，考察和反思他们现实中的生态与思想深处的心态，是吕志青进入存在之思的一个有效途径"，"吕志青的存在之思渗透着一种理性精神与怀疑态度，这里的理性精神主要体现在对纷繁多变的现实生活的把握能力和强大的逻辑推演能力上，而要从司空见惯的现实生活里'发现存在'，本身就意味着某种怀疑与批判的立场。展示现代生活中的存在悖谬，构成了吕志青小说的重要主题"②。

  《黑屋子》沿袭了这一重要主题，并继续将人间爱情的虚无感追溯至令人绝望的程度。在经典现实主义小说式的"宴会"开篇之后，小说马上进入精神开掘的层面，由于有知识分子冯教授、汤教授的加入，茶叙环节一开始就进入了"掉书袋"模式，冯教授、汤教授的谈话引经据典，《七日谈》《十日谈》《奥塞罗》等经典著作中的名句和典故联翩而至。在齐有生与妻子臧小林的 QQ 聊天记录中，也不时冒出坦诚、赤诚、伤害、欺骗、高贵、真相、猜疑、真实、诚实、洁净、蒙骗等"宏大字眼"，虽然齐有生自认为自己介意的只是"一小点东西，如豆芥之微"，但是人性的残酷真实，对于漫长的人生来说，本身就绝不是"一小点东西"，即便是"轻"，那也是"生命中不可承受之轻"。小说对《圣经》教义中关乎婚姻、奸淫的部分进行了不厌其烦的探讨和分析，有三处甚至直接引用原文，将小说探讨的情感问题持续性地导向深入。小说标题"黑屋子"无疑是一个核心意象，象征着情感的真相是我们永远无法面对的存在，一个在齐有生看来"朴素、勤劳、端庄"

---

① 程德培：《难以言说的言说》，《钟山》2010 年第 2 期。
② 李雪梅：《对存在的诗性沉思——论吕志青的小说创作》，《文艺报》2011 年 5 月 4 日。

的妻子,真实的情感经历却一直隐没在黑暗的屋子里,一旦打开,丛林猛兽奔涌而出,就再也回不到从前。但是,吊诡的是,人们又无法装着没有看见黑屋子,无法对黑屋子熟视无睹,打开黑屋子的冲动根植于每一个现代人的心中,而打开黑屋子之后人们既有的、惯性的情感世界将一片荒芜。作为小说中充当着某种思想派别的代表性人物,汤教授的观点可以自成一说,他要批判的就是五四新文化运动以来的现代中国人的"理想爱情"观念,他在多个场合多次演讲,由于存在着"理想爱情"观念,"国人的性与爱,仍然不能有效分离,捆绑在一起,扯皮拉肉,打断骨头连着筋"①。然而,齐有生、臧小林的"理想爱情"固然破碎散乱成一地鸡毛无可收拾,汤教授自己的情感生活却也得不到、至少很长一段历史时间内得不到国人的认可,他的现实情感世界仍然是一片荒芜。小说广泛征引《圣经》、《红楼梦》、海德格尔、以赛亚·伯林、海涅、威廉·布莱克、牛顿、洛克、波伏娃、萨特、里尔克、米歇尔·福柯、艾略特的相关资料和论述,对经典现实主义长篇小说文体规范实施有意突破,具有重要的文体建构意义。有学者将这种小说叙事中的"论文体",认定为是吕志青"自创一套"的叙事方法,"因为他的小说很少有我们常见的语调和用语,在该庄重的地方他总是无所事事,凡叙事的起点、转折、高潮和落点他从不遵循理所当然的规矩。而在激情即将降临,冲突即将爆发的地方,他总是转身离去,行文则平静如水,似乎没有注意到什么不对劲的事情。他的叙事从不拒绝议论,相反,喜好独白式的议论是他的特点。小说中叙事者自己或者借用人物之口经常发表对世界及存在的看法,从这个意义上说,吕志青又是一个独白主义者,独白主义是一种无所不包的世界观。同时,这位叙事者又是一位心理咨询师,懂得与叙事对象保持距离又能进入其内在的心理,一种既冷又热的叙述方式像魔镜似的,让阅读经常能在不经意中窥见半隐半现的自我,并经历认识自我的震撼"②。这种"夹叙夹议"甚或"议论忘形"的叙事方法,在《黑屋子》中继续采用。小说开篇叙述冯教授对于莎士比亚的悲剧经典《奥塞罗》的观点,并没有采用加了引号的直接讲述方式,可能是为了不让其他人打断冯教授的论述,小说写道:

---

① 吕志青:《黑屋子》,《钟山》2016 年第 3 期。
② 程德培:《难以言说的言说》,《钟山》2010 年第 2 期。

"在这部悲剧中,老冯最感兴趣的一个人物是伊阿古的妻子爱米利娅。与奸诈险恶的丈夫不同,她有着基本的良知;奥塞罗杀死妻子之后,她当众揭露了伊阿古的阴谋。但即便是这样一个人,她亦说,如果代价足够,她也会出轨的。理由是:世间的是非原本没有定准,如果你因干了一件错事而得到了整个世界,那么你在这个属于你的世界里,完全可以把原有的是非标准给它颠倒过来。在老冯看来,在这里,莎士比亚通过人物之口说出了一个很重要的问题:即在这个世界上,没有一个恒定不移的是非标准。或者说,现有的标准,也是可以随意改变的。"[1] 类似于此种文学经典解读、哲学思辨的文字,在小说叙事中屡见不鲜,明显可见作家寄寓其中的文字沉醉与思辨乐趣。似乎是为了首尾呼应,小说的结尾处也有一大段议论性的文字,同样是没有加引号的转述,却是直奔主题,意欲揭示出黑屋子的所有秘密:"沈慧记起,有一次,齐有生对她说,自从臧小林的事情暴露之后,或者,这场前所未有的人生危机骤然降临,他发现他身上的某道暗门,一个翻盖,突然打开了,从前隐藏着的各种令人匪夷所思的无意识力量,各种驱动力,各种由心而生、无法被普遍理性所统一所融合所调和的潜在的可能性,痛苦而暴烈的内部斗争,一齐跑了出来;驱使他去做各种在平时绝对意想不到的事情。这纠缠在一起的各种力量互相促进又互相牵制,使他在极度的变态亢奋中产生出一种撕裂之感,从中又迸发出一种魔灵和邪灵的强大力量。而且,仿佛相互投射,这种力量的鳞鳞爪爪,他从其他人身上也看出来了。他们每一个,包括老汤,老柴,都像是他的一个侧面或者一种可能,反过来说多半也是一样。他是一棵树,他们就是他的枝桠。同时,他也是别人的枝桠。枝桠间当然有近有远。其中一些显然离他更近:老冯,老穆,老费,沈慧和小朱,尤其小朱。从小朱身上,他看到了一个人对于宁静深邃和激荡人心的生活的双重需要,包括一种来自内心深处的狂暴与大胆,一种破笼而出的冲动。"[2] 这是存在主义的经由个体主观认知世界、联系世界的方式,每一个人都不是一座孤岛,"个"与"群"存在着广泛的同一性,也就是说,出入黑屋子必将是所有人的宿命。

---

[1] 吕志青:《黑屋子》,《钟山》2016年第3期。
[2] 吕志青:《黑屋子》,《钟山》2016年第3期。

接下来的问题是，存在于同一文本中的指向如此迥异的现实主义与现代主义的双重视野和具体操作为什么没有形成文本的撕裂感或者破碎感？此中奥秘应该是地域空间结构的合理设置。

四 地域空间结构

早在 14 年前发表的中篇小说《南京在哪里》中，"南京"就作为一个特殊的地域名词出现过，在先锋小说的视域中，"南京"是不可把握的，漂浮不定，意义丛生，借此表达作家的独特的历史观，所谓"南京"其实不过是一堆词语、文字、史料的繁殖和衍生。诚如小说所述，代课老师"侯老师讲了很多，给人一种东扯西拉的感觉。但你又不好说全是东扯西拉，不管怎么说，总还是有个把两个与南京有关的字眼冒出来，比如说金陵。又比如说，秦淮河。照他的说法，一个词就是一个活的神秘的发酵体。只要死死逮住不放，它就会一而二、二而三地生发、裂变，生发和裂变出一些令人意想不到的东西来。那时大家觉得他像是在讲语文，或者是在讲物理。过了一会儿，他又像是在讲哲学了。他说，每一个词乃至每一个知识群落自身都是一个系统，此系统与彼系统相联系，一个连着另一个，另一个又连着另另一个以致无穷无尽。所谓学习就是从一个被控信息流环向一个较为广泛事件领域的延伸，并依靠这延伸和规定这一系统的可理解性标准的密码来理解这个世界……"[①] 中短篇小说的文体属性决定了小说文本中的地域空间结构并不具有十分重要的决定性意义，因为地域空间的写实性要求并不突出，如此，预留给主观性议论的空间反而相对较为开阔，正可供有现代主义写作志趣的作家们驰骋才华。

长篇小说《黑屋子》很好地将现实主义的工笔细节描写与现代主义的精神追问结合起来，地域空间结构于此居功甚伟。小说的上卷，一共有两章的篇幅，地域空间设置在长水市，时间指向是过去，艺术底色偏于写实。齐有生和臧小林"已经有很多年了，他们总在晚饭后去江边散步。早先江边破烂不堪，沿江一溜低矮的棚屋，吊脚楼的下面种着玉米和蔬菜；离菜地不远是一堆堆垃圾，污水管直接通到江里。若干年

---

① 吕志青：《南京在哪里》，《收获》2002 年第 4 期。

前，江边变成一个狭长公园。绿树，草地，花木，小径，亭台楼阁，雕塑奇石，重新修葺过的防波堤上有了一道石栏杆，凭栏可见大江景色。越过宽阔的草地，靠近滨江大道的一侧，则有一条长长的林荫道，高高的钻天杨，枝叶在半天云里交接起来，成为一条绿色拱廊。一年四季，尤其夏秋季节，每到傍晚，人们就往这里来了：唱歌的，跳舞的，二胡笛子手风琴，交相汇响"[1]。对于齐有生夫妇来说，长水市属于过去的时代，代表着安稳不变的现世生活。但是，这个属于过去时代的地域空间对他们来说事实上已经不存在了，臧小林远走深圳，齐有生在省城谋生，儿子在他乡念书；夫妻先后出轨，情感基础已然崩毁；故园已荒芜，何处是归程？小说的中卷，一共有六章的篇幅，地域空间设置在省城（武汉），时间指向是过去与当下的混融，艺术底色偏于虚实交织。这一卷可以视为小说由实转虚的过渡性桥梁。老穆、老费、老汤、老柴等人的现实主义层面的故事穿插其中，厉大凯组织的网站和读书会的活动则为小说平添了精神追问的沉重与苦涩的一面。尤其是齐有生带着臧小林爬龟山的情节，既是实写，又是追忆，小说不厌其烦地书写从龟山西南角，走过长长的石阶，来到半山腰，看见电视塔，走小径，经过缆车站，发现大石板，小土坡上长满杂草、灌木、松树，等等，所见所闻，工笔细绘，接近于自然主义的笔法。却在从容舒缓的写实中，揭示出夫妻情感中暴烈拷问的尖锐恶毒的一面。过去与当下、虚构与实在、写实与想象、具象与抽象之间，充满十足的张力。小说的下卷，一共有九章的篇幅，地域空间设置在省城近郊，由小镇上的一套民房改造而成的黑屋子，时间指向是当下与未来，艺术底色偏于虚拟。这座黑屋子是"一室一厅，带厨卫。略略作了些处理：窗子用板条封闭起来，大门换成有方孔的那种，一日三餐有专人把饭菜从小孔里递进去。屋里有一桶饮用水，拉屎拉尿有卫生间。电器移出，只保留空调。已是七月了，没这个不行。灯光，灯管全部摘下。电脑自然也不能有，手机没收。时钟也从墙上摘下了。总之，与外界隔绝，而且，没有光"[2]。建立"黑屋子"的灵感来源于现实生活的客观实在，位于川湘鄂西交界处的某个山村的小石黑屋子，就是专门用来拘禁犯了奸淫罪的男女的——这个黑

---

[1] 吕志青：《黑屋子》，《钟山》2016年第3期。
[2] 吕志青：《黑屋子》，《钟山》2016年第3期。

屋子，众人还专门前去访问过，"山地，田园，农舍，树木，竹林，溪流，湖泊，水凼子，再就是老人，孩子，狗，公鸡领着一群母鸡，在太阳下散步。老祠堂终于找到了，黑屋子也找到了，但已经是遗址了：几个月前，村里人把它扒掉了"①，也就是说，作为"原型"的黑屋子已经荡然无存，但省城里的人们又重新建造了一个，体验黑屋子是他们内心深处的不倦冲动。如果说"围城"是男女婚姻生活的两难选择的话，那么"黑屋子"则是现代人精神生活中选择向度上的两难。

如此地域空间结构的成功设置，就很好地解决了小说文本中可能出现的叙事分裂和风格差异，经由三种地域空间组建的立体多面的小说文体强有力地保障了作家的艺术表达效果，现实主义与现代主义迥异其趣的表现方法与艺术旨趣亦能从中寻找到属于自己的地域空间存在基础，全篇生气淋漓，充溢饱满的叙事张力，并在文本中造成多元对话的"互文性"阅读效果。以地域空间结构构建现代主义小说文本，这是一条可行性极强的具备借鉴意义的有效路径，而如何在西学意义上对存在意义及其本质的终极追寻之外，别开新路，寻找到本土文化传统的可资利用的有效资源，提炼出一剂安抚现代人躁动心灵的"清凉散"，仍然是一段崎岖漫长却又风光无限的旅程。

第六节 从山林到江湖：陈应松的跨地域书写

公安县、神农架、荆州，地域文化面貌尽管各自不同，却在陈应松的笔下逐渐生成、靠拢、融合、杂糅，形成文学意义上的共性，由此构成了他的精神故乡和文学根据地。也就是说，陈应松具备极强的文化整合能力和鲜明的主体创造精神，能够自由地在江湖与高山的不同文化种类中穿行，出乎其内超乎其外。陈应松鲜明的主体创造性贯穿于地域叙事之中，他以奇崛的意象、惨烈的场景、鲜活的语言、跌宕的情节构筑起中国当代文学的个性色彩强烈的"高地"，其审美呈现的得与失，思想批判的成与毁，地域表达的正与误，的确值得我们经由文本解读作深长之思。

---

① 吕志青：《黑屋子》，《钟山》2016年第3期。

一　日暮乡关何处是

按照刘庆邦的说法，每个作家都有两个故乡，一个是地理意义上的故乡，生于斯，长于斯，是人生的起点；一个是精神意义上的故乡，"我心安处即是家"，或可称为灵魂的家园，是精神的归宿。陈应松的故乡何在？他的出生地湖北省公安县黄金口镇，可算地理意义上的故乡，他的精神故乡究系何方？是公安县？是荆州？还是神农架？从其小说、散文创作中都可以找到各自的依据，却又无法形成统一的认知。

公安县黄金口镇，曾经是长江支流虎渡河畔一个热闹的码头。虎渡河通往长江大海，小小渡口于是就有了观天地盈缩的雄浑气象。流水匆匆，带走了作家的童年和青少年时光；小船悠悠，却带来了外面世界的精彩见闻，给予作家最初的、最深切的文学启蒙。小镇茶馆里说书人的醒木拍出多少回肠荡气的英雄故事，引人流连[1]。小小收购门市部里从四野八乡收购来的卷帙散烂的旧书，打开了一扇扇通往外面世界的窗口。陈应松在散文集《小镇逝水录》[2]中述往事，记流年，以生动活泼温馨感伤的笔墨追忆黄金口小镇的奇闻逸事、众生百态。楚地民间多禁忌，大年三十不准喝汤，正月初一不准扫地倒水，灶头不准乱放东西，等等[3]；家祭、烧封包、过阴兵、叫魂、请七姐、请筷子仙、拿魂等民间信仰，在楚地四野弥漫，楚人信巫鬼、重淫祀的文化传统，历经数千年不曾消磨，这些无疑给作家提供了丰厚的文学营养。时代尽管贫困，我们从作家的回忆散文《说过年》《没有玩具的童年》《茶馆》《小镇的收购门市部》等篇什中还是可以读出挥之不去的浓郁乡情和温馨记忆。

陈应松下过乡，做遍农活，上过水利工地，返城后成为县水运公司职员，跑过船，去过海南，直至成为专业作家。在陈应松的创作年谱中，存在着三个文学地域板块：公安县、神农架、荆州。这三种文学地域书写的共性十分明显。第一，都是"客寓者"的写作，无论是回瞻

---

[1]　陈应松：《茶馆》，《所谓故乡》，地震出版社2012年版，第67页。
[2]　陈应松：《小镇逝水录》，百花文艺出版社2005年版。
[3]　陈应松：《鬼事》，《所谓故乡》，地震出版社2012年版，第74页。

式的公安县船工题材小说，还是体验式的神农架题材和荆州水乡题材写作，作家都已经"外在"于书写对象，从身份上来讲，已经"跳出三界外，不在五行中"，不受书写对象的限制，如同中国现代文学史上京派作家的乡土小说，其实都是客寓都市的作家对于乡村生活的回望或者想象。第二，都贯穿着作家饱满的叙事激情，带有鲜明的主体创造性。陈应松笔下的虎渡河、神农架、荆州湖田等，都不是纯粹的自然主义式的客观复现，都带有浓郁的浪漫主义式的诗人气质，物质形态的地域文化因此在小说文本中散发出主体精神的独特气息，由此构成了类似于"一切景语皆情语"的古典诗词的意境，这种文体借鉴及其实践无疑具有重要的创新性意义。第三，都是在抓住地域文化的主要特点的抽象写意的涂抹之外，填充进了诸般杂糅性的文化元素，以此增强地域文化书写的表现力度。正如作家自述："我不会只写神农架一地的风俗，我把湖北的许多东西全揉进去了，全发生在神农架，包括风俗。"[①] 同样的，作家在公安县虎渡河小说和荆州湖田书写中，也流注一股浓郁的神秘浪漫惊采绝艳的《山鬼》气息，我们知道，楚辞《山鬼》本是书写山林而非平原之作，将山林笔法移作平原书写，是陈应松主体创造精神的体现。追求地域书写的精神气质上的"神似"，辅之以精准真实的物质性细节描写，这无疑是陈应松小说让人有身临其境之感、足以打动人心的重要技术原因。

如此，在外人看来地域文化面貌迥异的公安县、神农架、荆州，在陈应松的文学观念中却并无明显的此畛彼域的分界线，更没有创作实践上的绝壁式的断裂痕迹，它们都是作家的精神乡土，是支撑着巨人安泰成长的坚实大地。日暮乡关何处是？是那片古老神秘、巫风弥漫的楚地。如同作家笔下的公安县、神农架、荆州皆为假托一样，这片总体意义上的楚地叙事当然也是假托；而对于真实的故乡，无论是在地理意义上还是在精神意义上的故乡，作家的心态其实都是矛盾分裂的，一方面，饱含深情，伤感低回，"所谓故乡，就是总梦见那儿的鬼地方"[②]。另一方面，他又对现实的故乡满腔怒火，不予认同，"河道已经改了，

---

① 陈应松：《文学乡土及写作的理由》，《写作是一种搏斗》，长江文艺出版社2015年版，第171页。

② 陈应松：《所谓故乡》，《所谓故乡》，地震出版社2012年版，第3页。

房子没了，过去的欢乐也没了，墙基倾圮在水里，一切都改变了样儿，物是人非"①。其实，所谓的故乡，既是一种地域存在，又未尝不是一种时间存在，故乡已经漫随流水东逝，烟波江上哪里还有故乡的影子？偏偏有一个饱含理想主义和英雄主义的作家，对抗流俗，背铁砧上山，在星空下漫步，执着地要在文字世界里挽留故乡匆匆远行的步履，立此存照，爱恨交织，写下一系列楚风弥漫的传奇诗篇，震撼世俗，大撄人心，这个人就是陈应松。

二　河风吹老少年人

陈应松关乎公安县题材的创作，笔墨间多带有回忆的苦涩和温情，诗性是其最大的公约数。某种程度上我们可以视其小说、散文创作为另外一种形式的"自叙传"。散文集《小镇逝水录》中的上百篇文章，直观、立体、全面地记述了作家从童年到青年时代的人与事。小说《大寒立碑》则是一块矗立于天地之间的儿子为父亲立起的巨碑，小说采用第二人称叙事，是作家与父亲直接对话的语气：

> 你一个人走在异乡的土地上，初秋的天高朗无言。你揣着一把剪子——活命的根。你占了一门手艺，荒年饿不死手艺人；人生了孩子，要穿，死了老人，要穿。生生死死，婚丧，嫁娶都离不开它。罗裁缝，你就是一片悲壮的霞色，替这个万恶的人类打扮黎明和傍晚，但你的手艺陪伴他们走完世间的路，让你的剪刀裁剪着世态炎凉，人情冷暖。你的针线缝补着岁月的皲痕，让遗憾、秘密、爱与恨，绵绵不断，与天地长存。②

我们知道，第二人称叙事的局限性太大，会直接影响到小说的叙事广度和进程，而《大寒立碑》是能够成功的少数之作，这一点值得我们给予充分的关注。阅读这篇小说，可以明显感受到作家的那种直抒胸臆的强烈倾述欲望如火一般燃烧，因此全篇弥漫着沉郁的抒情的诗意，

---

① 陈应松：《所谓故乡》，《所谓故乡》，地震出版社2012年版，第3—4页。
② 陈应松：《大寒立碑》，《清明》1989年第5期。

好像不使用第二人称就再也没有其他更为合适的叙事角度了,《大寒立碑》完全可以视作当代文学史上叙事学意义上的独特的"这一个",具有重要的文学史意义。楚人陈应松无比推崇屈原,很重要的一个原因就是认同他的不忘记个人性的疼痛感和屈辱史;他也推崇乡贤"公安三袁"的"真人真心真性情"的文学观,可以视为他对故乡文学传统的"抽象继承"。

《黑艄楼》《黑藻》《一船四人》等篇什叙述"我"的故事,继续铺排公安县水上生涯的浓密细节,继续再现虎渡河两岸迷人的地域文化风情,继续书写船上人家的悲欢离合故事,有同情的理解,有沉郁的悲悯。《一船四人》写到鸭咪咪沉船后的死亡,船工系列小说因此具有惨烈的悲剧意味,但浓烈的诗意依然弥漫在小说文本的字里行间。《黑藻》写道:

> 我坐在水边。一只河蚌爬上岸来很慢很慢。
> 一块小小的软沙崩落下去。
> 一片月光分成十片月光。
> 一颗星星打碎脑浆四裂。
> 我想这月夜如果有人吹笛子该多好。
> 我想有人吹一支笛子该多好呵这沙滩月夜,我想。①

地域文化书写为小说平添了诸多风采,增强了小说的审美感受。如《镇河兽》中的跳丧鼓;《金色渔叉》中"翻眉鼓眼吹猪腿,忍气吞声哪翻大肠"的荆州花鼓戏唱词和民间歌谣②;《风中渔鼓》的老皮沿洞庭湖边走边唱的渔鼓调;《黑藻》写到水上船家的谚语"行船走马三分命""河风吹老少年人""歪船烈马快如风"等。陈应松小说中有丰富翔实的地域文化知识性描写,如对虎渡河上各种船只的知识性介绍,舵笼子,燕子尾,五板子,铜勺子,葫芦子,豌豆壳,扁子船,茶陵驳,神河驳,岳阳铲子,峨嵋豆,荆帮划子,等等,说起来头头是道,显见作家也是行家里手。地域风景描写在强化人与大自然之间的紧张关系

---

① 陈应松:《黑艄楼》,《上海文学》1987年第3期。
② 陈应松:《金色渔叉》,《小说家》1993年第1期。

时，也笼罩着一层人文主义的脉脉温情。

如此看来，陈应松的公安县题材小说，就是他的自叙传、血泪书、忏悔录，他是一个倚仗经验性写作的作家，包括情感经验和生活经验，但是，对于一个诗人气质浓郁、奉尊屈原直抒胸臆的表达、想象力时常突破现实边界的书写者来说，他会满足于对公安县地域文化的再现吗？他会反复讲述船工的故事而不厌倦吗？心永远在远方，这是一个不安分的人，当他做船工时他要逃离虎渡河，当他洗脚上岸成为县文化馆创作员时又有过几番逃离，当他如愿以偿成为宁静的省城翠柳街一号的专业作家时他要逃离省作协大院，他的理由是"生活的库存用完了"。

三 钢枪斜拽上神农

2000年陈应松前往神农架林区政府办公室挂职，从此开启了长达十年的神农架地域叙事的旅程。"生活的库存没了"是作家离开城市走向大地的理由，但是，为什么一定要选择山高林密、路险人穷的神农架？是因为神农架里有丰富的文学库存吗？陈应松说："我想写远离现代文明的农民，他们在深山里可能更能反映现实生活中两极分化的现状。我想看看在这个欲望化的社会里，深山中的农民是怎么生活的。"[①]这是题材内容选择方面的原因。我们认为，陈应松选择神农架还有审美意义上的考量，甚至是根植于作家内心深处的灵魂的需要。神农架丰富博大的地域文化内涵激发了陈应松的审美创造，神农架变幻无穷、惊采绝艳的四季风景与神秘浪漫、古风凛冽的人文风情交相辉映呼唤着孤傲抗俗、崇尊屈原的作家前来。但我们知道，楚人有一种根深蒂固的"乐原厌山"的文化机制。楚人只祀大川，不祀名山；《楚辞》写高山时，色调往往黑暗而阴冷。陈应松反叛楚文化传统，不厌高山，而以决绝孤傲的姿态一头扎进神农架。

楚人陈应松沉醉般地喜爱神农架，写下一系列专题散文歌咏这片美丽而神秘的土地。《天下最美神农架》描写春天的神农架开满杜鹃，有

[①] 石一宁：《陈应松为什么扎进神农架?》，《文艺报》2004年11月11日。

秀雅杜鹃、毛肋杜鹃、粉红杜鹃、红晕杜鹃、映山红……①,《神农架之秋》书写红叶沸腾的秋山、缱绻缠绵的秋水等。深入神农架,是一种文化自觉,是一种地域文化精神的深层次认同。

从题材上来说,陈应松的神农架系列小说可以大致分为三类:第一类,关注神农架人的生存命运,颇多存在主义的哲思,如《马嘶岭血案》《松鸦为什么鸣叫》《母亲》《狂犬事件》《巨兽》《猎人峰》等;第二类,描写神农架动物的日益逼窄、无法生存的可悲命运,与神农架人形成同构和隐喻关系,如《我们的牛栏》《豹子最后的舞蹈》等;第三类,城市与神农架的文化对峙型小说,如《太平狗》《星空下的火车》《望粮山》《到天边收割》《人瑞》等。尽管题材异路殊途,但对神农架地域文化的书写及其美学呈现,则一以贯之,在创作道路上,陈应松不屑于因袭前人,主张创新,我们认为他对神农架地域文化的书写正是一种主体性品格极其鲜明的创新,并已在事实上成为一种独特的"文学符号",打造了中国当代文学的神农架高地,值得我们充分关注。

《马嘶岭血案》采用第一人称叙事,讲述"我"(官治安)和九财叔杀害七人的命案过程。某种程度上可以算是一篇心理分析小说,以"我"的视角展现九财叔积怨生成怒火燃烧的全过程,神农架地域文化的书写在此过程中居功甚伟。神农架的夜晚,山坡上突然射出一道神秘的强光,在小说中这可以视为九财叔怒火的象征。由于身处不同阶层的人们的隔膜,也由于得到财富的欲念,朗朗乾坤中,"我们"挥起开山斧一连杀了七人。小说写到马嘶岭海拔 3409 米,而神农架的主峰神农顶实际海拔 3105 米,其间有 304 米的落差,这增加出来的高度,正可以视作陈应松的主体拔高,其鲜明的主体性贯穿于神农架地域文化的书写之中,景语成为情语,天人合一,人与人之间的隔膜和互不理解,无处不在,他人即陷阱。这篇小说如果删除神奇变幻、丰富饱满的神农架文化的铺陈,人物心理的推进过程将显得凌空蹈虚,没有根基。在《松鸦为什么鸣叫》中,神农架地域文化的呈现同样精彩、生动、神秘,极大地丰富了小说的审美表现力,增强了小说的艺术感染力。客观地说,伯纬一次又一次地在听到松鸦的鸣叫后救人,情节具有极强的相似性,这种金圣叹评《水浒传》所称的"犯"笔写法,最容易让读者

---

① 陈应松:《天下最美神农架》,《所谓故乡》,地震出版社 2012 年版,第 196 页。

产生阅读疲劳，正是作家贯注了鲜明主体性的地域文化书写，引人入胜，令人流连，"更无一笔相犯"。神农架地域文化的再现，在此居功甚伟，如皇天垭、韭菜垭、杀人冈、打劫岭、百步梯、九条命、阴魂岭、八人刨、狼牙尖、大龙潭、三十六把刀等地名，升麻、扣子七、淫羊藿、头顶一颗珠等药材，挂榜岩上神秘不辨的"路""缘"字迹，"妹妹住在对河坡，喂条黄狗恶不过，别人来了动口咬，哥哥来了顺毛摸，狗儿也爱有情哥"等山歌，咬破指甲滴血到桦树皮上让岩包精显露原形的民间巫术，松、杉、桦、栎、香果木、麦吊杉、青檀、山毛榉等山地木材，神农架四季变换的气候，早晨起来后把眉毛往上抹三下升火气的习俗……

《豹子最后的舞蹈》仍然采用第一人称叙事，讲述神农架最后一只豹子的故事，从此以后豹子在神农架销声匿迹。小说采用豹子的叙事视角，能够与神农架的地域风物更加贴近，更宜于与野外山林作"零度"接触，读来更真切更形象，有更直观鲜活的触感，让人身临其境。死亡总是人世间最深的悲情，何况这是一只孤傲忧愤的豹子的死亡。豹子之死，是在汹涌喧嚣的外部世界的入侵中神农架地域文化日益萎缩退避的隐喻。类似的隐喻，也出现在《我们的牛栏》中老死的黄牛身上。

在城乡文化冲突中，作家明显站在神农架这一边。《太平狗》中来自神农架的赶山狗"太平"，跟着主人程大种来到武汉。程大种命丧他乡，化作一缕白烟飘散；瞎眼破耳的太平狗千里迢迢回到神农架。它见证了人世间最惨烈的苦难。罪魁祸首无疑就是城市。《星空下的火车》中的少年姜队伍，扒上了一辆运煤火车，在星空下畅想到广州城去解救已经身陷魔窟的姐姐姜小燕，这注定是一场徒劳的努力，神农架的贫穷、纯洁、美丽、温情作为小说的底色，更加凸显出城市文化的"恶"的面相。

神农架野人、《黑暗传》、丧鼓唱本、砍伐森林、川鄂古盐道等，这些标志性的文化因素，陈应松一律舍弃不用，他只是有选择性地表现那些有助于小说审美生成的地域文化因素，贯注着一股作家主体的强烈情感力量。陈应松舍得下苦功夫硬功夫，不惜精力，支撑起虚拟的故事情节的高堂邃宇的基础是丰厚扎实的物质形态的细节展示和文学还原，具备极强的"代入感"。陈应松在谈到自己的写作经验时说："我在当地深入生活时，进行了大量的日记素描，山区的早晨、傍晚、天晴、下雨、春天、秋天、下雪等的景色，大量的动物、植物、地质地貌的了解，这种积累，就是为了使你的小说更有地域实感，更让人真实可信。"① 如此苦心经营、深耕细作，当然就会有出人意料的收获。欲速则不达，看似最笨拙的方法，往往才是最有效的方法！陈应松舍大用小、深入开掘的书写方式，足堪成为地域文化小说写作的教科书。

四　不废江河万古流

陈应松在天地间充塞"浩然之气"② 的神农架这座文学富矿里埋头开采，十年过去，收获累累硕果，却突然掉头，转战故乡荆州，关注那片平原湖乡的人生百态，写下《祖坟》《送火神》《野猫湖》《无鼠之家》《一个人的遭遇》《夜深沉》《滚钩》《还魂记》等小说，在读者和评论家惊诧的目光中完成了华丽转身，继续以惊采绝艳的《楚辞》式表达开拓当代文学的写作疆域，让人肃然起敬。

相对来说，陈应松小说中流淌的诗意、不羁的想象，与神农架边地的奇山怪水更加适宜。《松鸦为什么鸣叫》中挂榜岩上的天书"路""缘"，每次翻车死人之前都有松鸦的鸣叫；《狂犬事件》中人得了狂犬病后吐出和屙出的血块都是狗形；《马嘶岭血案》中风雨的远山会传来万马嘶鸣和厮杀声；《巨兽》中飘浮不定噬人无形却又如同鬼魅不可捉摸的棺材兽；等等，种种神秘莫名的物事，在神农架边地都是可以成立的。在陈应松小说中，神农架事实上已经成为作家主观的、想象性的地域，那里有旖旎变幻的自然风景，光彩四射的神秘色彩，匪夷所思的边地传奇。其小说之所以具有撼人的艺术魅力，一方面固然得益于作家流畅的叙事语言和曲折生动的故事情节；另一方面却也离不开经由神农架特有的地域文化所营造的小说叙事氛围，直逼人心，感人至深。但这一种行之有效的写作策略，在荆州平原水乡写作中却未必有效，陈应松丰沛的诗性情怀必须寻找到新的属于江汉平原的地域文化载体，才有可能成功。寻找总是艰难的，创造总是艰难的。唯其艰难，创新的文学才更

---

① 陈应松：《神农架与我的小说》，《写作是一种搏斗》，长江文艺出版社2015年版，第238页。
② 陈应松：《神农架给了我浩然之气》，《文学报》2004年12月10日。

有破茧化蝶的意义。

《九月的故事》开头写道:"田野有一棵孤零零的蓖麻,很瘦"[1],这是陈应松标志性的诗化的语言和意象,曾经赢得评论家的一致好评,被认为用"一句话就写出了江汉平原"。

《野猫湖》是一部乡村版的《杀夫》,同时涉及同性恋的敏感题材。吴香儿对庄姐的接纳是一个漫长的推进过程,心理分析和地域环境在此中显得十分必要,作家有足够的耐心和充分的铺垫来"说服"读者自然地接受这个转变过程。小说开篇就是一段对春天雷雨肆虐下的荆州湖乡的描写,湖水和芦苇爬上岸来,猛摇窗棂;大地嘎嘎作响,天空在哀鸣。[2] 湖乡的青壮年男人基本上已外出打工,香儿的丈夫三友也是如此。儿子乌子在镇中学住校,偌大的湖泊里只有香儿一个人,在如此残酷的生存环境中,不时得到同样是从落帽桥嫁过来的庄姐(庄芝华)的帮助。庄姐是个寡妇,有个儿子名叫小奋,与乌子是同学。村长马瞟子(马迎财)总是打香儿的坏主意,诱惑她来养鸡厂打工,庄姐则鼓励香儿自力更生,种植水稻,养活家人。庄姐帮助香儿联系到一台小柴油抽水机,给水稻田排除渍水,初夏的夜晚,"她们坐在荒沟上,背后是碧水涣涣的野猫湖,夜色缭绕,月光迷迷,野猫在水中捕鱼时的眼睛像暗绿色的渔火,它们欢爱的叫声格外响亮凶猛。与它们应和的是那一如既往的持续不断的蛙鸣,此起彼伏。抽水机的声音倒在旷野里显得小而单调,有如田野之夜广大声音的伴奏。不能忘记那样的蛙鸣。一直以来,蛙鸣是她(指香儿)热爱乡村生活并活下去的理由。蛙鸣在春天里和草芽与希望一起苏醒,温暖起来。它像一种极富魅力的召唤,让人偷偷滋生活着的动力。这夜晚乡间原始的音乐,这小小生灵大片的歌唱,这水的温润和风的吹拂,深绿的藻蔓和嫩绿的秧苗,还有小巧的荷叶和水帘草,都与蛙群的热烈倾诉有关。蛙声是乡梦的一部分。看这风,已经是进入五月的风,风是从地心深处鼓腾起来的熏风,像少男少女的呼吸"[3]。在如此诗意的蛙鸣声中,吴香儿接受了庄姐的同性之爱。小说的气氛营造,的确起到了水到渠成的作用。深秋时节,丈夫三友回

---

[1] 陈应松:《九月的故事》,《中外文学》1988 年第 5 期。
[2] 陈应松:《野猫湖》,《一个人的遭遇》,花山文艺出版社 2013 年版,第 19 页。
[3] 陈应松:《野猫湖》,《一个人的遭遇》,花山文艺出版社 2013 年版,第 31 页。

家，带回来一只毒狗胯子，剁狗肉，做饭，三友吃狗肉中毒后，香儿不仅没有及时施救，反而拉上被子捂住了那张可怕的脸，他死了。我们知道，《水浒传》中潘金莲也是用被子捂住了武大郎中毒后变形的脸。同性爱战胜了她对丈夫的爱，可以说是她动手杀死了丈夫。如此情节，我们不会觉得荒诞不经，因为有荆州地域文化的叙述和铺垫，抒情的、写意的、浪漫的、灵性的风景描写，与小说人物的心理变化同步推进；种稻、摘棉、养鸡、偷牛、毒狗、烧菜等细节的精雕细刻，"您哪嘎""玩洋泡子"等荆州方言，各种民谚等恰到好处的使用，在在保证了小说的现实主义品质。

《无鼠之家》继续书写荆州水乡野猫湖畔的不伦畸情，是一段"扒灰"暴露后儿子杀死父亲的故事。"家什农具，一应俱全。梨、耙、耖、磙、锹，锹分大锹、小锹，镰分长镰、短镰，长镰砍青，短镰割谷割麦；有抱钩、钎担、笋筐、淘篓、团篓、角篓、篾篓、黄桶、水桶、粪桶；有长口袋（装粮的）、花口袋（装棉的），有秧马、擢叉、木秤、梯子。筛子有筹筛、格筛。有剪刀、篾刀。还有大量渔具：丝网赶罾、虾挞花篓、渔叉滚钩。还有麻将和花牌（俗称十七个）。是个过日子的家庭"①，此类叙述，带有鲜明的"陈应松"特征。其他如打农药、捉鱼、吃拜茶、撺酒火、春天耕穿脊、冬天耕蓬背、棉花田里捉鳝、水稻地里踩龟等，对荆州地域文化的书写，不厌其烦，绘声绘色。燕桂兰患病死后，得知"扒灰"真相的阎孝文羞愤出走，在北风刮得石头满地乱滚的冬天，春节临近，阎孝文思念起千里之外的荆州故乡，想着该种油菜了，该耕板田了，要杀年猪了，要到湖里找过年的腊鱼了。怎么拦坝，怎么戽水，怎么捉鱼，怎么捉大鳖，怎么掏鲇鱼洞，怎么下湖挖藕……强烈的思念牵引着他潜回老家，杀死了父亲。

荆州水乡，巫鬼文化盛行，这是长篇小说《还魂记》的生成依据。从抽象层面来看，"小说写的是世道人心"②；从具象层面来看，现实主义写作离不开对地域文化精雕细刻的呈现和还原。

陈应松采用最"笨拙"的方法写作，践行着现实主义的写作理念，公安县、神农架、荆州，这些风格迥异的地域文化组成了他的文学王国。

---

① 陈应松：《无鼠之家》，《一个人的遭遇》，花山文艺出版社2013年版，第66页。
② 陈应松：《君看一叶舟》，《北京文学·中篇小说月报》2014年第11期。

关于陈应松的地域叙事，我们可以归纳出如下几点：第一，陈应松笔下的地域文化呈现，具有鲜明的作家主体的能动性，一切以"写好作品"为目的，不求全，不因袭，彻底地"为我所用"，因此重点突出，风格鲜明；第二，地域叙事具有浓郁的诗性精神，大段大段激情澎湃的人物独白经常出现在小说文本中，第二人称频繁的跳跃的使用直指人心，丰沛的情感和细腻的体验贯注其间，由此掀起海雨天风般的灵魂风暴，但是类似的激情独白在有些人物的身上又会产生"失真"之感，感觉是作家在为小说人物"代言"；第三，地域叙事具有厚重的现实主义文学的精致品质，物质性呈现（包括风景、气候、方言、习俗、民谚、物产、婚丧嫁娶、水旱劳作、种植养殖、生产工具等）的精确成为陈应松创作的最大亮点，他愿意下笨功夫，在地域书写的真实性方面死心塌地当一个观察员和记录员；第四，陈应松地域叙事的"精神导师"是楚国的先祖屈原，惊采绝艳的风格，山奔海立的气势，孤傲愤世的批判，鬼使神差的想象，波诡云谲的氛围，皆堪称神似；第五，地域文化的呈现追求真实性和现场感，不拼贴，不猎奇，无意于新农村建设的宏大叙事，紧贴着脚下的大地，关注大地上生活着的普通的人们，因为作家相信真实本身自具力量，客观地记录和再现就是对地域文化传统的最好继承和发扬。

第七节　挽歌与绝唱：刘继明的荆州书写

一个浪子若不客死他乡，就必得回归故乡。先锋小说就是个迷途知返的浪子。炫目的写作技巧，理性的思辨光辉，诗性的个人感喟，曲折的情节迷宫，曾经是一意孤行的先锋小说的典型特征。目迷五色耳迷八音，梁园虽好，终非久留之地。先锋派小说的突然转向，曾经是中国当代文学史上的一个集体性"事件"，但转向的原因却各不相同。有的是传统文化基因在人到中年的作家主体中复活，有的是紧跟时代风潮或者写作策略的调整。对于刘继明来说，其转向却具有"先天决定性"。葛红兵曾经指出刘继明与其他先锋作家、晚生代写作的不同之处，在于他的丰富的底层生活经历，做农活、做生意、流浪等，他深味底层人民的悲哀，所以，刘继明"不会选择私人化叙事"。[①] 贺绍俊据此认为，正

[①] 葛红兵：《颓废者及其对立物——刘继明论》，湖北人民出版社2000年版，第157页。

是这些不同之处，决定了当时正以"文化关怀小说"为世人瞩目的刘继明最终转向了底层写作。① 自 21 世纪以来，刘继明已然成为"底层写作"的旗手之一。但我们知道，"来自这个社会的最底层"的"阶级出身"并非作家转向"底层写作"的决定性因素，与此同时的描写大中城市中产阶级衣香鬓影纸醉金迷生活或者在穿越的古代王朝里锦衣玉食争风吃醋的"宝贝"们有不少也同样是"来自这个社会的最底层"。更何况所谓的"底层"，永远只是一个相对性的阶层划分概念，土中刨食的农民、流水线作业的工人、烈日曝晒下的贩夫走卒、刚刚入职的青年知识分子固然是"底层"，在部委办公楼打卡上下班循规蹈矩唯唯诺诺的处长、科长们也未必不是严密的科层体制中的"底层"。所以刘继明清醒地反对从题材选择层面判断"底层写作"的真伪，在《我们怎样叙述底层?》一文中，他将"底层叙事"与 20 世纪上半叶的革命文学和五六十年代的社会主义文学联系起来，认为它们"构建起了一整套新的'美学原则'"，这种崭新的美学原则独立苍茫，再现差异，风格卓特，对"资产阶级文化秩序"和"文学等级观念"② 形成"强有力的冒犯"③。

多年以前，李洁非就认定刘继明的"文化关怀小说"貌似"先锋"，实为"古典"，堪称见微知著、一针见血之论。但正如"文化关怀小说"这一概念不可能穷尽《预言》《私奔》《凶手》《投案者》《仿生人》《前往黄村》《海底村庄》《明天大雪》《作鸟兽散》《尴尬之年》《麦地传说》《我爱麦娘》《乡村教育》《六月的卡农》《失眠赞美诗》《可爱的草莓》《一个存在客观主义者在郑州》等小说一样，"底层叙事"这一概念也不可能将刘继明的新世纪创作包揽无遗，除了《小米》《刀下》《茶鸡蛋》《放声歌唱》《两个朋友》《火光冲天》《我们夫妇之间》《回家的路有多远》等篇什具有浓郁的底层特征之外，长篇报告文学《梦之坝》，长篇小说《人境》《江河湖》，中篇小说《边走边唱》等篇章的"底层文学"特色并不显著。有鉴于此，我们更愿意采用传统的现代主义、现实主义的概念来命名以世纪之交作为分水岭的刘继明

---

① 贺绍俊:《底层写作中的"新国民性"——以刘继明创作转向为例》,《文学评论》2007年第 6 期。
② 刘继明:《我们怎样叙述底层?》,《天涯》2005 年第 5 期。
③ 刘继明、李云雷:《底层文学, 或一种新的美学原则》,《上海文学》2008 年第 2 期。

的文学创作。作为一个复杂的、巨大的、正在前行的、因此具有无限创造可能性的文学存在,任何具体的、固化的、静态的、单一的指称都无异于胶柱鼓瑟刻舟求剑。与其在文化关怀、底层、新左翼等概念之间纠缠不清,还不如老老实实地从文本细读出发,考察其写作转向的诸般表现及审美意义,由此,刘继明小说创作中的乡村地域叙事的意义便凸显出来,以此立论,我们会有新的收获。

一　无处安放的乡愁

刘继明笔下的神皇洲村,是长江六千多公里沿线的众多分洪区中的一个。在创作早期,刘继明就讴歌过这片热土:"神皇洲人有自己的哲学家、艺术家和诗人/但他们对火热的现实熟视无睹/却一往情深地歌唱死亡与过去//对神皇洲人来说,时间是圆形的/沿着日子一步一步往前走/总有一天,会与死去的人重逢";"神皇洲人终生与水为伴/但在内心深处/水是他们最大的敌人//水像一个翻脸无情的无赖/给予了他们日常所需的一切/却又一次一次地从他们手里夺走//'从我们手中夺去的,迟早要/还给我们……'村长这样说,群众这样说/老人们这样说,小孩们也这样说。"神皇洲的原型,就是刘继明生于斯长于斯的故乡——湖北石首乡村。1995年刘继明野心勃勃地动了为故乡树碑立传的念头,要写出神皇洲村从50年代到90年代的变迁历史:"我一直在酝酿和写作一部以我的故乡为背景的长篇,但至今因未找到理想的表现形式,而迟迟还没有完成。"[①] 2002年刘继明重理旧业再续前缘,却在写作了七八万字之后,因为受命前往三峡挂职,随即投入报告文学《梦之坝》和长篇小说《江河湖》的创作,"故乡"书写又被放置一边。直到2014年才得以重新投入,这就是新近完成的长篇小说《人境》[②],完稿之时,刘继明如释重负感慨系之:"我心里涌动着一股强烈的感觉:我写出了这一生中最重要的作品。"

刚刚进入知天命之年的刘继明断定《人境》是他此生最重要的作

[①] 葛红兵:《生活的激情与写作的激情——刘继明访谈录》,《颓废者及其对立物——刘继明论》,湖北人民出版社2000年版,第207页。
[②] 刘继明:《人境》,《芳草》2016年第2期。

品，当然为时尚早，先前的两番搁笔则足证此篇小说题材的重大性和叙事的艰难性。刘醒龙曾经有一句名言："再伟大的人物回到故乡都是孙子。"《人境》是刘继明献给故乡的一阕挽歌，谦恭、深情、疼痛、感伤、狂喜、悲观，厚重的浓得化不开的乡愁四野弥漫无处安放。

刑满释放人员马垃，在秋天回到故乡神皇洲村。这座在小说中隶属于湖北省沿河县河口镇的小村庄，是荆江的分洪区之一，经常会受到江堤决口变为泽国的威胁。故乡已经物是人非，老弱留守，青壮外出。在江堤上的防汛哨棚里，马垃见到了昔日的生产队长郭大碗。大碗伯对马垃哥哥马坷的早逝一直无法释怀。马坷当年喜欢读书，救起过溺水的武汉女知青慕容秋，二人暗生情愫，后来为了抢救出生产队仓库的粮食种子在火灾中丧生，是一个金训秋式的好青年。昔日的马垃崇拜哥哥，信奉集体主义、革命英雄主义，直到考取沿河师范后，遇到人生中第二个导师逯永嘉，开始信奉"知识就是力量"、个人奋斗，他跟随逯老师下海经商，创办鲲鹏公司，一度风生水起，后来生意失败资金链断裂，直至锒铛入狱。逯老师则患艾滋病死去，留下妻子唐丽娜和女儿唐草儿。神皇洲村现任村长郭东生，是郭大碗的儿子，长期住在河口镇上，木工出身，手下有个装修队。马垃的老同学丁友鹏，现任沿河县副县长，其父丁长水是个南下干部，担任过河口公社书记，对马垃的哥哥马坷印象非常深刻，与马垃谈得十分投机，言谈中充满忧国忧民之情，"我从参加革命那天起，就知道共产党的宗旨是为穷人打天下，那么多先烈流血牺牲，还不是为了建设一个没有剥削、没有压迫，人人平等的新社会。可现在解放五十多年了，改革开放也过去了二十多年，我们离奋斗的目标不仅没有接近，反而比以前更远了，这是怎么回事呢？想到这一点，我就睡不着觉、吃不好饭。我不甘心，只好重新打开《毛选》和《邓小平文选》，想从中找到答案"。[①] 而丁友鹏等地方官员的GDP唯上的发展思维与马垃格格不入。马垃决心留在神皇洲，发展生态种植养殖业。他和谷雨到长沙购买回优质杂交水稻种子，取得了大丰收。村里的种田能手赵广富认为自己的权威受到了挑战，对马垃组织的农民专业合作社——同心合作社看不惯，不让马垃借自己的田地过水，又在女婿李海军的帮助下，大种抗虫棉，使用除草剂和草甘膦农药提高产量，却由

---

① 刘继明：《人境》，《芳草》2016 年第 2 期。

于受到国际金融市场的影响,增产不增收,农药用量超标,土质水质受到灾难性的影响。丁友鹏为楚风集团污染问题引发公愤,焦头烂额,为了安抚人心,县里决定将污染环境的楚风集团搬迁到神皇洲,遭到村民们的一致抵制。洪水暴发,为了保卫家园,马垃和赵广富联手,率领村民们上堤严防死守,但村、镇、县三级领导却巴不得洪水冲垮江堤,借此逼迫神皇洲村民整体搬迁,江堤最终没有守住,神皇洲村民搬入河口镇开始了新生活。洪水肆虐后的神皇洲,荒凉一如远古,只剩下马垃与小拐儿两个人,深夜里竟有"阴兵"经过:"半夜,他(指马垃)听见外面有动静,仿佛千军万马过境似的。他走到窗前往外面望去,不禁吃了一惊:黑魆魆的原野上,无数的人排着整齐的队列从江堤边浩浩荡荡地走过,那些人都穿着古代军士的服装,肩上扛的也是大刀长矛这些古装电影里才能见到的武器。可他们头盔上鲜红的五角星,分明又像是现代人。兵士们有的举着燃烧的火把,原本漆黑的夜空被照得像白昼一样敞亮。马垃不敢相信看到的是真的,揉了揉眼睛,可那些人马还在源源不断地从眼前经过。他想起小时候听大碗伯讲过的'阴兵'。……'阴兵'足足过了一个时辰才结束。"① ——至此,"故乡"已然死去。"过阴兵"这种看似怪力乱神的书写,不惟是楚人"信巫鬼"的民间传统的再现,更是一种"废乡"的象征。乡愁如同过去岁月中四野燃烧的红花草,在晚春的天地间渐行渐远渐深。

乡愁无处安放,类似的主题反复出现在《边走边唱》《父亲在油菜地里》《送你一束红花草》《放声歌唱》《回家的路有多远》等小说中。所谓故乡,既是"乡"——地域的恒定性,也是"故"——时间的过去性,土地还在,人已不在,这就是故乡,注定只能在记忆中复活,乡愁也因此产生并在此生萦回牵念永远无法摆脱。《边走边唱》中曾经受到村民们无比欢迎的荆河戏,已经式微到凑不齐角色的地步了,就连名角武海生的女儿武玉香也"叛逃"进城,荆河戏只能靠着几个老演员支撑着,难以为继。《放声歌唱》的故事结构是进城农民工受伤维权索赔,也写到了"跳丧鼓"这一民间文化传统的日益没落过程,在小说的结尾部分,索赔讨薪未果的钱高粱父子,爬上法院的大楼,唱起了"跳丧鼓",这时,"所有的人都从办公室跑出来了,聚集在法院门前的

---

① 刘继明:《人境》,《芳草》2016年第2期。

广场上,睁大眼睛翘首仰望楼顶,仰望站在楼顶用沙哑的嗓音放声歌唱的跳丧歌师钱高粱,仿佛观看两个外星人,或者欣赏一场精彩的露天演唱会"。"围观者"哪里会明白郁积于钱高粱父子内心深处的愤怒和辛酸,在城市里对着活人唱起高亢悠扬的"跳丧鼓",这无疑是时空和歌唱对象的错位,是心灵已死亡,是信仰已消散,城市的丛林法则已经将钱高粱持守了大辈子的乡村道德击得粉碎。《回家的路有多远》中被老板打断了腿的主人公,"被垃圾般扔在马路上",身无分文,求助无门,只得趴在一架捡来的滑板车上爬行回家,小说的结尾,是主人公"幸运"地爬上了一辆开往"故乡"的汽车,他在梦中回到了故乡,与家人欢聚,现实却是他爬错了车,又回到了先前的城市。小说的喻意似乎是在当下权贵资本无孔不入的现实环境里,他已经无家可归,故乡是回不去的,即使回去了还会再出来打工的,故乡已经养不活自己的子孙了。《送你一束红花草》中的红花草是一个别有意味的意象,在集体经济时代,每到春天,红花草便漫山遍野地开放,热烈,灿烂,苗壮,天地充满生机,既是饲料,也是肥料,但是,天翻地覆慨而慷,曾几何时,红花草已经成为稀有的物种了,农民种地会急功近利地选择化肥,养牲口会选择饲料添加剂催肥;红花草正如朴素真挚的乡村道德和民间情感,在当下日益稀薄——带着一身性病和大把钞票回家的少女樱桃,被村民们耻笑,甚至也被自己的家人遗弃,只得寄居在偏僻的鱼棚里,乡村诊所的学徒小宝不谙世事,以质朴的爱关心着樱桃,送她一束好不容易采到的红花草。《父亲在油菜地里》中的"父亲"那么热爱土地,眷恋故乡,勤扒苦做,任劳任怨,却终于还是被逼迫离开了他心爱的油菜地。贫穷而弱势的乡村和乡村人物总是被侮辱与被损害的对象,寄托其上的乡愁自然也就难免带有挽歌的悲哀和离别的泪光。

不同于李传锋《白虎寨》对社会主义新农村建设的热情讴歌,也不同于社会主义现实主义文学经典《创业史》《艳阳天》《山乡巨变》对人民公社道路的艺术探索,还不同于路遥《人生》《平凡的世界》对农村青年不断打破命运枷锁不惧失败颠仆昂扬向上的精神的刻画,更不同于贾平凹《秦腔》继"废都"之后对"废乡"的零距离的芜杂呈现,刘继明的《人境》以神皇洲村作为地域载体,以中年的马垃作为叙事主人公,交融着萧长春、梁生宝等"社会主义新人"理想与高加林的"个人奋斗精神",在生与死、情与欲、爱与恨、个与群、城与乡之间反复挣扎,去意徊徨,由此呈现出当代乡村生活的复杂面相,探索当代农村发展的可能性路径,表达无处寄托乡愁的惆怅与无奈。

一日为思者,终生为思者。怀疑和思辨的种子落在大地上,终会长成参天大树。刘继明对思想史、哲学史保持着恒久的近乎专业的兴趣。正如思想界有"新左派"与"自由主义"壁垒森严的对峙一样,《人境》等小说也充满了"劳动人民"与"资本权贵"的对立,这种二元对立和矛盾冲突本来是左翼文学的写作传统,两种路线、两种选择、两个阵营、两个前途之间展开殊死搏斗,在《人境》中得到进一步继承和发扬。在某种意义上来说,刘继明的乡愁是与社会主义合作社一同失去的,是与理想主义色彩浓郁的乌托邦实践一起失去的。肖瓦尔特说过:"所有的乌托邦最终都不免流于乏味。"[①] 刘继明在小说创作中孜孜以求的乡村建设的新路径,重建美丽家园的不懈努力,背向新型城镇化建设主流方向对乡村主体性的建构,对左翼文学和社会主义现实主义文学资源的汲取、借鉴、融合与创新,都表明了作家注重思想探索的写作路径的独特性。小说主人公马垯的可贵之处,是将这种乌托邦式的思想设计转化为脚踏实地的实践,神皇洲就是一块连接过去与未来的土地,承载了作家绚丽的梦想与沉痛的乡愁,种种努力都被雨打风吹去,既受到荆江洪水的无情冲击,也受到本土权贵资本与国际资本的联合冲击,一路丢盔弃甲溃不成军。

至此,作家的乡愁已然被打碎两次,第一次是马垯初回故乡时看到大片被村民们遗弃的荒芜土地,第二次是专业合作社的村民们被洪水和权贵们逼走,失去土地。土地不在了,乡愁自然破碎。神皇洲啊,只剩下一片荒芜。

二 致敬经典的互文

长篇小说《人境》的开头写道:

> 大约是2000年秋,距中元节还有几天,一个阴雨连绵的日子。

---

① [美]伊莱恩·肖瓦尔特:《学院大厦:学界小说及其不满》,吴燕莛译,上海三联书店2012年版,第124页。

河口镇上行人寥落,沿街的店铺冷冷清清,看不到几个顾客;由于接连下了几天的雨,天空灰蒙蒙的,凹凸不平的马路上这儿一窝水,那儿一层泥,人一踩上去,溅起满身的泥浆,稍不小心还会重重地摔一跤;过往的车辆也不得不放慢速度,像甲壳虫一样,歪歪扭扭、小心翼翼地行驶着。

天上还在飘着细麻般的雨丝,斜斜的,绵绵的,像蚕儿吐丝那样不慌不忙、不急不躁,从白天到晚上,从早晨到下午,一直就这样,那份耐心和执著,简直像一个熟谙慢工出细活的勤勉的农民。可照这个架势,它哪里像个农民呢?它完全像是在故意跟靠老天爷吃饭的农民作对,要把整个河口镇和四周的乡村都泡在水里才罢休。①

小说接着写到了刚刚过去不久的那场特大洪水,就是从荆江暴发的,直接冲垮了江堤,包括神皇洲在内的好几个垸子和洲子,都被淹成了泽国。这些文字为小说结尾部分的荆江洪水肆虐埋下了草蛇灰线的伏笔。读到这段文字,感觉到特别熟悉。万事开头难,长篇小说的开头尤其艰难,最前面的几段文字,甚至就是开篇的几句,往往奠定了整部长篇小说的叙事基调和美学风格,因此成熟的作家在写作长篇小说的开头时往往费尽思量,颇为踌躇,既要能够抓住读者,又要能够体现特色。我们很容易想到路遥的长篇小说《平凡的世界》的开头:

一九七五年二三月间,一个平平常常的日子,细濛濛的雨丝夹着一星半点的雪花,正纷纷淋淋地向大地飘洒着。时令已快到惊蛰,雪当然再不会存留,往往还没有等落地,就已经消失得无踪无影了。黄土高原严寒而漫长的冬天看来就要过去,但那真正温暖的春天还远远地没有到来。

在这样雨雪交加的日子里,如果没有什么紧要事,人们宁愿一整天足不出户。因此,县城的大街小巷倒也比平时少了许多嘈杂。街巷背阴的地方,冬天残留的积雪和冰溜子正在雨点的敲击下蚀化,石板街上到处都漫流着肮脏的污水。风依然是寒冷的。空荡荡

---

① 刘继明:《人境》,《芳草》2016年第2期。

第五章　两湖中部地域书写

的街道上，有时会偶尔走过来一个乡下人，破毡帽护着脑门，胳膊上挽着一筐子土豆或萝卜，有气无力地呼唤着买主。唉，城市在这样的日子里完全丧失了生气，变得没有一点可爱之处了。①

两相对照，我们发现，行文的语气、节奏、色调、画面，甚至多处用词，以及"天地不仁，视万物为刍狗"的同情和悲悯，寓于景物描写中的抒情性，等等，皆堪称酷肖。这种向经典"致敬"的段落，在《人境》中所在多有，由此形成别有意味的"互文"。类似的段落，我们还可以往前追溯到柳青《创业史》的开篇文字：

一九二九年，就是陕西饥饿史上有名的民国十八年。阴历十月间，下了第一场雪。这时，从渭北高原漫下来拖儿带女的饥民，已经充满了下堡村的街道。村里的庙宇、祠堂、碾房、磨棚，全被那些操着外乡口音的逃难者，不分男女塞满了。雪后的几天，下堡村的人，每天早晨都带着镢头和铁锹，去掩埋夜间倒毙在路上的无名尸首。

庄稼人啊！在那个年头遇到灾荒，就如同百草遇到黑霜一样，哪里有一点抵抗的能力呢？

这下堡村倒好！在渭河以南，是沿着秦岭山脚几百里产稻区的一个村庄。面对着黑压压的终南山，下堡村坐落在黄土高原的崖底下。大约八百户人家的草棚和瓦房，节节排排地摆在四季绿水的汤河北岸上。住在那些草棚和瓦房里的庄稼人，从北原上的旱地里，也没捞到什么收获。不过，他们夏天在汤河南岸的稻地里，收割过青稞；秋天，他们又从汤河上上下下的许多独木桥上，一担一担挑过来沉甸甸的稻捆子。人们说：就是这点收成，吸引来无数的受难者。②

事实上，我们总是能够在《人境》文本中频繁地与《毛泽东选集》《雷锋日记选》《艳阳天》《创业史》《山乡巨变》《青春之歌》《人生》

---

① 路遥：《平凡的世界》第一部，北京十月文艺出版社2009年版，第3页。
② 柳青：《创业史》，人民文学出版社1960年版，第3页。

《平凡的世界》《北方的河》《安娜·卡列尼娜》《老人与海》等中外经典著作相遇,一部分原因正如阳燕所说:"刘继明倡导清理左翼文学的传统,复苏左翼文学的有益成分(如追求社会平等、反抗阶级压迫、现实批判、对人民性的强调等),为叙述当下的中国社会提供一个更为有效的途径。"① 从思想层面继承和发扬左翼文学介入现实关心民瘼的优秀传统;另一部分原因则是出于思想型作家惯于从经典文本中汲取养料以形成有效对话关系的叙述策略,这种写作策略的成功运用能够极大地开拓小说叙事的历史纵深度和空间开阔度,起到以小博大四两拨千斤的作用。

《人境》与经典文学著作之间的互文性表现在多个方面:第一,二元对立的小说人物结构,具体来说,就是以丁长水、郭大碗、马坷、慕容秋、马垃、谷雨等人为代表的"劳动人民"阵营,与以丁友鹏、郭东生、李海军、徐镇长等人为代表的"资本权贵"的对峙,这无异于两条路线的斗争,在共和国红色经典作品中屡见不鲜。第二,小说主人公形象的"硬"、"正"和"执着",如马垃第一次出场,"这是个约摸四十来岁的中年男子,个头不算高,却挺结实匀称,他的脸有点儿瘦,给人一种紧绷绷的感觉,他的鼻梁和嘴唇的线条因此格外分明,看上去像一幅木刻,惹人注意的是他的瞳仁,居然是栗木色的,这使他的目光显得有些捉摸不定,让人很难轻易探究出其中的底蕴,故不得不加倍认真地对待。他的装扮是十足的外地人模样,大概由于经过了漫长的旅途奔波,有些疲倦。他的神情有几分落寞,神情举止都跟周遭的环境显得格格不入,看上去,像从托马斯·哈代笔下走出来的某个人物……"② 我们知道,在共和国小说中,社会主义新人、革命者的人物形象往往带有先天的正义感和坚定性。第三,导师带学徒型的人物关系,如《人境》中的马垃,郭大碗与马垃,逯永嘉与马垃,马垃与谷雨,等等,都是红色经典小说中革命者与人民群众、先进人物与追随者、率先觉悟的积极分子与落后分子等人物结构关系的发展和演化,也是人物内在心灵的需要,比如马垃"他喜欢这个比自己小不到十岁的学生。他甚至想,

---

① 阳燕:《中国问题·精神境遇·人文情怀——论刘继明的"新左翼"小说创作》,《文艺理论与批评》2008年第6期。
② 刘继明:《人境》,《芳草》2016年第2期。

如果没有谷雨这些日子经常跟自己一起读书看报、谈天说地，一聊就是大半夜，他会多么孤独，而且多半不会想到搞什么合作社呢。在马垃心里，他已经不只是把谷雨当作自己的学生，而是看作朋友，一个志同道合的朋友了。这种关系，让他不由得想起从前他自己跟逯老师之间那种亲密的友谊，同样是师生，同样相差十岁左右。人哪，任何时候都不能没有朋友。一个在生活中孤独的人，内心里可不能孤单。孤独是一种可怕的销蚀剂，在其中浸淫久了，心灵会渐渐生锈，变得颓废起来。所以，人总得找个伴儿，比如书，比如朋友。有了这两样，他就可能重新振作，将自己的生命与更多人的生命联系在一起。那样，他就算真正摆脱孤独了"[1]。第四，情节和场景的化用，如马垃与谷雨前往长沙购买优质稻种的过程，就会让人想起中学语文课本从《创业史》中摘出的著名段落《梁生宝买稻种》；开会议事场面和劳动生产场景，即使移置到中华人民共和国经典文学作品中也不会有太大的反差。第五，互文构成了小说的重要情节内容，直接推进了小说的叙事进程，马坷、慕容秋、丁长水、马垃、谷雨等人的精神成长离不开阅读，小说文本嵌入诸多对于经典著作和报刊文章的评论和"直接引文"，如《中国青年报》发表的潘晓来信《人生的路为什么越走越窄》，雷锋精神大探讨的内容，阅读《红岩》《林海雪原》《艳阳天》《钢铁是怎样炼成的》《北方的河》《平凡的世界》等著作的感受，对《资本论》《毛泽东选集》《邓小平文选》的理解和分析等。尤其是《安娜·卡列尼娜》中的主人公列文，更是被马垃引为知己，视作同道，也是马垃学生时代的偶像，这本书他不知看了多少遍，"他一边看，一边不时从枕头边摸出一本浅蓝色的塑料壳本子，用圆珠笔在上面记几笔，或者在书籍的空白处写一行文字"[2]，小说还直接引用原文：

> 在心爱的哥哥临死的那一刻，列文第一次用所谓新的信仰——在他二十到三四十岁期间逐渐形成，代替他童年和少年时代的信仰——来看待生死问题。自从那时起使他惊异的主要不是死，而是生。他不知道生命从哪里来，它的目的是什么，它究竟是怎么一回事。生

---

[1] 刘继明：《人境》，《芳草》2016年第2期。
[2] 刘继明：《人境》，《芳草》2016年第2期。

物体和它的灭亡、物质不灭定律、进化——这些术语代替了旧的信仰。这些术语和有关的概念对科学很有用，但对生命却毫无作用。列文忽然觉得自己好像脱去暖和的皮袄，换上薄纱衣服，一到冰天雪地，不是凭理论而是通过切身感受，觉得自己像赤身裸体一样，因此必然痛苦地灭亡……

这些思想折磨着他，苦恼着他，时而轻微，时而强烈，但从不离开他。他读书，思索，读得越多，想得越多，觉得离追求的目标越远。……整个春天他都茫然若失，精神上十分痛苦。

"要是不知道我这人是什么，我活着为了什么，那就无法活下去。可是我无法知道，因此无法活下去，"列文自言自语。

事实上，马垃回乡后的生活，走的就是列文的人生路径，他一边亲身参加劳动，开展种植养殖，带领留守村民组织同心合作社，走共同富裕的道路；一边读书、思索、写作，理论与实践相结合。在马垃看来，读书很重要，"优秀的文学作品是青年成长的最佳养料，她能使你的内心由贫瘠变成丰富，由狭窄变得辽阔，由懦弱变得坚强，由碌碌无为变得充满理想。尤其是书中那些个性突出、品质高尚的主人公，会不知不觉成为你的良师益友，值得你用一生的时间去学习、效仿、追随"；而写书的过程更是与庄稼地里的辛勤劳作相似，"一本书其实跟一株农作物的生长过程差不多。只不过农作物植根于大地之上，而书是植根于人的内心。人的内心也需要大地的滋养。从这个意义上说，一个写书的人跟一个种庄稼的人是同一类人，身上应该具有相同的气质，比如勤奋、忍耐、自尊、仁慈和爱心，以及一种几乎与生俱来的责任感"[①]。让知识分子从书斋中走出去，走到广阔的田野大地，与劳动人民无距离地接近，亲身参与伟大的劳动实践，与工农大众相结合，这既是左翼文学的思想传统和道路设计，其实也是中华传统文化耕读传家的理想模式，诚如一副传统名联所推崇的："一等人忠臣孝子，两件事读书耕田。"刘继明在随笔《回眸五七干校》中对当代诸多回忆五七干校的文章中的知识分子"受难"说提出了质疑，他认为"到民间去"是空想社会主义、俄国民粹派以及中国最先觉醒的现代知识分子的自觉追求，五七干

---

① 刘继明：《人境》，《芳草》2016 年第 2 期。

校只不过是将这种自觉追求制度化了,而不能简单地视为"专制"、"独裁"和"集权"的产物。虽然他承认"即便再伟大的真理,也不能强迫人去接受,神也没有这个权力,否则就可能导致对个体权利的侵犯","五七干校显然没有遵循或者僭越了这个原则。他动用了即使神也不轻易动用的权柄,强迫人们进行思想改造",但是,他还是在比较了托尔斯泰、甘地和毛泽东思想改造实践的异同后,肯定了五七干校的思想改造路径,与托尔斯泰、甘地主张通过宗教反省去除私欲不同,毛泽东主张在主观世界与客观世界的双重改造,注重革命斗争实践,五七干校就是这种主张的产物。[①] 儒家文化主张"己所不欲,勿施于人",其实,真正的民主是"己之所欲,也不要强施于人",因为"甲之蜜糖,乙之砒霜",造次不得。近年新左派为人诟病之处,有一个观点就是认为他们反对资本主义而不反对封建主义,从刘继明上述关于五七干校的观点来看,这种批评不谓空穴来风无的放矢。小说《人境》中的同心合作社却是自觉自愿联合的产物,没有丝毫强制的安排,这可以看作刘继明对自己观点的修正,可喜可贺。小说中关于劳动场面的描写也是互文性写作的具体表现之一,《安娜·卡列尼娜》中列文与农民挥舞长刀在山谷中砍草的画面,读来让人印象深刻。《人境》则通过丁长水之口说:"我在河口公社当书记那会儿,农村可是年轻人的天下,姑娘小伙子们一边劳动一边赛歌,那叫啥来着,对,社会主义劳动竞赛!田野上歌声嘹亮、人欢马叫,那场面想起来就让人热血沸腾……"[②] 热火朝天的劳动场面,更多地是属于社会主义集体经济、人民公社时代,到了21世纪,青壮年农民纷纷进城打工,神皇洲的土地便显得荒凉落寞,谷雨来找马垃时,远远看见"有个人头戴草帽,手里拿着铲子,正在门前的苗圃里给草莓除草。那股专注和利索劲头,像个老农"。类似的互文书写之间的参差性,或者不同之处,反足以给人更多的启发。

三 时空对照的乡村

鲁迅在《中国新文学大系·小说二集·导言》中率先提出"乡土

[①] 刘继明:《回眸五七干校》,《经济管理文摘》2006年第20期。
[②] 刘继明:《人境》,《芳草》2016年第2期。

文学"的概念，乡土文学往往都是"侨寓文学"，离家的客子在书写中"隐现着乡愁"。"乡土文学"是指"靠回忆重组来描写故乡农村（包括乡镇）的生活，带有浓重的乡土气息和地方色彩"[①]的文学。相对来说，周作人的乡土文学观念更为开放，也更具操作性。他在《旧梦》《地方与文艺》等文章中，号召作家们"跳到地面上来，把土气息泥滋味透过了他的脉搏，表现在文学上"，要充分张扬"风土的力"，实现文本中的"国民性，地方性和个性"的统一；他自信地说："我相信强烈的地方趣味也正是'世界的'文学的一个重大成分。"在周作人的推动下，现代文学的地域书写意义便突破了纯粹乡土文学书写的疆域，从而为其后的左翼革命文学、社会主义现实主义文学、农村题材文学等提供了丰富的美学资源。

《人境》中的神皇洲，在时空聚焦、对比中逐渐呈现，"土气息""泥滋味"浓郁，小说多视角多层次的观照，使得这座荆江边的小小村落具有了整个中国乡村的"全息性"意义。正如小说中的谷雨所说："马老师操心的不止是同心合作社和神皇洲，而是整个中国。"

首先是当下乡村的真实生态和景观的破败。当马垃回到阔别多年的家乡时，"一切都令他如此陌生"：泥泞难行的道路；良莠不齐的庄稼；大片撂荒的土地；荒芜干涸的水渠；废弃颓败的水闸；树木被砍伐殆尽……"村子里除了老人就是孩子，几乎看不到青壮年人，一眼望去，满目荒凉，仿佛电影中遭受过战争洗劫之后的场景。在村子里偶尔碰见几个人，但面对那一张张表情木然和呆滞的面孔，马垃却一个也认不出来。……马垃原以为，乡亲们一定像报纸上说的那样，早就过着小康日子了。可眼前的一切，同他在南方沿海地区见过的那些经济发达的农村，仿佛隔着两个相距遥远的时代。"[②]而过往的岁月，尤其是马垃的童年乡村，虽然条件艰苦，但回忆起来却是那么温馨，"天近傍晚，暮霭同农舍上空的炊烟深深浅浅地交织到一起，起初像一块块布片似的挂在树枝间，然后，便像大雾一样渐渐汇聚到一起，悄悄弥散开来，四周的景物变得影影绰绰、迷迷蒙蒙。空气中散发着谁家的饭熟了的锅巴香味……"[③]这可以视为

[①] 钱理群、温儒敏、吴福辉：《中国现代文学三十年》（修订本），北京大学出版社1998年版，第67页。
[②] 刘继明：《人境》，《芳草》2016年第2期。
[③] 刘继明：《人境》，《芳草》2016年第2期。

现实乡村的对照物和异托邦。

其次是乡村干部的工作态度和精神状态的消极。"现在老百姓嘴里流行一句顺口溜,市里的干部在省城住,县里的干部在市里住,镇里的干部在县城住。"① 但是,"他记得小时候,县里和公社的干部每年相当一部分时间都泡在农村,现在呢,一切都颠倒过来了"。② 尤其是在国家取消农业税之后,村干部基本上处于"无事可干"的状态,更谈不上定规划、谋发展、修水利、整田地。而在神皇洲的"创世纪"时代,却充溢着移山填海的斗志和激情,"一场浩浩荡荡、规模盛大的平整土地运动,把这片荒芜空旷的芦苇荒洲开发成了平坦无垠的庄稼地",那时候的"大碗伯走起路来总是那么快,一般人小跑着才跟得上,他一年上头除了冬天似乎都打着沾满泥巴的赤脚,肩上扛着一把铁锹,在神皇洲的田间地头和沟沟垴垴上转来转去,扯着洪亮的嗓门儿指派社员们做活路,看见谁偷懒,便沉下脸毫不客气地训斥一通,从早忙到晚,也不知道他身上哪儿来的这么多精力"。③ 马垃的渔民父亲很早就葬身洞庭湖了,因此在他的成长史中,可以说是"无父"的。大碗伯就是他的精神之"父",另外还有一个公社书记丁长水,"马垃脑子里浮现出一个颧骨突出、面孔黧黑、身材魁梧的中年人,身穿旧军装,头戴草帽,肩上斜挎军用水壶,裤脚挽到膝盖,拄着竹竿,顶着烈日,大步流星走在乡间渠道上。那是少年马垃眼里的河口公社书记丁长水"。④ 那个时代的共产党干部啊,真正是舍小家为大家,干劲冲天,敢叫日月换新天。

再次是劳动场面今昔不同。马垃回乡后第一次见到郭东生,二人沿着江堤边走边谈话,走进一片荒野,"这儿以前是不错的庄稼地,但现在长满了齐腰深的芦苇和茅草,放眼望去,苍苍莽莽、一直延伸到远处的江滩,秋天的阳光无遮拦地播撒下来,将荒野照耀得仿佛着了火。持续一段时间的阴雨之后,又接连几天晴朗的天气,原本开始凉爽的气候回升了不少,又变得像夏天那样炎热了。这就是人们常说的'秋老虎'。积蓄在地下的湿气被蒸发出来,使

---

① 刘继明:《人境》,《芳草》2016 年第 2 期。
② 刘继明:《人境》,《芳草》2016 年第 2 期。
③ 刘继明:《人境》,《芳草》2016 年第 2 期。
④ 刘继明:《人境》,《芳草》2016 年第 2 期。

荒野上弥漫着一层淡紫色的雾岚，经太阳一照，姹紫嫣红，给人一种扑朔迷离的感觉"。① "面对这么一大片旷无人迹的荒野，马垃的脑子里浮现出当年春种秋收时有过的那种你追我赶、人欢马叫的劳动场面，忍不住有些怅然地喃喃道：'怎么会是这样子？怎么会是这样子呢？'"②

最后是在时间指向上更加留恋过去的时代。现实中的神皇洲并非缺乏美感，如马垃在五月的雾中行走，"雾是从半夜里开始下的，无声无息，铺天盖地，层层叠叠，粘粘稠稠，像牛奶，又像米汤，无边无际，海海漫漫的，整个世界都成了一个巨大的雾海。神皇洲只不过是这雾海中的一块小小的岛屿，村庄，田野，江堤，外滩，都淹没到茫茫的雾海里了。这是夏天的雾，她不像秋天的雾那样凝重沉郁，而有着丝绸一般的飘逸，云絮一般的轻盈；又像一个天真烂漫的孩童，顽皮地在原野上奔跑撒欢，尽情地玩耍，她不时用柔软的小手触摸一下你的脸和头发，或扯一下你的衣襟，然后不等你反应过来，便一闪身子跑开了；你往前走，她也往前走，你往后退，她也往后退，始终同你保持着若即若离的距离，像在跟你捉迷藏似的"。③ 此情此景，美则美矣，却缺少人间烟火气息。马垃更愿意回到从前，他总有一种在现实与过去之间穿越的感觉："这么多年过去了，神皇洲、河口镇的一切都已变得面目全非，但江堤和堤两边的景物却似乎依然如昨，包括堤上的一摊牛屎，堤坡上的一丛蒿草，堤边的一片杨树林，树林中的一幢茅棚乃至一缕炊烟，江滩上荒芜的芦苇丛，以及江面上隆起的沙滩，都使他恍若回到了从前。"④ 就是以前的河口镇，也比现实的版本要好，回忆起来让人觉得津津有味，"街面铺是清一色的麻石板，走的人多了，麻石板光滑得像被狗舔过一样，照得见人影子来。街两边的店铺一家挨着一家：米店、布匹行、饭馆、理发店、门市部、照相馆、竹器行、弹花铺、药铺、染坊、食品站、邮政所等等。镇上还有几家工厂：油厂、农具厂、面粉加工厂和酒厂"，马垃"每次跟小伙伴们一起来镇上，总要用卖蝉壳换来的钱在小吃摊吃一碗香喷喷的肉丝面和馄饨，然后坐在街头的小人书摊前看

---

① 刘继明：《人境》，《芳草》2016 年第 2 期。
② 刘继明：《人境》，《芳草》2016 年第 2 期。
③ 刘继明：《人境》，《芳草》2016 年第 2 期。
④ 刘继明：《人境》，《芳草》2016 年第 2 期。

上小半天小人书，什么《小英雄雨来》、《小兵张嘎》、《抗日英雄王二小》、《小马倌》、《英雄小八路》，只要一捧着小人书，就仿佛走进了那些硝烟弥漫、烽火连天的岁月……"①

在今与昔、城与乡的对比性书写中，神皇洲村的三农问题、环境污染问题、发展路径问题、文化衰败问题、权贵资本入侵问题、官民对立问题等，一一浮出水面，刘继明给出的尝试性的解决方案，是成立新型农村专业合作社，但这种自发的民间组织终究无法抵御来自国际资本市场的覆船风浪，也无法抵御来自本土权贵阶层的控制和干预。更何况马垃的所作所为，很大程度上是"自己内心的需要"，"自打同心合作社成立后，马垃的生活发生了很大的变化。他不再像以前那样闲适、落寞、孤单，而变得充实、忙碌和紧张起来"，"更重要的是他觉得在生活中重新找到了自己的目标。这个'目标'，让他不再把自己当作一个愤世嫉俗、自恋自怜、内心充满忧郁、缺少归属感的离群索居者，仿佛一个离家出走的人再次回到人群中间"。我们知道，未经实践检验的主体选择往往是可疑的，从个人回归群体，也许只是一种怯懦和逃避？已经被历史理性扬弃的生产组织方式如何在新的经济政治条件下焕发出新的价值，饱含激情的乡村乌托邦的理论设计如何进一步完善实践方式最终在苍茫大地上开花结果，这仍然是一条漫长的征途。刘继明主张重返现实本土，挖掘真相，不要盲目地"寻求西方世界的认同"②，诚哉斯言！这也是刘继明根植于脚下大地的可贵的抱负和担当！

四 洪水包围的风车

《边走边唱》的小说叙事采用典型的地域结构，每节都以村镇的地名作为标题。第一节"杨树镇"，荆河戏名角武海生在杨树镇文化站对面等待女儿武玉香时，遇到文化站站长老桂，老桂让武海生通知他师傅郭三元，郭师傅已经被认定为全县荆河戏的唯一传承人，让他老人家抓紧时间填个表，到时候每个月还可以领到一百多块钱的补助。第二节

---

① 刘继明：《人境》，《芳草》2016年第2期。
② 刘继明、冷朝阳：《刘继明：作家要具备超越一般人的洞察能力》，《长江丛刊》2016年第7期。

"碾子湾",武海生带着女儿玉香,玉香的高中男同学、现今的流行歌手金波,在碾子湾演出,碾子湾村支书赵光豹的幺儿子结婚,想唱台戏热闹热闹,武海生当年的搭档、荆河戏名角白小梅也是碾子湾人,小说在叙事间隙有意穿插荆河戏的相关"知识":"荆河戏内外八块的功夫以及十八板、十三板、正八句、龙摆尾的唱腔都得学。所谓'内八块'指人物的喜、怒、哀、乐、惊、疑、痴、醉等内心情感,'外八块'功夫则指云手、站裆、踢腿、放腰、片马、箭步、摆裆、下盘等八种外部形体程式动作。唱腔也分为南路北路,即正反'马头调'、'老板头'和'八块屏',名堂多得很,学起来也极不容易掌握。"①白小梅的男人去世一年了,鳏居的武海生不禁心生别样的情愫,更何况他们早年学戏、搭戏时就互有好感。但这次白小梅却并不同意前往合作演唱《四郎探母》,因为赵光豹前两年私吞过村里用来修建水泥路的工程款,被村民们告到县上去了,被村民们看不起。武海生只得和女儿合作,父女扮夫妻,演唱折子戏。第三节"夹河口",这是荆河边的一个小村庄,村民孙大明的八旬老母过世,算是喜丧,武海生扮老仆人薛保,白小梅扮三娘王春娥,二人合作表演《三娘教子》,"武海生的唱腔沉郁浑厚,带点儿荆河戏老生特有的沙哑,听起来有那么一股特别的'悲催'味道","白小梅仿佛蚕儿吐丝一样,唱得不徐不疾,不温不火,又像涓涓清泉,点点滴滴,渗进心里,让人不知不觉地跟着她一起叹息扼腕,或缠绵悱恻,台下和台上,大概都渐渐忘掉了这是一场戏"。演出获得了满堂彩。第四节"南垸",虽然地理位置最为偏远,却是全镇最富裕的村庄,号称"杨树镇第一村",养殖大户梁水洲过六十大寿,梁水洲有意撮合武海生和白小梅再结连理,就在他们合作演唱《打铜锣》时,女儿玉香却悄悄地跟随金波前往武汉,青春和爱情的步伐,无可阻挡,"孩子们有孩子们的路,我们有我们的路"。梁水洲主动提出资助荆河戏演出队,招学员,传香火。荆河戏的发展前途似乎有了一丝光明,小说结尾却是师傅郭三元去世的消息,又似乎表明荆河戏的时代已经结束。留下的只有愈加浓郁的乡愁,宛若寂寥的早春,二月春风似剪刀,江上江鸥游弋,暮色寂寥。应该说,当刘继明在小说叙事中摒弃思想表达的冲动,放弃对乡村实际问题的解决途径的探索,而只以风景画、风

---

① 刘继明:《边走边唱》,《长江文艺》2014 年第 9 期。

俗画、风情画逼真地呈现地域乡土的生活，寄托对故乡荆河戏日益式微的乡愁时，往往会取得气韵生动、生机贯注的艺术效果。

当然，我们也可以说，正是神皇洲的地域风情和风俗画面的呈现，丰盈、充实了小说《人境》的艺术表达空间。正如文学史家所分析的那样："同样是反映走合作化道路的乡土小说，周立波的《山乡巨变》之所以比《创业史》、《艳阳天》有审美深度，就在于周立波对风俗人情和风景画面的描绘，使他的乡土小说形成了一定的诗情画意。"① 类似的成功例子还有《红旗谱》，"作为当代文学前十七年的一面旗帜，《红旗谱》除了它较深的历史内涵外，主要是'地方色彩'和'风俗画面'给这部长篇小说增添了艺术的魅力。关于这一点，作者梁斌在自己的创作谈中说得很明白"②。作为一个已经拥有丰富写作经验的作家，刘继明当然知道神皇洲地域文化书写对于《人境》审美意义构建的极端重要性。在小说文本中，神皇洲地域书写的意义主要表现在以下三个方面。

第一，增强了小说的艺术感染力和细节生动性，开拓了小说叙事的审美空间。小说中关于舞龙、舞狮的民间风俗，关于二十四节气的歌谣，关于四季农事的详细叙述，关于端午节、中秋节、春节办年货、打豆腐、做豆筋子、熬米糖、杀猪、宰羊、杵糍粑、吃"糍粑箍子"的细节描写，无疑给读者带来了现场感极强的阅读感觉。小说中的方言如"泡把里"（十来里）等的使用，也增强了人物对话的生动性和乡土性。再有当地的信仰习俗，如"按照神皇洲的习俗，马垃给娘烧了一叠纸钱和一炷香，磕了三个头"③；关于神皇洲的生长在芦苇林中、树林中、外滩上的野菜，如蛇枕头花，地米菜，扁担草，野韭菜，燕麦花，野菊花，茨藻，儿母蒿，锯拉子菜，鹅子肠，马皮梢，野芝麻，毛子尾巴，铁铜钱，马旱菜，八果子草，车前草，鱼腥草，黄蒿，茨米，水灯星，灯笼泡子，漂带叶，饭藤子，姜巴叶，紫素，三皮子草，回头青，枸杞，香宝子，等等，如此"地域知识"，无疑增强了小说的"现实主义"品格。小说中的地域风景描写，更让人如痴如醉，如"三月是草

---

① 丁帆：《中国乡土小说史》，北京大学出版社2007年版，第16页。
② 丁帆：《中国乡土小说史》，北京大学出版社2007年版，第17页。
③ 刘继明：《人境》，《芳草》2016年第2期。

木复苏的季节。乡村正在从冬天单调的黑白色向多姿多彩的春天迈进。这个变化是不经意发生的,也许是一场沉闷的雷声,或者连续下了几天雨后,村前屋后原先光秃秃的树枝绽出了浅绿色的新芽,仿佛是突然一下子,沟渠旁、水塘边和田间地头就长出了一丛丛、一片片嫩嫩的小草。庄稼地里,油菜正在呼哧呼哧地拔节,不出十天半月,油菜花就将汹涌绽放,使乡村变成一座金黄色的海洋。粉红色的当然是红花草,它们像一个初出闺门的小家碧玉,在水田里开得烂漫,却一点不像浩浩荡荡的油菜花那么张扬,显得有点儿羞怯。而在严寒中蛰伏了整整一个冬天的小麦,已经开始大面积地返青。绿色的麦田是乡村三月的主色调,就像一支部队的尖兵,率先给人们带来了春天的信息……"此种文字,明显可见作家沉醉其中的情感投入,诗意流淌于字里行间,氤氲着一股浓郁的乡愁。

第二,增强了小说文体的参差错落感,在一定程度上消解、减缓了思想性、议论性文本的过于坚硬的、密集的表达偏执。注重思想性是刘继明小说的典型特征,诚如项静所说,在长篇小说《人境》中,"我们几乎可以在作品中看到建国以来所有文学讨论过的主题,集体主义与个人主义,知青与乡村,青春回忆,阅读记忆,乡土中国的思考,国有企业改制,底层,社会正义与公平,土地改革,新型合作社,知识分子的责任,老干部与二代,资本运作与政府职能等当代中国的问题,靠着马垃这个极具文人情怀的人物和故事的演进缀联起来。不是每一个人物都能起到推动故事情节的作用,有时是一种情怀抒写,有时是必要的交代,有时是人物出场的需要。回望当代半个多世纪的历史,时间飞逝,在波谲云诡的当代历史中,这些话题也像水灾中的小舟一样东摇西晃"。[①] 唯其如此,《人境》中的神皇洲地域书写就更具有了具象性、真实性的意义。小说的题记,是陶渊明的著名诗句"结庐在人境,而无车马喧",似乎已经暗示出神皇洲村是一片理想的世外桃源,"三月的江滩虽然有些空旷,但已经呈现出一派盎然的生机。芦苇和蒿草长得有些咄咄逼人,把那些不知名的野花野草挤得没了插身之地,风一吹,它们就挺直细长的身体,摇头晃脑的,仿佛在炫耀着自己惊人的生殖能力。防浪林像一群发育成熟的少女,早已绿叶满头,再过十天半月,白

[①] 项静:《〈人境〉:回撤与重建》,《长篇小说选刊》2016年第4期。

花花的柳絮就该像雪花一样漫天飞舞了"。如此，借助于精确细致的地域书写，最终将这方"虚构世界"落实为"现实存在"，并在一定程度上缓解了思想性、议论性文本的凌空蹈虚，显示出现实主义文学的夺目光辉和大地品格。

第三，营构了堪称经典的乡村乌托邦意象。小说中最为引人注目的意象，当属马垃那架修建在屋顶的不合时宜、不伦不类的孤独风车，它让人想到堂·吉诃德的激情理想、废然无功、注定失败的搏斗。马垃的房子，"房顶尖而细，像一根竹笋，最奇怪的是房顶上耸立的那架风车，用桐油刷得黄澄澄的，每一片风扇足足有两米长，无风的日子，风车自然纹丝不动，风大时它就会转动，开始转得很慢，渐渐速度就快起来，而且发出吱吱嘎嘎的响声。上了年纪的老人说，早年村里磨坊的水车转动时，也是这种声音"。[①] 从磨坊的水车的实用性，到洪水包围中的风车的象征性，刘继明有打通现实主义与现代主义的叙事野心。类似的象征载体，还有"酒厂的烟囱排出一股股浓烟，像一把巨大的扫帚把天空涂抹得乌七八糟，酒厂把槽坊里的污水直接排进了渠里，使渠水变得像酱油一样又黑又浓，散发着一股浓烈的恶臭"[②]；小说的结尾写道："神皇洲黄糊糊的，一片寂静，像一座从未开垦过的亘古荒原。"乡村已然废掉，纵然还有几个零余的守望者，又能如何？倒是四季轮回的大地，大地上野蛮生长又萧瑟死去的万物，足以让人寄托乌托邦式的漫漫乡愁。小说不厌其烦地写到神皇洲的四季风景：如春天，"天气虽然忽晴忽阴、乍暖还寒，但毕竟开始转暖了。在下了几天的连绵细雨之后，神皇洲每一户人家房前屋后的树木仿佛被谁用画笔描过一遍似的，忽然之间绽出无数鹅黄色的嫩芽儿。江堤上枯黄的狗尾巴草也开始返青了。苦熬了一个冬天的小麦率先从灰扑扑的土坷垃里挺直娇嫩的身子，一天比一天茁壮起来。油菜当然也不甘落后，二月花朝刚过，大片大片的油菜花就绽放了，起初，这些金黄色的菜花还只是星星点点的，构不成什么气势，但到了三月份，菜花就像火焰一样在平原上四处蔓延了。这个时节如果你乘车在平原上穿行，便会有一种置身在花的海洋的感觉"。秋天，"像江汉平原上的所有村庄一样，秋天是神皇洲一年之中

---

① 刘继明：《人境》，《芳草》2016年第2期。
② 刘继明：《人境》，《芳草》2016年第2期。

最丰盛的季节。大地从春天和夏天一路起来,在经过春雨的洗礼和酷暑的炙烤之后,终于烹制出一桌桌色彩斑斓、美不胜收的筵席,不仅让每个庄稼人垂涎欲滴,就连那些鸟儿也整日整日地在田间地头觅食,直到夜幕来临,才恋恋不舍地摇动着因吃得太饱而变得笨重的小身躯,吃力地扇动着翅膀,飞向归途"。冬天,"在乡下,秋天到冬天的更替,类似于彩色片向黑白片的转换。不是么?随着树叶一片片从树上飘落殆尽,裸露出铁青色的枝干,菜园里的青菜变得日渐单一、稀疏。沟渠的水早已干涸,露出了肮脏的淤泥和杂草。田间地头和沟坡上的野草一片枯黄。绿色像一支溃败的军队,在严冬的威逼下,正一步一步地从人们的视线里退却。乡村的景色正变得枯索凋敝,暗淡无神,像一个风烛残年的老者。但庄稼人并不在乎色彩的变化。他们心里只装着二十四节气,每个季节都有每个季节的农事。一年四季环环相扣,循环往复,永无穷尽。他们对每个季节一视同仁,如同对待生老病死一样。在真正的冬天来临之前,他们照样很忙碌,抓紧时间抢播冬小麦、油菜籽和别的绿肥,以备来年的春耕"。小说如此不厌其烦地描写神皇洲的四季风景转换,实有深沉的大地之爱寄托其中。挽歌与绝唱,是刘继明乡村书写的主题曲。

里尔克说:"我们的任务是将这个暂时的、朽坏的尘世深深地忍受着并且充满激情地刻印在我们心中,以使其精髓在我们身上'无形地'复活。我们是采撷这些无形者们的蜜蜂。"[①] 种种探索,无论成败,皆有意义。不管人事如何折腾,大地总会亘古长存,我们或者可以说,神皇洲村乃至整个乡村世界,将永远是喧嚣的"人境",永驻心间。

第八节 江汉平原:刘诗伟揭开"南方的秘密"

刘诗伟长篇小说《南方的秘密》,从主人公周大顺出生时的 1949 年写起,直到小说终篇时的 2012 年夏天,留下一个开放式的结尾,借一个普通人物的命运沉浮,书写一代人的家国情怀,以民间传奇的话语方式,揭橥江汉平原经济史、社会史、政治史和文化史的真相,在具象繁密展呈、情节葳蕤生长的同时作出斜坡理论的哲学提升和历史思辨,

---

[①] [奥]里尔克:《杜伊诺哀歌》,刘皓明译,辽宁教育出版社 2005 年版,第 182 页。

有反讽,有机智,有殊相,有象征,有悲悯,有沉痛,其建构的雄心与创格的努力,不容小视。

不同于狄更斯的《大卫·科波菲尔》、乔伊斯的《一个青年艺术家的画像》、劳伦斯的《儿子和情人》、普鲁斯特的《追忆似水年华》、罗曼·罗兰的《约翰·克里斯朵夫》、托马斯·沃尔夫的《天使,望故乡》等成长小说,《南方的秘密》明显地不以描写小说主人公的性格成长作为叙事重心,相反,周大顺甫一出场就是以一个性格成熟的人物形象,他是个跛子,左腿跛,似乎暗示着他会走"右倾机会主义"的道路,他有创造性的聪明才智,曾经编出了能够记忆圆周率小数点后100位的"兀诗",初中毕业先后做过小学民办教师、生产队放牛倌、记工员、大队赤脚医生,干过刷写革命标语、看禾场、赶麻雀、照西瓜等活计,因为自制土地雷误伤了人而被抓捕入监,生存艰难,"多能鄙事",广有阅历,洞明世情,为其以后的发展打下了基础。妹妹三美打柴时被吊在树杈上露出了胸脯被人观看嘲笑,周大顺便将自己的白褂子裁剪成一件胸罩送给妹妹,从此他的"地下"胸罩生意火爆。不久,国家启动改革开放,恢复高考。周大顺的学生刘半文、妹妹周小美都考上了大学。周大顺在汉正街租了一家门面做胸罩生意,十分兴旺,女同学叶秋收考上大学却不去读书,反而跟随他做生意,最后成为他老婆。周大顺在家乡招收跛子裁缝扩大生产规模,成为"身残志坚"率领农民兄弟勤劳致富的典型,受到国家残联洪副主席、省委冯书记的亲切接见和鼓励,完成资本原始积累,同时也不断积累政治资本。他利用"上边"对他的利用,收购江城首诚服装厂,开办出租车公司、房地产公司、钢厂、火电厂、水泥厂,又成立大顺城市信用社广泛吸纳社会资金,由于摊子铺得太大,资金链断裂,引起挤兑风波,此时政治立即显示出其无情的一面,"三大项目"被低价收购,周大顺拼命拉住早已和他捆绑在一起的"政治"势力不松手,并在刘半文的智谋和大顺村民们的群体性事件的"帮助"下,大顺实业与华澳公司以投资额比例进行合股经营,通过逐年减持股份的方式成功脱逃,最后雄心勃勃地实施"木马计划"(将全省各地市、州、县位于城区中心地带的政府大院整体搬迁到新区,在原地开发商住楼和商业大厦)和乌山铁矿项目,一个宏图大展的未来即将开始。这无疑是一本载道之书,也是言志之书,在时代风浪中,周大顺是个英雄,其形象大于、超出了历史,他"跳出三界外，不在五行中"，没有被时代和历史框囿，所作所为皆是主动积极，很少犹疑，这无疑是一种"后设"的视域和叙事。

周大顺在改革开放之初社会上关于姓资姓社问题争论不休时，曾经对刘半文提出过系列问题："为什么搞副业弄杂活就是资本主义？为什么资本主义是个坏东西可人人都想搞资本主义？为什么一个跛子反比所有全乎人过得滋润？为什么我过得滋润不但自己不能公开滋润，而且别人除了同情实际上瞧不起我？为什么天下人都被牵着拽着吓唬着向一个方向跑，偏偏跑得理直气壮汗流浃背？……难道照顾了人欲天下就会大乱？可压制人欲人人都不快活，是不是这样的天下本身就是大乱子？"但这与其说是疑惑，不如说是质问，答案其实早就有了，这就是"吃饭哲学"。吃饱饭、吃好饭才是人生的第一要务。看上去是个形而下的生存问题，其实关乎家国命运，关乎民族盛衰。周大顺一旦认定了这个方向，就一头扑进经济大潮中，义无反顾。席勒《友谊》诗云："这个青年跳进了世途，/鼓起勇猛无畏的翅膀，/毫无束缚，无忧而无虑，/陶醉于梦境的幻想。/他奋翅翱翔，大展鸿图，/飞近太空最淡的星边，/直达羽翼所能飞抵之处，/无法再高，也无法再远。"

小说 21 章的正文之外的"自序"和三个"引子"中，充满了真实、真相、正确、善意、承当、准确等"大词"。刘诗伟说："一直想这样写一个故事，让这个故事无论怎么重新定义都可以用真实的皮尺检测其准确度。我相信抵达真相才是开放的姿态，而准确是正确和善意的前提，它的有趣的发现和诉求或可持久站立。但准确更需要发现和勇气，并不妨碍心灵的跳荡。"① 在创作谈中，又说："我需要以逼近生活本相为前提。"② 揭开真相，这是历史学的诉求。在此意义上，我们也可以说，《南方的秘密》是一本展示中华人民共和国 60 多年风雨历程的历史小说，志在揭示历史道路选择的必然性规律。那么，江汉平原上产生的跛子英雄，民间传说中神话般的人物，背后的真相究竟如何？

一方倾斜的坡面上，一个战无不胜的跛子潇洒地迎面向我们走来，他走得很正很风光，倒是正常人走得歪歪倒倒拖泥带水，这是小说精心营造的经典意象，既是表面现象也是背后真相。省委书记的公子冯捷这

---

① 刘诗伟：《自序》，《南方的秘密》，作家出版社 2016 年版，第 1 页。
② 刘诗伟：《〈南方的秘密〉创作谈》，《十月》2016 年第 6 期。

样总结周大顺的成功,"一是顺哥有理想有追求,很精明,善于抓机会;二是企业有资本积累,否则捡了银子无纸包;三是树立了个人品牌,是一个自强不息先富起来并带领农民致富的先进人物,是党员劳模政协委员著名企业家,受到过各级党政领导的亲切接见,很有公信力;四是我党的政治主张政策方针光明正大,各级领导为了政治帮扶顺哥,帮扶顺哥就是帮扶政治,也就帮扶了自己,大家齐心合力,顺哥越走越顺。总之一句话:天时、地利、人和"。这就是中国特色的政治经济学。只是这个秘密,最早被周大顺发现并加以成功地应用,所以他成为民间传奇的主人公。

小说的经典意象中,跛子走在斜坡上,暗示了体制机制的歪斜,暗示了成功者的路径是歪门邪道,但世人只以成败论英雄,更何况道德律令与历史理性从来都是二律背反的存在,真相固然很丑陋,但又的确是权力、金钱和美色以及由此召唤出来的巨大欲望在事实上推动、加快了中国经济的发展步伐,它们是伴随经济快速增长的精神雾霾,却又在客观上解决了中国人民的吃饭问题。周大顺是历史理性的代表人物,是时代的弄潮儿,是勤奋的行动者,是一个善于借势经营的经济英雄,但他决不是渊渟岳峙的圣贤。

经典马克思主义认为:"'历史'并不是把人当做达到自己目的的工具来利用的某种特殊的人格。历史不过是追求着自己目的的人的活动而已"[1],在其中,恶人恶行也起着重要的历史推动作用,因此也受到历史理性的肯定。小说中的人物多有生活原型,或者如鲁迅所说,杂取种种合成一人。小说人物结构呈现对称关系,这也是为了审美的平衡。比如周大顺追求事功,为了成功不顾一切,他被政治利用也反过来利用甚至"绑架"政治,他通过美人计将省发改委牛主任送进监狱,通过行贿换取乌山矿产开发权力,通过老领导压制新闻媒体从而平息硅胶胸罩过敏危机,这一系列手法玩得何其高明,但也从此与功利政治沆瀣一气,称之为当代胡雪岩也不为过;他为了平息因为找小姐而引发的家庭纠纷,甚至将岳父叶木匠请到江城,洗脚按摩后被小姐拉下了水,岳父反过来去做女儿的思想工作:男人都是那样何必计较,这种事恐怕西门

---

[1] [德] 马克思、恩格斯:《神圣家族》,《马克思恩格斯全集》第 2 卷,人民出版社 1961 年版,第 118—119 页。

庆再生也未必会去做。而作为周大顺曾经的学生，刘半文这个人物形象身上就更多地包含着道德拷问色彩，他始终坚守着自己的人格底线，比如对纯粹爱情的守望，比如不为已甚的行事风格，比如克制内敛的生活态度，等等，某种程度上也是作家主体精神的自觉投射。如此，小说在肯定人性欲望、张扬历史理性的同时，也提出了根源于内心道德律令的质疑和询问，由此形成强烈的艺术张力，表现出深刻的思想探索力度。

或许正是因为内心深处的道德执着，作家笔下的女性主人公形象，无不单纯、温情、贤惠。小说中周大顺的"人生第一次"，是与已婚妇女叶春梅，本来应该是龌龊仓促的桥段，却也写得充满诗情画意，"阳雀子在屋山头喳喳叫唤"；有了第一次之后，"一只画眉随叶春梅飞去，殷红而透明的晚霞就在这个猝不及防的秋天令人心动地滑过"。周大顺的妻子叶秋收、二奶柳成荫尽管不无醋意，却都对他忠诚不二，支持他的事业，抚养他的孩子，最后大小夫人竟然相安无事。无论是在商场，还是在情场，周大顺都战无不胜所向披靡，此种跛子贾宝玉加胡雪岩式的写法，可能会显得有些男权中心主义，从而引起部分读者的不满。但是，这就是生活的真相。真相往往有些丑陋，有些残酷。

作为地域文化板块的江汉平原，号称"鱼米之乡"，土地肥沃，湖泊交错，由于受到体制机制的局限，人们长期无法从种植养殖业中通过勤奋的劳动来获得富裕的回报，说起来只能一声叹息；而平原地域的人们，信息较为发达，总是希望能够过上离他们并不遥远的城市生活。穷则思变，周大顺就是从这片土地上走出来的代表性人物。这片土地贫穷、荒凉、巫风弥漫，却又美丽、多情。小说对这片故乡的土地不吝笔墨，反复涂抹，屡见精神："一晃春天来了，万物苏生。由红旗大队通往五星区街上的公路两旁，返绿的杨树宛如少妇的腰肢，不知因了哪儿来的风而摇曳；左右田野里麦苗青青，无际地展延而荡漾；那些零星的坡坎上今年也没有空闲，早已开出一片一片的油菜花，黄灿灿地缀在麦浪的边缘，让金黄把青翠浸染得溢出淡蓝的光晕。蝴蝶在路边飞，鸟儿从天空划过。空气中汇聚了许多香气，仿佛四面都有消息传来。""太阳还没落土，红彤彤地滑向天边，染了霞光的天空透着紫色，倾情俯近大地，欲言无语，像是在收拾慈爱之际略作凝滞；平原上一派宁静的翠绿，殷殷地向四面铺展，看起来刀削似的平坦，无边无际。有风悠悠吹拂，在天空与地面之间喃喃低语，仿佛对天也对地说：好了好了，都尽心了。"万物生长的江汉平原，"白日野风，道草蔓爬"，又总是让人兴起难言的寂寞和惆怅。这却绝非京派作家深居都城遥想故乡产生的"想象的乡愁"，作家一笔一划都是真实的经验书写，小说文本充满世故机智的民间叙事、意义和趣味，如当周恩来逝世的消息传来时，江汉平原上的老百姓"虽然并不晓得多少周总理的丰功伟绩和艰难困苦，就因为他郎是社会主义的总理，他郎有一副世上独一无二的完美而深刻的面容，所有人都认为他郎是天下圣人，都愿意为他郎真诚地悲伤"。小说文本中关于江汉平原的方言、歇后语，四时八节、婚丧嫁娶的民情风俗描写，麻页子等零食、沔阳小曲等物产的背景性说明和铺垫，所在多有，要言不烦，生活气息浓郁，风景、风俗、风情画面感十足。这无疑为小说的历史理性表达和地域传奇再现，营造了泰山不移的细节性基础。

需要特别指出的是作家在叙事艺术上所作的努力。刘诗伟一直保持着强烈的叙事探索的热情。在我看来，此前的长篇小说《拯救》采用两个时态交替叙事，一、二、三人称不时变换，情感的抒发与反思的表达形成尖锐的冲突，先锋意味十足，处理得似乎有些"过"了；而《南方的秘密》正文二十一章采取经典现实主义小说的历时叙事，却在小说的开头、中间和结尾部分，分设三个"引子"，从具象的描写叙述中跳脱开来，作天马行空的议论、反讽、揭密、解构，既不影响文本阅读的顺畅，又立体性地丰富了小说的精神内涵，形成复调叙事效果和多重对话空间，我认为这种匠心独运苦心孤诣的文体创造是成功的。

第九节　在场与超越：达度的地域风情史诗

达度的长篇小说《贫困时代》[①]，以洋洋洒洒近60万言的篇幅，书写江汉平原的地域历史，体现出留存历史风云、为时代盖棺论定的建构雄心。小说以长江大河般的叙事激情和山呼海啸般的雄浑气势，全景式地复现了1964—1976年的平原水乡历史。小说的聚焦点在江汉平原鲫鱼湖边的江阳县杨林公社丰湾大队四小队，而作为艺术虚构的这个地

---

① 达度：《贫困时代》，中国文联出版社2015年版。

域,很容易让人想到作家达度的出生地沔阳县杨林尾公社永和大队四小队,历经沧海桑田的鲫鱼湖如今依然水波浩渺;小说主人公应运东与达度是同龄人,生存环境和成长经历颇为相似,因此更容易得到作家的"叙述同情"。如此时空,如此人物,似乎已经决定了小说叙事的"回忆"性、"拟真"性、"还乡"式的温情色彩,站在已然成功的当下回瞻过去,曾经的深重苦难披上数十年的岁月风尘往往会变得朦胧如梦,痛感消减,甚至被视为通往成功巅峰的必经阶梯和必然代价,因此苦难审美、遗忘屈辱、再造诗意往往会成为类似题材的文学书写的共同情感趋向,但是,达度的《贫困时代》显然志不在此,一方面,这是一本读起来令人感到格外亲切的书,因为它是一部纤毫毕现的工笔描绘江汉平原地域历史和风情的著作;另一方面,这又是一部沉痛之书,六七十年代乡村物质匮乏与精神贫困的双重束缚,让小说中的人们无法动弹,而小说人物之间的关系,多为原生态的自然性的关系,以邻为壑,非常丑恶,争斗没有止境,生存没有尊严,的确是对特定历史时期江汉平原水乡的世道人心的真实再现。强烈的在场感是达度小说的鲜明特征,他敢于直面苦难揭开伤疤将隐藏在乡野历史深处的真相在阳光下裸呈,同时,浓郁的江汉平原地域文化风情的铺陈与再现,又在一定程度上消解了真实历史的残酷性,形成叙事结构和情感表达的张力空间,由此实现了对历史在场感的审美超越。

一 深厚的生活积累

《贫困时代》采用严格的现实主义创作手法,在小说的发生背景、客观环境、生活细节、经验表达方面费尽心力,力求最真实地还原六七十年代江汉平原水乡的"物质"性存在感觉,从而为小说文本构建了扎实深厚的叙事基础。

首先是关于六七十年代基层社会行政组织及其运作、频繁的政治运动和重要历史事件的叙述。小说从社会主义农村教育工作队发放救济款开篇,通过外号"糊锅巴"的社员胡娃扯横皮耍横枪骗领二元八角钱的情节,逼真地再现了"贫困时代"中人心的贪婪和可悲。小说以时间为序,举凡"四清"运动、五类分子批斗大会、贫协代表监督生产队长和队员、"破四旧"、"三结合"、大字报、"早请示晚汇报"、"斗批改"、"造反派"、语录歌、样板戏、人造地球卫星"东方红一号"发射成功、"一打三反"、学制缩短教育革命、大串连、知青下乡、珍宝岛之战、林彪事件、批林批孔、评水浒、周恩来逝世、天安门事件、毛泽东逝世等,构成小说叙事的标志性节点,小说作品还绵密地交织着历史文献、人民日报社论、大字报、民间诉状、新闻播报、政治顺口溜等富于鲜明时代性特征的材料,将虚构的小说情节和人物命运进一步在真实历史进程的框架内"坐实"。这种叙事方法,被笔者称为"历史的拟真性"。

其次是对经验世界的拟真性书写。毫无疑问,达度富有深厚的生活知识积累,他在小说关涉的十二个寒暑之间,将此生活经验和人间知识细致展呈,描写得活灵活现栩栩如生。比如小说写道,老沙牛(母牛)下崽后一直没有奶水,生产队出钱买来油条豆浆,给老沙牛发妈(奶),在禾场上,"人群里面,运东的爹爹应于贤跟刘福生几个正在紧张地忙碌着。他们找来一把扬叉,绑在两只牛角上面,这样一个人就制住了牛头。应于贤一手抠开牛嘴,另一手就把油条往牛嘴里塞,塞了油条再灌豆浆。其他几人都很听指挥,叫拿什么就拿什么。这情景,就跟以前灌牛药差不多。所不同的是,牛药很苦,牛不肯喝,就使力掣;而油条豆浆是牛愿意吃喝的,所以不但不掣,还很配合。这样忙碌的人也不至于紧张吃力了"[①]。用扬叉控制牛头,塞油条灌豆浆发奶,此种"生活知识",如果没有真实的生活经验,或者没有亲眼看见,恐怕不会写得如此形象生动。再如小说描写格生钓鱼,"格生是个抓鱼的老手,他知道水中的黑鱼都躲在哪些地方。黑鱼一般喜欢在水草茂密的地方造窝儿,有时出水换气,尾巴在水面一扫,水草就被它洞开了一个窝。天热的时候,黑鱼还喜欢在荷叶下面躲荫,要是有蚵蚂在荷叶上面蹦跳,多半都成了黑鱼口中的美食。有的塌皮荷叶上有损伤,或者干脆出现了一个口大的洞,那肯定是黑鱼夺蚵蚂所留下的印记","格生就在那些水草稀疏的地方和塌皮荷叶的边上,不停地咚来咚去。这种钓法叫咚白水窝子。这种方法还真有效,不一会儿,只听水里轰地一响,格生把手里的竹竿一甩,一条黑鱼就钓上来了。这是条尺来长的黑鱼,怕有一斤多重"。[②] 文本中的"黑鱼"就是财鱼,"蚵蚂"即是青蛙,"咚白水窝

[①] 达度:《贫困时代》,中国文联出版社2015年版,第40页。
[②] 达度:《贫困时代》,中国文联出版社2015年版,第50页。

子"的钓鱼技术等,无不带有鲜明的江汉平原水乡的地域特色,因为所叙是江汉平原水乡生活,小说文本中类似的用赶罾子、撒鱼网、下卡网、罩鱼子等捕鱼的生动细节展示,所在多有,无不显示出达度富有深厚的生活经验积累和惊人的表现生活经验的叙述能力,这是现实主义小说的可贵品质。

二 深刻的情感开掘

幼年生活经验对于作家而言具有无比重要的意义,所谓故乡不仅是地域的存在,更是情感的存在。中年达度在写作中回溯六七十年代的苦难历史,自然运用了自己童年和青少年的情感储藏,其间交织着对于故乡的留恋深情和决绝批判的复杂情感。"回不去的是故乡",花开花谢,云卷云舒,湖田仍在,物是人非,"故"乡漫随逝水,一旦离开就再也无法抵达。

小说建立于客观真实性基础之上的深刻的情感开掘,主要围绕故乡的人、物、事展开,情感向度是爱恨交织,情感温度是冷热共生,而追求真实性的写作立场往往会令小说叙事带有原生态的"零度写作"的风貌,看似不动声色不作判断的冷静叙述的文字表象下面,其实蕴藏着一股汹涌澎湃的写作激情。

乡村的孩子动辄得咎,相比于城里的孩子来说,挨的打要多得多,而且许多次挨打往往并没有任何理由。农村有句老话,"下雨天打孩子,闲着也是闲着",打孩子竟然成为文化生活苍白的乡村的一项重要娱乐和休闲活动。外人觉得匪夷所思,局中人却觉得理所当然。童年的应运东经常挨打,挨打后往往会挨罚不让吃饭,转移情绪的方法就是盯着地上的蚂蚁看。应运东的弟弟运喜要玩他的书包,他舍不得给,"转天中午,运东同玩伴们散了,回家吃饭。没想到一顿家伙正等着他。他不知道自己做错了什么。父亲不分青红皂白,就给了他拳头耳巴子一顿暴打。运东躺在地上号啕大哭,赖在地上不肯起来。他以前也没少挨父亲的打,但只要母亲在跟前,她总是出来转弯。可母亲今天不但不转弯,还在一旁添油加醋地数落他。他就知道今天这顿家伙吃的是昨天的亏了。可昨天是他的错吗?明明是他的书包,为什么要让运喜拿走?他感到十分委屈。直到一家人把饭都吃完了,他还在地上一边干泣,一边看蚂蚁觅食"。① 哥哥应该让弟弟，大孩子应该让小孩子，这是乡下人的"礼行"，是道德判断；而不分对错是非，争执的起因究竟如何，事实判断在乡下人的家庭冲突中永远缺席。将挨打的经历和感受描写得如此活灵活现，应该不是作家的向壁虚构。江汉平原乡村的孩子们，尤其是家中的长子，谁没有过无故挨打、视频繁的"家暴"若等闲的童年呢？从心理学角度来看，有过受虐经历的孩子长大以后，容易形成对强权的崇拜，在潜意识深处他希望成为那个施虐的人，或者将曾经的受虐屈辱转化为对强权的反抗，他会以为弱势群体出头抗争的方式反对强权。这种对强权的亲近与反抗，正是决定应运东此后人生命运的心理动因。他因为写作反对血统论的体会文章，差点被扣上"反党反社会主义"的大帽子；他不间断地读书读报勤奋写作，目的在于有朝一日能够出人头地，内在的心理驱动力还是强权崇拜。他对父亲爱恨交织，经常无故挨打生长出来的仇恨，往往又会被父子俩齐心协力地打渔卖鱼、共同劳动的艰难挣扎中生长出来的温暖亲情所冲淡。直至父亲被人诬告为偷盗团伙成员，而在生产大队"民兵指挥部学习班"被人打死，应运东"心里一边滴血，一边升起了一把无名鬼火，并暗暗发誓：一定要查清父亲是怎么死的！一定要为蒙冤受害的父亲洗清身子！一定要向残害父亲的凶手们讨还血债！"② 小说《贫困时代》也在此种莫名悲愤与屈辱的气氛中画上句号，满蕴着爱与恨、义愤与悲痛的情感张力。

对于脚下这片赖以生存的故乡土地，应格严、应运东父子同样爱恨交织，充满犹疑和矛盾。六七十年代僵硬的政治经济体制对于人们的种种束缚和限制，贫困的土地、贫乏的物产养不活故乡的人们，应格严多次设法想要搬到一处能够自由生活、不受限制、物产丰富的地方去，结果总是幻化为泡影。而同时，这一方贫瘠的土地毕竟养活了故乡的人们，他们想方设法，最终生存下来了，应格严就是在村民们扑锅断餐的情况下，通过偷偷地打渔捕鸟的方法，养活了一大家子人。所以，他们对于这片土地又充满感激的深情。应运东最好的小伙伴如于亮、木生、牛娃、石头、格龙等，曾经给予他童年和少年时代最纯真的友谊。他青少年时期偷偷阅读的书籍、倾听的故事等，无不来源于故乡，阅读为他

---

① 达度：《贫困时代》，中国文联出版社2015年版，第48页。
② 达度：《贫困时代》，中国文联出版社2015年版，第502页。

揭开了人生视野新的篇章,不思量,自难忘。

情到深处是无言,关于故乡,爱恨两难,最理想的方法当然是将道德悬置,不予判断,只作"零度叙事",陈述出来就好。于是,我们读到了现代文学史上自沈从文、曹禺以来的最为朴野、真实的世情人心。沙湖团的一个民工,因为观看别人赌博而被铁锹打伤,应运东和于亮、木生、牛娃几个人前去看他,当看到那个"头缠卫生绷带,只露出两颗眼珠的病人"时,"众人忍俊不禁",笑出声来,那人申诉说:

> "现在不是很疼,伤得很哪。我当时就听到了一炸,连我耳朵门子都是一震。我心里都晓得,完了完了,是用铁锹砍的,好下的心哪。从我额壳一直砍到了鼻梁骨,全砍开了。我自己都晓得,连眼睛都分开了,还不敢把脑壳夹紧,疼,说话都疼,还成瓮鼻子了……"

他们几个终于忍不住又笑了。①

这是典型的"看客"心态,是鲁迅痛加针砭的国民劣根性——"将屠夫的凶残,使大家化为一笑,收场大吉",但这又确实是江汉平原水乡人们的真实心态。本来事不关己,本来应该同情无辜的受伤者,却转化为乡下人的谈资,供他们赏鉴、娱乐。《水浒传》在"假李逵剪径劫单人,黑旋风沂岭杀四虎"一章后叙述李逵回到梁山泊,诉说一路上杀死假李逵,背老娘至沂岭,被老虎吃了,自己提刀怒杀四虎的过程时,"众人大笑",替天行道、"视兄弟如手足"的好汉们哪里有半点民胞物与的人文情怀?我们实在要感谢这种"冷血"的文字,因为它写出了人间的冷漠和世情的寒凉。

最大限度地展示民间社会的真实性和野蛮性,是达度的写作追求向度,在乡村情感世界中,冷漠的赏鉴往往与温情的关怀复杂地交织在一起。小说中陈安颖与应运东的母子关系,应运东与小伙伴们的友谊,邻里乡亲和家族成员之间的关系等,都不乏温情脉脉的篇章。其中对水乡人内心世界中最真实的情感开掘和精彩呈现的文字,当属对于烟婆的叙事。这位据说是从汉口来的女人,先前和三队的夏志光一起生活,夏志

---

① 达度:《贫困时代》,中国文联出版社2015年版,第418页。

光以前是有老婆的，但他的老婆带着儿子跟别人走了，所以就和烟婆同居着，但因为烟婆喜欢吃烟、喝酒、吃鱼，他感到吃不消，便托人给应格严的父亲、鳏夫应于贤做个媒，过不多久烟婆嫁过来，闹了洞房，就与应于贤老汉生活在一起了。不料三个月后，应格严一家也供不起烟婆的开销了，烟婆只好"哪里来的哪里去"，重新回去找三队的夏志光。应该说，作为家庭顶梁柱的应格严，对于父亲的续弦——自己的后娘，还是很不错的，"那时候十块钱就算一笔家当。游泳烟号称高干烟，一条烟值两块九，一般人见都见不到。一条新华烟两块四，一般人也抽不起。最常见的就是鸡公烟，一包一角五，也不是人人都抽得起的"①，在生活格外贫困的条件下，应格严还经常打渔换钱购买整条的新华香烟送给她，以至于引起陈安颖的不满。烟婆在两个男人之间"转手"，三方并不觉得有什么不当之处，甚至应于贤老汉之所以"接手"，是因为夏志光救过自家的孙子应运东的命，觉得对方有恩于自己才答应"接手"的。民间情感的朴野、真率，于此可见一斑。

三 浓郁的地域色彩

小说的主题线索明朗，叙事流畅，引人入胜，随意设置的叙述闲笔、有意点染的地域风情等，铺陈得恰当得体，为小说增色不少。小说开篇的胡娃赖账的精彩情节，唤起读者的阅读欲望。小说叙述六七十年代江汉平原地域历史，纵横捭阖；叙写应运东的成长历程，视野开阔，将国际风云和国内政治形势变化与水乡发展历史有机融合，凸显出特定时期政治第一的时代性特征。小说对水乡生活中的打渔、卖鱼、放牛、种棉、双抢等场面描写得十分生动贴切，生活气息浓郁，乡村田野的泥土腥味和浩荡湖风溢出文字扑面而来，让人感到特别亲切。应该说，作家达度有意识地营造出来的浓郁的地域风情，为小说平添了别样的艺术风采。

现实主义小说家必须是熟谙生活细节、富有日常人生经验的"杂家"，达度对赌博、种稻、放牛、织网、摸鱼、戽水、挖藕、摘莲蓬、捡螺蛳、巫医马脚等江汉平原水乡的民间生活经验了然于心，这些"知识"的取得，无疑来源于作家的亲身生活经验。小说描写少年应运

---

① 达度：《贫困时代》，中国文联出版社2015年版，第47—48页。

东在暴风雪天下湖挖藕,"他终于看到铁口挖起来的一摊淤泥上有一截断了的藕簪,这着实让他高兴。他连续挖了几下泥,可还是不见藕,他就有些急不可耐了。忙着用手去抠,用脚去探。还是脚比手管用,捅得深,触到了藕,可要把藕拿出来仍不简单。运东继续下力甩淤泥,效果却不大,好像你甩多少,那淤泥就给你填多少。坑里的积水也越来越多,他已经没有力气去再戽水了。他身上的热气好像都被淤泥一点一点地吸走了,他又开始发抖,而且越抖越厉害,渐渐地好像难以自持了。他看到那藕坑里的水同他发抖的身子在一起颤动。他的脚下触着藕,可就是拿不出来。有一忽儿,他好像感觉不到藕了,心里一慌,连忙用脚再去触藕,于是几下,又触到了藕。其实藕一直踩在他脚下,只是脚冻麻木了,才失去了知觉。他还用铁口去触脚背,竟是像在木头上触一样","他想不能再这么耗下去了。于是放了铁口,用手去下力抠。他先之所以不这么干,是怕拿起来的是断藕,如果淤泥灌进藕眼里,那就太糟糕了。现在只能破釜沉舟,孤注一掷了","他那匍匐的身子有一半浸入泥水里,脸也有一部分没在水里。他屏气发力,终于拿出了一节藕。接着再鼓干劲,又拿出了第二节。这样拿藕之后,他的气力几乎耗尽了"。① 这是小说文本中少年应运东"第一次"挖藕的艰难情形,其所思所行,应该也是作家的真实生活经历。类似的关乎生活经验的精彩再现,无疑令小说叙事变得丰富、繁盛、生动、枝叶摇曳。

在长篇小说叙事中,关乎生活经验、劳动技能、世道人心、风物民俗等方面的知识性书写具有十分重要的意义,衡量小说艺术价值高低的核心标准之一就是知识性书写的得失成败。《贫困时代》在知识性书写方面,没有遗珠之憾,更没有失当错舛之处,于此可以想见作家所下的小说之外的生活积累的功夫。小说叙述乡亲们如何度过荒年:"对付荒年最靠谱的还是靠湖吃湖。鲫鱼湖里盛产鱼和莲藕。哪怕到了扑锅断餐的地步,人们还可以去湖里想办法。湖边人家常年备有捕鱼挖藕的工具。像杀网、丝网、络子、卡子、赶罾子、瞄罾子、亳子、花罩、鱼叉等等,各家各户都置备了几样,一到用时就全都亮出来了。况且,每年春夏之际涨水,秋冬之际退水已成定律。退水的时候容易走鱼俏。所谓走鱼俏,就是湖水退得太凶了,影响了鱼的生存环境,鱼儿就随水而下,

---

① 达度:《贫困时代》,中国文联出版社 2015 年版,第 345 页。

汇聚到剅沟里，就形成了鱼汛，江汉平原湖区一带称之为走鱼俏。"① 类似的关于江汉平原水乡生活的知识性介绍，在小说中随处可见，有效地增强了小说的地域风味。

浓郁的地域色彩，得益于小说中信手拈来的江汉平原水乡生活符号的应用，如"老实无怨"（老实），"您郎"（您），"开限"（远处），"上门问礼行"（责问），"烟熄火熄"（安静下来），"转一下弯"（劝解），"搞拐打"（弄糟了），"打抽护圆场"（劝说），"消开"（让开）等方言，泥土气息浓郁，读来让人感到格外亲切。其他还有关于民俗、风物、特产、禁忌、方言、歌谣、谚语、打硪歌、儿歌、三句半、民间巫术、讲古话、猜谜射局、杀喜猪、婚丧嫁娶风俗、四季节俗、皮影戏、花鼓戏、民间故事等的书写，既是小说叙事情节走向的需要，也是达度书写地域史诗的文化内容呈现的需要。在此意义上，我们可以称这部小说为江汉平原水乡的"风俗志"。比如这首代代相传的儿歌《三岁的娃》，该能唤醒多少人的童年记忆：

>　　三岁的娃，会梯（推）磨。
>　　梯（推）的粉子白不过，做的粑粑甜不过。
>　　爹爹吃了十三个，留两个，接婆婆。
>　　婆婆吃了心里磨不过，半夜起来摸茶喝。
>　　炊子撞了前脑壳，门闩撞了后脑壳。
>　　一跤跌的门槛上，跌的婆婆死过脚。
>　　嚷的嚷，喊的喊，婆婆到了田中坎。
>　　深些挖，紧些埋，不准这个好吃婆婆爬起来……②

四　在场与超越

达度的小说志在书写江汉平原的地域历史，为水乡村民作传。生动鲜明的在场性是小说最为突出的特征。关注底层、贴近泥土、聚焦时代

---

① 达度：《贫困时代》，中国文联出版社2015年版，第190—191页。
② 达度：《贫困时代》，中国文联出版社2015年版，第26页。

潮流中的小人物命运的书写姿态，迥异于齐邦媛的《巨流河》、王鼎钧的"回忆录四部曲"(《昨天的云》《怒目少年》《关山夺路》《文学江湖》)等人的家国天下的宏大叙事，其静观的、零距离的叙事情感，也与杨绛《干校六记》幻想有一件隐身衣可以"万人如海一身藏"，陈白尘《云梦断忆》在野外放鸭中自得其乐的陶醉和物我两忘完全不同。鲜明的在场性，是达度小说书写真实观的具体体现，也是"天地不仁，以万物为刍狗""万物并作，静观其复"的生存哲学的具体体现。

达度小说描写的是真实的江汉平原水乡生活，具有直逼人心撼人心魂的力量。小说的在场性本身自具意义。达度小说原生态呈现的意义，更容易被误读为历史的真实，而非文学的审美。而我们知道，一旦进入书写领域，生活的原材料就将被动地接受作家的选择和扬弃，创作主体的创造性总会或隐或显地在作品中得到体现。经典马克思主义认为："现实主义的意思是，除细节的真实外，还要真实地再现典型环境中的典型人物。"[1] 典型塑造是现实主义文学创作的金律，《贫困时代》对应运东的阅读史的关注，就具有鲜明的"典型"性意义。乡村少年应运东的阅读对象，是民间故事、红色经典、四大名著、党报党刊、鲁迅著作，当然也包括战争电影、大字报等，可以说完全被笼罩在当时的主流意识形态的影响之下，这就不同于朱学勤、徐友渔等人的自我启蒙式的地下阅读，当然更不同于传统读书人的从"三百千千"开端的儒学训练，其思想成长势必影响到以后的人生道路选择和处世哲学的形成。在某种程度上来说，《贫困时代》的鲜明的在场性又牵制住了小说艺术应有的超越性。因为小说的隐秘乃是"对逝去的时间的收复，但这是一种模拟，一种虚构，回忆的东西通过虚构溶解在梦想中，梦想又溶解在虚构里"[2]。真实与虚构的复杂交融，是小说艺术的魅力所在。诚如歌德在《诗与真》中所说：艺术的最高任务，是达到一种"更高真实的假象"[3]。对于现实主义创作而言，作家所应执着的真实，远非生活原生态的真实，远非自然主义写作式的在场性，而是一种"更高真实"，

---

[1] [德] 恩格斯：《恩格斯致玛·哈克奈斯》，《马克思恩格斯选集》第4卷，人民出版社1995年版，第683页。

[2] [秘鲁] 巴尔加斯·略萨：《谎言中的真实——拉美作家谈创作》，赵德明译，云南人民出版社2002年版，第77页。

[3] 伍蠡甫主编：《西方文论选》上册，上海译文出版社1983年版，第446页。

其来源是心灵深处的真实情感,包括爱情、荣誉、同情、自豪和悲悯等,"少了这些永恒的真实情感,任何故事必然是昙花一现,难以久存"①。《贫困时代》无疑是作家真实情感的自然流露,没有人为拔高,也没有刻意压抑,而追求一种无间隔的零度呈现和仿真还原,其缺失则在于审美超越性不够。

在一定程度上能够弥补审美超越性不足的因素,乃在于小说文本中的精彩的地域文化呈现。地域文化作为一种在岁月长河中积累沉淀的相对恒定性的因素,本身就具有突破历史时间的局限性和规定性的意义。《贫困时代》遵循线性时间的发展序列,虽然是回瞻的视域,实则是贴近式的想象还原,而这种依赖历史演进的在场性,在先锋派小说家看来,却不足以作为凭据,作家的"记忆逻辑"很容易摧毁历史的客观真实性。正如余华所说:世界的框架是时间,时间随时"可以重新结构世界"②。如此看来,时间不足为凭,地域书写的意义便凸显出来。尤其是在现实主义写作中,地域书写具有独特的重要的意义,它超越了在场性,部分消解了真实历史的残酷性,由此形成叙事结构和情感表达的张力空间,散发出更为恒久的艺术光辉。

毋庸讳言,全景式、整体性地再现"那个时代劳动人民的生活与梦想"的叙事野心,真实、生动地复现六七十年代江汉平原水乡地域历史的写作追求,让小说沉迷于对在场性的情节、变化、流动、场景的绵密展示,具象充盈,细节肥大,导致审美性的意象呈现相对不足,超越性显得不够充分,与叙述对象缺乏必要的距离,对乡村现实的权力运行和政治结构缺乏必要的批判和反思,以暴制暴、以恶对恶的反抗方式固然有其历史的合理性,但相对来说也就缺乏人文主义的温情观照,地域文化风情的展示过于密集缺乏必要的剪裁和提炼,这些不足,又可以说是"在场与超越"的两难式写作困境,作为一部精彩呈现江汉平原地域史诗的力作,毕竟为我们提供了足堪铭记和珍视的新的文学表达空间和地域视野,其创新性意义和"记录之善"的意义自然不容小觑。

---

① 参见林贤治《自制的海图》,大象出版社2000年版,第217页。
② 余华:《虚伪的作品》,《没有一条道路是重复的》,上海文艺出版社2004年版,第164页。

第六章 两湖东部地域书写

两湖东部地域书写,主要是指现代作家对两湖东部地域的文学呈现,按照现行行政区划来看,大致包括郴州、株洲、岳阳、咸宁、黄石、鄂州、黄冈、武汉、长沙等地。其中,彭家煌的小说带有鲜明的洞庭湖区"地方色彩",彭见明的平江书写是一曲田园牧歌与浪漫传奇的合唱,韩少功反复书写的汨罗就是他的"文学的根",废名以诗人之笔书写故乡黄梅,刘醒龙在小说中不断申发黄冈地域的小镇经验,田禾歌颂大冶乡村,王榨成为林白实现创作新突破的"文学道场",方方是从大院知识分子视角观照武汉市井生活,池莉的武汉书写则饱含人间烟火气息,何顿瞩目长沙街头生猛的新市民,何立伟关注长沙城内的老百姓日常生活,邓一光、何存中再现战争岁月黄冈人刚烈剽悍的民魂,各有千秋,凸显出两湖东部地域书写的独特文学史价值与阳刚美学风范。

第一节 洞庭湖:彭家煌的"地方色彩"

湖南湘阴人彭家煌长期生长于洞庭湖区,熟悉农村生活,对洞庭湖区的地域文化有着直观而精微的把握。其小说《怂恿》《活鬼》《喜期》《喜讯》《美的戏剧》《陈四爹的牛》等篇什中所表现出来的"地方色彩"、"对话"、"动作"、"人物"和"故事的发展",就受到过茅盾的热情称许。茅盾在选编《中国新文学大系》小说一集时,特别指出,彭家煌和许杰等作家都善于使用"更繁杂的人物和动作"揭开农村生活的真相,都着意于"地方色彩"的表现,只不过在彭家煌小说中农民反复受到拨弄的主体是外来的他人;而在许杰小说中拨弄的主体则是农民自己及其恶俗。彭家煌的叙事技巧和独特风格,"在《怂恿》里就已经很圆熟","浓厚的'地方色彩',活泼的带着土音的'对话',紧张的'动作',多样的'人物',错综的故事的发展——都使得这一篇小说成为那时期最好的农民小说之一"①。黎锦明对这位同籍作家也推崇备至,认为彭家煌的小说具备特别的"创制",与欧洲那些著名的"风土作家"如匈牙利的米克沙特相比,丝毫不逊色,如果他生在欧洲国家,其鲜明的带有浓郁的"地方色彩"的创作,一定可以令其成为"被国民重视的作家"②。

小说《怂恿》的情节并不复杂。端午节前,镇上裕丰肉店的伙计禧宝,前往下仓坡政屏家购买肉猪。禧宝依凭老板的权势,软磨硬泡,压低价格,并趁着政屏外出时将两只肥猪赶回镇上宰杀出售。政屏家族的牛七,被裕丰肉店老板欺负过,便想借此事挑起争斗,杀一下对方的威风。牛七唆使政屏,以没有得到许可就赶猪屠宰为由,向裕丰老板索要"活猪";又怂恿政屏的老婆前往裕丰闹事,悬梁自杀,借机扩大事态。不料,裕丰老板的族人,采用"粗野手法""救活"了政屏老婆,同时派人威服了牛七。最后,政屏"赔了夫人又折兵",忍辱含羞失败而返。小说旨在揭示乡民精神世界的愚昧,底层社会的粗暴无序,强权即是公理弱肉强食的"现实法则",宗法势力横行乡里等令人堪忧的现状,人物形象塑造十分生动,对话语言活泼接地气,风景风物描写具有强烈的地域性特征,于此表现出作者雄健不凡的笔力。彭家煌的乡村讽刺体小说,"为沙汀等积累了很有价值的艺术经验"③,其文学史意义迄今尚未得到充分的重视。

同样具有"地方色彩"的小说还有《活鬼》,却以诙谐幽默的喜剧形态予以展现。乡间老农,勤扒苦做,省吃俭用,终于成为富家,却不料人算不如天算,财旺人丁不旺,他放任、鼓励寡媳和女儿去偷人养汉,却始终"没有成绩报销出来";老汉自知在阳世日子已经不多,便赶忙给年仅十三四岁的孙儿荷生迎娶年纪要大上十岁的老婆。老汉不久去世,家里就开始"闹鬼"。年少的荷生并不知道家中的"活鬼"其实就是由自己的大老婆引起的,反而请来他的好友,小学校的厨役来当

---

① 茅盾:《现代小说导论(一)》,《中国新文学大系导论集》,岳麓书社2011年版,第101页。
② 黎君亮(黎锦明):《纪念彭家煌君》,《现代》1933年第1期。
③ 钱理群、温儒敏、吴福辉:《中国现代文学三十年》(修订本),北京大学出版社1998年版,第69页。

"赶鬼人",与老妻少夫同房共寝,从此不再闹鬼;但是,只要好友离开,就会闹鬼。有一次,荷生半夜又听到有鬼,便拿起床头的猎枪,对着"鬼"放了一枪,"鬼"吓跑了。第二天,荷生到小学校去找好友,发现好友已经不辞而别,此后再也没有出现了。这篇小说批判乡间"小丈夫"婚俗的不合理性,批判民间社会可笑的鬼神观念,"世上本无鬼,尽是人来闹",文本背后的启蒙立场是十分鲜明的,又隐藏着深厚的同情。

《喜期》和《喜讯》皆是"以喜写悲"。前者描写静姑深爱表弟,遭到父母拆散,强迫她嫁给他人,却在新婚之夜被乱兵奸污,最后投水自尽;后者叙述一个乡村鳏夫老农,含辛茹苦养大儿子,身负重债,满指望儿子从师范毕业参加工作后,自己可以在家养老纳福;冬夜枯坐,他等待着儿子毕业的"喜讯",却不料等来的竟然是儿子被当作政治犯判刑十年的凶耗。《陈四爷的牛》描写陈四爷家中的放牛倌,外号"猪三哈",为人懦弱总是被人欺负,老婆被流氓霸占,也只是"嘻嘻嘻"地应付三声;自从给陈四爷当牛倌后,他自以为高人一等,势力变大,有人欺负他时他可以偷偷地骂对方几句,以示精神胜利。最后,他放的牛丢了,他也只好跳塘自尽。"哀其不幸,怒其不争",小说很好地继承了鲁迅国民性批判的思想传统。

彭家煌的小说高扬五四人文主义精神,批判封建文化和传统文化糟粕,在总体上却没有达到五四文化巨子们百科全书式的"开启一代人智慧的哲学深度"[1],根本的原因在于还没有成功地塑造出具有时代意义和地域特色的典型人物形象,缺少"共名"式的"人物典型",缺少相当的"涵盖力"[2]。事实上,作为现代白话乡土小说的开创者,鲁迅几乎是无法超越的,因为一种写作范式确定以后,对于后来者无异于设置了一道樊篱或者标杆,除非后来者能够在整体性意义上超越许多或者作出重大突破,一般来说只能在白话乡土小说的"文体共名"中各安其位。但这并不是说彭家煌、黎锦明等作家的创作就没有意义了,他们的创作丰富了现代文学的地域文化表现空间和表现形式,能够为读者带来"无穷韵味的思索",相较于鲁迅笔下的"鲁镇""未庄"的精神普

---

[1] 丁帆:《中国乡土小说史》,北京大学出版社2007年版,第50页。
[2] 丁帆:《中国乡土小说史》,北京大学出版社2007年版,第50页。

遍性来说，彭家煌的地域书写无疑更加具体生动、更有现实针对性；同时，在与农民、乡土的关系上较之鲁迅更为亲近，如李长之就批评过鲁迅说："鲁迅……性格上的坚韧，固执，多疑，文笔的凝练，老辣，简峭，都似乎更宜于写农村。……他自己的倔强、高傲，在愚蠢、卑怯的农民性之对照中，也无疑给人们以兴奋与鼓舞。"① 这种心理分析是较为准确的，鲁迅与书写对象之间的关系并非平等，他的国民性批判采取的是"俯视"的视角；彭家煌对笔下的"猪三哈""秋茄子"等阿Q式的人物形象批判不够深入，实在是因为他在"地方色彩"的背景涂抹中对批判对象产生了情感认同，这无疑增强了现代国民性批判的情感纵深度和层次感。而在审美表现层面，彭家煌对乡土民间"俗文化"的熟谙书写，对"村言俚语描写"②的"开启先河"，无疑拓展了现代乡土小说的美学空间。

第二节 平江：彭见明的田园牧歌与浪漫传奇

彭见明著的代表作有短篇小说《那山·那人·那狗》，长篇小说《大泽》《玩古》《天眼》《平江》等。他的小说创作，大致可以分为两类，一类是田园牧歌式的乡土风俗画卷；另一类是地域性的人物传奇故事。这两种叙事类型都离不开彭见明的地域生活经验。而他的绘画经历无疑提升了其文字表现技艺，那种观察、把捉对象事物的穿透能力，运墨、调色的色彩处理能力，留白、布局的错综结构能力，往往令人羡慕。小说关于洞庭湖区和湘北山地的地域风景风物的描写，浓墨重彩，色彩缤纷，惊采绝艳，有《楚辞》的风采；与小说描写的所有人事的那种不乏神秘、浪漫的巫楚色彩，相得益彰。

一 田园牧歌式写作

《泽国》《那山·那人·那狗》《鸟唱鱼跃是风景》等篇什是田园牧歌型写作的代表。

---

① 李长之：《鲁迅批判》，上海北新书局1936年版，第118页。
② 丁帆：《中国乡土小说史》，北京大学出版社2007年版，第55页。

《那山·那人·那狗》歌颂美好的人性和真淳的人情，情节简单至极：老邮递员带着儿子，也是自己的接班人，往大山里送上最后一次邮件。父亲已到退休年龄，落下一身毛病，尤其是膝盖疼痛不止，已经无法担负起沉重的邮包了，尝试过吃蜈蚣、叫鸡公、狗肉等民间偏方，可疼痛始终不解。邮政支局长通知儿子接班。小说从清晨起笔，父亲喊儿子起床时，天色还很阴暗，"山、屋宇、河、田野都还蒙在雾里。鸟儿没醒，鸡儿没叫"①。将邮件分门别类地装好，这是昨天夜里做的活儿，里头有不少诀窍，要一一告诉儿子；外头的油布要包好，以防浓重的山雾和露水。儿子接过父亲用了几十年的扁担，肩膀厚实而有弹性。父亲、儿子，还有那条忠实的黄狗，一起向深山出发。小说用充满诗情画意的文字，描写父亲最后一次走邮的恋恋不舍的心情，在他眼中，一切景语皆为情语，"远处，有等待，有期望"，无尽的山路，向远处延伸，带着希望，带着情谊。儿子接班，接得过来吗？老父亲有些担心，挑着邮包跋山涉水走进千家万户，看似简单，其实不易；翻山越岭也不是那么简单。而在从平川过来的儿子眼中，山路弯弯，风景秀丽，十分怡人，晨雾在缓缓地飘散，太阳出来了，山坡、房屋、野谷、梯田，都显露出来真实的面容，小鸟啁啾，雄鸡高唱。从邮电所进山的这条邮路，一共200多里，挑着80多斤重的邮包，中途要住两个夜晚，第一天全部是上山路，最为辛苦，天车岭、望风坑、九斗坳、寒婆坳、猫公嘴、薄荷冲、摇掌山，夜晚就住在葛藤坪，全要算计好，免得走夜路，山里走夜路也不安全。儿子仗着年轻力盛，挑着担子走得飞快，好几次顶着黄狗屁股催它快走，黄狗跟着老主人走了多年，有它自己的节奏，不紧不慢。父亲嘱咐说，"不要贪快哩，路要均匀走"，"暴食无好味，暴走无久力"。山路上风景迷人，白云，山雾，森林，松涛，人倒像是成了神仙。一路的嘱咐，一路的叮咛，种种经验，种种教训，这是什么地方，多少大队，多少小队，需要发放的书报数量，都有一笔精确的账，"倘若桂花树屋的葛荣荣有信，那就要不惜脚力，弯三里路给送去。他和大队秘书关系不好，秘书不给他转信"；"木公坡的王五是个瞎子。他有个崽在外面工作，倘若来了汇票，你就代领了，要亲手交

---

① 彭见明：《那山·那人·那狗》，《当代湖南作家作品选·彭见明卷》，湖南文艺出版社1997年版，第1页。

给王五。他那在家的细崽不正路，以前曾被他瞒过一回汇款"；"螺形湾这两年养了兔。去送信时，要喊住狗，莫做野兽子咬，狗还没习惯"……父亲向村民们介绍自己的儿子，以后就由儿子来跑邮了，大家鼓掌欢迎，十分热闹。夜宿葛藤坪，有个穿红衣的年轻妹子，对儿子好生热情，打洗脚水泡脚，准备了丰盛的晚餐，铺了厚厚稻草的铺盖，还有精致的夜宵。父亲想起自己年轻的时候，在平川跑邮，也是住在别人家里，也是有一个年轻妹子十分热情，偷偷给他做布鞋鞋垫，后来这个女子成为儿子的娘。父亲想，如果儿子跟这个红衣女子结婚成家，也是好事啊，操那多心干吗。第二天的路程，难走的是要跨过九条江，父亲给儿子说了一个"打口腔"，"过了曲江是禾江，禾江下去是浊江，浊江、南江连丽江，背江、横江、矮子江，末末了是婆婆江"①，山里的"江"其实都是小溪流，春夏遇暴雨会变成恶流，父亲就是因为长年脱掉裤子涉水过江患上了关节炎。儿子先将邮包担到对岸，再回来背起父亲过江，黄狗则忠实地保护着他们，极力抵挡激流。父亲几十年的孤独、辛酸、劳累，好像一下子就被这种甜蜜的感觉融化。三天后，儿子单独走邮，父亲就要回平川的老家了，父亲送儿子到桥头后分手而行，黄狗不知所措，站在桥头"嗷嗷"直叫，父亲返身对它说："你去，跟他去，他会待你好的。你去吧，他需要你，要你做伴，要你做帮手；过河需要你；过丝茅源需要你带路，不然，他会迷路的；没有你，他斗不过拦路的蛇；还有，山里的人要听你的声音，也舍不得你的。"②那条黄狗通人性，"一支黄色的箭朝那绿色的梦里射去"。现代文学史上，描写父子冲突的作品有很多，但书写父子深情的作品并不多见，朱自清的散文《背影》是少见的名篇。《那山·那人·那狗》描写父子之间看似平淡的深情，他们对工作充满责任感，与山里的人们相处融洽，人与自然十分和谐，依依离别的惆怅中又有事业后继有人的欣慰，格调明快，风格清新，天人合一，情感丰富。这篇小说能够获得1983年全国优秀短篇小说奖，可谓实至名归。

《泽国》描写细米与嫂子下湖放钓的过程，宛若一幅徐徐展开的洞

---

① 彭见明：《那山·那人·那狗》，《当代湖南作家作品选·彭见明卷》，湖南文艺出版社1997年版，第9—10页。
② 彭见明：《那山·那人·那狗》，《当代湖南作家作品选·彭见明卷》，湖南文艺出版社1997年版，第15页。

庭湖地域的风俗风景画卷。细米喜欢自己快活地摆动小辫的自由，但她看嫂子蓄着老成而妩媚的巴巴头也很快活；嫂子成为细米的"看"的对象，也是她的模仿对象，还是她的想象对象，因为自己出嫁后也会变成别人家的"嫂子"，她也要成为嫂子那样善良温顺的人。傍晚，她们抬着一箩筐"它钓"，走过一里远的路程，踏着疯狂生长着的蒿草、野艾、霸王草、狗尾巴草，来到湖边，驾船迎着夕阳向湖泊深处出发，远方是映在水面上的夕阳，波光荡漾，划动的小船就像一个扑向父亲怀抱的孩子。洞庭湖区的渔人们，一向崇拜太阳；他们是楚人的后代，楚人有崇拜太阳的漫长传统。浩渺的洞庭湖上，无风三尺浪，细米驾船，走得又快又稳，到达目的地后，开始下钓，钓钩上已经粘上了鱼饵，为了给数以千计的钓钩上鱼饵，她们从清晨一直忙到傍晚，花去整整一天的时间，渔人所必需的耐性就是在这种日复一日的辛勤劳作中磨炼出来的。在下钓的过程中，夕阳沉江，壮美无匹，接着是幽蓝的星空出现，星河浩瀚，星光璀璨，湖上起了轻雾，下钓结束后她们驾船返回，"细米和她的嫂子再度踏上湖州草泽的时候，夜的湖州好像扩大了好多好多倍。渔村稀疏的灯光似在遥远的天边。草滩和湖泊混为一体，她们感觉自己依旧飘浮在水域的中央。大地寂寥得怕人，她们熟悉的所有声音都消失了。偶尔有狗吠和牛嘶，也好像是从另外一个世界传来，更加证明了湖泊草泽的空旷悠远"[①]，一切仿佛梦境，大地陷入沉睡之中。待到明天，黎明时分，她们又会来"惊醒草族的好梦"，连同草泽中的动物们，蚱蜢、田鼠、野兔、箭猫、野鸭……纷纷惊醒，她们将有一个沉甸甸的收获。这篇小说以风景风俗带动叙事的走向，颇有屠格涅夫的草原叙事的风采。

二 浪漫传奇叙事

《洪鼠》《班门》《玩古》等篇什则描写地域内人们、动物的传奇故事，浪漫奇崛，文字间流淌着浓烈的巫文化气息。

《洪鼠》描写一场旷日持久的人鼠大战，揭示生存考验的大背景下

---

① 彭见明：《泽国》，《当代湖南作家作品选·彭见明卷》，湖南文艺出版社1997年版，第25—26页。

人与动物之间的"患难情义"。贾姓家族世世代代居住在洞庭湖边的太平垸,经常遭受洪水灾害,积累了一些应对洪水的知识和经验,善于从贴水低飞的鱼燕、跃出水面的河豚、胡乱飞翔的蜻蜓、满地乱蹦的青蛙等异象中,发现洪水来临的预兆,大家提前加固堤坝,将粮食、家牲转运到高地上保存。一旦洪水真正来临,堤上巡逻的人会敲响铜锣,予以警示,大家迅速转移。这一年,一场特大洪水暴发,芦苇滩上的老鼠,互相衔着尾巴,像黑色毯子一样,越过堤坝,席卷太平垸,吃光稻谷等一切农作物,咬死许多猪、狗、牛、羊等家畜,人们用锄头、棍棒、菜刀、铁铲对付老鼠,鼠尸遍布一地,杀不胜杀;这年暴发瘟疫,垸里死了不少体弱者,村头多出许多新坟。家族中有个长者贾艮,立志要为族人们报仇,他明白"擒贼先擒王"的道理,在那场鼠灾中,他早就发现了鼠群中有一个鼠王,身躯比普通老鼠至少要大十倍,被一群健壮的老鼠保护着,指挥鼠群的进攻方向。洪水退去后,鼠群就在太平垸里安家落户,它们并没有退到芦苇滩。贾艮与鼠王斗智斗勇,终于发现鼠王的藏身之地,竟然就在人来人往最为热闹的禹王庙里,这也符合"最危险的地方往往就是最安全的地方"的规律;贾艮设下机关,铁夹夹住鼠王的脚杆,鼠王被悬吊在空中,老鼠"御林军"也没有办法救下鼠王,第一声鸡啼传来时,鼠王突然咬断脚杆,"御林军"抢下鼠王成功逃遁,铁夹上留下一只鸡爪大的鼠腿。以后数年,贾艮百般寻觅,却再也没有见到鼠王的踪迹。有一年秋天暴发蝗灾,垸里的庄稼和植物被吞噬一空,整个冬天人们忍受着漫长的饥饿,死人不断,贾艮看到了久违的鼠王,拖着断腿,将饥饿乏力的贾艮引向了老鼠的粮仓,挖开来一看,在半人高的洞穴里,堆满了稻谷、苞米、黄豆,这一发现,拯救了太平垸人们奄奄一息的生命。那个鼠王不计较失腿之恨,以德报怨,实在难得。若干年后,又一场特大洪水来临,太平垸没有躲过这场灾难,人、家畜、野兽,全部挤在高坡上,洪水水位越涨越高,眼看就要淹没众生。这时,老鼠排成"毯子"游过来,接走贾家的一个男性婴儿,为贾家保留了一条血脉。这篇小说,形同传说,其洪水故事也有创世神话的影子,却又有洞庭湖区生活的真实背景,亦真亦幻,巫风弥漫,在浪漫传奇的叙述中重新思索人与自然的存在等宏大命题,闪耀着思辨的光辉。

《班门》和《玩古》都是叙述"鹤了城"玩古人们的奇遇。年轻人傅勇喜欢玩古,从屠夫若凡手中买来一幅苦瓜和尚的画作,却看走了眼,将积蓄亏空。若凡为了表达歉意,将家传的一尊木雕菩萨送给傅勇,傅勇却在一次赌博中将木雕菩萨输掉,若凡听说后非常生气,花十倍的价钱将其赎回,因为那实在是一个无价之宝。正像小说标题《班门》的含义一样,傅勇在深藏不露、日日以杀猪为生的若凡面前,无异于"班门弄斧"。长篇小说《玩古》中的鹤了城居民,从市长高安从政之余的消闲,到欧阳玉琼、东方冉修身养性的玩古,谷定坤、周顺清出于挣钱目的的贩古,再到谷美芝恋爱似的、哲学思索似的品味古玩,等等,既饱含历史文化知识,又折射出鲜明的时代特征。在现代文学史上主要存在四种书写地域乡风民俗的小说形态,第一种是描写时代风云和政治生态对地域文化的影响,如刘心武的《钟鼓楼》、陆文夫的《美食家》、古华的《芙蓉镇》、李传锋的《白虎寨》等,从地域文化和风俗变迁中对政治运动、封建文化和改革中的过失和偏误进行反思;第二种是从地域文化变迁和民情风俗的新变的角度,歌颂政治运动所取得的移风易俗的积极成果,如赵树理的《小二黑结婚》和浩然的《艳阳天》《金光大道》等,地域文化书写为小说增强了许多审美吸引力;第三种是展示民间奇观,津津乐道于地域文化的传奇性,如邓友梅的《那五》、冯骥才的《俗世奇人》等,重在描写"畸人"的"绝活";第四种是以欣赏、同情的态度对民间风俗、自然人性表达无比推崇的敬意,如刘绍棠笔下的运河人家、汪曾祺的《大淖记事》等。彭见明的《玩古》有意另辟新径,采取对民间文化生态矜持自重的情感态度,有道家式的沉迷于艺、"不疯魔,不成活"、游戏人间的"自然"追求。这部小说"人物语言的故神其事、性格的高蹈俗世,都与楚文化的浪漫风韵有着千丝万缕的勾连","体现出把庄骚楚文化和近世湖湘文化……加以改造、调和的努力","散发出楚地巫文化的强烈气息"[①]。一切文化创造,其实都是一种文化综合。玩古看似休闲散淡漫不经心,其实是一种审美的超越,超越了功利和道德,寄予着人们内心的真性情和人生的真乐趣。

---

① 刘起林:《论〈玩古〉审美开掘的独特性》,《理论与创作》1999年第3期。

三 牧歌和传奇的综合

《平江》① 是牧歌和传奇的综合。

《平江》版权页上标注为"长篇小说",其实是由 25 则短篇构成,或为散文,或为短篇小说,或为考证文章,形式不一而足。作家在《后话》中也表达了疑问,"这个不是按照通常的长篇小说套路来写的东西,是否会让读者认可?"② 文无定法,这种写法,浑浑茫茫,浩浩荡荡,既是纪实,又是随笔,还有议论,家长里短,娓娓而谈,反而与书写对象具有最大意义上的贴近性。彭见明对故乡平江充满深情,曾经谈道:"我极是看重我生存着的这个有好山好水的地方,若论游历的兴趣,我更偏重这块不大的疆土,一是让人亲近,二是有着读不完的妙趣和深邃。"③ 长篇小说《平江》便是以"让人亲近"的书写方式,丰富立体地展示了平江的"妙趣和深邃"。

《水向西流》介绍发源于平江幕阜山、流经江西修水、再回到平江、经过汨罗县、流入洞庭湖的汨罗江,这条江自东向西流淌,江畔立有屈原祠和杜甫庙,是两位伟大的爱国诗人的归宿地。《连云山》《幕阜山》介绍平江独特的动物植物种类,关于"蛟"的神秘传说,大炼钢铁时乱砍滥伐的荒唐历史,福寿山、吕洞宾的传说,抗战历史,等等。《文韬武略》歌颂晚清名士李元度的文韬武略,对其吟诗作对的才华推崇备至。《虎将》记载清代余虎恩将军的传说。《崇拜》《栽桃种李》《〈金瓶梅〉眉目》等篇什考证平江的民间信仰、生活习惯、种植传统等,《归根》歌颂共和国将军喻杰、周碧泉、钟伟和国文老师余维翰等前辈乡贤,《草根》讲述家族历史,《伴蛇》记载平江人善对"家蛇"的乡俗和治疗蛇毒的方法,随笔点染,勾勒出一片生动活泼的平江风土民情图卷。《妙语》列举平江方言,如用"舞菜""舞饭""舞柴"指称炒菜、做饭、砍柴;"不齿你"就是相当看不起你,有古文的典雅;"昂人"统称成功人士;"黏细"指办事拖沓、行动缓慢;"看

---

① 彭见明:《平江》,北京十月文艺出版社 2010 年版。
② 彭见明:《平江》,北京十月文艺出版社 2010 年版,第 398 页。
③ 彭见明:《与一本书有关的事情》,《理论与创作》1999 年第 3 期。

眼"即"窗户";用"斫"代替"砍"字;"坐人家"指一切不正当的男女关系;"结筋"指"吵架";"解年生"指"杀猪";"有"和"冒"分别是富裕和贫穷;"老了人"指人去世,两湖地域好像通用;"吃第几井水"指女人改嫁几次;天上的闪电叫"打忽闪";办事有主见有威信的人叫"拿头";等等,这些方言词语在表情达意方面特别传神。《寿数》《老三房》描写乡间神秘的风水,也充满传奇性。

《好人》或者可以改题目为"老H",截取老H人生中的数个片段,叙述一个好人的平凡人生。山村里经常有人偷瓜,被偷的人家经常会拿菜刀剁砧板,叫骂那些偷瓜贼,但老H家的瓜被偷了却从来不骂人,他只说:"你是好哩,我呢?"弄得偷瓜的人不好意思,竟然将瓜偷偷地还回来。老H是个大孝子,夏夜给他母亲放下帐子,帐子里的蚊子用大蒲扇总是驱赶不干净,他又不肯杀生,便躺在母亲床上喂饱蚊子,让它们不再咬母亲,是一个从"二十四孝图"中走出来的好人。类似的故事在平江还有很多。老H预感自己要下世,分头问三个儿子今天做什么事情,能不能早点回来,三个儿子都说上午有事,如果家里没有事下午就会去办别的事情,老H说家里也没有什么要紧事,等他们走后,自己给祖先上香、打扫睡房、将积蓄分为三份放在桌上、洗澡、换衣、上床睡好,傍晚时分儿子们回家,这个一辈子没有麻烦过别人的老H已经安然过世。

传奇笔法在《绝钓》中得以重现,却又在牧歌情调中展开叙事。平江县汨罗江畔的小人物许河生,不喜欢讲话,整天不开口,但"多能鄙事",做篾器、修电灯、抽井水、泥瓦活,拿起来就干,像模像样,被县聋哑学校校长看中,招到学校做工人。为了报恩,许河生三天两头给校长送条鱼。许河生一家四口,他工资微薄养不起家,便经常到汨罗江里钓鱼、捉鳖,卖了养家,艰难度日。到了20世纪80年代末期,县里成立钓鱼协会,老领导于爹担任会长,为了赢得钓鱼比赛,四处寻找钓鱼教练;经过校长的大力推荐,许河生出任教练。一辈子很少讲话的他,不得不在课堂上给钓鱼协会的老干部们"传经送宝","这钓鱼呢,其实也没什么巧。头一件事,便是先看水,看看水的颜色,就晓得水里面是什么鱼,弄清了有什么鱼,就好决定下什么钓,打什么'窝子'。第二件事,便是用好浮标。鱼跟人不一样,都是很讲规矩的,各在各的水层里活动,互相不干扰,比如说:鲤鱼爱沉底,鲢鱼爱浮面。你想要钓什么鱼，就要晓得这种鱼在多深的水里跑，便要放多长的钓丝，高一寸不行，低一寸也不行，要把钓食刚好摆在它的嘴巴边上，它才咬钩。其实钓鱼，钓竿不是要紧的，钓钩也不是要紧的，关键就在浮标上。另外，河里的鱼和鱼池里的鱼也不一样；头年干了的池塘和常年不干水的池塘不一样；山里的水和潭里的水不一样；天晴和下雨不一样；季节不同不一样"。① 在正式比赛的那一天，许河生下了鱼饵，三名参赛选手忙得手脚不停，几乎是刚刚装上钓饵甩入水中，就会被鱼咬住，立即起竿，收获满满，结果大获全胜，赢得比赛冠军。许河生由此成为平江县的名人。

长篇小说《大泽》从历史纵深的角度，力图把握洞庭湖文化的发展和流变过程。小说以尹林垸的尹家、林家四代人的恩恩怨怨，结构全篇，将尹姓人家重耕读的儒家文化传统，与林姓人家重农兼重商的儒商文化传统，以及由此带来的迥异其趣的人物命运，进行对比性书写。全篇气势恢宏，既有对美好人情和人性尊严的表达，也有如尹老大在大堤修成时大笑逝去的传奇时刻，更有对湖区水乡人们艰难生存的韧性奋斗精神的歌颂，可以视为一部洞庭湖文化史诗。

四 地域文化书写的理性认知

彭见明是一个对地域文化经验具有清醒的理性认知的作家。创新是作家的生命，也是一切艺术创造、学术理论研究的生命。在创作访谈中，彭见明说自己喜欢追求新的创造，发出自己的声音，希望能够带给人们耳目一新的感觉。② 在《本土文化资源的艺术开掘》一文中，彭见明引用美国小说家兼理论家赫姆林·加兰的一段话，强调地方色彩的无比重要性，地方色彩就是文学的生命力，文学只对差别感兴趣，雷同不能吸引我们。③ 在他看来，打破雷同，产生差别的重要方法，就是对地方色彩的强调和重视，因此他十分重视风格独特的洞庭湖地域文化。

---

① 彭见明：《平江》，北京十月文艺出版社2010年版，第233—234页。
② 唐朝晖：《我向往和追求平和的境界——彭见明访谈》，《红豆》2004年第7期。
③ 彭见明：《本土文化资源的艺术开掘》，《理论与创作》2001年第1期。

事实上，对于任何作家来说，地域文化都是其重要的底色。彭见明在创作初期就已经发现，沈从文的"边城"、鲁迅的"鲁镇"，才是他们作品与众不同的根本原因。作家创作的"差别"来源于地域文化的"差别"。对于两湖地域的南方作家来说，大家似乎"只能唱一唱甜润快活的花鼓小调，而无法吼出八百里秦川上高亢悲壮的秦腔，黄钟大吕式的作品似乎不属于我们"①。杏花春雨与秋风塞上，完全是两种不同的审美形态。二者各有差异，却并无高下、好坏之分，归根结底，地域环境并不能局限一个作家的才情，每一种地域文化都可能产生属于自己的文学大师。

如果一个作家只能从表面描写地域文化，从民情风俗中寻找灵感，从传说故事中寻找素材，从道听途说中复述民间传奇，那么他将很快耗尽自己熟悉的地域文化资源，"把那些婚丧喜事、乡间趣闻、民间传说、民谣民歌展示完了，就再也写不下去了"②；而且，这种展示，只能是浅层次的展示，是原始形态的刀耕火种，是近乎粗暴的开矿作业，事实上也是对地域文化资源的浪费。彭见明清醒地认识到，他创作的前途和根据地，都只能是故乡平江，问题是如何才能深入地开掘地域文化资源，那就需要透过现象看本质，寻找到地域文化精神、地域人们的性格特征和地域文化心理结构，同时能够确定故乡的地域文化与其他地域文化之间的不同性。在文化差异性的背景下，开掘写作的深度，提升思想的高度，是地域文化书写的题中应有之义。

正是因为具有了上述理性认知，彭见明的长篇小说《天眼》《平江》《大泽》《玩古》等才具有巫的神秘、史的厚重、美的诗意，从而最大限度地"接近高明和精品"③。

第三节 汨罗：韩少功的"文学之根"

在中国当代文学史上，韩少功堪称独立崖岸的"异数"。作家在历次文学潮流中皆有不俗的表现，却又以本土历史性继承迥异于"控诉"

---

① 彭见明：《本土文化资源的艺术开掘》，《理论与创作》2001年第1期。
② 彭见明：《本土文化资源的艺术开掘》，《理论与创作》2001年第1期。
③ 唐朝晖：《我向往和追求平和的境界——彭见明访谈》，《红豆》2004年第7期。

型的"反思"小说、以国民劣根性批判迥异于"寻根"小说的文化图腾崇拜、以近乎"固执"的静观迥异于城市化浪潮中的现代性书写,因此获得"小说家中的思想家"的赞誉。出生于湖南长沙的韩少功于1968—1974年赴汨罗县天井公社插队,后来又在汨罗县文化站工作过4年;2000年以来,他在每年的4月至10月都会回到汨罗八景乡居住,与当地农民一样从事种植养殖流汗劳作,另外的半年时间则住在海口,作"候鸟"式的周期迁徙。汨罗是他文学创作的重要文化基地,他在创作访谈中说过,寻根小说《爸爸爸》《女女女》《归去来》等篇什的背景不仅在湘西,也包括作者在汨罗"插队务农的地方"[①];《马桥词典》中的马桥弓、《暗示》中的太平墟、《山南水北》中的八溪峒,地理位置都在汨罗乡下,它们拥有同一个"地域原型"。韩少功以其丰富的创作建构了汨罗文学世界,汨罗是其"文学的根",文本中流露的情感倾向和对汨罗地域文化的态度转变,值得我们给予充分关注,亦可为当下创作提供借鉴。

一 逆向的寻根

在20世纪70年代末80年代初风起云涌的"反思"文学潮流中,韩少功的《月兰》《西望茅草地》《飞过蓝天》《风吹唢呐声》等中短篇小说超越了当时流行的控诉和揭露,而以其"历史的体验和思考的深入"[②]赢得广大读者的瞩目。这些作品的地域文化特色并不鲜明,但是文本内蕴的屈原式孤愤的情感特征十分显著。如《月兰》中的女主人公受"左倾"路线迫害,自杀前将家里擦得干干净净,给孩子做了一件新衣,给婆婆做好饭菜,给丈夫切好烟丝,甚至给执行"左倾"错误路线的、时任农村工作队长的"我"补好衣服叠放整齐。月兰死后,"水库边的柳丝正在飘荡,它在我眼里变成了月兰的长发。山泉在岩上哗哗倾泻,它在我眼里变成了月兰的泪流。空中弥漫着乳白色的毛毛雨雾,一切都渐渐融化在雨雾之中,这使我想起了月兰脸色的苍白。

---

① 韩少功:《鸟的传人——答台湾作家施叔青》,《大题小作》,人民文学出版社2008年版,第110页。

② 洪子诚:《中国当代文学史》,北京大学出版社1999年版,第347页。

水闸那边发出哗啦啦的涛声，如滚滚雷霆，充塞着天地，但我觉得它是哭声，永不停息的哭声，千万个月兰无人倾听的嚎哭……"① 为人民而歌，心忧黎元，呐喊抗争，正是屈原爱国主义精神的体现，历经千年也未消磨。"我"在执行"左倾"错误路线与体察同情真实民生之间的犹疑、苦闷，呼应了楚文化不绝如缕的千年孤独。正是这种历史文化感，让韩少功的"反思"小说独树一帜。

在开启于 1985 年的寻根文学潮流中，韩少功不仅是其中的一个重要创作实践者，而且还是少数"文学寻根"理论的重要倡导者之一。与阿城"三王"系列小说对传统文化积极因素的开掘，张承志《黑骏马》《北方的河》等对北方草原、戈壁、黄河中蕴含的生命激荡的人生境界的描写，李杭育"葛川江"系列小说对吴越文化中生命强力和自由精神的张扬，贾平凹"商州"系列小说对秦汉文化和陕南民间风情魅力的展示迥异其趣，韩少功的寻根文学之旅，是一种"逆向的"行进。在《文学的"根"》这篇已经被当代文学史视为"寻根文学"潮流兴起的重要标志的"宣言书"中，韩少功劈头提问："绚丽的楚文化到哪里去了？"作家曾经插队落户的汨罗，是屈原沉水处，江边立有屈子祠，在农村居民的语言中，往往将"站立"或者"栖立"说成"集"，与《离骚》中"欲远集而无所止"中的"集"字含义相同，汨罗县的现地名也与《楚辞》中的不少地名重合；但是，以《楚辞》为代表的"绚丽的楚文化"在现实生活中已经消失不见。终于有一天一位诗人朋友告诉作者，楚文化找到了，就在湘西，"那里的人惯于制芰荷以为衣，集芙蓉以为裳"；他们"披兰戴芷，佩饰纷繁，紫茅以占，结茝以信，能歌善舞，呼鬼呼神"；"只有在那里，你才能更好地体会到楚辞中那种神秘、奇丽、狂放、孤愤的境界"。② 韩少功"发现"了楚文化的现实遗存，也就为他的寻根小说找到了文化开掘的方向。"根不深，则叶难茂"，寻根文学"是一种对民族的重新认识，一种审美意识中潜在历史因素的苏醒，一种追求和把握人世无限感和永恒感的对象化表现"③，但是，韩少功在《爸爸爸》《女女女》等小说中寻找到的楚文

---

① 韩少功：《月兰》，《同志时代》，人民文学出版社 2008 年版，第 52 页。
② 韩少功：《月兰》，《同志时代》，人民文学出版社 2008 年版，第 52 页。
③ 韩少功：《文学的"根"》，《作家》1985 年第 4 期。

化之根,却并非他曾经寄予厚望的以"现代观念的热能""来重铸和镀亮"的"民族的自我""东方文化的思维和审美优势"①,这一点的确让人始料未及。

"人类创造了文化,文化反过来又制约着人类。"②《爸爸爸》以魔幻现实主义手法,书写鸡头寨的历史与现实,他们的先祖从刑天开始,经过优耐、火牛、府方、姜凉,再经太祖、曾祖、祖父、父亲直到现在,就是一部宿命般不断溃败逃亡,往深山迁徙的历史。小说书写鸡头寨的风俗,巫风弥漫,比如蛇好淫,取蛇胆时要用茅草扎成妇人形状涂饰彩粉引诱之;人在山里迷路对付"岔路鬼"的办法是"赶紧撒尿,赶紧骂娘";山里的"挑生虫"毒性极大,人一旦染上"就会眼珠青黄,十指发黑,嚼生豆不腥,含黄连不苦,吃鱼会腹生活鱼,吃鸡会腹生活鸡。在这种情况下,解毒办法就是赶快杀一头白牛,让患者喝下生牛血,对满盆牛血学三声公鸡叫"③;山寨里的妇人会放蛊,放蛊的人可以延年益寿,被放蛊的人则可能暴死;与鸡尾寨人打斗之前,砍牛头占卜吉凶,如果砍头后牛往前走就预示胜利,往后退就预示失败;为了表示同仇敌忾,出发之前每人还要随机吃一块混合着猪肉和人肉的"枪头肉","吃人"意象直接续承了鲁迅《狂人日记》的写作传统,等等。这些奇异的地域风俗描写,可以在《黔记》《苗族古歌》和湘西地方志中找到原始出处,明显是对史籍、志书的借鉴和演绎。④ 小说描写德龙唱"简"(史册),就是歌唱鸡头寨先祖的历史,刑天砍开天地,由于用力太猛竟将自己的头颅砍掉;先祖们住在东海边,人多地少,在凤凰的带领下,乘坐枫木船和楠木船,溯江而上,往西山迁徙,他们找到了黄央央的金水河、白花花的银水河,最后找到了青幽幽的稻米江,便留在此地繁衍子孙;曾经有史官考证,刑天是为黄帝所杀,所谓的"东海"其实就是洞庭湖,明明是败逃却在"唱简"里寻找不到蛛丝马迹。遗忘、篡改、逃避、闭塞,正是鸡头寨人的"国民性"品格。鸡头寨被鸡尾寨人血洗,被迫再次迁徙,仲裁缝煮好毒药雀芋汤,寨子里

---

① 韩少功:《寻找东方文化的思维和审美优势》,《夜行者梦语》,东方出版中心1996年版,第76页。
② 阿城:《文化制约着人类》,《文艺报》1985年7月6日。
③ 韩少功:《爸爸爸》,《人民文学》1985年第6期。
④ 刘洪涛:《湖南乡土文学与湘楚文化》,湖南教育出版社1997年版,第222—224页。

的老弱病残仰药自杀，免得拖累西迁的青壮男女；他们又一次上路了，高唱古歌，仍然是那首关于金水河、银水河和稻米江的歌，没有战争，没有灾害，没有死亡，没有血腥，只有稻米江的幸福，还加上花音，加上"嘿哟嘿"的合唱，"远行人影微缩成黑点，折入青青的山谷，向更深远的深山里去了。但牛铃声和马铃声，还有关于稻米江的幸福歌唱，还从天边的绿色中淡淡透出，轻轻地飘来，在冷冽的溪流上跳荡"①。小说两次详细叙写鸡头寨人唱"简"，在"重复"中书写历史的轮回。一部血泪史屈辱史，就这样变成了"关于稻米江的幸福歌唱"。

国民劣根性的具象则是小说的主人公丙崽，一个只会说"爸爸"和"X妈妈"的永远长不大的"小老头"，眼目无神，行动呆滞，脑袋畸形，肢小腹大。丙崽的爸爸德龙，生性风流，会唱古歌，突然出山后再也没有回来；丙崽的娘在家种菜养鸡，同时也是寨子里的接生婆，用一把剪过酸菜、指甲、鞋样的剪刀，剪出了寨子里的一代又一代新生儿；仁宝出过山，带回一些新鲜玩意儿，玻璃瓶子、破马灯、松紧带子、小照片等，脚上的旧皮鞋也穿出了外面世界的气息，他大骂鸡头寨人的落后、保守；寨子里祭谷神，总要选择活人生祭，一时间成为全寨人的兴奋点，最后摇签选到丙崽，抬上山时天上打炸雷，寨里人认为是谷神大仙不满意，另外换了一个短命鬼去献祭；献祭之后，鸡头寨的灾厄依旧未除，巫师说要炸掉鸡头峰，七里外的鸡尾寨人听说后非常生气，因为"若斩了鸡头，鸡尾还如何出粪？没有鸡尾出粪，鸡尾寨还拿什么丰收五谷？"② 两个寨子交恶；丙崽多次大难不死的神秘经历，让鸡头寨人觉得他是个"大神物"，包括他只会说的两句话也成了包含天机的"阴阳二卦"，丙崽被尊为可以预知吉凶的"丙相公""丙大爷""丙仙"；鸡尾寨人杀进山来，鸡头寨血流成河，被迫向更深的山里迁徙。白痴、侏儒、丑陋、浑浑噩噩、永远长不大的丙崽，是"民族文化'劣根性'的象征物"③，从先前受人欺侮突然"反转"为全寨人顶礼膜拜的神灵。僻处大山、白云深处、与世隔绝的鸡头寨"小孤岛"，其实联系着无穷广大的世界，鸡头寨的理性缺失、愚昧残忍之中，隐藏着

---

① 韩少功：《爸爸爸》，《人民文学》1985年第6期。
② 韩少功：《爸爸爸》，《人民文学》1985年第6期。
③ 洪子诚：《中国当代文学史》，北京大学出版社1999年版，第347页。

民族的"集体无意识"、"人生的象征"和"对象化的世态人心"①。毫无疑问，鸡头寨就是民族文化劣根性的"化石"或者"骷髅"。

书写民族文化是寻根文学不约而同的理论自觉。郑义说过："作品是否文学，主要视作品能否进入民族文化。不能进入民族文化的，再热闹，亦是一时，所依持的，只怕还是非文学因素。"② 寻根小说以开掘民族文化为志业，而民族传统文化本身却具有无比的丰富性和复杂性。《女女女》在书写幺姑越长越小、皮肤龟裂、人中拉长、眼泡肿胀，变得像一只猴，又像一条鱼的"退化"萎缩过程，直至最终去世时，又有一段激情澎湃绚丽灿烂的《楚辞》式的飞扬文字，招魂师的歌唱让"我"百感交集思绪万千，"太阳终是遥远，流星落入彩釉，以眼还眼悄声碎语终是须臾，惟时间在年年的谷穗上昭示永恒和太极之圆满那究竟是为了什么？一次次死亡结成人类的永生，指向玉树琼宫，香花芳草，粮山棉海，鸾凤和鸣，善男子善女人携手联袂人面桃花欢歌如潮，那无比实在的辉煌你将向哪里去？从来就有高原，从来就有星座和洞穴，从来就有剑戟相拔和野渡空舟，从来就有枯涩的儿童之眼和不孕妇女的老镜而蜷蚁般的人流你将向哪里去？"③ 韩少功在访谈中说过："最让我感兴趣的还是找寻楚文化的精神，比方那种人神相通、包容天地的境界和情怀。你可以叫它浪漫主义，也可以叫它超现实主义，其实都无所谓。"④ 这种激情飞扬的书写，与楚文化精神庶几近之。却与《女女女》整体意义上的文化批判、《归去来》中的真假莫辨记忆惝恍形成鲜明的反差。我们固然能够在其"一鳞半爪、凌乱不堪"的事件片段的描写中，寻找到"有整体价值的社会思想内容"，并以此提升读者的"顿悟"和"感知能力"⑤，但是，这种依凭想象或者演绎史志的地域文化书写，这种"用启蒙的态度来批判民间的藏污纳垢性"⑥ 的寻根小说创作，却是一种"理论先行"和"不接地气"的失败操作。

值得注意的是，这种"远距离"的观照，这种"文化外来户"的

---

① 李庆西：《说〈爸爸爸〉》，《读书》1986 年第 3 期。
② 郑义：《跨越文化的断裂带》，《文艺报》1985 年 7 月 13 日。
③ 韩少功：《女女女》，《归去来》，人民文学出版社 2008 年版，第 148 页。
④ 韩少功：《鸟的传人——答台湾作家施叔青》，《大题小作》，人民文学出版社 2008 年版，第 110—111 页。
⑤ 丁帆：《中国乡土小说史》，北京大学出版社 2007 年版，第 271 页。
⑥ 陈思和主编：《中国当代文学史教程》，复旦大学出版社 1999 年版，第 371 页。

凌空蹈虚的想象性书写，事实上已经给作为被书写对象的地域内外的人们造成了"伤害"或者"侵犯"，如凌宇就批评韩少功以《爸爸爸》《女女女》等为代表的寻根小说的缺陷，在于"对历史文化"，对地域内"特定的风俗、民情"等，"缺少富有实感的人生体验"[1]；刘洪涛批评韩少功的小说叙述人对乡下人有着掩饰不住的"文化优越感"，流露出"居高临下的轻蔑和讽刺"[2]；张永中批评韩少功借用的只是湘西地域符号，其文化内容则完全是"他自己的"虚构，与湘西地域文化没有任何关系，他甚至认为："任何外人都是无法深味一个真正湘西人对这块土地、这个民族所怀的那份快乐与忧患交结的乡愁的。一些来自域外的眼光，尽管也不乏真诚的歆羡和由衷的同情，却可让一个敏感的湘西人从他们的眼中读出那点天赋的高贵感和轻视来，这便是隔膜，深刻的隔膜！对于一些为迎合这些眼光，而将湘西的完美切零了贱卖的行为，是为真正的湘西人所不齿的。"[3] 这就不仅将地域外的作家排除在外，而且也将地域内作家的迎合型写作排除在外，显示出强烈的地域本位主义色彩。韩少功寻根小说的缺失，在《马桥词典》及其以后的写作中逐步得到纠正，根本原因在于地域文化书写的实证性得到了持续加强。

二 马桥的静观

长篇小说《马桥词典》[4] 以115个马桥方言词语作为词条结构全篇，是一部从马桥方言的角度揭示地域文化、人事及其历史的"地方志"，同时也是韩少功由寻根时代的国民性批判向贴近大地、走近底层民众的转型之作。其文体创新和语言实验的意义一度备受关注，而陈思和则认为，"它真正的独创性，是运用民间方言颠覆了人们的日常语言，从而揭示出一个在日常生活中不被人们意识到的民间世界"[5]。韩少功注意到，方言词语不仅是地域性的，也是时间性的，"代沟"差异往往

---

[1] 凌宇：《重建楚文学的神话系统》，湖南文艺出版社1995年版，第107页。
[2] 刘洪涛：《湖南乡土文学与湘楚文化》，湖南教育出版社1997年版，第224页。
[3] 张永中：《远离与回归——简论湘西当代作家对本土语言的探求》，《吉首大学学报》（社会科学版）1996年第1期。
[4] 韩少功：《马桥词典》，作家出版社2011年版。
[5] 陈思和主编：《中国当代文学史教程》，复旦大学出版社1999年版，第373页。

体现在语言的区别上；同时，词语还是有生命的东西，"它们密密繁殖，频频蜕变，聚散无常，沉浮不定，有迁移和婚合，有疾病和遗传，有性格和情感，有兴旺有衰竭还有死亡。它们在特定的事实情境里度过或长或短的生命"①；写作这部小说的目的在于"把目光投向词语后面的人和事，清理一些词语在实际生活中的意义与功能，更愿意强调语言与事实之间的密切关系，力图感受语言中的生命内蕴"②，方言词语于是成为其探入马桥世界的重要武器。小说在正文之前专列"条目索引"，以笔画为序，这是典型的"词典"形式，而在正文部分，为了增强可读性和连续性，采用的却是合乎逻辑的、团块式的叙事结构，揆诸传统小说，《水浒传》中的"武十回""林六回""鲁六回"庶几近之。

马桥的方言反映了马桥人的历史、现实、生活、文化和思想观念，也是马桥人的人生经验或教训的积累。如同所有现实主义小说，《马桥词典》也是一部"始于情感""终于人物"的叙事作品。这部小说一共25万字，平均下来每个词条2200字左右，这种片段体的表述方式，是韩少功精心选择和设计的结果，因为他觉得传统小说的写作方式过于"模式化，不自由，情节的起承转合玩下来，作者只能跟着跑，很多感觉和想象放不进去"③；在《马桥词典·枫鬼》（以下只标明词条）中，韩少功质疑传统小说的主线因果导控模式，"我写了十多年的小说，但越来越不爱读小说，不爱编写小说——当然是指那种情节性很强的传统小说。那种小说里，主导性人物，主导性情节，主导性情绪，一手遮天地独霸了作者和读者的视野，让人们无法旁顾。即便有一些偶作的闲笔，也只不过是对主线的零星点缀，是专制下的一点点君恩"；而在现实生活中，一个人"常常处在两个、三个、四个乃至更多更多的因果线索交叉之中，每一线因果之外还有大量其他的物事和物象呈现，成为了我们生活不可缺少的一部分。在这样万端纷纭的因果网络里，小说的主线霸权（人物的、情节的、情绪的）有什么合法性呢"？④ 有鉴于此，韩少功采用片段体的词典列条目的叙事方式，可以立体、交叉、自由、多角度、多层次书写马桥的人与事，这无疑是对主线霸权的反叛，对因

---

① 韩少功：《后记》，《马桥词典》，作家出版社2011年版，第310页。
② 韩少功：《编撰者说明》，《马桥词典》，作家出版社2011年版，第1页。
③ 韩少功、崔卫平：《关于〈马桥词典〉的对话》，《作家》2000年第4期。
④ 韩少功：《马桥词典·枫鬼》，作家出版社2011年版，第55页。

果导控模式的突破。这种文体有利于"在描述中展开思考，在碎片中建立关联"①，在叙事中抒发情感，在描写中发表议论，从而实现更加自由的表达。

词典体小说仍然是在特定的时空规定性中展开叙事，开篇第一个词条《江》交代得清楚，马桥人所说的"江"泛指一切水道；《罗江》距离马桥有小半天的脚程，"我"在马桥当知青的六年时间里，偶尔前往县城需要从罗江过渡，平时很少去；《蛮子》考证马桥人的历史，其祖先是从湖北宜城迁来的罗国人，历史上的罗国人被打败过两次，一败于楚国，二败于秦军，奇怪的是马桥村子中只有一个外来户姓罗，当过村长，当地人中没有一个人姓罗，作者不无道理地推测，曾经的腥风血雨让罗姓人要么改换姓氏，要么远走他乡；《三月三》记载每年农历三月初三，马桥人都要煮吃黑饭，磨腰刀、柴刀、菜刀、铡刀等，这种习俗一定隐藏着某件重大历史秘密，只是现在已经无法得知；《马桥弓》明确马桥村的四至方位，历史上的建制、称呼、隶属关系等；《老表》讲述张献忠杀湘人，江西人迁徙入湖南的历史；《甜》描写马桥人对一切好吃的味道，一律称为"甜"，由此暴露出马桥人饮食方面的"盲感"。

从《碘酊》词条开始讲述马桥人的故事。如《神仙府（以及烂杆子）》描写村中奇人马鸣，独自住在"神仙府"，一幢无主的楼房，满口知乎者也，做对联出口成章，可知读过不少古书，平时生吃各种动植物，从不生火做饭，从不参加生产队劳动，不吃嗟来之食，甚至也不吃村里的井水，宁愿到两三里路之外的小溪挑水，经常在外露宿，认为做梦是人生最大的享受，仿佛是另外一个世界的人。《发歌》《觉觉佬》《哩咯啷》《龙》讲述万玉的故事。马桥人有唱山歌的习俗，内容主要有一忠二孝，和以男女爱情关系为主的"觉觉歌"。当时还是"知青"的"我"曾经记录下几首，描写相思之苦的，如"想姐呆来想姐呆，行路不晓脚踩岩，吃饭不晓扶筷子，蹲了不晓站起来"，"想姐想得气不服，天天吃饭未着肉，不信脱开衣服看，皮是皮来骨是骨"，"一难舍来二难离，画个影子贴上墙，十天半月未见面，抱着影子哭一场"；还有出轨女子幻想谋杀亲夫的，如"人家丈夫乖又乖，我的丈夫像筒

---

① 韩少功：《文化透镜》，《大题小作》，人民文学出版社2008年版，第212页。

柴，三斧两斧劈死了，各位朋友烤火来"；"下歌"就有几分下流的"色情"了，如"我看你女子二十零，不要关起门装正经，我看你脸上桃花色，裤裆早已经湿津津"，"你家的狗崽叫不停，门前的流水白沉沉，你家的床脚千斤力，一天钻出个土坑坑"。马桥男人既欢迎新娘大着肚子出嫁，表示她能够生养；又往往仇视第一胎，视其为野种，所以当地一直有杀长子、丢长子的风俗习惯。万玉唱《江边十送子》，总能够让村妇们哇哇大哭，将长子装入木盆中顺江飘走，"你慢慢行来慢慢走，莫让岩石碰破头，不是为娘不要你，你没有爹佬娘怕羞"，"你慢慢走来慢慢行，莫让风浪打湿身，不是为娘舍得你，夜半醒来喊三声"。万玉是个上门推磨碾谷的"推匠"，喜欢往女人堆里钻，有几分阿Q精神，受人欺负、受干部处罚也不以为意，散发（死）后人们才发现这个"风流"一生的乡村喜剧式人物竟然没有"龙"（男性生殖器），难怪他一直不长胡子嗓子尖细。盐早的父亲当过"汉奸"，盐早也被村里人称为"汉奸"，传说他的祖婆会下蛊，人人害怕跟他接触，他还有个正在读书的弟弟需要接济，家庭负担重，所以一直找不到媳妇，他姐姐看他可怜，要把自己给他，让他尝一尝女人的滋味，这种"乱伦"的恐惧，让盐早在仓皇中逃往深夜的风雨里，从此成了"牛哑哑"；村里派他打农药，久而久之，他竟然百毒不侵，被农药毒死的泥鳅他拿起来就吃；向面前飞过的蚊子吹一口气蚊子立马栽下来；三尺多长的土皮毒蛇咬他一口，那条蛇竟然硬邦邦地死在棉花地里。盐早后来找了个婆娘成家，多年后"我"重返马桥给了他婆娘二十块钱，他当夜竟然扛着一筒圆木要送给"我"，"我"当然不可能要他的木头，他重新扛上那沉重的圆木，出门时，这个"牛哑哑""眼角里突然闪耀出一滴泪"，令"我"终生难忘，"我看见了那一颗泪珠。不管当时光线多么暗，那颗泪珠深深钉入了我的记忆，使我没法一次闭眼把它抹掉。那是一颗金色的亮点。我偷偷松下一口气的时候，我卸下了脸上僵硬笑容的时候，没法把它忘记。我毫无解脱之感。我没法在看着电视里的武打片时把它忘记。我没法在打来一盆热水洗脚的时候把它忘记。我没法在挤上长途汽车并且对前面一个大胖子大叫大喊的时候把它忘记。我没法在买报纸的时候把它忘记。我没法在打着雨伞去菜市场呼吸鱼腥气的时候把它忘记。我没法在两位知识界精英软磨硬缠押着我一道参与编写交通法规教材并且到公安局买通局长取得强制发行权的时候把它忘记。我没法在起床的时候忘记"①。一连七个"没法忘记"的排比句式，在韩少功小说中不太多见，明显是情难自禁的感情宣泄。

小说通过马桥人的方言词语，表达马桥人独特的文化观念。《科学》中罗伯认为"科学"就是城里人学懒，汽车、火车、飞机，哪样不是学懒搞出来的东西；他宁愿挑着沉重的湿柴下山，也不愿意将湿柴晒干变轻后再挑下山，颇有道家人物守拙守愚的风采。马桥人对一切"科学"的东西皆恨之入骨，有一次他们用扁担敲打趴在公路上维修的客车，将车壳捶瘪了两块；在马桥人的方言中，"醒"就是蠢，"觉"就是聪明，与通常的理解刚好相反。马桥人的这种独特用法，可能与屈原《渔父》中的"举世皆浊我独清，众人皆醉我独醒"的意义相关，屈老夫子的"醒"有什么好呢？马桥人冷眼观之，可以视为罗国人体认历史的思维化石。《贵生》《贱》中的儿童雄狮被日本人早年丢下的炸弹炸死后，村里的妇人们前来安慰志煌夫妇，众口一词的说法就是，雄狮活了个"贵生"，没有受过冻，没有挨过饿，没有跟兄弟打过架，没有跟姐妹争只碗，伏天没有下过水田，腊月没有修过水利，"甘蔗咬了一头甜的，骨头啃了一头有肉的"②，是他的福气。在马桥人看来，男子18岁、女子16岁以前的生活是"贵生"；此后男子到36岁、女子到32岁是"满生"；再以后就是"贱生"，越长寿就越贱，与"寿则多辱"意思相近。马桥人称呼人的死亡为"散发"，引发的意思是由盛变衰，比如：天天看电视，心都看大了，人不就散发了？（《散发》）马桥人的时间记忆并不精确，比如他们称呼1948年为"长沙大会战那年""茂公当维持会长那年""张家坊竹子开花那年""光复在龙家滩发蒙那年""马文杰招安那年"，等等，往往经不起考证。[《马疤子（以及一九四八年）》] 马桥人称呼任何远方都是"夷边"，或许是平江，或许是长沙，或许是武汉，或许是美国，其中隐藏着"内心的自大和自信"。（《夷边》）马桥人所说的"话份"，就是一种话语权力，党支部书记本义在马桥就最有话份，人称"义大锣"（《话份》）。与"话份"相联系的是"格"，就是资格、资历、地位、威望等（《格》）。

小说巫风弥漫，如村里有两棵高大的枫树，充满神异色彩，马鸣画

---

① 韩少功：《马桥词典·渠》，作家出版社2011年版，第126—127页。
② 韩少功：《马桥词典·贵生》，作家出版社2011年版，第65页。

过枫树后右臂剧痛；有人用树枝辟邪，或者祈神祛灾，都十分灵验；公社派地主砍倒枫树，做成礼堂里的排椅，凡是开会时坐过排椅的人最后都得了痛痒症，郎中开药，也无济于事。(《枫鬼》) 马桥人在下种时，要"臊地"，即在田间地头说下流话，唱下流歌，越下流越好，否则地是死地，田是死田，不长谷子不长苗。[《公地（以及母田）》] 村里的老班子传说一个石臼与两扇磨子打过架，场面十分激烈，石头断面的黄血如涌；据说是因为主家结仇，两家的石头也结了仇。(《台湾》) 马桥人形容女人长得好看、漂亮，就叫长得"不和气"，隐含着"美是邪恶，好是危险"的审美文化观。(《不和气》) 火焰高的人看不见"鬼"，火焰低的人容易看见"鬼"；当人生处于低潮、弱势阶段时，人的火焰便低，反之火焰则变高。(《火焰》) 马桥人最骂不得的话是"翻脚板的"，这是等级最高的嘴煞，村里人相信，罗伯就是被会计复查的嘴煞骂死的，复查因此背上了很重的心理包袱，很快就失去生存能力[《嘴煞（以及翻脚板的）》]。

韩少功对这片土地充满复杂的深情，在《朱牙土》中曾以抒情的诗化笔调写道："这种土是人们每天都要面对的土，是使一杆杆铁耙剧烈震颤的土，是使一双双手血泡翻卷血肉模糊的土，是使钢铁比皮肉消失得更快的土，是使汗水一直湿透裤脚然后结出盐垢的土，是使人们眼睛昏花天旋地转虽生犹死的土，是使时间变成空白意识完全消除一切欲念都成了喘息的土，是使酷夏失去炎热严冬失去寒冷所有日子不再有区别的土，是使男人们疯狂女人们绝望孩子们刹那间变得皱纹满面的土，是永远没有穷尽的土，是逼得人们仇恨、吵架、殴打、拔刀相向的土，是增添着驼背、跛腿、瞎眼、流产、呆傻、哮喘、大脖子病以及死亡的土，是使人逃亡的土，是使人自杀的土，是使生命变成一个个日子的土，是无论怎么样地动荡或折腾它还在那里的土那里的土那里的土那里的土那里的土那里的土。"[1] 贫穷的土地，养育着世世代代的马桥人，既是依靠，也是枷锁。

《暗示》是《马桥词典》的续篇，韩少功希望借此探寻"那些言词未曾抵达的地方，生活到底是否存在，或者说生活会怎样地存在"[2]，

---

[1] 韩少功：《马桥词典·朱牙土》，作家出版社 2011 年版，第 249 页。
[2] 韩少功：《前言》，《暗示》，人民文学出版社 2002 年版，第 1 页。

全书理论色彩过于浓郁，重点放在描写知青们以后的生活。小说中的太平墟，在文学地图上与马桥"重合"，村中能人"武妹子"等人高超的劳动技艺，每每引起作者的高度赞赏；与《马桥词典》中的马桥相比，从文学创新的角度来看，太平墟并没有明显的突破，地域书写也不如前者集中、凝练，此处略而不论。

三 八溪峒的自然

韩少功2006年出版长篇散文《山南水北》，20万字分设103篇，平均每篇1900余字，所以该书也可以当作散文集子来阅读。《爸爸爸》中沉重的国民性批判、《马桥词典》中对方言词语的静观式探索、《暗示》中过度张扬的启蒙理性，至此转为温情脉脉的述说，满怀同情的理解，或深或浅的沉迷，充满欣赏的流连，知青岁月之后，韩少功又一次真正实现了与八溪峒的大地、河流、动物、植物和人民的"零距离"接触，重新发现了农民的生存智慧和生活哲学。他说过："文明成长离不开大量活的经验，离不开实践者的生存智慧。看不到农民智慧的人，一定智慧不到哪里去。"[1]

片段式的文体结构，可以实现散文、小说、诗歌等文体之间的自由跨越，《山南水北》杂糅叙事、抒情、议论、说理等多种文学表现方式，最大限度地实现了作家主体的创造自由。《山南水北》首版时有一个副题"八溪峒笔记"，这是作家回到汨罗，筑室而居，养鸡种树，晴耕雨读岁月的真实记录，与梭罗的《瓦尔登湖》、彼得·梅尔的《永远的普罗旺斯》有些相似，但更接地气，更有生活实感，更有人间烟火气息，更有时代色彩，当然也更富有地域性特征。

八溪峒位于洞庭湖平原与幕阜山、连云山、雾峰山的交界之处（《地图上的微点》），是作家6年知青岁月的插队下放之地，1971年的农历除夕，知青们曾有集体逃离农村的计划；30年后作家自动迁回农村，这一近乎圆周的"归去来"，是因为对轰轰城市中假面生活的厌倦（《回到从前》）；还因为对农村生活情不自禁的向往，"融入山水的生活，经常流汗劳动的生活，难道不是一种最自由和最清洁的生活？接近

---

[1] 孔见：《韩少功、孔见对话录》，《韩少功评传》，河南文艺出版社2008年版，第226页。

土地和五谷的生活，难道不是一种最可靠和最本真的生活"？① 于是，作家一头扑进山村大地美丽的画框，诗情画意的美景总会让人想起杜甫"巴童浑不寝，半夜有行舟"、贾岛"独行潭底影，数息身边树"等诗句。乡居生活，无时不可以观赏美景，打开窗子，就是打开了一幅水墨山水画卷，"清墨是最远的山，淡墨是次远的山，重墨是较近的山，浓墨和焦墨则是更近的山"②，伴随着天气变化而风景变幻，就会明白中国传统画作中为何山水写意一脉最为出色，实在是因为有雄厚的现实基础和广泛的文化认同。当然，八溪峒也有过惨烈血腥的历史，一块残缺的青石碑上记载着过往的动荡岁月，红军与"挨户团""铲共队"在此进行过拉锯式的搏斗，村民们被迫吃过红军家属的人肉（《残碑》）。也曾有过残酷的私刑，如将偷盗者"拍眼珠"，将淫妇"烧油扇"，将犯淫的男人"沉塘"等（《拍眼珠及其他》）。

　　八溪峒的居民有四千多人，分散居住在极其广阔的山地上，许多地方看不到人烟，"任雀噪和蝉鸣填满空空山谷"，如同其他乡村一样，青壮年皆外出打工，村中只有老人和儿童；有的屋场长年挂锁，野草疯长，粗藤蔓爬，已成鼠兔之窝（《耳醒之地》）；寂静放大了声音，每到夜晚，"很多虫声和草声也都从寂静中升浮出来。一双从城市喧嚣中抽出来的耳朵，是一双苏醒的耳朵，再生的耳朵，失而复得的耳朵，突然发现了耳穴里的巨大空洞与辽阔，还有各种天籁之声的纤细、脆弱、精微以及丰富。只要停止说话，只要压下呼吸，遥远之处墙根下的一声虫鸣也可以宏（洪）亮如雷，急切如鼓，延绵如潮，其音头和音尾所组成的漫长弧线，其清音声部和浊音声部的两相呼应，都朝着我的耳膜全线展开扑打而来"③。乡下人有着"天然而且多样"的笑脸，令人快乐（《笑脸》）。山中多鸟，每天听着鸟声起床，听着鸟声干活，做了稻草人也防不住鸟们前来偷吃苗种（《晴晨听鸟》）。八溪峒的美丽，当属月夜，"月亮是别在乡村的一枚徽章"，所谓乡愁，其实就是对故乡月色的怀念，那"禾苗上飘摇的月光，溪流上跳动的月光，树林剪影里随着你前行而同步轻移的月光，还有月光牵动着的虫鸣和蛙鸣，无时不在

---

① 韩少功：《山南水北·扑进画框》，湖南文艺出版社2013年版，第3页。
② 韩少功：《山南水北·窗前一轴山水》，湖南文艺出版社2013年版，第128页。
③ 韩少功：《山南水北·耳醒之地》，湖南文艺出版社2013年版，第14—15页。

他们心头烙下时间感觉"①，月光甚至是可以听到的，"在树林里叮叮当当地飘落"，"在草坡和湖面上哗啦哗啦地拥挤"②。对于作家来说，八溪峒就是一个"天堂"般的"老地方"，走遍天涯海角，总也无法忘怀（《老地方》）。

《开荒第一天》书写体力劳动给人带来的无穷快乐，过往知青岁月中那段近乎摧毁人身心的超强度劳动的往事自然会浮出脑海，颇有思想家气质的作者自然会联想到古今哲学家关于"操劳""体验"等概念中关于"身体"和"劳动"关系的相关论述，然后，韩少功写道："坦白地说：我看不起不劳动的人，那些在工地上刚干上三分钟就鼻斜嘴歪屎尿横流的小白脸"；"从这一天起，我要劳动在从地图上看不见的这一个山谷里，要直接生产土豆、玉米、向日葵、冬瓜、萝卜、白菜……我们要恢复手足的强壮和灵巧，恢复手心中的茧皮和面颊上的盐粉，恢复自己大口喘气浑身酸痛以及在阳光下目光迷离的能力。我们要亲手创造出植物、动物以及微生物，在生命之链最原初的地方接管我们的生活，收回自己这一辈子该出力时就出力的权利。这决不意味着我蔑视智能，恰恰相反——这正是我充分运用智能后的开心一刻"。③《月下狂欢》歌颂劳动的欢乐，乡下空气新鲜，环境优美，今天种地，明天打渔，播种、锄草、捉虫、打枝、灌溉、收割，工种多样，符合"生理保健学"，而抗旱的手摇水车就是拉力器，脚踏水车就是跑步机，还有随兴高唱的山歌，在此娱乐、健身与劳动已难分离；水车抽浅了水坑里的积水，鱼鳖露出头来，寻姜找盐偷葱索油，升火野炊的美味伴随乡下朦胧的月色，长留心间。④喜欢到农村劳动的并不只作家一个人，先前开办渔场失败了的"余老板"，不计得失，从城里来乡下种地，也不请雇工，亲自挑粪，养猪种菜，每天忙得脚不点地，大汗淋漓，村民们都称他为"农痴"（《农痴》）。

故楚大地，巫风弥漫。韩少功写到智慧的青蛙，每当老五从荷塘边走过时，它们集体噤声，"认出了他"，怪异得令人佩服（《智蛙》）。村口的两棵枫树具有"神性"，杀猪的满四爹锯树后病死在医院；复员军

---

① 韩少功：《山南水北·月夜》，湖南文艺出版社2013年版，第42页。
② 韩少功：《山南水北·月夜》，湖南文艺出版社2013年版，第43页。
③ 韩少功：《山南水北·开荒第一天》，湖南文艺出版社2013年版，第33页。
④ 韩少功：《山南水北·月下狂欢》，湖南文艺出版社2013年版，第164—165页。

人砍树后发疯;青壮年民兵们伐树时,枫树无法预测地倒下,将人的右脚砸瘪;民兵营长庆长子害怕树神报复,从此反戴帽子倒穿褰衣以免让树神认出自己(《村口疯树》)。葡萄也会生气,也会小心眼,可能是"我"修剪枝叶时惹恼了它,有一枝葡萄突然叶子脱光,以死抗争(《蠢树》)。山里的草木、地里的植物都有灵性,油菜结籽时主人千万不能夸赞猪油和茶油;楠竹冒笋时主人也千万不能说破篾编席之类的话,油菜和楠竹会生气,后果会很严重,减产就成为必然(《再说草木》)。船老板有根是个业余萨满,"我"亲眼看见过他作法帮主妇找回母鸡,神乎其技,"完全超出了我的理解能力"(《船老板》)。猎户上山打猎之前,先要"和山",焚香祷告;进而"藏身",不照镜,不外出,不见人,不秽语,不行房事,夜不点灯(《藏身入山》)。乡村土郎中,往往兼行巫术,塌鼻子给人治病,药巫兼施,有人高烧不退,他将其拖入水塘按入水中,再以棉被包裹发汗,果然退烧,神志正常;小孩误吞铁钉,他在粥里加入炭皮,小孩连吃三碗屙出铁钉;马腿折断,他将一枚铜钱烧红下醋淬火,碾成粉末,灌入马口,马腿还原,几年后那匹马老死,屠马者发现马腿的骨折之处竟然被一铜箍包围,这种民间传说无法"证实",当然也无法"证伪"(《塌鼻子》)。抗战时期有一位成姓女子从安徽逃难来到八溪峒,到学堂担任临时教师,被人诬告,作为汉奸被枪毙,诬告者不久即患大病,先后请了两位师爷帮忙抄写佛经消灾,要么笔杆折断,要么墨变鲜血,几个月后诬告者不治身亡(《当年的镜子》)。这与其说是巫术,不如说是民间正义在传说中的表达,他们更愿意相信人世间存在这种天理昭彰、报应不爽的正义。《十八扯》中多为乡间巫性思维的表达,乾川有个婆娘生的娃崽像老头、雁泊湾的一头牛是三姑娘转世、一群神兵怕狗血怕狗叫、三茅峒有个人的影子像头红毛狗、城里新出了拍肩迷魂术等,乡间火塘前闲聊的欢乐,往往就在这种荒诞不稽的传说中。

在乡居生活中,韩少功对农民的人生观念生出许多同情的理解,比如"不孝有三,无后为大",比如"重男轻女",因为乡下人与祖先的坟墓比邻而居,出门即能感知到祖先的存在,他们无时无刻不在看着后代成长,农民们的孝道非常具体,四时八节祖先坟头上有无香火,总会给活着的农民以刺激、提醒,使其触景生情,养儿防老,香火不断,对于农民具有非常实际的意义。城里人总认为自己更加文明,认为生儿育女并不是非此不可的人间大事，但是，"我们是在握有退休金时说这些话的，是远离坟前香火时说这些话的，在乡下人听来一定隔膜——正如乡下人对无后的恐慌，在眼下的鞭炮声中再一次怦然入心，在一次次路过清冷野坟时寒意彻骨，恐怕不易被我们体会"①。这种贴近大地的姿态，显然不是先前国民性批判的居高临下，作家对农民的思维、观念明显多了许多温情的敬意。村里人曾经被人提议支持发展竹业加工、建立绿色瓜菜基地、开发旅游产业，都无疾而终，乡干部们气得头疼，纷纷说屈原在汨罗就是被老百姓气得投江的（《气死屈原》）。八溪峒的乡亲们朴实善良，如老大爷卖板栗"一块钱一摇"，农妇只因一句表扬就会捧出家中的瓜菜送给对方。义气是乡民最看重的品格之一。蛇贩子黑皮在嫂子被蛇咬伤时，违反师傅的"贩蛇的不能治蛇，治蛇的不能贩蛇"的戒律，又是吮毒，又是敷草药，嫂子得救了，他却因为破戒，遭群蛇围攻而死（《蛇贩子黑皮》）。

韩少功笔下的八溪峒，具有无比鲜活的生命力，万物生长，村民和谐，在低调进取的"次优主义"观念的指引下，他以这种返璞归真的书写，寄托一个城市知识分子的无边乡愁，成功地实现了从国民性批判向贴近大地农村的写作转型，八溪峒的地域性意义亦由此凸显，备受瞩目。

回溯韩少功40余年的创作历程，我们不难发现汨罗之于作家创作实践的重要意义。正如文学史家所说："伟大的小说家们都有一个自己的世界，人们可以从中看出这一世界和经验世界的部分重合，但是从它的自我连贯的可理解性来说，它又是一个与经验世界不同的独特的世界。"②一方面，汨罗为韩少功的创作提供了重要的情感支撑、鲜活的书写对象和丰富的感性经验；另一方面，作家通过不断成长、扩容的主体性和不断深化的创作实践，丰富、拓展了文学的汨罗世界，因此汨罗成为交融经验与超验、普遍与独特的"文本世界"。对于以创新为终身使命的作家来说，拥有、执着一方类似的"文本世界"何等重要！

---

① 韩少功：《山南水北·守灵人》，湖南文艺出版社2013年版，第76页。
② [美] 勒内·韦勒克、奥斯汀·沃伦：《文学理论》，刘象愚等译，文化艺术出版社2010年版，第241页。

第四节　黄梅：废名的诗意风俗

湖北黄梅人废名，原名冯文炳，曾在北京大学英国文学系就读，出版中短篇小说集和长篇小说多部，如《竹林的故事》《桃园》《枣》《桥》《莫须有先生传》《莫须有先生坐飞机以后》等。废名系语丝社成员，中国现代文学史上著名的"京派文学"的元老人物。废名创作文备众体，有新诗、散文和小说等传世。全面抗战爆发后，废名离开北平回到故乡黄梅，先后避难于县城家中、乡下农村。从文体学意义上来看，废名的诗作、小说、散文与学问（佛禅研究）四位一体，不可分离。借用博兰霓知识论中"支援意识"的说法，废名创作的前提背景是黄梅地域的文化"设定"，构成其一切创作和研究的深厚基础。黄梅地域文化的抽象层次是以四祖寺、五祖寺为代表的禅宗文化，具象层次则是以小桥流水、沙滩枫柳为代表的民间风景、风俗文化，二者在废名创作中俱得到精彩的表现。

一　佛禅文化

黄梅是我国著名佛教圣地，禅宗四祖道信、五祖弘忍，皆曾在此地长期传法，留下四祖寺、五祖寺等著名佛教丛林。五祖以后，以神秀"身是菩提树，心如明镜台，时时勤拂拭，勿使惹尘埃"为代表的渐教，与以慧能"身非菩提树，心非明镜台，本来无一物，何处惹尘埃"为代表的顿教，分别在神州的北、南大地上传教弘法。也就是说，黄梅是禅宗渐教、顿教的共同祖庭。废名研修佛学，达到如醉如痴境界，周作人《怀废名》记载废名与同乡哲学家熊十力论佛不休，竟至挥舞老拳扭打一处。[①] 废名喜欢谈禅论道，习静打坐，好友卞之琳、程鹤西等人对此皆有记载。[②] 废名与熊十力的根本分歧在于对待佛教"种子义"的态度上：熊氏反对"种子义"，废名主张佛教的真谛正在于"种子

---

① 周作人：《怀废名》，《古今》第20、21期合刊，1943年4月16日。
② 参见卞之琳《〈冯文炳选集〉序》，人民文学出版社1985年版；鹤西《怀废名》，《新文学史料》1987年第3期。

义",一切现象均从"种子"生长出来。废名在《莫须有先生坐飞机以后》中自称"空前的大乘佛教徒",对于他的佛学研究成果,周作人因为"不懂玄学",故而"不能有所评述";比废名年轻8岁的张中行,精研过佛禅儒道,他评论道,废名"同熊十力先生争论,说自己无误,举证是自己代表佛,所以反驳他就是谤佛。这由我这少信的人看来是颇为可笑的,可是看到他那种认真至于虔诚的样子,也就只好以沉默和微笑了之"。与卞之琳之不相信"他那些顿悟",却又觉得"他热情感人"的感受是很相似的。

禅宗是佛学的中国化,是佛学与儒、道文化的交融,有学者甚至认为,禅学即是庄学。① 庄、禅的相通处,"都在即使厌弃否定现实世界追求虚无寂灭之中,也依然透出了对人生、生命、自然、感性的情趣和肯定,并表现出直观领悟高于推理思维的特征"②。废名的诗歌创作就是庄禅思维下的写作。

在中国新诗史上,废名诗作的难以理解是出了名的。在30年代的现代主义诗歌写作潮流中,废名不同于戴望舒深情浪漫的雨巷之歌,也迥异于何其芳华丽忧郁的诗行,他始终是独特的不无孤寂的玄思妙想。朱光潜在分析废名诗作"难懂"的原因时指出,"敏感而好苦思"的废名具有禅、道风味,其诗的难懂主要是其背后"深玄的背景"③。罗振亚认为这种背景,"当指诗人的脾气秉性、人生际遇,更主要指的是诗人心智结构中的禅宗思想"④。废名独特的人生观、宇宙观、历史观和审美观,造就了他独具一格的诗歌写作。

庄禅思维下的诗歌写作,自然不同于清新流利的诗歌表达方式,如《掐花》写道:

> 我学一个摘花高处赌身轻,
> 跑到桃花源岸攀手掐一瓣花儿,
> 于是我把它一口饮了。
> 我害怕我将是一个仙人,

---

① 参见徐复观《中国艺术精神》,台湾学生书店1979年版。
② 李泽厚:《漫述庄禅》,《中国社会科学》1985年第1期。
③ 朱光潜:《编辑后记》,《文学杂志》1937年6月1日。
④ 罗振亚:《中国现代主义诗歌史论》,社会科学文献出版社2001年版,第350页。

大概就跳在水里淹死了。
明月出来吊我，
我欣喜我还是一个凡人，
此水不现尸首，
一天好月照澈一溪哀意。

这首诗充满了人生的感悟，而这种感悟无疑是庄禅式的感悟，对人生既热情又担忧，想要投入却终于躲避。废名自己解释过此诗："诗的动机是我忽然觉得我对于生活太认真了，为什么这样认真呢？大可不必，于是仿佛要做一个餐霞之客，饮露之士，心猿意马一跑跑到桃花源去掐了一朵花吃了。糟糕，这一来岂不成了仙人吗？我真个有些害怕，因为我确是忠于人生的，于是大概就跳到水里淹死了。只是这个水不浮尸首，自己躲在那里很是美丽。"① 虽然对现实并不满意，但"我害怕我将是一个仙人"，"我欣喜我还是一个凡人"，执着于此在、在此的凡俗人生，这正是庄禅的人生态度，庄禅从来就不厌烦实在的人生，但精神却又是超脱性的，这一点在废名的诗作之中表现为达观和超越的精神。废名的得意诗作《海》"我立在池岸/望那一朵好花/亭亭玉立/出水妙善，——/我将永不爱海了！/荷花微笑道：善男子/花将长在你的海里"，更是直接援引莲花、大海、善男子等佛禅意象入诗，是典型的禅诗。

在人海苍茫的世界上，废名的心一直是孤独的。《星》写道："满天的星，/颗颗说是永远的春花。/东墙上海棠花影，/簇簇说是永远的秋月。/清晨醒来是冬夜梦中的事了。/昨夜夜半的星，/清洁真如明丽的网，/疏而不失，/春花秋月也都是的，/子非鱼安知鱼。"这首诗再现了"满天的星""海棠花影""夜半的星"等绮丽的景象，但却是梦中的"虚无"，醒来后发现"是冬夜梦中的事了"，实耶？虚耶？虚无无处不在，美景无法把握，"子非鱼安知鱼"，主体不能进入对象之中去。黑格尔在论述阿那克西曼德的哲学思想时说："把原则规定为'无限'，所造成的进步，在于绝对本质不再是一个单纯的东西，而是一个否定的

---

① 废名：《〈妆台〉及其他》，《谈新诗》，人民文学出版社1984年版，第132页。

东西、普遍性，一种对有限者的否定。"① 这就强调了"无"的重要哲学意义。在中国哲学思想史上，老庄最早肯定了"无"的意义；而禅宗则在指导思想和修行方式上进一步张扬了"无"的意义，"去我执"，破执着，"佛语心为宗，无门为法门"。废名此诗以意象反诘意象，以美丽的"春花""秋月"破除实相的执着，正是诗歌中的"庄禅"体现。

废名的庄禅式诗歌写作，情绪平和，哀乐交织，在中国新诗史上别具一格，鲜有同路人，留给文学史一个孤独而神秘的背影。

废名小说的语言有唐人绝句风采，不肯浪费语言，文字紧凑精练，却又诗意弥漫，善于营造意境，可以视为白话版的唐诗，许多场景充满禅味的机趣。《菱荡》描写陶家村风景，行人"走路是在树林里走了一圈。有时听得斧头斫树响，一直听到不再响了还是一无所见"，于此不难想见树多林密的景象，令人想起王维"空山不见人，但闻人语响"的名句；另外一段描写菱荡天水茫茫景色的文字，又有浓郁的禅味，"菱叶差池了水面，约半荡，余则是白水。太阳当顶时，林茂无鸟声，过路人不见水的过去。如果是熟客，绕到进口的地方进去玩，一眼要上下闪，天与水。停了脚，水里唧唧响——水仿佛是这一个一个的声音填的！偏头，或者看见一人钓鱼，钓鱼的只看他的一根线。一声不响的你又走出来了。好比是进城去，到了街上你还是菱荡的过客"。幽寂的天地，孤独的钓客，静止的画面，是"独钓寒江雪"的意境。废名小说在意境设置上，与唐代禅诗多有接近，如王维《辛夷坞》"木末芙蓉花，山中发红萼。涧户寂无人，纷纷开且落"；常建《题破山寺后禅院》"清晨入古寺，初日照高林。曲径通幽处，禅房花木深。山光悦鸟性，潭影空人心。万籁此俱寂，惟余钟磬音。"《桃园》描写"王老大一门闩把月光都闩出去了"，视月光为不速之客，动作加拟人，予人深刻印象。"废名的文笔是淡雅而朴讷的。他以诗一般的语言，散文家的文章风貌，稀释了小说的情节，使情节单纯的作品于古朴无华的行文之中散发着飞扬的文采，"② 这种笔法兼容了陶渊明田园诗、唐人律绝诗句、晚明小品、山水游记等文体之长，而以佛禅文化内涵为深厚基础。

禅宗思维的典型特征，诚如《坛经·般若品第二》所说："若起真

---

① ［德］黑格尔：《哲学史讲演录》第1卷，贺麟、王太庆译，商务印书馆1983年版，第195页。
② 杨义：《中国现代小说史》（上），《杨义文存》第2卷，人民出版社1998年版，第478页。

正般若观照，一刹那间，妄念俱灭；若识自性，一悟即至佛地。"将客观化的时间、空间转换为纯粹主观化的认知，与徐志摩翻译英国诗人威廉·布莱克的《天真的预言》"一沙一世界，一花一天堂。双手握无限，刹那是永恒"相类似，现实生活中不可能存在的事物，或者不可能同时出现的事物，在禅宗思维中可以合理地存在，典型的例子是王维已经失传的《雪中芭蕉图》；民间版图与年画中也经常流露类似趣味，如将四季不同的植物、花卉共置于一图。陈国恩认为废名小说的诗化笔法，表现为"语言的机趣"，实际上是"受禅学影响"[①]的必然结果，比如反逻辑的语言、跳跃的思路、预留的空白、晦涩的暗示、奇特的观念、奇崛的联想、刹那的领悟、意外的通感等，在小说文本中随处可见。长篇小说《桥》下篇第十八章《桥》，写到程小林带琴子和细竹去看八丈亭的牡丹花，路过一架木桥，又长，又窄，又高，与村里的孩子们一样，童年的程小林永远站在桥的这一边，不敢走过桥去，大家都是站在桥头，四顾而返。待琴子和细竹已经走到桥的中间时，小林还是站在原地，神情恍惚："实在他自己也不知道站在那里看什么。过去的灵魂愈望愈渺茫，当前的两幅后影也随着带远了。很像一个梦境。颜色还是桥上的颜色。细竹一回头，非常之惊异于这一面了，'桥下水流呜咽'，仿佛立刻听见水响，望她而一笑。从此这个桥就以中间为彼岸，细竹在那里站住了，永瞻风采，一空倚傍。"[②] 这是一种恍惚，又是一种错觉；桥既是时间的，也是空间的；小林感到既过了桥，又没有渡过桥；物理的桥在此刻当然还没有渡过，但相距20年的时间之桥的那一边分明有一个童年的自己正在爬树；这种恍惚和错觉，就是程小林圆融澄澈、无滞无碍的顿教禅悟，所以小林说"这个桥我并没有过"，既是指时间之桥，也是指空间之桥，桥由此成为人生的重要意象。思维的跳断、联想，是禅悟的典型特征，也是废名小说常常令人费解之处，《桥》中的《天井》一节写道："然而到底是他的夜之美还是这个女人美？一落言诠，便失真谛"；《黄昏》描写程小林看河畔杨柳时流下眼泪，"星光下这等于无有的晶莹的点滴，不可测其深，是汪洋大海"。《莫须有先生传》中"莫须有先生来回踱步。踱到北极，地球是个圆的，莫须有先

[①] 陈国恩：《浪漫主义与20世纪中国文学》，安徽教育出版社2000年版，第193页。
[②] 废名：《桥》，艾以、曹度主编《废名小说》下卷，安徽文艺出版社1997年版，第132页。

生又仰而大笑，我是一个禅宗大弟子"！真正地实现了神游八极心游万仞的精神自由。《莫须有先生传》中"万物惟花最是一盏灯"，《桥》中"不管天下几大的雨，装不满一朵花"，无论意象，还是文字，皆充满禅宗趣味；《莫须有先生坐飞机以后》中的莫须有先生逃难时看见路上牵猪牵牛的走过，猪和牛皆沉默不语，只是跟着人走，"莫须有先生是一个佛教徒，世界真是地狱了"，充满佛家的悲悯情怀。废名在散文《说梦》中，抱怨读者不理解自己的文章，并举出《杨柳》的例子——"小林先生没有答话，只是笑。小林先生的眼睛里只有杨柳球——除了杨柳球，眼睛之上虽还有天空，他没有看，也就可以说没有映进来。小林先生的杨柳球浸了露水，但他自己也不觉得，——他也不觉得他笑"，有的读者朋友竟然没有从中看到"眼泪"，这让废名觉得不可思议。事实上，这种禅悟似的笔法和语言形式，要求读者破除文字障，展开自由的联想，具备相应的佛禅修养，妙处难与君说，需要细细的把玩和深长的体味。

二　黄梅风俗画卷

废名小说创作历经三个发展阶段：早期作品包括《讲究的信封》《少年阮仁的失踪》《追悼会》等，现实性比较强烈，较少诗意化的抒情气息；中期作品包括《浣衣母》《竹林的故事》《河上柳》《菱荡》《枣》《桥》等，"不仅反映乡村风景、风俗之美、人情之美，而且更透露出一种独有的人生态度和体悟生命的方式。在这里，废名早先对乡村小人物不幸的同情，已让位于对人间'真'与'梦'的编织"[①]，此种乡土田园的诗意焕发之作，最为文学史家所津津乐道、推崇备至，从而成为废名小说在接受史视域中的突出色调；后期作品包括长篇小说《莫须有先生传》和《莫须有先生坐飞机以后》，在小说的诗化呈现之中，加入荒诞和讽刺的成分，"由于现实的实际影响，他的审美情趣从探求人性的抽象存在又稍稍向社会人生偏斜"[②]；小说"记录了战时的

[①] 钱理群、温儒敏、吴福辉：《中国现代文学三十年》（修订本），北京大学出版社1998年版，第315页。

[②] 钱理群、温儒敏、吴福辉：《中国现代文学三十年》（修订本），北京大学出版社1998年版，第315页。

社会风尚，和老百姓的生活有关，也和老百姓的情绪有关，字里行间，时时流露出作家的感喟与讽刺，隽永深刻，值得回味"①。但这种创作转型也为一部分曾经喜爱他的读者所诟病，甚至如他的追随者沈从文也曾批评《莫须有先生传》说："情趣朦胧，呈露灰色，一种对作品人格烘托渲染的方法，讽刺与诙谐的文字奢侈僻异化，缺少凝目正视严肃的选择，有作者衰老厌世意识"②，"把文字发展到不庄重的放肆情形下，是完全失败了的一个创作"。③

贯穿废名小说创作三阶段始终的，是其主题选择上对于故乡的执着寻找和持续表现。无论是《病人》《去乡》《枣》的怀乡怀人，还是《初恋》《鹧鸪》《柚子》描写初恋的失落，《阿妹》《桃园》抒发生命消逝的哀愁，《浪子的笔记》《小五放牛》的怜悯人生，《浣衣母》《河上柳》叙述人世的坎坷等，都以作者的故乡——湖北黄梅为背景。即使是长篇代表作《桥》，这部被文学史家界定为构造了一个世外桃源或一个"仙境"、一个乌托邦式的东方理想国的文本④，也源于黄梅故乡生活。县城里小林天真的乡塾生活，小林与史家庄琴子两小无猜的童年岁月，长大以后小林返乡与未婚妻琴子和堂妹细竹三人之间的微妙感情关系，无不构成一幅宁静和谐、波澜不兴的化外牧歌图景，而小说也并非刻意回避苦难困厄，如史家奶奶和长工三哑叔都有历经沧桑的不幸人生，但在废名的笔下，这些人物无一不是自尊自重之人，他们返璞归真的人格性情和自然适意的生活形态，与村庄中无处不在的茂林修竹、水井蓝天等天人合一，物理与人情达到完美的统一和谐。所以，朱光潜称赞废名的《桥》"撇开浮面动作的平铺直叙而着重内心生活的揭露"，"偏重人物对于自然景物的反应"，"充满的是诗境，是画境，是禅趣"⑤。钱理群等人也认为："这种对人生丑陋一面的有意规避，正反映了作者对人间纯美的向往，于乱世中有意采取执拗的童心视点。从人生困窘到乐天知命，所谓冲淡为衣，悲哀其内，已经不是纯粹的童心，却很容易与主张虚静的任机随缘的禅宗观念合拍，更何况废名是真正读经

---

① 唐弢：《四十年代中期的上海文学》，《文学评论》1982年第3期。
② 沈从文：《论冯文炳》，《沈从文选集》第5卷，四川人民出版社1983年版，第297页。
③ 沈从文：《论冯文炳》，《沈从文选集》第5卷，四川人民出版社1983年版，第294页。
④ 吴晓东：《镜花水月的世界》，广西教育出版社2003年版，第238页。
⑤ 孟实（朱光潜）：《桥》，《文学杂志》1937年第1卷第3期。

参禅打坐的。"① 而在谈到对废名小说集子《竹林的故事》和《桃园》的读后感时,沈从文也说:"作者的作品,是充满了一切农村寂静的美。差不多每篇都可以看得到一个我们所熟悉的农民,在一个我们所生长的乡村,如我们同样生活过来的活到那地上。不但那农村少女动人清朗的笑声,那聪明的姿态,小小的一条河,一株孤零零的长在菜园一角的葵树,我们可以从作品中接近,就是那略带牛粪气味与略带稻草气味的乡村空气,也是仿佛把书拿来就可以嗅出的。"② 废名的小说背景,正是典型的湖北黄梅风景,那些已为读者所广为熟悉,宛若废名小说经典意象的小溪河、破庙、竹林、桃园、佛塔等,绝不会被误读为江浙小镇或者北方乡村,已经成为废名乡土小说的专用"符号"。到《莫须有先生传》和《莫须有先生坐飞机以后》的创作阶段,废名小说的艺术风格由诗化一变而为散文化,以微愠的幽默和善意的讽喻状写故乡世俗的百态人生,不少地方甚至采取"实录"方法,书写故乡人事的原生状貌;叙述语言越为奇僻生辣,行文转成烦琐绵密。先前那个藏身"竹林""桃园"之外远距离书写故乡人事的作者,踱步出来直接参与到战争时代故乡人民的生活之中,审美情趣从探求人性的抽象向描摹社会人生倾斜,其中有直抒胸臆的议论,有记录思想和情感变化的意识流过程,小说在文体结构上变得复杂起来,但他确已"从语言和哲学之乡站在了现实之乡——他的故乡黄梅的土地上了"③。小说主人公莫须有先生显然是作家自己与中国式的堂·吉诃德的人物形象的混合,他以隐逸的姿态,将知识分子在战争年代中内心积聚的浓郁的忧愁,凝注于对乡下人事的同情的了解、对禅化世俗生活的积极认同。由此,废名为中国现代乡土小说写作别开新路。

莫须有先生下乡时出县城城门,"汹汹沸沸,牵骆驼的,推粪车的,没有干什么而拿了棍子当警察的。而又偏偏来了一条鞭子赶得一大猪群,头头是猪,人人是土"④,于风趣幽默的文字中见出县城的战争年

---

① 钱理群、温儒敏、吴福辉:《中国现代文学三十年》,北京大学出版社1998年版,第316页。
② 沈从文:《论冯文炳》,《沈从文选集》第5卷,四川人民出版社1983年版,第293—294页。
③ 卢建红:《"故乡"与废名的自我认同》,《南京师范大学文学院学报》2010年第3期。
④ 废名:《莫须有先生传》,载艾以、曹度主编《废名小说》上卷,安徽文艺出版社1997年版,第38页。

代的生活景观。小说细致描写慈姑、鳜鱼、腊肉、糖粑、麻糖等黄梅地方食品。《莫须有先生坐飞机以后》中的停前镇、赛公桥、公公桥、龙锡桥、六家庵、土桥铺、三衢铺、腊树窠、紫云阁、马王山、马王桥、水磨冲、岳家湾、金家寨等皆是真实的地名,文本中家人的姓名也是真实的。小说描写黄梅五祖寺,是从儿童的视角进行的,小学生们争先恐后,从一天门到五祖寺,五里山路一鼓作气,松鼠在树枝间跳跃,五祖寺的亭台楼阁,供奉的四大天王都引不起孩子们的兴趣,倒是四大天王脚下踩着的小鬼,各得其所,面目各异,孩子们最为喜欢,这种描写十分贴合儿童心理。

小说细致描写黄梅每年农历七月半的"放猖"风俗,猖神的地位比土地爷要低,"放猖"即是驱疫之意。猖兵由壮丁装扮,一扮就是三年,皆是自愿行为;也有小孩子扮猖兵的,据说当了猖兵就没有灾难,身体健康。猖神打赤膊,穿黄背心,着女人的红裤,画上花脸,拿着响叉,不许讲话,敲着大锣鼓开道,猖神挨门逐户地跑进跑出,预示疫病已被驱除,家家开门,户户燃鞭,十分热闹。夜里"游猖",村民们抬着猖神像,由猖兵护卫,锣鼓喇叭,沿着村子巡视一周,然后就是寂寞地"收猖",小孩们无比期盼的"放猖"只能等到明年了。小说描写黄梅地域"到屋就是年"的拜年风俗,虽是战乱岁月,招待客人也要用上四个碟子,分别装满花生、瓜子、酥糖、龙酥饼,日子没有乱。小说描写山村避难的日常生活,捡柴是小孩们的快乐,既是工作,又是游戏,莫须有先生认为捡柴是天才的表现,柴火是生命的象征,塘里看打渔、秋天落叶成阵、大雨后小河暴涨、连绵不绝的雨线、果子成熟后自然落下、明月朗照的夜晚等,皆能令人快乐,但其快乐皆不如捡柴那么快乐。《桥》描写"送牛"的风俗,黄梅地域的男孩成长,初次临门时,最讲究的礼物就是"送牛",小牛全身紫绛色,头上扎着彩球,喜气洋洋,请人代养;描写"送路灯"的风俗,新死的人安葬后,亲戚朋友接连三晚前往墓地"送路灯",提灯笼,穿孝衣,以安慰亡灵,给亡灵照亮黑暗的黄泉路途;小说细致描写三月三看鬼火、清明节打杨柳等黄梅地域风俗,如"打杨柳",就是将杨柳枝剥皮,捋到梢头,做成一个带着白长条身子的绿色杨柳球,孩子们举着杨柳球,四处舞动,像春风一般快乐无比。类似的黄梅地域风景、风物、风俗、风情描写,为废名小说带来充沛丰盈的阅读趣味,既是淡笔绘出的地域风俗奇观,也是小说的内在叙述结构,因情生文,因景生发议论,在废名小说的文体构建中具有重要作用。沈从文在《论冯文炳》一文中,充分肯定废名小说中的"农村寂静的美",经由乡村少女、小河、菜园、葵树、牛粪、稻草等普通"景观"或"人物",营造出"不普通"的美景,正是废名小说的独异之处。废名小说以节制的"悭吝文字",书写黄梅地域,文本所呈现的"地方性的强"①,值得我们给予充分的关注。

废名开创了中国现代乡土小说的叙事传统,这种传统在文体上表现为诗化叙事与散文化叙事;在文化资源上是对中国古典传统和西方文学的有效融合和超越,体现出鲜明的主体性特征;在审美情趣上表现为宁静幽远情韵并致,情感内敛含蓄节制;其价值观的基础是融会儒、道、释于一炉的"道",核心是"诚笃"与"真实",即"不自欺";在古典与现代、本土与西方的冲突和选择之中,废名彰显出其鲜明的文化价值观。这一切构成了废名小说的写作"传统",一方面,他是对既有传统的继承与超越;另一方面,他以其执拗的个人努力开创了现代乡土小说写作的崭新传统。因文生情,因情生文,这是废名小说的主体叙事特征,凸显出作者鲜明的叙事主体性,正是由于这一点,周作人评价废名的文章已"近乎道","情生文,文生情","这好像是一道流水,大约总是向东去朝宗于海,他流过的地方,凡有什么汉港湾曲总得灌注潆洄一番,有什么岩石水草,总要披拂抚弄一下子,才再往前走,这都不是他的行程的主脑,但除去了这些也就别无行程了"。②

西方浪漫主义和象征主义的文学观念与表现技巧,中国传统文学中的庄禅思维方式和唐人绝句的优美表达,在废名身上得到有机统一,融合性地创造出以诗意的语言、象征性的意境、散文化的结构、意象式的抒情为主要特征的现代乡土小说写作新传统。在小说叙事上,废名开启了中国现代小说"散文化"和"诗化"的先河,而其田园归隐情结这种反现代的审美现代性的文化追求也具有"先行性"。这就是废名"田园诗风"的乡土叙事在中国新文学史上的地位和意义③。"田园归隐情结"和桃花源生活图式的书写,其实也是中国传统文学的重要题材,

---

① 沈从文:《论冯文炳》,《沈从文选集》第 5 卷,四川人民出版社 1983 年版,第 294 页。
② 周作人:《序》,《莫须有先生传》,载艾以、曹度主编《废名小说》下卷,安徽文艺出版社 1997 年版,第 28 页。
③ 丁帆:《论废名"田园诗风"的乡土抒写》,《湖南社会科学》2007 年第 1 期。

世异时移，传统资源以其"反现代的审美现代性"获得新生。

在接受史视域中，废名小说明显可以见出英国文学的影响，如莎士比亚、哈代、乔治·艾略特、维吉尼亚·伍尔夫等，这与他在北大英文系的求学背景不无关系，同时，也受到西班牙作家塞万提斯《堂·吉诃德》、俄国作家契诃夫短篇小说的影响。而中国传统文学中的先秦诸子散文、陶渊明田园诗作、唐人绝句等对其更具潜在的影响。在《莫须有先生坐飞机以后》第七章，废名写道："我喜欢庾信是从喜欢莎士比亚来的，我觉得庾信诗赋的表现方法同莎士比亚戏剧的表现方法是一样"，"诗人自己好比是春天，或者秋天，于是世界便是题材，好比是各样花木，一碰到春天便开花了，所谓万紫千红总是春，或者一叶落知天下秋。我读莎士比亚，读庾子山，只认得一个诗人，处处是这个诗人自己表现"。①"《竹林的故事》的冲淡近王维、孟浩然；《桥》的高华近庾信、李商隐、温庭筠；《莫须有先生传》的奇僻近李、温而又近庄、老；《莫须有先生坐飞机以后》的平和温良近《论语》、陶潜"②，一部废名小说史，几乎可以读成一部中国诗史。中外传统文化、文学资源经过作家的选择性吸收和创造性转换，已经化为自己的血肉和气息，广采博取，别立新宗，废名自创的现代乡土小说写作传统，对同时代及其以后的作家创作产生了较深刻的影响，并形成清晰的传承谱系。

与废名同时代的作家沈从文曾说他"写乡下"的作品"受了废名先生的影响"③，自称他的小说风格与废名最为接近，"一是因为农村观察相同，二是因为背景地方风俗习惯也相同。于是从同一方向中，用同一单纯的文体，素描风景画一样把文章写成"④。20世纪30年代开始创作的沙汀喜爱废名的小说，曾将自己的创作寄给鲁迅求教，鲁迅在回信中不客气地指出："忸怩作态，有废名气。"⑤ 可见沙汀创作受到过废名小说的"不良"影响，半个世纪之后，老年沙汀仍然在答记者问时

---

① 废名：《莫须有先生坐飞机以后》，载艾以、曹度主编《废名小说》上卷，安徽文艺出版社1997年版，第197页。
② 冯健男：《梦中彩笔创新奇——废名的文学生涯和小说艺术》，载艾以、曹度主编《废名小说》上册，安徽文艺出版社1997年版，第19页。
③ 沈从文：《夫妇·附记》，《小说月报》第20卷第11号，1929年11月10日。
④ 参见陈振国主编《冯文炳研究资料》，海峡文艺出版社1991年版，第217页。
⑤ 沙汀：《我是怎样写起小说来的》，《理论与创作》1990年第4期。

明确表示自己年轻时喜爱阅读废名的《桃园》《竹林的故事》等小说①。萧红、艾芜、师陀、梁遇春、何其芳、孙犁、汪曾祺、黄永玉、贾平凹、何立伟等人,也都受到过废名小说的影响。②废名的写作传统一直没有断流,代有传人,自成谱系,这就是寂寞的力量,是"最确实的走法"③。

第五节 黄冈:刘醒龙的小镇经验

刘醒龙出生于湖北古城黄州,以后在团风镇、石头嘴镇、金家墩村、贺家桥镇、西汤河镇、雷店镇等大别山区的各个村镇辗转迁徙,先后担任英山县占河水库临时工、水利局测量员、阀门厂工人、文化馆创作员、黄冈群艺馆干部、武汉市文联专业作家、湖北省作家协会副主席、湖北省文联主席。代表作有中篇小说《凤凰琴》《村支书》《分享艰难》《秋风醉了》,长篇小说《威风凛凛》《燕子红》《圣天门口》《天行者》《蟠虺》等。在2007年的一篇创作访谈中,刘醒龙将自己此前阶段的创作分为三个时期:第一期是从《黑蝴蝶,黑蝴蝶……》开始的"大别山之谜"系列,想象力丰沛;第二期是以《威风凛凛》《村支书》等为代表的"现实主义冲击波"系列;第三期是以《圣天门口》《蟠虺》等为代表的"糅合"阶段,艺术上趋于成熟④;而在2014年的创作访谈中,刘醒龙细说从头,尤其是详细地回忆了他居住过的6个小镇的故事,这些充满生活细节的故事与其创作经历形成直接对应关系,他认为文学创作就是"要表现小地方的大历史",而"文学意义上的刘醒龙是小镇造成的"⑤。小镇具有非城非乡、亦城亦乡的交叉性,是地域范围内的经济、政治、文化中心,既面向广阔的农村,又是城市"五脏俱全"的缩小版;既有新鲜信息的不断刺激,又不至于让人沉沦

---

① 杨义:《〈中国现代小说史〉书简录》,《新文学史料》1991年第1期。
② 刘保昌:《大块噫气:废名小说"传统"论》,《湖北大学学报》(哲学社会科学版)2012年第4期。
③ 周作人:《竹林的故事序》,载艾以、曹度主编《废名小说》下卷,安徽文艺出版社1997年版,第278页。
④ 周新民、刘醒龙:《和谐:当代文学的精神再造——刘醒龙访谈录》,《小说评论》2007年第1期。
⑤ 刘醒龙、李遇春:《文学是小地方的事情》,《上海文学》2014年第4期。

于海量信息中不辨东西。小镇经验成就了刘醒龙,在他创作的前后三个阶段,关于黄冈小镇、城乡的地域文化书写贯穿始终,宛若时代河流中的定海神针,因此具有精神和审美的双重意味。

一 神秘的大别山

从《黑蝴蝶,黑蝴蝶……》① 开始,到《我的雪婆婆的黑森林》《返祖》《大水》《老寨》《河西》《地火》《天雷》《异香》《人之魂》《未归军魂》《倒挂金钩》《牛背脊骨》《女性的战争》《卖鼠药的年轻人》等篇什,刘醒龙的"大别山之谜系列"小说志在凸显大别山的神秘氛围,开掘大别山的传统"文化岩层",探寻大别山的"文化圈之谜"、"神秘美之谜"和"艺术氛围之谜"②,这无疑是对20世纪80年代中期兴起的寻根文学思潮的自觉回应和积极参与,寻根文学版图上从此多了一个"文学的大别山"。

与王安忆的短篇小说《本次列车终点》和孔捷生的中篇小说《南方的岸》相类似,刘醒龙的中篇小说《黑蝴蝶,黑蝴蝶……》也属于回归型"知青小说",同时又具有了寻根小说地域文化书写的神秘魅力。多年以后,当年的返城女知青林桦,已经成为著名作家和画家,离婚后情感一直没有归宿,总是遥望远方的大山,想念昔日的恋人邱光;而当年的知青邱光,一直留在乡村,当了泥瓦匠,在山洪暴发时为了抢救集体财产牺牲,留下一幅画作:大别山的女儿躺在黑蝴蝶的羽翼之下,闪烁着神秘的光辉。这篇小说借助女画家和作家的眼睛,对大别山的自然风光和民间风情极尽渲染之能事,对人生意义的追寻、对青春岁月的伤逝与女主人公浓得化不开的乡愁乡恋相互交织,书写出大别山浓墨重彩的地域文化篇章。

刘醒龙撰写过一篇题为《那叫天意的东西》的散文,深情地回忆《安徽文学》编辑苗振亚刊发他的中篇小说处女作的机缘,"苗振亚老师说,世界的确有许多不可思议的神秘之处,这也是生活永远具有魅力的根本所在,爱因斯坦说神秘最美,所以他说他是倾向文学作品可以有

---

① 刘醒龙:《黑蝴蝶,黑蝴蝶……》,《安徽文学》1984年第4期。
② 金宏宇:《刘醒龙"大别山之谜"系列小说述略》,《黄冈师专学报》1991年第1期。

点朦胧感、有点说不清楚的神秘感。这也是我特别喜欢、特别入心的，生活本来就是解释不清的，能解释清楚的就是真正的生活；因而文学应该是去表现生活，而不是解释生活。正是这一觉悟，使我找到了自己应该去探索的文学小路：我愿在使自己融合进绝对不应当被称为浪漫的'东方神秘'的过程中深情地表现它，并为重建楚文化的神话体系，而与各洞蛮夷一起竭尽绵薄之力"[1]。但"重建楚文化的神话体系"的宣言，并没有成为刘醒龙此后谨奉不违的创作圭臬，除了浪漫、神秘的小说写作风格追求，所谓"楚文化""神话体系""各洞蛮夷"等，事实上更像是两湖作家惯常打出的地域文化旗号，而与刘醒龙的小说文本实际扦格不入。

《返祖》中的研究生"他"，得到导师的热情鼓励，想要创建一门"人文地质学"，因此深入大别山腹地进行文化考察，实际上却是想寻找到传说中的"美女现羞"神水，治愈"他"长出尾巴的"返祖"毛病。小说不忘调侃当时已负盛名的寻根小说经典，"据说沉甸甸的人生在压迫着这群人去九曲黄河，去黄土高原，去彩瓷流成的河，去神话堆垒的山，总之是去那些文明与蛮荒翻转了一个轮回的地方去寻找什么根。他既不去理解日立彩电中迪斯科的咚咚嚓，也不去理解洞穴壁画上飞舞的沈沉沉，他是来大别山寻找'美女现羞'的"[2]。这篇小说从结构层面上来看，与寻根小说经典之一的张承志的《北方的河》十分相似，但是《北方的河》中的研究生"他"最后寻找到的是北方的河流的澎湃激情和巨大的精神力量，而《返祖》最后寻找到的"美女现羞"神水并不能洗掉"他"的尾巴，反而揭开了"他"及其"祖先"的"辱母弑兄"的原罪，"他"要寻找的"根"其实一直长在"他"的身上，"他"的尾巴就是传统文化之根。毫无疑问，这条见不得人的尾巴，不可能是曾经辉煌灿烂的楚文化之根，反倒是文化劣根性的代际遗传。如此，刘醒龙的文化寻根苦旅很可能走向韩少功《爸爸爸》的路途，他们都曾经"宣言"要去寻找绚丽多姿的楚文化之根，但都没有找到类似于汪曾祺"大淖"的自由民间、张承志"北方的河流"的开阔雄浑、阿城"三王系列"的道家风采、贾平凹"商州"的浪漫旖旎、

---

[1] 刘醒龙：《那叫天意的东西》，《湖北文史》2015年第1期。
[2] 刘醒龙：《返祖》，《异香——大别山之谜系列》，长江文艺出版社1992年版，第90页。

李杭育"葛川江"的奔放浩荡；迥异于韩少功笔下那个历劫不死的"小老头"丙崽的文化隐喻，刘醒龙在小说篇末重拾对大别山自然神灵的敬畏，对神秘的地域自然顶礼膜拜，由此拨开传统文化的表象，寻找到"文化之下更深层的'自然'，那才是文学之根更原生态的、更丰饶的土壤"①。

坚持和维护大别山"自然"立场的总是本地域的年长居民，他们尊重神秘的大自然和传统的自然伦理，因此与"外来者"或者"不肖子孙"之间形成紧张的对峙关系。《返祖》中的"他"就是在老篾匠的影响下，才最终产生对于自然神灵的敬畏；《河西》中的十三爷花尽一生积蓄修建木桥方便村民们出行，却被年轻人钟华一把火烧得精光，因为钟华想要通过修建钢筋桥来征收过桥费；《两河口》中的长乐爷为了保护堤坝而牺牲；《人之魂》中的奶奶为孙子虔诚地招魂，却被儿子当作"迷信"行为加以怒斥；《老寨》中的"外来者"瘌子猫，是一个越狱逃跑出来的罪犯，却以能够帮助山寨修建电站的谎言大话，骗娶了寨子里老头领的宝贝女儿宝阳，驮树佬贤虽然发现并揭示出真相，但是却被寨子里向往电灯、电话的年轻村民视为"毁了电站"的罪人。需要指出的是，刘醒龙在这种人物对峙关系中，并没有简单地从道德层面予以裁定和认同，相反在新与旧、传统与现代、变与常之间他的态度时常犹疑不决、去意徊徨，"在将变之时，他对旧事物和旧观念持否定态度，在既变之后，却又对这些被他否定过的东西有所眷惜和留恋"②。这种犹疑的情感态度，正是一切审美现代性书写的题中应有之义。小说叙述大别山的自然之谜时，巫风弥漫，如《牛背脊骨》中的安大妈挖出古墓后，在樟树下摆设香案驱鬼辟邪；《老寨》中的驮树佬每次回家，家中的女佬都会迎头泼上一盆艾叶水驱鬼；《返祖》中的人们也是用艾叶驱鬼；《异香》中的大胖妈通过占卜算卦预知了儿子将来的命运，阿波罗牺牲后他的奶奶和大胖找吴先生前来招魂、唱招魂歌；《人之魂》中的老祖母提醒孙儿路上遇到鬼时不能回头，而要大声喊出来："公鸡叫了！天打雷了！钟馗是我大舅爷！"

---

① 鲁枢元：《从"寻根文学"到"文学寻根"——略谈文学的文化之根与自然之根》，《文艺争鸣》2014年第11期。
② 於可训：《刘醒龙与大别山之谜——刘醒龙创作散论》，《长江文艺》1991年第1期。

在展现大别山的"自然之谜"之外，刘醒龙还致力于发掘大别山人的"人性自然"之谜。人性深处的善恶纠葛始终是他不倦开掘的主题。《天雷》中的老族长程九伯，向来一言九鼎，族人程毛头家大业大，却在重修娘娘庙时不肯认捐，这种小人行径和吝啬品性引起九伯的大怒，诅咒他会被天雷轰死；程毛头因为临时要到武汉办事，不辞而别；那几天刚好暴雨如注，天雷滚滚，山摇地动，河东垸人都以为九伯的诅咒发生了作用，从众心理的"平庸之恶"大面积爆发，在九伯的带领下平分了程毛头的家业；程毛头返回大别山，将九伯和全垸人以"抢劫罪"名告上法庭，事实证明他才是河东垸真正厉害的角色。《地火》中的外姓人卜祥，开着一家杂货铺，因为势单力薄，在河东垸一向安分守己，自愿为程氏家族供奉的苏母娘娘烧钱，但他烧假钱的"阴谋"被钟华揭穿，只得反过来为钟华修建钢筋桥征收过桥费出谋划策；钟华头生"反骨"，将卜祥烧假钱的事情四处张扬，路人皆知；卜祥只得声称要再次为苏母娘娘烧供钱，他设计让程毛头媳妇做了替罪羊，自己则带着家产钱财全身而逃。《异香》在侦探小说的叙事框架中逐层推进展示人性之恶，派出所梅所长在侦破一桩杀人案件的过程中，很快将犯罪嫌疑人确定为老灰；在抽丝剥茧的侦破过程中，真相逐渐浮出水面：老灰的乱伦秘密被大胖无意中看见，于是老灰设计杀害了大胖，却嫁祸于桂儿爹妈，并要挟他们将桂儿嫁给自己的弱智儿子；桂儿嫁过来之后，遭到老灰的多次侮辱；梅所长在与老灰的最后对峙中，承认自己与老灰的妻子发生过性关系；老灰杀死梅所长之后，向梅所长的妻子编造了梅所长托他传宗接代的谎言，梅所长妻子上当受骗，老灰成功地实施了报复。《异香》的结尾处，作者向天高呼："大别山，这不老之谜呀——"这的确是对人性恶的难解之谜的深层次揭示，诚如小说主人公老灰挂在嘴边的一句话"是人没有不狠不毒的"。验之于小说文本，能不信乎？但我们同时也必须指出，《异香》对人性之恶的极端化凸显，并没有像《天雷》《地火》等篇什那样，与大别山特有的地域文化背景紧相关联，因此存在着过度抽象化和理念化的不足。这种不足，在其后的创作中逐步得到纠正。

文学史家对刘醒龙的"大别山之谜"等早期小说进行"寻根性"研究，发现其"在对自然之根的敬畏中，安顿乡土情结与现代化焦虑；在对'人'的反思中，展开对历史与现实的认识与批判；在面对'根本恶'的绝望与愤怒中，寻找内在超越的可能性"①，这个"三重奏"正是刘醒龙最终走出"大别山之谜"、走进被一些读者批评为"道德理想主义写作"的内在原因，这种草蛇灰线的勾勒、前因后果的关联，无疑是有其真切的文本依据的。同时，从外在原因来看，正如周介人所指出的那样，"文化派小说发轫时气势不凡，超群脱俗，但走到后来出了不少装神弄鬼与卖弄民俗知识的浅薄作品"②，寻根小说缺乏后劲，从整体上来看已是穷途日暮，转型势在必行，刘醒龙走向了故乡的现实大地，因此重获生机，并成功地走向创作巅峰。

二 理想主义的西河和界岭

以《威风凛凛》③作为分水岭，刘醒龙的小说创作由浪漫主义转向现实主义题材，实现了"从迷的追寻到人的写真"④的华丽转身，西河镇和界岭乡从此成为两个重要的文本地标。

"西河镇南北长，东西窄，被两边的山一挤，又瘦又长"，"白天里，这儿的山梁轻轻起伏，青青蜿蜒，山腰上要黄黄得灿亮，要红红得富贵，要白白得洁净，要不黄不红不白的颜色也有。有时，只要一眨眼，半山就缠上薄薄的白雾"，"天亮后，西河也会流得十分遥远，小水微澜，不须负荷，只把几片落叶，几瓣野花浪漫地搂着，弯一弯，扭一扭，从看不见的地方流来，流向看不见的地方"⑤，这是秋天的西河镇，与两湖地域东部的普通小山镇没有什么两样。刘醒龙自称"用灵魂和血肉"⑥写成的长篇小说处女作《威风凛凛》，以初中民办教师赵长恩（赵长子）的被杀案件作为叙事框架，描写西河镇的百味人生，在"灭别人的威风，长自己的威风"的西河镇恶劣文化氛围中，执着地探寻道德、知识和爱情的力量。从小说的《后记》来看，写作这本

---

① 杨晓帆：《走出"大别山之谜"的三重奏——论刘醒龙早期小说创作的文学史意义》，《中国现代文学研究丛刊》2017年第1期。
② 周介人：《读小学教师》，《周介人文存》，广西师范大学出版社2004年版，第241页。
③ 刘醒龙：《威风凛凛》，《青年文学》1991年第7期。这部中篇小说后来改写扩充为同题长篇小说，于作家出版社1994年首版。
④ 彭韵倩：《从迷的追寻到人的写真——评刘醒龙的小说创作》，《文学评论》1993年第5期。
⑤ 刘醒龙：《威风凛凛》，作家出版社2009年版，第33页。
⑥ 刘醒龙：《后记》，《威风凛凛》，作家出版社2009年版，第316页。

书时的刘醒龙心情非常不好,这篇《后记》可以与贾平凹的《废都·后记》对照起来阅读,二者之间存在许多相似之处,比如都是躲在外地闭门写作,都是漫长的孤独的暗无天日的写作周期,都是一边写作一边服用中药药丸,都是身陷各种人事纠纷精神十分苦闷,都是视写作为自己的灵魂拯救方式。这样看来,小说中的人性之恶必然带有现实人生的曲折投射,人性之善因此愈显珍贵。小说采用第一人称叙事,具有强烈的"在场感"和"亲历性";同时,作者又并不被第一人称拘囿,在描写"我"不在场的情景时,转为第三人称客观叙事,同样生动形象。

小说中的西河镇巫风弥漫。如"我"(杨学文)在初二暑假的第一天,被一团旋风追逐,那旋风裹着纸片和枯叶,呼呼作响,西河镇上的人都说是遇上鬼了;果然不吉预兆得到验证,那一天"父母"同时被霹雳打成焦炭,家里只剩下喜欢拈花惹草的爷爷照顾"我"。西河镇的夜晚,经常可以听到莫名其妙的惨叫声,爷爷说那是鬼在叫,叫声响起时,"身下的大石头惊得抖了几抖。西河镇四周常有野兽出没,镇内常听说有鬼魂出现"[①]。爷爷认为"我"被鬼叫声吓得丢了魂魄,得沿路寻找回来:

> 此时的天空更黑了,风吹得格外的阴森,青蛙不时像豹子一样从草丛中跃出来,使人心惊胆战,小虫儿则一会儿呻吟,一会儿嚎叫,一会儿怪声怪气地狞笑。
>
> 爷爷端了一碗米,一边走一边洒,还一边长长地叫着,学文,回来呀!
>
> 我端着一碗清水,紧紧地跟着爷爷,一声声应着,回来了,都回来了!
>
> 听着自己的声音,自己更加害怕。
>
> 爷爷非常信鬼,一有小灾小病,便又是烧纸钱,又是插桃木剑。[②]

在西河镇谁最威风?这是小说最为重要的主题。在这种地域文化氛

[①] 刘醒龙:《威风凛凛》,作家出版社2009年版,第37页。
[②] 刘醒龙:《威风凛凛》,作家出版社2009年版,第37—38页。

围中，是个人就要追求威风，中学的胡校长坚持让学生们跑马拉松比赛，目的就是让穷人家的孩子们跑出威风，让城里人知道吃苦耐劳的乡下人的厉害。瘸腿的蓉儿出嫁后，每天在家里欺负丈夫和公婆，声言"人活得没有威风，那还不如死了好"。西河镇上一般人认为金福儿和五驼子是最威风的人。原先以捡破烂为生的金福儿，通过捡拾到的废纸片、笔记本记录掌控了全镇人的秘密，以此相要挟，很快发家致富，现在开着一家栖风酒楼，是镇上最有钱的人，又是女镇长的相好，很有威风；五驼子是个杀猪卖肉的屠夫，是个狠人，当栖风酒楼的经理王国汉，带着工商所人员前来理论买肉时所缺少的斤两时，五驼子将自己的两根手指剁下来，以找齐差秤，就此砍出了自己的威风。五驼子杀猪归来，喝得大醉，误将赵长子当作金福儿杀死，目的当然是要灭掉金福儿的威风。

赵长子给西河镇的孩子们带来了文明的种子，播种下文明的希望，以一人之力，堂·吉诃德似的抵抗着无知和凶蛮，貌似懦弱，实为雄强，虽被杀害，精神不亡。他说，"人怕人又有什么意义，任谁也骄横不了两生两世，可如果想着多给别人做好事，过了许多代也还有人纪念"[1]；"我们知识分子以知识作为矛，以忍让作为盾，知识不会伤人，忍让可以护身"[2]；人的骨头只有两种，一种是钢铁，质地刚硬却容易折断，另一种是水，看上去很软却砍不断。他希望"我"以及他的学生们，能够出人头地，走出西河镇，脱胎换骨，到外面的大千世界里，在知识、文明、善良、道德的天地中，去抖威风，那才是真正的威风。在小说的结尾部分，"我"高声说："金福儿，你毒害不了我！"这无疑是对西河镇"抖威风"的地域文化传统的公开反叛，赵长子的正面影响已经开始发生作用。

《天行者》扉页题词："献给在二十世纪后半叶中国大地上默默苦行的民间英雄！"这是一曲歌颂山村民办教师的饱含深情的赞歌，也是"一曲献给民间英雄的悲情颂歌"[3]。小说情节主要围绕西河乡界岭村小学民办教师们的四次转正（即民办教师转为公办教师）经历展开，由

---

[1] 刘醒龙：《威风凛凛》，作家出版社2009年版，第27页。
[2] 刘醒龙：《威风凛凛》，作家出版社2009年版，第80页。
[3] 韩春燕：《刘醒龙长篇小说〈天行者〉用疼痛的文字书写平凡的英雄》，《文艺报》2009年9月29日。

此折射出人性和道德的力量。在担任西河乡教育站长的舅舅的安排下，高考落榜生张英才来到界岭小学当民办教师。一排旧房子，一面迎风飘扬的国旗，这就是位于深山中的界岭小学，条件十分简陋。全校老师一共只有三位：余校长、副校长邓有米、教导主任孙四海，他们将六个年级的学生分为三个班，每人带一个班，实行全科教学，语文、数学、美术、体育、唱歌等一肩挑。离家太远的二三十名学生则在余校长家里搭伙、寄宿，余校长妻子明爱芬长年瘫痪在床，生活无法自理，加上民办教师的工资经常被拖欠，家庭经济十分困难。秋天的界岭，风景如画，"山下升起了云雾，顺着一道道峡谷，冉冉地舒卷成一个个云团，背阳的山坡上铺满阴森的绿，早熟的稻田透着一层浅黄，一群黑山羊在云团中出没，有红色的书包跳跃其中，极似潇潇春雨中的灿烂桃花。太阳正在无可奈何地下落，黄昏的第一阵山风就掩盖了它的光泽，变得如同一只被玩得有些旧的绣球。远远的大山就是一只狮子。这是竖着看，横着看，则是一条龙的模样"①；"离界岭小学很远的山坡上，阔叶的乔木开始变艳丽了。那些为数不多的红豆杉，总是独立在山的不同寻常处，用常青的叶冠，将满树的红果衬托得格外亮眼"。② 一切地域风景描写其实都具有人文意义，"红色的书包"在黑山羊群中跳跃，表明界岭存在着孩子们失学的状况。12岁的五年级学生叶萌，成绩很好，热爱读书，就因为父亲挖煤时出了事故，被迫回家挑起大梁；山中秋冬季节来得早、春夏季节来得晚的地域气候特征，也是余校长提前安排维修教室、每周绕道送学生们回家以保证安全等情节的必要背景；作为珍稀植物的山中已经为数不多的红豆杉，也为小说中邓有米偷砍红豆杉出卖以偿还学校教室维修费的情节作了自然的铺垫。

在张英才宿舍的墙壁上挂着一张"凤凰琴"，这张凤凰琴是万站长留下来的，当年他与明爱芬都是界岭小学老师，为了得到一个转正名额展开竞争，万站长不惜与性格粗暴、但有较好家庭背景的李芳结婚，成功地实现了"转正"梦想；明爱芬坚信自己凭借实力能够得到这个"转正"指标，在刚刚生下孩子的寒冬腊月，蹚过冷水河前往县城参加转正考试，还没有走到考场就一病不起。万站长离开界岭小学时，将这

---

① 刘醒龙：《天行者》，人民文学出版社2009年版，第14页。
② 刘醒龙：《天行者》，人民文学出版社2009年版，第202—203页。

张凤凰琴送给明爱芬。这是小说写到的第一次转正。第二次转正指标下来时，万站长让外甥张英才私下里填好表格后直接交到县教育局，被张英才拒绝，大家一致同意将转正机会给予余校长，余校长请求大家同意让给明爱芬，因为她做梦都想转正，剩下一口气就为了有机会转正。明爱芬填写转正表格的这段文字，堪称小说的高潮部分，写得却是不动声色：

> 明爱芬用肥皂细心地洗净了手，擦干，又朝余校长要过一支笔，颤颤悠悠地填上：明爱芬，女，已婚，共青团员，贫农，一九四九年十月出生。
> 突然间，那支笔不动了。
> 邓有米说："明老师，快写呀！"
> 明爱芬那里没有一点动静。
> 在身后扶着她的余校长眼眶一湿，哽咽地说："我晓得你会这样走的，爱芬，你也是好人，这样走了最好，我们大家都不为难，你也高兴。"
> 明爱芬死了。
> 满屋子的人都没有做声。
> 只有余校长在和她轻轻话别。[①]

明爱芬走得安详、满足，第二次转正的机会最终通过选举的方式给了张英才；第三次转正指标下来时，蓝飞偷偷地填完表格，盖上校章后交到县教育局。界岭小学的老师们深感被欺骗后的不平，大家义愤填膺，想要集体上访告状，又都被余校长的一番话劝住了，余校长联系到上次明爱芬填写表格的事情，说："将死之人都能让她好死，活着的人更应该让他好活。蓝老师的事虽然木已成舟，想要翻出那些脏东西，譬如造假证明，以权谋私等，抹黑他，也不是什么难事，甚至完全可以翻盘。可翻盘之后怎么办？蓝老师连恋爱都没谈过，就要背上这些脏东西，岂不是生不如死吗？"[②] 界岭虽小，精神内涵却是如此博大精深。第四次转正，也是最后一次转正机会，是全体民办教师都可以在买断工

[①] 刘醒龙：《天行者》，人民文学出版社2009年版，第73—74页。
[②] 刘醒龙：《天行者》，人民文学出版社2009年版，第174页。

龄后转为公办,邓有米因为有多年省吃俭用的积蓄,和长期坚忍的耐心,最先实现转正;余校长和孙四海却都没有积蓄,对于买断工龄有心无力;邓有米不忍心界岭小学的"刘关张"不能同时转正,便利用修建校舍的机会,拿到建筑公司两万元的回扣款,替余校长和孙四海购买了工龄。但由于建筑公司偷工减料,校舍在起用之前垮塌,邓有米被彻底开除出老师队伍,一厢情愿的美好希望最终化作更大的悲剧。

小说叙事饱含张力,内蕴巨大的悲情。明爱芬的去世、孙四海的情人王小兰被杀害、叶萌的父亲死于矿难、支教生夏雪自杀、骆雨生病、万站长的妻子李芳患上血癌等,导致整部小说格调沉郁,氛围凝重,同时作者高扬道德理想主义的旗帜,将民办教师蜡烛般的无私奉献精神和自我燃烧的理想激情张扬到了极致。这种精神看似抽象,在界岭小学却表现得极其平常。小说描写张英才转正后,背着凤凰琴离开界岭,万站长对他说:"想说界岭小学是一座会显灵的大庙,又不太合适,可它总是让人放心不下,隔一阵就想着要去朝拜一番。你要小心,那地方,那几个人,是会让你中毒和上瘾的!你这样子只怕是已经沾上了。就像我,这辈子都会被缠得死死的,日日夜夜脱不了身。"① 正是这种精神,让小说的字里行间,又洒进希望的阳光,既悲悯,又温暖。张英才在省教育学院进修后重返界岭,叶碧秋自学成才拿到文凭后也回到界岭小学,蓝飞在当上公务员后并没有忘记界岭,为了修建校舍来回奔走,孙四海成功地打败"村阀"竞选上村长,余校长转正成功并与蓝小梅喜结连理,余志、李子、叶萌等一批学生都会有属于自己的美好未来,小说留下了一个"光明的尾巴"。这种悲悯和温暖、浪漫与苦难相互交织的情感色调,正是刘醒龙现实主义小说的重要特征。

刘醒龙小说的叙事魅力生成,离不开其善于采用适度的浪漫主义表现手法。邓有米和孙四海将本来应该是欢快的歌曲《我们的生活充满阳光》吹奏得十分悲凉,如泣如诉,凄婉极了;孙四海每次都在王小兰离开时吹响笛子伴她回家;小说多次描写界岭小学的升旗、降旗仪式,"操场上正在举行升旗仪式,余校长站在最前面,一把一把地扯着从旗杆上垂下来的绳子。余校长身后是用笛子吹奏国歌的邓有米和孙四海,再往后是昨晚住在余校长家里的那些学生。九月的山里,晨风又大

---

① 刘醒龙:《天行者》,人民文学出版社2009年版,第79页。

又凉,这支小小队伍中,多数孩子只穿着背心短裤,黑瘦的小腿在风里簌簌抖动。大约是冷的缘故,孩子们唱国歌时格外用力,最用力的是余校长的儿子余志。国旗和太阳一道,从余校长的手臂上冉冉升起来后,孩子们才就地解散"①,这已经成为小说的一种精神象征。

  鄂东地域文化在小说中并没有得到特别的表现,只在叙事中得到质朴的展呈,比如孙四海用自己播种的茯苓抵交教室维修款、界岭山村四季变换的风景、打工者回家过年时的情景、穷困人家请客时的"做戏表演",暮色和炊烟,国旗和笛声,自然界的风雷雨雪,山中的狼嚎和毒蛇,等等。但是,质朴自有质朴的力量。比如支教生夏雪的父母来到界岭小学,想吃一碗能够了却心愿的油盐饭,"王小兰从孙四海的橱柜里取出一碗剩饭,然后将灶里的柴火点燃。待锅烧得微热时,用水瓢舀了点水,将热气腾腾的铁锅刷干净,再洒半勺油在锅底,稍等一会儿就将剩饭倒进锅里。王小兰一边用锅铲在锅里反复炒着剩饭,一边用勺子撮了些盐放进碗里,加点水搅几下,直到锅里的饭快炒好,才将化开的盐水,沿着锅边倒进去。这时候,孙四海将灶里的柴火拨弄了一下,使其烧到最旺。一阵浓香扑鼻,油盐饭炒好了"。② 食材简单,作料朴素到简陋,做法也简单,没有丝毫的夸张,完全是写实层面的展现;而到王小兰被杀害之后,女儿李子写了一首诗作:"前天,我放学回家/锅里有一碗油盐饭。/昨天,我放学回家/锅里没有了油盐饭。/今天,我放学回家/炒了一碗油盐饭/放在妈妈的坟前!"③ 同样是质朴的文字,却已跃升至精神悲痛的诗化层面。一碗油盐饭,足以成为界岭村地域文化精神的浓缩的具象。万站长说过:"一般的老师,只可能将学生当学生,民办教师不一样,他们是土生土长的,总是将学生当成自己的孩子,成绩再差也是自己的亲骨肉!"④ 语言质朴无华,却是民办教师真实情感的具现。刘醒龙小说中巫风弥漫,比如兔子作揖、惊雷劈石、茯苓跑香等,余校长"将最后一名学生送到家,天就黑了,返回时,路过一处田垅,明明看见一个人在前面走着,还叼着一只烟头,火花一闪一闪的,他快走几步,想撵上去,找个做伴的。到了近处,他一拍那人的肩头,觉得

---

  ① 刘醒龙:《天行者》,人民文学出版社2009年版,第18页。
  ② 刘醒龙:《天行者》,人民文学出版社2009年版,第269—270页。
  ③ 刘醒龙:《天行者》,人民文学出版社2009年版,第290页。
  ④ 刘醒龙:《天行者》,人民文学出版社2009年版,第104—105页。

特别冰凉,像块石头。他仔细一看,果然是块石头,不仅是块石头,还是墓碑。他心里一慌,脚下乱了,一连跌了几跤,将膝盖摔得稀烂"。①《生命是劳动与仁慈》中也有类似的书写,"父亲"弥留之际,"陈东风没有做梦,天快亮时,他猛地从椅子上跳起来,嘴里连连叫着,爸,爸爸!他睁开眼睛时,仿佛看见一个壮实的男人在父亲床前飘然而过,无声无息地走向房门。房门是关着的,但那人却一点阻挡也没有,随随便便地走了出去。那人肩上扛着一把锄头,一件蓑衣松松垮垮地披在身上,手里拿着一只箩筐。陈东风怔了怔,连忙扑到父亲床前,伸手去试那鼻息。那鼻息如若游丝、似断非断,让人判断不准。陈东风将手塞进父亲的怀里,正要试试那心窝是否还是热的,窗外强光一闪,电灯猛地发出一片惨白的光芒后,叭地一下熄了,跟着一声巨雷从天而降,炸得屋子窜牵直响。屋一下子暗起来,油灯上的火苗昏昏地颤栗不止"。②这种现象,被两湖地域的人们称为"飘魂",具有强烈的民间文化认同感。

《分享艰难》描写西河镇镇委书记孔太平陷入经济发展与道德坚持的两难处境,为了保证镇上的财税收入,他不得不多次放过为非作歹的镇企业明星洪塔山,甚至在洪塔山强奸了表妹田毛毛之后也不得不让派出所释放他。这篇小说发表后引起很大的社会反响,有些读者甚至发出激烈的声讨:究竟是要替谁分享艰难?其实,当真正的艰难到来时,每个人都不能置身事外,每个人都无法成功躲开。而从艺术层面来看,小说将人物形象与西河镇地域风情描写完美结合,达到了非常好的表现效果。小说开篇描写孔太平从外地乘坐吉普专车返回西河镇,在镇外下车散步,"被太阳烧烤透了的田野,发出一股泥土的醇香,月亮被醺醉了,满面一派橘红。热浪与凉风正处于相持阶段,一会儿凉风扑面,一会儿暑气袭人,进进退退地叫人怎么也安定不下来"③,这正是孔太平五心不定、进退失拒的内心写真。《农民作家》描写西河镇两位农民作家创作剧本的故事,非常接地气,具有浓郁的地域文化特色。西河镇文化馆门前贴出一张告示,准备举办黄梅戏剧本征集、评奖活动,每部获奖剧本将获得奖金一千元,华文贤看到后,急忙找到孙仲望,二人合计

---

① 刘醒龙:《天行者》,人民文学出版社2009年版,第35—36页。
② 刘醒龙:《生命是劳动与仁慈》,人民文学出版社1996年版,第16页。
③ 刘醒龙:《分享艰难》,《上海文学》1996年第1期。

扯出一个故事大纲,主题是计划生育,剧名就叫《偷儿记》,大致情节是王家媳妇怀孕,请来算命先生说是要生个女儿,王家便逼迫媳妇到医院引产,媳妇坚决不愿意;万般无奈,在媳妇生产之际,王老爹跑到医院偷回一个男孩,巧的是这个男孩正是媳妇所生;媳妇在医院因为丢失了孩子十分悲伤,同病房的产妇心生怜悯,将自己生下的女儿借给王家媳妇,不料弄假成真,王家媳妇认定了这个女孩,坚决不要亲生的男孩;那位好心的产妇也一个劲儿要索回自己的女儿,在大家哭闹得不可开交时,王老爹说清楚了一切,最后皆大欢喜。这个剧本由孙仲望执笔,分为五场:盼儿、偷儿、借儿、争儿、还儿。因为这些生活素材就是身边的故事,孙仲望写起来得心应手,他总是想着怎么样写乡亲们最喜欢看,简直是一气呵成,有几个段落让他得意不已,比如王老爹的上场唱段:"儿摘月亮父搭梯,长大不是好东西。找个媳妇一两年,肚子不鼓他不急";又如王老爹抒发没有孙子的感慨:"无儿点灯灯不亮,无儿吃饭饭不香,无儿说话气不壮,无儿站着没有别人长";王家媳妇失儿复得后的唱词:"亲亲儿的脸,摸摸儿的身,叫一声娘的儿,问一声娘的心,儿呀,虽然分手才一天,娘却老了十年人!"这个已经非常成功的剧本,却被来自省、市、县里的领导和专业作家们改得面目全非;西河镇文化站按照孙仲望的原版剧本排演了《偷儿记》,春节期间在全镇巡回演出,盛况空前,因为这才是真正代表普通人们的心愿、为人民群众所喜闻乐见的好作品。以西河镇为叙事背景的小说还有《清水无香》等。在西河、界岭之外,刘醒龙的小说还写到黄州、县城、石家大垸、秦家大垸等地域,如《白菜萝卜》描写黄州城里来自农村的大河、小河两兄弟的故事,重点描述城乡道德观念的冲突;从大河最后返乡的结果以及他所说的"城里土地看起来很肥,可就是长不起苗"的话语来看,作者的情感明显偏向乡村。《挑担茶叶上北京》描写石家大垸村村长石得宝,想方设法完成镇里布置的采摘冬茶向上级送礼的任务,因为采摘冬茶会严重地伤害茶树,所以老百姓都不愿意采摘,最后石得宝只好"独担"了采摘任务,牺牲小我为大家。《大树还小》是对控诉型知青小说的"反弹琵琶",秦家大垸的村民们并不喜欢当年的下乡知青,他们有自己的劳动观和生活观。《村支书》中的望天畈村,《暮时课诵》中县城郊外的灵山寺,《政治课》《秋风醉了》《生命是劳动与仁慈》等篇中的县城,这些地域名称各异,却依然带有鲜明的鄂东地域风景、物产和文化特色,并没有越出作者的故乡版图,那过年时要吃腊鱼、腊肉、糍粑、挂面、豆丝的风俗,那春天开满群山如彩云织锦的燕子红,那无时不在的民间信仰和神秘巫风,那根源于乡村的道德理想主义冲动,总是时时出现在作者的笔端。刘醒龙说过:"一个人无论走多远,故乡的魅力无不如影相随。虽然母亲不是名满天下的慈母,她的慈爱足以温暖我一生。虽然父亲不是桀骜尘世的严父,他的刚强足以锻造我一生。故乡的山,陂陀得漫不经心,任何高峰伟岳也不能超越。故乡的河,浅陋得无地自容,任何大江大河都不能淹没。故乡是人的文化,人也是故乡的文化","一个人无论走到哪里都有收获思想和智慧的可能,唯有故乡才会给人灵魂和血肉"。① 刘醒龙的所有小说,其实都是写在故乡大地上的诗篇。

三 历史的天门口小镇

长篇小说《圣天门口》在第七届茅盾文学奖最后一轮角逐中铩羽而归,刘醒龙一直对此耿耿于怀,虽然《天行者》荣获第八届茅盾文学奖弥补了这一缺憾,但在创作访谈中他还是多次以《圣天门口》没有入选引为遗憾。只因为这部长篇小说凝聚了刘醒龙太多的心血,太多的情感积累,太多的人生经验,太多的写作艺术经验,以及太多的地域文化经验。

《圣天门口》以洋洋百万言的篇幅,书写大别山腹地天门口镇百年沧桑变迁的历史风云,是刘醒龙"表现小地方的大历史和小人物的大命运"②的写作理论的又一次具体实践。《圣天门口》沿袭作家的小镇叙事传统,是一部集大成的、"生长性"③的小说,尤其是以胜利镇和石头嘴镇为原型,以雪家、杭家两个家族的命运作为观照中心,再现了从辛亥革命到"文化大革命"时期中国革命斗争背景下小镇数代人物的历史变迁过程,堪称史诗级别的鸿篇巨制,洪治纲称之为"伟大的中国小说"④。

---

① 刘醒龙:《钢构的故乡》,《寂寞如重金属》,北京十月文艺出版社2011年版,第4—5页。
② 刘醒龙、李遇春:《文学是小地方的事情》,《上海文学》2014年第4期。
③ 黄发有:《写作的"生长性"——刘醒龙小说读札》,《新文学评论》2015年第1期。
④ 洪治纲:《"史诗"信念与民族文化的深层传达——论刘醒龙的长篇小说〈圣天门口〉》,《当代作家评论》2006年第6期。

小说在现实主义的革命斗争历史题材的显性表达之外，设置了一条隐性叙事线索，说书人董重里带着徒弟常天亮唱汉族史诗《黑暗传》，从开天辟地、女娲杀共工开端，数千年来中国历史上不断地以暴易暴，改朝换代，循环往复，《黑暗传》的结尾说："说书说到东方白，黑暗传来警世音。"此种"警世音"可以作两种完全不同的解读，一种是暴力的黑暗仍将继续重复；一种是暴力的黑暗必须终结。《黑暗传》是小说显性叙事的"革命史前史"，轮回的历史观总是在每次"革命"成功的前方高悬着"天谴"的阴影，成为人类无法摆脱的悲剧命运。两条线索相互交织彼此隐喻，小说通过说书人将汉族史诗融入主体叙事之中，而小说主体叙事的起始时间也正是汉族史诗的结束时间，这样就将中国历史前后贯通，延绵数千年起伏曲折朝代更迭的传统历史与小说主体叙事中的大革命以后半个多世纪的革命历程形成对话、互文关系。

从地域背景设置来看，天门口小镇位于鄂豫皖三省交界的大别山腹地，纵深较大，有一处"蜿蜒雄挺"的神秘的天堂山可供危急时躲藏，对山的小镇自然就叫天门口，中国现代革命多在类似的边地发生和发展壮大，此地距离武汉并不遥远，却自具神秘的地域文化特色，"独异的山水"支撑起小说"雄浑结实的大结构"[1]；从文化地理学角度来看，此地为楚文化与吴文化、中原文化的交锋线，文化的交流与融合、刺激与应对更宜为文化发展保持内生性活力；小说叙事中多有"风物礼俗之笔"，遍布"植物的声息、生活的气韵"，浓郁的大别山风情和自然生态，让"作者喜不自禁，犹如燕子红开放"，是一片独异于小说叙事中密集的"战争、疾病和灾难"之外的象征性天地[2]。天门口镇的人们在深夜能够听到秧苗拔节、露水下坠的声音，他们是最贴近大地的人。大自然在刘醒龙的笔下，总是具有特别鲜活的意义。天门口镇有着绝佳的风水，"从远处大山上延伸下来的一道山脉，临近镇子时轻轻隆起一对山头，相距不到一里远，像慈佛又像善人，伸展双臂深情地朝着镇子拥抱而来。起源于两座小山之间的一条小溪长年不断地穿街而过，镇外

---

[1] 施战军：《人文魅性与现代革命交缠的史诗——评刘醒龙小说〈圣天门口〉》，《文艺争鸣》2007年第4期。

[2] 施战军：《人文魅性与现代革命交缠的史诗——评刘醒龙小说〈圣天门口〉》，《文艺争鸣》2007年第4期。

是一片整整齐齐的田畈，田畈外则是清水长流的西河"①。小说多次以浓墨重彩的笔触描写天门口镇的自然美景，如打霜后的田野上，"一棵棵孤立在田畈上的木梓树要么变得金黄金黄，要么变得红赤红赤。打霜的日子可以从深秋一直延续到初春，因为霜花掩映而异常美丽的木梓树叶，如同野外偷情的露水夫妻，相依相伴的时间注定有限。木梓树叶越是好看，飘落的时间就越早。打霜日子一天比一天多，同往年一样，落得最快的是那些金黄的叶子"②，这就到了柯木梓的最好时节。写景在展开地域风俗画卷的同时，具有推动情节的叙事功能，常守义正是用柯刀杀死了马镇长，又成功地栽赃到杭家老二身上，杭家老二被处死，由此激起了杭天甲、杭九枫等人的报仇雪恨心理，天门口的革命运动形势瞬间风起云涌。小说描写天门口镇漫天飞舞的大雪，杨桃替人洗脚、咬脚的地域风俗"奇观"，雷电将雪茄和爱栀击为黑炭，上万只驴子狼挤满了天门口镇的上街下街，黄冈各地出产的花色品种各不相同的饼和酒，富于地域特色的日常饮食和菜肴，等等，无不具备本土文化特征。杭九枫有一手惊人的硝狗皮手艺，他谈起硝狗皮时头头是道，有一整套"硝皮经"："狗皮硝得好，规矩不能少。一定要在芒硝水里泡得像棉花一样柔软，硝出来的狗皮才是上品。狗皮不能泡得像烂鼻子里流出来的鼻涕，那样就过了，会落毛的。也不能泡得像穷人家吃不上饭，只能将粥煮得硬纠纠的。那是火候没到，硬要硝了做穿的，就会将好人撑得像是偷蓑衣的贼。"③

小说描写天门口镇的各色手艺人，比如：段铁匠的火，余榨匠的油，缫车上的丝，余篾匠的刀，叶剜匠的瓢，还有木匠、漆匠、砌匠、裁缝，等等，五行八作，一路写来，十分生动传神。《生命是劳动与仁慈》从剃头匠给陈老小理发，到最后的入土为安的整个安葬过程，写得细致扎实，地域乡土气息浓郁。刘醒龙善于借用黄冈本土方言，达到了出神入化的精妙程度。克莱夫·贝尔说语言是一种有意味的形式，海德格尔也认为每一种语言都代表着一种生活方式。《圣天门口》精心选择了20多种黄冈方言，这批被作家称为"母语"④的方言，被"地域

---

① 刘醒龙：《圣天门口》，人民文学出版社2005年版，第88页。
② 刘醒龙：《圣天门口》，人民文学出版社2005年版，第113页。
③ 刘醒龙：《圣天门口》，人民文学出版社2005年版，第32页。
④ 刘醒龙：《晓得中原雅音》，《寂寞如同重金属》，北京十月文艺出版社2011年版，第73页。

文化长期浸润",韵致天然,气息自然①,在小说叙事中起到了点石成金的积极作用。刘醒龙在通信中写道:"有人评价说,我在《圣天门口》起用了大量的方言土语。其实不然,常用的方言词汇也就二十来个:汰衣服/掇东西/啸水/闻风/打野/落雨/落雪/往日/昨日/今日/明日/后日/嘎白/晓得/吊诡/唰几口,如此等等。这些较为典型的鄂东方言,与当下常用的同义语对比,明显具备高出一筹的优雅。这种特质犹如定海神针,一旦出现,就会让人觉得无所不在。仰仗民间人文底蕴的长篇小说,不可以视流行俗语为至宝。"② 小说中写到的但在信中未加列举的方言,还有挖古(闲聊)、燕子红(杜鹃花)、苕(傻,傻瓜)、纠巴(发髻)、胖头鱼(鳙鱼)、喜头鱼(鲫鱼)、乜子(一次只能发射一粒子弹的土制手枪),等等。学者何平充分肯定刘醒龙对鄂东方言的起用,认为其借此构建了"革命的'地方'",回归"俗世的日常"③。小说对黄冈本土的民谚歌谣、歇后语、顺口溜等也有精彩的选择性使用,此亦地域风俗画卷的重要组成部分。

同样是对革命历史作出新的阐释,《白鹿原》的创新意义是在政治伦理之外,还有一个更为恒久的民间伦理;而《圣天门口》在政治伦理之外,不仅有一个民间伦理,还有一种精神伦理。④ 这种精神伦理就是以梅外婆、梅外公、雪柠、雪大爹、雪大奶、雪茄、雪柠、柳子墨等人为代表的非暴力救世精神,与此形成鲜明对照的对抗性精神力量,就是以傅朗西、董重里、杭九枫等人为代表的革命斗争派。《圣天门口》中的董重里通过说书的方式宣传革命,"北方吹来十月的风,盘泥巴的穷人闹暴动"⑤。傅朗西发动、指挥常守义、段三国、杭大爹、杭天甲、杭九枫等人出头闹革命,组建农民武装,与地方势力马鹞子、政府军冯旅长周旋对抗。殷海光说过:"中国的社会层级在广大的农民底下,还有不务正业的无赖群体。这一层次的人素来是中国一般正人君子所瞧不起的,可是这一层次的人素来不乏奇才异能之士。"⑥ 傅朗西是一个技

---

① 王鸿生:《无神的庙宇》,上海人民出版社 2001 年版,第 119—120 页。
② 周毅、刘醒龙:《觉悟——关于〈圣天门口〉的通信》,《上海文学》2006 年第 8 期。
③ 何平:《革命地方志·日常性宗教·语言——关于〈圣天门口〉的几个问题》,《南京师范大学文学院学报》2008 年第 2 期。
④ 陈思和:《论〈圣天门口〉》,《文汇读书周报》2007 年 3 月 30 日。
⑤ 刘醒龙:《圣天门口》,人民文学出版社 2005 年版,第 103 页。
⑥ 殷海光:《中国文化的展望》,上海三联书店 2002 年版,第 106 页。

艺高超、思想成熟的革命发动者，他对董重里说过，"无论哪一次，总是先由倡导者提出一种诱人的理想，而最积极最有兴趣并且有胆量将那些理想变为现实的，多是一些所谓游手好闲的人。比起那些埋头读书、埋头做工和埋头种地的人，这类人见多识广，又不安分守己，是任何新起的势力最方便使用的一股力量。如果没有这类人的领头，真正的苦大仇深者，是很难将自己的理想从菩萨那里转移过来的"①。这几乎是一切革命行动能够发动并最终成功的组织秘密。梅外婆和雪柠的口号是"成为他人的福音"。梅外婆对雪柠说："我来这儿，是要帮你，让你找到只爱莫恨的好日子"；"你梅外公活着时，总想以一己之力来救赎一国，结果没有成功不说，连命都搭进去了。轮到你梅外婆，自觉力量不够，才来天门口，想以一己之力来救赎一方，看来也不成功。所以你梅外婆觉得，如果你这一生也想学梅外公和梅外婆，不如用一己之力来救赎某一个人"。② 从救一国，到救一方，再到救一人，看上去"每况愈下"，其实更加具有现实可行性。显克维支的《你往何处去》描写罗马皇帝尼禄残酷屠杀基督徒，基督徒纷纷从罗马城逃出，在路上他们遇到显灵的耶稣，耶稣对彼得说："既然你抛弃了那儿的人民，那么我就去罗马，让他们把我再一次钉上十字架。"彼得大悟，重返罗马城，被送上十字架。凶残的尼禄如暴风，虽然威猛，却只能保持一阵就会被雨打风吹去；而梵蒂冈山峰上的彼得坟墓，至今尚存。电影《甘地传》也是张扬非暴力抵抗运动，以爱制暴的宽容精神。马丁·路德·金组织的黑人运动也采取类似的非暴力方式。在梅外婆博爱精神的潜移默化的影响下，小说人物精神发生渐变，雪柠让人扔出雪大爹等人的尸体，最终解除了驴子狼的围困，这种类似于"以身饲虎"的做法无疑更深刻地影响了天门口镇内外的人们，包括常娘娘、常天亮、小岛和子、董重里、阿彩、紫玉、段三国、一镇、雪蓝、雪茬等，甚至杭九枫在小说的最后也愿意成为"历史上最后一个被杀的人"，以自身的死亡，来结束一切仇杀和暴力。这无疑是对暴力革命的否定，是非暴力精神的最后胜利。

刘醒龙用"大善大爱"（周介人语）解构了残酷斗争的历史，他曾

---

① 刘醒龙：《圣天门口》，人民文学出版社 2005 年版，第 116 页。
② 刘醒龙：《圣天门口》，人民文学出版社 2005 年版，第 763 页。

经在访谈中以全书一百多万字没有使用"敌人"一词而得意,其消泯历史仇恨、反对血腥暴力的和平意愿十分明显。① 雨果在《九三年》中有一句名言:"在绝对正确的革命之上,还有一个绝对正确的人道主义。"梅外公的人生经验是"革政不如革心"。梅外婆相信人性的力量,"用人的眼光去看,普天之下全是人;用畜生的眼光去看,普天之下全是畜生"②。在"文革"中傅朗西被押回天门口批斗时,有四个衣衫褴褛的寡妇上台控诉,直斥傅朗西:"你这个说话不算数的东西,你答应的幸福日子呢,你给我们带来了吗?""为了保护你,我家男人都战死了,你总说往后会有过不完的好日子,你要是没瞎,就睁开眼睛看一看,这就是我们的好日子,为了赶来斗争你,我身上穿的裤子都是从别人家借来的!""老傅哇老傅,没有你时,我家日子是很苦,可是,自从你来了,我们家的日子反而更苦。"③ 刘醒龙在此消解了暴力革命的意义,同时也成功地消解了革命历史小说的"固型化叙述"④,而致力于道德重建,张扬人性的力量与人道主义的光辉。

"圣天门口"寄托了作家超凡入圣的理想,同时,《圣天门口》也是一份复杂的文本,比如小说中柳子墨的气象观测,既是一种科学观测,也是一种天人感应式的隐喻,还是神秘的传统天道观的再现。中国传统文化中流传一副对联:"养一盆花知人间冷暖;蓄一池水观天地盈缩。"小说多次列举、描写 24 种白云:"薄云、积云、淡云、中云、条云、塔云、铁砧云、秃云、毡帽云、乳云、火成云、雨云、飞云、高层云、高积云、荚云、鱼鳞云、马尾云、棉花云、城堡云、浪云、卷云、幡云、胭脂云。"⑤ 天道的意义在此作出隐喻式的凸显。笔者想,与其说《圣天门口》是要将梅外婆等人信奉的基督教作为救赎的唯一方向,还不如说是要追求一种更高意义层面的精神伦理,它消解了暴力和仇恨,呼唤和平与宽容,志在超越,追求博爱,难免有乌托邦的浪漫气息。

---

① 汪政、刘醒龙:《恢复现实主义的尊严——汪政、刘醒龙对话〈圣天门口〉》,《南京师范大学文学院学报》2008 年第 2 期。
② 刘醒龙:《圣天门口》,人民文学出版社 2005 年版,第 63 页。
③ 刘醒龙:《圣天门口》,人民文学出版社 2005 年版,第 1184 页。
④ 王春林:《刘醒龙小说创作论》,《扬子江评论》2011 年第 6 期。
⑤ 刘醒龙:《圣天门口》,人民文学出版社 2005 年版,第 1124 页。

从大别山到圣天门口，刘醒龙长途跋涉，终于寻找了属于自己，也属于当代文学史的西河、界岭、圣天门口小镇——他的"文学根据地"，借此完成了从浪漫主义书写向现实主义书写的华丽转身。地域文化因素的加入、点染与铺陈，营造出丰富迷人、景随情迁、诗画交融的小说叙事背景，一个传奇浪漫、贤良方正的黄冈地域形象跃然纸上。我们说，刘醒龙的小说不仅以真实细腻的生活细节、生动感人的艺术形象、无限贴近民间大地的现实主义书写对当代文学形成声势浩大的冲击波，而且以小镇为中心的地域文化呈现承续了悠久的楚文化精神传统，开拓了广阔艺术空间，建构了一个惊采绝艳的审美世界。

第六节 大冶：田禾的乡村诗歌

诗人田禾，来自湖北大冶乡下，曾经有一个乡土气息极其浓郁的名字——吴灯旺，历经挣扎，现居武汉。按照世俗的观念来看，早已算是成功人士。人到中年，已然抖落岁月的风尘；衣锦还乡，正可鹰扬成功的光芒。但诗人心系故乡那片热土，衷心怀之，无日忘之，岂容张扬。近乡情更怯，何敢问来人？再成功的人，回到故乡，总会感到谦卑。更何况是心思敏锐为人质朴的诗人。作为"鲁迅文学奖"获得者，田禾在诗歌的题材选择、情感表达和语言艺术等层面，立体性地建构了一片属于自己的诗歌乡土。

一 关键词：风景、乡亲、离亡

田禾对故乡的自然风景，充满怀念之情。多以细致的笔触，温润的情感，抒写记忆中的故乡风景，其中江南、山寺、桃花、荷塘、斑鸠、布谷等意象，触目皆是。如《流水》[①]："江南是水做的，水做的江南，到处是流水/一万年前的水，一万年后的水/都朝着一个方向流淌。"《山寺》："我的奶奶/清晨从寺门进来/见佛便跪，跪了便磕头/一粒奇异神火，一碗灯/用三尺光芒照着奶奶。//菩萨没有国家/也从不与我奶奶说话。"《桃花源》更是写尽桃花、荷塘、方竹、斑鸠、布谷、牛、

[①] 本文所引诗句，如不作特殊说明，均来自田禾的诗集《乡野》，江苏文艺出版社2013年版。

鸡、白鹅、黑狗、农夫、樵夫、羊倌、船工、猎人，那里"老人快乐，儿媳孝顺，孙绕膝"。一派世外桃源风情。

在《村口》《下午》《泥土》《仙女山草原》《今夜的月亮》《狗叫》《回家》《芦苇荡》《桃花村》《春三月》《四月》《油菜花》《去过很多村庄》《小镇老街》《天越来越冷》《贵妃湖》《星期六，在镇上》《村庄的屋顶》《野荞麦》《在乡间行走》《村庄》《村庄的炊烟》《土豆长在土里》《赛马坡的黄昏》《老地方》《菜地》《齐安湖》《雁鸣湖》《记住神农架》等篇什中，诗人抒写故乡的风物风情，读来令人印象深刻。

童年记忆尤其让人难忘。《那时候，我还小》描写诗人小时候与父亲后半夜行走乡村田野、坟地，经过鱼塘和村庄的经历，有惊心动魄的童年情感体验，亦有父子相依为命的体贴温情。

少年眼中的故乡风物，则以一种感觉的变异方式，突破了现实的框围。一粒粒葡萄，成为负载故乡情感意义的具象。《葡萄架下》："四野的谷子黄了葡萄就熟了／葡萄从藤叶的缝隙间挂下来／我爱她们的羞怯和含蓄／／一颗葡萄是最小的故乡／我用指尖丈量她／抚摸她完整的血脉和皮肤。"《两片亮瓦》是写家乡亲人的欢乐，似乎也写尽了父亲的苦难："晴天阳光射进来／两片亮瓦，像穷人张开的笑口／十多年我没见父亲这么笑过。"《避雨记》写故乡人们短暂的相逢，那么快乐，只因身在故乡，相逢即成为亲人："在深山的工棚里，一场雨／聚集了那么多的陌生人／他们彼此点头、微笑，用眼睛说话／像一群临时的亲人。"

田禾诗作中的乡亲，所在皆是。如《中年农民》《疯女人》《江南水乡》《杏》等篇什，为乡亲们画像。卑微的生命，卑微的命运，乡亲还拥有一个共同的名字——草民。《草民》写道："草民。草一样的人民"，在漫长的无止息的苦难岁月中，乡亲们其实比草更卑微更弱小，他们住草房，穿草鞋，戴草帽，睡草铺，与草相依为命。

诗人写亲人，多用白描的手法，抑止住汹涌的情感波澜。如《我的乳娘》写道：

五婶。在张山吴村，
四十年前，我的乳娘。

她给我喂奶，自己吃着生产队
　　分的红薯和河边挖的野菜。

　　她系着又破又脏的围裙，
　　在院子里劈柴、淘米、喂鸡。

　　她跪着，低头，伏在灶前拨火，
　　弯曲着腰，去大河里汲水。

　　她摸黑洗着我的脏裤子，
　　靠着土墙为她的女儿梳头。

　　她再没有亲人，玉米棒子，
　　像站在她家门口的穷姐妹。

　　有时缸里没有一粒米，
　　有时苦难从她的眼睛里流出来。

　　田禾描摹乡亲和他们的生活时，以"苦难"作为其厚重的底色。如《苦难》："我的重量就是我苦难的重量/我的体积就是我苦难的体积/但有时它轻得可以让一粒粮食提起来/也有时小得可以让一枚硬币挡住。"《板车上坡》："贫穷很大，他很小/王大贵的板车/爬上坡之后，远远看去/王大贵多像一只小蚂蚁。"《扫街的下岗女工》："街道上的灰尘/她扫走了一部分，吃掉了一部分。"在《矿难》《拉煤的老人》《摆摊点的民工》《捡矿泉水瓶子的老妇人》《那个在工地上挑红砖的人》《路过民工食堂》《灯旺》《冰雪》《王大柱的房子烧了》等篇什中，弥漫着浓郁的对于苦难的同情的色彩。简笔勾勒，不施彩色，黑白纪录片似的摹画出乡亲的苦难生活，尤其予人以深刻的情感冲击。

　　田禾善于以喜写悲，以平静写悲哀，在两种实质相异反差极大的比较中表达自己的情感好恶。如《拉二胡的民工》抒写民工拉二胡时的快乐，但接着笔锋突转，写道："当他拉响那曲著名的《赛马》/好像让我看见了民工们/快节奏的生活和劳动/仿佛他们扛着铁锹、镐头/走在空荡荡的道路上/忙忙碌碌地向工地奔去。"这就完全不同于惠特曼、郭沫若式的歌唱了,争先恐后向工地上奔跑的民工,就是一群赛马,我的当牛做马的民工兄弟哟!《对面工地的箫声》:"吹箫的民工,提着一只箫/像提着一只苦胆/在夜色下,倒出一地的苦。"在中国传统文化史中,鸣咽的箫声,总是和伤感、离别、思念、孤独等负面情绪相联系,而在田禾的笔下,箫直接成为"一只苦胆",苦胆的具象,于此定格。《煤黑子》称呼井下挖煤的矿工,"我干脆叫他矿难的幸存者"。其他诗作如《夜晚的工地》《一个农民工从脚手架上掉下来了》《修鞋匠》《油漆匠》《民工王四虎》《挖煤的老矿工》,为胼手胝足谋生路的乡亲们画像,同情哀悯的情绪弥漫于纸墨的背后,将种种"人生有价值的东西毁灭给人看"[①],虽是短篇诗作,却亦无异于一出出哀毁伤恸的人生悲剧。

苦难没有尽头,但质朴的乡亲们并没有在苦难中沉沦,而是仍然不失赤子之心,富于悲悯同情心。《买早点的民工》路上遇到了一位年老的可怜的乞丐,于是便"把手心里快要攥出汗水的两枚硬币","轻轻放进老人面前的搪瓷碗里/转身融入街巷之中"。人间自有真情在,对于比自己更加弱小的苦难对象的同情,本质上就是实现超越苦难的真正动力和情感依凭。

不可避免的,诗人多次写到了乡亲们的死亡。人世有代谢,往来成古今,死亡本来是人生的必然归宿。在中国传统文化史中,对于死亡本来不乏超然的观念。如《论语·先进篇》讲:"未知生,焉知死?""未能事人,焉能事鬼?"儒家一贯主张"不语怪、力、乱、神"等不可验证的事情。日本学者今道友信评论说,中国儒家"没有关于死的言论"[②]。道家消解了死亡与生存之间的界限,如《庄子·齐物论》说:"天下莫大于秋毫之末,而太山为小。莫寿于殇子,而彭祖为夭。天地与我并生,而万物与我为一。"但田禾所见所写的乡亲们的死亡,却无一不是痛苦的人间惨剧。如《采石场的后半夜》写道:"采石工手累酸了,变换一种姿势,/继续敲打。周围是祖宗的坟地,/溅起山中埋骨的

---

① 鲁迅:《再论雷峰塔的倒掉》,《语丝》第15期,1925年2月23日。
② [日]今道友信:《孔子的艺术哲学》,周浙平、王永丽译,载《美学译文》第二辑,中国社会科学出版社1982年版,第324页。

沙土。""一个问另一个：'今天初几？'/'小亮的二爹昨天得肺癌死了。'"貌似答非所问，却又直击惨痛的现实。《骆驼坳的表姐》寄深长的痛苦于平实的表述："后来死了，躺在药罐里活了五十五岁，/死在婆婆前头。/在一张凉席上，/摊开她的人生，命薄得就像一张白纸。"《还原》中写到四十八岁得肺癌死去的祖父，诗人在想象中"还原"村庄和祖父一生的辛苦劳作生涯，结果自然是无法"还原"的。《葬父》书写埋葬"父亲"时的场景，以及诗人当时的想象："他一生贫寒，此去更怕他/身子单薄，我把厚实的黄土/给他盖上//他不可能入土为安，眼瞧着/小儿子还没长大/今年的五亩黄豆还烂在地里。"《人》写道："三十年写一撇，/三十年写一捺。/再过三十年，/躺下让别人写。"《缝衣的奶奶》写道："奶奶靠着门框/死在一个缝衣的姿势里。"其他如《叔祖父之死》《姑妈》《哭丧》《四阿婆死了》《绑在背上的妻子》等篇什，频频写到乡亲们的死亡，于此，死亡成为乡村的常态，它是一道笼罩在乡亲们头上的挥之不去的沉重阴影。

与死亡相似的是分离，在《兄弟分家》中，诗人写道："分家就是分食，分家就是分父母"，"父母的拐杖不分了，他们还靠它走路/父亲说，对不起你们，我没有钱财/他保留了病痛、咳嗽，和/东侧面的两间瓦房/母亲一边掉眼泪，一边将陪嫁时的几件银饰/一层一层打开，给媳妇们一人戴一件/两个孙子在一旁哭着只要爷爷和奶奶。"乡亲们的生活中交叠着一次又一次的离亡。

二 诗歌情感：压制与冲淡

田禾的《乡亲》写道：

> 这些我乡下的亲人
> 是我在南亩上耕种的老叔在毒
> 头下拉车的小哥在水乡里采
> 莲的九妹在大清河淘米洗衣
> 的四姐在院子里唤鸡吆鹅的
> 大妈大婶
> 是我砍高粱捆稻草晒干薯挑大粪

搓草绳挖地瓜锄地垦荒插秧
打豆割麦扬场排灌清淤推碾
拉磨放羊赶驴一边咳嗽一边
哮喘一边劳动的乡亲
是我稻场上打麦稻场上睡水塘里
养鱼塘边上睡菜地里种瓜菜
地里睡半山坡上放羊半山坡
上躺过着半人半鬼的生活的
乡亲
是我住着矮矮的平房烧着低低的
土灶穿着褪色的棉袄搓着坚
硬的玉米挑着沉重的柴担咽
着粗糙的杂粮流汗受累吃苦
但从不叫穷不叫累也不叫苦
的乡亲
是我一代又一代在这块土地上生
在这块土地上死在这块土地
上耕耘在这块土地上收获本
分得像土地善良得像土地朴
实得像土地卑微得像土地的
乡亲

这首诗作，在田禾的诗歌创作中当属异类。以连续五个"是"阐释"乡亲"，"乡亲"是"本分得像土地善良得像土地朴实得像土地卑微得像土地"的乡下亲人们。情感外露、饱满、浓郁、张扬，这本身并非田禾诗作的一贯特征。

面对无边的苦难，诗人虽然偶有反抗的冲动，如《宋江》："我内心的山河破碎/从《水浒传》中杀开一条血路/直逃奔你而来/八百里水泊梁山/火种还埋在土罐里/忠义堂只是落满了灰尘/我重新把它收拾修缮/你依然做大哥/我紧紧跟随着你/遇酒便吃，遇弱便扶，遇危便救，遇硬便打/跟着你/我不怕双脚踩在浪尖和刀锋上"，但更多时候，诗人与他热爱的乡亲们一样，选择的是坚韧的承受。在《火车从村庄经过》

中，我们感受到的是"我的去南方打工的九妹"承受的疼痛，此种感同身受的同情，在诗作中所在皆是。

如同《弯曲的树枝》一样的乡亲们的"卑微的人生"，是诗人情感的大本营。压制和冲淡是田禾诗歌情感的底色。《站着和蹲着》写道："如今，父亲早已/睡进了黄土里/这之前，他根本没时间坐着/一直是站着或者蹲着/唯有现在是躺着。"《老船公》写道："从十六岁启程，六十六岁还未抵达彼岸/五十年一条水路，青春流走，星月流逝。"何来人生感慨？或者说，诗人已将一切人生感慨尽付流水，尽付苦难岁月本身。在诗歌情感的调色板上，田禾是擅长"留白"的高手。

"为赋新词强说愁"往往是"不识人生愁滋味"的少年人的专利。蒋捷有一首《虞美人》的词作，表达过类似的人生感慨："少年听雨歌楼上，红烛昏罗帐。壮年听雨客舟中，江阔云低、断雁叫西风。而今听雨僧庐下，鬓已星星也。悲欢离合总无情，一任阶前、点滴到天明。"同样是"听雨"，物是人非，感慨迥殊。面对无尽的人生苦难，诗人睿智地选择了压制和冲淡的情感表达方式，这就在审美层阶上实现了理性的超越。情绪的内敛，理性的节制，既是由诗人与抒写对象的"距离"所造成的结果，也是诗人主体选择的诗学建构路径。

三　诗学艺术成就

评价诗歌好坏的标准，归根结底还是诗学艺术成就的高低。

田禾的诗作，有素淡的美，有引人回味的哲理，其乡土风俗画卷，沉郁，深挚。在诗歌语言方面，诗人尤其下了锤炼的工夫。不少诗句，读来令人耳目一新，形成视觉与情感的双重震撼。如《中年农民》写道："在水边摘莲蓬、挖藕。他是水的镜子/水是天的镜子。芦荡深深，淹死蓝天。"《起风了》写道："我看见家门前的夜/被风吹得比秋还薄了。"《江南水乡》写道："无法修补的流水，不易被伤/抽刀断水，而水/有时比钢铁更坚韧/我的江南柔若无骨，坚硬如钢。"《夏日地头的瓦罐》写道："瓦罐的水，与其说锄地的人/喝掉了，不如说太阳蒸发了//与其说滋润了一叶心肺，/不如说救活了一群麦子。"这些诗句，是古人所说的"诗眼"，足以抓住读者的视线，给人以极为深刻的印象。

《一粒谷子》就充满了人生的哲理性思索：

一粒谷子。小小的一粒谷子，
让一个农民耗尽了最后的体力。

一粒谷子。播进泥土，它是一颗种子。
脱掉外壳，煮熟了又叫米饭。

一粒谷子。农民叫它命根子。
皇帝把它叫成粮草，总理叫它粮食。

一粒谷子。我把它叫汗水或苦难。
更把它叫一个日子。

《柴火灶》也采用类似的手法，"我"不叫它柴火灶，而叫她"娘亲"，"她不善言辞，最大的语言是开锅"。《异乡》："从乡愁里把我打捞出来/我的名字就开始/叫异乡"，"还有一条河/她游过的/一条鱼/永远叫孤独"。

田禾诗歌的表现手法简练、素淡，如《守岁》写道：

一个很深很深的夜
一堆柴火
一壶粗叶子茶
一盘子糖果花生
一个话题
一些旧事
一群围坐着一起的家人

奶奶掏出了压岁钱
父亲掏出了祝福
夜掏出月亮
岁月掏出"年"
我和兄弟们掏出了笑声

又如《村庄的炊烟》：

  有时在一阵无法抵挡的风中
拐弯。曲曲折折
像一个书家
  在大风中
  狂草小村春秋

有时在一片血红的落日下
垂直站立
  一下接通了天空
  越到天上
  越往上升
  飘在空中。它是多么轻盈
但我知道
它没有上升的那部分
有多沉重

  将数千年来被反复书写的乡土意象和悯农情感进行"陌生化"处理，别出机杼地予以主体性的独创性的艺术表达，这是田禾诗作的特别之处。这也正是田禾的诗歌史意义之所在。

  中国社会正在发生着前所未有的变革，能否说田禾属于中国农耕文明最后的一批诗人呢？现代文明会给中国农村带来新的希望，社会的发展会造就新的田禾。有了对乡村的真诚与热爱，田禾仍然会是田禾。正如他所写的——"身后是我的家乡，前面是遥远的路……"

  我认为，没有必要把田禾列入陶渊明或者什么人的麾下——田禾就是田禾。湖北出过不少乡土诗人，比较出名的有习久兰、王老黑、管用和等；进入20世纪80年代，像饶庆年、刘益善等也写过很好的乡土诗。但田禾也不像谁——田禾就是田禾。田禾与这些诗人的经历或遭遇都不一样，而且个人秉性和气质也各不相同，简单类比大可不必——田禾就是田禾。就像田里的禾苗，没有一蔸是相同的。这样，可以省去我们不少精力，可能也使田禾更加自由。①

成就诗歌艺术的法门有千万种，条条道路均可通向罗马。田禾的诗学意义正在于他的独创性，诚如李瑛所说："以新的艺术方法表现民族特色地域风物和对乡土的感情并不矛盾，而且还会使诗的韵味更浓，诗美的效果更强。田禾在这里所做的探索给了我们有益的启示。特别是今天，在现代语境下，表现新的乡土生活不能只是以惯用的平面语言作浮泛的描绘，必须寻找新的更富表现力的途径，使之能直击人们的心灵深处，只有这样，乡土诗才会有更大发展。"② 这种创新性在处理相似的诗歌题材时，往往会得到特别的表现。如《秋风》和《秋天》两首诗作就是如此，从中可以见出诗人写作的"互文性"特征。《秋风》写道："秋天来了/到处都是枯黄和坠落/秋风像散落的忧伤/揉皱了我一张张亲人的脸//秋天来了/秋风过后，北风接着吹/三伯赶紧糊上漏风的门缝/把拾好的牛粪火种一样收藏//秋风四处流浪/从北到南/它到达的地方/所有的稻田和土地都被如数搬空"；《秋天》写道："早晨，阳雀叫过几声/太阳出来，雾散开了/秋色从衣衫破旧处蔓延//群山不动，羊群走动/秋日的原野广阔无边/一只大羊在前，小羊随后/小羊倌跟在一只尾羊后面/他一扬鞭，看见他那张脸/又黑，又脏//草，东一丛，西一丛/以惯有的姿势倒伏/秋天，从草尖上滑过的秋风/使飘在空中的一片/叶子，提前枯黄//立秋过后/高粱熟了，水稻熟了/空荡荡的禾场上/突然多出几堆黑乎乎的干草垛。"③ 风景相似，写作的角度却不相同，于此呈现出不一样的秋色之美与情感表征，体现出诗人持续不懈的艺术追求精神。对于田禾来说，他并没有选择文学史上已经被踏成大路的现成的平易的诗学路径，而依凭自身敏锐的诗歌艺术感觉，加上艰辛的努力和漫长的锤炼，开辟出了一条属于自己的独特的诗歌创作之路。独创性和有效性，就是田禾乡土诗歌写作的主要特征。

"在田禾的诗中，他所描绘的中国乡村生活的贫瘠、坚忍、勤劳、

---

① 韦启文：《田禾的诗》，《湖北日报》2007 年 10 月 17 日。
② 李瑛：《泥土般浑厚和质朴——田禾的乡土诗近作》，《文艺报》2006 年 8 月 22 日。
③ 田禾：《秋风》、《秋天》，《人民文学》2005 年第 10 期。

质朴和生生不息的奋斗精神,以及他作为一个从那里走出来的诗人,对依旧没有摆脱艰苦生活的故乡的同情、怜悯和深切的关爱,使他的作品具有了一种最本真的情调,那种沉着、冷静而实实在在的抒情方式,使他的诗歌具有了感人至深的力量。"① 诗人与故乡的内在情感的同一性的确是诗作成功的重要原因。书写对象与诗人之间存在着此生无法割舍的"血浓于水"的浓郁情感。

一方面是温暖,是爱,是无尽的苦难,是深长的思念;另一方面则是现实的不堪,是故乡的破败,是冷漠的连续的死亡,是农民工灰色的生存状况,诗人的创作既是一曲赞美故乡的深情的《哀江南》,又是一曲批判现实的愤怒的《离骚》。田禾的诗歌创作不是传统意义上的悯农诗,不是那种有距离感的"遥望"和"移情",而是内含深切的痛感。耻辱、悲伤、愤怒、忧郁,多种感同身受的情感复杂地交织在一起,构成田禾诗作的独特性价值。德国现代舞大师皮·娜·鲍希说:"我跳舞,因为我悲伤。"诗人写诗,又何尝不是如此?王光明说过:"田禾的诗,深刻呈现了现代人对于故乡亲近与疏离的矛盾感情,它是社会转型时代的回声。"对乡土的赞美与批判,二元对峙,由此形成田禾诗作的情感艺术张力。对于身居都市的田禾来说,"故乡"其实已是双重的"回不去"了,在时间上既已无法回到"童年的故乡",在空间上也已无法回到"现实的故乡"。但也正因为曾经的故乡经历,情感上的魂牵梦绕,才造成田禾诗作中弥漫的凝望的深情和沉郁的忧愤。

去不了的是远方,回不去的是故乡。何去何从?幸好还有诗歌!

四 新的探索

自 2015 年以来,田禾的诗歌创作悄然发生改变,先前愤懑的激情、冲动的控诉、苦难的堆积、道德的审判、正义的宣泄、局部的放大等,逐渐过渡到沉潜的叙事、原生态的细节、客观的呈现、平静的讲述、情感的内敛、哲思的回味,诗作的情感底色渐趋温暖,这是值得我们充分关注的。如《父亲的油灯》中的"父亲"害怕划断火柴造成浪费,他只"轻轻划一根火柴点亮一盏油灯",尽管"贫贱和卑微","他自己被

---

① 林莽:《一个诗人笔下的乡村风情画卷》,《文学报》2007 年 10 月 14 日。

一团黑暗吞噬",但是"父亲就是我们家的一盏灯/不知在点燃灯盏的那一刻/他是如何吐出内心的光芒";《白事》书写"奶奶"的丧事,只有"一口薄棺材"送葬,"那年我九岁,小如灰尘/灰尘落在雪上会很显眼/我没有落在雪上/落在送葬的途中零落成泥",悲凉还在,但情感已经深深内敛,而以"零落成泥"的"灰尘"般的"我",与泥土交融一体陪伴"奶奶"于地下的"我"的意象,抒写这人间至深的创痛;《草帽》吟诵"农民一年四季戴着"的"草帽",它"是向命运妥协"的象征,"见了干部喜欢拉低帽檐/干农活时又把它往上抬一点/然后在草帽下把自己埋得很深",竟然以有几分幽默的笔法抒写人世悲苦,读来令人欲哭无泪;《凤娃古寨农耕民俗博物馆》纯粹采用列举农具、家具的方式,将犁耙、铜锣、镐头、铁锹、钢钎、镢头、石磨、石碾、钟、石碓、石臼、石墩、石头猪槽、粪箕子、打谷桶、牛龙头、风扇、水车、冲担、簸箕、扬叉、钉耙、镰刀、木锨、手提篮、绣花绷、针线箩、小背篓、织布机、纺线车、木盆、罩灯、竹篮、蓑衣、陶罐、陶钵、尿壶等构成的乡村生活的细节一一复活,"唤醒了我的乡愁";《说书人》和《杂货店》等篇什则再现出一幅幅乡村生活的快乐场景,充满人间烟火的温暖气息;《第一次见岳父》中的"我"从"你转身去为我倒茶时/一只脚故意拐过了/前面的一只蚂蚁"的举动中,判断"眼前这个善良的人/一定是一位好父亲",这种人间温情的归属感,是诗人此前创作中少有的,我们为此要祝福诗人,毕竟此岸的幸福胜于一切!

  故乡对于田禾来说,是曾经执意要逃离的现实所在,曾几何时又成为他无法逃避的苦难梦魇,而今逐渐成为情感所系魂牵梦萦的精神家园,《当我老了的时候》写道:

> 当我老了的时候,就回到故乡
> 住进我当初的老房子。从此哪儿
> 也不去,找一块牧场,养几只小羊
> 把父辈当年的那把板锄磨亮,在路旁
> 种上向日葵和兰花。这时群山扑面而来
> 我尽量多呼吸山林中的新鲜空气
> 如果有雁阵从我头顶飞过,我会站立
> 路旁伫望许久。夏天很快过去,秋天就

> 来了，我用更多的时间与亲戚来往
> 在侄儿中做个温和慈祥的老人
> 不时有朋友远足探访，以一杯清茶
> 我们聊到天黑。到我越来越老了
> 身体会变成药罐子。那些中药
> 其实就是山上生长的草根、叶子
> 和树皮，在我小时候
> 奶奶生病时我跟着父亲去采过
> 还有些中药，是对珍稀动物剖腹、断骨
> 挖心、剥皮、砍头、抽筋
> 这太残忍了，想到这杀一命救一命
> 的中药，我拒绝饮下

从离开到归来，或者说，只有离开才能归来，至此，诗人与故乡实现和解，回归乡土，回归自然，回归传统，回归代代相传的生活方式，与一切生灵（包括动植物）和平共处相依为命。这种趋近道家式的哲思也带来了"万物并作，吾以观其复"式的诗歌表现方式的转变，细节呈现、情感内隐、画面并置、镜头转接等"零度叙事"式的手法被经常采用，田禾诗作呈现出沉潜的、静观的、不动声色的诗学新面貌，这也是值得我们充分关注的。

第七节 王榨：林白的文学"道场"

在过于匆忙"经典化"的当代文学史著作中，林白与海男、陈染等人一道，曾经被长期贴上"女性主义"和"私人化写作"的标签。这种已然成为文学界"共识"的标签，其内涵既包括黏稠、阴郁、焦虑、自恋、孤独的作家主体的精神性特征，也包括内倾、独白、慌乱、封闭、迷狂、神经质的文本叙述特征。正如《一个人的战争》的"题记"所说："一个人的战争意味着一个巴掌自己拍自己，一面墙自己挡住自己，一朵花自己毁灭自己。一个人的战争意味着一个女人自己嫁给自己。"作家的广西北流亚热带小镇的生活经验，为其小说独特的叙事风格提供了客观依据。这位出版过长篇小说《一个人的战争》《空心岁月》《说吧，房间》，小说集《致命的飞翔》《子弹穿过苹果》的女性作家，年未不惑时，就已经被评论家们界定为擅长于使用诗化笔调，借由女性之口，描写女性人物在以男性为主导的"平庸、杂乱"世界中的各种困顿、对立、冲突与悲剧，具有"一种强烈的情绪化风格"的辨识度极高的作家；小说中的"女性的性体验"更是引发过广泛的争议。① 林白的小说创作也被认定为：叙事的典型风格是"热烈而坦荡"；叙事方式是"非中心化"；审美精神具有"女性写作的独特性"。② 对此，林白心有不甘，耿耿于怀，她在后来的访谈中多次说过："女性主义这个标签太难受"，"把我圈得太死了"。③ 直到《万物花开》《妇女闲聊录》《北去来辞》等小说横空出世，才彻底改变了读者和评论界的陈见，也实现了林白小说创作破茧而出化蛹为蝶的重要的历史性突破。林白的写作依赖她的真实生活经验，文本的"反复涂抹""重复修辞"是其小说创作的重要特征。早期女性主义的个人书写依赖广西亚热带小镇经验；后来尘土扑面接通地气的书写依赖鄂东王榨的生活现场。林白其人其作，共同成长，地域文化中独特的"地方知识"④ 建构了林白小说的审美空间。尤其是对鄂东王榨"乡土景观"的"发现"⑤，既是一种文学女性视角的转移，更是一种"恋地情结"⑥ 的激情呈现。

一 "私人化小说"与北流生活经验

表达和再现个人生活经验是一切"私人化小说"写作的典型特征。林白早期小说皆可视为其文学性的自传。"私人化小说"写作尽管千姿百态，在现当代文学史上却自成谱系，上承主张"好的文学都是自叙传、血泪书、忏悔录"的郁达夫，以及"自叙传"抒情小说作家倪贻

---

① 洪子诚：《中国当代文学史》，北京大学出版社1999年版，第364页。
② 陈思和主编：《中国当代文学史教程》，复旦大学出版社1999年版，第352页。
③ 孙小宁：《心开了，世界也开了——林白访谈录》，《一个人的战争》，花城出版社2013年版，第314页。
④ ［美］克利福德·格尔茨：《地方知识——阐释人类学论文集》，杨德睿译，商务印书馆2016年版。
⑤ ［美］约翰·布林克霍夫·杰克逊：《发现乡土景观》，俞孔坚、陈义勇、莫琳、宋丽青译，商务印书馆2016年版。
⑥ ［美］段义孚：《恋地情结》，志丞、刘苏译，商务印书馆2018年版。

德、陶晶孙、周全平、滕固、王以仁、庐隐、冯沅君等人，在世界文学史上则有施托姆、卢梭、佐藤春夫、葛西善藏、田山花袋等著名作家提供大胆坦露私人生活的写作经验，自叙传的色彩、零余者的形象、感伤的情调、抒情的风格是"私人化小说"写作的鲜明艺术特色。① 林白早期小说的美学创造在于从女性主义的立场和视角，将"私人化小说"写作赋予了当代性意义和北流亚热带城镇的地域色彩。

长篇小说《一个人的战争》以五六岁的女童初识身体欲望的探索开篇，叙写女作家多米在广西北流的成长过程，少年求学读书的经历，诗歌抄袭事件的虚荣，电影厂招工的失败，长途旅行的奇遇，屡受挫折的情感，误入圈套的恋爱，被迫堕胎的惨痛，一路溃败，直至逃离亚热带的故乡，进入"最远的北京"，"死里逃生，复苏了过来"。《空心岁月》描写京城报社女记者姚笠，与子速、里安等人的情感纠葛故事，急剧变动每况愈下的文化生态成为小说叙事的背景铺垫，诗人、作家、画家、歌星、导演、演员等文化圈人士活跃在文本搭建的舞台之上。《说吧，房间》叙述京城女记者林多米遭遇离婚、下岗后，远走深圳求职不成重返北京的人生挫折故事，小说氤氲一股浓郁的职业女性和单身母亲遭受的情感与经济的双重压力，交织女友南红当年闯荡深圳的不堪往事，多米对于自己失败婚姻的反思与追问、隐痛与焦虑、呼喊与诉说，从女性精细敏感的身体和心理感受出发，直抵职场女性疲惫挣扎的心灵深处，引起读者强烈的情感共鸣。三部长篇，串连起作家的人生轨迹，数番绝望，几度顿挫，生的烦恼，爱的苦闷，"生命最绝望的时刻反而成就她对创作最深切的执着"②。

林白早期小说具有强烈的"内倾"趋向，这种"内倾"化情感向度，放大了主体感受的强度和敏感度。在局外人看来普通寻常的人生遭际，在作家看来却一点也不寻常，"私人化小说"总是将这种自我感觉太离奇、太坎坷、太曲折、太悲伤的个人命运予以反复诉说，因此感时伤事，涕泪飘零。林白敢于真诚、大胆地看取和书写自我人生，从不回避人生中的污点与过失，诸如诗作抄袭事件、情感骗局中失身、下岗求

---

① 参见范伯群、朱栋霖主编《1898—1949 中外文学比较史》，江苏教育出版社 1993 年版，第 360—368 页。

② 王德威：《再见〈青春之歌〉，再见》，《一个人的战争》，花城出版社 2015 年版，第 296 页。

职过程中"人变成老鼠"的卑微不堪等,俱在小说中一一呈现。"那种自我挖刮血肉,那种撕心裂肺的身体之痛,那种孤独、迷惘、忧伤与梦幻的叙述语调,那种反顾痛苦与过错的坦诚勇气,更重要的,是那种对女性内心情感、性爱经验、精神深度的探索及表达,那种女性主体意识的苏醒"①,足以打动人心,生出耳目一新的震撼感。"内倾"视角的最好表达方式当然是第一人称叙事,林白早期小说总是采用"我"的视角进行讲述,而又不时加入第三人称的视角参与叙事进程,以强化和凸显"我"的叙事力度与可信度。《一个人的战争》和《说吧,房间》是"我"与"多米"的讲述;《空心岁月》是"我"与"姚笠"的视角重叠;《致命的飞翔》是"我"与"李苠"的身份同一,小说人物主体由此分裂成为主、客双重转换的流动视角,文本由此呈现出多元繁复、曲径交叉的景观。《一个人的战争》之《东风吹》写道:"女孩多米犹如一只青涩坚硬的番石榴,结缀在B镇岁月的枝头上,穿过我的记忆闪闪发光。我透过蚊帐的细小网眼,看到她微黑的皮肤闪亮如月光,细腻如流水"②;《尾声》写道:"旧的多米已经死去,她的激情和爱像远去的雷声永远沉落在地平线之下了,她被抽空的躯体骨瘦如柴地在北京的街头轻盈地游逛。……我常常在地铁站看见她,她穿着一件宽大的黑色风衣,像幽灵一样徘徊在地铁入口处,她轻盈地悬浮在人群中,无论她是逆着人群还是擦肩而过,他人的行动总是妨碍不了她。她的身上散发着寂静的气息,她的长发飘扬,翻卷着另一个世界的图案,就像她是一个已经逝去的灵魂。"③ 第一人称与第三人称交叉叙事,作家有意拉开时空距离,以现在的"我"观照过去的"我";以"超越"的我观照"此在"的我,由此展开深度自我审视,这种"内倾"视角的采用无疑具有强烈的实验风格与先锋色彩。

林白小说专注于书写女性的生理、心理感觉,以"越轨的笔致"张扬女性主义的精神光辉。《致命的飞翔》④ 在描述男欢女爱的两性战争中,女孩北诺最终举起了复仇的屠刀,血腥暴力的渲染不免让人想起

---

① 林宋瑜:《首发责任编辑手记——写在〈一个人的战争〉发表20周年之际》,《一个人的战争》,花城出版社2015年版,第290—291页。
② 林白:《一个人的战争》,花城出版社2015年版,第73页。
③ 林白:《一个人的战争》,花城出版社2015年版,第283页。
④ 林白:《致命的飞翔》,《花城》1995年第1期。

台湾作家李昂的《杀夫》；《瓶中之水》书写女同性恋的情色人生；《子弹穿过苹果》重叠欲望的意象；《同心爱者不能分手》沉沦于爱恨的深渊；《大声哭泣》打开感觉的翅膀……文学史家认为，林白的早期小说"直接地写出了女性感官的爱，刻画出女性对肉体的感受与迷恋，营造出了至为热烈而坦荡的个人经验世界。与此相应的叙事方式也呈现为非中心化的零散、片断式形态，并由于情绪与感受的层叠聚合，虽然无序但却令人处处感到深情灵动的轻盈美感，或者也可以说是创造出了女性写作独特的审美精神"①。

小说叙事方式的选择，从来就不是纯然客观的外置的文体形式装备，而总是与内容、主题、精神息息相关。我们注意到，林白《北流往事》《同心爱者不能分手》《大声哭泣》《致命的飞翔》《一个人的战争》等早期小说皆有一个重要的背景性地域，那就是广西北流，在小说中或为B镇，或为圭宁。亚热带、热带丛林雨量丰沛，"那些或剑形，或蛇形，或桃形的阔叶，在错综的枝叶中，硕大的鲜花朵朵怒放，动物生猛，目光炯炯"②，所有生命形态无不丰满生动，枝繁叶茂，大红大绿，摇曳生姿，硕果累累。地域内的气候物产，自然环境与人文环境，总是会对文学创作产生重大影响。诚如姚鼐在《复鲁絜非书》中所说，北方之文富于阳刚之美，如雷霆闪电，长风出谷，崇山峻崖，决川奔马；南方之文富于阴柔之美，如日升东方，清风云霞，幽林曲涧，鸿鹄飞天。孟德斯鸠在《论法的精神》中认为气候因素往往决定了地域内人们的性格，南方炎热，居民秉性怯懦，长于幻想；北地寒冷，人们多有抗争的勇气和力量，长于行动。③ 北流富于"浓烈阴郁的南国色彩"，与林白小说的整体氛围、意象营构、炙烈情感、欲望憧憬具有内在的一致性；小说细节丰满、随物赋形、片段转换、万花盛开的叙事特征，也与北流地域的气候、物产具有内在的同一性。即使是在小说主人公离开北流前往北京，或者人在旅途、求职深圳之际，这种北流亚热带城镇的地域色彩依然鲜明。从《空心岁月》《说吧，房间》到《米缸》《玻璃虫》，林白小说始终保持着生长于亚热带故乡大地之上的木棉、

---

① 陈思和主编：《中国当代文学史教程》，复旦大学出版社1999年版，第352页。
② 林白：《后记》，《北去来辞》，北京出版社2013年版，第417页。
③ ［法］孟德斯鸠：《论法的精神》，曾斌译，京华出版社2000年版，第234—235页。

玉兰、尤加利树一般色香馥郁、丰满多汁的叙事风格。林白将故乡北流视为其"生命热情"的来源①，北流生活经验及其地域文化，已经内化于作家的血脉之中，成为此后一切创作的"前设"和"序言"。

二　王榨：文体转换的地域背景

优秀的作家从来不会故步自封，世纪之交林白开启"走出房间"的艰难探索旅程。中篇小说《米缸》已初见端倪，叙事背景依然是北流，却已消减了女性主义"独语"叙事的痕迹，小城人们"生的艰难"与对时光流逝物是人非的喟叹，相互交融，勾画出北流寻常巷陌"变"与"常"相互交织的日常风景；长篇小说《玻璃虫》不乏自嘲和反讽，从此走出自恋的城堡。到写作长篇散文《枕黄记》时，林白四次进出北京，沿着黄河流域行走两万多里，"怀着一颗平常心，去看看广阔的民间和别样的生活"，希望借此打开长久封闭的内心，"成为一个热爱生活的人"。② 这个愿望注定无法在走马观花的匆匆行旅中实现，却在不久的王榨叙事中得以完成。

从《万物花开》到《妇女闲聊录》，再到《北去来辞》，林白持续性地、递进式构建了"王榨"这一文学地域符号。按照小说文本的背景设置，王榨隶属湖北省浠水（小说中或为浠川，或为滴水）县湾口村，位于鄂东农村。王榨地域的出现，标示着林白然从逼仄的、安静的、内倾的女作家的"一个人的房间"里走出来，面前是一片开阔无垠、万物野蛮生长的民间大地。《北去来辞》写道："海红和安姬惠们，银禾的故事你们前所未闻。"③ 以农村妇女银禾（在《妇女闲聊录》中名为木珍）为代表的"民间"故事，城里人（海红和安姬惠等）"前所未闻"；以王榨为代表的"民间地域风俗事物"，城里人同样"前所未闻"。

这种"前所未闻"当然是因为风景殊异造成的距离感和陌生感，根源于小说文本对于王榨地域人、事和历史的原生态的民间呈现。同为

---

① 林白：《生命的热情何在——与我的创作有关的一些词》，《当代作家评论》2005年第4期。
② 林白：《枕黄记》，河南文艺出版社2015年版，第299页。
③ 林白：《北去来辞》，北京出版社2013年版，第150页。

作家、深谙创作甘苦的徐则臣认为《万物花开》和《妇女闲聊录》的成功之处在于作家在叙事姿态上的贴近,相比从前的个人化叙事,林白在这两部小说中,仍然还是以讲故事的方式推进叙事进程,但是其叙述故事的姿态发生了巨变,"她把姿态放低,一直低到可以贴近整个大地,可以像讲述者木珍那样在语言中完整地回到乡村","林白依靠高超和坚忍的能力,成功地做了一回乡村的局外人"。① 这无疑是一种深刻的"同情的理解"。

《万物花开》以一个名叫大头的少年的视角,以第一人称叙述角度,串联起王榨的人与事;大头脑袋里长了五颗瘤子,因此天赋异禀,具有通灵式的特异功能,容易看透表象,揭发隐私。他从村头走到村尾,看到什么人就讲这个人的故事,看到什么事就讲什么事,整部小说采用片段式书写,叙风俗,谈典故,溯源头,讲来历。如《喜欢看见》一节写道:"王榨的人都不爱上学,天不收只上了一年级,照样当队长,还当治保主任,地区还来开现场会,村里来了十几辆小汽车,电视台的人站到我家的屋顶照电视,是我们王榨最风光的人。女人都喜欢他,全村的女人都愿意跟他睡觉。""天不收"是"禾三叔"的外号,意思是人特别坏,坏得连天都不收;"照电视"就是"拍电视"。这种民间方言,虽有几分俚俗,却也有声有色,原汁原味,相比秩序化和规范化的城市生活和城市语言来说,别开生面。王榨人无论男女老幼,都喜欢打架,《火光飞舞》一节写道:"打完年糕,捞了鱼,杀了猪,就过年了。""过年是打架的好日子,王榨的口号是:不打架,毋宁死!或者:过年不打架,不如回家卖红薯。按大眼的说法则是,一个男人不打架,白长一根螺。"小说描写王榨人打群架的场面:"骂声和人,织成了铜墙铁壁,有关人海战术、游击战、阵地战,埋伏进攻阻击,王榨统统都是无师自通。"② 与外乡人打架就是王榨人的嘉年华、狂欢节。

《妇女闲聊录》真正采用"聊天"文体,全书一共218段,每段都有一个小主题,或者是人,或者是物,或者是事情,或者是风俗,家长里短,房前屋后,鸡毛蒜皮,姑嫂勃豁,男盗女娼,偷鸡摸狗,家庭隐

---

① 徐则臣:《小说、世界和女作家林白——评〈万物花开〉和〈妇女闲聊录〉》,《文艺理论与批评》2005年第1期。
② 林白:《万物花开》,人民文学出版社2003年版,第121页。

私，百业营生，粗粝尖锐，眉飞色舞，王榨地域的鲜活人生图景扑面而来，澎湃汹涌，饱含野性的力量。毫无疑问，王榨人有属于自己的民间道德，并没有被社会公共道德"扭曲"和"改造"。从"一个人的房间"走向狂野的民间，作家林白的这种选择，一般被视为"去个人化"的转向，被认为是从"幽密的私人经验"书写中走出来，直面"尘土飞扬的大地"，直面"躁动辽阔的世界"①。也有人认为这种转变并非"去个人化"，而是另外一种形态的"个人化"，只不过是将此前旗帜鲜明的闺阁中的私人生活书写，"悄悄地转换成了民间立场上的'个人化'，这也是她尊重原生态的王榨生活的原因"②。如果我们认为王榨地域不同流俗的公共道德和价值观念就是林白"个人化"写作的深化的话，那么其前提条件必然是王榨地域文化的独特性，但是显然我们无法判定这种地域文化就是唯一的存在，我们有理由相信在广袤的民间大地上还存在着千千万万个迄今无法知道的尚未被讲述的"王榨"，所以我们与其说林白笔下的王榨是被"个人化"地讲述或者呈现出来，还不如说是林白"发现"了"自在"的王榨，"发现"了"生动"的民间。

　　从文体学意义上来看，《妇女闲聊录》成功地解构了长篇小说惯有的故事性叙述结构，却又不同于《马桥词典》《务虚笔记》等小说的第三人称全知叙事，而采用王榨妇女木珍的第一人称视角讲述，娓娓而谈，趣味横生。《妇女闲聊录》中的木珍和《北去来辞》中的银禾，都有生活原型，这个人就是作家林白曾经聘请的中年保姆小云，她来自鄂东农村，受到林白的称赏，因为她总是"生机勃勃"，从不焦虑，不惧苦难，不怕困难，永远充满"生活的热情"。③ 而更为关键的是，小云有讲述的才能和真实的生活经验，这种讲述因为没有受到高等教育的"污染"和扭曲，愈显真实、风趣、生动、传神；其真实的生活经历，又让书斋中的作家无法想象。我们说正是小云的讲述，才真正打开了林白的文学视野，解放了林白长期被桎梏于一隅的文学心灵。所以林白自认为《妇女闲聊录》在她所有作品中是"最朴素、最具现实感、最口

---

① 林宋瑜：《轻与重》，《万物花开》，中国工人出版社2011年版，第184页。
② 徐则臣：《小说、世界和女作家林白——评〈万物花开〉和〈妇女闲聊录〉》，《文艺理论与批评》2005年第1期。
③ 陈思和、林白：《〈万物花开〉闲聊录》，《上海文学》2004年第9期。

语、与人世的痛痒最有关联,并且也最有趣味的一部作品",原因在于她听见了"别人的声音","人世的一切会从这个声音中汹涌而来,带着世俗生活的全部声色与热闹,它把我席卷而去,把我带到一个辽阔光明的世界,使我重新感到山河日月,千湖浩荡"。[①] 采用聊天式的、讲述式的口语文体,可以无限地、零距离地接近生活原生态,因此她舍弃了传统文人的笔记体小说的写法,不加提炼,不加筛选,从文字趣味和世界观上与真实的人生、民间和大地保持一致,力求不会"伤害到真的人生,伤害到丰满的感性"[②]。林白称这种文体为"记录体长篇小说",为长期失语的乡土重新寻找到了适当的言说方式,某种意义上正是一种针对知识分子话语的"去蔽"式写作。

既然是"记录",那么"作者"是谁?作家的创造性体现在哪里?作者究竟是小说中的讲述人木珍,还是小说的"记录者"林白?《妇女闲聊录》的文学性究竟体现在哪里?张新颖和刘志荣对这些问题做过有意思的探讨,他们甚至假设让木珍来写作又会怎样——既然她的讲述如此风趣生动,但这个问题其实是个伪命题。一方面,写作和聊天毕竟是两种完全不同的表达方式,当木珍受到写作训练之后,最大的可能就是会有意压抑先前闲聊中不经意间流露出来的"有意思有趣味"的表达,而去追求"有意义有价值"的表达。林白之所以成为"作者",就因为她是一个成功的"发现者",她为什么乐于倾听、记录和整理,为什么对王榨产生如此浓厚的兴趣,我觉得就是一种强烈的文化差异使然。一个曾经非常个人化、聚焦于内心世界的作家,面对王榨万物野蛮生长人物坦真生存的"自然"景观,感受到了强烈的身心震撼,巨大的文化反差又进一步放大了倾听后的各种感觉,她对王榨产生了浓厚的表达兴趣,以至于将创作主体的能动性有意压抑至最低点,最大限度地接近民间大地,如此才产生了《妇女闲聊录》貌似"原始记录"的特殊文体,呈现出喧嚣真实的民间和大地的声音,真实的"生活世界"也就通过"说话的声音"进入了文学。另一方面,如果让木珍进行创作,最大的可能是她会舍弃在她看来"没有意思"、习焉不察的乡村生

[①] 林白:《世界如此辽阔》,《枕黄记》,河南文艺出版社2015年版,第52页。
[②] 林白:《后记二:向着江湖一跃》,《妇女闲聊录》,北京十月文艺出版社2017年版,第280页。

活，而会选择那些"有意思"的城市生活作为表达题材。如在《东直门，"全他妈假的！"》中，木珍讲述道："上午去东直门买菜，看见几个人在摆摊，摆了一溜，像课桌似的，卖手链和项链，几个女的在卖，一个男的举着喇叭喊：你们看看这些金链子，三块钱一根，他妈的都是假的！从清朝到现在，哪有这么便宜的大粗链子，三块钱一根，随便挑，随便拣，不中意随便换！"① 这种讲述充满生活气息，细节精致，节奏明快，有喧嚣的市声，不那么符合逻辑，是真正的民间口语。木珍带女儿八筒上天安门广场，舍不得钱没有买票进故宫，就让女儿穿了古装拍照，木珍对化妆师傅说："没有这么黑的格格，这是农民格格，你给多涂点粉，弄白一点。"这就是木珍的兴趣所在，讲起来头头是道、活灵活现。如果让木珍写作，她最大的可能是书写她眼中"有意思的"北京城！

如果说《万物花开》的文体结构是一线串珠，那么《妇女闲聊录》的文体结构则是花开大地、散珠碎玉，而到写作《北去来辞》时，林白的主体性重新回归，将已经创作了十余万字的《银禾简史》进行修改，加进去一个重要的女主人公海红。某种程度上来说，海红就是林白自己，她坦承："我看着她，仿佛看到了自己。"② 在小说中，海红从广西北流，辗转南宁，再到北京的人生流动轨迹，与《一个人的战争》中的多米的人生经历多有重叠，她远离故乡，来到陌生而干燥的北京，失去故乡的她心灵日益枯萎，故乡的那个亚热带小镇，如同已逝残花，缭绕着她。③ 在距今并不遥远的八九十年代，从北流到北京，还是一段相隔千山万水的空间距离，更因为体制、单位、人事、外省等外在的限制而成为一片无法达到彼岸的宽阔海洋。广西北流—南宁—玉林—柳州—北京，不只是地域转换和交通站点的变迁，更是人生场域的变迁，是女人心灵的长征。毫无疑问，海红这一人物形象凝聚着林白的过往经验，同时，作为一个成熟的作家，林白也深深地认识到，不仅要在海红等人物形象身上寄托自己真实的个人经验，而且要让书中的人物形象本身，也有"属于他们的个人经验"④。因此，有学者认为

---

① 林白：《妇女闲聊录》，北京十月文艺出版社2017年版，第255页。
② 林白：《后记》，《北去来辞》，北京出版社2013年版，第418页。
③ 林白：《一个人的战争》，花城出版社2013年版，第88页。
④ 林白：《后记》，《北去来辞》，北京出版社2013年版，第418页。

《北去来辞》重新折回"到了林白早期作品的轨道上",带有浓烈的"个人化"书写的色彩①。西哲有言,人不能两次踏入同一条河流。海红当然不可能再是多米,我们可以视她为成长中的林白,庶几近之;写作《北去来辞》时的林白也已不再是写作《一个人的战争》时的林白,先前的紧张、焦虑,慢慢变得平静、从容,尘埃落定,渐有中年写作的气象。

《北去来辞》寄托着林白"集大成"②的创作愿望。在文体学意义上来考察,我们发现,从《一个人的战争》《空心岁月》《说吧,房间》到《万物花开》《妇女闲聊录》,再到《致一九七五》《北去来辞》,林白的小说文体正好走过了从独语到倾听,再到对话的阶段,这也无意中遵循着黑格尔的辩证法规律,即正、反、合的逻辑发展。其中,推动矛盾转化、前行的关键因素和力量,就是关于王榨的地域书写,王榨成为林白小说文体转换的地域背景,是其文学创作演进过程中的一道重要的分水岭。

三 "三重否定"与"三重视角"

《万物花开》《妇女闲聊录》之后,林白创作了《致一九七五》《去往银角》《红艳见闻录》《狐狸十三段》《长江为何如此远》《豆瓣,你好》《上升的道路》等小说,彻底"完成了从'幽闭的世界'到'开阔的民间'的跨越"③。也就是说,由于林白对王榨地域文化的接受与书写,创作视野发生巨大转移,从此走向开阔民间。

在林白的笔下,王榨显然并不具备地域整体性,她也无意写出一部完整的地方"史志"。《妇女闲聊录》中村妇木珍的讲述,看上去漫不经心,却又舌灿莲花,随物赋形,片段成就整体,一斑窥见全豹,杯水映照大海,再现无限喧嚣声色的大地民间。所叙皆是家长里短,一地鸡毛,也有乡村人的爱恨生死,七情六欲,民间信仰。结合小说的上下文

---

① 王宏图:《身体的飞翔与沉落——从林白〈北去来辞〉到周嘉宁》,《文艺争鸣》2015年第8期。
② 孙小宁:《心开了,世界也开了——林白访谈录》,《一个人的战争》,花城出版社2013年版,第318页。
③ 阳燕:《世纪转型期的湖北小说研究》,长江文艺出版社2011年版,第67页。

来看，应该还有一个隐形的作者在提问，木珍在回答；只是提问的部分没有记录下来，木珍的回答则纯粹是"扯野棉花"，想到即说，支离散碎，反反复复，前后错乱，因此更具真实性价值。王榨成就了林白的写作转向，"王榨的道德就是王榨人的道德，王榨的自在就是王榨人的自在，与作家无关"①。在外人看来，王榨已经礼崩乐坏；林白只是倾听、记录，甚至默默地欣赏，没有批判，没有审视。礼失求诸野，这个王榨有自己的"礼"，饮食男女，顺任自然；王榨人有自己的生存哲学，澎湃着汹涌的生命激情；王榨方言如"赫乎"形容极多、"全家戮"咒人全家死光，古雅如此，不难想见楚地文化的深厚积淀。

王榨书写在《妇女闲聊录》中还只是不动声色的呈现，在《北去来辞》中则与城市书写互动，种种地域文化因素相互交叉、对比、起伏、纠缠，各种冲突和交流亦由此产生。

《北去来辞》可以视为两个家庭女性的生活史，王榨村妇银禾的进城打工，与京城文艺女人海红的精神返乡，双线交织，形成对照。小说中的海红来自广西圭宁（北流），与作家籍贯相同。林白多次强调过自己的"边民"身份，因为与北京城相比，北流县城只能算是"蛮荒之地"，自己"生命的底色"就是这种边民身份。② 这种对于"边民"身份的执着，在文本中有着无处不在的体现。事实上，从地域结构的视角来看，《北去来辞》存在着三个地域板块，那就是王榨、圭宁和北京。而"北京这个城市，对我来说始终是别人的，它是个异乡"，"冰冷坚硬"③。城乡二元对立的现代叙事结构，在此文本中亦有一脉相传的继承。同时，地域意义上的空间排列，亦有其历史意义上的时间秩序，海红从圭宁来到北京，是从乡到城，从边地到首都；海红从银禾身上发现了湖北王榨，发现了民间的力量，离开北京，是从城返乡，从首都到民间；海红最后重返广西圭宁，追寻生父柳青林的身世，但是，"圭宁的一部分离我千年之远，另一部分，则变成了横冲直撞的摩托车流、成片房子外墙闪着刺眼亮光的白瓷砖、商场里的高音喇叭、街上的垃圾以及脏水以及滚滚尘埃……圭宁成了一个令人生厌的城市，海红意识到，她

---

① 徐则臣：《小说、世界和女作家林白》，《文艺理论与批评》2005 年第 1 期。
② 林白：《生命的热情何在——与我创作有关的一些词》，《作家》2005 年第 4 期。
③ 陈思和、林白：《〈万物花开〉闲聊录》，《上海文学》2004 年第 9 期。

的故乡，那个生她养她的地方，已经永远消失了"①。小说结尾以象征手法寓示了边地、乡村乌托邦的幻灭，是《红楼梦》式的"一片白茫茫大地真干净"的悲伤感慨。以海红为代表的知识女性，在城乡之间去意徊徨，她们在大都会之中四处漂泊，如同浮萍，早已失去原先生活的根基，精神上日益感到"不接地气"，甚至"渐渐枯萎"，于是转头回到故乡、重返边地，希望借此重获生命激情、重寻生机勃勃的生命状态，一切努力"最终被证明是一种虚妄"。②

从精神谱系上来说，《北去来辞》是林白小说创作进程中"第三重否定"的阶段，由此完成了"离去—归来—再离去"的精神探索旅程。《一个人的战争》中的多米"关山夺路"逃离北流，赢得了"战争"的胜利，对于故乡北流而言，可视为第一重否定；但进入北京城的林多米（《说吧，房间》）和姚笠（《空心岁月》），遭遇解聘、离婚、求职不得、情感伤害，四处碰壁，无法摆脱都市边缘人的不堪命运，此时银禾的王榨叙述打开了一个阔大的民间世界，对于海红始终无法融入的北京城来说，可视为第二重否定；《北去来辞》最后以主人公重回圭宁、王榨暂居的方式，揭开现代化潮流中亚热带城镇和鄂东乡村的现实真相，曾经寄托安身立命希望的乌托邦，永远消逝，则可视为第三重否定。在此，林白有效规避了现代文学史上常见的民粹化书写的价值取向，坚守理性、客观、中立、批判的文化立场，殊为不易。

这个"三重否定"的辩证演进过程，在小说文本中经由"三重视角"得以立体、交叉性地呈现。第一重是海红的视角。从现在时态的北京回望过去的圭宁，圭宁充满夏蝉自由的歌唱；而北京早已听不到蝉声，"四环五环六环，水泥连着水泥，钢筋叠着钢筋，地里蛰伏的蝉蛹再也钻不出地面了"③；海红的丈夫史道良与外界完全隔离，却又愤世嫉俗，是坚定的反美派，活在对革命时代的怀旧记忆里，是"过去式"时态中的北京地域文化代表；北京城里最快乐的总是那些老年人，公园里，城墙下，他们聚集在一起，高唱红歌，拉二胡，吹葫芦丝，跳新疆舞、拉丁舞、交谊舞，永远朝气蓬勃；但世俗的热闹和快乐不属于海

---

① 林白：《北去来辞》，北京出版社2013年版，第409页。
② 邓如冰：《徘徊于都市和边地之间："巫女"的漂泊与皈依——林白〈北去来辞〉及其女性主义写作》，《江汉论坛》2017年第3期。
③ 林白：《北去来辞》，北京出版社2013年版，第3页。

红，即使是在大年三十的晚上，海红一家三口游走在冷落寒凛的北京街头，想要寻找一家菜馆吃上年夜饭而不可得，类如丧家之犬。第二重是银禾的视角。王榨农妇银禾来到北京城，对什么都感兴趣，她跟春泱一起学拉二胡、书法、画画，会修马桶、抽油烟机，跟楼下的男人打架；即使是到医院照料已患绝症的史道良的前妻安姬惠，她也有极高的兴致，乘坐电车、公共汽车、地铁，穿行在迷宫似的北京城，她每次都有新发现；核磁共振、电子计算机断层扫描（CT）、增白针、白血球，专业术语说起来如数家珍。医院里天天死人，也没有影响到银禾的好心情，她庆幸自己没有得病；她陪海红聊天，聊天的内容就是一部《妇女闲聊录》，王榨的人、事，汹涌呼啸，野蛮生长，令"文艺青年"莫名惊诧。银禾关于王榨的讲述，一方面当然是从银禾的视角出发；另一方面却是海红的视角，作为"询问者"和"听者"的海红，会选择性地记下"讲者"的内容。海红的兴趣点显然是那个蓬勃着野性活力的民间。同样的北京城，在海红与银禾的视角中各不相同；海红借由银禾的视角，重新发现了日常的北京生活。小说中二人的"看"与"被看"相互交叉，错落有致，别有意味。第三重是小说文本中隐藏的叙述人，无所不知，无远弗届。就在海红一家人除夕之夜寻寻觅觅，徘徊于北京街头之际，此时的王榨，八仙桌上早已摆满了炖肉、炖鱼、排骨莲藕、炸丸子、花生、豆腐、炒泥蒿，热气腾腾；圭宁的年夜饭桌上，也摆满白斩鸡、红烧鱼、慈姑炖肉、瓢油豆腐、大蒜酸菜、芹菜鸡杂、肉片竹笋，城头烟花焰火、鞭炮爆竹，划破黑夜，渲染着世俗的快乐。而银禾眼中无所不能的女儿王雨喜，初中一年级辍学打工，辗转于电子厂、玩具厂、拖鞋厂、袜厂、餐馆，到网吧当网管，开博客，纵论天下大势，被粉丝们称为"当代鲁迅"；但她不知道的是，雨喜曾被人骗往新疆，差点被卖入淫窟，她与大学生恋爱怀孕，被迫将孩子在网上出卖。雨喜残酷惨烈的另一面，她并没有看到。三重视角相互交织，在圭宁、北京、王榨地域的平面展示之外，有效拓展了小说叙事与精神空间的纵深度。

开阔的王榨民间文化解除了海红的精神束缚，她认识到自己的不足，正如小说中陈青铜所说："文人基本上是无病呻吟，活得太虚太轻，自我的格局太小。"海红来到王榨暂居，参加体力劳动，晒太阳，流大汗，失眠症迅速好转，胃口大开，皮肤泛起光泽，眼睛有了神采，这就是民间大地的力量。"年轻的棉花年轻的水稻年轻的芝麻,正在生长着的植物都是年轻的。土地历经沧桑它仍然生长万物,它生生不息谁的伤害也不能使它潦倒,人类代代更替而大地恒在。"① 但是,现实总是残酷的,如同记忆中的那个圭宁已经彻底消逝了一样,被时代巨浪裹挟的鄂东农村,大地上"鸡屎飘荡,河流壅塞",猫狗被围猎,飞鸟已绝迹,蛙声在哪里?土地被征用,塑料袋四处飞翔,生态恶化,污染严重,田园梦刚刚升起就已破碎,乡村乌托邦永远只是乌托邦,大地之上人们无法诗意地栖居。

小说的结尾曲终人散。圭宁、王榨的上一辈亲人,渐次入土为安。小说描写海红乘坐北去的列车,采用现代派手法,死去的亲人们在"时间支流"的列车上一一复活,却无法对话交流,他们面容依稀,轨道漫长,未有穷期;旷野苍茫,万物生长,百草浩荡,莽莽绿色中点缀一些微细的花朵……作家在认同现实的"静观"和"直视"中,力图重建圭宁、北京与王榨的文化对话关系,因此葆有坚定执着的希望。

《北去来辞》的"集为大成",不仅在于小说主人公如海红就是此前系列小说中"林多米""姚笠""李蔫"等人物形象的综合,而且在于作家经由王榨地域文化提升的书写开阔民间的叙事能力和从民间大地上习得的成熟坚定的人生态度,也在小说中得以尽情呈现,她从"自己的房间"走出,突破个人生活经验的限制,由"内倾"转换为"外向",赋予文本世界中所有的人物以"生命的能量",所有的地域以"对话的力量",宽容阔大,从容稳健,标示着作家的小说创作从此跃入新境界。

四 王榨书写的文学史意义

现实主义作家的鲜明标志,是其创作中具有"对世界的独立的实际存在的特殊感觉"②。也就是说,现实主义作家在面对恒定的客观世界时,主体创造性的根基在于自己的"特殊感觉",忠实于这种"特殊

---

① 林白:《北去来辞》,北京出版社2013年版,第365页。
② [苏联]亚·沃朗斯基:《观察世界的艺术——读新的现实主义》,《后现代主义》,社会科学文献出版社1999年版,第218页。

感觉"才是作家应持的职业操守。回溯林白的创作历程,我们会发现这种对"特殊感觉"的忠诚一以贯之。毫无疑问,写作《一个人的战争》时期的林白,心中怀有现代意识初步觉醒的"特殊感觉",诚如弗洛姆在《逃避自由》中所说:"自由给人带来独立和理性,同时却使人变得孤立无依,导致了焦虑和无能为力的感受。"[①] 林白最初选择了"自己的房间",向隅而述,先锋意味十足。《一个人的战争》《空心岁月》《说吧,房间》等早期小说文本,充溢着"曲折的心理、晦涩的意象、极端的情感、疯狂的表达、锐利的锋芒、嘶哑的叫喊"[②],直至王榨的出现,才彻底破除了林白的视野局限,人生气象和文学格局为之一变。王榨书写的文学史意义,具体来说可以概括为以下几点。

第一,接续和发展了现代文学城乡二元对立的叙事传统。无论是五四新文学时期对愚昧的乡村文化的批判,如王鲁彦的《柚子》、许钦文的《故乡》、彭家煌的《怂恿》、台静农的《地之子》等;还是三十年代京派作家对乡村牧歌情调的歌颂和哀婉叹息,如沈从文的《边城》《三三》,废名的《竹林的故事》,芦焚的《里门拾记》等;四十年代解放区通俗文学对乡村优秀文化传统的回归,如孙犁的《荷花淀》、赵树理的《小二黑结婚》等,其间都内置了城乡文化的二元对峙模式。林白的王榨叙事也不例外,当然既有继承,也有创新和发展。她在《万物花开》和《妇女闲聊录》中的"零度情感"和"置身事外"的叙事姿态,让王榨的野性质朴和苍凉不羁完全日常化,颇有萧红小说《呼兰河传》的风致;王榨人的旺盛生命力,既有不被道德框囿的生存勇气,也颇有李劼人《死水微澜》中蔡大嫂、罗歪嘴等人物"原始强力"的性格特征。而在《北去来辞》中,王榨更是作为都市的对应空间存在,林白对王榨的推崇赞美,与对京都生活的厌倦绝望,彼此参差,形成了强烈对照。这种叙事结构,让我们想起沈从文笔下的边城世界,那里的人们身体强健、性格协调,是自然之子,不像城里人心理变态、体质羸弱、苍白无力。而"知识分子以乡村为净土,以乡村为'拯救',确又集中表现着中国士大夫、知识者的弱者心态,他们的缺乏道德自

---

① [美]弗洛姆:《弗洛姆文集:我相信人有实现自己的权利》,改革出版社1997年版,第4页。

② 林白:《世界如此辽阔》,《枕黄记》,河南文艺出版社2015年版,第53页。

信,他们精神的孱弱、心性的卑弱"①。但是,看似文弱的林白却在小说写作中,坚定地秉持直面现实的精神,揭开了乡村乌托邦一去不返的残酷现实,在城镇化、现代化浪潮的裹挟之中,乡村被无情碾压、抽空。现实中的乡村大地,环境破坏,人性恶化,金钱至上,千疮百孔,事实上已经比城市更糟。城、乡的未来和归宿,似乎只能是一片苍茫的旷野。林白小说的王榨叙事突破城乡二元对立叙事传统,直抵生存本质,以审美的方式追寻、叩问现代性虚无的真相,极具先锋性意味。

第二,营造了独特的乡村文化空间。以王榨书写作为分水岭,林白的小说创作可以分为前、后两期。如果说此前林白接受的是埃莱娜·西苏等女权主义的影响,承受着男权菲勒斯机制压抑的痛苦,那么,王榨的被发现,就彻底打开了林白文学世界的另一扇窗口,她"感到自己身上出现了一个更有热情的写作者,感到有一处源泉正在被自己撬开"②,从此真正走入了尘土飞扬的生活。虽然这种欣赏、流连,难免乌托邦的一厢情愿的审美陶醉,迟早会有梦醒了无路可走的一天,但小说文本又的确为我们提供了实实在在的王榨景观,为当代文学贡献了独特的乡村审美经验,民间大地上蕴含的野性生长的力量也可以支撑、鼓励我们直面不堪的人生。《妇女闲聊录》写道,线儿火在结婚前就跟天不收好过,天不收想要离婚再娶她,没有成功,就将她介绍给王榨的昭明(外号细头),嫁过来后,两人关系一直没断,还生下一个儿子。细头知道不是自己的孩子,用电扇差点没把小孩扇死。天不收还跟刘巧相好;线儿火吃他们的醋,悄悄跟踪,去抓现行,闹得全村人皆知。天不收跟线儿火睡觉,也被细头抓到过,细头的哥哥手持砍刀赶来,天不收的老婆像没事人一样,大摇大摆地将丈夫领回家去。这就是王榨人的真实婚姻生活和情感状态。无关道德,本身就似乎是一种道德。《万物花开》描写王榨人热衷打架的场景,"要打架了!一个喜讯从村头传到村尾",喜鹊、石头、蚂蚁、兰细娘、安南爷、线儿、火车、大头纷纷高喊"要打架了","每个人的脸上霎时有了一种暖洋洋的光彩。每一个人都兴冲冲,每一道眉毛都飞舞,每一只嘴巴都咧着。眉毛和嘴巴布满

---

① 赵园:《自序》,《地之子》,北京大学出版社2007年版,第13页。
② 林白:《写出我在这个时代的百感交集》,《深圳特区报》2013年6月17日。

了王榨的天空，王榨的狂欢节又一次降临了！"① 鄂东地域民风剽悍，热爱自由，不计死生，但作家显然无意于与现代革命史的"宏大叙事"传统形成关联，而瞩目于当下的、现实的王榨，自具真实性的力量。

第三，具有实感经验的生动性和丰富性。林白说过："充沛的感性体验是我多年来不竭的源泉"，这种实感经验"具体、鲜活、生动、丰富，不可以被理论、观念所充分涵纳，在虚构性和创造性作品中，它给作品带来不可化约的品质，从而使我们不至于沦为观念的传声筒"。② 林白小说经由木珍、银禾的实感经验建构了王榨地域生动、丰富的生活场景，叙述人反复、拖沓、重复、口语化的讲述，风味独特，直观呈现，引人入胜。《妇女闲聊录》第132段写道："儿子的头是癞痢头，每次一百多元的药，现在好了，禁吃花生、红薯，结的白壳，痛的是红壳。那时候她不管，脓水直流，苍蝇乱飞，孩子总是用双手赶。可以用草药治，贴地长的，地边、路边都有，她没有耐心，不管。女儿刚会爬，放在泥地上，下雨了，才一岁多，瓦房滴水，滴到孩子的棉衣上，二月，冷，穿着棉衣，淋得全身都湿了，她也不管。"③ 这种叙述语言琐碎、生动，看似絮絮叨叨，没有条理，前后重复，却是真实的日常语言，是典型的闲聊文体。小说还善于选择、采录流行于王榨的民歌、谚语等，如"南瓜大王发了脾气/爬上墙头忙点兵/先点萝卜为元帅/胯下一匹黄瓜马/手提豆角枪一根/又点大蒜先行将/赐一对蒜锤八百斤/带着葵花树旗杆/葱军师用的是空城计/丝瓜放下绊脚绳/鹅眉豆撒下天罗地网/入地还有泥芋头来麻魂/豇豆撒下捞网阵/辣椒放火不饶人/一捞一烧干干净净/菜园子从此得太平"，幽默诙谐，充满趣味。林白坚信："这种低于大地的姿势是适合我的。以这种姿势潜行，将找到文学的源头。"④ 真实的民间大地，永远是文学真正的源头活水。小说中的银禾或者木珍，对王榨生活、劳动、节庆、婚丧礼俗等不厌其烦的娓娓叙述，具有芜杂蓬乱的生活质感，这种丰富的实感经验，正是小说文本构建王榨地域独特性的可靠保证。

第四，具有反思的深刻性和鲜明的时代性。林白的小说总是与时俱

---

① 林白：《万物花开》，中信出版集团2018年版，第61页。
② 林白：《写出我在这个时代的百感交集》，《深圳特区报》2013年6月17日。
③ 林白：《妇女闲聊录》，北京十月文艺出版社2017年版，第168页。
④ 林白：《世界如此辽阔》，《枕黄记》，河南文艺出版社2015年版，第54页。

进。当然，任何人都会与时俱进，被迫或者主动。如果说在20世纪80年代作家还可以以先锋写作的姿态保持住个人主义的锋芒，那么进入90年代尤其是世纪转换之后，资本和物质的力量犹如飓风狂浪无情地掀开了人文主义温情的面纱。曾经我们以为亘古不变的两个信念被彻底颠覆了，一个是劳动创造价值，另一个是知识改变命运。投机盛行，肉身被物质挤压，精神不再拥有充足的生存空间。杜威在《新旧个人主义》一文中指出："我们生活着，似乎经济力量决定着制度的兴衰，把持着个人的命运。自由成为一个近乎过时的术语。"[1] 林白小说反思的深刻性和鲜明的时代性，就体现在对这种历史巨变的精确把握之上，而她把握的方式就是对王榨地域人、事和历史的客观呈现，并在城乡生活、人物命运、日常景观等的对比性书写中，为一个时代写下精神传记，立此存照，唱出一阕挽歌。穆旦晚年有诗句回忆平生："我全部的努力，不过完成了普通的生活。"但迟到的真理，总要好过终生的谬误；诗人其实是幸运的，因为世上不知道还有多少人终其一生地努力，也无法企及"普通的生活"。林白反省说："年轻的时候认为个人生活小于文学，它无足轻重，只是文学的一部分。到了现在终于明白，作为一个写作者，首先要认真生活。从根本来说，文学不过是生活的一部分。"[2] 这种认识将先前的"秩序颠倒"重新摆正。一度作为作家精神支撑的王榨地域文化景观及其价值，在小说叙事的多重对话与不断追寻中最终也遭到了无情的解构，直抵荒凉的本质：田地抛荒，垃圾纵横，坑蒙拐骗，偷盗成风，赌博盛行，教育失衡，儿童失养，老人空巢，男女关系混乱，乡村生态恶化，社会组织溃败，伦理道德滑坡，人情观念凉薄，等等，曾经寄托乡愁的"乌托邦"，无论是北流还是王榨，俱已成为诸恶流行的"异托邦"。由此体现出林白创作的鲜明的主体性和执着探索、敢于直面荒芜的巨大创造勇气。

经由小说书写对象的地域转移，引起作家创作文体风格与美学趋向的巨大转变，这种现象在中国现当代文学史上并不鲜见，如周立波书写东北黑土地的《暴风骤雨》粗犷豪放，描写益阳山水的《山乡巨变》却

---

[1] ［美］杜威：《新旧个人主义——杜威文选》，孙有中、蓝克林、裴雯译，上海社会科学院出版社1997年版，第75页。

[2] 林白：《常常想去乡下种菜》，《枕黄记》，河南文艺出版社2015年版，第123页。

又清新秀丽；陈应松书写神农架的《马嘶岭血案》奇崛惨烈，描写江汉平原的《还魂记》则巫风弥漫。从躲进房间到发现王榨，再到直面荒凉；从个人独语到倾听呈现，再到对话交流，林白的小说真正走向成熟，无论是精神探索，还是审美建构，皆可作如是观。

第八节　里份和大院：方方的武汉书写

一　时间还是地域

方方的小说《水在时间之下》书写一代汉剧名伶"水上灯"（水滴）——水上灯是艺名，"一盏明灯，随水而来，飘在水上，光芒四射"——的传奇人生，既然是一部传记式的长篇小说，线性时间结构自然是最合宜的艺术架构和审美表现方式。事实上，小说除了"楔子"采用"倒叙"手法之外，正文十九章皆以时间为序。"楔子"用意是点明题旨，开启故事。水上灯说她叫水滴，"一滴水很容易干掉，被太阳晒，被风吹，被空气不声不响消化。她说，结果我这滴水像是石头做的，埋在时间下面，就是不干。她还说，如果这世界是污秽的，我这滴水就是最干净的；如果这世界是洁净的，我这滴水就是最肮脏的。总而言之，我不能跟这世界同流"[①]。一颗水滴埋在时间之下，永不干涸，拒绝汽化，这就是小说的主题意象。拒绝、对抗是小说的关键词，对象自然是主人公人生逆旅中遇到的各种人和事。在"楔子：从1920年进入"和"尾声：活在时间之下"中，方方极力张扬时间的意义。"楔子"说："这世上最柔软但也最无情的利刃便是时间。时间能将一切雄伟坚硬的东西消解和风化。时间可以埋没一切，比坟墓的厚土埋没得更深更沉。又何谈人心？脆弱的人心只需时间之手轻轻一弹，天大的誓言瞬间成为粉末，连风都不需要，便四散得无影无踪。""尾声"感慨道："喧哗过后是必然的沉寂。在沉寂中让内心悄悄安定。时间有时也是药，它以流逝的方式抚慰你，让你在不痛不痒不知不觉中慢慢恢复神志。它让紧张变得平缓，让苦痛逐渐递减。它以无处不在的方式存在，但你却从来看不到它的身影"，水上灯"她果然被时间掩埋在了深处，连一点光

[①] 方方：《水在时间之下》，上海文艺出版社2008年版，第1页。

亮都没有露出来","唉,其实这世上,最是时间残酷无情"。

然而,时间真的可以掩埋一切于无形吗?水上灯在1949年后的历次运动中如何自保?小说并没有笔墨涉及,其谜团一如王安忆小说《长恨歌》中的上海名媛王琦瑶的后半生经历,在一个"四海翻腾云水怒,九州震荡风雷急"的全民互害时代,夫妻反目,父子成仇,多少隐私被无情曝光?多少隐恨被聚光灯照亮?多少宿仇被怒火点燃?多少委屈被造化捉弄屈上加屈?水上灯的不堪过往是如何逃过人民群众的雪亮眼睛的?她的辉煌过去竟然可以安全地逃脱政治运动员的"人肉搜索"?如果说这个不算是小说的破绽,至少可算人间世的奇迹。这种文本"吊诡"之处,我们姑且悬而不论。需要指出的是,方方在唱响时间咏叹调的同时,又向汉口地域投去深情的注视。在"楔子"中瞩目于晚年水上灯——这个架锅叫卖茶叶蛋的"鸡皮鹤发、蓬头豁齿的老妪",栖居于"一间板皮房屋","这屋子深藏在汉口一条破败不堪的小巷里。汉口有无数这样的巷子,幽深阴暗,狭窄杂乱","汉口人喜欢将城里那些纵横交错的巷子叫作'里份'。那些日益破落的里份隐身着许多水滴这样的人"。汉口里份的寻常巷陌,既是藏污纳垢之地,也未尝不是藏龙卧虎之处。在更为直抒胸臆的小说"后记"中,方方特别说明,小说的重要背景"乐园","它的原型是武汉著名的民众乐园。但在它建成之后,因社会的动荡而几易其名。它分别叫过新市场、血花世界、民乐园、民众俱乐部、民众乐园等等。武汉这座城市的本土文化几乎是在这里发育和发展"。又说:"书中所有的故事都发生在武汉。它的背景以及诸多细节几乎完全真实。说到底,这本书就是献给我生活的城市武汉的。我在这里生活了半个世纪。只有我自己知道我有多么热爱它。"

那么,方方的这部长篇小说究竟是钟情于时间,还是属意于武汉这座城市?还是二者兼而有之着意于武汉的沧桑历史?回望方方三十五年的创作历程,以《"大篷车"上》为开端,至中篇小说《风景》,奠定作家在当代文学史上举足轻重的地位,再到长篇小说《乌泥湖年谱》《武昌城》《水在时间之下》,似乎有一根彩线贯穿起《民的1911》《出门寻死》《中北路空无一人》《走向远方》《落日》《黑洞》《定数》《随意表白》《在我的开始是我的结束》《春天来到昙华林》等数十颗艺术珍珠,这条彩线无疑就是武汉地域的大街小巷。回到《水在时间之下》的小说文本,一共十九章,章节标题中竟有五章标举汉口的多重物理空间,"下河"

"乐园""走吧，离开汉口吧""汉口啊汉口""忧郁的汉口啊"，将一代汉剧名伶水上灯的人生命运与一座城市的兴盛衰微紧密相连，实现主体与客体的双向互动和互证，城是人的舞台，人是城的灵魂。小说的主要情节发展全部放在汉口。水上灯出生地是汉口小河（汉江）边的"五福茶园"；水成旺被杂耍艺人失手误杀于堤街之上；水上灯被送给杨二堂、王慧如做养女，就住在小河边的贫民窟；水上灯第一次看汉剧，后来替玫瑰红救场骤得大名，直到最后的告别演出，都在汉口的"乐园"；洪水泛滥时水上灯初遇陈仁厚，就是在乐园的塔楼；余天啸在抗日演出中带病唱死在乐园的大舞台上；武汉沦陷后水上灯并没有离开汉口，张晋生、肖锦富与贾屠夫之间的恩怨也发生在汉口；水上灯在日本人面前做假证，保护了陈仁厚，却在事实上害死了大哥水文，这一章的标题就是《忧郁的汉口啊》……在方方的所有小说创作中，"人"与"城"一直是最核心的关键词。诚如方方研究专家李俊国在《一个人与一座城：当代都市文学的新风范》一文中所说："'人'的命运与'城'的历史相关联的节点，是'时间'。……'城'（武汉）因'人'（水上灯）的命运逻辑展开而呈现它那斑驳繁杂的空间与历史。反过来，'人'因'城'的依托，水上灯在汉口上演出升降沉浮悲喜交织的如戏人生。最终，'城'与'人'，都在'时间'的历史规约下，显出如醉如泣，如歌如梦的'往事沧桑'。"[①] 时间还是地域？就是如此复杂地交织在一起。

毫无疑问，武汉是方方小说的物质基础和物理空间，是作家的文学根据地和艺术大本营，是建构想象和虚拟的高堂邃宇的坚实大地。方方小说的叙事背景几乎都在武汉，至少也与武汉息息相关。方方自己说过，"如果我有乡愁，这个乡愁的萦绕之地除了武汉，再无别处。对于我来说，它已经是一个镶嵌在我生命中的城市，它与我童年的欢乐，少年的惆怅，青年的热情，丝丝相扣；与我的梦想，我的热情，我的追求，以及我的婚姻和爱，血肉相连。我只有一脚踏在武汉的土地上，才有一种十分切实的安全感觉。这种感觉来自于四十五年光阴的培育。与我的老家江西和我的出生地南京相比，它已经是我真正的家乡了。我想拒绝都不行，我想不喜欢它都不行"[②]。作为曾经的"新写实小说"的

---

① 李俊国：《一个人与一座城：当代都市文学的新风范》，《湖北日报》2009年5月29日。
② 方方：《武汉人》，南京大学出版社2012年版，第292—293页。

重要旗手,讲求叙事空间的自然主义式的客观"真实性",是小说写作的题中应有之义。阅读方方的小说,某种程度上可以说是打开了一册武汉地图。《乌泥湖年谱》中的后湖,《武昌城》中的武昌旧城,《春天来到昙华林》中的昙华林,《中北路空无一人》中的中北路,《琴断口》中的古琴台,《风景》中的京广铁路旁边的河南棚子,《落日》《黑洞》中的汉口里份的寻常巷陌夕阳芳草,《水在时间之下》中的汉口民众乐园,《出门寻死》中的武昌火车站,《万箭穿心》中的汉正街,《暗示》中的长江,等等。方方还有散文集子《汉口的沧桑往事》《武汉人》等文字述往事、讲方言、释典故、纪传说、忆当年,文字清雅温婉,一往情深。我们可以说,是武汉地域文化滋润、培育、成就了作家方方,作家方方也以自己孜孜不倦的勤奋创作丰富、充实、拓深了武汉地域文化内涵,用文字为这座城市"立此存照",构造了文学武汉的"平行空间"。

二 汉口市民文化的零距离呈现

方方举家由南京迁往武汉时,尚不满两岁,此后定居武汉,离开武汉最长的时间段也不满两个月,迄今已有60年了,可算是武汉地地道道的"老居民",更何况她"最令人怀念的童年和青年时代,满处都是武汉的烙印"[①]。高中毕业后方方当了四年装卸工人,真正零距离地接触到武汉市民的"底层生活"。方方说:"差不多是从当工人那天起,我才算是真正地接触武汉的社会,也真正地开始了解和认识武汉。记得许多年前的一天,当我跟着一个同事走进她的家门时,那个家庭的简陋和破旧真正让我大吃了一惊。那残破的板壁屋,黑漆漆的屋顶和简单得不能再简单的生活用具,都让我对生活生出一种悲叹。而我同事——这个破房间的居住者,却一如既往地大笑。她的笑声自然而从容,在她的人生道理中,觉得生活就是这样,也只能这样,并没有什么值得悲叹的。一切都很正常,不正常的倒是我的大惊小怪。我跟着我的同事在她家附近串门,她跟她的邻居们打情骂俏着,十分自如和随意。那样的行走,就仿佛是社会在给我这个从未接触过底层生活的人上大课。我的装

[①] 方方:《武汉人》,南京大学出版社2012年版,第186页。

卸生涯对我最大的教育，就是使我知道了，在武汉这么一座巨大的城市背后，在那些高楼大厦的阴影之下，还有一些人另外地活着，另外地想着，他们和我以为的全然不同。"① 显然，她如果没有这段装卸工生涯，就不会有后来的《风景》《落日》《"大篷车"上》《水在时间之下》等诸多篇什。方方说过："我不管离他们有多远，但我始终留下了一份情感在他们那里。"② 武汉大学毕业后，方方被分配到湖北电视台当记者，更加广泛、深入地接触到武汉市各个阶层的市民生活，再后来方方编杂志、当专业作家，武汉地域已经成为她书写的核心对象。方方感慨道："如果有一天，我远离国土，我的乡愁所寄会是哪里呢？回答当然是武汉。"③

在散文创作中，方方涉猎广泛，笔触则更加自由无羁，也更加容易读出方方关于武汉历史和现状的了解的深致和情感的流连。武汉号称"江城"，"如果说武汉是一颗珠子，长江便如串珠之绳，从武汉穿心而过。长江最大的支流汉江在武汉中心地带的龟山脚下与长江汇合。这两条江水将武汉的地面切割成三个大镇：汉口、武昌、汉阳。三大镇皆临江而立，随江流而曲折。因为这个缘故，武汉人是没有什么方向感的。倘有人问路，武汉人的问答多半都是'高头'或是'底下'，即'往上走'或'往下走'的意思。'高'和'下'，便是指长江上游方向，'底'和'下'则是指下游方向。因此，江水对武汉人的影响深刻到了骨髓，即便是人们随意的一指，也无不透着水流的意味"④。武汉又是地道的"湖城"，"东湖、月湖、沙湖、北湖、水果湖、墨水湖、莲花湖、紫阳湖、南湖、汤逊湖、东西湖"⑤ 等不一而足。武汉还是"山城"，龟山、蛇山、珞珈山、喻家山、来望山、桂子山、九峰山、凤凰山、梅子山、团山、吴家山、枫多山、磨子山、扁担山、锅顶山、吹笛山、狮子山、伏虎山等，遍布武汉三镇。在散文创作中，方方对张之洞与武汉的渊源、黄鹤楼的传说、红楼前的枪声、汉口水塔的兴废、东传教堂的往事、江汉路的来历、旧武汉星罗棋布的私家花园、汉口跑马场的规矩、民众乐园的热闹喧嚣、夏夜大街上的竹床阵、万人空巷的渡江

---

① 方方：《武汉人》，南京大学出版社2012年版，第188页。
② 方方：《春天来到昙花林》，作家出版社2007年版，第279页。
③ 方方：《武汉人》，南京大学出版社2012年版，第189页。
④ 方方：《武汉人》，南京大学出版社2012年版，第3页。
⑤ 方方：《武汉人》，南京大学出版社2012年版，第178页。

盛事、汉剧的高雅、楚剧的通俗、武汉方言的趣味、武汉小吃的琳琅满目、跳房打电抓子的孩童游戏等，如数家珍。

60年就这么走过来，一座城对一个人会有什么影响呢？方方在谈到自己的文学创作与武汉的关系时，深有感触地说："因为我就是吃武汉的粮、喝武汉的水、呼吸武汉的空气、汲取武汉的营养长大的，无论我写什么，我都会带着武汉的气味，这种味道或许就是汉味"，"汉味并非就是显示在作品的表面的东西，它是深入在作品的骨头缝里的。举止间，笑谈间，心想间，使坏间，装傻间，风流间，可怜间，摆谱间，作秀间，痛苦间，闲玩间，诸如此类，不必经意，自然便泄露底细。不知者只当庸常看，知者一看便必作会心一笑：呀，汉味好足呀。"① 这无疑是方方对"汉味小说"命名的某种肯定和期许。樊星视方方为"以具有浓郁的武汉地方风味的文学语言描绘武汉风土人情"② 的"汉味小说"的代表性作家，是颇富文学史家眼光的洞见。汉味是一壶历经岁月风雨、潜移默化、润物无声的老酒陈酿。久处其中的人，自然习焉不察，就像武汉人过早喜欢吃的热干面，平时谁也不去想它，只道是庸常，一旦离开武汉，就会格外想念。"文革"时期武汉知青有一首流传极广的歌曲《我爱武汉的热干面》，系根据当时的流行歌曲《我爱祖国的蓝天》套改而来，歌词为："我爱武汉的热干面，二两粮票一毛钱；四季美的汤包鲜又美，老通城的豆皮美又鲜；王家的烧饼又大又圆，一口就咬掉一大边。啊——河南人爱虱子，湖南人爱辣椒，要问武汉人爱什么，我爱——武汉的热干面——"大院、校园等围墙内的"机关""单位"和汉口纵横交错幽深曲折的市井"里份"，是方方小说的两个主要书写对象。大院（对应知识分子题材）和里份（对应市民题材），是方方小说的二元地域结构。从精神层面看，方方始终站在大院文化这一边。《乌泥湖年谱》以年谱述史方式讲说真实性极强的父辈历史，笔下流淌着浓郁的人间温情；从传播效果来看，里份为方方赢得小说创作的赫赫声名。正如李俊国所分析的那样：

　　我坚持认为，形成方方"原生态写实"作风和"零度情感"

---

① 方方：《武汉人》，南京大学出版社2012年版，第297页。
② 樊星：《当代文学与地域文化》，华中师范大学出版社1997年版，第242页。

创作原则的，不是任何美学思潮的启迪，而是她坚决地沉入汉口市民生活与汉口文化的结果。

……

当作家以汉口市民为描写对象时，自然进入了汉口文化那粗俗市俗的生命状态：以吃喝拉撒睡为程序，以逗情骂俏为娱乐方式，以挣得一丝一毫的实利为目的，以粗俗凶蛮为手段。于是，作家真实的描摩（摹），与人物生命形式同构。这，就是不作任何情感裁判的零度感情，不作任何艺术裁剪的原生态作风。[①]

当然，汉口文化在小市民文化之外，也还有好勇斗狠的码头文化、货物集散中心的物流文化等多种文化因素交融其中，形成汉口人追逐小利、生存第一、雄健霸蛮的人生态度和精神取向。同样是书写里份底层市民的日常生活，不同于池莉小说的零距离再现、客观主义式的欣赏和市民趣味的生存哲学呈现，方方小说始终流注一股知识分子的批判激情，她是从"大院"看"里份"，从"象牙塔"看"十字街头"。当她以毛茸茸的质感十足的笔触描写武汉里份的日常市井生活时，总有另外一个冷静的、充满怀疑与质询的精神层面的方方在文本背后随时拷问、追询这种市井生存的合理性和意义。而追问的结果往往是无意义的，因此方方的小说多有悲观的情调，总是带有知识分子浓厚的忧郁气质和怀疑否定精神。方方在接受采访时，在不同的场合说过相似的话：生活的真相往往经不起追问，最后都是可悲的虚无。[②]"追问到底，便坠入虚无。"[③] 又说，长辈们的生活经历，让她很早就感受到了"个人的渺小和命运的无望"[④]。此种表白，真有一些存在主义哲学"向死而在"的精神内涵，同时又有中华传统文化乐群乐生的执着和坚韧。

中篇小说《万箭穿心》中的下岗女工李宝莉，在身为厂办主任的丈夫马学武分到新房后，对老友万小景说："看看看，运气来了，门板子摞起来都挡不住。"这座房子位置好，楼层高，看得到长江，"站在

[①] 李俊国：《在绝望中涅槃：方方论》，湖北人民出版社2000年版，第270—271页。
[②] 周豫：《方方称文字能解决很多心理问题，是最耐心的听众》，《南方日报》2012年4月17日。
[③] 徐鲁：《方方：追问到底，便坠入虚无》，《中华读书报》2013年5月13日第11版。
[④] 钟瑜婷：《方方：知识分子从未像现在这样堕落》，《新周刊》2015年6月5日。

东边的窗口,长空如洗,远处浑黄的江水静静的,不觉有动,仿佛一段黄绸铺陈在那里"。① 李宝莉的父亲第一次上门看房时,发现了问题,他看到楼下放射线一样的马路,就说这座新房子不好,这个在风水上有说法,叫作"万箭穿心";李宝莉的母亲赶忙打圆场说,这叫"万丈光芒"。装修完毕搬进新房的头一个晚上,马学武提出了离婚。李宝莉悄悄跟踪丈夫,发现了丈夫出轨的事实,看到他们进了"人间仙境"旅馆。这时,两个李宝莉在做激烈的斗争,其中一个占了上风,打了卖淫嫖娼的举报电话。马学武一夜间白头,声名扫地,厂办主任的职务当天被撤,里外不是人,沉默寡言,脸上没有笑容,幸好儿子小宝需要他讲解数学题,"马学武被堵塞得饱满而沉重的心间豁然开了一个小口,淤积在内的东西于不知不觉间一点点地向外排泄"。这时,马学武的父母亲因为房子拆迁,无处可居,前来投奔马学武。家里又起风波。一次,两个老人外出时忘了关水管,淹坏了地板,李宝莉一怒之下说出了马学武与人通奸、厂办主任被撤的丑事,两位老人自然无比伤心。马学武给旧日的相好打电话时,知道了李宝莉捉奸报案的情况,加上下岗的打击,他在长江二桥上投江自杀,遗书只有短短三行,却没有一个字是写给李宝莉的,可见他对她有多恨多失望。李宝莉要争一口气,"我的命不是我一个人的,我活在这个世上,还有蛮多人需要我"。为了养家,她到汉正街当了"扁担"。这是武汉底层市民最本真、最朴实的人生哲学,支撑着他们日复一日地顽强地活下去。李宝莉忍着,扛起沉重的生活担子。"人生是自己的,不管是儿孙满堂还是孤家寡人,我总得要走完它。"在创作谈中,方方说:"这个李宝莉,是不讲究生活品位的,是谈不上文化教养的,是粗粗拉拉的,是高声武声的,是脾气火爆的,是在丈夫面前颐指气使的,是有小小心计的,是平凡而庸常的。但同时,她也是热心快肠的,是刀子嘴豆腐心的,是刚烈坚强的,是忍辱负重的,是孝敬和爱戴家人的,是能把眼泪往肚子里吞的,是乐观面对生活的,是敢于担当的,是有大爱和大善的。"② 又说,这个李宝莉,正是作家心目中武汉女人的形象,借此表达方方对人生的感慨,"人生有多少快乐、幸福和温暖,就会有多少辛苦、苦痛和残酷"。——归根结

---

① 方方:《万箭穿心》,重庆出版社 2013 年版,第 18 页。
② 方方:《纵是万箭穿心,也得扛住》,《万箭穿心》,重庆出版社 2013 年版,第 2 页。

底，方方还是悲观宿命的。小说弥漫着一股浓郁的荒原意识，虽说在写熙熙攘攘人来人往的汉正街，却无处不是人生的苍凉和悲哀。《随意表白》中的靳雨吟追求自由的性爱结果是得了不治之症；《在我的开始是我的结束》中的黄苏子白天当白领夜晚当妓女的结果是被杀身亡。《涂自强的个人悲伤》[①]中的涂自强，在作了徒劳无效的生存抗争之后，积劳成疾，已到肺癌晚期，他将母亲送往莲溪寺，自己走回老家，在路上，他永远地离开了这个世界，"这个人，这个叫涂自强的人，就这样一步一步地走出这个世界的视线。此后，再也没有人见到涂自强。他的消失甚至也没被人注意到。这样的一个人该有多么的孤单。他生活的这个世道，根本不知他的在与不在"。这种写作视角和态度，也是由作家的知识分子立场所决定的。这种苍凉和悲哀，并非与生俱来的，方方在《白梦·自序》中说："如果说1986年前，我的小说是在一种玩玩打打轻轻松松的状态中写出来的话，而1986年后我写小说便身不由己地陷于一种无边无际而又无言无奈的痛苦之中"，"睁眼也罢，闭眼也罢，总之，萦绕在眼前在心头的是一种永远也抹不掉的失望"。[②] 我们可以说，这种苍凉、悲哀、无言、无奈、痛苦、失望、坚守、硬扛，在某种意义上是方方小说创作成熟的标志。

三 地域文化范畴：大院、校园、"河南棚子"和里份

方方知识分子题材小说的地域背景多在大院、机关和校园，如《定数》《状态》《金中》《言午》《纸婚年》《幸福之人》《行云流水》《无处遁逃》《祖父在父亲心中》《乌泥湖年谱》等小说就是如此。值得注意的是，方方的小说中存在着一种颇有意味的价值取向，即大院不如大街，大街不如市井，市井不如乡村。《行云流水》中的大学教授高人云，走出象牙塔走在大街上时，顿感失落，"高人云走在人流如水的大路上，心口如堵。他觉得他这一生还从来没有如此地尴尬和窝囊过。他想他是不是和这个时代生活的哪个齿轮错了位，以致无论他用怎样平静的心情来对待生活而生活却总是不留情面地来打破这种平静。他为之努

---

① 方方：《涂自强的个人悲伤》，《十月》2013年第2期。
② 方方：《白梦·自序》，江苏文艺出版社1995年版，第2页。

力的心安的境界,如一面清晰的大镜子,终于在每天每天的石子敲击下,破碎了。破碎得他高人云没有痛惜,只有难言的苦楚和忧伤"。①《定数》中的大学教师肖济东,为了生存,改行当了出租车司机,经济状况的确得到了极大的改善,却又经常会感到空虚和失落,"肖济东开始怀念那些数字和公式,怀念苦苦思索和反复推论的日子,怀念机房里计算机哒哒……敲击键盘的声音。怀念教室里的静谧。怀念学生,怀念在讲台上叱咤风云的感觉。怀念训导学生时的风度。怀念黑板。怀念将粉笔扔进盒时的弧线。怀念抽象。怀念思索时的苦恼。怀念崇高。……"② 于此可见,知识分子在这个时代的"在而不属于"的现实尴尬处境和精神家园无处安放的难堪。

旧时王谢堂前燕,飞入寻常百姓家。《春天来到昙华林》写出了这种人世变迁的沧桑感。小说开头写道:"春天来到昙华林的时候,昙华林没有一点反应","老墙上冒出一根细茎的草芽。华林的母亲在屋门口里生炉子,青烟熏得她眼泪水流了出来。她抬头揩眼泪,看到草芽。草芽绿得透明,风微微一吹,细瘦着腰两边摆动。华林母亲的心虽已苍老,却也叫这绿色击打了一下。她透过湿眼望了它好几秒,然后长叹,又过了一年",昙华林"沉闷而破旧,杂乱而肮脏,满目苍夷,不堪入目。老屋们虽然还留着一些,但面相已无看头,而主人也大多早已换过。破败陈旧是光阴赐予的。光阴是一去不返绝不重复的东西。消逝的光阴使这些老屋成为昙华林的沧桑往事,供人怀旧"——这篇小说以城市文化的弱势纤细,反衬乡村文化的雄强霸蛮,是一种与沈从文小说主题遥相呼应的写法。城市的市井文化已经老旧破败暮气沉沉,与乡村文化的活泼新鲜、生机勃勃,正好形成鲜明的对照。

在方方的早期小说创作中,知识分子与青年工人之间,其实是一种互补型的人物关系。方方1981年发表短篇小说《"大篷车"上》时,还是武汉大学中文系的在校学生。"大篷车"是加了雨篷的大卡车,专门用来接送市郊工人上下班,青年工人们都有外号,如化肥厂的"化肥"、汽修厂的"电喇叭"、搬运站的"车钳刨"等。这些青年工人表面上玩世不恭、满腹怨气,其实朴素单纯、活泼可爱,最后在"手里

---

① 方方:《行云流水》,《小说界》1991年第6期。
② 方方:《定数》,《山花》1996年第3期。

拿着一本书"的"一个模样俏丽的姑娘"的一篇文章《姑娘，去爱他们吧》的鼓励下，纷纷在工余时间走进了各种专业知识补习班和培训班的课堂。《"大篷车"上》中的知识女性用她的知识和优雅感化了消极无聊的青工；而在《啊，朋友》中"候补流氓"青工们却以其热情善良反过来感化了孤傲偏狭的知识女性①，这种文化及情感向度的"反转"，着实令人思索。《啊，朋友》中的丁洁，其实就是《"大篷车"上》的那位知识女青年，她出生于知识分子家庭，"她自幼喜爱文学，老早就向往书中描写的那种火一般炽热、花一般绚丽而又极富诗意的生活。她憧憬过自己将来的同事们一定是热情、爽朗、好学的人。工作之余，她将同他们一起探讨人生、幻想未来；晚上，又一块儿把工装搭在肩上，三五成群地缓缓步行于林荫大道，聚会于公园的湖畔，研究音乐，欣赏文学，甚至乘着月色，每人即兴作一首优美的小诗"，但是现实却与她的想象完全相反，她的工作单位"装卸站"，"比哪儿都野蛮、粗俗和低贱"，她的同事"一行""阿歪""吴显显""七仙女"等人，"自私、懒惰、庸俗"，"太没有教养"，简直就是一帮"候补流氓"。②但是，正是这帮"候补流氓"，却在一场争看中国国家足球队比赛的风波中，显示出他们特有的坦率善良、真诚大度的人生风格和爱国热情，让"她"心生佩服，感慨"生活太丰富了，很多很多的内容都是书本中那些伟大而遥远的哲理代替不了的"。知识分子与青年工人，是方方早期小说创作中的两大人物类型，显然她在小说中着意寻找到了二者的优点与缺失。类似的对比性的写法，还有《滚儿》和《一棵树》，滚儿笨、拙、随和、平庸、胆小，对自己的男人百依百顺，处处成功；《一棵树》中的"她"娴熟老练，精明强干，追求人格的独立，却处处失败，最终还在汽车失控冲进长江的瞬间救了自己男人的生命。

关于大院文化书写与审美意义生成的关联，笔者在《地域经验与历史叙事——方方〈乌泥湖年谱〉与王安忆〈长恨歌〉对读》③一文中做过专题研究，此处重点研究方方小说的市井书写与审美意义生成的关联。方方的中篇小说代表作《风景》开头引用波特莱尔的一段话：

---

① 李俊国：《在绝望中涅槃：方方论》，湖北人民出版社2000年版，第4页。
② 方方：《啊，朋友》，《长江文艺》1982年第7期。
③ 刘保昌：《地域经验与历史叙事——方方〈乌泥湖年谱〉与王安忆〈长恨歌〉对读》，《现代中国文化与文学》第18辑，巴蜀书社2016年版。

"……在浩漫的生存布景后面，在深渊最黑暗的所在，我清楚地看见那些奇异世界……"这固然与小说的叙述者、已经夭亡的小八子的视角恰相贴合，却又"文艺范"十足，与小说即将展示的世俗生存搏斗形成鲜明的反差。这是方方站在知识分子立场书写底层市民生活的下意识的表现。李俊国认为《风景》的意义，在于它率先"发现"了市民生活；方方，改变了知识者（作家）与城市市民以往那种擦肩而过的匆忙历史。我们注意到，紧随其后，池莉、刘恒、刘震云、叶兆言、苏童等作家，纷纷聚集于城市底层居民生存状态的描写和市民人性的展露，由此形成20世纪90年代前后蔚然成风的"新写实小说"潮流。① 这种题材选择和书写对象的共性，并不能遮蔽作家们文化立场的迥异。

《风景》描写生活在武汉城市贫民区"河南棚子"中的一家十一口人的自然生存状态，从死去的"小八子"的视角，观看一家人恶劣卑微的日常生活，将人性之恶充分地曝露在太阳底下，龌龊、恶鄙、病态、粗俗、贫困、窘迫、凶狠、怨毒等显露无遗。全家人挤在一间十三平方米的破旧板壁房子里，"京广铁路几乎是从屋檐边擦过。火车平均七分钟一趟。轰隆隆驶来时，夹带着呼啸而过的风和震耳欲聋的噪音"。如此"蜗居"，大家自然没有好心情。"父亲"是个码头搬运工，精力旺盛，最大的爱好是在外面打架斗殴，在家里喝酒打老婆。"母亲"长得美丽"自然风骚无比"，随时流露出一股风骚劲，甚至当着已经二十岁的"大哥"的面跟邻居白礼泉调情，用"大哥"的话说，那是"见男人就化了，巴不得上钩"。"猪狗一样"的生活宿命般地重复着。"大哥"被学校开除后进铁厂当学徒，以横强蛮野闻名于远近；"二哥"幸运地接触到了文明的光辉，但就在同学父母跳长江自杀的"那个夜晚"，他也切腕自杀了；"三哥"游手好闲；"四哥"天生聋哑，只好与一个盲女结婚；"五哥六哥"无恶不作；"七哥"从小"从事拾破烂的事业"，长年睡在床底下，当下乡知青时因为梦游，被当地老百姓视为"天神派来的鬼"，驱赶似的被推荐上了北京大学，他认识到："生命如同树叶，来去匆匆。春日里的萌芽就是为了秋天里飘落。殊路又同归，又何必在乎是不是抢了别人的营养而让自己肥绿肥绿的呢？"他通过与水果湖的"丧失了生育能力"的"省政府官员的大龄姑娘"

---

① 李俊国：《在绝望中涅槃：方方论》，湖北人民出版社2000年版，第72页。

结婚的方法，走上了"省团委"宽广的仕途。从"河南棚子"里床底下的"狗"，到水果湖气宇轩昂的"官"，"七哥"实现了人生的飞跃。对这一人物形象，我们并不陌生，文学史上还有司汤达笔下的于连，巴尔扎克笔下的吕西安，等等，不胜枚举。"二哥"理想破灭的自杀，与"七哥"顺应现实的成功，形成鲜明的对比。"河南棚子"的人们皆冷漠凶残，毫无爱心和同情心，乐于充当别人苦难的"看客"，趋之若鹜，看得津津有味，人情凉薄到冷血的地步，如他们看人吵架："父亲和母亲的喉咙都大得惊人。平均七分钟一趟的火车都没能压住他们的喧闹。于是左邻右舍来看热闹，那时正是晚饭时候，一个个的观众端着碗将门前围得密密匝匝。他们一边嚼着饭一边笑嘻嘻地对父亲和母亲评头论足。母亲朝父亲吐唾沫时，就有议论说母亲这个姿势没有以前好看了。父亲怒不可遏地砸碗时，好些声音又说砸碗没有砸开水瓶的声音好听。不过了解内情的人会立即补充说他们家主要是没有开水瓶，要不然父亲是不会砸碗的。所有人都能证明父亲是这个叫河南棚子的地方的一条响当当的好汉。"这就是"河南棚子"的人生百态和真实世相。如此地域文化氛围，才能造就出不择手段往上爬的"七哥"。

　　同样是从"房事"的逼窄写起的家庭冲突，还有《落日》《黑洞》等篇什。《落日》开头引用艾略特的诗句："家是我们出发的地方。随着我们年岁渐老，世界变为陌路人。死与生的模式更为复杂。"小说中的丁太（奶奶）从乡下黄陂来到汉口谋生，守寡五十年，含辛茹苦养育两个儿子丁如虎、丁如龙。丁太与丁如虎一家人发生口角后自杀，被送到医院抢救，家里人各怀鬼胎，骗医生开出"死亡通知单"，将活着的丁太送到了"白云殡仪馆"火化。这无疑是一出人伦惨剧。其间却自有原因，一大家子人四代同堂，住在一间只有十二平米的小房间里。丁太一直反对已经丧妻九年的丁如虎再娶，她说丁如虎想女人是"猪狗样的骚性"；丁太与孙子成成和孙媳妇汉琴同居一间"披屋"，小夫妻没有任何隐私可言，自然十分难受。"方方描写了一场血缘家族内的善良者无辜者之间的人性搏斗，一场人世间最惨烈最惊心动魄的人性战争。"[①]《黑洞》中的姐弟交恶，也是因为"蜗居"，弟弟陆建桥一家拆迁后租住在亲姐姐家中，于是烽烟四起。汉口里份人家的辛酸，各种争

---

① 李俊国：《在绝望中涅槃：方方论》，湖北人民出版社2000年版，第85页。

执冲突，往往都是从"蜗居"开始的。

方方小说的"生成性"同样值得我们注意。如中篇小说《走向远方》中的史阳平，从社会底层拼命往上爬，为了能够避免分配到边疆、顶替沈天天分配到北京的报社，费尽心力，最终取得了令人不齿的成功。这个人物是《风景》中"七哥"的人物性格"前身"，但《风景》凭借扎实的地域"风景"描写取得了艺术上的巨大成功。短篇小说《七户人的小巷》书写汉江边某县城"七户人家的小巷"中的七个人物，彼此之间在恶劣的生存环境中的粗粝的人性搏斗和厮杀，是《风景》地域书写的背景性"前身"。《风景》兼具《走向远方》和《七户人的小巷》的优长，能够成功绝非偶然。

四 地域文化书写的美学意义：市民精神、风俗风景、方言地标

王国维对"诗人"进行过分类，他认为"诗人"有两种，一种是"客观之诗人"，阅世极深，生活经验丰富，代表性作家如施耐庵、曹雪芹等；另一种是"主观之诗人"，阅世极浅，而性情极真，代表性作家如李后主等。[①] 此处的"诗人"当指一切文艺创作家。照此分类法，毫无疑问，方方当属"客观之诗人"。

武汉地域文化是方方小说的重要书写对象，其独特的市民精神、风俗风景、方言地标等的展示和表现，构建了当代小说史上崭新的美学空间。武汉市民精神的特征就是火爆热烈的生存，他们泼辣精明，脾气急躁，直来直去，骂骂咧咧，幽默搞笑，拿得起放得下，不记仇。《黑洞》中的陆建桥，烦恼时"想站在江汉路的立交桥上顶天立地地骂一通娘"，作为商场服务员，"哪个没同顾客吵过架？全武汉能找出一个这样的不？……他若对顾客热情得如一盆火，顾客不把他当神经病才怪。顾客早就被吼惯了，急慢惯了"，但同时他又和女同事们打情骂俏，"说说笑笑"；《落日》中的丁如虎，刚才还在"拍腿跌脚地骂老娘"，一倒头就打起了震天响的呼噜，丁家成员之间成天争吵，以此方

[①] 王国维：《人间词话》，载郭绍虞主编，王文生副主编《中国历代文论选》第4册，上海古籍出版社2001年版，第372页。

式消解人生的种种忧愁,"成成性情豁达开朗,不管祖母跟汉琴吵到什么地步,都影响不了他的情绪。成成觉得女人在一起天生就是吵架的命,就跟好斗的公鸡关在一起一样。成成想女人若不吵架肯定会浑身筋骨酸痛,所以一旦吵开来,成成便只当她们在医疗自身的筋骨。既如此,有什么可烦恼的?成成很会为别人想"。《出门寻死》中的何汉晴寻死不成,反而明白了一件事,自己的命,其实"归蛮多人所有",不是自己能够掌控的。后来她反过来劝说想要寻死的文三花:"说三花,你死不得,你的伢才四岁,他太小,离不得娘呀。你千不看,万不看,得看细伢的面子。为你屋里细伢,你天大的委屈都得忍。这世上,随便哪个没得你,都能过。可是细伢要是没得你,他这辈子吃的苦受的罪,会让你死了一百年都不安神呀!你未必能指望他的后娘对他好?他的爹忙女人都忙不过来,你未必指望他会过细照看伢?"这就是市民的日常人生态度,说是达观智慧也好,说是消极无奈也罢,要不然又能如何呢?平头百姓也是一大家子人总要想法活下去。

尽管夏天酷热冬天酷寒,尽管水灾频繁生存艰难,《水在时间之下》中的女人们却舍不得离开汉口,并非她们对这座城市有多么热爱,实在只是因为舍不得眼前的小小富贵和生存机会。玫瑰红选择嫁给吃喝嫖赌抽五毒俱全的肖锦福,果断舍弃了相恋十数年的英俊小生万江亭,最终成为离不开大烟的行尸走肉;水上灯的生母李翠,贪恋小小富贵而将水上灯遗弃,又与汉奸陈一大苟且,只是舍不得锦衣玉食的生活——"为了这份富贵和安宁,她什么都肯忍。不管受到怎样的欺负和怎样的羞辱,她都忍得下。因为她需要有好饭好菜吃,有好绸好纱穿。她想,人要有所得,就得付出"[①];水上灯的养母王慧如背着丈夫杨二堂与乐园的琴师吉宝偷情,也只是幻想和贪恋那短暂的纸醉金迷生活;水上灯宁愿嫁给没有真爱的张副官做妾,也舍不得离开那座洋楼。她们都被曾经的饥饿吓坏了,就要紧紧抓住眼前的富贵安逸不松手。

方方以细致逼真的笔触,揭示了武汉底层市民艰难而坚韧的生存真相。中篇小说《出门寻死》中的中年妇人何汉晴,突然觉得活着没有什么意义,不如死了的好,"何汉晴向来做事有决断。她从不喜欢拖泥带水。一旦认定自己活不如死,心里反倒变得踏实。她想,好,你们都

---

① 方方:《水在时间之下》,上海文艺出版社2008年版,第11页。

嫌我。好,你们都瞧不起我。好,你们都嘲笑我。好,你刘建桥(引者注:何汉晴的丈夫)还这样打我。那我就去死!我死了,看哪个给你们做饭,看哪个给你们洗衣,看哪个给你们拖地抹桌子,看哪个楼上楼下陪你们看病,看哪个为你们满街买药,看哪个给你们换煤气,看哪个坐汽车帮你们抢座位,看哪个替你们打米买菜,看哪个换季的时候给你们晒被子刷棉袄,看哪个帮你们倒洗澡水,看哪个帮你们剃头修发,看哪个替你们剪脚指甲,看哪个吃你们的剩菜,看哪个招呼你们的亲戚,看哪个引你们去江滩看焰火,看哪个陪你们秋天去公园看菊花,看哪个在你们被人欺的时候替你们出恶气,看哪个下雪天为你们扫门口的雪,看哪个起早床给你们买早点。还有,这个顶重要,水壶叫了,看你们再等哪个来关火,看哪个会憋着大手不解,先来给你们灌水瓶"。一连四个"好",二十一个"看哪个"的武汉方言排比句,说得真是"刷拉"得很,"溜刷"得很,平常这些事情无疑都是何汉晴做的。武汉女人就是这样辛苦、执着、热烈地活着。

方方小说总会不失时机地穿插关于武汉地域文化的相关"知识",在长篇小说写作中尤其如此,这是一种将读者从虚拟带入真实的艺术手法。《水在时间之下》介绍堤街,"堤街是汉口的一条老街。以前是堤,现在是街","很久以前,长江、汉水和后湖三大水域曾经将汉口环抱在怀。水灾对于汉口人来说,恍若招手即来。汉口人便在星罗棋布的土墩上修垸筑圩,以保家园。明朝崇祯八年,汉阳一个叫袁昌的人主持修筑了汉口的第一道堤防。这道大堤,半月形模样,长达十里。修成之后,汉口的水患顿时大减,于是人们纷纷涌来汉口定居。汉口也因此堤而壮大",再后来,又修建了更长更高的防洪大堤,此堤的防水功能也就消失,自然地形成了一条街道,"这便是堤街","当年汉口的繁华几乎一半集中在堤街"[1]。又如,"小河其实说是汉江,水也不小。只不过跟近旁的长江比,它小了点,汉口人因之而叫它小河"[2]。类似的知识性介绍,如大智门车站,明德饭店,入科学艺的契约章程,戏班"十条十款"的班规班法,道士作法时的场景,武汉街头四季轮转的风景,传统汉剧曲目的基本情节,武汉抗战的时代喧嚣,戏班行走江湖的种种

---

[1] 方方:《水在时间之下》,上海文艺出版社2008年版,第14页。
[2] 方方:《水在时间之下》,上海文艺出版社2008年版,第40页。

风险和玄机,包括小说篇末的19个注释,分别解释汉口方言、地名、器物、人物称呼等,这些名词无疑具有鲜明的武汉地域特色,外地读者不太能够明白,因此有加注的必要;中篇小说《万箭穿心》的"附注"中也列举了9条方言词语,诸如男将(男人)、裹筋(难得缠)、好死(饶了)、扁担(替人挑货的人)、残薄(残酷)、过细(仔细)、小河(汉江)、苕货(蠢人)、嫁嫁(外婆)等,都可视为将"虚拟的小说"坐实为"拟想的真实"的知识性手段。方方追求小说写作中细节的真实性,因此对武汉地域及其文化下过极深的研究和体察功夫,她说过:"我写的《武昌城》中所有的细节如钱数、店铺、战争状况都是真实的,所有的历史事件都在我眼前呈现出一个真实的画卷。我无非是把自己虚构的人物放到这个画卷上,让他'游走'在中间,但不会破坏整个画卷,小说最重要是细节,细节不能瞎编。"[①] 她的小说的确下了扎实的细节雕刻功夫,功不唐捐,因此收获了巨大的成功。

小说的细节不能瞎编,需讲求真实性,而细节的选择和描写最容易见出作家的功力。《水在时间之下》中有几处水上灯学戏的细节,颇见方方的文字功力。徐江莲传授汉剧的眼法,"媚眼的眼珠梭动,目光斜挑;醉眼的双眼微闭,眼神无力;惊眼的眉心上挑,双目睁起;静眼的眼帘微垂,双目平视;颤眼的眼眶放大,眼皮不眨;昏眼的无精打采,眼睑下塌;贼眼的眼珠斜视,灵活转动;呆眼的目光下沉,眼凝不动;偷眼的微扬双目,半睁眼珠;奸眼的竖眼皱鼻,眉毛倒八;对眼的凝视鼻尖,眼珠靠拢;杀眼的眼珠突出,鼻梁上耸;瞎眼的眼珠上翻,藏珠露白;死眼的眼皮下垂,眼望鼻梁;还有单对眼,一只眼靠鼻中心,一只眼在中间活动;雌雄眼,一眼半闭,一眼却睁大挪动眼珠;留情眼,回眸凝睇,眉眼含情;三角眼,眉角向上紧扯,眼角眯成缝;回思眼,上下转动,回忆往事"[②];还有"花猫捕蝶"身法,共有一百零八套身段谱,轻俏非常,也是如数家珍;杨彩云传授汉剧旦角的手法,"十指纤纤,软中带韧,甩袖而出,煞是好看","指法光是软,一定要有内力才是真好看,指物时,断不能随意,眼睛须得跟着指尖走。旦角上

[①] 周豫:《方方称文字能解决很多心理问题,是最耐心的听众》,《南方日报》2012年4月17日。

[②] 方方:《水在时间之下》,上海文艺出版社2008年版,第126页。

台，眼娇手媚，戏便有了看头"①。学艺成功的水上灯，第一次上台时，"非但是声音悦耳，眼波流转间，手指点翘间，水袖轻甩间，脚步碎走间，招招摄人魂魄"，得到满堂喝彩。② 水上灯汉剧表演的高潮，是她在《贵妃醉酒》中自创的"闻花三卧云，双凤朝牡丹"，堪称经典，"水上灯穿着杨贵妃的凤衣醉眼迷离着，背着身踉跄登场。百花亭上的彩凤飞凰，双双飞舞，杨贵妃却形单影只，孤独郁闷。见那凤凰悠闲地双飞，她亦展翅欲飞。她拍掌欢笑，甩开水袖，醉意朦胧间鹞子翻身。右望天空，亮开跳凤舞姿。左腿站立，右脚伸出，右手挽袖至头，左手挽袖随腿伸身，扭身腰转，她慢慢地蹲下身，朝上仰视，一如凤凰伏地望云。随后她又慢慢起来，小碎步跑团台一周，站在台角，高举双手旋转，飘舞而起的凤衣腰带，像凤凰羽毛一样张开。酒意的杨贵妃，踉跄右转，口吐酒气，眼睛半睁，左右蹲身，轻抖水袖，软软的一个鹞子翻身，归到台口。她展开双臂，跑着圆场，不时抖落水袖，不时双手高举，不时陀螺旋转，最后定于金鸡独立，而微抬的右脚划着圈子绕到左手之后，眼望腰间，身向腰转，慢慢沉下蹲身，仰面斜望，身卧一团，反背右手扶腰，左手向前攀过花枝，双眼眯缝，用鼻子吸气闻花香陶醉而笑，越闻越笑。台下的掌声便在这满面带醉的笑容中轰天而起"③。此种不厌其烦精雕细刻美轮美奂的文字，非有对武汉本土戏剧艺术的深情和热爱不能写出。与此种柔美到极致的文字相对照的是，方方笔下还有汉剧大师余天啸在抗日舞台上演唱《兴汉图》，唱死在戏台上的热血雄浑的令人回肠荡气的文字。春花的绚烂与秋叶的静美，二者相映成趣。于此可见方方的写作艺术已达炉火纯青的巅峰状态。

对武汉本土方言的选择性地、娴熟地应用，也为方方小说增色不少。在小说写作中，方言看上去只是表达的工具，其实直接贯通于书写对象的整体感觉。《出门寻死》中的中年妇女何汉晴"出门寻死"，天色已黑，她便决定在武昌南站候车室躺一晚上，却看到了两个拿刀的小流氓想要非礼女大学生，走上前去说道："实话跟你两个小杂种讲，老子一个人不带行李不拿包地出门，就是出来寻死的。老子早就不想活

---

① 方方：《水在时间之下》，上海文艺出版社2008年版，第164页。
② 方方：《水在时间之下》，上海文艺出版社2008年版，第210页。
③ 方方：《水在时间之下》，上海文艺出版社2008年版，第438—439页。

了，正在想用个么法子去死。你们两个来杀我，老子死也死成了，还当回烈士，又登报纸又上电视。现在的警察几高明！捉你两个分分钟！老子死了棺材底下还有你两个垫底，这还不说，你两个屋里还得赔我钱。老子这样个死法真是有得赚！姑娘你赶紧躲开些，让他们来杀我。"①好一个胆大泼辣的"女汉子"形象，如果不使用武汉本土方言，怎么表现也不如这样精彩。在武汉方言的使用上，方方从创作初始就具有深刻而清醒的"自觉"。如《"大篷车"上》青工们自嘲自讽："唉，怪只怪咱们姓'工'姓坏了，瞧那'工'字，上出不了头，下入不了地，两根杠子一夹，窝窝囊囊，当然给人瞧不起。"《啊，朋友》中青工们与队长调侃："'嚎得像猪！去，都给我干活去！'队长来了，他伸出巴掌把阿歪的脖子一拍：'停电了用手工干去！''哎哟，要文斗，不要武斗！'阿歪叫了一声，转身朝队长直吐舌头。'队长大爷，积点德吧！过几年阎王爷招工把你招走了，兴许我们每个人还凑五角钱买个便宜花圈给你哩。'帮着阿歪搭腔的是吴显显——阿歪的狐朋狗友之一。'何必搁不得我们歇一下呢？电来了，我们保证完成任务。队长，讲点人道主义，等过年时，我们也好擒两瓶好酒、买两斤好点心，去跟你和你的婆婆拜拜年呀。要不然，大年初一，你屋门口吊它个把死狗子，死猫子，就莫怪我们不懂味儿。'这是独眼龙长生。"②

这种方言使用的"自觉"，就是自觉选择、创造出最精彩、最有冲击力、最有表现力的活的武汉方言，而过滤掉太偏僻的缺乏美感和表现力的死的武汉方言。如果将方方的散文《武汉人说话》《方言武汉》，与方方小说中所使用的方言作一个比照，我们就会发现方方在武汉方言的选择、取舍之间，颇具知识分子的尚雅、崇美趣味。她自觉舍弃了流行于武汉市井中的诸多"带把子""带渣滓"的方言词语，表现出高明的艺术智慧。

对于武汉都市景观，方方显然不仅仅满足于写实，《白雾》就以城市白雾意象，写出城市生活的荒诞感：

行至岔路口分手道别各各归家时，却见夜雾迷天漫地腾腾而

---

① 方方：《出门寻死》，《人民文学》2004年第12期。
② 方方：《啊，朋友》，《长江文艺》1982年第7期。

来，霏霏然如粉如尘如蒸气，顷刻间淹没了整个城市。房屋及树皆被吞噬一尽。咫尺之外瞰眺莫见。唯汽车喇叭尖锐地叫喊，喊得别一般凄厉和惊慌，徒然地让人生出一个世界破碎了而另一个世界尚未建成的恐惧与悲凉。

行人们连足下之路都难以认清，仿佛自己打包裹似的被一卷一卷捆起。四面如堵。落寞而孤零。一如整个星球只留下他单独一个。①

方方笔下的小说主人公，在自杀时往往会选择投江，这也可以算作武汉地域特色之一。《暗示》中的叶桑与小妹的男友宁克发生不伦关系，后来得知亲生父亲也与小姨发生过不伦关系，于是在乘坐返回丈夫身边的江轮上，叶桑投长江自杀：

当一个通红通红火的球"波"地一下跃然于水面时，当远处的红色一直波及她眼皮底下时，叶桑升腾的欲望已锐不可挡。我就是这水。我就是这水上的火。我就是这激流。我就是这燃烧的天空。她如此想过，立即感觉到自己身忽飘飘，轻如飞燕，相随云雾，飙升而去。②

《出门寻死》中的何汉晴也是想到投江自杀；《万箭穿心》中的马学武最终在二桥跳江；《风景》中杨朦的父母双双跳了长江……在散文《关于桥》中，方方描写过自己深夜走过长江大桥时的感受："在那样的夜晚，听着江涛在脚下涌动的声音，俯身下看时，江面就像一块硕大无比的绸布，被风吹着滚动。航标灯在这块绸布上闪烁着清幽。如果凝神盯着江水，心潮便会情不自禁地随江水涌动，并且能感受到不知来自何处的暗示，浑身便充满着蠢蠢欲动的激情，甚至想要纵身投入"，"当一个人心情郁结，心理有障碍并产生生不如死的念头时，是很容易同来自深不可测的江水中发出来的暗示产生共鸣的，这种暗示犹如某种诱惑，控制了人的精神，使人一刹那间既产生一种迷醉，又产生

---

① 方方：《白雾》，《人民文学》1988 年第 8 期。
② 方方：《暗示》，《天涯》1996 年第 1 期。

一种彻悟，于是身不由己。武汉人都知道，到了大桥那儿自杀，比在别处容易"。①长江既滋养了武汉人，又往往成为他们的归宿。贯注生死，唯此长河。类似的感觉，台湾作家王鼎钧也有过，他在《最后一首诗》中说："长江给我的印象是，伟大得使人想灭顶。一切伟大都诱人设想生命突然结束了也好，登上摩天大厦想往下跳，见了金字塔想往里钻，进了群山万壑想失踪，在拿破仑或成吉思汗麾下想赴汤蹈火马革裹尸。"②可见，这种感觉具有共通性。方方的写作总是如此有根有据，她找到了小说虚拟世界背后的真实逻辑。

通过市民精神、风俗风景、方言地标的选择性的精准书写，方方成功地构建了歌哭与共、精彩无限的"纸上武汉"。

第九节　吉庆街：池莉的市井传奇

池莉著有"人生"三部曲（《烦恼人生》《不谈爱情》《太阳出世》）、《来来往往》、《小姐你早》、《紫陌红尘》、《一去永不回》、《你以为你是谁》、《让梦穿越你的心》、《生活秀》、《她的城》、《汉口情景》、《老武汉》、《来吧孩子》、《熬至滴水成珠》、《怎么爱你也不够》、《池莉诗集·69》等小说、散文和诗集。

池莉的小说创作多以武汉作为叙事背景，致力于表现武汉市民的精气神，展现武汉地域文化风情，题材选择上经历了烦恼人生、市井传奇和精神超越的递进式嬗变，被文学史家视为"新写实小说"的重要作家之一③。

一　烦恼人生

"人生"三部曲描写都市平民百姓恋爱、结婚、生子的琐碎、平凡、艰辛的生活，"零距离"地真实呈现了武汉市民的人生烦恼和人间喜悦，引起读者的广泛共鸣和深切同情。"人生"三部曲被视为"新写

---

① 方方：《武汉人》，南京大学出版社2012年版，第171页。
② 王鼎钧：《最后一首诗》，《王鼎钧散文》，浙江文艺出版社1994年版，第133页。
③ 洪子诚：《中国当代文学史》，北京大学出版社1999年版，第345页。

实小说"的重要代表作,"新写实小说""特别注重现实生活原生形态的还原,真诚直面现实、直面人生"①,这是当时池莉、方方、苏童、刘恒、叶兆言、王安忆、杨争光、赵本夫、刘震云等一大批作家的共同创作特点,是对传统意义上的力图表现"生活本质"的革命现实主义写作规范的突破,也是对意识形态书写的有效"去蔽"。

《烦恼人生》完整地描写了武汉一家大型国有钢铁公司工人——三十四岁的印家厚一天的生活:半夜时分四岁的儿子从床上滚落到地下,引起夫妇俩一阵惊慌,急忙包扎伤口,老婆抱怨这间平房面积太小,骂他没有本事分不到房子;清晨起床,排队上公共厕所、排队到水龙头前洗漱,在煤炉上煮牛奶,抱着儿子赶公共汽车,再转轮渡,轮渡上都是工厂同事,印家厚的心情变得轻松起来。"春季的长江依然是一江大水,江面宽阔,波涛澎湃。轮渡走的是下水,确实有乘风破浪的味道。太阳从前方冉冉升起,一群洁白的江鸥追逐着船尾犁出的浪花,姿态灵巧可人。这是多少人向往的长江之晨呵,船上的人们却熟视无睹。印家厚伏在船舷上吸烟,心中和江水一样茫茫苍苍。"② 拥有沉重的人生,心灵自然无法飞翔,人们没有心情和能力去浪漫一把。厂办秘书小白是个文学爱好者,正在吹嘘一首题为《生活》的独字诗"网",印家厚随机"和"了一首"梦",立即被几个文学爱好者引为同调。下船后再转厂车,印家厚先送儿子到幼儿园,然后跑步到车间,还是被守门老头掐表记下迟到了一分半钟;车间开会评奖金,本来都是"轮流坐庄",这次轮到印家厚评一等可以拿到三十元,却被评为三等只能拿到五元,着实让人难堪,幸好徒弟雅丽帮忙解围。雅丽有"一张喷香而且年轻的脸",是个体态有"无限风情"的女人,她热情地喜欢着印家厚,却被印家厚"无情"地拒绝。午休时,印家厚到幼儿园看望儿子,在幼师肖晓芬面前,表现得像一个好父亲,只因为肖晓芬长得很像当年的知青相好聂玲,往事早已随风而逝,江城五月的风"饱含着酸甜苦辣";下午,同事结婚随份子二元,给大熊猫募捐二元,给乞丐一元,印家厚将所有奖金花得精光;但是,为老丈人过六十大寿却买不到合适的酒,物价上涨,工资调级,电视机、洗衣机升级换代,想要报考电大领导不同

---

① 《新写实小说大联展·卷首语》,《钟山》1989 年第 3 期。
② 池莉:《烦恼人生》,《上海文学》1987 年第 8 期。

意,一场没有止境的烦恼人生;终于回家了,老婆递上茶水和湿毛巾,饭菜已经做好,一家人热热闹闹地吃饭,这已经是美好的人间!洗碗,拖地,洗衣服,菜价又涨了,姑妈家的表弟要来借住几天,这排平房即将被拆迁,生活的烦恼总是不少,老婆安慰他不用着急,实在不行就去租住私房。夜深人静时,印家厚想道:"雅丽怎么能够懂得他和老婆是分不开的呢?普通人的老婆就得粗粗糙糙,泼泼辣辣,没有半点身份架子,尽管做丈夫的不无遗憾,可那又怎么样呢?"生活总是最好的老师。戴锦华欣赏池莉敢于直面现实的态度,池莉肯定此岸,并没有无奈、痛楚,并没有被迫的忍受,相反,她"平和温馨",与生活达成默契,对烦恼人生不无赞许。① 小说的主旨似乎是说,人只要活着,就会有无穷的烦恼,烦恼正是人生的必然内容;在烦恼的缝隙中间,也有平凡的幸福,渺茫的希望,无须矫情,无须高悬理想,因为这就是老百姓的日常人生。

　　池莉小说最易被人诟病之处,也正在于这种与现实生活"零距离""零高度"的贴近式书写,被认为是精英立场的撤退和溃败,这其实是一种误读。首先,作家可以采用多种叙事立场,选择多种叙事视角,既可以从"珞珈山"看"花楼街",也可以从"花楼街"看"珞珈山",可以有不同的精神表达层次②,我们可以说包括刘震云的《一地鸡毛》、刘恒的《贫嘴张大民的幸福生活》等所有"新写实"小说都采取了类似的视角;其次,在"不怨天不尤人"坦然直面现实人生的各种烦恼的印家厚等武汉底层小市民身上,其实蓬勃着一股堂堂正正的人格力量,而这正是楚人旺盛生命力的表现。萧兵研究"楚辞"时特别指出:《离骚》有其"庄重、典丽、飘逸"的一面,但也有其热烈、放浪、嘶喊的另一面,根本原因不仅仅是屈原的个性,也有先秦"时代的大胆",楚地的狂放,楚民的强悍。③ 武汉原本是个南来北往的水码头,实在来说,没有几分霸蛮雄强、粗糙芜杂,没有几分过人的身体素质和心理素质,如何能够在此地生存?

　　夏天的武汉是全国著名的"火炉城",面积阔大的江河湖泊,白天

---

① 戴锦华:《池莉:神圣的烦恼人生》,《文学评论》1995年第6期。
② 陈美兰:《木兰湖畔的思考——湖北的文学批评怎么了?》,《长江文艺》2002年第1期。
③ 萧兵:《楚辞文化》,中国社会科学出版社1990年版,第264页。

晒足了太阳，夜晚将热量慢慢释放出来，导致全城昼夜温度一直在高位徘徊，湿气大，温度高，在空调尚未进入普通百姓家庭的年代，武汉的夏天是很难度过的。《冷也好热也好活着就好》简直就是一篇武汉人的生存宣言，这个标题经常被人使用，成为活命哲学、顺世哲学、认命哲学、苟且哲学的代名词。其实，小说的内容并非描写死乞白赖、卑微挣扎的生存，倒是写出了武汉夏天江汉路的老居民们豁达而坚韧的精神状态。在"小初开堂"当售货员的猫子，这一天卖出一只体温表，拿出来送给顾客时，体温表竟然爆炸了。这事被猫子当作一件天大的新闻，最先要报告的人当然是他的女朋友燕华，燕华是公共汽车司机，长相好、有住房、有技术，又是个独生女，当然有"俏皮"的资本。燕华正在公用厨房里洗菜，猫子将体温表爆炸的新闻讲出来，嫂子们都说："你看这武汉婊子养的热！多少度哇！"猫子做好饭菜，燕华的父亲许师傅刚好下班回来，这位给毛主席做过豆皮的高级厨师，已被老通城餐馆高薪返聘，在街坊邻居中极具威望。先是用两桶水洒水降温，接着搬出竹床，摆上鸿运电风扇、电视机，四菜一汤，三个人围着吃晚饭，许师傅对这个准女婿是非常满意的，他们喝着"黄鹤楼"酒，酒香伴着菜香，"别以为家常小菜上不了谱，这可是最当令的武汉市人最爱的菜了：一是鲜红的辣椒凉拌雪白的藕片，二是细细的瘦肉丝炒翠绿的苦瓜，三是筷子长的鲦鱼煎得两面金黄又烹了葱姜酱醋，四是卤出了花骨朵的猪耳朵薄薄切一小碟子。汤呢，清淡，丝瓜蛋花汤。汤上飘一层小磨麻香油"[①]。燕华因为上早班，胃口不太好，在男朋友面前耍点小脾气；老派的许师傅在街坊们面前极力维持着家长的权威，让燕华收拾碗筷；趁着洗碗筷的间隙，这对年轻人在蒸笼般的小屋里亲热了一回，热得差点中暑；男人们议论中东局势，替中国政府和联合国操碎了心；妇女们在路灯下打麻将；燕华跟汉珍等高中同学出去逛街，一路吃着冰激凌、什锦豆腐，姑娘们在一起说话"粗野"得很，汉珍讲了体温表爆炸的事，大家一起骂这个婊子养的夏天；许师傅与王厨师、王老太忆旧，讲朝鲜领袖临上飞机时间的问题，武汉四季美的汤包是怎么将汤弄进去的？大家聊得十分开心，一致认为武汉的过早全世界第一，"老通城的豆皮，一品香的一品大包，蔡林记的热干面，谈炎记的水饺，田恒

---

① 池莉：《冷也好热也好活着就好》，《小说林》1991 年第 1—2 期。

启的糊汤米粉，厚生里的什锦豆腐脑，老谦记的牛肉枯炒豆丝，民全食堂的小小汤圆，五芳斋的麻蓉汤圆，同兴里的油香，顺香居的重油烧梅，民众甜食的伏汁酒，福庆和的牛肉米粉"①，说起来如数家珍，令人垂涎三尺。这篇小说基本上没有故事情节，只有场景呈现，在一个又一个的镜头连接中表达武汉人乐天知命的生活态度。武汉市民貌似达观的人生态度，其实也是一种无奈之举。诚如易中天所说："从某种意义上讲，恶劣的生存环境和生存条件已经把武汉人逼到墙角了：躲没处躲，藏没处藏，就是想装孙子也装不了，再不达观一点，怎么活？所以，凡事都最好搞唰喇点，凡事也都最好能要点味。生活已经不易，再不搞唰喇点，不是自己烦自己吗？生活已经缺油少盐，再不要点味，还能过下去吗？"② 这无疑是苦中作乐，但是如果连这点乐子也没有了，那日子可真就苦得没法过了。

池莉永远将自然的生活状态摆在第一位，生活是最好的老师，远远大于一切空洞的言语说教。学医从医的8年时光，给了她从生死、痛苦中领悟人生的独特视角，而不是借鉴前人的眼睛、从书本中学会看取人生，"自从封建社会消亡之后，中国便不再有贵族。贵族是必须具有两方面条件的：物质的和精神的。光是精神的或者光是物质的都不是真正的贵族。所以'印家厚'是小市民，知识分子'庄建非'也是小市民，我也是小市民。在如今的社会主义初级阶段，大家全是普通劳动者。我自称为'小市民'，丝毫没有自嘲的意思，更没有自贬的意思，今天这个'小市民'不是从前概念中的'市井小民'之流，而是普通一市民，就像我许多小说中的人物一样"③。生活改变着"小市民"的价值观念，也让"小市民"们逐渐成熟，学会了爱恨情仇。在中篇小说《太阳出世》中，当女儿出生后，年轻的父亲赵胜天上了成人大学，母亲李小兰狂热地爱上了读书和听音乐，他们自己节衣缩食也要购买最好的奶粉保证女儿不缺少微量元素，以便在将来的竞争中不输给别人家的孩子，他们逐渐体会到，抚养一个孩子有多么艰难，抚养一个孩子却"又是多么有意思！八个月零七天，你突然十分清楚十分亲密地叫了一声

---

① 池莉：《冷也好热也好活着就好》，《小说林》1991年第1—2期。
② 易中天：《读城记》，上海文艺出版社2006年版，第295页。
③ 池莉：《我坦率说》，《池莉文集》第4卷，江苏文艺出版社1997年版，第221页。

'爸爸'，你把从来不哭的赵胜天一下子激动得扑沙扑沙流泪了。你爸爸结婚那天打架，你妈妈穿着新娘婚纱骂大街，多么调皮多么轻浮多么无知多么浪漫的一对年轻人，是你默默无声把他们变成了稳重的成年人。从前他们不知有爱，现在他们对你对其他孩子对老人对所有人都充满爱意充满宽容，自然，会爱的同时也会了恨。都是因为有了你，孩子"！[1] 池莉小说能够吸引广大读者，往往都是因为她写出了广大小市民的真实心声，引发了读者广泛的情感共鸣。《不谈爱情》中的庄建非，名牌大学毕业，三甲医院的医生，却娶了汉口花楼街的小市民吉玲，很大的原因是吉玲家庭中浓郁的人情味吸引了他，丈母娘生怕他没有吃好没有吃饱的眼神，让他体会到自小以来一直缺乏的母爱。在珞珈山文化与花楼街文化的对垒中，知识分子败退，小市民获得全面胜利。[2] 小市民的生活虽然总是充满烦恼，但是池莉欣赏的无疑正是这种活泼的、充满生机的市民趣味，相对来说那种苍白无力的、矫揉造作的知识分子总是她小说的嘲讽对象。"池莉一写到市井就充满感情，就流露出赞赏，尽管有时也不回避市井的粗俗、低鄙和丑陋的一面，但这一面常被淡化。她写得最成功的是市井人物。每当写到知识分子，她的笔端就控制不住地露出嘲讽和揶揄。"[3] 小市民的热烈、洒脱、坚忍、豁达，在池莉小说中得到了放大性的彰显。与其说是烦恼人生，不如说是洒脱人生。

二　市井传奇

在展呈武汉市民的人生烦恼或者洒脱人生之后，池莉迅速转向于书写市井传奇，以曲折离奇的故事情节、华丽夸张的叙述语言，描写市场经济大潮中底层市民奋斗成功的人生故事，准确把握时代价值观念和道德认知的巨大变化，满足一般读者发迹变泰的阅读期待和人生理想，揭开成功人士（政界、商界）出入会所、宾馆的锦衣玉食、珠环翠绕的豪奢生活面纱，在貌似题材大转移的写作中其实更加贴近了市民潜在的

---

[1] 池莉：《太阳出世》，《钟山》1990年第4期。
[2] 刘川鄂：《小市民　名作家——池莉论》，湖北人民出版社2000年版，第103页。
[3] 夏德勇：《论池莉小说的文化冲突与取向》，《小说评论》1997年第4期。

猎奇心理和财富想象。《口红》中前往南方沿海城市深圳闯荡终于发了大财的赵耀根、《化蛹为蝶》中孤儿出身的百万富翁小丁、《来来往往》中从肉联厂工人成为大老板的康伟业、《午夜起舞》中下海经商的机关公务员王建国、《你以为你是谁》中从车间主任变身为餐馆老板的陆武桥等,都是成功的平民英雄和市井强者,他们的人生传奇故事是广大市民阶层在20世纪90年代中期的集体性梦想和财富幻觉。

短篇小说《汉口永远的浪漫》①标题十分美好,所写内容却一点也不浪漫:从欧洲归来的富翁徐华,帮助好友胡东,刺杀了无辜的路人鲁宏钢,"徐华面冷如铁,与鲁宏钢对视了片刻,然后猛地拔出匕首,闪身跳开。一股鲜血从鲁宏钢的腹部射将出来,那颜色之艳丽,那气势之逼人,的确惊心动魄,无与伦比";与此同时,武汉春天的街头上,柳絮迎风杂乱飞舞,法国梧桐飞扬的毛絮让人睁不开眼睛,灰蒙蒙的天空中各种花粉面目肮脏,定向控制爆破的十八层高楼轰然倒地土崩瓦解,升起一团巨大的烟尘。有学者对这篇八千字左右的小说做过统计:"三四个人物,却说了几十人次的脏话丑话。计有:日他妈(徐华2次)、杂种(巡警1次)、狗日的(商厦经理1次)、这小子(徐华2次)、我操(胡东1次)、他妈的(徐华1次,鲁宏钢1次)、个婊子养的们(胡东1次,鲁宏钢1次)、老子(鲁宏钢4次,胡东2次)、卖骚粉的(胡东1次,小越2次)、把卵子咬下来(鲁宏钢1次)、屁鸡(鲁宏钢1次)"②,由如此密集的"脏话丑话"所构成的"汉口永远的浪漫",无非就是"横蛮、粗鄙、撒泼、抖狠",这与《太阳出世》中新郎新娘在长江大桥上的大打出手,如出一辙,这种"浪漫"当然是一种反讽。需要指出的是,上述所谓的"脏话丑话",在武汉本地人看来,并不都是脏话丑话,如在《冷也好热也好活着就好》中,嫂子的儿子掉落竹床时,嫂子骂孩子:"你这个婊子养的么样搞的沙!"猫子故意逗她:"个巴妈莕货,你儿子是婊子养的你是么事?"那个嫂子并不生气:"哪个骂人了不成?不过说了句口头语。个巴妈装得像不是武汉人一样。"③她的逻辑就是武汉人的口头语并不是骂人;在外地人听来无比凶狠丑陋

---

① 池莉:《汉口永远的浪漫》,《作家》1996年第2期。
② 刘川鄂:《小市民 名作家——池莉论》,湖北人民出版社2000年版,第68页。
③ 池莉:《冷也好热也好活着就好》,《小说林》1991年第1—2期。

的骂人话语，武汉本土人只做口头语来对待。无论如何，一场街头斗殴的传奇性，可能只够得上晚报社会新闻的一方小小角落。

池莉市井传奇的真正代表作当属《生活秀》和《你以为你是谁》。《生活秀》中的来双扬，幼年丧母，她是汉口吉庆街上第一个个体餐饮经营者，以卖油炸臭豆腐干起步，当年她还只有16岁，刚刚被江南开关厂除名；父亲来崇德不堪家累，搬到寡妇范沪芳家里一去不回头，来双扬担负起养育弟弟妹妹的重任，接着是摆摊售卖鸭脖子，又开了一家名为"久久"的小餐馆，经济上终于翻身；她果断地与背叛了婚姻的丈夫离婚，照看做了包皮手术的哥哥和侄子，替妹妹交清了拖欠的劳务费，找关系落实了来家的老房产，照顾吸毒的弟弟，安排九妹的婚事，了结了与卓雄洲的情感纠葛，她有手段，有魄力，自信自强，堪称女中豪杰，这个人物形象"不仅生动典型，质地也非常鲜明，她代表了武汉市民文化在融合大时代主流文化时体现出来的个别性，她是典型的市民生存哲学的代言人"[①]。池莉书写市井传奇，却并不凌空蹈虚，而是以吉庆街原汁原味的生活和风景作为坚实的世俗生活背景，沿袭了新写实小说的一贯表现手法，这就使得"吉庆街的女人"来双扬成为文学形象长廊中的"这一个"，自具特色。面对妹妹来双瑗对吉庆街的激烈批评，来双扬只是"凭直觉寻找道理"，人生无法选择，既然生在吉庆街，就得首先在这里寻找到一条活路，这就是市民生存哲学的"现实主义"，"这样的小街是没有什么大出息的，只不过从中活出来的人，生命力特别强健罢了"[②]；更何况，十几年来，来双扬已经成为吉庆街上的名人和"成功偶像"，赢得一条街居民的尊重和仰慕；400米长的吉庆街，摆满大排档，历经多次取缔，没过几天即可全盘复活，野火烧不尽，春风吹又生，一样的彻夜不眠，一样的热火朝天，来自世界各地的食客们，品尝着五湖四海的美味，听着女孩们演唱的小曲、艺校长发男生吹奏的管弦、风尘满面的老艺人的荤素段子，看着中年剧团演员的专业化表演，排档间穿行着卖花的小姑娘、擦鞋的大嫂，各种身份的"小姐"和"少爷"，鱼目混珠，吉庆街是小天地，小天地却是人生大舞台。"当吉庆街夜晚来到的时候，来双扬出摊了。她就那么坐着，用

---

① 吕幼安：《论武汉作家小说生态中的地域化因素》，《长江文艺》2007年第8期。
② 池莉：《生活秀》，《汉口情景》，江苏凤凰文艺出版社2014年版，第134页。

她姣美的手指夹着一支缓缓燃烧的香烟。繁星般的灯光下，来双扬的手指闪闪发亮，一点一滴地跃动，撒播女人的风情，足够勾起许多男人难言的情怀。"①卓雄洲最先就是被这双手吸引住的，无奈这个以天上一轮满月作为映衬的浪漫开端最后却以卓雄洲灰溜溜的精力不济收场，他从此再也没有来过吉庆街。在吉庆街的世界里，人活着，开心就好；但是，开心哪会那么容易？来双扬与九妹谈话时，说她们都是命不好，做人不容易，来生情愿做一只自由飞翔的小鸟。外人眼中的烟花般璀璨的传奇，往往也只是一出正在上演的悲剧，紧锣密鼓丝竹管弦的高潮往往连接一个不幸的、不为人知的结局。《生活秀》这篇小说及由此改编的电视剧，为吉庆街的生意兴隆推波助澜，鸭脖子从此成为武汉名牌特色小吃，到路边大排档喝啤酒吃宵夜听唱歌从此也成为武汉居民和外地游客的消费习惯。池莉小说声名远播，早已超越了纯文学的樊篱。

《你以为你是谁》中的离异男人陆武桥，在江汉路上经营一家餐馆，他是家里的头男长子，自然就要充当"带头大哥"的角色，他帮姐姐陆掌珠挽救了濒危的婚姻，教训不务正业的弟弟陆建设最后让他学习开车和修车技术；又在无意间赢得了女博士生宜欣的爱情，过了一整天的二人世界的甜蜜生活之后，宜欣宣布远嫁老外，会将这段感情深藏心间。陆武桥大受打击，生病住院；姐夫又生离婚之心，家里又乱成一锅粥。小说对居住在洞庭里十六号的湖北大学李老师极力讽刺挖苦，通过其子李浩森之口批评说，"一点不耽误形而下的生活，一刻都不离形而上的话题"，他热衷打麻将，混吃混喝，是个典型的"帮闲"，又喜欢装模作样地记录武汉方言，说是将来要写一本文化巨著；他将挤小鱼辩解为大鱼与小鱼都有相同的蛋白质；陆武桥打心眼里瞧不起李老师，但是又不得不与他沆瀣一气、周旋来往。小说充满浓郁的生活气息，比如对糊米酒、排骨藕汤、卤猪肚牛肉鸡蛋、八宝香酥鸭、清蒸鳊鱼、炒霉千张、清炒茼蒿等饮食的描写，对陆建设街头摆摊设局的骗术的再现，对踩脚裤等时髦服饰的介绍和评点，对"拐子""桥子""卵子""卖粉""就你的意思""试它一烙铁"等武汉方言的采用，等等，为小说平添了许多叙事魅力。

那些脱离或者与武汉地域风情画卷联系并不密切的市井传奇，如

---

① 池莉：《生活秀》，《汉口情景》，江苏凤凰文艺出版社2014年版，第142页。

《口红》《来来往往》《化蛹为蝶》等小说的主人公形象，就远远不如来双扬、陆武桥等人那么形象生动，那么丰富饱满，那么接地气，在此也可以见出地域文化对于人物形象塑造的重要作用。至于地域风情画卷对池莉小说审美艺术的贡献，更是有目共睹的事实，江汉路、吉庆街、花楼街、户部巷等武汉老街巷，正是在池莉笔下才获得了全国性的影响，以"小说"成名，最终成为武汉旅游的重要地标。也许池莉本人也认识到了这一问题，在接下来的写作中她重返武汉老街巷，努力实现对此前创作的新的超越。

三　精神超越

从市井传奇故事返回到普通市民生活，池莉小说并非退回到"人生"三部曲的对烦恼人生世态的"零度叙事"，而是"试图超越物质挤压下人生的黯淡和沉重，在普通市民的日常生活中发现诗意，重新建构对日常生活的审美观照和精神价值"①，于此体现出难得的创造性转型的努力，值得给予充分的肯定。

《托尔斯泰围巾》可以被视为一篇道德叙事小说，以汉口花桥苑小区的装修过程作为切入点，在过去与现在的对比性书写中凸显道德的力量。人心不古，这是小说最初的控诉，如今的装修队"电工做完了活，拿了钱，走了。管道工做完了活，拿了钱，走了。泥工做完了活，拿了钱，走了。木工的活路多一些，要做的长一点，长长短短，也是陆陆续续地走了。最后是油漆工，在日日的抱怨与争吵中，也还是要走的。这样一些农民工，来的时候，是陌生腼腆面孔；走的时候，却千人一面，个个都是要钱的铁面孔"②。而过去不是这样的，过去的手艺人温和高雅从容热情，"我小时候"吃夜宵，总要去买王麻子的豆浆，王麻子对人客客气气，做生意就是做人，豆浆装得满满的，还不忘叮嘱小孩，走路时要看路，不要盯着碗，小心打泼；腊月请裁缝做新衣，进门时喜气洋洋，作揖打拱，主人道辛苦，裁缝说沾光，礼貌周全。"老扁担"就是装修队伍中的一员，装修时偷奸耍滑，结账时气势汹汹，给小区人们

---

① 阳燕：《世纪转型期的湖北小说研究》，长江文艺出版社2011年版，第98页。
② 池莉：《托尔斯泰围巾》，《收获》2004年第5期。

留下很坏的印象。他自己也深刻地感受到了这种敌视和恨意，便七年如一日，挑着箩筐守在花桥苑门口收"破烂"，以谦卑、忍耐、感恩、敦厚的品格重新赢得了小区人们的尊重和信任。"老扁担"总是戴着一条时髦的围巾，直到去世时这条围巾的意义才充分显露出来，"老扁担非常喜欢俄国作家托尔斯泰，有一天他在阅读中了解到，老年的托尔斯泰，最后离家出走，只是围了一条他喜爱的围巾"①。从小说叙事艺术的角度来看，《托尔斯泰围巾》中有着太多的破坏整体氛围的议论，比如："人的外在形状，是命运安排的，没有地位，没有钱财，没有事业成就，那都是由不得人自己的；惟有人本身的内容，可以自己决定。人本身的内容，主要是志与气；有志可以帅气，有气可以帅体；这便是为什么有些位高权重声名显赫的人，有时候，你冷不丁一看，他毫无内容，一无所有；而一个老扁担，你冷不丁，便看见了他的一身威严，凛然不可侵犯；这就是他有内容了。这么一想，老扁担在花桥苑几年的固执几年的坚守几年的辛苦努力，都得到了解释。老扁担不仅仅只为讨一口饭吃，他还要表达他正直不苟的立身，要守护他作为人的自尊；他要向花桥苑人们证明，他是一个知错即改的人，是一个有道德廉耻的人；如此，他也自然就有了凛然不可侵犯的一面。"②这些议论，显示出作者缺乏必要的叙事耐心。小说中的另外一个人物形象张华，以看守小区车棚为生，中年丧夫，女儿肥胖，沦落底层，收入菲薄，却活得大义凛然，自然敞亮。"我"亲眼见证了"老扁担"和张华的生活后，深深地感慨，贫困的人也可以活得无比快乐，儒家推崇的孔颜乐处绝非虚传。

与电影《革命之路》的主题有些相似，《有了快感你就喊》和《看麦娘》都描写婚姻的平淡、家庭的负累、现实的不堪和精神的突围，主人公总在寻找人生的突破口，大多时候却又总是陷入无物之阵中，这种对诗意和远方的追寻，已经明显不同于池莉此前充分肯定现世价值的小说主旨。《有了快感你就喊》中的中年男人卞容大，出生于汉口中山大道背后的集贤巷，那里儒家传统文化气息浓郁。他从小家教严格，性格压抑，他父亲卞师傅是家里的绝对主宰；长大后婚姻生活乏味，家庭

---

① 池莉：《托尔斯泰围巾》，《收获》2004 年第 5 期。
② 池莉：《托尔斯泰围巾》，《收获》2004 年第 5 期。

亲戚之间缺乏温情，事业发展受挫，在单位又因为正义之举遭人陷害导致下岗，最后应聘远去西藏工作，与其说是为了获得一份较高的薪水，不如说是以逃离的方式完成一次自我精神救赎。对于人到中年的男人来说，远走和离开，需要有决绝的勇气，卞容大终于领会到了"有了快感你就喊"的阳刚之气，"他是一个备受压抑的窝囊的阳刚男人。可是他一直在坚持着什么，一直在追求着什么，终于，他被迫开始了以逃离为形式的自我坚守与自我救赎。中国男人尤其需要这种精神，人性的、自由的、坚定的、革命的、悲壮的"。① 从一个人推而广之到全体中国男人，从具象上升到哲思的层面，这是池莉小说创作转型后的崭新特征。这篇小说也会不时发表议论，比如："一个人，只要能够做自己想做的事情，那是会有快感的。悲哀的是，有的人不能做自己想做的事情。还有的人，做了自己想做的事情，却无法获得快感。更为悲哀的是，有的人，有了快感也无法表达。"② 类似的心灵鸡汤式的文字，对于以塑造人物形象、摹写现实人生为主旨的小说艺术来说，并不总是那么适宜的。《看麦娘》笔调柔和，情感细腻，从第一人称叙事视角观照周围的世界，"我"（易明莉）是国家一级药剂师，丈夫于世杰也是名利双收的成功人士，在外人眼中无比耀眼的光环，却总是遮掩不住"我"对生活的持续性焦虑，尤其是在养女容容突然失踪之后，"我"的困惑更深，迷失更多，与物欲横流、欲望汹涌的周围世界愈加格格不入。在喧嚣的尘世中，唯有"看麦娘"能够安妥动荡不安的心灵。"看麦娘"是一种类似于"狗尾巴草"的植物，长在麦地里，小时候"父亲"经常带"我"去麦地，"看麦娘"萦绕着父女间深挚的感情；同时，"看麦娘"也寄托着"我"与好友上官瑞芳的年深日久的姐妹情谊，在上官瑞芳发疯后，"我"成为她女儿容容的养母，担负起抚育孩子的重任。"看麦娘"就是超越、美好、自由、浪漫的象征，它们远远地生长在现实凡尘之外的大片麦地里。《看麦娘》被文学研究专家视为池莉的转型之作，其"对精神、价值、灵魂的寻找和求证"，"是一次非常有价值的探索"③。

---

① 池莉：《有了快感你就喊》，中国青年出版社2003年版，第141页。
② 池莉：《有了快感你就喊》，中国青年出版社2003年版，第143页。
③ 阳燕：《世纪转型期的湖北小说研究》，长江文艺出版社2011年版，第100页。

《她的城》涉及女同性恋题材，选题较为大胆。池莉在作家访谈中说过："为什么不写女同性恋？我认为中国式女同性恋很可爱啊！不嚣张，不主义，不闹腾，不激烈，不要更多多，只要一点点。主要是互相倾慕互诉衷肠，更多是彼此贴心贴肺，所谓闺蜜，就是准同性恋啊。"蜜姐曾经是汉正街做窗帘布艺的老板，在险恶生存环境的逼迫下，活成了一个人精，丈夫去世后，她在汉口最繁华的闹市区开了一家擦鞋店，"蜜姐擦鞋店位于中山大道最繁华的水塔街片区，联保里打头第一家，舰头门面，分开两边的大街，横街是江汉一路，纵街是前进五路，两条街道都热闹非凡"[①]。擦鞋店是小本经营，走的却是"文化品位的偏锋"，被蜜姐盘整得风生水起；汉口水塔街联保里的逢春，因为与丈夫周源闹矛盾，前来擦鞋店打工，实际上是暂时避难，却没有料到周源一家人竟然不理不睬，三个多月过去了，就是没有人前来接走逢春；逢春在擦鞋时与骆良骥擦出火花，蜜姐对此十分警惕，一个街坊居住了好几代的熟人，出了事大家脸上都不好看；但是，当蜜姐了解到周源是个同性恋之后，转过头来果断地支持逢春离婚，与骆良骥相好，蜜姐的人情和大义让人佩服。蜜姐的丈夫宋江涛曾经对她不忠，她在婚姻之外也有个相好"某人"，宋江涛患癌后将她托付给"某人"后才放心离世；仁义道德的婆婆，也鼓励蜜姐找"某人""再走一步"，但是，蜜姐不可能将耕辛里的房子带走，不可能让风烛残年的婆婆一个人独守联保里的破旧老房子，不可能带着已经长大的儿子再嫁，她就保持着独身，直到与逢春生出暧昧的情愫。小说善于生动细致地描写城市风俗画卷，如"乡下少妇或女孩进城，立马改换头面：一是文眉，二是染黄发，三是穿吊带，四是说拜拜"；"裹西装勒领带，一天到晚不叫苦，哥们肯定在政府；勒领带裹西装，一天三餐都不脱，肯定是个商哥哥"。又有不少"金句"，如蜜姐口中讲出的警句格言："钞票就像婴儿一样无辜，你任何时候都不要拒绝它"；"钞票不会表示爱你，但是爱你的人一定会用钞票表示。钞票也不会表示不爱你，但不给你钞票反而使劲拿你钞票的人，一定爱的不是你"；真正的亲人之间，"饥饿冷暖，就是要问，就是要说，就是要知道，知道了才妥帖"；等等，在读者群中被广泛传播。池莉小说善于对街市、风景、日常生活进行精雕细刻的描写，华灯

[①] 池莉：《她的城》，《汉口情景》，江苏凤凰文艺出版社2014年版，第217页。

初上的都市，霓虹闪烁，车水马龙，流行歌曲交织着人声市声，街市上充满热闹的噪音；汉口江滩上玩陀螺的男人，盯着旋转的陀螺，"就像主人看着自己的奴隶"；长江日夜东流，江滩上风吹过飒飒作响的意杨林，散发出阵阵香气的樟树林，买乌龟到长江里放生的人们；即使是蜜姐请逢春吃一次饭，点的菜也有不少讲究，防秋燥的瓦罐老鸭雪梨汤，干烧大白鲷，清炒菜薹，炒三丝，小说细致铺排各种菜肴的具体做法，写来不厌其烦，读来引人入胜。

近几年来，随着武汉大规模的旧城改造和基础设施建设，两万余个工地同时作业，"武汉每天都不一样"，吉庆街、汉正街、户部巷等旧貌换新颜，路边大排档被整改，占道经营的流动摊贩被城管驱散，上述地域已经日益改变了烟火人间的本色；随着众多里份小巷的平房棚户被改造，旧城区整体被拆除，居民们喜迁新居，池莉小说中几代人居住于一个小区的熟人社会，已经不复存在，印家厚们曾经共用厕所、厨房的现象日渐稀微，市井里巷渐成记忆中的怀旧对象，小说中的武汉地域书写也就具有了新的面貌、新的期待。

第十节　生猛的新市民：何顿的长沙书写

出生、成长于长沙的何顿，迄今已出版长篇小说《黑道》《黄泥街》《物欲动物》《湖南骡子》《来生再见》《黄埔四期》《眺望人生》《荒芜之旅》《就这么回事》《我们像葵花》《我们像野兽》《喜马拉雅山》《荒原上的阳光》等；中篇小说集《生活无罪》《太阳很好》《青山绿水》《只要你过得比我好》等。何顿自称"骨子里是个农民"，这个一年四季勤耕苦作的文学"劳模"，具有典型的"吃得苦，耐得烦，霸得蛮"的湖南人性格。在其上千万字的文学创作中，我们选取《我们像葵花》和《我们像野兽》两部长篇小说作为主要研究对象，探讨其长沙书写的历史、现实及审美意义。因为这两部现实主义长篇小说的题材选择具有足够的代表性，何顿的长沙书写一直紧跟市场经济的发展步伐，文本的时代经济背景从20世纪80年代的混乱无序过渡到20世纪90年代的初步有序，小说刻画了一批最初一无所有的年轻人通过打拼挣扎最后或者成功或者失败的长沙"新市民"人物形象，"零距离"地、生动细致地再现了长沙地域风情和民俗生活画卷，于看似不动声色的文字叙述中潜藏着楚人浪漫感伤的悲天悯人情怀，精准把握了物质主义、拜金主义思潮兴起的渐进过程，对长沙市民的收入、消费、衣着、饮食、娱乐、文化生活、男女关系、风俗习惯、经商"潜规则"等进行精确到年、月、日的"起居注"式的历史记录，因此具有地域史或者地方志的文献学意义。何顿认为只有那些用文字记录历史的作家才是真正"伟大的"作家，一部小说往往就是一本活着的、有血有肉的历史；同时"地域对一个作家的影响是不言而喻的，作家的生长环境、成长空间是受地域制约的"，"地域色彩对作家的影响"，"还在母胎里就有了"。[①] 这种建基于长沙真实地域背景之中的时间、空间结构，让何顿的小说创作具有了威廉·曼彻斯特的《光荣与梦想》式的记录时代的史诗特征。

一 个体户和"乙方"

《我们像葵花》讲述冯建军、刘建国、李跃进三位同班同学的人生故事，他们与"我"（何斌）[②]同为长沙 H 机械厂的子弟；冯建军的养母江笑月因为做过国民党团长的姨太太，在"文革"中不堪批斗凌辱跳楼自杀；养父冯清明在下雨收衣服时不慎用竹篙刺破了贴在墙上的毛主席像的一只眼睛，被邻居家的小姑娘彭嫦娥看见，急忙告诉她爸爸、机械厂保卫股的彭股长，冯清明被打成"现行反革命分子"，抓捕入狱，被判十年徒刑；冯建军从此成为孤儿，发誓长大后要向彭股长实施报复；在周老师、幸福街办事处张主任和"我们"的共同帮助下，冯建军还能正常地上学，读完小学上初中，读完初中上高中，大家一直都是同班同学；学校排演《红灯记》，张小英演李铁梅，冯建军想要演李玉和，被音乐老师当场否定，换上了脸蛋"饱满些"的刘建国；在社会青年章志国的教唆下，性意识初步觉醒的冯建军想"非礼"张小英，未遂，被派出所民警审讯，关押两天后释放；张小英穿上草绿色的军装，当上了解放军文艺兵；冯建军在学工时与青年工人斗殴，失学后进入街道皮鞋厂当工人，不到两年就成为彭嫦娥的师傅，二人开始恋爱；

[①] 吴投文：《何顿：我骨子里是个农民》，《芳草》2015 年第 5 期。
[②] 小说中的"我"可以视为作家本人，因为何顿的原名就是"何斌"。

刘建国、李跃进高中毕业后下乡当知青，李跃进跟一个农民师傅学铁砂掌练得有模有样，春节期间他们都会返回长沙过年，三人经常相聚；彭嫦娥不到17岁怀孕，要嫁给冯建军并生下孩子，遭到父母亲的坚决反对，便自行将户口迁出来；因为违反计生政策，彭嫦娥被街道办事处人员和民警押到妇幼保健院引产，被冯建军、李跃进和刘建国抢出来，在知青点生下女儿冯月明，三人结为异姓兄弟；被皮鞋厂开除的冯建军到土夫子队挑土，养父冯清明这时提前释放回家，将他1100多元的存款送给冯建军，冯建军用这笔钱开了一家"鸿运商店"，经营烟酒副食日常百货，他负责进货，彭嫦娥负责守店，他们成为幸福街上的第一家"个体户"，赚到不少钱；受到小时候的心理影响，冯建军经常对彭嫦娥实施"家暴"；国家恢复高考，"我"考上了武汉大学。五年后，"我"毕业到湖北宜昌工作，想方设法想要调回长沙；冯建军已经活得扬眉吐气，家里摆着高档电器，抽好烟，衬衣领带夹克衫，骑着"铃木125"摩托车，风驰电掣，招摇过市；冯建军新结交的朋友王向阳，有个弟弟在广州开军车，经常干些走私洋烟的勾当，因为他开的是军车，一路畅通，非常安全，二人联合倒卖洋烟，每箱希尔顿就可以赚到400元，狠狠地发了几笔大财；此时，刘建国招工回到长沙印刷厂，李跃进招工到电厂当厨师，张小英转业回来在幸福街办事处上班；李跃进与龙艳艳发生关系后，被龙艳艳的父亲以强奸罪告发，李跃进被抓进派出所，冯建军和刘建国费尽心力，劝说龙艳艳到派出所撤销了案子，李跃进则被迫与龙艳艳结婚；彭嫦娥不堪经常性的家暴，与冯建军离婚；冯建军追求当年校文艺宣传队的舞蹈演员张小英，当年的"我们像葵花"的歌曲和舞蹈，永远活在美好的记忆中；李跃进因为赌博被抓，冯建军交了1000元的罚款后将他从治安指挥部领出来；刘建国跟随同事到黄泥街开书店，口袋暖和起来，便在李跃进面前炫耀，带他到宾馆"打鸡"，被警察抓获，刘建国被关押12天后，有朋友替他交了罚款后释放，李跃进被关押三周后冯建军才接到通知，交了2000元罚款后将他接出来，李跃进因为刘建国先出去后对他不管不顾而与之反目成仇；冯建军养父患上癌症，从此住院治疗，机械厂派来老肖帮忙照料；冯建军拿到小易2万元的订烟款后，将自己的所有存款5万元全部取出来，到广州走私洋烟，结果返程时被查获；小易带人前来索要订烟款，冯建军用三角刮刀将他杀死后潜逃，却在返家看望养父时被捕，获有期徒刑

7 年；刑满释放时，张小英早已嫁给刘建国，刘建国当上华南建材贸易公司老板；李跃进和龙艳艳守着两张台球桌度日；"我"辞职后在刘建国公司打工；同学们在春节期间看望周老师，都后悔当初没有认真读书，将大好的时光给蹉跎了，感慨现在是大学生吃香的时代，早年那个葵花向太阳的时代"把我们害醉了"；王向阳和妻子潘冬梅在火车站外面开着一家水果店，李跃进与潘冬梅偷情被人发现，王向阳请人杀死李跃进，冯建军也因多次持刀抢劫被捕获刑……

小说时时回荡着"文革"时期的革命歌曲《葵花朵朵向太阳》的旋律，"我们像葵花"，似乎喻示着我们不由自主地紧跟时代主题奔波不已的坎坷命运。如果说《我们像葵花》主要是以 20 世纪 80 年代的个体户冯建军作为主角的话，那么《我们像野兽》的主人公则变成为 20 世纪 90 年代的"乙方"群体：李国庆、刘友斌、黄中林、杨广、马宇、王军、伢鳖（刘粟）和"我"（吴坨坨），除了"我"是专科毕业，他们七位都是名牌美术学院毕业的正版大学生。杨广怀抱着当大画家的理想，背着画夹前往湘西采风、写生，结果一文不名地狼狈归来，随后到西安去画了一段时间的工程图纸，工程结束时挣的一点小钱也花光了，于是返回长沙；李国庆在长沙群艺馆上班，经常神经质病似的在女孩面前背诵唐诗，结果事与愿违，往往会将女孩子吓跑；刘友斌在湖南美术学院当老师，与北京追过来的女孩刘丽丽结婚；王军在长沙工艺美术学校任教；黄中林在天津一家装修公司天天受气，与老板吵了一架后爬上南下长沙的火车；伢鳖和"我"则在湖南绸厂上班。李国庆认识省美术出版社的一名何姓美编，找到画连环画的活儿，一本两万元，于是大家都来画，还专门从桔园租了一套三室一厅的房子，白天作为工作室，晚上拉上彩灯、撒点滑石粉就成了舞厅，伢鳖从家里搬来东芝牌收录机做音响，跳出感觉来了就可以进房间单独谈心或者干点别的，日子过得很是开心。1992 年春节马宇从匈牙利回到长沙，他手里攥着在匈牙利当"蛇头"挣下的几万美金，回来扮大款，天天请我们大吃大喝，听歌跳舞驮妹子。王军长得最帅，又能说会道，最得女孩们的欢心，成天艳遇不断。黄中林与某工厂宣传科的小何结了婚。大家画了几本连环画之后，发现根本挣不下什么钱，人心涣散，马宇在一旁煽阴风，现在这个社会，没有人看你画得好不好，大家只看你会不会挣钱；杨广的女友小宋是湖南师范大学化学系三年级学生，她的表妹小徐是物理系二年级学生，二人经常联袂前来画室，小徐看上了开本田雅阁的马宇，并不计较马宇已有老婆的事实；伢鳖的弟弟拖把是个混社会的狠角色，将杨广和马宇介绍给开装修公司的肖满哥，很快他们得到了第一笔业务；黄中林借钱回老家白水县城开了一家广州发廊，将手艺高超的理发师小青用高薪挖过来，生意火爆，黄中林也学着剪发、洗头，跟当地的妇人们打情骂俏，挣钱变得很容易，人一旦有了钱，就想出去玩，他很快就被人引入了赌博行当，无力自拔，结果将积蓄输得精光，还欠下巨额高利贷，只好连夜逃回长沙，与马宇、杨广一起承包了一家台资装饰公司的设计部，与田妖鳖签订设计费抽成比例的协议，一个工程做下来他们基本上掌握了装修的操作程序，决定摆脱喜欢"呷独"（吃独食）的田妖鳖，自己注册装修公司来干；李国庆与王军联合开办"向阳花画店"，与隔壁的服装店主发生矛盾，冲突后打了几次复架，最后由拖把带人摆平，画店最终也没有开下去，因为长沙市民还没有达到那么高的消费水平；李国庆与一个离婚后的小堂客相好，小堂客把李国庆介绍给宏泰装饰公司总经理刘骚，刘骚让他画出商场装修设计图，李国庆便找来黄中林、杨广、马宇一起做，结果被他们"闪"在一边，只给了李国庆两万元业务信息费；黄中林、杨广和马宇采用相似的手法，将田妖鳖"闪"在一边，公司业务越做越大，田妖鳖很是眼红，请人将黄中林打成轻微脑震荡，全身多处受伤，结果被马宇找人打复架后求饶，赔了五万元；李国庆与中学音乐教师高雅琴结婚；刘友斌和王军开办大汉画室，专门做高中生的艺术高考美术辅导，开张后生意奇好，人手紧缺，"我"和伢鳖接到电话后前来充任辅导老师，王军直接将学生交来的学费塞入自己的腰包，天天锦衣玉食，同时交上三个女朋友：在电视台的焦小红、富二代周燕、话剧演员黄娟之间周旋，王军的"小动作"被刘友斌发现后，被赶出大汉画室；生性吝啬的田妖鳖不断地跟离婚的妇女们约会，春风得意；王军在女友周燕的介绍下，接到王总的装修业务，打电话让李国庆来画设计图，王总看上了王军带来的女友周燕，王军为了能够拿到装修业务，竟将女友送上门去，按照王总的要求，所有施工队员必须是广东人，装修材料必须用上乘的，结果没有赚到什么钱，最后一笔工程款还被白云装饰公司骗走；王军与周燕结婚，前女友焦小红自杀，加上生意失败，王军出家做了和尚。十年之后的2005年，刘友斌获得全国油画创作大奖，不时可以接到酒店壁画创作的邀请；伢鳖和

"我"仍然在大汉画室当老师,伢鳖的油画创作得到广大市民的认可,每幅画作涨到两万元人民币;李国庆到上海做壁画、浮雕设计,买了房子,从长沙接来妻女一家团聚;王军法号"慧真",在湘中深山修行,晨钟暮鼓,平静度日;杨广、马宇接手金龙头装饰公司,都成为居家好男人;黄中林进军房地产领域,成立金鸿房地产公司,通过碧水山庄项目,资产很快过亿,却在湘江边死于一桩离奇的抢劫案。

长篇小说《黄泥街》[1]描写长沙市黄泥街书商的发迹变泰史,《物欲动物》[2]描写"富二代"的情感与金钱欲望相互交织的蛮悍人生,与《我们像葵花》《我们像野兽》的主题类似,何顿的长沙书写中永远活跃着一批"霸蛮"的、"有行动能力"的年轻人物形象,小说在编年体式的历史背景和长沙地域民俗风情的双重真实的时空氛围中,展开陈晓明所说的"新表象"、王干所说的"新状态"的小说叙事,的确写出了长沙地域文化的"精气神"。

二 生猛的本能

追根溯源,何顿的长沙叙事肇始于1993年发表的《生活无罪》,在那部中篇小说中,朱丽、何夫、曲刚、狗子等人物形象,得到广大读者的欣赏和认可,他们在市场经济浪潮中的起伏挣扎,对情感欲望的反抗与顺从,引起了广大读者的共鸣。关键在于作家对时代敏感点和社会心理变化的准确把握,传统价值观念正在崩毁,伦理让位于金钱,情感让位于欲望,如狗子父亲教导他:"名誉是一堆废纸,只有老鼠才去啃它";曲刚经常说:"世界上钱字最大,钱可以买人格买自尊买卑贱买笑脸,还可以买杀人。"[3]只要能够赚钱,完全可以"不择手段",不讲"游戏规则"。何立伟在读到这篇小说后,认为这是一篇坚实、富于刺激力的作品,"何顿的小说语言干突利索,结构新奇怪谲,而且何顿的小说少有水分,是十足的'干货',其坚实硬突有如他家乡的山区的石头"[4]。写作这篇在读者中间产生重大影响的作品时,何顿还是长沙街

---

[1] 何顿:《黄泥街》,湖南文艺出版社2010年版。
[2] 何顿:《物欲动物》,湖南文艺出版社2011年版。
[3] 何顿:《生活无罪》,《收获》1993年第1期。
[4] 何立伟:《关于何顿》,《文学自由谈》1993年第4期。

头的一名装修小老板，与搞装修的农民工、卖建材的个体户们是"一碗饭"的关系，他只是凭着本能觉得当时文坛上的先锋作家们，走得太远了，写得太虚了，过于追求叙事技巧，故事都是不痛不痒的小事，让人莫名其妙；于是他反其道而行之，将真实的生活直接拿到小说中来，往实里写、往"血淋淋的原汁原味"上写，结果大获成功。

何顿的小说人物多为长沙新市民，无论男女皆有生猛的本能，荷尔蒙气息浓郁，在追求金钱和情欲的道路上高歌猛进，具有旺盛的生命意识，富于强烈的个人奋斗精神，同时也有楚人挥之不去的浪漫感伤情绪。他们一无所有，他们终将成为一切。对新市民来说，一切皆有可能。

第一，揭开金钱的面纱。小说中的人物多次强调金钱的重要性，比如："人一有钱，脸上的味道就不同。"刘建国劝说李跃进要多挣钱："要发狠赚钱"，"你不赚钱，你这一世就只能生活在这个社会的最下层，死了跟一条狗一样。好多快活的事情，你都看不到，不是冤枉来到这个世界上了？所以人要发狠赚钱，不然你斗别人不赢！"①"要动脑筋把别人口袋里的钱掏出来。其实人活在这个世界上，就是打天下！弱肉强食！世界是强者的世界。我们都是二十八岁的人了，应该要好好地明白这个道理"②；"你这鳖活在这个世上，没一点拼抢的意识，不动脑筋的"③。为了挣钱，他们可以不计手段。黄中林、马宇、杨广等人为了得到巨额设计费，先后将李国庆、田妖鳖"闪"在一边，直接与上家联系；冯建军为了挣快钱，不惜铤而走险，走私洋烟，结果被查收，血本无归；小说多次描写打架、打复架的场面，大多数起因于金钱利益之争。由于小说采取"零距离"的不带主观情感色彩的叙述方式，所以小说中的金钱观念能够最真实地代表小说人物形象的真实心声，这正是时代心理的反映，也是长沙地域文化中"霸蛮"精神的具象。

第二，撕开爱情的面纱。小说议论道："过去，有人总是把爱情摆在内容空洞的位置上，似乎爱情与肉体无关，把爱情拔高到形而上的位置上了，一谈到肉体就脸红，就觉得那是肮脏的事情，那是爱情中一个很无关紧要的环节。其实正好相反，如果没有肉体的爱又哪里来的精神的

---

① 何顿：《我们像葵花》，湖南文艺出版社 2010 年版，第 190 页。
② 何顿：《我们像葵花》，湖南文艺出版社 2010 年版，第 190 页。
③ 何顿：《我们像葵花》，湖南文艺出版社 2010 年版，第 190 页。

爱呢？精神的爱只是一种尊敬，例如我们爱教师。肉体的爱才是爱情。"①这无疑是对传统爱情神圣观念的解构，小说对男女情欲关系进行了赤裸裸的描写，男性视域中的女性尤物形象可能会引起女性主义的反感，而性虐待、听壁角、"接春"、嫖妓等情节设置，几乎带有《金瓶梅》的恶俗趣味。在小说人物看来，情欲正是促进社会进步、经济繁荣的根本动力。李国庆为了得到业务，不惜将小堂客推向刘骚的怀抱；王军为了得到设计费，不惜将女友黄娟送给王总；李跃进与王向阳的妻子潘冬梅偷情；已婚的冯建军追求张小英；黄中林、马宇不断更换情人；等等，爱情再也不是地老天荒的不变诺言，情欲总是变动不居的，还可能充满了现实功利的算计。欲望的潘多拉魔盒一旦打开，就无法再关闭了。王军最后由色入空的人生归宿，可能只是一种隐喻，真实的人生永远浮沉于欲望的海洋之中。

　　第三，打开知识的面纱。何顿小说中从"文革"走过来的人物形象，多推崇老一辈无产阶级的革命行动，如冯建军就说："当年毛主席搞革命，那不是犯一般的法，是要杀头的，但毛主席敢把自己的脑壳系在裤带上干，相比之下，我们太不够男子汉气概了。他妈妈的。"②"我总是想旧社会，那些人搞革命，一定很刺激啊。天天提着脑袋跑！"③以此激励自己注重行动力，在市场经济时代"舍得一身剐"敢于去挣大钱。与此相适应的是对"没有行动力"的文化人的批评，小说批评文化人"坐在桌子前就很聪明，站在工地上就猪头猪脑"④；《我们像野兽》中的花花公子王军，到女友焦小红父亲的书房里小坐，"王军不想要那一堆破书，事实上他一点也瞧不起焦小红的父亲，那个老男人是个生活在今天思想却在古代的人，谈起今天的社会他就摇头，而且十分无知，居然不知道现代战争中使用激光测距仪，一秒钟就能测量出你的军舰或坦克的准确位置并将你击毙；不知道地对空导弹上装有推动燃料，还不知道潜艇可以带着核弹头深入海底，甚至都不知道全世界有几个国家拥有原子弹；一谈秦汉或唐宋，他就振振有词还眉飞色舞，随口就是

---

① 何顿：《我们像葵花》，湖南文艺出版社2010年版，第96页。
② 何顿：《我们像葵花》，湖南文艺出版社2010年版，第129页。
③ 何顿：《我们像葵花》，湖南文艺出版社2010年版，第129页。
④ 何顿：《我们像葵花》，湖南文艺出版社2010年版，第150页。

典故和某某朝代的宰相及奸臣，让王军出于礼貌而硬着脖子听着"。① 但这并非对知识的整体性否定，相反，在小说人物口中，多次发出"文革"耽误了学习知识的悔恨，"现在的时代是大学生的了"的感慨，只是这种"知识"要能挣到钱，是"有用的"知识，拥有行动力的"文化人"才值得敬佩和推崇。这也是时代价值观念的真实反映。

当努力到无能为力的时候，楚人往往会将最后的结果归为命运。"一切都是命。人一生下来，就被一种神秘的力量驱使着，你干什么你将干什么，都在命中早注定了的。只是你我自己都无法知道。你以为你改变了自己，其实没有，你不过是在往命中安排好了的另一条路上努力罢了，而这种努力却被神秘的力量操纵着，推动你朝那方面努力……"② 这种人生观念的豁达，无疑可以缓解奋斗的焦虑、安抚失败的打击，是一剂欲望世界里的心灵清凉散。

三　长沙的风情

何顿从小生活在长沙市的一条名叫青山祠的巷子里，熟悉市井生活；从附近书院路异南春茶馆接触到最初的社会教育，张家长李家短的人间烟火气息浓郁，说书人的醒木拍出许多令人遐想的传奇故事；何顿父亲给他讲过许多传统故事，这种教育"庞大而影响深远"；何顿念过大学，搞过装修，有丰富的生活经验，对长沙的街头巷尾了如指掌，所以写起小说来便自然地流露出浓浓的长沙风情。

何顿的"小说中往往使用地道的、不经修饰的长沙市井语言，不仅描述了长沙小市民的人生经历，而且展现出长沙市民的生活场景，勾画出长沙市民间社会的风俗画卷"③。比如通程大酒店、长城宾馆、巨洲酒店、港岛夜总会、玉楼东、新华楼、火宫殿、天心阁、小天鹅咖啡吧、烈士公园、橘子洲头、五一路、芙蓉路、蔡锷路、黄兴路等楼堂馆所、著名景点和道路，会经常出现在小说叙事中，作为真实的地域背景存在，为小说平添了许多真实亲切感；同时通过对过往历史沿革的交代，增强

---

① 何顿：《我们像葵花》，湖南文艺出版社 2010 年版，第 206 页。
② 何顿：《我们像葵花》，湖南文艺出版社 2010 年版，第 50 页。
③ 彭巧燕：《论何顿小说蕴含的长沙地域文化》，《船山学刊》2006 年第 2 期。

了许多地域文化内涵，凸显出改革开放时代背景中长沙城日新月异的变迁过程，这也与小说的叙事主题紧密关联。如小说交代"天心阁"的历史演变过程，"那时候，天心阁一直是长沙城里年轻人最喜欢聚集的地方，一般自认为自己有点狠讲的年轻人都喜欢上天心阁去玩。这是一种旧社会遗留下来的习惯。中华人民共和国成立前，一些身怀武艺的江湖好汉都爱聚集在天心阁前讲勇斗狠，或者坐在那里喝茶，看别人斗狠。解放后，天心阁仍然是这类人娱乐的地方"①。作家显然是个"长沙通"。

饮食、娱乐、消费的地域历史变迁过程，也是何顿小说的重要书写内容。长沙风俗画卷中的饮食，向来为地域内外的人们所称道。小说对湘菜、剁椒、槟榔、湘泉酒、白沙烟、姜盐茶、喝晚茶、各种洋烟品牌的"知识性介绍"自然地穿插在叙事过程之中，营造出浓郁的地域文化氛围；同时，小说对打百分、三打哈、看电影、听花鼓、打桌球，去夜总会、歌舞厅等文化生活进行精雕细刻的描写，带有地域与时代的双重特征。李跃进走进个体户王向阳的家里时看到，"这是间墙壁贴了暖色墙纸的，顶上吊着二级灯片（日光灯藏在灯片内）顶的房子。家具是昂贵的仿古红木家具（与墙壁颜色协调），一台画王大彩电立在看上去结实的赭红色矮柜上，旁边还有一台带卡拉OK功能的美国音响，再旁边是一台酱红色电话，一切标志着这个家庭已经迈上了幸福的康庄大道"②。这是1993年长沙小康之家的装修和家庭布置情形。这种"物质主义"式的文字精准呈现，无疑增强了小说的时代感和现实性，当然这也需要作家有坚实的"装修经验"作为叙述支撑。

小说大量使用长沙方言，促进了叙事的生动性。比如：开我的笑容（开我的玩笑），霸蛮哭（假哭），讲相声（讲笑话），打流（流浪），了难（解决问题），过年边上（快过年了），吓人一碗饭（吓人非常有效的），人活在世上就是玩朋友的（结交朋友），我踢你的收录机巴卵（我踢你的收录机你又能怎么样），招呼把你做神经打就是的（小心把你当作神经病打一顿），人都会被搞蠢去（人会被整死的），肚子饿醉了（肚子饿坏了），你这个脑膜炎（你这个神经病），高他一片豆腐（高他一点点），有点少没着（能不能少一点），我被他的歌声熏陶得要

---

① 何顿：《我们像葵花》，湖南文艺出版社2010年版，第62—63页。
② 何顿：《我们像葵花》，湖南文艺出版社2010年版，第273页。

死（我被他的歌声刺激得不行，唱得太差了），这个人麻花样的（这个人心思很多），你莫绿我（你不要笑话我），要不得的下家（没有责任心、没有道德感、没有孝心的人），他有一些五不烂的朋友（五不烂就是沤不烂炖不烂蒸不烂煮不烂剁不烂），提草鞋（帮人打工），红花伢子（童男子），水老倌（小流氓），发宝气（做傻事），绵他几块钱（骗他几块钱），等等。还有俗话如："枪打出头鸟，雨打冒头鱼"；童谣如："谢谢你的茶，谢谢你的烟，谢谢你的板凳坐半边。板凳一翘，打了我的腰，板凳一脱，打了我的脚。我问板凳要膏药，什么膏？鸡蛋糕。什么鸡？叫鸡。什么叫？鸭叫。什么鸭？水鸭。什么水？自来水。什么刺？鱼刺。什么鱼？鲤鱼。什么鲤？枪毙你！"①"董存瑞，十八岁，参加革命游击队。炸碉堡，牺牲了，他的任务完成了"②，等等，也为小说平添许多地域文化和历史记忆的强大魅力。

在作家访谈中，何顿说过，"地域色彩就是世界色彩"，"福克纳用美国南方的方言描绘密西西比河边的小镇，这并不妨碍他成为世界级的文学大师"③。土生土长的长沙人何顿，在小说写作中，习惯于采用长沙方言设置人物对话，一般叙述则采用书面语言，方言与书面语相互参差，形成鲜明对照，有效增强了阅读快感和叙事吸引力。何顿在作家访谈中还说过，福楼拜那种纯客观的、不带作家好恶色彩的、隐藏作者的叙述，曾经让他深深折服，其长沙书写就一直追求这种叙事效果。但是，严格说来，纯粹的客观性叙述和"零度叙事"是做不到的，何顿自己也认识到，地域色彩对作家的影响始自"母胎"时期，诚如葛红兵所说，何顿具有沈从文式的"善于铺排小说的本事"，而又"天生地具有一副浪漫感伤的叙述笔调"，"这种浸润着楚地风韵的叙述话语使何顿在两方面赢得读者：一用绵密的情节缝合琐碎冗长的都市表层生活，提供了充满引力的历时性阅读；二将都市实质生活定位于无奈而又感伤的内心状态使文本独具情感张力"④，在看似客观的长沙地域书写表象之下，永远澎湃着一颗楚人多愁善感的心灵；那种"葵花"和"野兽"的喻象之中，包孕着"天地不仁"的伟大

---

① 何顿：《我们像野兽》，湖南文艺出版社2010年版，第295页。
② 何顿：《我们像野兽》，湖南文艺出版社2010年版，第308页。
③ 吴投文：《何顿：我骨子里是个农民》，《芳草》2015年第5期。
④ 葛红兵：《解读何顿——从〈就这么回事〉说开去》，《当代文坛》1996年第1期。

的同情。

第十一节　长沙:何立伟的日常叙事

何立伟是土生土长的长沙人，主要作品有《搬家》《滋味》《小站》《白色鸟》《花非花》《天堂之歌》《你在哪里》《小城无故事》《亲爱的日子》《当时明月当时人》《跟爱情开开玩笑》《老康开始旅行》《北方落雪，南方落雪》《像那八九点钟的太阳》等。

一　复合的文体

《白色鸟》获得过全国优秀短篇小说奖，字里行间有汪曾祺诗化小说的风格，小说开篇写道："设若七月的太阳并非如此热辣，那片河滩就不会这么苍凉这么空旷。唯嘶嘶的蝉鸣充实那天空，云和风，统不知趄到哪个角弯里去了。"小说首先采用电影长镜头的处理方式，长长河滩上现出两个小小的黑点，黑点在移动，留下两行酒盅似的盈满阳光的足印；接着是特定镜头，两个少年，一个白皙，一个黝黑，他们采摘马齿苋，看野花，划水，扯霸王草，玩弹弓，往河里扔石子，湘江水日夜流淌，白少年知道"左岸平一些，右岸高一些"的道理；黑少年知道烧苞谷、钓麻拐（田鸡）、捉蛇的方法，他们各有各的快乐。忽然，长沙城里传来一阵锣声，批判白少年的外婆的斗争会正在城里举行，那锣声惊飞了两只水鸟。天好空阔，太阳一片辉煌。三千余字的篇幅，神韵得之于小说传神的语言，凝练生动，像诗，也像散文。现代文学史上有一脉诗化小说的清流，沈从文、废名、汪曾祺、陆文夫、黄永玉、冯骥才、阿城、早期贾平凹等人都是其中的著名人物。何立伟自觉地续接上了这个创作传统，深得其中三昧，取得不菲的艺术成就。客观来讲，诗化小说不宜于长篇，文体兼得小说的虚、散文的真与诗歌的美，在这个速食的快节奏的时代容易俘获广大读者的心灵。

在《一本影响我的书》中，何立伟承认自己"对文学的最深的理解"，都来自沈从文的小说《边城》；《边城》的故事穿越时空，叙述一往情深，是沈从文的幻觉、记忆、寄托、向往、"一个白日梦"；来源于沈从文对故乡的挚爱，"他爱他的桑梓之地，爱那里古朴的民风民俗，爱那里的山水才能产生的男情女爱，所以他才如此深情地描述此地的一切"①。《纪念汪先生》描写作者与汪曾祺的交往过程，汪曾祺称赞作者的文风笔法，有废名气象，像唐人绝句；而汪曾祺的小说精妙之处全在于语言，行云流水的白话中自具矜雅的贵气，外人学不来，是因为没有汪先生那样的阅历、学养和性情，这样的解读是合适的，也是精当的。

何立伟书写长沙的文章，多为散文，也可以放入诗化小说的叙事传统谱系中进行观照，在这个谱系中诗、散文和小说的文体界限迷离恍惚，俱是美文的呈现、情绪的表达和诗意的流淌。宋元曾经称赞何立伟的散文"少心机，率性，一派天真气"；称赞他应用长沙方言写作的成功，在于自然，在于雅；称赞他亲近日常人生的生活态度，堪称知人之论。② 何立伟在评论宋元的散文创作时，也特别指出他对汪曾祺的推崇，尤其欣赏汪曾祺文章中的"平静"和"深沉"，不动声色，没有火气，这是二人"引为同调"的基础；又说二人的共性是喜欢阅读、喝茶、聊天、画画、打麻将，享受生活；对宋元散文写作中所追求的那种文仕品格和很口语、很白、很纯粹的文学味道，称赏不已。③ 这无疑也可视为何立伟的"夫子自道"。

二 长沙的人

《同学少年》是一篇忆旧散文，回忆作者当年在湖南师范学院中文系念书时的两位好友，湘生好读书，会写诗；顺久阅世广，有辩才，大家经常到湘江河堤上散步，谈诗论文，年轻时的快乐一去永不返，麓山还在，湘江还在，母校还在，但出出进进的都换成了新人。

《几时饭菜几时人》回忆少年时代吃过的人间美味，姑妈做的红烧肉，每块肉都切得四四方方，加进八角、茴香、桂皮，文火陶钵慢炖，不时添加酱油，弄熟需要整整一个上午的时间，肉香氤氲，入口即融，吃起来快活似神仙；外婆做的虎皮扣肉，五花肉的肉皮上抹上

---

① 何立伟：《一本影响我的书》，《当时明月当时人》，地震出版社 2012 年版，第 307 页。
② 宋元：《遥望星空 满心欢喜（序）》，《亲爱的日子》，作家出版社 2009 年版，第 1—3 页。
③ 何立伟：《真正的好东西是流行不起来的》，《书屋》2000 年第 7 期。

酒和糖,下油锅炸成"虎皮",切成肉片铺在碗底,上面码上干菜,篾笼细火蒸熟,取出来倒扣入碗,因此名为"扣肉",也是少年时代令人垂涎三尺的美味。

《日月盐水豆》与其说是回忆儿时吃过的盐水豆,不如说是回忆慈祥的外婆,围绕一个"吃"字,揭开了生活所有的真谛。外婆经常说,"有吃就是福"。她做的盐水豆非常好吃,精选黄豆,洗净,用盐水煮到微烂,沥干,洒入辣椒粉、紫苏、干笋丝、甘草粉,大太阳底下晒干,装入泥陶小罐,每天只拿出一小包,送给作者当零食,上课时在老师眼皮底下偷偷吃,别有一番风味,还有冒险的快活。

《老周》中的公司老总老周,生意好的时候,呼朋引伴,请大家吃吃喝喝,丝毫不吝啬,每年都要将数百万的公司盈利花得精光,本性善良,心肠又软,报纸上看到有人不幸生病,无钱医治,第二天一早就让人送钱过去救急,像个解人急难的孟尝君;无奈一场金融风暴,公司开始裁员。老周无钱,也不敢消费了。大家都在挣扎度日。

父子情深,虽然不一定会用语言或者行动表现出来。多年的老朋友老汪,儿子汪炯是他的骄傲,在一起时经常吵架,离开了又想得不行,儿子到上海工作,做平面设计,跳槽后做营销,公司正在裁员让老汪很是担心,快过年了,"我只想爆竹声四起的时辰在老汪的玻璃杯厚的镜片后看到霞光,而不想看到黯淡的云层"(《汪炯》)。

印刷厂老总兼物流公司老总细张,是个美女,还是个博客高手,抽烟喝酒,性情豪爽,醉后大哭,痛骂负心汉程东林,第二天酒醒后给"我"打电话道歉,说她憋不得,昨天一呷酒就没事了,今天就快活起来了(《细张》)。这种风风火火的性格,在长沙女人中很有代表性。

矮哥在袁家岭新华书店的侧边开一家电脑店,也卖耗材,做配件,作者的第一台组装机就是在他店子里攒的,二十几年过去了,矮哥在命运中浮沉,做电脑赚不到钱了,他到张家界开个旅游纪念品小店,中年人生,灰头土脸,百味交集,唯独说起女儿来得意不已(《矮哥》)。这其实是整整一代人的缩影。类似的人生浮沉故事,还有做律师的陈中(《陈中》),当工厂书记的邓武(《邓武》),做股票买卖的黄中苏(《黄中苏》),公司的副总兼业余作家江哥(《江哥》),在金融风暴中被打翻船的公司老总老周(《老周》),从乡下来城里做厨师的小许(《小许》),做钟点工的易姐(《易姐》),与能干的老婆离婚的修车师傅张强勇（《勇舅》），痴迷于销售安利产品的堂嫂赵忆萍（《赵忆萍》），做过多种生意一事无成现今到印度尼西亚开矿的钟克（《钟克》），喜欢打麻将吊妹陀的帅哥"竹哥"（《竹哥》），曾经的炒股神手、"跑赢大盘的人"如今不知所终（《迟教授》），信奉"快活一天是一天"的常浩（《常浩》），等等，他们各自过着自己的人生，承担着属于自己的那一份命运。

何立伟笔下的长沙人物，都不是叱咤风云的大英雄，却在时代变迁中保持着内心的笃定和安然，自有一种小人物静观天地盈缩的自尊和镇定。在何立伟看来，"我们长沙人"自负得不得了，好像个个都是毛主席说过的"长沙里手"，天上的事晓得一半，地上的事全部晓得；长沙人做事倔强，认个死理，撞了南墙也不转弯；长沙人好吃好喝，追求口腹之欲，湘菜的特色就是大把大把的作料，淹没了食材的本味，每道菜都会放上"全国山河一片红"的辣椒，还有葱、姜、大蒜、豆豉、酱油、紫苏、桂皮、八角、茴香、花椒、茱萸；长沙不产槟榔，长沙人却消费了全国最多的槟榔；长沙人喜欢打麻将，喜欢洗脚，喜欢歌厅，喜欢宵夜；长沙人像朝天椒一样，是"透明的""火辣辣的、里手的、掏肠子掏肺的"；长沙人将平凡的日常生活过得像花鼓戏，高分贝的唢呐吹起，震人耳膜的锣鼓敲起，长沙人的日子就这么热热闹闹；长沙人乐天知命，以不变应万变，把身旁的烟火人间看得比天还大，有钱快活，无钱也快活，长沙就是一座"快乐大本营"。毫无疑问，何立伟喜欢这种"长沙的日子"，他称之为"亲爱的日子"①。

三 长沙这座城

《只是当时已惘然》回忆 20 世纪 80 年代长沙五一路新华书店文学柜台前排长队买书的盛况。《湘水亲亲》描写从湘江挑水出卖的汉子们，有力气，又乐观，走在麻石街面上，就像走在戏台上，有掩饰不住的得意。《长沙的酱园》书写过去的酱菜制作园，紫油姜、酱黄瓜、兰花干、什锦菜，时时蒸腾着"人生的五味"。

作者难忘儿时的游戏，比如打弹子和打跪碑。打跪碑与打弹子的方

---

① 何立伟：《湘地三唱》，《亲爱的日子》，作家出版社 2009 年版，第 190—192 页。

法相似，但打跪碑时更有气势，一群小孩每人手里半截砖头，瞄准20米开外的竖着的砖头扔去，吼一声："某某，你给我跪下！"如果打中了，被叫的某某就要当众跪下，这个游戏规则公平，全凭技艺，又有气势，玩起来有声有色，十分刺激（《打跪碑》）。

长沙的文化名片之一火宫殿，是品尝湘菜的首选。作者最难忘记的是1966年的五一劳动节，父亲下乡社教，母亲带"我们"到火宫殿吃麻油猪血、白粒丸、红烧猪脚、兰花干子、臭豆腐干子……的美好过程，麻油猪血的"那个香呵，如今怎么也尝不到了"（《火宫殿》）。味蕾记忆会自动过滤掉时代的、政治的、物质匮乏的外在因素，只留下当初的"高峰体验"，留待以后在漫长岁月里慢慢回味。

作者留在岳麓山上的记忆特别的多，小时候的春游秋游，必爬山上的五轮塔；大学时代每晚都会上山散步；工作以后总是忘不了岳麓山上的美丽月色，"岳麓山是长沙的风水宝地，应当天天游人如织才是"（《岳麓山》），这种情怀，不足为外人道。

《小巷》回忆作者儿童时代住过、玩过的长沙老巷子，弥漫着一股浓郁的怀旧气息。甫觉里的老公馆，邻居蒲同学的外公，总是戴上老花眼镜坐在窗前藤椅上读书；楼下的焦家种着火红的美人蕉和鸡冠花；在浏正街小学上学，课间总要从驼子老倌的零食摊上买鬼枣、糖粒、紫苏梅子和姜片；集体到"菜根香巷"的小组长家里做作业，做完作业排队回家，高唱童谣"谢谢你的茶，谢谢你的烟，谢谢你的板凳坐半边；板凳一翘，打了我的腰，板凳一脱，打了我的脚，我问板凳要膏药……"这首童谣，也出现在何顿的小说《我们像野兽》中，于此不难想见这首童谣的流行程度。作者小时候搬过两次家，第一次是郭家巷，有个同学的妈妈会拉二胡，有个同学的亲戚会杀黄鳝；第二次是芋园里，院子外头有一口老井，夏天的井口无比凉快。"我年少时住过玩过的许多小巷，如今大多业已消失，如同曾经有过的岁月跟童谣。我经常怀想起那些小巷，那些小巷人家跟小巷生活。怀想起麻石的小路同井台，怀想起青苔浸染的墙根，夏天里横七竖八的竹床同星空下的故事。或许，这证明我已经上了年纪了。"[1] 说到童谣，作者还记得儿时唱过的《月亮粑粑》的歌词和唱腔，"月亮粑粑，肚里坐个爹爹，爹爹

---

[1] 何立伟：《巷子》，《当时明月当时人》，地震出版社2012年版，第259页。

出来买菜,肚里坐个奶奶,奶奶出来绣花,绣扎糍粑",每次哼唱起来,眼前都是长沙城千家万户的黑瓦灰檐,月光明明地照着。

说起来,何立伟痴迷的仍然是长沙城的"旧时月色",他的散文《出入都正街》①回忆老街的故事,60年往事如烟,都正街见证了"我"的一个甲子,也见证了沧海桑田的人世变迁。"马王街、东庆街、织机街、郭家巷、东茅街、芋园里、都正街、菜根香、落星田、藩后街",说起来如数家珍,那摆满小人书的书摊,那卖槟榔的小店,那一年四季飘散扑鼻香气的炒货店,那当街补锅人"收拾破旧山河"的高超手艺,那当街弹棉絮的梆子节奏,那涎人的麻糖、油粑、米泡、糖人、白粒圆、麻油猪血等吃食;那热闹的染坊,那些打着油纸伞穿着木屐的行人,那香火旺盛的詹王宫、城隍庙和文昌阁,那人头攒动的千总巷、凤凰台、斗姥阁、天心阁,那鳞次栉比的香铺、铁铺、卤味店、米粉店、豆腐店,那些忙忙碌碌,却又福乐无边的总是快活地笑着的人们,让人切切实实地感到,这就是有滋有味的快乐人间,做个长沙人才不枉一场人生。"长沙地域文化我向来认为有两极,一极是精英文化,一极是市井文化。精英文化以岳麓书院为代表,核心是两个字:天下,亦即文化精英们对于天下兴亡的道德承担与求仁取义。市井文化则以包括了都正街在内的南门一带街巷为代表,核心也是两个字:日子,亦即把现世的快乐活色生香地过在每一寸光阴里。前者求改朝换代,历史推进;后者求安居乐业,人财两兴,构成了长沙地域文化的热血奔涌的头颅和元气饱满的身躯。"②毫无疑问,作者的情感偏向于日常的长沙城。

作者的古今之思寄托在旧时的长沙城,弥漫着浓郁的人文情怀,暗合着21世纪以来的怀旧文化思潮,对长沙本土、两湖地域,甚至全国的人到中年的读者来说,尤其具有格外的吸引力。

---

① 何立伟:《出入都正街》,《长沙晚报》2016年1月28日。
② 何立伟:《出入都正街》,《长沙晚报》2016年1月28日。

第七章 诗与思:审美意义与思想价值

从地域文化角度观察两湖现代文学,我们会发现一些与既有文学史描述不太一样的创作现象和审美表现,正所谓"横看成岭侧成峰"。视角殊异,同一个观察对象或者被局部放大,或者被无意遮蔽,由此产生的观感自然也就迥异其趣。学术界对地域文化向来存在着三种不同的认知,第一种将时间定格于先秦诸侯时代,划分为秦文化、燕文化、齐文化、鲁文化、晋文化、楚文化、巴文化、蜀文化、吴文化、越文化等;第二种是纯粹考古学意义上的文化,专指特定区域内的人们在特定历史阶段创造的特征鲜明的考古学文化;第三种在时间上贯通古今,指区域内古往今来的物质文化与精神文化创造的总和,源远流长,特色独具,传承至今,仍然具有强烈的现实生命力。本文采用第三种概念界定,"历史性"和"现实性"是其题中应有之义,尤其注重创作主体地域文化书写的当下性,关注创作主体对地域文化资源的创造性选择与意义重释。地域文化视野中的两湖现代文学创作,涉及地域文化书写的相关理念、思想继承、美学呈现与客观效果,其间的得失成毁,皆足以引起文学史家与作家们的充分关注和借鉴。

第一节 现代地域文化书写的理论认知与创作实践

两湖现代文学的地域文化书写,是现代中国文学的地域文化书写的重要组成部分,也是现代世界文学的地域文化书写的重要组成部分。

从世界范围来看,西班牙塞万提斯的长篇小说《堂·吉诃德》,美国库珀的"边疆小说"、哈特的西部文学、马克·吐温笔下的密西西比河、威廉·福克纳的《喧哗与骚动》、弗兰纳里·奥康纳的南方风情小说，意大利维尔加笔下的西西里岛，英国哈代的《还乡》和《德伯家的苔丝》，俄罗斯作家契诃夫、屠格涅夫、托尔斯泰、肖洛霍夫笔下广袤的大地田园山川河流，法兰西作家巴尔扎克的"外省风情"、左拉的自然主义、莫泊桑笔下冷峻的田园风光，以哥伦比亚作家加西亚·马尔克斯的《百年孤独》为代表的拉美魔幻现实主义，等等，文本中都有色彩缤纷的关于地域文化的精彩呈现。

从中国现代文学史来看，鲁迅《祝福》《故乡》《社戏》中的浙东水乡与江南小镇，茅盾农村三部曲中的浙江乡村经济生态与乡风民俗，王鲁彦《黄金》《桥上》《乡下》《屋顶下》《菊英的出嫁》中的乡镇百态与冥婚风俗，许钦文《疯妇》《鼻涕阿二》中的绍兴风俗，台静农《井》《烛焰》《天二哥》《吴老爹》中的"地之子"，芦焚《果园城记》中富含乡土气息的河南小城，蹇先艾《朝雾》《水葬》《乡间的悲剧》《在贵州道上》中的贵州山地，彭家煌《怂恿》《活鬼》《喜期》中的湘阴民间风情与村言俚语，许杰《惨雾》《赌徒吉顺》中美丽却又恶劣的"枫溪村"，王统照《山雨》涂抹着北方农村的"地方色彩"（茅盾语），叶紫《丰收》中的益阳乡土气息，废名《枣》《桃园》《菱荡》《竹林的故事》《莫须有先生传》中的黄梅田园牧歌，沈从文《边城》《长河》中的湘西风情与苗寨风光，萧乾《篱下集》《梦之谷》中乡下人的"自然人生"，汪曾祺《鸡鸭名家》《大淖记事》《异秉》《受戒》中水乡人与生俱来的传统文化气韵，吴组缃《西柳集》、《鸭嘴涝》（《山洪》）、《樊家铺》、《一千八百担》中的安徽"故乡风物"，沙汀《在其香居茶馆里》《淘金记》《还乡记》中的四川地方轻喜剧，艾芜《南行记》中丰富多彩的边陲风光与异域情调，萧军《八月的乡村》中驰骋于东北高粱地上的侠客式人物，萧红的《呼兰河传》是"叙事诗，风土画，凄婉的歌谣"[①]，赵树理《三里湾》《小二黑结婚》《李家庄的变迁》中的晋东南乡村风俗，孙犁《荷花淀》《白洋淀纪事》中的白洋淀水乡牧歌情调，刘绍棠《青枝绿叶》《蒲柳人家》中的运河人家，李劼人《死水微澜》《暴风雨前》《大波》中火爆热烈原汁原味的四川市井生活，周立波《山乡巨变》中的益阳山水画卷和民间风情，李准

---

① 茅盾：《〈呼兰河传〉序》，《茅盾论中国现代作家作品》，北京大学出版社1980年版，第292页。

《黄河东流去》中的黄河故道风景,梁斌《红旗谱》中慷慨悲歌的冀中平原的农家汉子,古华《芙蓉镇》中的湘南风光,韩少功《爸爸爸》《马桥词典》中的文化与语言寻根,史铁生《我的遥远的清平湾》中的诗意陕北,莫言《红高粱家族》中神秘雄健令人血脉偾张的高密东北乡,张承志《北方的河》《黑骏马》《金牧场》中的雄浑大河与苍茫草原,刘醒龙《凤凰琴》《分离艰难》《圣天门口》中的黄冈叙事,刘恪《山鬼》《红帆船》等"长江楚风系列小说"中浩荡苍劲的楚风,苗长水《犁越芳塚》《染坊之子》中的沂蒙山故事,贾平凹《商州初录》《浮躁》中的陕南商州世界,陈忠实《白鹿原》中厚重深广的关中风情,李杭育《沙灶遗风》《最后一个渔佬儿》中的"葛川江风浪",王安忆《长恨歌》和金宇澄《繁花》中的上海市井生活,等等,在文学史家看来,这种满天星斗式的地域文化写作,"几乎是地域特征取决了小说的美学特征"①。

与文学创作实践同步,国内外作家、学者关于地域文化书写的理性认知也在不断生成与提升,从实践中来,到实践中去,理论体系日趋完善,地域文化书写日益受到重视。20世纪美国小说家赫姆林·加兰将地域色彩认定为文学创作独具的特征,因为地域文化是文学差异性的重要保证,而只有差异性才能吸引读者;文本中乏味的雷同往往会导致文学的消亡;他在世界文学的比较视域中,认为地域色彩浓郁的俄国和挪威文学,在真实与真诚方面,要远高于英国和法国文学。有鉴于此,他甚至不无偏激地指出,"应当为地方色彩而地方色彩",因为"地方色彩"对于作家来说"是非常重要的和有趣的"②。中国现代作家鲁迅对"乡土文学"的"侨寓文学"的性质定位、周作人对"风土与住民"关系的考证及对"土气息、泥滋味"的富含地方色彩的文艺创作的强调,茅盾对"地方色彩""地方个性"的理论申发,等等,都是现代文学史上关于地域文化书写的经典论述。丁帆在考察"中国乡土小说"的历史发展进程时,将其源头追溯至五四时期③,其背景是世界工业文明的兴起和中国反帝反封思潮的涌动,乡土小说于此充当了文学启蒙的工具

---

① 丁帆:《20世纪中国地域文化小说简论》,《学术月刊》1997年第9期。
② [美]赫姆林·加兰:《破碎的偶像》,《美国作家论文学》,刘保端等译,生活·读书·新知三联书店1984年版,第89页。
③ 参见丁帆《中国乡土小说史》,北京大学出版社2007年版,第6页。

和载体；稍晚时候的废名和沈从文，则将乡土小说的"田园诗风"张扬至极致，由此形成了中国现代乡土小说的一支主脉，其中地方色彩和地域文化都受到了充分的重视和格外的强调。乡土小说是现代地域文化书写的主流，在《20世纪中国地域文化小说简论》一文中，丁帆指出：地域文化小说写作除了要具备"地域、群种、小说"三个基本要素之外，也要着意刻画各种"政治的、社会的、民族的、历史的、心理的……文化内涵"。① 将这篇论文与其著作《中国乡土小说史》作对照性阅读，我们发现，无论是论述内容，还是涉及的经典文本分析，现代文学史上的乡土小说与地域文化小说的概念在大多数时候都可以进行无障碍置换。唯一的不同在于地域文化书写的范围还包括部分城市（镇）文学，如老舍、刘心武、邓友梅、陈建功、王朔等人的北京书写，茅盾、新感觉派、王安忆、程乃珊、陈村、金宇澄等人的上海书写，冯骥才、林希等人的天津书写，李劼人、沙汀、流沙河等人的成都书写，方方、池莉、何祚欢、彭建新等人的武汉书写，何立伟、何顿、徐晓鹤等人的长沙书写，陆文夫、范小青等人的苏州书写，等等，值得注意的是，大多数现代城市（镇）文学，基本上还是采取乡土叙事模式，以恒定的老街、社区、家族、家庭作为主要表现对象，所写多为熟人社会；都市生活中惊艳浪漫、灯红酒绿的声色描写不是没有，比如新感觉派笔下的上海霓虹和欢场男女等，但皆为昙花一现，而且骨子里还有乡土叙事的隐形脉络，言语表象和象喻结构仍然是典型的"乡土表达式"②，说现代中国仍然是"乡土中国"亦不为过。如此，我们就能够理解，为什么现代文学史上的地域文化书写，无论城乡，总是弥漫着一股浓郁的乡愁情调和挽歌氛围。

第二节　精神传统与思想表达

对于处在历史长河下游的两湖现代文学来说，本地域文化传统的精神承接总是具有复合的杂糅特征，以屈原为代表的心忧天下的精英文化与以老庄为代表的适己生存的世俗文化的"二分"只是一种"效果史"

---

① 丁帆：《20世纪中国地域文化小说简论》，《学术月刊》1997年第9期。
② 参见刘保昌《乡土的都会——新感觉派小说综论》，《江汉论坛》2000年第12期。

式的简化的理性认知，具体到历史实际中的文化流脉来说则要复杂得多，比如现代两湖地域的经世致用文化就是糅合了儒家、道家、法家、兵家、佛学甚至西学等诸多因素的结果，厘清其中的各种因子所占的比重并没有太大的意义，我们的目的只在于呈现两湖现代文学文本中的地域文化的真实面相、审美表现及其书写意义。

从地域文化传统角度观照两湖现代文学，我们可以明显地感受到两湖现代作家浓郁的忧国忧民的经邦济世情怀，值得注意的是，这种家国天下的"大写"之中往往交融着强烈的屈原式的个体性感受和愤懑激情，这是两湖现代文学区别于其他地域文化书写的"异彩"与特色。文化史家将现代经世致用思潮的历史渊源追溯至屈原，认为王夫之的《楚辞通释》无异于屈原的"隔代知己"，二者同被学人誉为"南人而学北方之学者"（王国维语），通过王夫之这一"文化桥梁"，先秦屈原的精神人格直接影响到了近代以来的魏源、曾国藩、左宗棠、胡林翼、谭嗣同、蔡锷、黄兴、蔡和森、毛泽东等两湖人士。[①] 同时，两湖地域在现代中国也自具重要地位，正如冯天瑜等人所指出的："如果说，整个近现代中国都卷入'古今一大变革之会'，那么，两湖地区更处在风云际会的漩涡中心"，"湖南在十九世纪后半叶与二十世纪上半叶对中国社会变革发挥的巨大作用，是举世皆知的；湖北则在二十世纪初叶崛起为仅次于上海的工商业基地，继而成为辛亥革命首义之区，大革命心脏地带，土地革命的主战场之一"。[②] 这就在地域和历史的双重维度，决定了包括屈原式忧患精神在内的经世致用文化在两湖现代文学书写中的重要地位。

闻一多的学术研究方向由庄子转向屈原并最终付诸实际行动仆倒街头，胡风以"三十万言书"发出杜鹃啼血式的绝唱，周立波的《山乡巨变》和丁玲的《太阳照在桑干河上》零距离关注土地改革和合作化运动，莫应丰的《将军吟》是在"文革"期间冒着生命危险写出的批判、反思力作，韩少功的《西望茅草地》《风吹唢呐声》愤怒批判"左倾"路线的错误，古华的《芙蓉镇》反思共和国的荒唐岁月，张扬的《第二次握手》在"文革"时期以手抄本形式得到广泛传播为知识分子

---

① 朱汉民：《千古流传的湖湘文化精神气质》，《中华读书报》2012年4月25日。
② 冯天瑜、何晓明、周积明：《中华文化史》，上海人民出版社1990年版，第49页。

的不公正命运摇旗呐喊伸张正义,熊召政的《张居正》通过塑造明代中兴名臣的形象呼唤现实改革,唐浩明的《曾国藩》呼唤中华传统文化的复兴,刘醒龙的《凤凰琴》《村支书》《分享艰难》直面改革进程中的乡村教育、经济发展、道德沦丧等现实问题,邓一光的《父亲是个兵》《我是太阳》《我是我的神》持续张扬理想主义的热血和担当,何存中的《太阳最红》《姐儿门前一棵槐》书写大别山血火交织的革命斗争岁月中黄冈人刚烈剽悍的民魂,这些都可以视为两湖现代作家的现实关切,有学者将此类书写归纳为"政治—文学"或者"文学—政治"的创作心理定势[①],是有一定道理的。

　　文学当然离不开政治,现实主义文学尤其离不开现实政治斗争和政治生活。是对政治生活斗争采取零距离的贴近描写甚或黑幕揭示与欣赏流连,还是采取根植于个体人性基础之上的反思批判立场,是官场小说(文学)与严肃现实主义文学的根本区别。韦君宜的散文集《思痛录》忆故旧、溯生平,将批判的愤火直指那个荒唐的年代,高呼"天下最拙笨的民主也远胜于最高明的独裁"[②],真诚呼唤"政治民主",凝聚作家曲折抗争一生追求自由光明的理性认知,代表了清明健朗的历史理性精神。黄秋耘誉之为"孤愤之书",正是因为文本中融进了作者惨痛的亲身经历与深刻的批判反思精神。野夫的散文《掌瓢黎爷》《遗民老谭》《"酷客"李斯》《散材毛喻原》等篇什书写凡尘中的"畸零人生",寄托深长挚烈的孤愤之心;《江上的母亲》《坟灯》《地主之殇》《别梦依稀咒逝川》等则交织家仇国恨、血泪飘零,文字融合了《楚辞》的惊艳与汉史的苍凉,在当代散文史写作中堪称另类的存在,贯注着楚地巫术般夺人魂魄的力量。向阳湖干校文学中的散文创作,笔调或者悲愤,或者幽默,无不揭示了荒唐时代的荒唐人生,是一段知识分子挥之不去的沉痛心史,沉重的岁月灰尘也无法掩饰其逼人的思想锋芒。

　　与此平行的另外一条思想脉络是以老庄为起源的道家文化以及后来的佛禅文化,在两湖现代文学写作中亦有不同凡俗的表现。李泽厚在《中国思想史论》中将这条"庄—玄—禅"依次递进的思想脉络统称为

---

　　① 田中阳:《略论湖湘文化精神对二十世纪湖南作家心理定势的规约》,《中国文学研究》2000年第3期。

　　② 韦君宜:《思痛录》,人民文学出版社2013年版,第183页。

第七章 诗与思:审美意义与思想价值

"庄禅文化",充分注意到了它们之间的共通性。庄禅文化追求自然人生形态的实现,注重生存,重视生命,强调此在,执着此岸,世俗气息浓郁,反对为了实现高悬的道德理想主义而作出牺牲,充分肯定了个体生命的价值和个体生存的意义,眷怀留恋这个喧嚣闹腾的烟火人间,也能够在远离尘嚣的清幽世界里寻找到平凡生活的美学意义。沈从文笔下的边城不仅是一个世外桃源般的美丽世界,而且是一个与城市阉寺文明相对立的意义世界,这一个雄强自足的世界代表了自然健朗的人性和坦荡炽烈的世情,这曲不乏乌托邦色彩的田园牧歌在现代文学史上占据重要地位,影响了众多作家的创作,别成谱系。废名笔下的黄梅世界,庄禅风味浓烈,不乏隐逸色彩,从莫须有先生的肆意评论中,亦可见出作家浓郁的"现实政治关怀",只不过出之于田园"野人"之口,却更能代表真实而普泛的民意。一入太庙,即为牺牲,无人能够幸免。为了保全自然真实的人性,实现自适快乐的生存,免受人世间或者道德法律的各种伤害,道家、佛禅文化主张退避、隐逸,舍弃了庙堂,也就保全了身处江湖的个体性自由,虽然人无往不在枷锁之中,现代人的自由总是一种相对的、奢侈的存在。现代两湖地域的民族作家、寻根作家们将废名、沈从文的创作传统进一步发扬光大,谱写了崭新的篇章。影响所及,在方方、池莉、何顿、何立伟、彭建新、姜燕鸣等人的都市书写中,也对此岸的烟火人间给予了欣赏性的充分肯定。随着城市现代化建设和新型农村建设步伐的加快,作家们好像更愿意追忆逝水流年,故乡是最早产生回忆的地方,地域性特征尤其明显,两湖作家创作了一批以文字挽留时间的长篇散文,饱含着浓郁的乡愁。如"家乡书"系列包括舒飞廉的《草木一集》、蔡家园的《松塆纪事》、郭啸文的《灯影里的楚歌》、郑能新的《地坪河》、谭岩的《风吹稻花》、张永久的《黄金水道》、周凌云的《屈原的村庄》、楚云的《失落的周庄》、吕永超的《西塞山往事》、朱朝敏的《循环之水》等,这批长篇散文丛书,情绪饱满,文字精美,既是伤逝感怀、叹往流连的言志之作,也是质疑城市化、反思进化论的载道之作。即使是在向阳湖文学写作中,作家们在控诉声讨那个不堪回首的动乱岁月之余,仍然在那段与农民兄弟、湖泊大地零距离亲近的生活中发掘出平凡生存的诗意,哀而不怨,充满着情感的流连、世情的牵挂和庄禅式的达观。

　　文学创作是否应该具有深刻的思想,曾经是文学研究和评论界的一

· 585 ·

个聚讼不已的话题，但是文学创作必然会表达思想，却是一个毋庸置疑的常识。两湖现代文学创作中所表现的入世/出世、儒家/庄禅、此岸/彼岸、载道/言志等思想方向的分殊，从长远历史时段和广阔地域范围来看，并不具有地域特殊性，此种二分式的思想辩证法虽然难免有简单化之嫌，却是一种有效的分析问题的方法。与思想研究或者哲学分析的逻辑、抽象思维方式迥异其趣，文学作品总是以生动的、具象的、艺术的、形象的方式来呈现思想的复杂性，因此文本有多声部的合唱，有思想交错的互文，有质疑反思，有犹疑自审，由此表现出创作主体的思想丰富性。因此，地域文化视野中的两湖现代文学研究，我们没有采用二分式的哲学抽象思维，对丰富复杂的创作文本进行非此即彼的排队和清理，而是立足于具体文本进行综合分析，充分关注其思想因素的多元性，创作主体的个体性，地域文化的丰富性，多种思想因子的交融性，具体文本具体分析，同一地域内的不同作家，文本呈现的地域文化面貌与思想特征亦大不相同，这就提醒我们立足于作家主体的文本研究，仍然不失为一条可行的和必需的路径。

第三节 审美呈现与创作得失

两湖现代文学的地域文化书写，为读者提供了面貌各异的地域风景、风俗和风情场景，增强了文学的地域色彩的丰富性，提供了不同以往的审美体验，其中，楚地巫骚文化的书写不仅是一种审美意义的呈现，而且是一种行之有效的创作方法，已经引起作家和读者的关注，其间的得失成毁也足以引人深思。

加兰说过："对于美国作家来说，写作关于俄国、西班牙或圣地的小说是奇怪的、不自然的。他写这些国家不能像土生土长的人写得那么好。"[1] 对于同一国家内的不同地域的作家来说，也是如此。土生土长的作者往往对自然环境有更深切的体会和更独到的观察，如废名小说《桥》描写黄梅乡下无处不有的芭茅"草是那么吞着阳光绿，疑心它在那里慢慢地闪跳，或者数也数不清地唧咕。仔细一看，这地方是多么

---

[1] ［美］赫姆林·加兰：《破碎的偶像》，《美国作家论文学》，刘保端等译，生活·读书·新知三联书店1984年版，第87页。

圆,而且相信它是深的哩。越看越深,同平素看姐姐眼睛里的瞳人一样,他简直以为这是一口塘了,草本是那么平平的,密密的,可以做成深渊的水面。两边一转,芭茅森森地立住,好像许多宝剑,青青的天,就在尖头"。① 沈从文《边城》描写凤凰月色:"月光如银子,无处不可照及,山上篁竹在月光下皆成为黑色。身边草丛中虫声繁密如落雨。间或不知道从什么地方,忽然会有一只草莺'落落落落嘘!'啭着它的喉咙,不久之间,这个小鸟儿又好像明白这是半夜,不应当那么吵闹,便仍然闭着那小小眼儿睡了。"② 这些地域特征鲜明的风景书写,除了两湖地域本身的本色呈现之外,当然也离不开作家主体的创造性选择与诗性表达。丁帆在《中国乡土小说史》中将乡土小说的文体特征归纳为"三画四彩",即风景画、风俗画、风情画;自然色彩、神性色彩、流寓色彩、悲情色彩,③ 这也可以视为一切地域文化书写的文学审美功能。

  地域文化书写需要作家的慧眼发现。韩少功的"寻根宣言"说:"乡土中所凝结的传统文化,更多地属于不规范之列。俚语,野史,传说,笑料,民歌,神怪故事,习惯风俗,性爱方式等等,其中大部分鲜见于经典,不入正宗,更多地显示出生命的自然面貌。"④ 寻根作家走向山野,走向民间,叩问大地,对地域文化的发现结果令人欣喜,也让人惊诧。楚地的巫性思维及其文学表达,一直是一道为人瞩目的文学风景线。先秦楚地的人们认为天地、神鬼、山川、禽兽,乃至万物皆与人存在着"某种奇特的联系",他们推崇"近乎全知的导师,这就是巫"⑤,两湖地域巫风弥漫,巫文化传统源远流长,虽然经过现代科学文明的冲刷,理性主义节节胜利,巫文化大为衰歇,但其影响仍然遍及当下,尤其在民间社会中广泛存在。在沈从文、周立波、方方、池莉、韩少功、陈应松、孙健忠、蔡测海、肖建国、残雪、田耳、马笑泉、于怀岸、叶梦、王芸等两湖现代作家笔下,巫师作为一种被肯定的人物形象而存在,民间巫文化的传统信仰得到了不同程度的表达,巫师交通天

---

① 废名:《桥》,艾以、曹度主编:《废名小说》下卷,安徽文艺出版社1997年版,第39页。
② 沈从文:《边城》,《沈从文全集》第8卷,北岳文艺出版社2009年版,第94页。
③ 丁帆:《中国乡土小说史》,北京大学出版社2007年版,第21—28页。
④ 韩少功:《文学的"根"》,《作家》1985年第4期。
⑤ 张正明:《楚文化史》,上海人民出版社1987年版,第112页。

人、万物有灵、神秘莫测、通感迁移的思维方式在文艺创作中闪耀着迷人的光辉。正是这种巫性思维与巫性书写，导致了"楚人浪漫情绪的复活与狂放无羁的艺术想象力的释放"①；学者谭桂林认为巫是"楚人血液"，他甚至将20世纪湖南文学命名为"巫幻现实主义"②，以求与"魔幻现实主义"文学分庭抗礼，足见两湖地域巫文化传统对于创作的积极影响力。

被重新发现的还有楚骚传统，长期以来以《离骚》为代表的《楚辞》作为典籍存在被代代传承，激荡着无数志士仁人壮怀激烈的爱国情怀，与那些报国无门、身世飘零的个体失意者产生强烈的情感共鸣；而文化寻根背景下的重新发现，是对楚文化的"时代"、"地方"和"民风"的三重发现，诚如萧兵所分析的那样：屈原的《离骚》有其"庄重、典丽、飘逸"的一面，但另一面却是"热烈、放浪、嘶喊"，原因不只屈原独特的创作个性，也有"时代的大胆，地方的狂放，民风的强悍"作为背景性因素推动了《离骚》的创作。③ 在整体性发现、继承与传扬楚骚文化传统方面，生于斯长于斯的两湖地域作家具有其他地域作家所不及的地域比较优势，往往更真切、更具体、更接地气，正所谓"饮之江海，杯勺皆波涛"。刘恪《红帆船》描写长江峡谷，"暮色绛霞，牢笼天地。峡江两岸的悬崖活似鸢雕的翅膀沉重地垂下来覆在罩驼子心上，天垂一线，地余一缝，他似乎感到巨鹰在俯冲拼搏中礁石瞬间崩裂，它也黑羽翻飞碧血迸溅，赭红的雾霭弥漫泛化，死亡沉入泥沙，生存浮于苍空……长风把这幅画帆对旋成一个个的红涡，霞光把时间凝滞在山头，船舷犁着一川惨烈的江水"④，这是典型的楚骚风韵，以赤红为主色调，色彩反差强烈，情绪激荡，生死一线之间；陈应松描写江汉平原一个两岁的"神孩"扑向火堆时的感觉，"神秘像一张面纱，迎风飘扬；神秘像一张蛛网，一触即溃；神秘像一团云烟，一吹即散。神孩快接近天堂了，他在十月的河岸撩水而歌，鱼鳍轻点如卵之红日，青山隐隐雾里藏花，鹅颈高唱大江东去，龟背悬托一片桨声。神孩看到了人身兽首之神驾驭飞帆而来，神即为父，父追其母，在大气磅礴

---

① 沈从文：《湘西》，《沈从文文集》第9卷，花城出版社1982年版，第402页。
② 谭桂林：《楚巫文化与20世纪湖南文学》，《理论与创作》2000年第3期。
③ 萧兵：《楚辞文化》，中国社会科学出版社1990年版，第264页。
④ 刘恪：《红帆船》，《十月》1990年第2期。

的皇天湖上空劲走风云。一阵子敲碎水底银月,化为点点浮萍。椰子大叔醉卧沙滩,有千种风情,一管芦笛,半船渔火。神孩红衣红帽红鞋儿,惊起平沙落雁,苇荡飞花,乡风正白"①,在灵魂出窍的状态下,主人公神思迷醉,感觉充分放大,叙述主体上穷碧落下黄泉自由穿行,文字恢诡谲怪,关联性想象呼啸而至,读来令人目不暇接心醉神迷,正是"大胆""狂放""强悍"的楚骚式文字。

地域传统文化作为一种历史性资源,总是会被地域作家当作创作的"理论前提",或者文化对话的客观对象来看待。重新被发现,往往是地域文化的恒定命运;重新被发现,也是文艺复兴的必经之路。曾国藩热、沈从文热、楚文化热、道家文化热、寻根小说热、民族风情旅游热等持续不断,正说明了重述传统的可能性和必然性。巴赫金在更加宏阔的世界历史视域中指出:"对话的上下文没有止境。……没有绝对的死物:每一种意义终有一天会节日般地归来。"② 落地的麦子不死,总会在春天到来时长成滚滚的麦浪。

面对同样的地域文化传统资源,不同的创作主体往往会有不同的借鉴与表达方式,艺术水准的高低也往往于此中得到体现。两湖现代作家在地域文化书写方面,事实上存在着三种不同的形态,或者可以称为三种不同的书写境界。第一种是比较浅层次的机械拼贴式写作。即在文本中根据情节的需要,描写地域风情风俗、山歌俚曲、民间传说、方言歇后语等,这些拼贴的材料往往来源于史籍、地方志、民歌搜集本、方言整理记录等,创作主体与描写对象之间并没有情感的、经验的交流,艺术效果因此显得空洞、无力。地域文化书写对于此类写作来说,不仅无法为创作增添光彩,反而成为叙事或者情节上的累赘,可被称为一种失败的地域文化书写的操作方式。第二种以创作主体高扬的浪漫主义精神穿透地域文化书写对象,自由出入于各种不同的地域文化资源之间,取我所需为我所用,主体性意识十分强烈,在表现形式上与楚地巫骚文化传统十分贴近,往往会予人耳目一新之感,取得撼人心魄之效。其缺失则在于损伤了地域文化面貌的历史与现实的真实性,这种较为"任性"

---

① 陈应松:《旧歌的骸骨》,《中外文学》1989 年第 3 期。
② 参见〔美〕凯特琳娜·克拉克、迈克尔·霍奎斯特《米哈伊尔·巴赫金》,语冰译,中国人民大学出版社 1992 年版,第 418 页。

的地域文化书写方式显然还没有达到最高境界。第三种以地域文化的现实形态作为根据，在精神层面沟通古今中西文化的流变，不变形，不夸张，不拼贴，文本内在地贯注地域文化的传统精神，聚焦"现实的""开放"的"进行时态"中的地域文化修辞立其诚，以不露声色的文字呈现臻于地域文化书写的化境，体现出"现实主义"文学的真正魅力，此类创作代表了两湖现代文学中地域文化书写的最高峰。

主要参考文献

[法] 阿·德芒戎：《人文地理学问题》，葛以德译，商务印书馆 1999 年版。

阿城：《文化制约着人类》，《文艺报》1985 年 7 月 6 日。

[英] 阿诺德·汤因比：《历史研究》，刘北成、郭小凌译，上海人民出版社 2005 年版。

艾以、曹度主编：《废名小说》，安徽文艺出版社 1997 年版。

[德] 爱克曼辑录：《歌德谈话录》，朱光潜译，人民文学出版社 1978 年版。

[法] 巴尔扎克：《人间喜剧·前言》，《文艺理论译丛》1957 年第 2 期。

班固：《汉书》，颜师古注释，中华书局 1962 年版。

贝锦三夫（李传锋、吴燕山、李诗选）：《武陵王》，长江文艺出版社 2014 年版。

[苏联] 波德纳尔斯基：《古代的地理学》，梁昭锡译，赵鸣岐校，齐思和审，商务印书馆 1986 年版。

[丹麦] 勃兰兑斯：《十九世纪文学主流》，张道真译，人民文学出版社 1997 年版。

蔡测海：《〈远处的伐木声〉琐谈》，《民族文学》1983 年第 5 期。

蔡测海：《家园万岁》，北京大学出版社 2013 年版。

蔡靖泉：《楚文学史》，湖北教育出版社 1996 年版。

蔡靖泉：《楚文化流变史》，湖北人民出版社 2001 年版。

蔡元培等：《中国新文学大系导论集》，岳麓书社 2011 年版。

陈独秀：《独秀文存》，亚东图书馆 1922 年版。

陈国恩：《浪漫主义与 20 世纪中国文学》，安徽教育出版社 2000 年版。

陈美兰：《木兰湖畔的思考——湖北的文学批评怎么了?》，《长江文艺》

2002年第1期。
陈尚君:《唐代诗人占籍考》,《唐代文学丛考》,中国社会科学出版社1997年版。
陈思和主编:《中国当代文学史教程》,复旦大学出版社1999年版。
陈应松:《小镇逝水录》,百花文艺出版社2005年版。
陈应松:《所谓故乡》,地震出版社2012年版。
陈振国主编:《冯文炳研究资料》,海峡文艺出版社1991年版。
程德培:《难以言说的言说》,《钟山》2010年第2期。
程光炜等:《中国现代文学史》,北京大学出版社2011年版。
池莉:《池莉文集》,江苏文艺出版社1997年版。
池莉:《汉口情景》,江苏凤凰文艺出版社2014年版。
戴锦华:《池莉:神圣的烦恼人生》,《文学评论》1995年第6期。
[法]丹纳:《艺术哲学》,傅雷译,人民文学出版社1963年版。
[美]丹尼尔·贝尔:《资本主义文化矛盾》,赵一帆等译,生活·读书·新知三联书店1989年版。
邓如冰:《徘徊于都市和边地之间:"巫女"的漂泊与皈依——林白〈北去来辞〉及其女性主义写作的当代意义》,《江汉论坛》2017年第3期。
丁帆:《中国乡土小说史》,北京大学出版社2007年版。
董学文:《西方文学理论史》,北京大学出版社2005年版。
[美]杜威:《新旧个人主义——杜威文选》,孙有中、蓝克林、裴雯译,上海社会科学院出版社1997年版。
杜亚泉:《静的文明与动的文明》,《东方杂志》1916年第10期。
[美]段义孚:《恋地情结》,志丞、刘苏译,商务印书馆2018年版。
[德]恩斯特·卡西尔:《人论——人类文化哲学导引》,甘阳译,上海译文出版社1985年版。
尔容:《伍子胥》,长江文艺出版社2018年版。
樊星:《当代文学与地域文化》,华中师范大学出版社1997年版。
范伯群、孔庆东主编:《通俗文学十五讲》,北京大学出版社2003年版。
范伯群、朱栋霖主编:《1898—1949中外文学比较史》,江苏教育出版社1993年版。
范文澜:《中国近代史》,人民出版社1955年版。

方方：《武昌城》，人民文学出版社 2011 年版。

方方：《武汉人》，南京大学出版社 2012 年版。

方豪：《中西交通史》，上海人民出版社 2015 年版。

废名：《谈新诗》，人民文学出版社 1984 年版。

冯天瑜、何晓明、周积明：《中华文化史》，上海人民出版社 1990 年版。

冯友兰：《中国哲学简史》，北京大学出版社 1996 年版。

冯至：《伍子胥》，文化生活出版社 1946 年版。

[美] 弗洛姆：《弗洛姆文集：我相信人有实现自己的权利》，冯川等译，改革出版社 1997 年版。

傅林祥、郑宝恒：《中国行政区划通史·中华民国卷》，复旦大学出版社 2007 年版。

[苏联] 高尔基：《论文学》，孟昌等译，人民文学出版社 1978 年版。

葛红兵：《颓废者及其对立物——刘继明论》，湖北人民出版社 2000 年版。

古华：《芙蓉镇》，人民文学出版社 1981 年版。

古华：《爬满青藤的木屋》，花城出版社 2016 年版。

光未然：《五月花》，作家出版社 1960 年版。

郭沫若：《今昔蒲剑》，新文艺出版社 1947 年版。

郭嵩焘：《郭嵩焘诗文集》，杨坚点校，岳麓书社 1984 年版。

[美] 海登·怀特：《后现代主义历史叙事学》，陈永国、张万娟译，中国社会科学出版社 2003 年版。

[德] 海涅：《论浪漫派》，张玉书译，人民文学出版社 1979 年版。

韩春燕：《刘醒龙长篇小说〈天行者〉用疼痛的文字书写平凡的英雄》，《文艺报》2009 年 9 月 29 日。

韩静霆：《孙子大传》，民族出版社 2004 年版。

韩少功：《文学的"根"》，《作家》1985 年第 4 期。

韩少功：《马桥词典》，作家出版社 2011 年版。

韩少功：《山南水北》，湖南文艺出版社 2013 年版。

郝明工：《区域文学刍议》，《文学评论》2002 年第 4 期。

何顿：《湖南骡子》，人民文学出版社 2011 年版。

何顿、朱小如：《我仿佛与谁都很近，又都相距甚远——关于何顿长篇小说新作〈湖南骡子〉的对话》，《文学报》2011 年 10 月 20 日。

何立伟：《当时明月当时人》，地震出版社 2012 年版。

何立伟：《亲爱的日子》，作家出版社 2009 年版。

何平：《革命地方志·日常性宗教·语言——关于〈圣天门口〉的几个问题》，《南京师范大学文学院学报》2008 年第 2 期。

何西来：《文学鉴赏中的地域文化因素》，《文艺研究》1999 年第 3 期。

何益民：《论沈从文的〈边城〉》，《湘潭大学社会科学学报》1981 年第 1 期。

何镇邦：《〈张居正〉与历史小说创作》，《南方文坛》2003 年第 6 期。

贺绍俊、潘凯雄：《缠绕着恋乡情结的现代小说——读许谋清的乡土小说》，《当代作家评论》1987 年第 3 期。

贺绍俊：《底层写作中的"新国民性"——以刘继明创作转向为例》，《文学评论》2007 年第 6 期。

贺绍俊：《田耳小说创作断想》，《文艺争鸣》2008 年第 2 期。

［美］赫姆林·加兰：《破碎的偶像》，《美国作家论文学》，刘保端等译，生活·读书·新知三联书店 1984 年版。

［德］黑格尔：《美学》，朱光潜译，商务印书馆 1979 年版。

［德］黑格尔：《历史哲学》，王造时译，上海书店出版社 1999 年版。

洪治纲：《"史诗"信念与民族文化的深层传达——论刘醒龙的长篇小说〈圣天门口〉》，《当代作家评论》2006 年第 6 期。

洪治纲、欧阳光明：《革命与人性的双重质询——论方方的长篇小说〈武昌城〉》，《当代作家评论》2011 年第 5 期。

洪子诚：《中国当代文学史》，北京大学出版社 1999 年版。

胡阿祥：《魏晋本土文学地理研究》，南京大学出版社 2001 年版。

胡良桂、龙长吟、刘起林：《湖南文学史·当代卷》，湖南教育出版社 1998 年版。

胡良桂：《晚清政坛上的精魂——唐浩明长篇历史小说论》，《文学评论》2003 年第 6 期。

湖北省地方志编纂委员会编：《湖北通志》（民国十年版影印本），湖北人民出版社 2010 年版。

黄秋耘：《〈山乡巨变〉琐谈》，《文艺报》1961 年第 2 期。

黄易：《荆楚争雄记》，香港书店 1990 年版。

黄永玉：《黄永玉全集·文学编·人物》，湖南美术出版社 2016 年版。

黄永玉：《无愁河的浪荡汉子·朱雀城》，人民文学出版社2013年版。

蒋寅：《清代诗学与地域文学传统的建构》，《中国社会科学》2003年第5期。

金宏宇：《刘醒龙"大别山之谜"系列小说述略》，《黄冈师专学报》1991年第1期。

［美］金介甫：《沈从文传》，符家钦译，国际文化出版公司2005年版。

金克木：《文艺的地域学研究设想》，《读书》1986年第4期。

金立群、晓苏：《一个孤独写作者的人性寓言——晓苏访谈录》，《小说评论》2012年第6期。

景遐东：《江南文化与唐代文学研究》，人民文学出版社2005年版。

［德］卡尔·雅斯贝斯：《历史的起源与目标》，魏楚雄、俞新天译，华夏出版社1989年版。

［英］凯伦·阿姆斯特朗：《轴心时代——塑造人类精神世界观的大转折时代》，孙艳燕、白彦兵译，海南出版社2010年版。

［美］克利福德·格尔茨：《地方知识——阐释人类学论文集》，杨德睿译，商务印书馆2016年版。

孔范今主编：《二十世纪中国文学史》，山东文艺出版社1997年版。

孔见：《韩少功评传》，河南文艺出版社2008年版。

孔尚任：《孔尚任诗文集》，中华书局1962年版。

［美］莱斯利·怀特：《文化的科学》，沈原等译，山东人民出版社1988年版。

蓝棣之：《现代文学经典：症候式分析》，清华大学出版社1998年版。

［美］劳伦斯·A.施奈德：《楚国狂人屈原与中国政治神话》，张啸虎、蔡靖泉译，湖北教育出版社1990年版。

［美］勒内·韦勒克、奥斯汀·沃伦：《文学理论》，刘象愚等译，文化艺术出版社2010年版。

雷达：《现在的文学最缺少什么》，《小说评论》2006年第3期。

黎锦明：《烈火》，开明书店1926年版。

李传锋：《白虎寨》，作家出版社2014年版。

李传锋：《李传锋文集》，武汉大学出版社2018年版。

李大钊：《李大钊全集》，人民出版社2006年版。

李浩：《地域空间与文学的古今演变》，《陕西师范大学学报》（哲学社会科学版）2005 年第 3 期。

李敬敏：《地域自然环境与地域文化和文学》，《文学评论》2002 年第 4 期。

李敬泽：《灵验的讲述：世界重获魅力——田耳论》，《小说评论》2008 年第 5 期。

李俊国：《在绝望中涅槃：方方论》，湖北人民出版社 2000 年版。

李六如：《六十年的变迁》，人民文学出版社 1957 年版。

李庆西：《说〈爸爸爸〉》，《读书》1986 年第 3 期。

李雪梅：《对存在的诗性沉思——论吕志青的小说创作》，《文艺报》2011 年 5 月 4 日。

李瑛：《泥土般浑厚和质朴——田禾的乡土诗近作》，《文艺报》2006 年 8 月 22 日。

李泽厚：《漫述庄禅》，《中国社会科学》1985 年第 1 期。

李泽厚：《美的历程》，生活·读书·新知三联书店 2009 年版。

李长之：《鲁迅批判》，上海北新书局 1936 年版。

［奥］里尔克：《杜伊诺哀歌》，刘皓明译，辽宁教育出版社 2005 年版。

梁启超：《地理与文明之关系》，《新民》1902 年第 1 期。

梁启超：《湖北在文化史上之地位及将来之责任》，《国民新报》1922 年 9 月 1—2 日。

林白：《万物花开》，人民文学出版社 2003 年版。

林白：《北去来辞》，北京出版社 2013 年版。

林白：《妇女闲聊录》，北京十月文艺出版社 2017 年版。

林河：《〈九歌〉与沅湘民俗》，上海三联书店 1990 年版。

林莽：《一个诗人笔下的乡村风情画卷》，《文学报》2007 年 10 月 14 日。

凌宇：《重建楚文学的神话系统》，湖南文艺出版社 1995 年版。

刘保昌：《真与美的悖论：从〈边城〉到〈长河〉》，《民族文学研究》2005 年第 4 期。

刘川鄂：《小市民 名作家——池莉论》，湖北人民出版社 2000 年版。

刘洪涛：《湖南乡土文学与湘楚文化》，湖南教育出版社 1997 年版。

刘继明、李云雷：《底层文学，或一种新的美学原则》，《上海文学》2008 年第 2 期。

刘继明：《人境》，《芳草》2016 年第 2 期。

刘恪：《红帆船》，《十月》1990年第2期。

刘起林：《论〈曾国藩〉的审美价值及当代意义》，《湖南师范大学社会科学学报》1994年第6期。

刘起林：《传统底蕴与现代智慧交融的"规范之作"——论〈张居正〉的历史深度与审美优势》，《湖南社会科学》2008年第6期。

刘师培：《刘师培辛亥前文选》，李妙根编，朱维铮校，中西书局2012年版。

刘诗伟：《南方的秘密》，作家出版社2016年版。

刘涛：《或侠或巫——马笑泉论》，《西湖》2012年第8期。

刘西渭：《〈边城〉与〈八骏图〉》，《文学季刊》1935年第3期。

刘西渭：《咀华二集》，文化生活出版社1942年版。

刘醒龙：《圣天门口》，人民文学出版社2005年版。

刘醒龙：《天行者》，人民文学出版社2009年版。

刘醒龙、李遇春：《文学是小地方的事情》，《上海文学》2014年第4期。

刘玉堂：《湖北的简称应为"楚"》，《政策》2002年第2期。

刘玉堂、赵毓清主编：《中国地域文化通览·湖北卷》，中华书局2013年版。

刘玉堂、刘保昌：《荆楚文学》，武汉出版社2018年版。

刘再复：《审美笔记》，生活·读书·新知三联书店2014年版。

柳青：《创业史》，人民文学出版社1960年版。

龙泉明：《中国新诗流变论》，人民文学出版社1999年版。

鲁枢元：《从"寻根文学"到"文学寻根"——略谈文学的文化之根与自然之根》，《文艺争鸣》2014年第11期。

鲁迅：《鲁迅全集》，人民文学出版社1981年版。

路遥：《平凡的世界》，北京十月文艺出版社2009年版。

[美]罗伯特·F.墨菲：《文化与社会人类学引论》，王卓君、吕迺基译，商务印书馆1991年版。

罗福惠：《湖北文化发展起落的历史考察》，《江汉论坛》1994年第10期。

罗振亚：《中国现代主义诗歌史论》，社会科学文献出版社2001年版。

[法]洛里哀：《比较文学史》，傅东华译，上海书店出版社1989年版。

吕金华：《容米桃花》，长江文艺出版社2014年版。

吕幼安：《论武汉作家小说生态中的地域化因素》，《长江文艺》2007年第 8 期。

吕志青：《黑屋子》，《钟山》2016 年第 3 期。

［德］马克思、恩格斯：《马克思恩格斯选集》，人民出版社 1995 年版。

马笑泉：《宝庆印记》，九州出版社 2017 年版。

马笑泉：《巫地传说》，重庆出版社 2009 年版。

马振方：《历史小说创作基本功刍议》，《文学评论》2002 年第 1 期。

［英］迈克尔·苏立文：《中国艺术史》，徐坚译，上海人民出版社 2014 年版。

毛泽东：《毛泽东选集》，人民出版社 1991 年版。

茅盾：《茅盾论中国现代作家作品》，北京大学出版社 1980 年版。

［法］孟德斯鸠：《论法的精神》，曾斌译，京华出版社 2000 年版。

内蒙古师范大学中国少数民族作家研究中心编：《叶梅研究专集》，中央民族大学出版社 2007 年版。

聂绀弩：《聂绀弩全集》，武汉出版社 2004 年版。

欧阳斌：《论曾国藩的性格特质及其文化成因》，《中国文学研究》1998 年第 4 期。

彭见明：《当代湖南作家作品选·彭见明卷》，湖南文艺出版社 1997 年版。

彭韵倩：《从迷的追寻到人的写真——评刘醒龙的小说创作》，《文学评论》1993 年第 5 期。

钱基博：《近百年湖南学风》，岳麓书社 2016 年版。

钱理群、温儒敏、吴福辉：《中国现代文学三十年》（修订本），北京大学出版社 1998 年版。

钱穆：《东西人生观之对照》，《文化与教育》，广西师范大学出版社 2004 年版。

任蒙：《任蒙散文选》，武汉出版社 2005 年版。

（清）阮元：《十三经注疏》，中华书局 1980 年版。

沙汀：《我是怎样写起小说来的》，《理论与创作》1990 年第 4 期。

沈从文：《沈从文全集》，北岳文艺出版社 2009 年版。

沈光明：《〈张居正〉的模式化与超越性》，《小说评论》2009 年第 5 期。

施战军：《人文魅性与现代革命交缠的史诗——评刘醒龙小说〈圣天门口〉》，《文艺争鸣》2007 年第 4 期。

施蛰存：《滇云浦雨话从文》，《新文学史料》1988 年第 4 期。

石一宁：《陈应松为什么扎进神农架？》，《文艺报》2004年11月11日。
史铁生：《命若琴弦》，《现代人》1985年第2期。
司马迁：《史记》，中华书局1959年版。
[法] 斯达尔夫人：《论文学》，徐继曾译，人民文学出版社1986年版。
苏轼：《苏轼文集》，孔凡礼注解，中华书局2002年版。
苏雪林：《沈从文论》，《文学》1934年第3期。
孙昌熙、刘西普：《论〈边城〉的思想倾向》，《中国现代文学研究丛刊》1985年第4期。
孙健忠：《舍巴日》，《芙蓉》1986年第1期。
孙健忠：《醉乡》，上海文艺出版社1986年版。
谭桂林：《楚巫文化与20世纪湖南文学》，《理论与创作》2000年第3期。
唐朝晖：《我向往和追求平和的境界——彭见明访谈》，《红豆》2004年第7期。
唐圭璋：《两宋词人占籍考》，《中国文学》1943年第2期。
唐浩明：《〈曾国藩〉创作琐谈》，《文学评论》1993年第6期。
唐浩明：《曾国藩》，湖南文艺出版社1996年版。
唐弢：《四十年代中期的上海文学》，《文学评论》1982年第3期。
唐小兵：《再解读——大众文艺与意识形态》，北京大学出版社2007年版。
陶礼天：《北"风"与南"骚"》，华文出版社1997年版。
田耳：《天体悬浮》，作家出版社2014年版。
田耳：《长寿碑》，花城出版社2015年版。
田汉：《题材的处理》，《文艺报》1961年第7期。
田禾：《乡野》，江苏文艺出版社2013年版。
田中阳：《湖湘文化精神与20世纪湖南文学》，岳麓书社2000年版。
涂又光：《楚国哲学史》，湖北教育出版社1995年版。
[英] 托马斯·艾略特：《传统与个人才能》，曹庸译，《外国文学》1980年第3期。
[保加利亚] 瓦西列夫：《情爱论》，赵永穆、范国恩、陈行慧译，生活·读书·新知三联书店1997年版。
汪曾祺：《沈从文和他的〈边城〉》，《芙蓉》1981年第2期。
汪辟疆：《汪辟疆说近代诗》，上海古籍出版社2001年版。

王安忆：《心灵世界——王安忆小说讲稿》，复旦大学出版社1997年版。
王春林：《刘醒龙小说创作论》，《扬子江评论》2011年第6期。
王德威：《写实主义小说的虚构：茅盾、老舍、沈从文》，复旦大学出版社2011年版。
王鼎钧：《王鼎钧散文》，浙江文艺出版社1994年版。
（明）王夫之：《船山全书》，岳麓书社2011年版。
王光东：《现代·浪漫·民间：21世纪中国文学专题研究》，上海人民出版社2000年版。
王国维：《王国维文集》，中国文史出版社1997年版。
王宏图：《身体的飞翔与沉落——从林白〈北去来辞〉到周嘉宁》，《文艺争鸣》2015年第8期。
王开林：《百年湖南人》，江苏文艺出版社2013年版。
王齐洲、王泽龙：《湖北文学史》，华中理工大学出版社1995年版。
王先霈：《历史小说作家的历史观》，《文艺报》2002年9月10日。
王先霈：《向历史题材文艺要求什么》，《文学评论》2004年第3期。
（清）王先谦撰：《庄子集解》，中华书局1987年版。
王祥：《地域文学性质、特点及其他》，《沈阳师范大学学报》（社会科学版）2013年第3期。
王晓明主编：《二十世纪中国文学史论》，东方出版中心1997年版。
王瑶：《中古文学史论集》，上海古籍出版社1982年版。
王友怀、魏全瑞主编：《昭明文选注析》，三秦出版社2000年版。
王又平：《变革中的土家山寨百景图》，《文艺新观察》2014年第1期。
王芸：《穿越历史的楚风》，东方出版中心2009年版。
王竹良、周运来：《叶紫、周立波研究》，岳麓书社2008年版。
韦君宜：《思痛录》，人民文学出版社2013年版。
韦启文：《田禾的诗》，《湖北日报》2007年10月17日。
蔚蓝：《历史空间中的审美发现与理性阐释——论熊召政的长篇系列小说〈张居正〉》，《江汉大学学报》（人文科学版）2003年第5期。
魏昌：《楚学札记》，湖北人民出版社2003年版。
魏征等：《隋书》，中华书局1999年版。
闻一多：《闻一多全集》，湖北人民出版社1993年版。
［英］沃尔什：《历史哲学——导论》，何兆武、张文杰译，社会科学文

献出版社1991年版。

吴康、蒋益、吴敏、刘泽民：《湖南文学史·现代卷》，湖南教育出版社1998年版。

吴投文：《何顿：我骨子里是个农民》，《芳草》2015年第5期。

吴晓东：《镜花水月的世界》，广西教育出版社2003年版。

吴秀明：《当代历史小说中的明清叙事》，《文学评论》2002年第4期。

吴义勤：《晓苏的新作》，《文学报》2011年5月26日。

吴正锋：《孙健忠：土家族文人文学的奠基者》，《文学评论》2008年第4期。

伍新福、刘泱泱、宋斐夫主编：《湖南通史》，湖南人民出版社2008年版。

夏德勇：《论池莉小说的文化冲突与取向》，《小说评论》1997年第4期。

[德] 夏瑞春编：《德国思想家论中国》，陈爱政等译，江苏人民出版社1997年版。

夏志清：《中国现代小说史》，复旦大学出版社2005年版。

项静：《〈人境〉：回撤与重建》，《长篇小说选刊》2016年第4期。

萧兵：《楚辞文化》，中国社会科学出版社1990年版。

晓苏：《麦芽糖》，花城出版社2009年版。

晓苏：《花被窝》，长江文艺出版社2014年版。

谢觉哉：《看了"六十年的变迁"以后》，《读书月报》1957年第4期。

谢有顺：《不读"文化大散文"的理由》，《北京日报》2002年10月13日。

熊召政：《让历史复活》，《美文》2004年第1期。

熊召政：《张居正》，长江文艺出版社2003年版。

徐则臣：《小说、世界和女作家林白——评〈万物花开〉和〈妇女闲聊录〉》，《文艺理论与批评》2005年第1期。

徐志频：《经营天下的湖南人》，百花洲文艺出版社2010年版。

[德] 卡尔·雅斯贝斯：《历史的起源与目标》，魏楚雄、俞新天译，华夏出版社1989年版。

严家炎：《二十世纪中国文学与区域文化丛书总序》，《理论与创作》1995年第1期。

阳燕：《世纪转型期的湖北小说研究》，长江文艺出版社2011年版。

杨昌济：《杨昌济文集》，湖南教育出版社1983年版。
杨晓帆：《走出"大别山之谜"的三重奏——论刘醒龙早期小说创作的文学史意义》，《中国现代文学研究丛刊》2017年第1期。
杨义：《文学地理学的渊源与视境》，《文学评论》2012年第4期。
杨义：《杨义文存》，人民出版社1998年版。
叶梅：《从小到大》，中国社会出版社2013年版。
叶梅：《歌棒》，中国出版传媒股份有限公司、中国对外翻译出版有限公司2013年版。
叶舒宪编选：《结构主义神话学》，陕西师范大学出版社1988年版。
叶蔚林：《蓝蓝的木兰溪》，《人民文学》1979年第6期。
叶蔚林：《在没有航标的河流上》，《芙蓉》1980年第3期。
叶雪芬编：《叶紫散文选集》，百花文艺出版社1992年版。
叶雪芬编：《叶紫研究资料》，湖南人民出版社1985年版。
叶紫：《山村一夜》，上海良友图书印刷公司1937年版。
叶紫：《叶紫创作集》，人民文学出版社1955年版。
易中天：《读城记》，上海文艺出版社2006年版。
殷海光：《中国文化的展望》，上海三联书店2002年版。
映泉：《鸟之声》，长江文艺出版社2008年版。
於可训：《刘醒龙与大别山之谜——刘醒龙创作散论》，《长江文艺》1991年第1期。
於可训：《权力怪圈中的改革悲剧》，《文艺报》2003年12月23日。
[法]雨果：《雨果论文学》，柳鸣九译，上海译文出版社1980年版。
袁复生：《梅山文化、小城与文学——马笑泉访谈录》，《创作与评论》2013年第21期。
袁行霈：《中国文学概论》，高等教育出版社1990年版。
[美]约翰·布林克霍夫·杰克逊：《发现乡土景观》，俞孔坚、陈义勇、莫琳、宋丽青译，商务印书馆2016年版。
曾大兴：《文学地理学研究》，商务印书馆2012年版。
曾国藩：《曾国藩全集》，岳麓书社1985年版。
章培恒、骆玉明主编：《中国文学史》，复旦大学出版社2004年版。
张德林：《怎样评价〈边城〉》，《书林》1984年第1期。
张京媛主编：《新历史主义与文学批评》，北京大学出版社1993年版。

张泉：《新中国以前北京地域文学之概观》，《北京社会科学》2002年第1期。

张伟然：《湖北历史文化地理研究》，湖北教育出版社2000年版。

张伟然：《三湘风采》，沈阳出版社1997年版。

张正明：《楚史》，湖北教育出版社1995年版。

张正明：《楚文化史》，上海人民出版社1987年版。

章开沅、张正明、罗福惠主编：《湖北通史》，华中师范大学出版社1999年版。

章太炎：《章太炎全集》，上海人民出版社1984年版。

赵园：《地之子》，北京大学出版社2007年版。

郑义：《跨越文化的断裂带》，《文艺报》1985年7月13日。

中国戏曲研究院编：《中国古典戏曲论著集成》，中国戏剧出版社1959年版。

中国作家协会编：《新时期中国少数民族文学作品选集》，作家出版社2013年版。

周百义、熊召政：《关于历史小说〈张居正〉的对话》，《出版科学》2002年第2期。

周积明：《文化分区与湖北文化》，《江汉论坛》2004年第9期。

周介人：《周介人文存》，广西师范大学出版社2004年版。

周昆叔：《环境考古研究》，科学出版社1991年版。

周立波：《山那面人家》，《人民文学》1957年第12期。

周立波：《山乡巨变》，人民文学出版社2005年版。

周新民、刘醒龙：《和谐：当代文学的精神再造——刘醒龙访谈录》，《小说评论》2007年第1期。

周振鹤：《体国经野之道》，上海人民出版社2019年版。

朱汉民：《千古流传的湖湘文化精神气质》，《中华读书报》2012年4月25日。

朱华阳：《屈原与中国现代文学》，光明日报出版社2008年版。

朱维之、赵澧主编：《外国文学简编》（欧美部分），中国人民大学出版社1999年版。

朱熹撰：《四书章句集注》，中华书局1983年版。

壮游（金天翮）：《国民新灵魂》，《江苏》1903年第5期。

后 记

　　这本书是国家项目成果，2014 年立项，2019 年结题，2020 年修改，历经 7 个寒暑。

　　迄今学术界尚缺乏关于"地域文化视野中的两湖现代文学"的综合性成果，已有研究或者从宏观理论角度探讨，如孟德斯鸠《论法的精神》中自然气候对人文的影响论、斯达尔夫人《论文学》的西欧文学南北论、黑格尔《历史哲学》对"历史的地理基础"的研究、丹纳《艺术哲学》的文艺风格"三要素"（种族、环境和时代）论等；在我国古代则有《礼记》"异制异俗"论、《文心雕龙》"楚人多才"论、《隋书》"江左河朔"文学风格之辨等；此外，司马迁、班固、李延寿、袁中道、王夫之、顾炎武、沈德潜等也有相关论述；近代梁启超、刘师培、王国维、汪辟疆等人论及文学与地域文化的关联；20 世纪 80 年代以来，金克木、袁行霈、陈正祥、杨义、何西来、李继凯、毛迅、段从学、陶礼天、郝明工、李敬敏、周晓风、徐明德、张明、曾大兴、靳明全、张伟然等人的相关论著。或者从区域个案角度展开相关专题研究，如杨义、吴福辉的京派海派文学研究，王嘉良、黄健的两浙文化与现代文学研究，李怡、陶德宗的巴蜀文学研究，段崇轩、傅书华的三晋文学研究，严家炎主编的"二十世纪中国文学与区域文化丛书"，《湖北文学史》《湖南文学史》等"省域文学史"撰述，以及凌宇、刘洪涛、周仁政、樊星、龚敏律等人的论著。这些成果却存在着以下两个问题：一是理论提升不够。已有的"南北论""东西论"较为空疏；对风土人情、地貌风物、方言俚语等表面特征较为关注，对两湖地域文学精神、人文环境和文化心理结构，开掘不深；有的陷入封闭性的"循环互证"，导致文化决定论。二是实证研究不足。没有很好地实现定量统计与定性分

后 记

析的有效结合;对两湖地域文学的审美价值重视不够、文本研究不足,审美体贴不够;视野不够开阔,历史现场感不强,文化空间还原不够。

有鉴于此,本项研究力图在理论上丰富现代文学史的研究内容,提供地域文化研究的理论视角,呈现两湖现代文学的生动性和丰富性,并能为其他地域文化与文学关系研究提供借鉴;在实践中通过解读文本,弄清两湖地域文化与两湖现代文学之间的复杂关系和相互作用,探讨地域文化与中国文学现代转型的关系,为当下文学创作提供地域文化书写经验。本项研究结合两湖自然地理、史籍方志和文学文本,勾勒两湖地域作为整体"感觉文化区"的形成过程;纵向梳理两湖地域文化史,考察两湖文化特征及其精神形态的流变历程,通过辨析两湖文化史的大传统与小传统、远传统与近传统、文本传统与人文传统,总结出两种地域文化传统精神和三个文化板块;选择典型性文本作为具体研究对象,勾画出两湖现代文学地图,通过对文本中的地域自然景观(山川风物、四时风景)和人文景观(民风民俗、方言土语、神话传说、民间掌故)的分析,阐释文学文本的地域文化意义,分析其审美意蕴,注重对地域文化与创作主体之间双向互动关系的揭示和开掘,有效避免"循环互证"陷阱;分析两湖现代作家对两湖地域文化传统的继承、传播、"主体性选择"和"创造性转化"过程,探讨两湖地域文化在现代文学观的建构与发展过程中的作用与价值;在与其他地域文学、域外文学的综合性比较研究中,评价两湖现代文学中地域文化书写的得失成毁,评估地域文化传统影响下的两湖现代文学的审美成就,勾勒现代作家对地域文化传统既继承又创新的文学轨迹,探讨地域文化书写的时代背景与心理动因,审思现代化进程中地域文化书写的可能性价值,探索审美现代性的文化意义,总结地域文化与文学研究的若干普适性规律。

文本细读花费了较大功夫,因为两湖现代文学作品汗牛充栋,为了保证立论的充分性,势必竭泽而渔,由此梳理出"系地性"写作的脉络线索。作家的真正价值在于其独特的创造性,文学史大浪淘沙只留下那些真正具备原创性的作品。而由于作家主体的心理建构、文化积累造成的创作"前文本"的迥异,对于地域文化的接受、改造、再现与重释也就千姿百态。在兼顾审美多样性的同时,进行化繁为简的理论概括,往往会产生挂一漏万的遗憾。本书尽可能地保留两湖现代文学创作中地域文化书写的"百花齐放"的原生态面貌,尊重所有相关作家的创造性努力成果，而如何统筹兼顾两湖现代作家创作中的殊相与共相、呈现与提炼、理论与实践、审美与思想，仍然是需要继续思索的问题。

持志如心痛，在负重长途跋涉终于抵达之际，既有萦怀的喜悦，也难免迷离的怅惘。岁云暮矣，"山深闻鹧鸪"，"海天愁思正茫茫"，一时百味杂陈——书稿完成了，是否能够达成所愿？生年不满百，长怀千岁忧。俱往矣！暗夜摸索，苦心斟酌，书海泛舟，辗转无眠，而"封城"期间的恐慌沮丧、悲愤沉郁、英勇逆行、浩然正气、牵挂叮咛、絮语温情已长留心间。

感谢七年来所有给予我关心和帮助的师友，感谢一直以来在背后默默支持的家人。情深似海，恩重如山，雕虫末技，自然无以回报万一，唯将以感恩的心态作持久的努力。愿好人一生平安，大地春暖花开。

2021 年 1 月于武昌青苗斋